現代女性作家研究事典

川村　湊
原　善　編

鼎書房

はじめに

新しい世紀になって早、半年が経過しましたが、女性文学者の手によって日本の文学史を見直そうとする動きも話題を呼んでいますし、前世紀末より引き続いて、今世紀もまた日本の現代文学は、女性を中心に展開されていくだろうことが予想されます。それはちょうど一世紀前の、樋口一葉や与謝野晶子が活躍した時代、あるいは一〇〇〇年の世紀どころか、ミレニアムの一〇〇〇年前の紫式部や清少納言の活躍した時代にも匹敵するだろうとまでいわれるほどのものであります。もとより〈女性文学〉〈男性文学〉と括ること自体に予想される差別や特権化を恐れるものですが、今後は一層女性作家を対象とした現代文学研究が盛んになっていくだろうことは疑いのないところです。

そうした動向を受けて研究の案内書として刊行する本書は、戦後生れの同時代作家という扱いにくい研究対象を取り扱っているという意味で危険な試みではあるのですが、だからこそ求められる研究の指針を、今後の若い世代に示そうとしたものです。本書の刊行で、今後の女性文学研究の進展のみならず、現代文学の研究の地盤を固めることに少しでも資することができれば、幸いです。

しかし残念ながら、紙幅の関係で取り上げることのできなかった作家も数多くいることは勿論、予定していながら間に合わずに削らざるをえなくなった項目もあります。いずれの増補を期したいと思っています。

本書のみならず関連の出版をお引き受け戴いた鼎書房の加曽利達孝氏をはじめ、短い時間の中での執筆をお引き受け下さった執筆者の皆さんと、そして本書を手にして下さった読者の皆さんに感謝いたします。

二〇〇一年八月一〇日

編　者

現代女性作家研究事典

目 次

凡例

1、項　目

本書は、研究・修論・卒論・講義・演習・高校教材研究のみならず、一般読者に対する読書案内等、幅広い分野における活用を目指して編まれた事典で、戦後生れで現在も活躍を続けている女性作家33名を選び、対象項目として立て、五十音順に配列した。

2、略　歴

対象の作家の生年月日、出生地、生い立ち、学歴、代表作と受賞歴等々、その作家の概略を知るために必要と思われる情報をもりこんだ。以下が作品に即した記述になる為、作家論的な評価もここで紹介した。

また、以下に立項した作品は創作の刊本に限るので、エッセイ・紀行等の著作や、単行本未収録の作品についても必要に応じて触れている。

3、作品名と書誌

当該作家の創作作品の刊本を、可能なら全て、紙幅の関係で代表作に絞る場合も出来るだけ多く、取り上げ、その刊行年月日順に配列した。

刊本名は『　』の中に入れ、その下の括弧（　）内に書誌的なことを、版元、発行年月日。（長編の場合には）初出紙誌名と発行年月・あるいは書き下ろしの表記、収録文庫等があればその刊行年月日、の順で示した。

長編刊本以外の作品集に収められた中・短編の場合は、『　』に示した刊本名の見出し項目の中の小見出しとして、【　】の中にその作品名を示し、その下に初出紙誌名と発行年月（週刊誌・新聞の場合には日まで）を括弧に入れて示した。

書き下ろしの場合には、その旨を記した。

なお、紙幅の関係で、作品集収録の全作品を立項することが難しい場合には、適宜取捨し、〈評価〉の項で、取り上げられなかった他の作品の表題をできるだけ紹介するよう努めた。

4、梗　概

できるだけ要約的な書き方で粗筋を纏めた。作品集の場合には【　】で示した作品ごとに簡略に纏めた。連作などで一括して纏めた方が良いと判断した場合には長編に準じている。

5、評　価

現代作家ということもあり、研究としては未だ深められていない段階の作品が多いため、今後の研究の指針となるように書評等の同時代評の紹介に努めた。併せて、ただこれまでの評価を紹介するだけでなく、紙幅の許す範囲で執筆者なりの評価・読みを展開した。成立事情等の作者自身の自解、翻訳の有無や映像化等の情報も紹介している。

6、参考文献

個別の作品の書評等は、作品の項目のところで示したが、作家の全体像を対象にしたような研究参考文献のうち代表的なものを、ここに示した。

7、表記について

年号は西暦（下二桁）で記し、氏名の敬称は全て略した。単行本については『　』、作品名・雑誌名・新聞紙名などは「　」に入れて示した。参考文献についても、全てカギ括弧（単行本は『　』、論文は「　」）を付して入れ、紙幅の関係から適宜略記する等、なるべく簡略な書き方をした。また、本文引用は〈　〉で行なっている。

●編者・執筆者一覧●

（五十音順）

編　者

川《かわ》村《むら》　湊《みなと》　法政大学教授
原《はら》　善《ぜん》　上武大学教授

編集協力

髙《たか》根《ね》沢《ざわ》紀《のり》子《こ》　自治医科大学看護短期大学非常勤講師

執筆者

渥《あつ》美《み》孝《たか》子《こ》　東北学院大学教授
一《いち》柳《やなぎ》廣《ひろ》孝《たか》　横浜国立大学助教授
上《うえ》田《だ》　薫《かおる》　日本大学講師
上《うえ》田《だ》　渡《わたる》　信州豊南短期大学助教授
岡《おか》野《の》幸《ゆき》江《え》　白百合女子大学講師
奥《おく》山《やま》文《ふみ》幸《ゆき》　神奈川県立相武台高等学校教諭
川《かわ》村《むら》英《ひで》代《よ》　学習院大学大学院生
久《く》保《ぼ》田《た》裕《ゆう》子《こ》　福岡教育大学助教授
久《く》米《め》依《より》子《こ》　目白大学助教授
近《こん》藤《どう》圭《けい》一《いち》　聖徳大学講師
鈴《すず》木《き》和《かず》子《こ》　近代文学研究者
相《そう》馬《ま》由《ゆ》美《み》子《こ》　東京純心女子高等学校教諭
高《たか》木《ぎ》　徹《とおる》　中部大学講師
武《たけ》田《だ》信《のぶ》明《あき》　島根大学教授
中《なか》村《むら》三《み》春《はる》　山形大学助教授
野《の》末《ずえ》　明《あきら》　東京都立青井高等学校教諭
花《はな》﨑《ざき》育《いく》代《よ》　湘南短期大学助教授
馬《ば》場《ば》重《しげ》行《ゆき》　山形県立米沢女子短期大学教授
福《ふく》田《だ》淳《じゅん》子《こ》　昭和女子大学近代文化研究所
藤《ふじ》井《い》久《ひさ》子《こ》　フリーランスライター
星《ほし》野《の》久《く》美《み》子《こ》　東京都立本所高等学校教諭
丸《まる》山《やま》　俊《たかし》　成蹊大学大学院生
三《み》坂《さか》　剛《たけし》　早稲田塾講師
溝《みぞ》部《べ》優《ゆ》実《み》子《こ》　日本女子大学助手
守《もり》屋《や》　貴《たか》嗣《し》　法政大学大学院生
山《やま》﨑《ざき》眞《ま》紀《き》子《こ》　法政大学非常勤講師
与《よ》那《な》覇《は》恵《けい》子《こ》　東洋英和女学院大学教授
米村《よねむら》みゆき　日本学術振興会特別研究員
林《リン》　祁《キ》　城西国際大学女性学研究所研究員
和《わ》田《だ》季《とし》絵《え》　中央大学大学院生

現代女性作家研究事典

赤坂真理
（あかさか・まり）

略歴 64年5月13日、東京都杉並区高円寺生まれ。本名も同じ。中学校卒業後単身カリフォルニアに留学。慶應義塾大学法学部政治学科卒業。「SALE2」というエロティック美術を掲載する雑誌編集に携わるうち、小説を書き始める。「水の膚」（「SALE2」41号、91・1）が処女作としてあるが、作家としてのデビューは「起爆者」（「文芸」95・11）。その後次々を作品を発表。『蝶の皮膚の下』第10回三島賞候補、第19回野間文芸新人賞候補、『ヴァイブレータ』第120回芥川賞候補、『ヴァニーユ』第12回三島賞候補。「ミューズ」で第22回野間文芸新人賞受賞。「J文学」の旗手的存在であり、「関係性の作家」「皮膚感覚の作家」と称されるように、作品には体感的な表現が多い。〈心身や内外といった二元論はあらかじめ壊れている〉（「傷と再生」97・7「文学界」）ことがリアルと感じる赤坂は、ブリマレクシア（摂食障害）、薬物やアルコールの摂取、歯科矯正器、歯痛を体感することによって自身と外的世界との境界を際立たせ、その外的世界と折り合いを付けるかのごとく、心の傷を可視化させるように肉体を傷つける人物達を描く。

心の多くの部分が脳の代謝物質で説明できると語り、唯物論的な「心」の設定をする赤坂であるが、その「心」を管理する特権的存在としての「私」を描いてしまう。〈自分の状態なんて創るものだ〉〈すべては私が私の主人になるため、私がいつでも私の創造主であるため〉（「蝶の皮膚の下」）という、登場人物の「心」を形成している脳を薬物やアルコール作用で管理するとき、管理者としての「私」は〈私たちはプレゼンさん、ロジカル、リル、私ホストに、ふだんは隠れキャラーから成り立ち、それは私の個人的な事情だけど、こういう人格の分かれ方には明らかにあるパターンというか集合性があり、その集合性が、私たちのような存在が嘘でないという私たち自身の安心材料になっていた〉（「フィギュアズ」）などのように、疑問視されることなくその存在を主張してしまっている。従来の文学で語られてきた「私」の不在を証明する手段を宣言しているように見えながら実は「私」の無根拠な特権性を立証し、その系譜からはみ出ることなく依存している。特権性を持った設定を排し、心の唯物論に徹底できない赤坂は、「皮膚感覚の作家」なのではなく「皮膚感覚がその表現限界の作家」と言えよう。

大塚英志と中条省平が村上龍との対比を行っているが、村上の『ラブ&ポップ』（幻冬社、96・11）での渋谷の街頭の騒音、レンタルビデオショップのアダルトビデオのタイトルをそのまま羅列し風景を描写した方法も、赤坂の『ミューズ』

と重なる方法である。しかしスーパーの店内を作者の恣意によって描写したとしか思われない羅列は、読者には視点のブレが目に付いてしまう。文法用語でいうならば「叙述速度」が極めて遅いのである。

視覚的表記、時空間、聴覚表現を意識し、生きている人間、物事には原形質、本質というべきものであり、その上層を大量の「情報」が流動しているとする「原形質の甘い水」（「群像」00・6）、「特集赤坂真理　愛と分裂を描く」（「鳩よ！」01・1）において「混合溶液」を発表。月刊ｇｌｉ（講談社）では読書日記の形式をとる「女子供のオピニオン」連載。論文としては、清水良典「壊れから「書く」―痛点としての赤坂真理」（「文学界」99・5）、大塚英志「サブカルチャー文学論第11回「赤坂真理―文学の「不完全自殺マニュアル」としての小説」（「文学界」99・12）、小谷真理「蝶の壊れかた」（「鳩よ！」01・1）。インタビュー、「傷と再生」聞き手清水良典（「文学界」97・7）。対談「赤坂真理＆阿部和重ＲＩＤＥ ＯＮ ＴＨＥ ＲＯＭＡＮＣＥ ＣＡＲ」（「文芸」99・2）、笙野頼子・赤坂真理「そして純文学は復活するか」（「群像」99・5）がある。

『蝶の皮膚の下』（河出書房新社、97・3・25。河出文庫、99・5・6。書き下ろし）

梗概　高橋梨花はホテルのフロント係であり、薬物とアルコールを常用しながら業務を完璧にこなすことで自我の安定を保っている。ある日梨花は特殊な記憶障害を持つ元ボクサーの岡野航に出会う。彼の記憶障害を治したい梨花は、吉岡という医師に会い、彼の提案する航の治療法を受け入れ、肉体関係を持つ。吉岡の実験とも言える治療が続行され、次第に航の症状も改善してきた折、航は治療の存在に気付き言語異常の激烈な発作を起こす。その録音テープを分析した吉岡は、航の脳の異常に関する決定的な事実を梨花に告げる。その瞬間梨花は失語症に陥ってしまう。梨花はプールに通い、水の底で正座をすることで自分を保つ生活を続ける。

評価　第10回三島賞、第19回野間文芸新人賞候補作であり、赤坂の初の長編作品である。〈言語と身体の両面から、人間を人間たらしめるものについての思索が繰り拡げられている〉（中条省平「文学界」97・6）、〈どん底からのいじらしい「再生」の自覚〉（清水良典「壊れから「書く」」「文学界」99・5）と好評である。中条省平は続けて村上龍との対比において〈村上龍と違って、赤坂氏は救済のヴィジョンへの切望を失ってはいない〉（同）としているが、梨花のカタストロフとも取れるこのエンディングは「救済へのヴィジョン」というよりも、「ハッピーエンドへの嗜好」とでも言えるものではあるまいか。

『ヴァイブレータ』（講談社、99・1・25。初出「群像」98・12）

梗概　フリーライターの早川怜は、ブリマレクシア（摂食障害）の女の子への取材がきっかけで「吐く」行為に取り憑かれてしまい、自らもブリマレクシアになる。その頃から頭の中に自分ではない誰かの声が溢れるようになる。ある雪の夜、コンビニで偶然あった男〈おかべたかとし〉は長距離トラックの運転手だった。怜は頭の中の声に従い、トラックに同乗し、新潟まで往復する旅にでる。このセンチメンタル・ジャーニーは最終的には破綻となる。しかし怜は〈自分が、いいものになった気が〉する。それは〈おかべたかとし〉が彼女に〈優しくしてくれた〉からであった。

評価　〈話を描くときにいつも意識するのは、体感を伝えるということ〉（「新刊ニュース」99・3）と本人が述べるように同音異義語、視覚表現の羅列という赤坂真理の真骨頂ともいうべき表現が目立つ。〈感じようとしたけれど、皮膚だけがチリチリした感じがして中は空っぽ〉〈空っぽの人間を書いているんだけれど、それを宇宙から眺めているような大きな視点がない〉（「新人作家を品定めする」「文学界」99・7）という評もあるが、それは従来の文学用語としての「私」を読み解く観点からの批評である。

高橋源一郎は〈ふつうの言葉が使えない。ふつうの生き方ができない。けれど、ふつうの言葉とは「　」で区切られた、決して混じらない言葉なのだ。そして、ほんとうのところ、それは全然、自然でもふつうでもなく、「決まり事」にすぎない。スウィッチを入れる、ふるえる、「声」が聞こえる、「決まり事」がこわれる、小説を「書く」〉（「退屈な読書」「週刊朝日」99・5・21）と赤坂の「ふるえる」体感性を高く評価している。また、現代社会を象徴している「コンビニエンス・ストア」を装置として用いた、〈自問自答する言葉そのものが、コンビニエンス・ストアの食品陳列棚のように〉との視覚効果（「サンデーらいぶらりぃ」重金敦之「サンデー毎日」99・6・27）への言及もある。

『ヴァニーユ』（新潮社、99・3・30）

【ヴァニーユ】（「すばる」96・2）・リストラで会社を辞め、単身パリに来た川奈紀美子。暴力を受け顔も身体も傷だらけになった彼女を引き取った年上のフランス人リシャール。フランス語の話せない紀美子とリシャールは同棲を始めるが、不確かな自分を傷とセックスによって自己確認の手段とする紀美子の自虐性に、リシャールは付いていくことが出来なくなってしまう。「バニラ」のフランス語「ヴァニーユ」を名のる紀美子。後に同じアパートに住む『片腕』と紀美子は交際をはじめるが、最後に紀美子は言葉の通じないパリで「自由」という概念、「私は幸せだ」という信念を得て、新たなる人生を歩みはじめる。

【白い脂の果実】（「波」99・3）。アフリカのガボン生まれのディミにナンパされたミカは、ディミの〈ママというのは、アフリカで、決して悪いことを出来ない女性のこと〉という言葉に、彼の部屋まで付いていく。セーヌ川沿いのディミの部屋で、危機感のシグナルを発する「本能」と対話しながら、ミカは冷蔵庫の中にアヴォガドを見つける。夜のまだ明けないセーヌ川沿いを歩きながら、ミカはディミの黒い皮膚の下にあるだろう熱帯の果実を想起する。

【ヴォイセズ】（「文学界」96・10）。航空管制官の矢作美希は聴覚障害になり新しく仕事のコツを覚えようと四苦八苦する。それまでの生活上の様々なノイズを無意識に取捨選択していた事を美希は身を以て味わう。同じ頃矢作美希は全盲の少年山彦と知り合いになり、彼と性行為を行う。山彦は美希に行為のさなかに叫ぶようにといい、管制塔の中での完全に自動化された会話とはまったく違った対話があることを教える。あらかじめ書かれた文字を音読するのではなく、眼前にいる生身の人間のために話しかけることが大切なのだ。山彦は点字ですら声だ、という。彼にとっては頭の中で翻訳される声なのだ。美希はそれに応じるかのように山彦に向かって色鉛筆で、自分の膣の内側の様子を指の触覚を通して描いてみるよう要求する。

評価　「ヴァニーユ」は第12回三島賞候補作。この作品によって赤坂への「皮膚感覚の作家」という肩書きが確立している。自身の肉体を傷つけることによっての自己確認。その傷とともに生きることでの再生。「「死と再生」のヴァイブレーション」（「作家の現場」「新刊ニュース」99・3）に揺られている感覚をフランスという外部要素を持つ舞台を設定することによって一層明確に描いている。

「ヴォイセズ」は97年「文学界」において小説年間ベスト3に選ばれている。四方田犬彦は〈シンセサイザーによって合成された、ほとんどノイズすれすれの音響〉と評している。また、全盲の山彦に向かって美希が色鉛筆を使っての膣内描写を求めるシーンを指して〈盲者にとって一番大切なのは、手である。向こう見ずに手を前方に差し出し、何かものを探ろうとする盲者の姿は、しばしば描かれてきた。だがそれは、デッサンをしようとする画家本人の手のことでもあるのだ。〉（「サンデーらいぶらりぃ」「サンデー毎日」99・7・4）と、山彦への描写について言及している。

『コーリング』（河出書房新社、99・6・17）

【コーリング】（「文芸」98・春）。死にたいからではなく、生きたいからこそ、切る。「人に嫌われたくない」という意識を読み手が切なくなるほど持ちながら、自己確認のためのリストカットをする彩乃とその周りの自傷癖に憑かれた人々を赤坂一流の「皮膚感覚」表現と、ペダントリーとも言えるほどのケミカルな知識によって描いている。

【最大幅七ミリ】（『身体の未来』巽孝之編、トレヴィル、98・3）。歯列矯正のための抜歯時の違和感を描く。今まで自分の一部だった歯が一瞬後には自分でなくなる、それでも日常は変わらず流れていく、とでもいうように放映され続けるTVの通信販売。自分の身体とは何処まで刻めば自分ではなくなるのであろうか。

【起爆者】（「文芸」95・11）。「16」という数字に因縁を感じる〈俺〉は人間らしく生きることを願っている。現在の社会生活に欺瞞を感じる〈俺〉は「機械」のように自然に、人間らしく生きるために、自分の元から去っていったM子に知らせるために、横須賀線に時限爆弾をセットしようとする。

【フィギュアズ】（「文芸」98・秋）。親知らずの痛みに耐えかね、〈私〉は歯科医院に通う。〈私〉のなかにいる様々な人格は、歯科医院の受付とのアポイントメント、歯科医との会話、笑気ガスによる麻酔、患部の治療によって次々と入れ替わる。歯の痛みという非日常に、〈私〉は作者によってしっかりと意識され、〈私〉を通して様々な人格がまさに「フィギュア」のような扱いで入れ替わり、外部との接触を行う。体感表現連続の作品。

【水の膚】（「SALE2」41号、91・1）。「わたし」と男との一回の性の物語。男の皮膚と「わたし」の膚との境界を視覚、聴覚、嗅覚、皮膚感覚、性行為による体感覚によって表現している。他者との一体化の感覚は〈唯一のとき、それは、水の中にいるとき〉なのである。

【雨】（書き下ろし）。雨の降る中目覚めた〈あたし〉は隣りに寝ているヒロキをナナと勘違いする。昨夜行ったクラブでDJのナナはペンライトで〈あたし〉にコンタクトをとった。実際の接触が無くともナナに〈あたし〉は欲求を感じるが、日常の中ではヒロキと共に〈あたし〉は雨が降っている部屋の中にいる。

評価　処女作、作家としてのデビュー作を収録した単行本。長編作家の印象がある赤坂真理だが、体感覚表現が圧縮された短編も粒ぞろいである。〈記憶の身体群が最も衝撃的に交錯し合うもうひとつの異空間となるべく構想〉（『身体の未来』巽孝之監修あとがき、トレヴィル、98・3）されたような著作となっている。

『ミューズ』（文芸春秋社、00・3・1。「文学界」99・12）

梗概　16歳の女子高校生、美緒はアルバイトのモデル仕事のために八重歯の歯列矯正を始めた。彼女は新興宗教に走った母親に見捨てられ、「記憶なんかいらない」と呟きながら、成城、喜多見という高級住宅地で息を詰まらせながら生きていた。歯列矯正に通うのは矯正歯科医の石岡博也に惹かれ、肉体関係を持つためでもあった。〈自分はいつも、何かモノに一時的にあずかってもらう〉ことで自分をＯＦＦ状態にし、外界の出来事をやり過ごしてきた美緒だが、実際は〈つなぎ止めてほしい。私はひとつだとわからせてほしい。私のからだをひとつにまとめてほしい。私を体に還してほしい〉という叫びを上げたいのだ。34歳で子どももいる歯科矯正師の生活範囲のなかでは美緒の思考は関係妄想として進んでしまう。美緒が歩き進むラストシーンは将に未来への発動である。

評価　第22回野間文芸新人賞受賞、第122回芥川賞候補作。暴力と性と言葉、または身体と心とモノという赤坂の問題意識の焦点とも言うべき問題が結晶された作品。〈性、暴力、言葉といったものによってひとはどのように引き裂かれ、傷を負い、つなぎあわされ、ときには新しい自分と他者とを発見しうるのか、たえず問い返される〉（川崎賢子「赤坂真理「ミューズ」」（「鳩よ！」00・4））、モデルという職業につく主人公美緒は〈アンインストールした自分はいつも、何かモノに一時的にあずかってもらう〉という〈演技哲学を持っている〉（長谷部浩「「ミューズ」赤坂真理」「文学界」00・4）、自らの矯正と高級住宅地という都市空間の持つシンメトリーとの接続（清水良典「〈私〉のアンインストールと結晶化」（「群像」00・4））など、各々好評である。〈宇宙に自分というコンセントを差し込んで、その情報をダイレクトに変換する〉（後藤繁雄「ミューズの匂い」「本の話」00・4）と赤坂本人は述べているが、読者は現実世界の目に見える所と見えない所の同居地点にトランスしてしまったような女の子を媒介として、ランダムにアクセスするような感覚を味わう。「ミューズ」といえばギリシアの詩神だが、高度消費社会の日本では薬用石鹸の商品名としてのほうがずっと日常的に流通している、とでも言いたげな赤坂の意図によってのネーミングであろう。

〈生理的な感覚を、緻密な文章に移し替えて、都市の、社会の、現代の感覚を丹念に文体にする〉と述べる川村湊「旬」と大器」、〈物語に負けそうな壊れかけた心をひたすら照射する強い文は、恋の切なさを損なわない〉とする笙野頼子「自分の「嘘」を信じるか」、〈「ミューズ」が受賞したのは大変良かったと思う。彼女の作品は、ある読者層にとっては宝物になるものと思うから〉という山田詠美「選評」らの野間文芸新人賞受賞選評も好評である。

（**守屋貴嗣**）

稲葉真弓（いなば・まゆみ）

略歴　50年3月8日愛知県海部郡佐屋町生まれ。県立津島高校卒業。インテリアデザイナーを志し、76年上京。東京デザイナー学院卒業後、建築関連の設計家、店舗デザイン会社勤務を経て、編集プロダクションに勤務。職業と文学の二つの違った生活を続けてきた。中学生の頃から童話や詩を書き始め、17歳の時「文芸春秋」の「アンネ・フランクに贈る詩」で入選以来、73年私家版詩集『刻を曳く』を出版、82年『ほろびの音』を七月堂より上梓。郵送による詩の個展として「ギャラリー・ポエティック」の活動のほか、詩誌「CONTREBABDE」で詩を発表している。90年には、詩と造形展「フィナール詩展」に参加。文学的スタートは詩であったが、のち同人誌「作家」に拠り小説を書き始める。73年「蒼い影の傷みを」で第16回婦人公論女流新人賞。80年「ホテル・ザンビア」で第1回作品賞。91年「琥珀の町」は第104回芥川賞候補作。92年「エンドレス・ワルツ」で第17回女流文学賞。95年「声の娼婦」で第23回平林たい子文学賞（小説部門）。他著書として、『琥珀の町』『抱かれる』『繭は緑』『森の時代』『ガラスの愛』『猫に満ちる日』『水の中のザクロ』『ガーデン・ガーデン』等、詩集には『夜明けの桃』（河出書房新社、91・9・10）等がある。映画化された作品として、95年、若松孝二監督、新間章正、出口出脚本による『エンドレスワルツ』（松竹）がある。共著には、阿久悠、新井満、唐十郎、北村薫らと掌編小説アンソロジー『少女物語』（朝日新聞社、98・5・1）、江國香織、大岡玲らと小説作品集『いじめの時間』（朝日新聞社、97・5・1）、池田理代子、淀川長治、石ノ森章太郎らと自らの父母の姿を描いた『私の父、私の母Part2』（中央公論社、96・3・7）があり、映画についてのエッセイには『月よりも遠い場所』（河出書房新社、95・3・24）がある。編著として、日抄形式で、自殺者の記事を紹介する『自殺者たち』（青弓社、94・12・20、下川耿史共編）がある。河川や銭湯、温泉等、水に関する紀行文、エッセイも多数。

『ホテル・ザンビア』（作品社、81・2・15）

【ホテル・ザンビア】（「作品」80・11）。30歳を超えた美麻子は、夫信吾の傍らで故郷の町に似た風景の夢をみる。17歳の高校生のとき、観念上の恋愛関係にあった教師佐伯との過去や、佐伯自身による回想が夢と交じり合う。

【みんな月へ…】（「作家」80・4）。田舎から家出同然に上京してきた〈私〉は、従兄弟明彦の経営する画廊〈スワニー〉で働く。男について恐怖と報復に近い感情を持つ〈私〉は、父の面影をみた男の愛人になり、お腹の中にいる幻の彼と語り合う。男は妻を連れてアメリカに渡り、〈私〉は現在彼ではない男と一緒に暮らしている。

【夏の腕】（「作家」80・7）。幼稚園に通う頃から〈私〉には身よりのない精神薄弱の女中静子が付きまとっていた。癇癪持ちの強い祖母は、日夜静子に繰言を言っては、彼女をいたぶり続ける。祖母の精神発作にうんざりした両親と〈私〉は、祖母と静子を家に残し、半島の海辺の家で夏休みの半分を過ごす。病気になった静子の腕には、〈私〉が海辺で感じた死の精霊の感触が感じられた。

評価　稲葉真弓の第一作品集。故郷から都会に出てきた女性の空虚な日常、河川のモチーフなど、その後の作者の作品を特徴づける題材が登場。

『琥珀の町』（河出書房新社、91・2・15）

【バラの彷徨】（「フェミナ」89・創刊）。都会に出てトレーサーをしている〈私〉は、死んだ姉が残した十五階建てマンションに引っ越してくる。ある日〈口のきけない〉老人から、姉が〈ローズ・サハラ〉という名で会員制クラブに所属し、毎夜無邪気な電話のお喋りをしていたと教えられる。姉の植物を預かっていた〈グリーンサービス〉の孝雄と、姉が飛び降りたビルに行き、夜明けの太陽を見る。

【眠る船】（「群像」87・8）。交通事故で足を悪くし、メゾン・ド・ノアの管理人となった男のほか、両親が別れて母親と暮らす少年、妻を失い猫と暮らす老人、子供ができないまま物静かな夫と死別した女性などの、マンション住民の人生模様。

【澪の行方】（「文芸」89・夏）。五年前、父と別れ母とともに運河に面した高層マンションに越してきた少女は、真夜中、ラジカセを持つ少年のオートバイに相乗りする。ある夜の事故で少年は死に、少女だけが助かる。

【火鉢を抱く】（「文芸」89・秋）。田舎町を捨て都会暮らしをする鳴子は、運河に沿って建つ古いアパートに住む。上の部屋の男の足音に耳を澄ましながら、骨董市で手に入れた火鉢を抱く。

【琥珀の町】（「文芸」90・秋）。双生児の弟の死後、埠頭のそばにある石油会社の工場内の社宅に引っ越してきた少年は、野良猫に餌を投げる老人と出会う。しばらく交流が続くが、ある日老人の姿は消えていた。

評価　オブジェ＝東京を舞台にした五つのウォーターフロント物語。〈運河〉〈埋立地〉〈工場地帯〉〈埠頭〉〈倉庫〉などの都会の海の狭間に登場する人物たちは、〈都会という「オブジェ」の余白に息をひそめて棲息する「孤独」と「不在」の具現者〉（「ブックファイル」「すばる」91・6）だろう。作者は「あとがき」で〈私は私の目に見えた都市と、そこに視線を預けた人々を描くことで、この街にいる自分自身の感触をたしかめたかったのかもしれない〉と書き記している。

『エンドレス・ワルツ』（河出書房新社、92・3・19。「文芸」91・12。河出文庫、97・8・4）

梗概　一九八六年の現在、〈私〉が一九七三年からの過去を振り返る形式。幼い頃から自虐癖があった〈私〉は、ポルノ映画に出演したり、バーのホステスの傍ら小説を書いたりした。24歳のとき、ジャズ・ミューシャンのカオルと知り合い結婚。カオルは、麻薬常習者で緑色の顔をしていた。〈私〉は自らの足の小指を愛の誓いに切り落としたり、てんかんの持病からくるカオルの暴力で、前歯を全部失ったりした。〈私〉は妊娠し、女の子を産んだがカオルと離婚。しかし、その後もカオルは〈私〉につきまとい、大量の薬を飲んで死んだ後さえも〈私〉から離れようとしない。カオルの死から7年経った現在、〈私〉は子供が眠る傍らで、ストッキングを吊るして首をくくる。

評価　29歳の若さで世を去ったジャズ界の天才・阿部薫と作家であり女優であった鈴木いづみの、破滅的な生涯を送った〝伝説のカップル〟に取材して書かれた作品。第31回女流文学賞を受賞。「創作合評」（「群像」92・2）では、作品の持つリアリティの問題が議論された。この作品は、それまでの稲葉の作品系列において〈突然変異〉であり、作者の変貌をみることができる。しかし、カオルにリアリティを感じても、実在の人をモデルにし「参考文献」に拠ったものであるため、作家自身の描写力についての判断、評価が下しにくい。作者自身は、インタビュー「今月のひと　稲葉真弓」（「すばる」95・10）で、これまでは社会と距離を置いて書こうとしていたが、この作品から社会を取り込んで書こうと考えたと発言。また〈小説を書くことで、あの時代の熱を追体験したかったのかもしれない〉と述べている。映画作品は、広田玲央名、町田町蔵という斬新なキャスティングだが、原作とは切り口が異なる箇所が多い。

『抱かれる』（河出書房新社、93・4・10）

【抱かれる】（「文芸」92・秋）。毎夜、男に体を売り金銭を得ている高校生の少女は、母親の前で娘の顔をし、高校では優等生を演じている。離婚した両親が折半して家賃を支払うマンションに一人で暮らす。秘密の場所である古い廃屋の中にいる時だけ〈抱かれている〉気持ちになる。

【うさぎ】（書き下ろし）。母子家庭のような生活を送る少女は、池のほとりで出会った少年の家に行く。少年の体の下で、少女は体を引き裂かれるうさぎのことを思う。少

【時　間】（書き下ろし）。担任が男の教師に変わったとたん吹き出物と夜尿症が始まった少女。初潮をむかえ、〈人を振り向かせる娘〉へと変貌してゆく。

【儀　式】（書き下ろし）。入学祝いに浴室をもらった高校生の少女は、髪を洗うため毎朝浴室で長い時間を過ごす。

【木】（書き下ろし）。半島のマンションに移り住んだ少女は、学校帰り制服姿のまま都心を目指す列車に飛び乗って、昔の古い家へ足を運ぶ。

【万国旗】（書き下ろし）。父親が消え、見知らぬ男と酒を飲む母親のもとで暮らす少女は、母親から離れ、ダンサーになりたいと夢見ている。

【ガラスの魚】（「文芸」92・冬）。少女は郊外の町の水族館で見たグラス・フィッシュに魅せられる。再婚した母の相手の連れ子である兄は、高校中退して家を出て、外人部隊に憧れている。少女は兄と肉体関係を持つようになり、兄の部屋に頻繁に足を運ぶが、兄は不在がち。少女は拒食症になり倒れ入院。退院後、兄は港の倉庫の壁に車ごと激突して死ぬ。少女は腹を食いちぎられたグラス・フィシュを見に博物館へ向う。

評価　7篇からなる短編集。主人公はそれぞれ異なるが、名前は付与されず〈少女〉と表記され家庭に事情を持ち、いずれも隠れシェルターのような秘密の場所を持つ。「ガラスの魚」については「創作合評」（「群像」93・2）において、設定が型通りである点に批判が集中した。岩橋邦枝は、この小説の道具立ては新しいが、人物造形、話の設定が、文法通りであることに疑問を抱く。作品末尾で母親の写真を抱いて兄が死ぬことは〈母性原理そのままの発想〉であり、両親が離婚、母親も不在ゆえに子供がぐれるというのも、批判される考え方のはずだと指摘する。川村湊も、外人部隊、拒食症、グラス・フィッシュ、兄と妹の道ならぬ愛等の〈道具立て〉をあげながら、小説すべてが〈文学趣味〉と裁断。そこからはみ出るものは見つからなかったという。リービ英雄は、作者がある勘違いの上で文学性を通そうとしているという。この作品は、世間的なものの見方の踏襲がみえることが最大の難点だといえるだろう。

『声の娼婦』（講談社、95・1・20）

【声の娼婦】（「群像」93・5）。図書館に勤める女性が引越した先の電話番号は、耳だけを貸す〈銀の葡萄〉と同じ番号だった。彼女は、〈影〉と称する、リゾートマンションあたりからかかってくる男の声と、〈ジョーカー〉と称する声の身代わりの聞き手となる。勤め先の図書館では、本のすき間にピラミッド型の砂がいくつか積んである。同僚の図書館員浅羽の仕業だった。浅羽は図書館を辞め、故郷の家に招待する手紙を彼女によこすが彼女は行かない。彼女は、これまでのようなあてどもない暮らしではなく、一日一日を暮してゆこうと思う。

【私の知っている彼について】（「群像」91・8）。高速道路に面したビルの一室にあるヴィデオ・カメラを仕込まれたマネキン人形の語り。いつも外を眺めている彼女の部屋には、ひとつきに一度、服の脱がせ方が巧みな中年の男性が訪れる。向かい側の古ぼけた建物には、ひっそりと住む若い男性がおり、彼女は彼を隅々まで観察する。

【浮き島】（「群像」90・7）。40歳前後の佐和は、商社マンの夫・勇と東京近郊の団地で暮らす。二人の間に子供ができないと知った十年近く昔、佐和は不倫旅行をした。当時の夫は、二人だけの暮らしも悪くないと労わってくれたが、今はゴルフ接待等で忙しく、帰宅は眠るためだけ。ある日佐和は、同じ団地の4歳くらいの男の子に声をかけ、遊園地に連れ出してしまう。観覧車に乗せながら、自らの衝動的行動に戸惑う中で、日が暮れてゆく。

【魔　草】（「群像」94・9）。大麻をアパートの一室で密かに栽培する青年に、女性の管理人は不本意にも加担してしまう。

評価　現代の女たちを描いた作品集。「声の娼婦」については、「創作合評」（「群像」93・7）において論じられている。〈声でどれだけその人間を浮かび上がらせることができるかというのは大変な勝負どころ〉にもかかわらず、最初の自己規定に留まり〈突っ込み〉がないと批判され、〈大失敗の作品〉と評された。平林たい子文学賞の「選評」（「群像」95・9）では、佐伯彰一が〈ネオ都会派と申すべきか、着眼とセンスがすっきりと一貫していた〉と発言。河野多恵子は、短編集のあとがきに書かれた〈窃視〉という言葉に着目、作家の飛躍を期する。奥野健男は〈大都会に住むことのおびえや不思議さを鋭くとらえながら控え目に、寂しげに語っている〉点を魅力としてあげる。川村二郎は〈ミステリー風な趣向の案出〉に懸念を感じながらも、趣向の枠とどまらない転回に小説の存在理由が保証されているという。竹西寛子は、評価に際して〈小説としての安定と不安定の均衡の希薄さ〉に迷いを持ったという。青野聡は、書き手の位置や創作風景が反映された作品で、充実感があると評価。作者自身は、「座談会　意識が／を、みたす身体『わたし』のすべては、」（「早稲田文学」96・4）において、この小説を〈器官小説〉と呼び、〈自分と社会との距離を知るために、自分の内部に入りこんで、その手触りを得たい〉という欲求があったと語っている。「浮き島」については、「創作合評」（「群像」90・9）

において中野孝次が、四十前後の〈満ち足りた中の空虚感〉が丹念に書かれていると好意的な反応を示している。一方、千石英世は、倦怠感から出ようとする意志が見えず、虚しさに寄りかかった作品と否定的。「魔草」については、「創作合評」（「群像」98・3）において川村二郎が、登場人物の男が押し入れの中で赤い光を当てて、薬の原料の草を栽培しているというイメージに〈ハッとさせられた〉と言及。前出「選評」でも、佐伯彰一がスリルを生み出す作者の腕前を褒めている。作者は、日常の狭間に立ち現れる非日常的な題材に巡り合ったときに、書く力を宿らせてゆくといえよう。

『藺は緑』（中央公論社、95・5・7。「中央公論文芸特集」93・夏〜94・冬）

梗概 男友達に多摩川へ〈雉子狩り〉に行こうとを誘われる〈私〉、真夜中路上に座って空き缶を投げかけていた比和子、新聞記事を切り取るアルバイトに溜息をつく少女たち。

評価 都市の一隅でひっそりと生活する女たちを紡ぎ出す連作小説。収録作品は「雉子狩り」「草宮」「黄昏」「幽冥婚」「虹」「樹霊」「藺は緑」。ストーリーに起伏はあまりみられず、淡々とした筆致で全体が貫かれている。

『森の時代』（朝日新聞社、96・3・1。「小説TRIPPER」95・秋）

梗概 記憶喪失の少女と女装趣味をもつ少年が、ふとしたことから東京の片隅で出会う。同棲生活を送るうち記憶を回復した少女は、姉が毎晩実の父親に犯されたあげくに精神を病み自傷癖をもつようになったこと、自分がそんな父を刺したことを語り始める。

評価 「森の時代」については、作者自身がインタビュー「今月のひと　稲葉真弓」（「すばる」95・10）で、〈いまいちばん興味があるのは、特に若い世代に多い、性を逸脱していくような感覚〉と述べている。この作品執筆のために女装クラブへ足を運んだり、女装専門雑誌の編集者に会ったりして、取材したという。女装趣味の少年や少女の置かれた設定が、きまりきったものであることが作品の弱さであろう。

『ガラスの愛』（河出書房新社、97・1・20。書き下ろし）

梗概 少年を愛する男は、銭湯で出会った美しい少年を自宅へ誘い切り刻んだ。金魚鉢に入れて永遠に所有しようと望んだ。

評価 実際に起こった猟奇殺人事件をモデルにした作品。構想時に、作者はインタビュー「今月のひと　稲葉真弓」（「すばる」95・10）において、宮崎事件の原型のような誘拐殺人事件を題材にしていることに触れ、宮崎に肉体の不信感があったと主張する。〈いまの若い子たちって、自分の肉体を改造して、ものに変えてしまいたいと考えているようなところがある〉、〈現代版の『仮面の告白』みたいなものが書ければいいな〉と発言する。作品は、読者を引き付ける側面を持っているが、それがワイドショー的な興味本位の文脈から一線を画しているかどうかが重要だろう。

『猫に満ちる日』（講談社、98・7・25）

梗概　かつて男性と一緒に暮していたとき、二人で猫を飼い始めた。その後、男性は去り、〈私〉は猫だけを見つめて日常を送った。今では〈皮の袋になった〉猫と共有した七千日。

評価　「夜の胞子」（「海燕」96・1）「漂う箱」（「海燕」96・4）「竹が走る」（「海燕」96・6）「朝が二度くる」（「海燕」96・9）「交歓」（「群像」97・9）「七千日」（「群像」98・2）による連作。「夜の胞子」については、「創作合評」（「群像」96・3）において、主に二つの点が論じられている。一つは、ペットとの共棲の話ゆえのナルシシズムをどう隠すかという手管についてである。この小説は〈書き過ぎ〉でありもっと省略すべきという意見がある一方、むしろ書き過ぎることで、猫を異形のものへと変形していく魅力になっているという発言もみられる。もう一つの点は、表現が生きていない点だ。紋切り型の表現ではなく、恐さであるなら、作家の表現によって読者がその恐さを知るようなものが要請される。池内紀「書評」（「朝日新聞」98・8・30、東京朝刊）は、〈突き上げるような感情は、ていねいにおさえてある。それだけなおのこと、いのちをめぐっての深く、強い思いがつたわってくる〉〈このような（米村注：猫に対する）感応は、もしかすると、女性に特有のものなのではあるまいか〉という。小池真理子「ネコ好きはみんなで泣こう」（「週刊朝日」99・1・1〜8）は、〈都会でひとり暮らしを続ける女性の強靱さ、命に対する際限のない慈しみといったものが凛とした言葉〉で書き綴られた作品と評価。エッセイ『ミーのいない朝』（河出書房新社、99・4・12）も同内容を扱っている。

『水の中のザクロ』（講談社、99・11・22。「群像」99・4）

梗概　48歳になる一人暮らしのフリーライターの〈私〉は、失踪した友人康子を探しに、首都圏の〈ケンコウランド〉に通い始めた。そこで、あらゆる社会的関係から身を切り離そうとしている様々な女性たちと出会う。

評価　清水良典「『水の中のザクロ』稲葉真弓（今月の書評）」（「論座」00・3・4）は、健康ランドを〈異界から流れ込む裸のメッセージ〉として読み解く。〈人が家や家族に執着しながら営む生活とは別の、水のように流れ漂う生き方も、人生とのあり方なのではないか〉と本書のメッセージをポジテイヴに解する。小森陽一「文芸時評」（「朝日新聞」99・3・29、東京夕刊）は、この小説は、言葉を生理的に拒否せざるをえない身体感覚を、〈正確に言語化するという転倒を実現している〉と述べる。

『ガーデン・ガーデン』（講談社、00・8・22）

【ガーデン・ガーデン】（「群像」96・9）。恵比寿に巨大ビル街ができる以前の一九八〇年代前半、〈私〉は夫婦が他者にパートナーを与えたり、交換する機会を斡旋する専門雑誌の仕事をする。雑誌に送られてくる写真の性器を〝消す〟奇妙な作業に従事した頃の追想。

【クリア・ゾーン】（「新潮」98・1「夜の息子」を改題）。警備会社のガードマン岸辺は、万引きを見逃した代価に強姦した女性・美奈子と同棲する。同僚に振るった暴力ゆえに職を失った後も、定時にアパートを出て出勤しているふりをする。深夜の無人ビルの最上階から、向かいのマンションで暮らす女性を覗き見して楽しむが、ある日そのビルにマネキン人形があふれていた。

【春の亡霊】（「すばる」96・3）。自分の産んだ赤ん坊を死なせてしまった呵責から家を飛び出した女性が、風俗店で働きながら、娘の命日にホテルから飛び出した家を双眼鏡で眺める。

評価　「夜の息子」（後、「クリア・ゾーン」に改題）については、「創作合評」（「群像」98・3）において、田久保英夫が、男性を常に必要とする美奈子とマンションで一人暮らしする女性の対比の構図が生きているものの、それ以上は何もない内容という。川村二郎は、〈水〉のモチーフはあるが雰囲気ばかりが強調され、具体的な輪郭がとれていないと否定的。津島佑子も、作品に深い衝動や新鮮な印象が読み取れず、読むに足りないものになる寸前で〈何とか踏みとどまっている〉作品と捉える。「ガーデン・ガーデン」については、「創作合評」（「群像」96・11）において、小説の描写の平板さが俎上に載せられる。大杉重男は、〈小説だったら社会学や風俗史を超えて小説そのものの中に、そのことを積極的に描写している部分が欲しい〉といい、絓秀実は〈風俗小説以前〉という。「春の亡霊」については、「創作合評」（「群像」96・5）において、岩崎邦枝が〈図面どおりにこしらえた模型〉と辛口批評をする。高井有一も〈素人が一所懸命つくった作品という印象〉と批判。辻原登も〈すべてが二番煎じ、ステレオタイプ〉と否定的。紋切型の表現や陳腐な表現を克服することが、課題とされていよう。

参考文献　「新人作家33人の現在」（「文学界」89・5）、長江曜子「稲葉真弓（女性作家の新流―新世代の女性作家）」（「解釈と鑑賞」別冊　91・5）、「今月のひと　稲葉真弓」（「すばる」95・10）、「座談会　意識が／を、みたす身体『わたし』のすべては、」（「早稲田文学」96・4）

（**米村みゆき**）

江國香織

（えくに・かおり）

略歴　64年3月21日東京都生まれ。本名も同じ。父は作家の江國滋。目白学園短期大学国語国文科卒業。出版社勤務、アテネ・フランセを経て、アメリカのデラウェア大学に1年間留学。87年「草之丞の話」で毎日新聞社「はないちもんめ」《小さな童話》大賞を受賞。89年「409ラドクリフ」で第1回フェミナ賞を受賞。91年刊行の「きらきらひかる」がベストセラーとなり、92年には同作品で紫式部文学賞を受賞。「こうばしい日々」で91年に産経児童出版文化賞受賞、92年に坪井譲治文学賞受賞。98年「ぼくの小鳥ちゃん」で路傍の石文学賞受賞。小説は現代女性の日常を描いたものから、夢幻的、やや怪奇的なものまで幅広く、少年少女から大人の男女まで様々な人物を描き分ける。他にも、エッセイや対談集、詩をはじめとして、童話や絵本の執筆や翻訳、紹介など、執筆活動は多岐にわたっており、洗練された感性で独自の作風を築き上げている。江國香織の魅力は現代の若い女性の多くが抱えている悩みや問題点を直感的に感じ取り、それらを繊細な感受性を通して微妙なタッチで描く点にある。なお、絵本の翻訳を通じて数多くの優れた外国の絵本を紹介するなど、児童文学の方面に果たす功績も大きい。小説は、後に紹介する。

他に、『温かなお皿』（理論社、93・6）、『なつのひかり』（集英社、95・11・10）、『落下する夕方』（角川書店、96・10・30）、『いくつもの週末』（世界文化社、97・10・20）、『神様のボート』（新潮社、99・7・15）、『薔薇の木枇杷の木檸檬の木』（集英社、00・4・30）、『ウエハースの椅子』（角川春樹事務所、01・2・8）、『ホテルカクタス』（ビリケン出版、01・4）辻仁成との共著『愛蔵版 冷静と情熱のあいだ』（角川書店、01・6・10）、『江國香織とっておき作品集』（マガジンハウス、01・8・23）。エッセイに『都の子』（文化出版局、94・6・12）、『泣かない子供』（大和書房、96・5・31）、『絵本を抱えて部屋のすみへ』（白泉社、97・6・30）『日のあたる白い壁』（白泉社、01・7・23）、『泣く大人』（世界文化社、01・7・30）。甲斐よしひろ他との対談集『十五歳の残像』（新潮社・98・10・30）、辻仁成との対談集『恋するために生まれた』（幻冬舎、01・6・10）。また、絵本の翻訳に『心の小鳥』（河出書房新社、99・6・18）他。

『つめたいよるに』

（理論社、89・8。新潮文庫、96・6・1）

【デューク】（初出記載なし）。愛犬デュークを失った21歳の〈私〉は泣きながら電車に乗ってアルバイトへ向かう。その姿を見た19歳の少年が彼女に席を譲ったことがきっかけで、二人は一日を共にすることになる。プールと美術館と落語に行って一日が終わり、別れ際に少年が彼女にキスをすると、そのキスは愛犬デュークのキスにそっくりだった。

【夏の少し前】（初出記載なし）。裁縫の苦手な中学一年生の洋子は課題を終わらせるために学校で居残りをする。そこに小学校時代にあこがれていた涼ちゃんが大人になった姿で現われ、いつの間にか自分も成長しており、二人は結婚していて子供までいる。やがて、会話からその小さな子供が自分たちの子供ではなく孫であることに気づき、気がつくと二人の姿も年老いている。そこに友達の橋本さんが現われ、洋子は夢から目覚める。

【僕はジャングルに住みたい】（初出記載なし）。小学校卒業を間近に控えた暮林恭介は、クラスの女の子から別れの言葉を綴るサイン帖に記入を頼まれても全て断ってしまう。恭介は中学に進むことで楽しかった今までの生活が失われることを内心寂しく思っており、いっそジャングルに移り住みたいと夢想する。ある日、下駄箱に同級生の野村さんのサイン帖が入っていて、恭介はそれに〈俺たちに明日はない〉と以前に観た映画の題名を書き込んで彼女に渡す。

【桃　子】（初出記載なし）。両親を事故で亡くし伯母夫婦に引き取られた7歳の桃子は、彼等が留守の間禅寺に預けられる。そこでは19歳の修行僧天隆が世話係を命じられるが、やがて二人は恋仲となり、山を降りて二人で暮したいと和尚に申し出て厳しく咎められる。伯母夫婦が桃子を連れ戻しにくると、桃子は白い小鳥となって空に飛び去り、天隆の頭には青い花が咲く。半年後、白い小鳥となった桃子が天隆の頭に咲いた青い花のもとに帰ってくると、花は青さを増して咲き続け、天隆はみるみるやせ衰えていった。

【草之丞の話】（初出記載なし）。風太郎は中学生で、母れいこは女手一つで彼を育ててきた女優である。7月のある日曜日、風太郎が台所に行くと母と一緒に侍姿の男が立っていた。侍の名は草之丞といい、母が新米女優だった頃に一目ぼれをして下界に降りてきた幽霊で、しかも風太郎の父であると告げられて風太郎は仰天する。その後、しばらくは草之丞と母と風太郎の三人で過ごすが、12月のある日、草之丞は風太郎に母を任せて、別れの言葉を残して彼らの前から姿を消す。

【鬼ばばあ】（初出記載なし）。小学四年生の時夫は、偶然知り合ったトキという老婆に会うために養老院に行く。時夫はそれから毎日トキに会いに行くが、ある日訪れるとトキはぼけて以前とすっかり様子が変わっていた。怖くなった時夫は、一度はトキに会いに行くことをやめるが、意を決して再び養老院を訪れ、トキとの交友が再開する。時夫は、次に来る時は自分の友達を紹介すると約束するが、一ヶ月ほど会わない間にトキは亡くなっていた。

【夜の子供たち】（初出記載なし）。〈基地ごっこ〉をしていた若い男に〈夜の子ども〉が遊びにこないうちに早く帰れと言われる。その夜、涼介が家を抜け出して〈基地〉の様子を見に行くと、何と涼介の両親や友達の親が昼間の涼介達のように〈基地ごっこ〉をしていた。涼介は驚き、呆然としたまま家に戻る。翌朝、涼介が食事に行くと、何も無かったように両親がそこにいるが、ふと見た母のエプロンに〈基地ごっこ〉の時の汚れがついていた。

【いつか、ずっと昔】（初出記載なし）。浩一との結婚を間近に控えたれいこは、彼と夜桜見物に出かけ、そこで一匹の蛇を見かける。その蛇をみているうちにれいこは自分の前世が蛇だったことを思い出し、目の前の蛇がかつての自分の恋人だったことに気づく。れいこはその後、同じように前世の姿をした恋人に呼び戻されて、豚、貝と、次々と姿を変えていく。ふと気づくと、花びらの横に浩一がいた。れいこは、昔の恋人たちにさよならを言う。

【スイート・ラバーズ】（初出記載なし）。ある夏、麻子は心臓を悪くして入院している祖父の看病で病院通いの日々を送っていた。麻子は祖父の妻さよに似ていると祖父は語る。九月のある日、いちじくが食べたいという祖父のために麻子が買いに行って戻ってくると既に祖父は亡くなっていた。ふと、麻子の後ろから祖父の声が聞こえ、麻子の意思に反してもう一人の麻子がそれに答えた。その言葉は祖母さよの言葉だった。祖父とさよは手を取って病室を去っていき、麻子は後ろからその姿を見送った。

評価　デビュー作「桃子」や、87年毎日新聞「はないちもんめ」《小さな童話》大賞を受賞した「草之丞の話」を含む、全九話を掲載した短編集。児童作家的と見なされることの多い作者であるが、「桃子」のような怪奇的な短編でデビューしている点は注目される。江國香織の小説は一般的に長編の方がよく知られているが、短編作品も数多くあり、中でも「デューク」はテンポもよく完成度が高い。江國香織の小説は、長編と短編では微妙に作風が違い、総じて非現実的、幻想的な短編の作品世界は江國香織の特質を顕著に表しているといえよう。なお、「桃子」「草之丞の話」「デューク」は、それぞれ絵本としても出版されている。

『こうばしい日々』（あかね書房、90・9・30）

梗概　11歳の大介は、父の仕事の都合で2歳の時から家族と一緒にアメリカに来て暮している。10月のある日、大介はガールフレンドのジルと、日本びいきの大学生ウィルに海へドライブに連れて行ってもらい、そこでジルに誘われるままにファーストキスをする。10月の半ば過ぎ、大介は学校で劇の主役に選ばれ、ジルがヒロイン役に立候補したことから同級生サミュエルにひやかされ、大介とサミュエルは摑み合いのけんかをする。次第に大介に対して母親のような態度を取るようになり、一方ジルは、大介はついにはジルともけんかをしてしまう。大介は次々と起こる事態に戸惑い、以前、姉の恋人デイヴィッドに言われた〈アメリカ男は少女には寛大になってやるべきだ〉という言葉を思い出す。大介は今度は自分からジルにキスをして二人は仲直りをする。

評価　91年産経児童出版文化賞を受賞した作品。少年から青年への移行期となる十一、二歳の男の子の微妙な心理を描く。異性との交際や友情といった普遍的な問題に直面しながらも、大介はあまり深く悩まず前向きに事態に対処していくため読後感は爽快である。大介の周囲には、日本びいきのウィルや、父の同僚で未婚の島田さん、給食係のパーネルさんとクーパーさんの初老の恋愛など様々な大人たちの人間模様が存在するが、それらは年少の大介の目を通して描かれるためか、やや平板な印象を受ける。また、国籍にまつわるアイデンティティーの問題に触れている点は『冷静と情熱のあいだ Rosso』と共通する。

『綿菓子』（理論社、91・2）

梗概　小学六年生のみのりは、姉かよこのかつての恋人だった大学生の次郎に密かに恋している。みのりは、かよこが次郎を差し置いて急にお見合いをし、現在の夫である島木と結婚してしまったことに納得がいかず、自分は〈結婚じゃなく、はげしい恋に生きよう〉（傍点原文）と心に思う。ある日みのりは祖母から、祖母の友人絹子が祖父の恋人で、祖父が絹子の家で死んだことを知らされて驚く。やがてみのりは中学に進学し、そこでみほと友達になるが、みほは両親が離婚したため横浜の中学に転校してしまう。ある日、みのりが島木の運転で家に帰る途中、偶然次郎を見かけて再会を果たすが、そこで次郎が島木と顔見知りであることを知って驚く。みのりは次郎のアルバイト先に顔を出すようになり、ある日、塾の帰りに次郎のマンションへ行くと、そこで次郎にコーヒーを口移しで飲まされて恍惚となる。

評価　みのりの目に映る様々な夫婦関係はいずれも彼女には理解しがたく、そのためみのりは結婚に対する理想が抱けない。ここで見られる、かよこ―島木―次郎、祖母―祖父―絹子の三角関係は、「きらきらひかる」の笑子―睦月―紺の関係にも通じるが、これらの特徴は、本来なら夫婦関係を脅かす第三者の存在（ここでは次郎、絹子、紺）が、夫婦のどちらからも積極的に容認されている点にある。このような三角関係のあり方は、一夫一婦制的な束縛にとらわれない現代的な夫婦関係のあり方として目をひく。なお、本作品は、主人公みのりの語りを軸に、全六章がそれぞれ独立した短編としても読めるように構成されている。

『きらきらひかる』（新潮社、91・5・5。新潮文庫、94・6・1。「るるぶ」90・1〜12）

梗概 睦月と笑子は見合いで結婚するが、睦月はホモで潔癖症、一方の笑子は情緒不安定のアル中というお互いの弱みを知った上での〈恋人を持つ自由のある〉結婚だった。睦月には紺という年下の大学生の恋人がいるが、事情を知らない笑子の親は孫の出産を期待し、一方、睦月の親は人工授精での出産を持ちかける。ある日、笑子は睦月の友人たちを自宅に招いたパーティーで紺と対面し、交流が芽生えるが次第に鬱になっていく。やがて、睦月がホモだという事実が笑子の友人瑞穂を通じて笑子の両親の耳に入り、ついには両家の親族会議が開かれるまでに事態は悪化する。二人の窮状を見かねた紺は行方不明となり、笑子は睦月を連れて両親のもとに行き、そこで睦月に紺と別れたと嘘の告白をさせることで、ひとまず事態の収拾を図る。ところが二人の結婚一周年記念日に、睦月が笑子に階下の202号室に呼び出されて行くと、そこには行方不明のはずの紺が笑子と居り、二人が途中から密かに連絡を取り合っていたことを知る。202号室は紺の新しい住居となり、三人の新たな生活が始まる。

評価 ベストセラーを記録し、出世作となった作品で、92年紫式部文学賞受賞、フジテレビより映画化（松岡錠司監督・薬師丸ひろ子主演）もされた。主人公の二人は、ホモ、潔癖症、情緒不安定、アル中といった《現代の病》を割り切ることで新婚生活をスタートさせる。しかし、睦月の愛が紺に少なからず向けられているという事実は動かし難く、また、性生活のない二人の夫婦生活は周囲が期待する出産をもたらさず、親の意向にもそえない。これらの問題点を一挙に解決する手段として笑子が考え出したのが睦月と紺の精子を交ぜ合わせた上での人工授精という方法だが、睦月の紺への愛や親の出産への期待を全て損なわずに事態を乗り切ろうと苦心する笑子の姿勢は、その非科学性の難よりもむしろ自己犠牲的ないじらしさを感じさせる。最終的には、三人で準同居生活を開始し、お互いの愛を共有するという結論に至って物語は終わるが、当初に浮上した様々な問題点は小説内では解決をみない。なお、本作品は、一つの現実が笑子の〈私〉と睦月の〈僕〉という二つの語りによって、交互に語られていく形で物語が描かれている。

『ホリー・ガーデン』（新潮社、94・9・30。新潮文庫、98・3・1。「波」92・1〜93・12）

梗概　30歳を間近に控えた野島果歩は眼鏡屋の店員で、同僚で年下の中野さとるに慕われているが、以前付き合っていた津久井の事が忘れられず、眼科医の柴原や大学生のこうなど多くの男性と肉体関係をもっている。一方、果歩の幼馴染である静枝は都立高校の美術教師をしており、岡山に住む芸術家芹沢と不倫をしている。果歩はかつて津久井との気まぐれな関係に疲れ〈スイート・ホリック〉（心因性摂食障害）に陥り、入院した経験をもつ。一方、果歩のもとに足繁く通う中野は、生来の前向きさで粘り強く果歩のもとに通うがなかなか報われず、ある日偶然に、果歩が津久井と交際していた頃の二人の写真をみつけ、ひどく落胆する。様子を見かねた静枝は果歩の自堕落な男性関係を咎めて口論となる。果歩は中野との関係を清算しようと考えていたが、逆に中野の方が先に別れ話を持ちかけてきたため混乱し、そこで初めて中野の存在の重要さに気づく。中野はそのまま果歩の家に住み、二人の新しい生活が始まる。

評価　果歩と中野の関係を〈「Love（愛）」よりも「Affection（優しさ）」〉と斎藤英治が評したように（新潮文庫版「あとがき」）、果歩の中に留まる津久井の記憶を消し去ったのは、〈愛〉ではなく中野の〈優しさ〉であった。果歩と静枝の生き方や考え方は、一見対極的にみえながらも、いずれも現代独身女性の一典型をなすといえる。一途な精神性を貫くがゆえに到達する不倫と、一途さが破綻したことによる反動としての不特定多数の男性との交際は、ともに現代に特有なある種の〈純粋さ〉ゆえの帰結だが、本作品の現代性はむしろ、例えば、静枝が昔の恋人である祥之介に、不倫の関係はむなしくないかと問われてきっぱりと否定する姿、つまり、結婚＝幸福、不倫＝不幸という前提がもはや全く成立しないという点に表われているといえよう。

『流しの下の骨』（マガジンハウス、96・7・25。新潮社、99・10・1。「鳩よ！」94・12〜96・3）

梗概　宮坂こと子は高校卒業後、進学も就職もアルバイトもしないまま20歳を迎えようとしている。ある日、次姉のしま子が恋人を家に紹介すると言い、連れてきたのは葛井美也子という女性だった。彼女は父親の分からない子を妊娠しており、しま子はその子を引き取って育てたいと言い出して両親の反対にあう。結局、美也子は堕胎するが、しま子はひどく落胆する。また、ある日、長姉のそよが夫のもとを出て家に帰ってくる。そよはその後も一向に戻ろうとせず、ついには離婚を決意する。一方、しま子は新しい恋人が出来て元気を取り戻す。ある日、今度は弟の律が他人の人形作りを代行することで金を貰ったことがアルバイトにあたるという理由で停学になる。そよは正式に離婚して宮坂家に帰ってくるが、前夫の子供を妊娠しており、しかもそのことを前夫に告げていなかった。そよが帰ってきて再び家族がそろった宮坂家は記念写真を撮るべく写真館に向かう。

評価 注目されるのはこと子を含めた三姉妹のそれぞれの男女関係のあり方だろう。長姉のそよは夫への愛情の有無や離婚の原因など全てが曖昧である。一方、しま子が美也子の子供を欲しがるのは、夫は要らないが子供は欲しいという願望の表れで、そよも前夫との間に出来た子を孕んでいることを彼に告げずに帰ってくる点など、基本的にしま子と同様であると考えられる。こと子は三姉妹の中で唯一深町直人との安定した交際が続いているが、性行為も半ば義務的で旅行の誘いも用事で断るなど、その安定は彼と一定の距離を保つことで成り立っている。男性への期待感が薄れる一方で、子供だけを欲する点など、現代に生きる女性の率直な心情が反映された作品といえよう。

『ぼくの小鳥ちゃん』（あかね書房、97・11・11）

梗概 ある雪の降る朝、〈ぼく〉のアパートの窓に白い雌の小鳥が舞い込んでくる。気位の高い〈小鳥ちゃん〉にしばしば手を焼きながらも、〈ぼく〉と〈小鳥ちゃん〉は《共同生活》を始めることになる。ある日、〈ぼく〉がガールフレンドとスケートに行くと、〈小鳥ちゃん〉は仲の良い二人の様子に嫉妬し、自分もスケートがしたいと言い出す。〈ぼく〉は〈小鳥ちゃん〉のためにスケート靴を作り、盥に水を張って凍らせたスケートリンクを作ってやり、〈小鳥ちゃん〉はそこで楽しそうにスケートをする。ところがある日、〈ぼく〉が水もれを知らせに階上の家に行くと、そこに住む初老の夫婦になつく〈小鳥ちゃん〉の姿を目撃して深く傷つく。〈ぼく〉はガールフレンドとのドライブも気乗りがせず、逆に彼女を怒らせてしまい、家に帰ると〈小鳥ちゃん〉と無言のまま気まずい雰囲気で夕食を済ませる。翌朝、気を取り直した彼女が〈ぼく〉の家に来て大掃除をすることになり、二人と一羽は奇妙な三角関係のまま、新しい春を迎える。

評価 98年路傍の石文学賞受賞。〈ぼく〉と小鳥とガールフレンドの風変わりな三角関係を描く。ガールフレンドは小鳥と会話が出来ないため小鳥に対して恋敵という意識を持たずむしろ可愛がっている。一方、〈ぼく〉は小鳥と会話ができるためにガールフレンドと小鳥の間で板挟みの状態となり、〈ぼく〉が前に飼っていた小鳥に指摘された〈うけいれすぎる〉という欠点が浮き彫りにされる。〈ぼく〉は、初老の夫婦の家で小鳥を見かけて以来、嫉妬心を感じている自分に気づき、以後、〈ぼく〉がどのようにして〈うけいれすぎる〉という自身の欠点を克服していくのかが焦点となるところだが、物語はその手前で終わっている。

『冷静と情熱のあいだRosso』（角川書店、99・9・30。「月刊カドカワ」97・6〜98・2。「feature」98・5〜99・7）

梗概 あおいはワインの輸入会社を営む38歳のアメリカ人マーヴ（マーヴィン）とミラノで同棲しながら、週3回アンティークや創作のジュエリーを売る店で働いている。二人の同棲生活は何一つ不満のないものであったが、あおいはかつて東京の大学に通っていたときに付き合っていた阿形順正のことが忘れられない。ある日、幼なじみで同じ東京の大学に通っていた崇があおいのもとを訪れ、しばらく後、崇からあおいの住所を聞きだした順正から、あおいのもとに一通の手紙が届きあおいは激しく動揺する。あおいの様子の変化に気づいたマーヴは順正のことを聞き出そうとしてあおいと口論になり、あおいは翌日、荷物をまとめてマーヴのアパートを去る。あおいは10年前の順正との約束—二〇〇〇年五月二十五日のあおいの誕生日にフィレツェのドゥオモで会う—を果たすために、フィレンツェのドゥオモに行くと順正もそこに来ていた。二人はフィレンツェで至福の3日間を共に過ごして再び別れる。

評価 あおいと順正の恋愛を、あおいの側から江國香織が〈Rosso〉と題して描き、順正の側から辻仁成が〈Blu〉と題して描いてベストセラーとなった作品。東宝より映画化され、01年11月10日に公開が予定されている（中江功監督・竹野内豊、ケリー・チャン主演）。厳密には共著と考えるべきで、〈これはあおいの物語です。—略—そして、恋に関する限り、すべての半分の物語です〉（「あとがき」）と江國自身が断っているように、最終的には本作品は辻仁成の書いた〈Blu〉と合わせて論じる必要があろう。一つの恋愛を女性の側から女性作家が描き、男性の側から男性作家が描くという、今までにありそうでなかったこの企画は、新しい創作上の試みとして注目され、一つの物語で二度楽しめる点や別の作家で同様の企画が可能であるなど、興味深い点が多い。作品自体は典型的なロマンス小説で特に新しい要素はなく、江國香織の作品の中ではむしろ古風な印象を受ける。辻仁成との共著は、他に対談集『恋するために生まれた』（幻冬舎、01・6・10）がある。

参考文献 『性愛を書く！』（対談、共著・ビレッジセンター出版局、98・10・22）、『恋するために生まれた』（辻仁成との対談集・幻冬舎、01・6・10）、「江國香織自身による江國香織スペシャル」他（「月刊カドカワ」94・4）、「特集 江國香織少女の変貌」（「鳩よ！」99・2）、「江國香織解体新書」（「ダ・ヴィンチ」99・8）

（丸山 俊）

小川洋子（おがわ・ようこ）

略歴　62年3月30日、岡山県岡山市生まれ。祖父は金光教の教祖であった。65年、弟和道誕生。6歳の頃から「少年少女世界文学全集」を毎月購読し、自分でも物語を作るようになる。中学生の頃『アンネの日記』に出会い愛読書となる。80年、早稲田大学第一文学部入学。大学ではサークル「現代文学会」に所属。村上春樹などの小説を読んだ。84年、大学を卒業。岡山県倉敷市の川崎医大秘書室に就職する。86年9月、川崎製鉄のエンジニア、小川隆夫と結婚し、それを機に退職し倉敷市に住む。このころから本格的に小説を書き始める。88年「揚羽蝶が壊れる時」で、第7回「海燕」新人文学賞を受賞する。89年8月、長男祐樹が誕生。「完璧な病室」で初めて芥川賞候補となる。以降、「ダイヴィング・プール」「冷めない紅茶」で候補となり、91年に「妊娠カレンダー」で第104回芥川賞を受賞する。二十代の女性では戦後初の芥川賞受賞者として話題を呼んだ。94年6月末から7月上旬にかけて、ドイツ・オランダ・ポーランドのアンネ・フランクゆかりの地を旅する。この取材から『アンネ・フランクの記憶』（角川書店、95・8・25。角川文庫、98・11・25）を刊行する。エッセイ集に、自作解説（「カドカワ」93・6）等を収録し、創作へと向かう気持を綴った『妖精が舞い下りる夜』（角川書店、93・7・30。角川文庫、97・9・25）、幼いころのこと、神のこと、家族のこと、小説のことなどを綴った『深き心の底より』（海竜社、99・7・24）がある。「完璧な病室」「妊娠カレンダー」は『〈女性作家シリーズ22〉』（角川書店、98・2・25）に収録された。

『完璧な病室』（福武書店、89・9・15。福武文庫、91・12・16）

【完璧な病室】　（「海燕」89・3）。弟はいつでも、病院の〈完璧な土曜日の記憶の中にいる〉。姉の〈わたし〉が消化器外科学教室の秘書として働く大学病院に入院した弟は、一年くらいしか生きられない体だと担当のS医師から知らされる。〈わたし〉は殆ど何も受けつけない弟のために唯一クリアできるぶどうを買い求める。〈わたし〉は精神病を病み銀行強盗に射殺された母との生活、現在の夫との有機物が溢れた生活から逃れるように、無機質な弟のいる完璧な病室と、S医師に、安らぎを求める。弟は桜のころ死に、S医師も孤児院を継ぐため〈わたし〉の元を去った。

【揚羽蝶が壊れる時】　（「海燕」88・11）。痴呆症の祖母、さえを施設「新天地」へ入所させる。一人残された〈わたし〉は、どちらの世界が正常なのか分からなくなる。ミコトとの生命を宿している〈わたし〉は自身と自身の内側とどちらが現実なんだろうと考え、ミコトの詩に書かれた揚羽蝶のノイズは〈わたし〉の子宮から発せられるものだと思う。〈わたし〉はカレンダーをやぶり、揚羽蝶の標本を握りつぶした。

評価 〈感覚的に世界をとらえて〉いるが、〈結局はナルシズムの文学〉、〈リアリティがない〉(「創作合評」「群像」89・4)と言われるも、ナルシズムこそがこの作品を成立させているとする山口哲理の評価(「マリクレール」90・2)や、生活に完璧を求める姿に現代文明を読む千葉俊二の評価(『女性作家の新流』)がある。「揚羽蝶が壊れる時」は、大学の卒業論文(原題「情けない週末」)を書き直したものである。「第7回「海燕」新人文学賞選後評」(「海燕」98・11)では難点も指摘されているが〈すぐれた表現の質〉(吉井由吉)が認められ、作家としての将来性が高く評価された。また、妊娠への嫌悪は、「妊娠カレンダー」に繋がっている。作品集は台湾で翻訳(『純白的渴望』方智出版社、99・10)されている。

『冷めない紅茶』(福武書店、90・8・15。福武文庫、93・6・10)

【冷めない紅茶】(「海燕」90・5)。〈わたし〉は中学の同級生の葬儀に出かけ、中学の同級生だったK君と再会する。〈わたし〉はサトウと同棲しているが、何故だかわからない嫌悪をサトウに感じている。K君の家を訪ね、中学で図書館の司書をしていた〈にじむように美しい〉彼女と三人で紅茶を飲む。部屋を整理していると中学の時返却し忘れた本を見つけ、図書館に返しに行くが、図書館は5年前に死者を出すほど完全に焼けてしまい、今は新しくなっていた。K君のいれてくれた紅茶は少しも冷めることがなく、〈わたし〉は〈ねじれの渦にはまりこんでい〉ることを知る。

【ダイヴィング・プール】(「海燕」89・12)。宗教家である父母のもと、孤児のあふれるひかり園で〈わたし〉、彩は育った。〈わたし〉は、孤児たちの中で自分が最も不幸な孤児だと思う。そんな中で〈わたし〉は残酷な気持ちになり幼いリエをいじめる。高校生の孤児、純の飛び込みをする姿を眺めるのを救いにし、彼の優しさにうずもれたいと願うが、リエの食中毒の原因を気づかれ、〈わたし〉はその願いがかなわないことを感じ、後悔するのだった。

評価 〈絶妙な手ざわりの比喩〉(〈麻〉「すばる」90・11)を持ち、〈きめ細やかな言葉つむぎだ〉(中条省平「マリクレール」90・12)した作品として言葉の完成度が評価された。また〈言語不信の小説〉(中条)として、小川文学の独創性が指摘されている。三浦雅士は、〈夢の映像自体が漫画化している〉として、少女漫画との結びつきを見、〈私小説的な伝統を断ち切るには有効〉(「海燕」90・10)と述べた。〈夢幻と現実とを溶解し揺らめかせた、繊細かつ特異な作品集〉(〈麻〉)である。作品集『冷めない紅茶』は台湾で翻訳（『不冷的紅茶』方智出版社、00・3）されている。

『妊娠カレンダー』（文芸春秋、91・2・25。文春文庫、94・2・10）

【妊娠カレンダー】（「文学界」90・9）。同居している姉が妊娠した。姉は時々精神科医の二階堂先生のところに通っている。夫婦というものさえ理解できない〈わたし〉は、姉の妊娠にもどう関わったらよいか分からない。つわりで失われていた姉の食欲が戻ると、〈わたし〉は皮に残るPWHが、胎児の染色体を破壊するのを想像しながら、グレープフルーツのジャムを作る。姉は出産をむかえ〈わたしは、破壊された姉の赤ん坊に会うために〉歩きだす。

【ドミトリイ】（「海燕」90・12）。最近〈わたし〉にはある音が聞え、それは大学時代過ごした学生寮を思い出させる。〈わたし〉はもうすぐ夫のいる、スウェーデンに行かなくてはならない。いとこが、学生寮に入ることになり6年振りに学生寮を訪れる。寮は何も変わっていなかったが、寮生の行方不明事件から寮生はいとこの他誰もいなかったし、右足しかない先生には、肋骨が心臓につきささろうとしていた。先生の部屋の天井から垂れる血のような液体は、蜜蜂の蜜で、それは〈わたし〉の手を流れ続けた。

【夕暮の給食室と雨のプール】（「文学界」91・3）。〈わたし〉は犬のジュジュと、結婚後住むための家にひと足さきに引越をした。雨の日、玄関に現れた〈ある種の宗教勧誘員〉の男は3歳ぐらいの男の子をつれていた。小学校近くで再会した〈わたし〉は男に《夕暮の給食室と雨のプール》についての話を聞く。

評価　「芥川賞選評」（「文芸春秋」91・3）では〈文章がよかった〉（河野多惠子）、〈文章も感覚がよくて、ものごとを一つ一つ的確に伝へてくれる。〉（丸谷才一）、〈透明で鋭敏な文章〉（吉行淳之介）、〈優れた作品は必ずよい文体を持っている。〉（三浦哲郎）と、文章が高い評価を得た一方で、〈曖昧さが残る〉（黒井千次）、〈現実的手ごたえをしのばせる工夫が、今後の展開には必要〉（大江健三郎）というように〈曖昧さ〉を否定的に捉える評価もあった。作品の末尾に関しては、〈よくわからなかつた。〉（丸谷）、〈わからない〉（吉行）とされ、選考会でも〈わたし〉の意識の所在を巡って末尾の読みは分れたという。これに対して小川自身は〈曖昧そのものの世界を書〉いて〈正常か異常とかという境界線のない世界の話〉（「文学界」91・3）だと述べており、その意味で〈わからない〉という評価は作者の意図するものであったと言えよう。笠井潔は女性の〈新しい自意識の誕生〉（『ニュー・フェミニズム・レビュー2』）を読んでいたが、男性評者が〈まさしく女でなければ理解し得ない〉、〈すさまじい〉（あ）「週刊読売」91・4・7）と感じ、姉が体温を測り続けていたことを奇妙なことだとる（川村湊「週刊現代」91・4・6）一方で、女性の評者は〈なつかしさ〉（中沢けい「朝日新聞」91・4・7）を感じていおり、この感覚の差異は興味深い。他には村上春樹との類似が指摘（「朝日新聞」91・3・18「すばる」91・4「週刊読書人」91・4・15）されている。また高橋源一郎は〈気持ちがいいところだけは全部知っているけれども、気持ちが悪くなるかもしれない部分に来ると全部記憶喪失になっている〉、〈責任者はどこにいるのか〉（「創作合評」「群像」91・4）という疑問を提示している。「妊娠カレンダー」は仏訳（『LA GROSSESSE』ACTES SUD、97・3。後に『LA PISCINE・LES ABEILLES・LA GROSSESSE』ACTES SUD、98・10に収録）が、伊訳『ROSE DEL GIAPPONE』に「Dirio di una gravidanza」が収録された。「ドミトリイ」は仏訳『Les abeilles』（ACTES SUD、95・9。後に『LA PISCINE・LES ABEILLES・LA GROSSESSE』収録）がある。「夕暮の給食室と雨のプール」は仏訳『Le refectoire un soir et une piscine sous la pluie』（ACTES SUD、98・10）がある。また作品集は、台湾で翻訳（『不安的幸福』方智出版社、99・9）されている。

『シュガータイム』

（中央公論社、91・2・25。「マリ・クレール」90・3〜91・2。中公文庫、94・4・10）

梗概 〈三週間ほど前から、わたしは奇妙な日記をつけ始め〉る。その日食べたものを箇条書きにした日記だ。過食症の原因になるようなことは何も考えられない。ただ、ホテルでバイトを始めたことと、神道宗教の教会で修業をするため、弟航平が引っ越してきたことに関係があるのではと感じている。血のつながりのない、航平は背の伸びない病気である。恋人の吉田さんとの間には性交渉はないが、〈わたし〉は満足している。約束した大学野球の観戦に吉田さんは来なかった。交通事故にあったというが、それから連絡がとだえる。吉田さんから来た手紙にはソ連に留学すること、そしてそこに女性を連れていくことが書かれていた。〈わたし〉は航平とならソ連のオーロラの幻から逃れられるのではないかと思い〈完璧な食事を実現〉する。食事の後〈日記〉を一枚一枚ハサミで切った。翌日、大学生活最後の野球観戦に行った〈わたし〉は勝利の時、昨日作った紙ふぶきをまいた。

評価 初めての長編小説であるこの作品で、作者は〈少ない語数で単純な語彙を用いながら、驚くほどなまなましい物質の感触を定着し〉〈独創性〉（中条省平「マリクレール」91・5）を確固たるものとした、〈本能への畏怖や憎しみを、この新鋭女流作家はリリシズムにみちた文章で表現して成功した〉（〈杉〉「すばる」91・5）と評価された。野谷文昭は〈この小説には葛藤というものがない〉（「新潮」91・5）、村田喜代子は〈希薄な世界〉と評したが、それらは小川文学の独創性として受け入れられた。林真理子は主人公に〈共感〉できる（文庫解説）として、評論家とは違ったレベルで、このある種の青春小説を読んでいる。

『余白の愛』（福武書店、91・11・15。「海燕」91・11。福武文庫、93・11・10）

梗概　難聴をテーマにした雑誌の座談会で〈わたし〉は、速記者Yに出会い、その指に惹かれる。再入院し、〈わたし〉は夫と離婚する。〈わたし〉は13歳のころ初めてデートした博物館のベートーベンの補聴器を思い出す。Yと再会した〈わたし〉はYの指が憶えた物語を聞き、〈わたし〉の記憶を速記してもらう。〈わたし〉の誕生日、Yと元夫の姉の一人息子で13歳のヒロの三人で食事をし、外に出るとそこは一面の雪だった。交通機関が麻痺した中、唯一動いていた行き先の分からないバスに乗ると、そこにはあの博物館があった。〈わたし〉の記憶を速記し終えるとYは消えてしまう。〈わたし〉の耳は癒され、もう後戻りできないことを知る。

評価　川村湊は〈現代の人間の持つ絶対的な社会や世間からの隔離感、人間同士からの疎外感に基づいている。〉ことを指摘し、しかしそこに〈愛の言葉など、本当にあるのだろうか。〉（「週刊現代」91・12・14）と疑問を投げかけている。また、〈作者の魂の迷路をたどる胎内くぐりを経験させられるにとどまったのが少し心残りだった。〉（堀切直人「日経新聞」92・1・5）という感想もあるが〈読ませる作品に仕上げた作者の鋭敏な感覚と努力に敬意を表したい〉（あ）「週刊読売」92・1・5、12）、〈現実と記憶と幻想がボーダレスに交錯する世界〉を描いたこの作品は今のところの〈最高傑作〉、（柘植光彦「文庫解説」）と高い評価を得ている。他の書評に「すばる」（92・2）、「文学界」（92・2）等がある。

『アンジェリーナ　佐野元春と10の短編』（角川書店、93・4・20。角川文庫、97・1・25）

【アンジェリーナ　君が忘れた靴】（「月刊カドカワ」92・6）。〈僕〉は地下鉄の駅のベンチで〈ANGERINA〉と書かれたトウシューズを拾う。落とし主のアンジェリーナは膝の手術が終わりもう一度躍れるようになるまで靴を預かって欲しいと言う。

【バルセロナの夜　光が導く物語】（「月刊カドカワ」92・7）。失業中の〈わたし〉は図書館で男の人から、ガラスの猫のペーパーウエイトを預かる。そのペーパーウエイトが導くままに〈わたし〉は「バルセロナの夜」という小説を書く。

【彼女はデリケート　ベジタリアンの口紅】（「月刊カドカワ」92・8）。レンタルファミリーを仕事にする彼女を持つ〈僕〉は、大金持ちのオジサマの姪としてアメリカ旅行に同行することになっている彼女の航空チケットを握りつぶす。

【誰かが君のドアを叩いている　首にかけた指輪】（「月刊カドカワ」92・9）。左足の記憶を失った〈わたし〉は、傷ついた人を癒すための温室を訪れ、そこで暮らすようになる。温室管理人の彼は、身体の記憶がなくても、ノックの音は必ず胸に響くと言う。

【奇妙な日々　一番思い出したいこと】（「月刊カドカワ」92・10）。久しぶりに会う彼女を待っていた日、〈僕〉が料理をしていると、地理編纂財団調査員のおばさんに、家の近くの空地に何があったかを訪ねられる。しかし〈僕〉は思い出せず、彼女も訪ねてこなかった。

【ナポレオンフィッシュと泳ぐ日　水のないプール】（「月刊カドカワ」92・11）。〈わたし〉はよく水族館に行く。最後に「ナポレオンフィッシュはいませんか?」と訪ねる。18歳の夏アルバイトしたリゾート地のホテルで出会ったどもりのある彼は、夏が終わったプールにナポレオンフィッシュが来ると言った。

【また明日…　金のピアス】（「月刊カドカワ」92・12）。深夜ニュースに使われている声を求めて、〈僕〉は「みみずくクラブ」を訪れる。ピアスに入ったその声を借りた〈僕〉は、その声から離れられなくなり、〈僕〉自身も声を切り離し、クラブで働き始める。

【クリスマスタイム・イン・ブルー　聖なる夜に口笛吹いて】（「月刊カドカワ」93・1）。〈僕〉は東京へ戻る飛行機の中でこれを書いている。幼いころ母とすごしたクリスマスのこと、19歳のころ隣に住んでいた彼女とコインランドリーでケーキの話をしたこと。そして彼女は死んでしまったこと。

【ガラスのジェネレーション　プリティ・フラミンゴ】（「月刊カドカワ」93・2）。偶然〈わたし〉は、高校生の時付き合っていた相沢君と再会した。高校の時、振られた次の日、林間学校に行かず、遠い町で、フラミンゴを飼うおじさんのところに泊まったのだという話を〈わたし〉は相沢君に聞かせる。

【情けない週末　コンサートが終わって】（「月刊カドカワ」93・3）。コンサートが終って、気がつくと10年前、彼とよく来た公園に来ていた。10年前〈わたし〉が、公園で転び彼の誕生日に買ったケーキは、ぐちゃぐちゃになってしまった。

評価　書名のとおり、ファンである佐野元春の曲をモチーフに短編を書いたものである。デビュー作の「揚羽蝶が壊れる時」の原題が「情けない週末」であったことからも小川作品における佐野元春の影響の強さを知ることができる。また小川は「あとがき」に〈音が言葉を導くというのは、確かにあること〉だと言っており、例えば「余白の愛」や「やさしい訴え」など、音への拘りへの繋がりも伺える。村上春樹や吉本ばななと並べて〈現実の困難を心情の悲哀によってやり過ごそうとする思想〉（三浦雅士「週刊朝日」93・7・2）があるとし、ここに現代作家の状況が読まれたりもしている。

『密やかな結晶』（講談社、94・1・25。書き下ろし。講談社文庫、99・8・15）

梗概　島では、さまざまな物が消えていく。消えていくものを所有できる人は〈記憶狩り〉をする秘密警察に検挙され消されてしまう。〈わたし〉の母も記憶を所有できる人だったが、〈わたし〉は消滅したものを理解できない。小説家の〈わたし〉はタイピストの物語を書いている。〈わたし〉はおじいさんと共に、記憶を所有できる担当編集者のR氏をかくまう。その間もバラ、カレンダー、写真などが消え、〈わたし〉の小説の主人公も声を失う。季節も消えてしまった島はずっと冬が続いており、ついには小説も消えてしまう。R氏に小説を書き続けるように言われるが、消滅してしまった小説を書くのは困難なことだった。さらに左足が消滅し、少しずつ身体が失われていった。声だけになった〈わたし〉はR氏をかくまった閉じられた隠し部屋の中で消えていった。

評価　三枝和子は〈当然、寓話的すぎる、メルヘン風に流す問題ではない、との批判は出て来る〉としながらもこの〈少女小説感性は〉作者の〈特質〉（「読売新聞」94・2・21）であると肯定する。富岡幸一郎も〈非現実的な、夢想的な物語ということもできる〉としながらもあらゆる物が消滅する小説空間は〈我々自身が今生きている空間だ〉（「日本経済新聞」94・2・27）として単なる幻想ではないと述べた。また、〈小説に対し、慎重になり、自意識的に〉〈懐疑的〉（千石英世「文学界」94・4）になっており、従来の方法では為し得なかった小説への姿勢が高く評価された。さらに、〈女性の想像力の前衛さ〉（水田宗子「週刊読書人」94・3・18）や〈現代文明の感性〉（布施英利「すばる」96・2）が読まれた。他の書評に原口真智子「消滅する「わたし」」（「群像」94・3）、増田みず子「「消滅」現象への視力」（「新潮」94・5）等がある。

『薬指の標本』（新潮社、94・10・30。新潮文庫、98・1・1）

【薬指の標本】（「新潮」92・7）。〈わたし〉はサイダー工場に勤めていたが、機械に手を挟まれ薬指が少し欠けてしまう。工場をやめ、標本技術師である弟子丸氏が経営する標本室へ就職する。標本は自分の家の焼け跡に残されたきのこや、今は別れた彼に送られた曲など、さまざまである。標本室はそれらを封じ込め、分離し、完結させるのだ。弟子丸氏に貰った黒い靴は、どんどん〈わたし〉を侵食し支配し始める。顔にある火傷の跡を標本にと望んだ少女は、標本技術室から出てくることはなかった。〈わたし〉は薬指を標本にしてもらうために、標本技術室の扉をノックした。

【六角形の小部屋】（「新潮」94・8）。腰を痛めた〈わたし〉は医者に勧められたスポーツクラブで、みどりさんに出会う。スーパーで見かけたみどりさんの後をつけると、そこにはみどりさんとその息子ユズルさんが、六角形の語り小部屋を管理していた。そこで〈わたし〉は突然嫌悪するようになり別れた恋人美和男の話や恋人と一緒に出席した知人の結婚式で会った陶芸家との一回きりの関係について語り終わり、目が覚めると小部屋はなくなっていた。

評価　「創作合評」（「群像」92・8）において、〈何でこんなものが文芸誌に載る〉（青野聡）のか、〈少女漫画ゴシックロマン〉、〈きわめてありふれた男根崇拝的物語〉（絓秀実）と酷評された。また、〈やや技巧に走りすぎて小説としての〝力〟に欠けている印象〉（山崎行太郎「すばる」95・1）があるという評や、〈「わたし」をどのように消去するか〉（近藤裕子「週刊読書人」95・1・20）という課題が提出された。一方で、布施英利はこの作品に〈リアルな肉体ではなくて、神秘世界への傾き〉という新しい傾向を読み、今までのコレクションのテーマを持つ小説が、コレクターの側からの主に男性側からの物語であったのに対して、〈逆に少しずつモノ化していく女の側から綴られた同じコレクションの鏡の国を見せつけ〉（富島美子「新潮」94・12）ているとして小説のもつ新しさが提示された。他の書評に高橋敏夫「消滅へ、ただひたすら消滅へ」（「図書新聞」95・1・14）、千石英世「〈今月の文芸書〉」（「文学界」95・1）等がある。「薬指の標本」は、仏訳（『L' annulaire』ACTE SUD、99・6）されている。

『刺繍する少女』（角川書店、96・3・25。角川文庫、99・8・25）

【刺繍する少女】（「野生時代」94・11）。〈僕〉は母が入院するホスピスで12歳のころ別荘で会った刺繍する少女に再会する。母は死に、〈僕〉は〈母を悼む気持と彼女を思う気持の区別がつかなく〉なる。母が運び出されたベッドには女の子の刺繍がついたカバーがつけられていた。

【森の奥で燃えるもの】（「野生時代」94・12）。収容所で〈僕〉は耳のぜんまい腺を抜かれる。〈僕〉は彼女と一緒にいるために彼女のぜんまい腺を抜く。

【美少女コンテスト】（「野生時代」95・1）。美少女コンテストに出場させられた〈わたし〉は、となりの少女に犬が窒息死した話を聞き、コンテストであなたの宝物はと問われ、「犬」と答えた。

【ケーキのかけら】（「野生時代」95・2）。整理整頓補助のアルバイトとは、精神がすっかりどこかの王女さまと入れ替わってしまったおばさんの、安っぽいドレスや宝石を丁寧に整理し、捨てることだった。

【図　鑑】（「野生時代」95・3）。『増補・寄生虫図鑑』を開くことが彼と逢引する前の習慣となった。〈わたし〉は「あなたにくっついていられるなら、目玉なんていらないの」と自分の目をえぐり、彼の胸の上にそれを転がした。

【アリア】（「野生時代」95・4）。一年に一度叔母の誕生日に叔母を訪ねるのが習慣となっている。叔母は元オペラ歌手だったが成功せず、今は化粧品を売っている。〈僕〉はプレゼントを贈り、そのお礼に叔母はアリアを歌う。

【キリンの解剖】（「野生時代」95・5）。堕胎手術から7日後、〈わたし〉はジョギングを始めた。工場の正門の前で倒れた〈わたし〉は今日で退職する守衛さんに介抱され、クレーン工場を見学する。

【ハウス・クリーニングの世界】（「野生時代」95・6）。〈僕〉がハウスクリーニングしている間、彼女は、床に染み込んださまざまなしみを「さあ、はやく消しなさい」と命令する。

【トランジット】（「野生時代」95・7）。フランスから東京への飛行機の乗り換えを待つ間、〈わたし〉は見知らぬ男に、強制収容所から生還した祖父の話をする。

【第三火曜日の発作】（「野生時代」95・8）。喘息を患う〈わたし〉は病院へ向かう途中で男と知り合う。ベッドで発作を起こした後、〈わたし〉は喘息の機関紙『ひまわり通信』に投稿する原稿を書いた。

評価　〈「人間」が描けている〉、〈微妙な事情を描く作者のセンスのさえは、この短篇集の随所にみられる〉（井坂洋子「週刊読書人」96・6・14）と評価された。井坂が〈本書中の傑作〉とした「アリア」は「世界文学」（中国社会科学院、00・4）で翻訳、紹介された。

『ホテル・アイリス』（学習研究社、96・11・18。書き下ろし。幻冬舎文庫、98・9・18）

梗概　商売女と激しく口論する初老男を、17歳のマリはホテル・アイリスで見た。マリは、アイリスを経営する母のもとで仕事を手伝っている。マリは商売女に発した命令的な言葉の響きに惹かれ、母の目を盗んで、ロシア語の翻訳をしているその男に会う。翻訳家の住む島でマリは彼に命令される。丸裸で彼の足を舐める時、〈しっかり抱き合っているような気持になれ〉るのだ。ある日、翻訳家の甥が休暇を過ごしにやってきた。舌のない甥は、口がきけない。翻訳家の甥に対する愛を感じたマリは苛立ちを覚え、アイリスで甥と関係を持つ。それを知った翻訳家は、母が大事にしている〈わたし〉の髪を切り、徹底的に傷めつける。島から帰ると、マリを誘拐したとして、警察に追いかけられた翻訳家は海に沈んだ。マリは翻訳家が翻訳していた小説のノートを警察に見つけて欲しいと願うが、そんなノートは見つからなかった。

評価 単行本帯には〈17歳の美少女と初老の男は、なぜSMでしか愛を確認できなかったのか！〉とある。多少誇張だが、小川の小説でこのような性愛が書かれたのは初めてである。高橋敏夫は〈このような過剰な性愛の物語が必要とされたのは、物語を断ち切るような唐突で意表をつく消滅が増大してしまったから〉であり〈「消滅」が小川洋子をも変えつつある〉（「すばる」97・2）と評し、井坂洋子も〈無機的でスタティクで、少女性の濃い作品世界を創ってきた著者〉の〈ほんものの作家として順当なステップを踏〉む〈突破口〉（「サンデー毎日」96・12・15）だったと評した。仏訳『HÔTEL IRIS』（ACTES SUD、00・9）がある。

『やさしい訴え』（文芸春秋、96・12・10。「文学界」96・9）

梗概 日野瑠璃子は山奥の別荘に家出をした。眼科医の夫には女がいる。カリグラファーとして仕事をするために別荘に来たのはいいわけで実際は何もすることがなかった。雷雨の夜、ろうそくを持ってきてくれた薫さんはこの森で、師匠である新田のもとでチェンバロを作っている。夜中になる電話の音に夫の暴力について考える。瑠璃子は、新田と関係を持ち、いつもそばにいる薫さんに嫉妬する。そして、新田が本当に求めているのは、薫さんだけだと知る。新田は薫さんの前でだけチェンバロを演奏することが出来るのだ。離婚も決まり、別荘も売りに出され、瑠璃子は不意に〈どこにも帰るべき場所がない〉ことに気づく。自分のデザインした文字が刻まれたチェンバロが完成し、瑠璃子は薫さんに〈やさしい訴え〉をリクエストする。

評価 「創作合評」（「群像」96・10）で〈なぜこんなに長く書かれたかということはよくわからない〉、チェンバロ製作者という〈職業をあえて選んで物語化することに〉疑問を感じる、ピアニストが急にピアノが弾けなくなるとは〈話が都合よく出来すぎている〉（川村湊）、〈クリシェも効いていないし、思わせぶりも効いていない〉（絓秀実）、〈雑な感じ〉（大杉重男）がするなど、酷評された。しかし、「週刊文春」（96・12・19）では無署名だが、リアリズムは確かに存在するとして「創作合評」を批判し、〈密やかだが強烈な魅力をたたえた長編〉として高く評価している。他になぜチェンバロなのか等について述べている著者インタビュー（「女性セブン」97・3・13）がある。作中に流れる〈やさしい訴え〉はフランスの作曲家ラモーの作品である。

『凍りついた香り』（幻冬舎、98・5・15。書き下ろし。幻冬舎文庫、01・8・25）

梗概　調香師の弘之はなんの前ぶれもなく自殺した。恋人の涼子は初めて弘之の弟彰と会い、初めて弘之の嘘と本当の過去を知ることとなる。スケートがとても上手なこと、数学のコンテストで優勝していたこと……。涼子は弘之を求めて、スケート場に行き、弘之の母に会い、なぜか途中棄権した数学コンテストについて調べるためチェコに向かう。手がかりを捜しているうちに温室の奥の洞窟に辿りつく。弘之が涼子のために作った香り〈記憶の泉〉がその温室には漂っていた。そこで記憶を司る孔雀とその番人に出会い、涼子は弘之との記憶を語る。16歳の時、弘之もここに来ていた。弘之の記憶を含んだ孔雀の心臓を抱き、涼子は16歳の弘之に会う。

評価　単行本帯には〈〈新世界〉ミステリー書き下ろし長編〉とあり〈これまでの作品群と随分、違った印象を受ける〉（重里徹也「毎日新聞」98・5・3）との発言がある。この発言を受けて小川は〈今まで10年間、物語を閉じてきた〉が〈物語を閉じるのではなく、こじ開けて〉、〈中に沈殿しているいろいろな断片を拾い集めて、小説を書こうと思った〉と述べており、小川文学の転機となる作品。

『寡黙な死骸 みだらな弔い』（実業之日本社、98・6・25）

【洋菓子屋の午後】（「週刊小説」97・5・2）。〈私〉は冷蔵庫の中で窒息死した息子の誕生日のために、ケーキを買いに行く。店の人は誰も出てこない。ケーキ屋の奥では泣きながら電話をする少女の姿が見えた。

【果　汁】（「週刊小説」97・5・16）。〈僕〉は彼女とその父親の政治家と、きまずく料理を食べる。その帰り道、昔郵便局だった建物に忍びこむとそこには山積みのキーウイがあり、彼女はキーウイをむしゃぶり食べた。

【老婆　J】（「週刊小説」97・5・30）。小説家の〈私〉は大家老婆Jさんから指の形をした人参をたくさん貰う。その人参は新聞に載ることになり、人参とJさんと共に〈私〉も写真撮影される。警察は、キーウイの倉庫になっている元郵便局と、中庭を捜索し、中庭からはJさんの白骨化した夫の死体が発見された。

【眠りの精】（「週刊小説」97・6・13）。10歳から12歳の間だけママだった人が死んだ。父と別れたママはその後売れない小説家となった。最初の小説は手の形をした人参の話だった。〈僕〉が受け取った遺品の中には、老婆と五本指の人参とママの写った新聞記事があった。

【白　衣】（「週刊小説」97・6・27）。〈私〉と彼女は病院で、洗濯場に送る白衣のポケットの中身を確認していた。彼女の恋人は呼吸器内科の助教授だ。彼女は恋人を殺したことを話し、助教授の白衣のポケットからは舌と唇と扁桃腺と声帯が落ちてきた。

【心臓の仮縫い】（「週刊小説」97・7・11、25）。鞄職人の〈私〉の元に肋骨の外に突き出した心臓を入れる鞄を作って欲しいという女が現れた。精根こめて鞄を作ったが女はもう鞄は要らないと言う。〈私〉は心臓を自分のものにするためにハサミを忍ばせ病院を訪れた。

【拷問博物館へようこそ】（「週刊小説」97・8・8、22）。〈私〉の住むマンションで大学病院の助教授が殺され、刑事もやって来た。彼にその話をすると、彼は出ていった。〈私〉は偶然「拷問博物館」に辿りつく。博物館を管理する老人はその一つ一つを説明してくれる。

【ギブスを売る人】（「週刊小説」97・9・5、19）。〈僕〉の伯父さんが窒息死した。伯父さんは背の伸びるギブスなど売った後、拷問器具を集める双子の老婆に仕え、老婆が死ぬと「拷問博物館」を管理していた。最後に貰った、ベンガル虎のコートはバラバラに壊れてしまった。

【ベンガル虎の臨終】（「週刊小説」97・10・3）。〈私〉の夫は病院の秘書室に彼女がいる。彼女の部屋を訪れる途中、迷ってしまった〈私〉は死にかけているベンガル虎のいるお屋敷にまぎれ込んでしまう。

【トマトと満月】（「週刊小説」97・10・17、31）。〈僕〉はリゾートホテルで、奇妙な小説家のおばさんに出会う。ホテルの図書館にはおばさんの書いたという『洋菓子屋の午後』がある。しかし、その小説家は死んだことになっており、おばさんの持ち歩いていた原稿も白紙だった。

【毒　草】（「週刊小説」97・11・14）。〈私〉は素敵な声を持つ彼に奨学金を出す。条件は、一週置きの土曜日を一緒に過ごすことだ。日にちを替えて欲しいとの彼の申し出を〈私〉は断り、彼は〈私〉の元を去る。〈私〉は自分が壊れた冷蔵庫の中の毒草を食べて死んでいたことを思い出す。

評価　小川作品の持つ二律背反的世界が〈いつになくはっきり出てくる〉、〈ひとつの短篇の中心が別の作品の細部となって現れる仕掛けも巧み〉、〈連作短篇の面白さを堪能した〉（柴田元幸「新潮」98・9）と絶賛され、小沼純一も〈これは連作短篇でこそ可能なスタイルだった〉（「文学界」98・11）とこの作品の成功を認めている。

『沈黙博物館』（筑摩書房、00・9・10。書き下ろし）

梗概　博物館専門技師の〈僕〉は〈形見の博物館〉を創るためにその村に呼ばれた。形見は娼婦の避妊リング、犬のミイラなど、その殆どが盗品であった。新しい形見を収集するのも〈僕〉の仕事だ。外科医の耳縮小専用のメスが最初に収集した〈形見〉だった。庭師は博物館を建築し、〈僕〉は老婆の娘の少女と分類の作業を進め、老婆は形見の記憶を語り、コレクションの完成に向かって進んでいく。爆弾事件で少女は負傷し、〈僕〉はそこで死んだ沈黙の伝道師の白バイソンの毛皮を収集する。そんななか乳首を切り取る殺人事件が発生し、刑事に〈僕〉が疑われる。庭師が犯人だと確信し、兄への手紙もすべて燃やされていたことを知った〈僕〉は、この村から逃げ出そうとするが、いつまでたっても汽車はこなかった。老婆が死に、〈形見の物語を、僕は語り始めた。〉

評価　布施英利は〈この小説はたんなる懐古趣味〉ではなく〈これこそがバーチャル・リアリティの世界の先にあ〉り、〈モノは、いまだから再発見される。〉（「週刊朝日」00・10・27）と、作品の現代性を読んだ。また堀内ゆかりは、作品は洋風な香りがするが、〈「形見」という言葉のもつ独特な拡がりこそ、われわれの文化だ〉とする。自解として「『沈黙博物館』をめぐって」（「ちくま」00・11）がある。

『偶然の祝福』（角川書店、00・12・30）

【失踪者たちの王国】（「本の旅人」98・4、5）。〈私〉の耳には失踪者の物語だけが残される。〈私〉は失踪者の王国を思いながら小説を書く。

【盗　作】（「本の旅人」98・6、7）。〈私〉の最初の小説「バックストローク」は盗作だった。〈私〉は病院で出会った彼女の弟の物語をそのまま綴ったのだ。

【キリコさんの失敗】（「本の旅人」98・11、12）。お手伝いのキリコさんはおつかいの壷を騙し取られたが、〈私〉に無くなったはずの万年筆を握らせた。

【エーデルワイス】（「本の旅人」98・9、10）。公園で会った男は〈私〉の書いた小説をあらゆるところに身につけていた。男は自分は弟だと主張し、〈私〉の誕生日にエーデルワイスを歌った。

【涙腺水晶結石症】（「本の旅人」98・8）。犬のアポロが病気になった。黒い車に乗った男は獣医だと名乗り、アポロの涙腺水晶結石症を治療して去っていった。

【時計工場】（「本の旅人」99・1、2）。雑誌社からの依頼で旅行記を書くために南の島に行った。空港でレンタカーを待っていると、果物を背負った老人に会う。

【蘇　生】（「本の旅人」99・3）。息子の睾丸に水が溜まり、〈私〉の背中に水が溜まり、その傷口が塞がると、言葉がしゃべれなくなってしまったことに気付く。

評価　「盗作」の盗作された作品は、『まぶた』の「バックストローク」として後に独立した小説として発表される。

「エーデルワイス」には『ホテル・アイリス』と「バックストローク」が〈私〉の小説として登場している。すべての物語が小説と関わっており、今までになく作者を感じさせる作品群となっている。

『まぶた』（新潮社、01・3・30）

【飛行機で眠るのは難しい】（「一冊の本」96・12）。ウイーンへの飛行機の中で〈わたし〉は隣になった男から、眠りの物語を聞く。

【中国野菜の育て方】（「中央公論文芸特集」93・春）。知らないうちに、カレンダーに印がついていた十二日、野菜売りのおばあさんから中国野菜の種を貰う。〈わたし〉はおばあさんを訪ねるがそこには何もなかった。

【まぶた】（「新潮」96・9）。15歳の〈わたし〉は中年のNと逢瀬を重ねている。彼はまぶたを切り取ったハムスターを飼っていた。Nは誘拐の罪で警察に捕らえられた。

【お料理教室】（「文学界」93・1）。〈わたし〉は家全体が台所のお料理教室に入門する。排水管を掃除する薬品を入れると次々に60年分の汚れが出てくる。

【匂いの収集】（「サントリークォータリー」98・8）。彼女は匂いを収集している。〈僕〉は僕の髪のビンと、見知らぬ男の指や、歯や舌の入ったビンを発見する。

【バックストローク】（「海燕」96・11）。弟は背泳ぎが得意だった。ある日左腕が上がったままになってしまう。母は家の庭にまでプールを作った。

【詩人の卵巣】（「小説すばる」94・10）。〈わたし〉は睡眠薬を断つための旅行で立ち寄った詩人の記念館を管理する老婆は、自分の卵巣から伸びた毛で織物を織る。

【リンデンバウム通りの双子】（「新潮」00・10）。娘に会いに行く途中、〈僕〉の小説を翻訳してくれているオーストリアのハインツの家に寄る。

評価　《まぶた》を〈命の芽のきざす場所〉（「新潮」01・5）として読んだ堀江敏幸と、〈残酷さとおかしみの絡み合う世界〉であり、〈小説が小説であることを愉しんでいる小説〉（「文学界」01・7）であるとする蜂飼耳の評がある。読み手によって受け取るものが違ってくる、短編小説群である。自解として「まぶたとウィーンの関係」（「波」01・4）がある。

参考文献　笠井潔「自意識と女性」（『ニュー・フェミニズム・レビュー2』91・5・25）、渡部直己「凸凹の退廃―フェミニズム批評を待ちながら」（「すばる」91・12）、千葉俊二「小川洋子」（『女性作家の新流』至文堂、92・5・10）、布施英利「小川洋子の「人体」」（「すばる」96・2）、大塚真祐子「「小川洋子」論」（『日本大学芸術学部　文芸学科優秀卒業論文・制作（平成九年度）』日本大学芸術学部文芸学科、98・4・1）

（**髙根沢紀子**）

荻野アンナ（おぎの・あんな）

略歴

56年11月7日横浜生まれ。フランス系アメリカ人の父アンリ・ガイヤールと洋画家である母江見絹子の娘アンナ・ガイヤールとして生まれるが、後に荻野安奈として日本に帰化。80年慶応義塾大学文学部仏文科卒業（卒業論文は「ラブレーについて」）。82年同大学院修士課程修了（修士論文は「コミックとコスミック―ラブレーにおける描写のアスペクト」）。同大学院博士課程に入学し、83年フランス政府給費留学生としてパリ第四大学（ソルボンヌ）に留学。86年博士論文「ラブレーの『第三の書』、『第四の書』における逆説的賛美―ルネッサンス期のコミックとコスミック研究」をパリ第四大学に提出、博士号を取得。87年慶応義塾大学商学部助手となる。「うちのお母んがお茶を飲む」、「ドアを閉めるな」、「スペインの城」が連続して芥川賞候補となり、それらは『遊機体』にまとめられる。91年7月、「背負い水」で第105回芥川賞受賞。このときの同時受賞は辺見庸の「自動起床装置」。91年に『ブリューゲル、飛んだ』、『背負い水』、『私の愛毒書』刊行。92年に文芸評論『アイ・ラブ安吾』（朝日新聞社）、『コジキ外伝』刊行。93年に『マドンナの変身失格』、『週刊オギノ』（角川書店）、エッセイ集『アンナ流元気が何より』（海竜社）刊行。94年に『桃物語』、『食べる女』、ラブレー研究の集大成『ラブレー出帆』（岩波書店）刊行。95年に慶応義塾大学文学部仏文科助教授になる。この年、エッセイ集『生ムギ生ゴメ生アクビ』（講談社）、『名探偵マリリン』、『百万長者と結婚する教』、ルポ『アンナの工場観光』（共同通信社）刊行。96年に紀行『パリ 華のパサージュ物語』（日本放送出版協会）、『空の本』（パルコ出版）、『半死半生』刊行。97年に鼎談『死の発見』（岩波書店）刊行。99年に『空飛ぶ豚』（共同通信社）、対談『荻野アンナとテリー伊藤のまっかなウソのつき方』（イーグルパブリシング）、エッセイ集『一日三食ひるね事典』（TBSブリタニカ）刊行。00年に『「笑う」しかない！』（王様文庫）刊行。01年に『ホラ吹きアンリの冒険』刊行。他にフランスのジャン＝ジャック・サンペの絵本の翻訳『とんだタビュラン』『恋人たち―アーム・スールー』『サン・トロペ』（いずれも太平社）がある。また劇団四季のミュージカル「壁抜け男」（原作マルセル・エイメ）の訳詞も担当している。パロディ・洒落などの言語遊戯や関西弁の多用など、日本語を縦横無尽に駆使した文体を身上としている。

『遊機体』（文芸春秋、90・11・25）

【うちのお母《か》んがお茶を飲む】（「文学界」89・6）。「あの頃はよかった」「青い麦とバーボン」「佯狂と酔狂」「狐と犬と猫」「執念と諦念」の五章からなる。〈うちのお母ん〉が、生まれ育った村の思い出話を播州弁で語り、そこにPやBという街に関する〈わたし〉の回想が挿入される。

【ドアを閉めるな】（「文学界」89・12）。「アスパラガス哀歌」「ムール貝の秘密」「思い出ミルフィーユ」「凶の女」の四章からなる。パリ留学時代の知人イヴァンが日本に来て、彼の観光ガイドをしながら当時の回想にふける。パスカル寮での〈薔薇＝わたし〉と日本人の〈霜降奴〉〈かおり〉、エスポワール館の男子学生たち、イヴァンとの交際、マリークレールを中心とする友人たち、のことなどが点描される。

【スペインの城】（「文学界」90・6）。翻訳でその日暮らしのような生活をする〈俺〉は、行きつけの酒処「なでしこ」で三木レイという女と知り合うが、やがて彼女は姿を消す。残された「忘れないでね、あたしのこと」「あたしのこと、書いて」という言葉に突き動かされるようにして、レイのアドレス帳に記された人たちから彼女の過去を聞く。

評価　第101回の「芥川賞選評」（「文芸春秋」89・9）では「うちのお母んがお茶を飲む」について、河野多恵子は〈視覚で聞く方言に仕立て切った、周到さと繊細な文章感覚にも感心した〉と、三浦哲郎は〈才気に満ちた小気味のいい文章がすこぶる印象的な作品〉と評価している。第102回の「芥川賞選評」（「文芸春秋」90・3）では「ドアを閉めるな」について、河野多恵子は〈主人公の二度のパリ留学生活を現在の問題として掴み、秘められた巧緻な書き方をする〉と、黒井千次は〈時間・空間の周到な計算のもとに主人公の人称もつかいわけられて、厚みのある世界が現出する〉と、田久保英夫は〈この作品の魅力は、フランス人の男と旅行する情景のような女性らしい濃い感覚と、果敢な言葉の駆動力だろう〉と評価している。第103回の「芥川賞選評」（「文芸春秋」90・9）では、河野多恵子が「スペインの城」を推している。川村湊「今月の文芸書」（「文学界」91・1）は、『遊機体』を取り上げて〈素材としての言葉の面白さ、躍動ぶりが際立っている〉〈言葉に使われるのではない、言葉を使う新鋭作家の登場〉と評している。千頭剛「荻野アンナの小説を読む―『有機体《ママ》』所収の作品を中心に―」（「民主文学」92・10）は、『遊機体』の三つの短編について、〈ユーモアと言葉の弾けるような濫発が共通項として底流している〉と述べている。

『ブリューゲル、飛んだ』（新潮社、91・8・5。新潮文庫、94・11・1）

【笑うボッシュ】（「新潮」91・6）。美大の講師爵次郎から〈わたし〉が週末だけ借りている部屋には、ボッシュの「悦楽の園」のパネルが張りめぐらされている。その部屋には雌雄同性のゴキブリ〈アタナシウス〉＝〈アタナシア〉も住んでいる。次第にボッシュの絵の影響を受けるようになった〈わたし〉は、ゴキブリとともに鏡に映ったボッシュの画面に吸い込まれていく。

【ブリューゲル、飛んだ】（「新潮」89・10）。ブリューゲルの絵に触発された三篇の「散文笑詩」。第一部は「バベルの塔」のような49階建てのビルの各階にお札とシールを貼りながら登る画家Bの話。第二部は「パニュルジュ航海記」を読み空想にふけるBの話。第三部は「ブリューゲル版画展」で出会ったB先生と〈わたし〉が飲む話。

【ベティ・ブルーの世紀末ブルース】（「文学界」89・2）。Ⅰ「ベティ・ブルー」という映画、Ⅱ「ベティ・ブルー」という小説、の二部から成り、映画と小説とを比較した評論の体裁をとっている。

評価　文庫カバーには〈名画に小説のプリズムを当て、批評と小説を合体させた「フィクション・クリティック」の中編三作〉と紹介されている。文庫版には種村季弘「解説」が載せられている。

『背負い水』（文芸春秋、91・8・25。文春文庫、94・8・10）

【背負い水】（「文学界」91・6）。売れないイラストレーター〈わたし〉は、チッチー（父）と住む家を出て、ジュリーと暮らすようになる。ジュリーがパリの藤田はるかという女性に二百万を超える送金をしていたことがわかるが、彼女がジュリーにとってどういう存在なのかわからない。年上の裕さんに誘われて「ポーギーとベス」を観た翌日、画家のカンノを呼び出しホテルに行くが、心は満たされない。日曜日の朝、家を出た〈わたし〉は、〈ジュリーとの背負い水が切れたのだろうか〉と思う。

【喰えない話】（「文学界」91・2）。三十代独身で男のいない〈わたし〉＝〈ぼろ美〉は、様々なダイエットに挑戦しては失敗する。友人の〈ツミレ〉の勧めに従って林檎ダイエットを試み、同時に林檎を錠剤に置き換えて未来小説を執筆する。その題名が「喰えない話」。

【四コマ笑劇《ファルス》「百五十円×２」】（「三田文学」91・冬）。三十代で見合いもうまく行かない〈わたし〉は、帰宅途中の横浜駅で〈コーヒー百五十円＋ソフトクリーム百五十円＝罪深い楽しみ三百円〉にふけるうちに、田村トメというおばさんと知り合い、彼女の身の上話を聞いたり、彼女からキムチを買ったりする。

【サブミッション】（「文学界」90・12）。写真週刊誌「週刊プライド」の記者諸田とカメラマン本木はここ三ヶ月ばかり張り込みをしている。独身の二人は、取材がきっかけでフーゾクのリカちゃんを知り、〈お好み次第の女〉になるという彼女の部屋にそれぞれ通うことになる。やがて本木は、リカ＝妙子と〈暮らしてみる〉と諸田に告げる。「サブミッション」は、ここでは〈「プロレスの関節技のこと」〉。

評価　第105回の「芥川賞選評」（「文芸春秋」91・9）では「背負い水」について、河野多恵子は〈この作品の男女の描き方は全く新しい〉〈作者は男女を描くのに、常にまず人間として見ることを経て男あるいは女を描いている〉と、黒井千次は〈いわば精神の居場所を探し出せぬ女性イラストレーターの恋愛乃至は男関係を、スピードのある饒舌体で捉えようとした作品〉〈彷徨する意識の戯画調風俗画とでもいえそうな小説〉と評価している。中沢けいは書評（「朝日新聞」91・9・15・朝刊）で『背負い水』を取り上げ、〈本書に納められた四つの短編は、いずれも人が饒舌になった時の内実を窺わせるものではなく、饒舌そのものの表面を文字に定着させたものである。近頃珍しくない「他者と自己」を拒否するための饒舌を写しとったところに作者の手柄はあり、文章そのものが深みや厚みへの拒絶を明示した。〉と評している。川村湊は「今月の文芸書」（「文学界」91・10）で『背負い水』を取り上げている。文庫版には宮原昭夫「解説」がある。

『私の愛毒書』（福武書店、91・9・17。福武文庫、94・1・12）

【鼻と蜘蛛の糸】（「文学界」91・9）。禅智内供が生まれる前の両親の生活から語り始め、伸縮自在の鼻で活躍する内供を描いた後は、往生を遂げた内供の極楽での様子を語る。極楽の場面では「蜘蛛の糸」の話が絡まる。

【小僧の、お客様は神様です】（「海燕」90・11）。〈わたし〉の鮨屋での体験談に始まり、志賀直哉の文章に対する批評、「小僧の神様」に対する批評へ、そして小僧のその後へと広がってゆく。

【おめでたき小説】（「海燕」91・1）。「お目出たき人」を開いていた〈私〉のもとを、〈武者小路先生の絵のモデル〉になった芋の孫にあたるジャガイモがやって来る。〈私〉は、武者小路実篤の詩や「玄妙」「お目出たき人」などの小説を芋に読んで聞かせることになる。

【雪国の踊子】（「海燕」91・3）。年増の踊子〈カオル〉が、踊子の側から『伊豆の踊子』の出来事を回想し語る。『伊豆の踊子』のほかに『雪国』も下敷きにされている。

【旅愁の領収書】（「海燕」91・5）。冬のパリ、〈私〉・〈私のフィアンセ〉餡子・ニュッポン人のタテーミツさんの三人は、横光利一「旅愁」で読書会を開く。餡子は「旅愁」を激しく攻撃し、タテーミツさんは逆に擁護する。

【走れトカトントン】（「海燕」91・7）。小説家太宰不治とトカトントンという名の布団の物語。「トカトントン」「走れメロス」を中心に太宰の諸作品が使われている。

【ミッシマ精神研究所】（「海燕」91・9）。「潮騒」の30年後を描いた「潮騒その後」の小説家熱海湯気夫と〈私〉は、ミッシマ精神研究所を訪れ、登場人物増幅機や悲劇マシーンなどを体験する。

評価　近代文学の名作の断片を批評的に取り込み、自由奔放に構成した小説である。文庫の帯には、〈クリティック・フィクション〉と記され、また同じく文庫の荒川洋治「解説　泥あり水ありできらめく」では、〈小説だが、批評をするような段取りで書かれているので、批評だともいえる。〉と述べられている。柘植光彦との対談「笑うテキスト」（「国文学」92・11）に自作自解が載せられている。

『コジキ外伝』（岩波書店、92・4・22）

【世界は夜明けを待っている】（「新潮」92・1）。『古事記』の冒頭部分のパロディで、高天原の神々からイザナキとイザナミは生まれたばかりの地上を任される。

【夜明けは世界を待っている】　『古事記』のイザナキ・イザナミに関する部分のパロディ。島々の生成・神々の生成・黄泉の国、などの神話が描かれる。

【秘密のコジキング】　20世紀が古代とされる未来社会で、村立コジキ研究所に勤務する〈わたし〉のもとにさらに五百年先の未来から三人組の〈わたしら〉が現れる。彼らは〈コジキング〉に盗まれた三種の神器（コ＝鏡・ジ＝剣・キ＝珠）を探し出すため、『コジキ』の調査にやって来たのである。『コジキ外伝』を未来人の読書機にセットすると、文字が映像化され、そこに神器探索の手がかりを求める。神器を盗んだのはスサノヲだとわかるが、コ鏡とキ珠はアマテラスの管轄となり、ヤマダのオロチ退治を経て、ジ剣もアマテラスの手にわたる。やがて〈コもジもキも無くした今のわたしたちから、本当の文明が始まるのかもしれません〉と思った〈わたしら〉は未来に帰ってゆく。

評価　島森路子が書評（「毎日新聞」92・5・11・朝刊）で取り上げている。島田雅彦・荻野アンナ「［対談］華々しく、胡散臭く……―聖なる物語のリサイクル―」（「図書」92・6）で荻野自身は〈古事記の翻案あるいは翻訳と信じている箇所がかなりある〉と語っている。

『マドンナの変身失格』（福武書店、93・10・12）

【小林秀雄でございます　三波春夫といふこと】（「海燕」93・10）。Xが持ってきた小林秀雄の未発表原稿『三波春夫といふこと』を〈私〉は読み始める。その原稿には、三波春夫の歌に対する〈僕〉（小林秀雄）の批評や三波春夫のエッセイ集のこと、〈僕〉のもとを訪れた三波春夫とのやりとり、などが書かれていた。

【パゴパゴ】（「海燕」93・1）。地球県日本市に住み、地球県文芸家協会に所属するパゴパゴ星人の男女一組の文学者である私は、〈「身も蓋もない」〉ことで知られるパゴパゴ星人の男女一組の文学者に日本の文学を教えることになる。超古代の『源氏物語』や『百人一首』は理解されず、中世、なかでも20世紀の文学を取り上げる。石川啄木の短歌の後、近松秋江の『別れた妻に送る手紙』とその続編の『疑惑』を読ませるが、すったもんだのあげく、〈日本市の私小説の代表格が、わてらパゴパゴと同じ精神構造の上に成り立っておる〉ということになりかかる。

【私小説作家荻野式部作　其日草ＶＳもの草　笑死小説作家荻野アンナ作】（「海燕」92・10）。上段の「其日草」。豊胸手術を受けてシリコンを入れた〈わたし〉の乳房は拘縮してテニスボールのようになっている。医者に見せるが相手にされない。〈彼〉（恋人）と別れ会社もやめた〈わたし〉は、家に閉じこもって暮らしている。ある夜、花火大会を見ようとしてマンションを出た〈わたし〉は、路地のアパートの窓から顔を出している男に衝動的にキスをする。翌日、喫茶店で女連れの〈彼〉に出会った〈わたし〉は、〈彼〉にコップの水をかけて去る。部屋に戻った〈わたし〉は、鉢植えをベランダに出して水をやる。〈彼〉からもらった其日草の花は満開だった。下段の「もの草」。〈安原さん〉のもとを豊胸手術仲間の〈みっちゃん〉が訪れ、飲み食いをして騒ぐ。ある雨の日、二人はディスコで声を掛けた二人の少年と飲みに行き、路地の薄暗がりで乳房を見せ、悲鳴を上げ逃げ出す彼らを見て楽しんでいる。翌日は花火大会で、その夜〈安原さん〉が行きずりの男に〈突発性キス〉をしたことが、次の日には主婦たちの噂になっている。昼下がり、〈安原さん〉はベランダで、空の植木鉢に水をやっている。

【マドンナの変身失格】（「海燕」93・4）。登場人物（?）は、歌手のマドンナ、ゴキブリに変身したグレーゴル・ザムザ（カフカ『変身』の主人公）、大庭葉蔵（太宰治『人間失格』の主人公）の二人と一匹。彼らは、乗っていた飛行機が墜落し、砂漠にとり残される。『変身』や『人間失格』をめぐる彼らのやりとりなどが描かれ、時に夏目漱石『坊っちゃん』のマドンナも登場する。しまいに葉蔵が甲虫に変身してしまった後、救助班が到着する。一人と二匹となった彼らは、マドンナを中心とするロック・グループを結成し、そのデビュー曲「マドンナの変身失格」はロック史上最長の曲であり、この作品全体がその歌詞である。

評価 本の作りからして、実験的なと言うか、遊び心に満ちた作品集である。本の横の寸法は新書版と同じで、縦の寸法は四六判と同じというやや珍しい判型である。活字の組み方も、「小林秀雄でございます」は44字×12行、「パゴパゴ」は44字×15行、「其日草ＶＳもの草」は21字×15行の二段組、「マドンナの変身失格」は44字×15行となっている。さらに頁の下には横書き一行で「欄外小説」なるものが記され、それは203頁に始まり、本文とは逆に進行して、63頁で終わる。「小林秀雄でございます」は小林秀雄の「モオツァルト」を三波春夫に置き換えたパロディ。「其日草ＶＳもの草」は、一つの出来事が、異なる視点・文体で描き分けられ、それが頁の上段（「其日草」）と下段（「もの草」）で同時に進行して行くというもの。千石英世「今月の文芸書」（「文学界」94・6）は、『マドンナの変身失格』を取り上げ、「小林秀雄でございます」について〈小林や三波のパロディーというより、現今の美術評論と映画評論の文体模写になっている〉と、また「其日草」について〈正調の私小説に限りなく近づいている〉と述べている。

『桃物語』（講談社、94・3・18）

梗概 全体は七章から成るが、さらに百の部分に分かれており、「プロローグ」に〈これは桃と股についての百の物語である。〉と書かれるゆえんである。「エデンの桃」「桃栗三年鬼は外」「ビー・バップ・恐山」「ももやま話」「ベルサイユの桃」「夜逃げる桃」「欲坊の苦い桃」という各章の題名からもわかるように、古今東西の物語その他を下敷きにしながら、桃（あるいは桃太郎）に関する物語が綴られていく。巻末の「解説〜桃の迷宮に遊んで〜」（荻野安奈）によると、〈イブからイエス・キリストまで、創世神話の主要人物たちは「桃から生まれた桃太郎」という呪文に繋がれて、荻野的異形の系譜に組み込まれていく。桃太郎がそのものとして登場する場合でさえ、鬼と一人二役を演じさせられたり、万年不良高校生であったり、コントの中の悪魔に近いプロフィールを持ったり、借金王であったりする。〉というものである。

評価　「解説」（荻野安奈）によれば、これは長編小説ではなく、〈狭義のファルス〉の〈定義からはみ出し〉た長編のファルスということになる。そして〈ファルスの枠に落語が収まり〉、さらに〈ラブレーの影響〉についても述べられている。千石英世「今月の文芸書」（「文学界」94・6）では、〈このファルスの立場は支持されるべきであろう〉〈問題は、「書き下ろし長編」ファルスということだ。すぐれたファルスはすべからく短篇、さもなくば連載長篇なのではないか〉と論じている。

『食べる女』（文芸春秋、94・5・1）

【きゃーも】（「文学界」92・7）。福安君と雨川氏と〈わたし〉は、名古屋で味噌カツやどて焼きなどを食べ歩く。

【馬鹿鍋】（「文学界」92・9）。福安君・マモル・アケビと〈わたし〉の四人は、馬肉と鹿肉の入った〈馬鹿鍋〉を食べ、最後にマモルが店のうどんを食べつくす。

【あまから】（「文学界」92・11）。甘いものの好きなあま子と辛いものの好きなから子、二人は実は〈わたし〉と鏡に映った〈わたし〉である。

【いかいか】（「文学界」93・2）。〈わたし〉の部屋にある、函館や札幌で売られていたイカ製のビア・ジョッキたちの物語。

【美人麺麭】（「文学界」93・4）。〈わたし〉の一言がもとで、シャンパンとチューハイを飲み比べることになる。

【モナリザ食】（「文学界」93・7）。亀ちゃんと〈わたし〉は、パリで宝石をちりばめたストッキングを探しもとめ、またランスでトリュフなどフランス料理を食べる。

【小肉林】（「文学界」93・9）。泣き笑いが逆になってしまうというヘトミに誘われた〈わたし〉は、花火を見ながら酒池肉林を再現するというパーティに参加する。

【ボンバ】（「文学界」93・11）。弁天島出身の知恵ちゃんと〈わたし〉は、〈リストランテ。ミラノ。〉で中が空洞のピザ〈ボンバ〉（爆弾の意）などを食べる。

【でんがな】（「文学界」94・1）。酋長とワーやんと〈わたし〉は、健さんを探しにいった大阪を食べ歩き、最後にレストランでソムリエをしている健さんに出会う。

評価　全編、〈わたし〉とその周辺の人物たちの、飲み食いをめぐる物語である。

『名探偵マリリン』（朝日新聞社、95・8・1。朝日文庫、98・12・1）

**【消えたブラジャーの謎】【猿ぐつわはパンティーで】【女の「しっぽ」紛失事件】【ヴィヴィアン・リー失踪事件】【男の

ハイヒール履き潰し事件】【モンロー喪失事件】（文庫で【リン失踪事件】と改題）（「週刊朝日」93・10・15～94・11・4に断続的に連載）。マリリン・モンローにそっくりの〈私＝リン〉は、マリリンと同居し、時として代役も務めている。そんな二人の周囲に起こる事件を解決していく、「推理仕立てのユーモア小説」（文庫カバー）。

【ノーマ・ジーンの冒険】（書き下ろし）。「クラーク・ゲーブルの娘」は、35年から37年まで（9歳から11歳まで）、孤児院で過ごすノーマ・ジーン（マリリン・モンローの本名）を描いている。「砂の上のラブレター」は、70歳を過ぎ引退同然の写真家ジュゼフ・ジャスガーのもとに、マリリン・モンローの友人〈ジーン・ノーマン〉が訪れ、二人はマリリンが売り出し中の頃の思い出話にふける。

評価　「モンロー喪失事件」までは、一章につき一本（または二本）のモンロー出演映画――「紳士は金髪がお好き」（53）から「荒馬と女」（61）まで――の撮影風景などが取り上げられ、ジョー・ディマジオ、アーサー・ミラー、ローレンス・オリヴィエ、ヴィヴィアン・リー、イヴ・モンタンたちが登場する。その中で、演技派に脱皮できなかった女優としての面や私生活を、虚実とりまぜて描いた作品である。また「ノーマ・ジーンの冒険」は、スターになる前の、ノーマ・ジーン時代の彼女を描いたものである。

『百万長者と結婚する教』（講談社、95・11・27）

【百万長者と結婚する教《きょう》】（「小説現代」94・3～95・9、隔号連載）。「ヘアヌードがお好き」から「モンキー・ビジネス」（ほとんどがマリリン・モンロー出演映画の題のパロディ）までの十話から成る。来日したマリリン・モンローは〈私〉の家に住むことになる。篠山紀信の写真撮影に始まり、国会議員に当選してクビになるまで、様々な騒動に巻き込まれて行く。

評価　『名探偵マリリン』と一部発表時期が重なっており、これもまたマリリン・モンローをめぐる物語。ただし、「ノーマ・ジーンの冒険」がスターになる前の時代を、それを除く『名探偵マリリン』がスター時代を描いているとすると、これは、実は生きていて67歳になったマリリンが90年代の日本で活躍するという趣向である。

『半死半生』（角川書店、96・8・31。「野生時代」96・1）

梗概　「野生時代」に荻野アノナ作「半死半生」が掲載されるが、それは〈私＝荻野アンナ〉のアイディアを盗用したものらしい。「半死半生」は、売れない作家無藤を中心とする物語である。無藤はアルコールと第一の妻が残していったホルマリンによって半死半生の体となる。無藤の家に来た隣の女は、無藤の最後の精液によって妊娠し、無藤の第二の妻となり、無理子を産む。無藤はT大の解剖学教室の世路先生のもとで再生可能な死体として稼ぎ、そこの助手の森と無理子は恋仲となる。森入院の後、死体になる特技を使って無理子は銀行強盗を働き、その身代わりとなって撃たれた無藤は動かなくなってしまうが、やがて死体となって世路のもとに現れる。〈私〉のもとを訪れた寝本編集長＝暴力団逸話会組長によって、荻野アノナとは、〈私〉から盗んだ脳細胞を移植し増殖させたマウスの名前だとわかる。

評価　〈第二章の裏の裏〉では、無藤をゾンビにしようとして先を越されたハイチ人ピエールが〈私〉のもとを訪れる。また〈第五章の裏〉は無藤が「野生時代」の寝本編集長のところに原稿を持ち込む場面である。というように、〈私〉と無藤とは、ピエールや寝本を介してつながっているのであり、〈私〉のいる世界と〈私〉の小説世界との境界が曖昧になっている。また〈第三章の裏の裏〉は「耳なし芳一」、〈第五章の裏の裏〉はギリシア神話のプロメテウス、〈第六章の裏の裏〉は「竹取物語」、のそれぞれパロディが挿入されるなど、多種多様な要素の重層する複雑な構成になっている。「座談会　これからの小説に向けて」（「国文学」96・8）では、ミロラド・パヴィッチ『風の裏側』からの〈直接の影響〉について荻野自身が語っている。

『ホラ吹きアンリの冒険』（文芸春秋、01・1・30）

【ホラ吹きアンリの冒険】（「文学界」、97・1、97・3〜98・11、99・1〜2）。父アンリ・ガイヤールの足跡をたどる旅の物語。まずアンリが9歳までを過ごしたフランスのサントへ、次にガイヤール一家が移住したカリフォルニアでアンリの親戚に会い、最後はアンリが船員時代に訪れたメラネシアのニューアイルランド島へ行き、アンリの恋人だったハンナをさがす。

評価　小山鉄郎は「書評」（「文学界」01・4）で、〈この父方の家系探索の旅は、著者の「アンナ」探しの旅、自分探しの物語である〉と評している。

参考文献　巽孝之「荻野アンナ―ヤミナベ言語の浮気娘―」（『〈「解釈と鑑賞」別冊〉女性作家の新流』91・5）、柘植光彦「現代小説の話法―話体の導入をめぐって」（「専修国文」92・8）、荻野アンナ・柘植光彦「［対談］笑うテキスト」（「国文学」92・11）、与那覇恵子「〈おんな〉という論理」（「新潮」92・12）、荻野アンナ・奥泉光・柘植光彦「座談会　これからの小説に向けて」（「国文学」96・8）、和田博文「異化＝荻野アンナ」（「国文学」96・8）、小平麻衣子「荻野アンナ　作家ガイド／略年譜」（『女性作家シリーズ22』角川書店、98・2・25）（**高木　徹**）

角田光代

（かくた・みつよ）

略歴　67年3月8日神奈川県横浜市生まれ。早稲田大学第一文学部文芸科卒業。大学在学中より文筆活動を始め、87年には第12回すばる文学賞の最終選考まで残った。「コバルト文庫」の小説制作も請け負っていたらしい。大学卒業後の90年、「幸福な遊戯」で第9回「海燕」新人文学賞を受賞、翌年同名の創作集を出版して本格的な作家生活に入る。この間、派遣会社で一年間の会社員生活も経験した。96年『まどろむ夜のＵＦＯ』で第18回野間文芸新人賞を、98年『ぼくはきみのおにいさん』（河出書房新社、96・10・15）で第13回坪田譲治文学賞を受賞、『キッドナップ・ツアー』（理論社、98・11）では99年の第46回産経児童出版文化賞を、00年には第22回路傍の石文学賞を受けた。その他、92年、93年、94年と3回芥川賞の候補に選ばれている。現在までに出版されたものは創作集だけでも十二冊を数え、旺盛な筆力を示している。今どこにいてこれからどこに進もうとしているか分からない茫漠とした若者たちが、奇妙な同居・同棲生活の中で繰り広げる個の触合いを女性の側から描いた最初期の作風は、近年の諸作に至って国内外への旅という設定の下で空間的に広がりを持ったものへと微妙に変化し、あるいは男性側からの視点で語られ、あるいは既に若いとは言えない人物が重要な要素として登場するなどその世界も拡大されていると同時に、「若者」の一段前に位置する「こども」の《幸せな》世界を描くことにも意欲的で、それが成功を収めていることは上記の受賞歴が如実に示している通りである。いわゆる「Ｊ文学」の旗手の一人と目され、発表雑誌も「ａｎ・ａｎ」「ダ・ビンチ」等の女性・一般誌にも及び、ロック音楽に触発されて執筆したもの（『LOVE SONGS』幻冬舎、98・1・10。幻冬舎文庫、99・4・25）や漫画に寄せたもの（『名作コミックを読む』小学館、98・8・20）などもあるなど、既成の「文壇」の枠を越えた活動を展開、「女性自身」や「週間読売」等の週刊誌にもしばしば取り上げられるほどの人気を得ている。以下に取り上げなかった創作集としては、上記の他『学校の青空』（河出書房新社、95・10・25。河出文庫、99・5・6）、『カップリング・ノー・チューニング』（河出書房新社、97・9・25）、『草の巣』（講談社、98・1・24）、『みどりの月』（集英社、98・11・10）、『地上八階の海』（新潮社、00・1・30）、『菊葉荘の幽霊たち』（角川春樹事務所、00・4・8）、随筆集として『愛してるなんていうわけないだろ』（大和書房、91・12・20。中公文庫、00・3・25）、『これからはあるくのだ』（理論社、00・9）があり、最新の著書として主として東南アジア方面への旅を扱った紀行文集『恋愛旅人』（求龍堂、01・4・20）がある。

『幸福な遊戯』（福武書店、91・9・17）

【幸福な遊戯】（「海燕」90・11）。サトコは留年した学生、元同級生の立人とその友達のハルオと三人で共同生活を送っている。同居人同士の〈不純異性交遊〉は禁止という約束だが、サトコはハルオと関係を持ち、しかもそれで〈安心できる場所〉が出来て住みやすくなったとさえ思う。しかしハルオは一人になって自分を変えると言い家を出ていく。サトコは立人とも関係するが、ハルオとのことを知った立人は〈一緒に寝たからって、恋人ってわけでもないもんな〉と言い残しやはりこの家を去っていく。残されたサトコは〈幸福な眠り〉を見ようとするが、見たのは家に帰りたくないという一人取り残された女の子の姿だった。

【無愁天使】（「海燕」91・9）。〈私〉の家は、母親の死後一家総出で買いまくったモノで足の踏み場もない。父親は長い外国旅行に行ってしまい、妹も恋人の許へ去るが、〈私〉は際限なく買いものをする〈パーティ〉をまだ一人で続けていて、金が尽きたら体まで売る。ある日野田という老人から声が掛かるが、彼は体を求めずに〈私〉の話を聞くだけ、それからは〈私〉の話の後で並んでベッドに横たわり、一緒に〈死をイメージして眠りに就く〉のが二人の習わしになった。話すことがとうとうなくなった日、野田は持っていた睡眠薬と剃刀で共に死のうと誘い、〈永遠の幸福〉を追い求めていた〈私〉はそれに応じて実行するものの果たせず、血まみれで闇の街のなかに走り出していく。

【銭　湯】（書き下ろし）。高沢八重子は、演劇の道に入るので就職しないと去年母親には豪語したもののやはり不安で、結局小さな食品会社の事務員になった。仕事は全く面白くなく、しかもヒステリックなお局にいじめられる。銭湯に通う八重子は、そこでもつまらない自慢話を繰り返す老婆につかまる。そんな時、八重子は〈気楽で気紛れで、恐怖なんて感じることなく芝居を続けて、「やりたいように生きるの」と母親に宣言し〉〈老婆の自慢話に耳など傾けない〉〈ヤエコ〉のことを思う。八重子は〈自分の歩く道〉、〈障害物を含まず真直ぐ延び、虚しいほど適度な明るさで、白々しいほど眩い光沢を塗り込めている〉〈つるつるした一本道〉から逸れることが出来ず、自分と〈ヤエコ〉の間で苦しむが、ある日銭湯の浴槽の中で会った子供に救いを見る。

評価　黒井千次は、「幸福な遊戯」について「海燕」新人文学賞の選後評の中で〈過ぎ去ろうとする青春の寂寞を、甘美な心情の内にではなく、一種の生活臭に似たものを通して表現した点が新鮮である〉と述べたが、もし作家の全てが処女作に萌芽し「幸福な遊戯」がまさしくそれであるとするなら、〈甘美な心情〉は計算して徹底的に排除されたというべきで、〈一種の〉とは一見ありそうで実は歪んでいる「擬似的」とでもいえることの謂いであろう。三木卓は「無愁天使」を〈荒涼としたポエジー〉と評しているが（「創作月評」「群像」91・10）、それは黒井の評を一歩進めた表現で、『菊葉荘の幽霊たち』の如き近作にも通底していることである。石川忠司は〈角田光代の核心には、一貫して幸福な「共同体」への志向がある〉と述べているが（後掲参考文献参照）、両作品とも〈幸福な「共同体」への志向〉を裏返して表現したものといえる。「銭湯」には母親からの手紙の条、〈幸福な「共同体」への志向〉の他に〈甘美な心情〉も窺え、初期作品だけに後には余り見えない別の一面が現れていて興味深い。

『ピンク・バス』（福武書店、93・8・16）

【ピンク・バス】（「海燕」93・6）。サエコは、10ヶ月も浮浪者と共に過ごしたり段ボールハウスで見知らぬ外人に犯されたりするなど相当自堕落な生活を送ってきたが、それら全てを記憶から洗い流し、今はタクジと平和で平凡な家庭を築いている。ある日、今まで行方不明のタクジの姉・実夏子が転がり込んでくる。実夏子はサエコとは初対面なのだが、子供が出来たことを喜ぶサエコに「妊娠なんて気味が悪い」と言い放つ。夜中に一人猛然とものを食べ、洗面台の前で長い時間過ごすなど実夏子はサエコにとって気持ちが悪くなる行動をとるばかりではなく、ぬいぐるみを十八体も持ち込みタクジとはひそひそ話をするなど、自分を排除した空間が家の中に出来つつあるような気がサエコにはしてきた。実夏子が来てから大分経ったある日、とうとうピンクのバスが迎えにきたら帰るというが、実夏子はピンクのバスが公園にやってきた。サエコはその中に入ってみるが、気がついてみると実夏子だけではなくどこからともなく人が乗り込んでいる。実夏子はサエコを一緒に行こうと誘うがサエコは拒み、ピンクのバスは走り去っていく。サエコは〈どこへ帰ろうとしているのか分からない自分に気がつ〉き、タクジに電話をかけようとしてその呼び出し音を聞き続ける。

【昨夜はたくさん夢を見た】（「海燕」92・8）。カオルは両親も含めて人が余りに簡単に死んでいくのを見てきた。一体、人が〈一番最期の瞬間に何を見て何を思ったのか〉知りたいのだが、どうしても分からない。ピアノが上手でかつては〈天才〉と言われたほどだったが結局挫折し、今は中古レコード屋のアルバイト、友達と酒を飲んでは盛り上がって一人きりの生活を紛らわせている。恋人のイタガキは〈死の体験ツアー〉をきっかけに〈へらへらへら流れるように生き〉る今の生活を否定して、インドへと旅立っていく。〈僕たちは……別々の透明な瓶のなかで、自分だけの空気を吸いながら、ガラス越しに目を合わせてただけ〉と悟ったイタガキは、〈満天の星空〉が〈本物の孤独〉を教えてくれたと手紙を寄越してくる。カオルは相変わらずの楽しい生活をしているが、友達と海に行き盛り上がったある晩、帰りの車の中で父親の姿が夢に出てくる。そして目覚めたところで〈巨大な星空〉を仰ぎ見る。

評価　「ピンク・バス」について、富岡幸一郎は〈異質なものが次第に大きくなって増殖していくようなところが出ている〉と述べ（「創作月評」「群像」93・7）、田久保英夫も〈日常的観念……がうまく手が届かない異化された世界を感じ〉たもの（同上）としている。第109回芥川賞（93年下半期）の候補にも選ばれたが、その選評で大江健三郎は〈特異な若者のタイプと関係をきざむイメージの力をそなえている〉（「文芸春秋」93・9）と評している。〈ピンク・バス〉とは蓋し生命力・繁殖力に富んだブラック・バスのもじりであろう。自分に都合良く記憶を洗い流すサエコにとって、実夏子と彼女がもたらす〈ピンク・バス〉はそれを真っ向から否定するもので、その脅威が〈どの部屋へ？　どの時間へ？　どの現実へ？〉という今の自分への根源的な問を導くのである。「昨夜はたくさん夢を見た」について、作者は「すばる」の特集記事（後掲参考文献参照）の中で〈自分が完全に知っている世界だけを書いたから、いちばん嘘がない〉と語っている。イタガキがインドに旅立つことは自分の〈安心できる場所〉を探しにいくことに他ならないが、既に「幸福な遊戯」で示唆された《居場所》の問題意識が、「真昼の花」（「新潮」95・12、『地上八階の海』所収）等での外国を舞台にした世界に拡大していく転換点に位置するものといえる。

『まどろむ夜のＵＦＯ』（ベネッセコーポレーション、96・1・10。幻冬舎文庫、98・6・25）

【まどろむ夜のＵＦＯ】（「海燕」94・3。原題「微睡む夜のＵＦＯ」）。〈私〉と弟のタカシは子供の頃ＵＦＯの話に夢中になったものだった。今は〈私〉は大学生、タカシは高校三年生だが、夏休みに入ってタカシは恋人に会いに実家から出てくる。その恋人とはテレビに出ているアイドルで、知り合う機会もこちらで会う機会もないのにタカシは確かに恋人だと主張し、部屋に招くために料理まで拵える。〈私〉の恋人のサダカくんはいつも決まった数字から逸脱せず〈私〉に手も触れようとしないが、そんな彼をタカシの連れてきた恭一は軽蔑する。恭一は無職でいわゆる「プー」なのだが、彼によれば前世には〈魂のコミューン〉があってそこで大変な努力をしてきたのだから、現世では何もしなくてもいいという。そのうちタカシは〈私〉の部屋を出て恭一と浮浪者暮らしを始めてしまう。〈私〉が訪ねていくと、タカシはもう彼女と別れてしまったという。タカシが実家に

って見上げる。

帰る前の晩、〈私〉はタカシや恭一やその仲間と一緒に廃墟になったビルの屋上に昇り、飛んできた飛行機をUFOと思って見上げる。

【もう一つの扉】（「文学界」93・11）。ルームメイトのアサコが失踪した。アサコについては、仕事も実家も友人も年齢さえも知らないので聯絡の取りようがない。そこへ恋人らしい眼鏡の男がアサコの消息を求めてやってくる。彼はアサコに連れていかれて無数の河童を見、そのコトバを聞いたのだが、〈僕らを包む緑は、ありとあらゆる色彩に変わり無限に広がり始めた〉さまをもう一度体験したくて、失踪したアサコを執拗に追い求める。眼鏡男はアサコの部屋に日がな一日居座り、引っ越しを決めた〈私〉についてきてその同居人になる。新しい部屋は毎日葬式があるお寺の隣で、〈私〉と同性同名の人の葬式がある日もあった。毎晩九時になると必ず「おーいおーい」と呼ぶ声が聞こえる。〈私〉は派遣社員をしていて、派遣仲間の恋人で正社員の修一と付き合っているのだが、彼は結婚することになったと言って私の許から去る。引っ越しに忙しく会社も休みがちになっても誰も咎めず、上役も何も言わない。眼鏡男はとうとう諦めたのかアサコの衣類などを売り払いアサコの部屋は空っぽになるが、ある日見知らぬ女が買ったはずもないアサコの服を着ているのを会社で見掛ける。ある晩「おーいおーい」という声に引かれて出てみると、川の対岸に男女が歩いていて、男は例の眼鏡男、女はよく分からないがどうもアサコらしい。男は〈私〉に〈どこか得意げに微笑〉んだ。

評価　略歴にもあるように、作品集としての『まどろむ夜のUFO』は野間新人文芸賞を受賞したが、その選評で秋山駿は〈快調な話法の物語で、……その快調は、現実感という抵抗体を置かないところから生じた〉（「群像」97・1）と指摘し、柄谷行人も〈自分が何かでありどこそこにいるということがどうしても疑わしく見える感覚を形象化した〉（同上）、黒井千次も〈何ひとつ確実なもののない外界〉（同）と述べている。なお、この作品集を巡っては東浩紀と芳川泰久との間に論争があった（「新潮」97・3、97・7、97・9及び「早稲田文学」97・4参照）。作品としての「まどろむ夜のUFO」については、作者自身〈いままで書いたもののなかで……一番好きで〉〈だいぶ思うように描けた〉と芳川泰久に語っている（後掲参考文献参照）。青野聡はこれを〈ユートピア小説〉（「創作月評」「群像」94・4）とするが、それは一旦自分を取り巻く〈現実〉を捨象したところから始まるものであろう。「もう一つの扉」は第110回芥川賞（94年上半期）の候補作になったが、河野多恵子は〈モチーフが鮮明になり、取り込まれている事柄もなかなか効いている〉（「文芸春秋」94・3）と評している。なお、この『まどろむ夜のUFO』には他に一編、

「ギャングの夜」（初出「海燕」95・1）も収められている。

『東京ゲストハウス』

（河出書房新社、99・10・15。初出「文芸」99・秋）

梗概　アキオは半年にわたるタイやネパールといった東南アジアの旅行を終えて帰国する。旅行に出たのは〈なあんか退屈〉だったからだったが、それは〈得体の知れない巨大なもの〉のようで、旅行に出さえすれば〈その巨大な何かからのがれられるのではないかと思〉ったのである。彼女のマリコに留守中新しい恋人が出来たのを成田空港で知り、金もなく行く当てを失ったが、カトマンズで出会った暮林さんのことを思い出す。暮林さんの家は元々旅館のために建築されたので広々としており、一泊三百円でゲストハウスようのことをしているので、アキオはそこに転がり込んだ。そこに暮らしているのは最初はヤマネさんだけだったが、フトシとカナという男女や、更にミカコとかペルーとか何だか得体の知れない連中までやってきて、奇妙な同居生活が繰り広げられる。最後に矢崎という四十近い男が現われ、よほど旅慣れているのか〈旅の王様〉というあだ名がつくが、説教を垂れるは人を疑うはでとうとう家主の暮林さんも堪えかねて、パキスタンに逃げ出してしまう。それを見送りにいった後で、アキオはマリコの部屋のすぐ下まで行って、暮林さんにもらった携帯電話でマリコに電話をかけ続ける。

評価　藤沢周は〈莫大な虚無のようなものをすごくうまく日常のレベルで描〉いている（「創作月評」「群像」99・9）と述べている。高樹のぶ子は〈この小説の登場人物たちは、およそ時間軸が無い。だから、未来のために今日辛抱する、という考えが無い〉ところに、〈王様〉の登場で〈時間軸の発生〉を見る〈モラトリアム小説〉と評している（「第13回三島由紀夫賞選評」「新潮」00・7）。これはあくまでこの東京を舞台としているのだが、出てくる人物は〈王様〉を頂点として皆あたかも外国にあるかの如く振る舞う。それが誰と誰が別れただのどうしただのというアキオの友人たちとの会話と対比させられ、〈巨大な〉〈退屈〉を浮かび上がらせているのである。同居人と〈家〉という空間でぶつかり合うという設定は既に慣れたもので、10年近くにわたって作者が追い求めてきた様々な問題意識がより広い〈ゲストハウス〉という《居場所》で展開されているとも言える。この傾向は次々作『菊葉荘の幽霊たち』で更に深く追求される。

参考文献　【作家論】石川忠司「『共同体』と『小説』の間で——角田光代論」（「新潮」98・10）、【対談記録】「物語に潜む異和をめぐって」（芳川泰久、「すばる」97・2）、「すべての河を下れ」（鈴木清剛、「文芸」99・秋）、【特集記事】「今月のひと角田光代」（聞き手・構成：松浦泉、「すばる」94・1）　（**近藤圭一**）

金井美恵子

（かない・みえこ）

略歴　47年11月3日高崎市生まれ。群馬県立高崎女子高校卒業。小説家、詩人、映画批評家。2歳の頃から母とともに映画館めぐりをする。高崎市立第二中学校時代にはヌーヴェル・ヴァーグに衝撃を受け、高崎女子高校の頃にはゴダールが好きになる。石川淳・坂口安吾などを読む傍ら、現代音楽に触れ、また現代詩を読み始めて「凶区」を定期購読する。67年「現代詩手帖」に「ハンプティに語りかける言葉についての思いめぐらし」が掲載されて登場。同年「愛の生活」で第3回太宰治賞候補となる。68年第8回現代詩手帖賞受賞。70年「夢の時間」で芥川賞候補となる。79年『プラトン的恋愛』で第7回泉鏡花賞受賞。88年『タマや』で第27回女流文学賞受賞。70年代において、主として少女を主人公とした残虐なメルヒェンを書き続け、80年代には、特に〈書くこと〉そのものをめぐる小説が中心となった。90年代以降は、目白などを舞台とした大人の男女の交渉を描く饒舌な作品群が持続されている。小説を書くということ、小説家であるということにこだわり続ける稀有な作家である。詩集として『現代詩文庫　金井美恵子詩集』（思潮社、73・7・15）、『春の画の館』（同、73・12）。評論集として『夜になっても遊びつづけろ』（講談社、74・2・12）、『添寝の悪夢　午睡の夢』（中央公論社、76・8・7）、『書くことのはじまりにむかって』（同、78・8・10）、『手と手の間で』（河出書房新社、82・6・30）、『言葉と〈ずれ〉』（中央公論社、83・5・25）、『映画、柔らかい肌』（河出書房新社、83・10）、『おばさんのディスクール』（筑摩書房、84・10）、『ながい、ながい、ふんどしのはなし』（同、85・5）、『小説論—読まれなくなった小説のために』（岩波書店、87・10・30）、『本を書く人読まぬ人とかくこの世はままならぬ』（日本文芸社、89・11）、同Ｐａｒｔ２（同、93・10・15）、『遊興一匹　迷い猫あずかってます』（新潮社、93・6・20）、『愉しみはＴＶの彼方に』（中央公論社、94・12・10）、『重箱のすみ』（講談社、98・3・30）、絵本評『ページをめくる指』（河出書房新社、00・9・25）、木村敏との対談『私は本当に私なのか　自己論講義』（朝日出版社、83・10）。

『愛の生活』

（筑摩書房、68・8・20。新潮文庫、73・11・30）

【愛の生活】（「展望」67・8）。夫Ｆは今日、無断で学校を休んだ。わたしは画家のアトリエに来ている。画家の両親は盲人だったという。スパゲッティを食べている男に〈それ、回虫みたいね〉と言う。通りで、少年と言い争いをしていた少女が車に轢かれた。

【エオンタ】（「展望」68・7）。AはPに胎児のような姿で抱かれる。Aは子犬になってPを噛み、Pは出血する。〈あなたに近づけば近づくほど、わたしたちは遠ざかって行くのね〉。言語を失って入院しているPを、わたしは病院に訪ねてゆく。

【自然の子供】（「新潮」68・8）。子供たちの夏の体験。海岸に溺死体が打ち上げられる。ホテルに来ている黒ずくめの男を、子供たちは殺人犯か自殺志願者と見て、跡をつけ、ガラスの山で少女が怪我をした。夏休みの最後の日、黒ずくめの男は海に落ちてゆく。

評価　第一作品集。自我と、本来統合されるべき世界との間の疎隔を描き、近づくことが遠ざかることと同義であるような〈愛〉を語る。

『夢の時間』（新潮社、70・9・15。新潮文庫、75・1・30）

【夢の時間】（「新潮」70・2）。アイの夢の中には、いつも迷路の町と建物、あの人と車、姿を見せない追跡者たち。車が故障し、アイは街の中を歩き回り、あの人が来るのをこの街で待っている。刻一刻と過ぎる時間の中で、アイはあの人に手紙を書こうと思う。

【奇妙な花嫁】（「文芸」70・2）。アイとPは結婚していた。だがPは姿を消し、アイは35日間、飲まず食わずに暮らした。情報部員F1が現れ、看護婦C5が派遣されてアイの世話をする。アイはそこを脱出し、放浪した後、雨の中でアイの名前を呼ぶ男がいる。

【燃える指】（「展望」70・6）。アイが街に到着したのは夜明けだった。わたしたちは二人である必要がある。P氏誕生祝賀会とアイの歓迎会が催された。同居人たちの中に〈あなた〉がいた。〈いつも二人だったのよ〉。だが男は黙ったまま膿と悪臭を発していた。

評価　求めても決して真に獲得しえない〈二人であること〉の幻影。『愛の生活』のよりハードボイルドな変奏。

『兎』（筑摩書房、73・12・20。集英社文庫、79・2・28）

【愛ある限り】（「新潮」71・5）。Aと車椅子の男は失われた各々の愛の記憶を語り合う毎日を送っていた。かつてAの〈あの人〉は乱暴な行為でAを苛み、男の〈彼女〉は突然彼の生活に入り込み、男は脚を失った。ある夜、Aの〈あの人〉は奇妙な女装をして現れ、そして消える。Aは、今後二人はずっと語り続けるしかないと言う。

【不滅の夜】（「すばる」71・5）。彼女はボールペンで葉書を埋める作業に没頭する。〈ふたたび書きはじめること。あなたに向って。不滅の時の中で繰りかえし繰りかえし、わたしは書きはじめ、そのたびにあなたは立ち現われるはずです〉。

【帰　還】（「都市」70・10）。長い旅行から帰ると、駅で出迎えた若い男が、〈あなたの御主人が病気であなたを迎えに来られない〉と言うが、彼女には夫はいない。家には新婚旅行の写真が飾ってあったが、それは見知らぬ男女だった。寝室に寝ていた病気の男は、〈誰？〉という問いに〈永遠の恋人さ〉と答えて、死んでしまう。

【恋人たち】「恋人たち」（「草月」70・12）と「愛しているわ」（「現代詩手帖」70・10）を併せて加筆。目を覚ました彼女は自分の老いについての幻想的な考えにふける。夜、五十年前に突然いなくなった少年が〈白昼の幻想〉として現れ、彼女は彼と語り合い、二人は〈お互いの幻想の中でいつでもあう事を約束した〉。

【森のメリュジーヌ】（「ユリイカ」70・7）。あの人とぼくは森の中に住んでいる。夜中になると姿を消す彼女に、ある夜、あなたはどこに消えるのか、と問うてから、彼女はいなくなる。長い豪雨がやんだ後、小人の女占師が現れ、恋人を捜すよう命ずる。指を一本ずつすべて燃やして歩き、死ぬことを悟った瞬間、彼女を見つける。

【腐　肉】（「波」72・5）。ぼくが新しく入った部屋には異臭がした。洋服ダンスをあけると、彼女が横たわっていた。客をとっていた彼女は、臭うのは客の屠殺人の肉だと言って、寝台の下の空間を見せた。ぼくは部屋をとび出すが、今や一切れの腐肉となって彼女の内臓に飲み込まれることを望み、彼女の部屋をさがしている。

【母子像】（「波」72・10）。自分の父親を愛した私は、事故で左脚を失ってから、父子で見知らぬ土地に移った。言葉を失っていたあの人は、ある夜、私を抱きながら、おかあさん、と呼びかけるように言う。それから、私はあの人の母となろうと決心した。……わたしは声だけの彼女のこの話を、ある匂いとともに寝台の中で聞いた。

【血まみれマリー】（「服装」72・7）。学校嫌いのマリーは、ガラス工場跡でわざと足に怪我をしました。気をうしなったマリーに、見世物、ギャングの情婦、娼婦をした挙げ句、ガラス工場の親方に殺され、死体をガラスと一緒に溶かされた呪われたマリーの声が聞こえます。マリーの足は筋を切ったので一生びっこでした。

【忘れられた土地】（「現代詩手帖」69・2）。忘れられた土地と呼ばれる辺境に、都に革命が起きて全国に広がりつつあるという事件を通信兵が伝えた。少年少女らが都への大長征に出発し、死の河の伝説にもめげず河を渡った。だが兵士によって開かれた砦の門の向こうには、これまでと同じ路程が延々と繰り返されていた……。

【耳】（「小説新潮」71・11）。身寄りのなくなった少女は、母親の元の夫と、傴僂のその息子の家に着く。目覚めると家政婦が少女を、使用人を誘惑したと言ってなじる。少女は彼女を殴り殺し、傴僂の少年が男をナイフで殺す。少女は自分の左耳をナイフでそぎ落とす。

【海のスフィンクス】（「小説現代」71・11）。12歳になったぼくは夏休みに長い旅をして島へやってきました。ぼくと同じ叡という名前の島の少女と秘密の岩場で遊び、猫のスフィンクスと共に至福の日々を過ごしました。でも、叡は、身体の部分が異常に巨大だという船長に犯されて情婦となり、港を出航してしまいました。

【山　姥】（「文芸展望」73・4）。13歳の少年は年上の少女・小百合が好きだ。白痴の女中と暮らす祖父の家で小百合らと遊び、祖父から、少年の頃、山姥に連れられて行方不明になった話を聞く。ある夜、小百合が若い男といるのを見、それから一年間、女中と時々一緒に寝たりしながら、祖父の死を看取るために滞在し続けている。

【迷宮の星祭り】（「新潮」73・11）。迷宮とはわたしの記憶だ……客をとる日々を送る彼女に、姿を消した恋人からの手紙が届いた。彼女は婚約者の男と一緒に車で丘の上の家を目指すが、トマトジュースを買おうとしても買えず、婚約者は消えて猫が隣に座ったり、果ては元恋人自身が現れたり……迷宮はいつまでも残る。

【降誕祭の夜】（「すばる」73・9）。キャバレエ・人魚姫で客をとっていた彼女は、便宜を図ってくれたフロア主任が消えたために、街娼となった。若い水夫らの相手をするうち、彼女は重い病気に罹る。降誕祭の夜、名もない精霊が死によって彼女を祝福した。

【兎】（「すばる」72・6）。私は散歩の途中迷い込んだ空家で、兎の縫いぐるみを被った小百合の話を聴く。彼女は父と共に兎を殺して食べていたが、冗談で兎の縫いぐるみを被った時、父は心臓発作で死んでしまった。後に空家を再訪した私は、ガラスで眼を潰して死んでいる彼女を発見し、その兎の毛皮をまとって内部に籠もる。

評価　少女、少年、父親、死などののイメージをメインとするモダン・メルヒェン。初期金井の代表作である。

『岸辺のない海』

（中央公論社、74・3・30。「海」71・12～73・4。中公文庫、76・10・10。完本・日本文芸社、95・7）

梗概　《彼は灰色の表紙のノオトに《岸辺のない海》と書き込む。〈おそらく、すべての書かれる予定の作品は、書かれつつあるすべての作品を含めて、あるいは書くという意志によって存在することを夢見られたすべての作品は、決して完成されることはないだろう。［…］それでも、書きつづけること〉。彷徨を続ける〈彼〉の足取りと、〈書く行為〉そのものの記述が交錯する。

評価 〈書くこと〉そのものをめぐって書かれた最初の長編。フィリップ・ソレルス『ドラマ』にも匹敵するヌーヴォー・ロマン。完本には「『岸辺のない海』補遺」を併録。

『アカシア騎士団』（新潮社、76・2・20。集英社文庫、80・9・25）

【静かな家】（「海」74・5）。兄・焔は人形作りに、父は人形の家作りに没頭し、妹・氷沙は人形同然に沈黙していた。ある日、そんな父に愛想を尽かして去っていった母・女実業家が、自社のハンマーを持って家を訪れ、父のミニチュアの家を叩き壊すと、白蟻の巣になっていた彼らの家も崩れ、死者たちが柱材の下で囁きを発した。

【夜には九夜】（「文芸」74・9）。安ホテルを経営する国枝は9日連泊無料の懸賞で、かつて愛した美少年らを招待したが、少年は美少女連れで来て国枝を腹立たせ、小説家の夫までが若い女を連れてきた。最後の晩、青酸カリ入りのリキュールを飲ませて自殺ゲームをしたが、なぜか国枝と夫だけが死に、他の人々は別状なかった。

【アルカディア探し】（「小説サンデー毎日」74・5）。評論家の新作はあるジャリ相手の歌手の美青年を愛してしまい、それが事ごとに新作を傷つけた。青年は俳優としてスターとなり、新作は青年のために手のこんだ食事を用意したが、彼は選りすぐりのワインを飲まなかった。アルカディアを、青年はアレルギイと間違えた。

【真珠の首飾り】（「小説サンデー毎日」74・11）。兼吉は憂鬱症で夫人はそれを治療すると称して空虚なパーティを毎夜開いた。それが6ヶ月も続いたある夜、かつて恋人だった女がたまたま来て、兼吉と駆落ちすると宣言して連れ出し、噴火口に身投げ心中した。

【幼稚な美青年】（「文芸展望」74・7）。死生《しなま》は出生時に母が死、父が発狂。何事にも興味なく、小学校教師となり、生徒・連を虐待したが、母親の未亡人・水枝が彼の美貌に負けた。結婚して仕事を辞め、穀潰し。水枝は家庭教師と浮気、連の妹・理枝は男と家出し、家は崩壊。だが死生は、まだお坊ちゃまと呼ばれるのが嬉しい。

【暗殺者】（「ユリイカ」73・11）。猫が彼女の部屋に夜中に訪れた。傲慢に振る舞う猫に彼女は食事を出し、猫は自分の体中を舐めた後、鸚鵡を襲って食べる。案の定、猫は暗殺者だった。彼女の回想の後、猫は彼女ののど笛に躍りかかり、猫は満腹して体を舐める。

【永遠の恋人】（「出版ダイジェスト」71・5・21、原題「永遠の恋人—私の夢」）。彼女が部屋に帰ってくると大きな黒猫が椅子に坐っていた。態度の大きい黒猫は、彼女を永遠の恋人のところにつれて行く役目で来たと言う。黒猫は死神だった。黒猫自身も、彼女と一緒に死ぬことになっていた。黒猫こそ、永遠の恋人だった。

【手品師】（「小説サンデー毎日」74・2）。夜中にかかってくる無言電話を聴き続けていると、夢の中に他人の夢が喰い込んできた。子供の頃に手品師が胸に兎を入れてくれた思い出を語ると、男は手品師になって、小さな裸の男をたくさん出して部屋を一杯にした。

【黄金の街】（「群像」74・1）。姉弟の父は殺され、母親は若い男と逃げ、姉に目をつけた建物の所有者によって育てられた。姉が男に抱かれた頃、弟は姿を消し、7年後に帰ってきた。7年前に彼女は死んでしまったのかもしれない。二人は対話を続ける。〈殺してくれる？〉。首を絞めた後、弟ははじめて一人になったのを識った。

【空気男のはなし】（「新劇」74・9）。子供だった私は、サーカスで食欲芸人の空気男モモの芸を見た。モモは驚くべき分量の食物を食べ、完璧の球体の太り方をしていた。30年後、サーカスのテントで私は一まわり肥えたモモに会い、彼の球体への意志を聞く。

【指の話】（「現代詩手帖」74・10臨増）。彼女の物語のあらまし。……彼の右手の人差指の爪は、宇宙の形をしておりました。そこにはすべての星座や星雲や彗星が見えました。その指が、私の肉体の深奥に侵入して来る時、私の夢見る夢は、迷宮から迷宮をさまよいつづけることしかできないでしょう。その指を、私は夢見るのです。

【無欠の快楽】（「現代思想」74・12）。書くことをやめた小説家の彼に私は話を聞いた。かつて彼はあるホテルで気がかりな女と親密な仲になり、非常な知性を感じさせる官能を味わった。物語の快楽は迷宮的な無欠の快楽だと言う彼女に対して、彼は激しく欲情しつつ、書くことはやめたと告げる。私は彼への恋に気づく。

【千の夢】（「海」75・8）。一人の女の肉体を千の部分に分けその夢を毎夜見続ける男の物語である「千の夢」の書評を書いた私は、その作者・川原逸郎と会い、その物語が妻・雅美が恋した作家のものだと聞く。その後雅美と会った私は、雅美が、作家の足首に恋をして10年後に「千の夢」の原稿の最初のページを見つけたと聞く。

【赤い靴】（「新潮」75・4）。7年前に結婚式を挙げた彼の葬式の朝、視力に障害を受けた私は、その式の日を思い出した。その日、新婦の友人から、恋をしていた従姉妹の結婚式から10年後に葬式に出て、思い出を思い出した話を聞いた。彼は『赤い靴』の草稿を私に見せ、そして火に投じた。私は『赤い靴』を書くべきなのだ。

【薔薇色の本】（「海」75・3）。彼は『薔薇色の本』の作者で司書をしている人物を探しあて、話を聞いたというのだが、その本は見つからず、詩人Yの書評と、それを使って私が書いた小説に現れるだけだった。しかも彼が聞いた作者の話なるものは、二人の作家が共同作業をするというYの文章からの剽窃としか思えなかった。

【アカシア騎士団】（「新潮」74・11）。木工場の主人は、昔書いた「アカシア騎士団」という小説について、青年から手紙をもらう。彼は、忘れた小説と寸分違わぬ小説を書こうとする。手紙によれば、教師を支配し、殺人を犯したアカシア騎士団は実在したという。

評価　『兎』『岸辺のない海』の延長線上に展開された、〈書くこと〉にまつわるカフカ的迷宮の結晶である。

『プラトン的恋愛』（講談社、79・7・24。講談社文庫、83・4・15）

【プラトン的恋愛】（「群像」75・2）。〈あなたの名前で発表された小説を書いたのはわたしです〉という書き出しの手紙が、わたしが小説を書くたびに届く。わたしは「プラトン的恋愛」という題名だけ決まっている小説を書こうとするが書けず、声を掛けてきた女＝〈本当の作者〉が、「プラトン的恋愛」について語った。

【桃の園】（「群像」76・1）。昔、通った歯科医院で知り合った少女のことを、私はその町を再訪して思い出した。桃色の服を着た少女は、歯医者はエロティックなものだと言い、マスクを外した医者がストッキング越しに唇を足に押しあてたと言う。10年振りに治療を受けた医者は、ある高名な詩人で、桃の美しさについて語った。

【二つの死】（「すばる」76・6）。Mのおばさんが毒薬で甥を殺し、自分も死んだ。二人は肉体関係を持っていて、甥の結婚相手を追い出した。現場を目撃した少女は今は若い母親で、何回も祖母と女中が話すのを聞いたので、自分の見たことは全て忘れた、と言った。

【才子佳人】（「海」76・9）。M子とYは文芸を介して知り合い、M子の結婚後も続いた。M子から届いた『才子佳人』という小説は、『才子佳人』という小説を書いたYという男について書かれたもので、Yの書いたのと全く同じ小説が書かれ、最後に〈と、Yは書いた〉という言葉が付されていた。その後二人は、相次いで死んだ。

【アルゴス】（「すばる」76・9）。彼O先生は猫アルゴスが死んで一人になり、教職を退いた。それについての彼の手紙から、私は彼のことを思い出した。彼の歴史の授業は、彼自身が主人公の、長い長い冒険物語になっていた。—会いに行った時、彼にはどういうわけか妻がいて、アルゴスなどという猫はいなかった、と告げた。

【年齢について】（「新潮」76・12）。私は神主から、小説家になり、90歳まで生きるだろうと予言された。私は大伯父に連れられて、長寿研究会の会員となった。親友・Kは〈死の氾濫〉の歓喜について語ったが、食中毒で死に、以後私はKの代わりに書いている。

【木の箱】（「すばる」76・12）。その夜の集まりで〈子供時代の思い出の奇妙さ〉として語った彼女の話――これは彼の話した思い出だが、女の子の家に行って隠れん坊遊びをした時、彼女はかつてその中で死んだ子がいたという舟箪笥に隠れ、自分は家に逃げ帰った。実は、私はその相手の女の子で、別の場所に隠れていたのだ。――

【日　記】（「海」77・2）。N子の日記がN子の弟から送られてきた。それは見開き頁に10年分の同じ日付の記事が並んでいる。寝る前に彼女の日記を読み返す習慣となり、彼女のように私も日記を書く。〈十年前の今日私は初めてN子を抱き、九年前の今日私は彼女と旅行をして盛岡にいた〉。もう私はN子そのものだと言っていい。

【公園の中の水族館】（「すばる」77・4）。彼は父と公園に来た時のことを語った。水族館から父が出て来るのを見つけたが、父は蒼白な顔で水族館の入口を指さした。それから父は発狂した。父は水族館からもう一人の自分が来るのを見たのだった。――後に彼は公園の池で水死した。公園の工事をしたのは彼の父の土建会社だった。

【花嫁たち】（「婦人公論」78・11臨増）。友人たちに惜しまれてわたしは旅に出た。汽車に乗って、最初の女と行為した。彼女の次に、若い娘が前にすわっていた。わたしの舌は彼女の口腔のなかに入っていた。次に来たのは声だけだった。乗客係がお子さんが待っていると言うが、わたしはずっと乗ったまま旅をしようと思った。

【もう一つの薔薇】（「海」79・1）。彼は病気ではないと言うのに上司は2ヶ月の休暇をくれた。二人の助手に事務の引き継ぎをし、Mの家に向かった。若い男が邪魔をする。Mの家に入るのに難儀しつつ眠ってしまった。眠りから覚めるとMがホテルのチェックインをしてくれる。〈ぼくは作者になったばかりの人間なんです〉。

評価　『アカシア騎士団』に引き続き、〈作品〉を発表すること、語ることの孕む、ラビュリントスを展開した短編集である。

『単語集』（筑摩書房、79・11・20）

【競争者】（「文芸展望」76・7）。急行列車の食堂で知り合った百科事典売りの男。彼は書くことをやめた作家だ。書くことは彼にまかせた、と男は言った。〈そう。書いていたのは、わたしたちだったのです〉。そうした競争者の出現は、特別なことではない。

【窓】（「文芸展望」76・10）。わたしは小説のことを考えていた。彼は写真が好きで、写真を瞬間の永遠性だと考えていた。彼は兵器庫の廃墟を、毎日20年間撮り続け、その七千三百五枚の写真をアニメの方法で5分の映画にした。

【薔薇のタンゴ】（「文芸展望」77・1）。私は北京でヴァイオリンを弾いていたが、父が死んで引き揚げ、夜に店で演奏した。Nはやってきてアケミと踊り、彼女の情夫を一発で倒した。――Nは「宇宙と時間」という題の、「海ぞ坩堝！」という一行の詩を語った。

【人生の時間】（「文芸展望」77・4）。彼の文章「人生の時間」をわたしはクロノロジックに再構成してみる。彼は結婚して妻子がいるはずで、彼の文章から想を得てわたしはいくつかの小説を書いた。わたしの部屋は彼が住んでいた部屋だ。実は、小説とエッセイを書き、「人生の時間」を最後に書くのをやめた彼、それがわたしだ。

【曖昧な出発】（「文芸展望」77・7）。わたしと一緒に旅行しようと言う彼女をわたしは裏切った。実際は彼女のことをゆっくり忘れてきた。昨日彼女の夫から、彼女が死にかかっていると電話があった。だが今朝早く、見知らぬ男が来て、〈あなたは出発できません〉と言った。その通り、私はこの執拗な夢から目覚められない。

【フィクション】（「文芸展望」77・10）。プラットフォームに、彼は湯治場の駅で、この理由のない義務を長年続けていた。〈これは、確かに、どこかで読んだことのある情景だ。あるいは、書いたことのある――〉。

【声】（「文芸展望」78・1）。12歳という彼女から毎日電話があり、〈わたしが彼女の未来を奪ってしまった〉と繰り返す。『岸辺のない海』を読んでいると言った彼女は、次にはそれは自分が書いたと、またその次にはこれから書く小説の構想なのだと言った。あたしのことを書くつもりでしょ？　そしてわたしはこれを書いた。

【月】（「文芸展望」78・4）。思い出は突然の死の報せから始まる。列車に乗って月を見た。その時、今わたしは彼女と一緒に道を歩いていることに気づいた。家に帰ると父母がいた。わたしは母と汽車に乗ってた。娘がりんごを落とした。家に帰ると夫が待っていた。わたしが家に戻ると、妻が待っていた。〈月を見ていたんだね〉。

【境界線】（「文芸展望」78・7）。〈不眠の夜明けの岸辺に彼女の水死体が打ち寄せられる〉。海と陸との境界線の曖昧さは官能的だ。暗闇の中で彼女の肉体はわたしに密着する。――また溺死体の夢を見て目を覚ます。彼女たちはそれは誰にでもあると言う。〈ある朝わたしは水死体にあった〉。無数の言葉で彼女は呼ばれるだろう。

【調理場芝居】（「新潮」79・2）。母から手紙をことづかって、彼は出発した。彼は汽車から降り、〈自分がもう大人だということに気づいた〉。女に導かれて調理場芝居を見学しに行くが、そんな芝居はない。しばらく眠るが、目覚めて牧場に牛乳を受け取りに行く。ずっと昔、母の骨を持って海辺の町の墓地に行ったことがある……。

【ピクニック】（「すばる」79・6）。牛乳スタンドの売子の少女と彼はピクニックに行く約束をした。父は小型撮影機で「ピクニック」という映画を作った。ピクニックの習慣が失われたのは父が死んでからだ。彼は死にかけている父の病院に向かう途中だと、いや死にかけている私のところへ息子が来るところだと、思い出す。

【春の声】（「海」79・8）。彼女の肉体と密着したので、香水のにおいが染みついちゃうわよ、と彼女は言う。〈わたし〉は牧場に牛乳を取りに行って母親にとどけるだろう。〈調理場芝居なんて本当にあったのですか〉。〈わたし〉か、誰かの内部から分泌する液体と精液がまじりあい、〈そして、無数の誰でもない者となる〉。

評価　どこからか到来する言葉の呪縛が、テクストを紡ぎ出す。『兎』から『プラトン的恋愛』までの〈書くこと〉をめぐるメタフィクションのクライマックス。

『既視の街』（書き下ろし。新潮社、80・9・20）

梗概　目を覚ますと彼は入院させられたことに気づく。原因不明の熱が下がるまでその陰気な病院にいて、退院した後、タクシーに乗って街へ訪れる。食堂のウェイトレスは彼を見て〈二年ぶり？〉と言う。散髪を済ませて部屋へ戻ると、看護婦が現れて乳房をあらわにし身体を押しつけてくる。〈わたしたちのことを誰も知らない〉と彼女は言う。床屋の亭主が訪れ、彼女は自分の愛人だと言うが、彼女は嘘だと言う。〈わたしたちずっと一緒にいるのよ〉。

評価　永遠に続くイメージの氾濫の世界。遠く『夢の時間』のヴァリエーションとなる。

『くずれる水』（集英社、81・8・10）

【河　口】（「文芸」80・5）。クリーニング屋に寄るとそこの女房は指をくわえて舐め回した。レストランのウエイトレスは新顔で、二の腕の内側の痣が欲情的に見える。旅に出る。河口への旅。——彼女の肉体的な既視感。〈ここで会う約束だったのよ〉。わたしたちは船に乗り、水の飛沫を浴び、雪が彼女の瞳のなかに溶け込む。

【水　鏡】（「文芸」80・1）。父はわたしたちを残して、ずっと昔、家を出た。父の家族から手紙が届き、父が危篤だからすぐに来い、とある。母は死んだ。駅前の店で食事してから、病人を訪ねた。病人はテーブルの上のリンゴを、〈今なら誰も見ていないから、そっと持って行きなさい〉と言う。海に面した、平野の中心部にある町。

【くずれる水】（「海」80・7）。交通安全体操家に会うために来たわたしは雨で濡れ、体操家の義理の娘に介抱された。二人は列車で出発する。〈これから行く町に、ぼくの父親がいるんです〉。途中で彼女は姿を消し、わたしは父の病院を訪ねた。リンゴを持っていけという父。それはかつての無数の物語の焼き直しなのだろうか。

【水入らず】（「すばる」80・10）。リンゴを持っていけという父が死んだ報せを、わたしは手紙で受けとった。姿を消した彼女——スミレ、いや彼女たちの肉体——不在の恋人を彼はさがす。きみ——わたしは芸能プロダクションでスミレちゃんの手紙の代筆をするのが日課となる。とにかく、彼女と——わたしたちはどこかへと出発する。

【洪水の前後】（「すばる」81・3）。友人の事務所でタイピストと性交した後、交通安全体操家を捜すわたし。だしぬけに〈あなた〉はここにいる。〈わたし〉は〈名付けようのないもの〉となって、射精する。この物語がかつての無数の物語の焼き直しなのか、はわからない。〈なぜなら、これは《あなた》の物語なのだから〉。

評価 テクストの言葉は、重なりつつずれてゆく。水の波紋がくずれるように、言葉が畳み込まれる短編集。

『愛のような話』（中央公論社、84・6・25）

【グレート・ヤーマスへ】（「新潮」83・7）。グレート・ヤーマスへ行ったことがないが、その地図は持っており、ペンはお望みなら物語をつくり出しもするだろう。私たち二人はイェア川を下る船で出会ったのかも知れない。決まり切った恋愛の物語として出会ったのかも知れない。彼女は本から言葉を手紙に書きうつし続ける。

【沈む街】（「海」81・10）。私は駅で彼女を待つことになっていた。だが、あなたは来ず、ホテルに夫が発熱して来られないというあなたの手紙が届いているかも知れない。だがあなたには夫はいないのではないか。ずっと以前からの約束を、あなたは破っただけなのだ。

【1＋《プラス》1】（「群像」82・8）。ぼくらは、細かな活字を読んだり書き写したりして、事項を分類整理する仕事をしている。ぼくらは幼年時代の共通の記憶があり、ぼくらはそれを語り、自分たちのなろうとしたもの、なれなかったものについての話をする。

【栗】（「海」82・11）。〈一緒に逃げてくれる?〉と彼女が言ったようなので、ぼくは彼女と急行列車に乗った。だが彼女は〈お化粧を直してくるわ〉と言ったまま帰ってこず、尾行していた探偵がそのことを知らせた。彼女は本当は何を言ったのだろうか。

【両性具有者（たち）】（「すばる」82・6）。その集会で両性具有者はこんなふうに長く語った――わたくしたちは雌雄性が両極化されていず、周期的に、わたくしたちは男でも、女でも、また中性でもあります。わたくしたちの世界では、性器的結合が唯一の関係ではなく、同じ性的期間の者との性行為は禁忌とされています……。

【恋愛〈小説について〉】（「別冊婦人公論」82・7、10、83・4）。小説を書いていた兄が死んでから十年目にあなたと再会し、おつきあいをするようになりました。けれどもあなたは決してもう、もどってこないから、これを書き始めました。あなたのことを想像し非難するのに疲れました。あなたを忘れるのを待つだけです。

【『岸辺のない海』補遺】（「海」84・1）。〈ぼくは自分の運命を受け入れる、そう、月並であたりまえのことだけれど、そうする以外にないのだから、と書き、それから、むろん、笑い出す。声をたてて。いずれにせよ、誰もが書くことを、誰でもが書くのだ〉。

評価　永遠の愛のイデーと、現実との軋み合いを描くテクスト。ずれ＝疎隔が本質であるような〈愛〉を描き、『愛の生活』以来の金井のテーマを展開。

『あかるい部屋のなかで』（福武書店、86・12・15。福武文庫、95・11）

【あかるい部屋のなかで】（「海燕」86・8）。二人のセールスマンが、科学者の夫を持つスミレの部屋を訪れた。スミレはうち若い方、五百沢一彦に〈今度は一人で来てね〉と書いたメモを渡す。隣室の文芸評論家・大学教授展原光一郎の妻は、双子の子供を妊娠中だ。

【あおじろい炎】（「海燕」86・11）。展原がうとうとしていると、誰かわからない女が耳元でささやく。妻は夏休みに子供をつれて田舎に帰るという。スミレと一彦が体を離した頃、隣室の夫婦は性交中だった。性交中、彼はまた女の声を聴く。スミレは恋人のことで夢中で、夫の前でも上の空だった。〈これからどうなるんだろう〉。

【砂の粒】（『セリ・シャンブル3　金井美恵子・金井久美子の部屋』旺文社、85・11・21）。どこか火口原湖の近くの建物でフランス料理を食べたとき、エビフライに砂が混じっていた。一緒にいた女の人が〈かあいそうに、ぼく〉と言った。父母は否定したが、母は父が女との別れ話をするのに子供を連れていったのかしらと言う。

【豚】（「海」臨増「子どもの宇宙」82・12）。あたしたちが豚を飼っていた頃、町は動物飼育熱で誰もが動物を飼っていました。父が連れてきた豚はピンクと名付けられ、どんどん大きくなって三つ折り布団くらいにもなりました。豚がいなくなってから二週間後、父は背広を新調し、食卓には生ハムとメロンの大皿が置かれました。

【家族アルバム】（「飛ぶ教室」84・2）。おじいちゃんはフランスで馬肉のタルタル・ステーキにあたって中毒で死に、おばあちゃんはおしるこのおもちで窒息死、父はフグのキモを食べて死に、母も結局、結婚式のイセエビの中毒で死んだ。母は息子兄弟にかき氷屋に行かせる時に、赤痢対策で食器まで持たせたというのに。

【静かな日々】（「飛ぶ教室」82・10）。私はヘルペス症候群のため娘の家族の家に暮らしている。孫のアキラは登校拒否で、遅く起きて私と一緒に映画に行き、その晩娘夫婦に責められて私は家に帰った。その後アキラがやってきて最近は学校に行っていると言い、〈今日はお金をせびりに来たんだよ〉とニッコリ笑った。

【マティーニの注文の仕方】（「サントリークォータリー」84・11）。老人は60年間マドリッドのこのホテルのバーでマティーニを飲み、注文するためには床をステッキでコツコツとたたく。バーテンともボーイとも口をきいたためしがない。老人のJ・L・BやL・Bにまつわる話に感動し、青年はマティーニの代金を払う。

【鎮静剤】（「海」82・2）。あの人を待っている時間、あたしは不幸で胸がしめつけられる。〈あの人は意地悪な口調で、きみの御主人はぼくのことを知ってるのかなって言った〉。あたしは雑誌の記事や、映画、音楽、そして溶けるつららのことを考えている……

【向う側】（「海燕」82・4）。4月から小学一年生のリエちゃんが歯医者をいやがるのは、夫・須坂が歯医者を嫌いだからだ。須坂はもっとリエをかまってくれていい。あたしは二人の子供に食事を摂らせながら、夫と、友人泰子さんがヨガを始めた話をしている。

【ゆるやかな午後】（「文芸」82・1）。〈疲れた、何にもしたくない、何も考えたくない〉。〈こんなことは大したことじゃないし、どうってことのない、取るに足りないこと……〉。〈あの人は、あっさり別れられるかもしれない〉。

評価　〈恋愛の不可能性〉は初期から一貫して受け継ぐものの、より具体的な家族のエピソードや、不倫の情事のテーマが強くなる。金井の一転機となった作品集。

『文章教室』

（福武書店、85・1・30。「海燕」83・12、84・2、84・5〜12。福武文庫、87・9・16。河出文庫、99・5・6）

梗概　佐藤氏は会社の〈部下の女の子〉から、男に捨てられて泣きながらの訴えを聞いた後、〈その夜、実は、妻以外の女と初めて性交をし〉てしまう。佐藤氏は妻の絵真に告白してわびるが、絵真の方も、以前から肉体関係のあった吉野というグラフィック・デザイナーと再会し、不倫を始めていた。娘の桜子は、妊娠中絶の挙げ句、男に捨てられたが、めげずに次のターゲットとして、大学の英文科の助手・中野勉をものにしようとする。絵真の通う文章教室の講師を務める現役作家は、バーのホステス・ユイちゃんと不倫している。ユイちゃんはニューヨークに発ち、絵真は吉野から別れると言われるが、桜子は勉の子を妊娠し、やがて結婚することになる。

評価　『ボヴァリー夫人』を下敷きに書かれた、現代版姦通小説の傑作。絵真の創作ノートからの引用のパッチワークがテクストを構成する。

『タマや』

（講談社、87・11・10。「群像」86・10、87・1、87・7、87・9。「L'ENCHANTEUR」87・3。「群像」87・4、講談社文庫、91・1・15。河出文庫、99・6・4）

梗概　アレクサンドルがぼく夏之に押しつけた猫タマは五匹の仔を産んだ。彼の姉ツネコは妊娠中だったが、姿を消した。愛人だった男たちが、居場所を知りたいと次々とぼくに連絡してくる。その一人で医者の藤堂冬彦は、アレクサンドルと一緒にしばらくぼくの部屋に居ついた。冬彦はぼくの父親違いの兄貴だった。写真家のぼくは、アマンダ・アンダーソンに関心を持ち、アメリカに行きたいと思う。アレクサンドルが仕事先の伊豆から魚介類を持ってきたので、隣室の二人の学生、桃子・花子や女流作家、小説家らも呼んで、パーティをする。アレクサンドルは電話で冬彦に、ツネコはアレキサンドリアにいる、と話した。仔猫たちは貰い手が見つかった。

評価　紅梅荘を舞台とする目白物連作小説の傑作。

『小春日和《インディアン・サマー》』

（中央公論社、88・11・25。「あんさんぶる」85・10〜87・4。河出文庫、99・4・2）

梗概　あたし桃子は東京の大学に入ったので、目白の小説家のおばさんのところに居候する。おふくろは世話焼きで、離婚したおやじは東京にいる。大学の同級生・花子が、おばさんに憧れて遊びにきた。花子は英語の若い中野先生と高級な会話をして注目される。おやじが男性と同居していることを知ってあたしは驚いた。おばさんは一、二カ月の間イタリア旅行に出かけた。それから10日間ほど、あたしは何もせずにほとんど眠って過ごした。その後、花子の両親が離婚して、あたしと花子は、おばさんの友達のカメラマン夏之さんのアパートの隣の部屋で同居することにした。夏之さんが押しつけられた猫タマは仔猫を五匹産んだが、貰い手がついたらしい。

評価　作中におばさんの書いた小説や、エッセーが挿入される。『文章教室』『タマや』に次ぐ目白物連作小説の一つ。

『道化師の恋』

（中央公論社、90・9・25。「婦人公論」86・8臨増。「すばる」87・6。「別冊婦人公論」87・7。「婦人公論」87・8臨増。「別冊婦人公論」87・10、88・1、88・4、88・7。「中央公論文芸特集」88・12。「別冊婦人公論」88・10、89・1、89・4、89・7。河出文庫、99・7・2）

梗概　善彦は元女優の橘颯子と性的な関係があって、部屋にはまだ彼女の衣類が残っている。だが彼女は自動車事故で死に、善彦は彼女との関係を『道化師の恋』という小説に書き、文芸雑誌の新人賞候補となった。選者の一人の現役作家、英文学者の中野勉やその妻の桜子、その祖父の渡辺氏らとともに、善彦はレストランで会食した。その時以来、桜子と善彦は互いに惹かれるのを感じた。桜子は〈迷い猫タマ〉について書いた善彦のエッセイを読んで感動する。長野原に一家で逗留する間、あれは一時の気の迷いだったかと桜子は思うが、中野の母が狭心症で倒れた報を聞き、帰京した頃には善彦への思いは募り、その後二人は相抱き合う仲になっていった。

評価　『文章教室』の続編。繰り返される不倫の環が描かれ、恋愛や結婚にまつわる通念を辛口に相対化する。

『恋愛太平記』1・2

（集英社、95・6・30。「すばる」88・6〜89・6、90・1〜93・3、93・5〜94・9断続連載。集英社文庫、99・11・25）

梗概　東京から遠くない地方都市出身の、四姉妹とその母親の物語である。長女・夕香は留学した先のアメリカでアメリカ人ハロルドと結婚したが、離婚して帰国し、病を得て入院し、婚約するがやがてそれも破棄する。次女・朝子は女子美時代に知り合った「コンセプチュアル・アーチスト」塩瀬と7年越しの同棲をしたが、彼と別れ、見合いを繰りかえした挙げ句、結婚する気がなくなってゆく。三女・雅江は勤め先の幼稚園の、母を喪った園児の父親と結婚し、二人の子供を出産して、主婦生活をしている。四女・美由紀は1年ほど前から同棲していた貞一郎と結婚式を挙げ、やがて母となった。

評価　谷崎の『台所太平記』や『細雪』の記憶を通奏低音に繰り広げられる、女たちの内心の物語とその交錯が鮮やかである。金井の最大の長編小説。

『軽いめまい』

（講談社、97・4・8「家庭画報」88・2〜12）

梗概　桃子の高校の同級生にあたる夏実は2LDKのマンションに夫と小学生の二人の息子と暮らしている。隣近所の住人たちの暮らしや容姿や態度を批評したり、夫婦で下着を別にするか思案したり、知人が結婚したり離婚したりの消息に触れたり、猫のたたりか顔に傷を負った住人の噂をしたり、写真家・桑原甲子雄の作品に感じたり、の繰り返しの日々を送っている。

評価　マンション住まいのおしゃべりの連続を、饒舌体で描く。目白物連作小説の一つ。

『柔らかい土をふんで、』

（河出書房新社、97・11・20　「群像」91・5～「新潮」97・5の間、「ルプレザンタシオン」「文芸」「中央公論文芸特集」「文学界」などに掲載された短編を集大成）

梗概　『プラトン的恋愛』所収「二つの死」と同じエピソードのほか、男の女の痴情のもつれから凶行に至る異なる複数のモチーフが重奏する構造になっている。梗概にまとめることは不可能である。〈それを脱がせようとするたびに――彼女はその奇妙に入り組んだ立体的な仕立ての黄色い小花模様のローン地のサマー・ドレスの下に、湿り気をおびてぴったり張りついた小さな絹のパンティーしか漬けてはいないのに――ちょっとした混乱がおき、〉。

評価　ルノアールやゴダールの映画のイメージと物語とを交錯させ、ずれては重なるディスクールを重畳させてゆく。『くずれる水』を一つの語りに統合した感のある、超絶的なテクスト。

『彼女（たち）について私の知っている二、三の事柄』

（朝日新聞社、00・5・1。「uno!」97・10～98・8。「一冊の本」98・11～99・11）

梗概　『小春日和《インディアン・サマー》』の続編。あれから10年。私・桃子は同じくアパート紅梅荘に住み続けている。弟の純一は由美子さんという女性と結婚して郷里の旅館の跡取りとなるつもりでいたが、なんとおふくろが再婚して旅館を売ると言い出した。が、おふくろの相手の資産家・並木さんのおかげで売らずにすみ、おふくろはどことなくがっちりしている由美子さんに教育を施す気でいる。花子はアパートを出て会社に勤めていたが、会社も辞めまたアパートに戻ってきた。酔うとおしゃべりになる隣室の岡崎さん、私、花子、そして小説家のおばさんを交え、飲みながらのよろず談義は今日も続く。

評価　女性同士のお喋りを独特の文体で絡め取ったスタイルである。

参考文献　『金井美恵子全短編』全3巻（筑摩書房、92・2～4）、清水徹「鏡の国の兎　金井美恵子」（『鏡とエロスと』筑摩書房、84・1）、三浦雅士「金井美恵子または物語の作者と作者の物語」（『私という現象』冬樹社、81・1）、絓秀実「金井美恵子・人と作品」（『昭和文学全集』31、小学館、88・12）

（**中村三春**）

川上弘美

（かわかみ・ひろみ）

略歴 58年4月1日東京都生まれ。本名も同じ。父山田晃《みつ》弘《ひろ》、母好子の間の長女。10歳下に弟善彦《よしひこ》がいる。父は当時東京大学教養学部生物学科の助手で、後に教授となる。米国カリフォルニア大学ディビス校に留学した父親に伴われ、3歳の春より6歳の夏まで、3年間を米国で暮らした。帰国後杉並区立富士見丘小学校第一学年に転入学。第五学年で四谷の雙葉学園小学校に転入学。以降同校で中学・高校と進学する。大学は御茶の水女子大学理学部生物学科を卒業。在学中SF研究会に所属し、同人雑誌「コスモス」に「ぼくのおかあさん」以下、創作・エッセイ等を発表する。卒業後、東京大学医科学研究所で2年間の研究員生活を送る。期間を同じくして「NW－SF」（山野浩一主宰）で編集を手伝い、「累々」「双翅目」等の小説を掲載する。82年より86年まで四年間私立田園調布雙葉中高等学校で理科教諭を務めた後、退職し、大学時代のSF研究会で知り合っていた川上肇と結婚。夫の転勤に伴って名古屋に移住。その後も、兵庫県明石、神奈川県大和市、秦野市、東京都武蔵野市と居を移し続ける。その間、長男林太郎、次男槙二郎を得る。主婦となってから、教員時代には休んでいた小説の執筆を再開し、94年「神様」で、メディアと文学の可能性をひろげることを目論んだ、第1回パスカル短編文学新人賞受賞。翌95年には「婆」で第113回芥川賞候補となり新鋭作家として注目されるようになり、96年に「蛇を踏む」で第115回芥川賞を受賞。受賞時には、直木賞受賞の乃南アサと共に（両賞が制定された35年以来、初めての）女性だけ二人の同時受賞ということで、マスコミでは女の時代の到来が騒がれ、川上弘美のモデル的な容姿が話題を集めたりもしたが、作風を寓話にすぎないとして全否定する意見も出されてはいた。しかしその後、99年、デビュー作「神様」を表題作とした短編集『神様』が、第9回紫式部文学賞と第9回Bunkamuraドゥ マゴ文学賞を受賞。トリプル受賞として話題を集め、『溺レる』で第11回伊藤整文学賞と（この年で最後になった）女流文学賞を受賞するなど、出す作品が全て高い評価に恵まれる形で、最も日の当たる場所で、内田百閒ばりでありつつ、異物との融合と異和を描く、独自の女性的な幻想世界を繰り広げ続けている。01年5月には初の新聞小説「光ってみえるもの、あれは」の連載を「読売新聞」に開始。他に短編集に『物語が、始まる』（96）と『おめでとう』（00）、長編に『いとしい』（97）と『センセイの鞄』（01）、エッセイ集に『あるようなないような』（中央公論社、99・11・7）と『なんとなくな日々』（岩波書店、01・3・7）がある。また小林恭二の闇汁句会に触発されて94年より始めた俳句もよくし、ネット上での句会に参加している。

『物語が、始まる』（中央公論社、96・8・10。中公文庫、99・9・18）

【物語が、始まる】（「中央公論文芸特集号」94・冬）。私（山田ゆき子）は小公園の砂場で男の雛型を拾った。だんだん大きくなる雛型に言葉などを教えていくが、雛型でなくなったので三郎と名づけた。土曜日ごとに逢う瀬を重ねていた本城さんとの関係は次第にぎこちなくなり別れてしまう。一方三郎との交接を望みつつも叶わず、三郎は老化していき、最後には三郎でないものに戻った。雛型に戻った三郎を公園に捨てた。三郎のことを思い出そうとしたが、既に三郎は物語の中のものになってしまっているのだった。

【トカゲ】（「中央公論文芸特集号」95・春）。セールスマンがマナベ家においていった二匹の黄色いトカゲ。そのうちの一匹を貰ったカメガイ家、それを借りたヒラノウチ家もこの幸運の座敷トカゲに翻弄されていく。皆がまるく囲んだ中、巨大化したトカゲの上で私は眠りに入りつつある。

【婆】（「中央公論文芸特集号」95・夏）。（まり子は）手招きされ寄せられて婆の家に入った。そこの穴に入って出てから、味が変わり、生活が全く変わってしまった。夏に入る日、婆と恋人の鯵夫と穴に入り、嵐の中、蒲鉾板の過去帳を積み上げて執り行なう婆たちの儀式に立ち会うことになった。

【墓を探す】（「中央公論文芸特集号」95・秋）。姉のはる子の便りで墓を探すことになった私（なな子）。途中、親戚の寺田家を訪ね、そこで、死んだ父や母たちに会う。再び墓を探して歩み続けているうちに、こうして墓に向かっていることも墓に入っているようなものだと思う。

評価 「物語が、始まる」は、清水良典「川上弘美覚書」（「文学界」96・7）が〈あらかじめ薄弱だった個人や関係の固有性を〉〈剝ぎとって攪拌し、名付けがたい「なつかしい原始の記憶」のようなものに還元〉する三郎の在り方を論じて、川上作品の中で最も高く評価した。他にも小林恭二が〈文章も、構成、登場人物のキャラクターも、時間の経過も、そして結末も実に丁寧に造られている〉として、〈言葉に対する真摯な態度〉と〈奇妙で懐かしく、幻想的で乾いた独特の物語世界〉（「読売新聞」96・10・28）を称え、いとうせいこうが〈会話の飛び方、セリフの簡潔さ〉（同）を評価した。「トカゲ」については清水良典が〈グロテスクな戯画〉の中に〈高度成長やバブル経済の幻想につながる日本的欲望の「雛型」〉を見出している。芥川賞に漏れた「婆」については、その「選評」（「文芸春秋」95・9）で、大江健三郎が〈決して気分的に流れないで表現する不思議なイメージ世界を、より堅固に、つまり、より散文的にとらえなおしてゆかれれば、新人らしい新人の登場にいたるかも知れない〉と、後の川上文学の発展を予告し、河野多恵子が〈何を書こうとしたのか、最後まで判らずじまいの作品なのに、奇妙な力を感じた。〉と、（後には積極的に評価されることになる川上文学の説明の難しさを挙げつつも）その魅力を述べている。作品集全体は〈現実と非現実の世界を行ったり来たりさせられてしまうような不思議世界〉（「With」96・12）とされ、芳川泰久が〈ブラックとまではいかない、グレーなユーモア〉や〈対話におけるバグの仕込み〉（「マリ・クレール」96・12）を、穂村弘が〈関節が外れたような言葉のおかしさ〉（中公文庫「解説」）を評価している。

『蛇を踏む』（文芸春秋、96・9・1。文春文庫、99・8・10）

【蛇を踏む】（「文学界」96・3）。私（サナダヒワ子）はミドリ公園に行く途中の藪で蛇を踏んでしまった。「踏まれたらおしまいですね」と声がして、蛇は女になった。「あなたのお母さんよ」と、部屋で料理を作って待っていた。私が働く数珠屋カナカナ堂のコスガさんとニシ子さんの夫妻もまた蛇に取り憑かれていたし、数珠を卸している甲府の住職の大黒もまた蛇の化身だった。蛇の世界に誘われ、惹かれもする私だったが、私と女は首を激しく締めあい、部屋はものすごい速さで流されてゆく。

【消える】（「野性時代」96・3）。許嫁ヒロ子さんとの結婚も間近だった上の兄が消えた。姿は消えたが、そこここにいる気配だけはときおり感じられる。次の兄が長兄の代わりに彼女を貰うことになる。ところがやってきた嫁は縮む家系で、どんどん小さく縮んでとうとう〈芥子の実ほど〉になってしまい、縁組を解消されて実家に帰っていく。

【惜夜《あたらよ》記《き》】（「文学界」96・9）。最終章（「イモリ」）のイモリの〈わたし〉が見た〈泡のようないくつもの夢〉のうち、夜の経過を惜しみつつ、異形の物と遭遇したり変幻したりする夢が、「馬」「紳士たち」「ニホンザル」「泥鰌」「もぐら」「ツカツクリ」「象」「キウイ」「獅子」という奇数章に置かれ、変幻する少女を追いかけ続ける連続した夢が、「カオス」「ビッグ・クランチ」「悲運多数死」「シュレジンガーの猫」「クローニング」「ブラックホール」「アレルギー」「フラクタル」「アポトーシス」の偶数章に置かれている。

評価　「蛇を踏む」の芥川賞選評（「文芸春秋」96・9）では、〈寓話はしょせん寓話でしかない〉と切り捨てた宮本輝や〈全く評価出来ない。〉とした石原慎太郎もいたが、他の選者からは〈乱れたところが一箇所もな〉い〈文句のつけやうのない佳品〉とした丸谷才一を始めとして、圧倒的な支持を得た。その多くが、〈文章に蛇の執念が足りない〉とした古井由吉を例外に、〈文章の力〉（日野啓三）、〈文章の足どりもしつかりしてゐる。〉（丸谷才一）、〈しっとりとして冷たい情感をたたえた文章〉（三浦哲郎）、〈筆力は相当なもの〉（田久保英夫）、〈柔らかな息遣いの文章〉（黒井千次）、〈文章も自由に作者のものになっていて快い。〉（河野多恵子）という、文章・語り口への高い評価に基づいていた。否定の根拠とされた〈蛇がいったい何のメタファなのかさっぱりわからない。〉（石原慎太郎）といった意見も、例えば〈自足的な《存在》と自覚的な《意識》との言語表現上の戦い〉（日野啓三）、〈自然的世界において生きることと、それと対立する歴史的世界あるいは文化的世界において生きることとの関係〉（丸谷才一）、〈自分が自分の肉体から決して出られないこと、他の人の感覚を決して知りようがないこと〉（河野多恵子）、〈一人でいることの快感と不安、家族の温かさへのあこがれと鬱陶しさ、といった若い女性の持つ性・結婚・家族にまつわる快、不快というアンビバレントな深層意識〉（与那覇恵子「現代女性の深層意識を映す「蛇」」「サンデー毎日」96・10・20）、〈哲学や観念の世界では伝えようがなく、小説という形態でしか表現しようがない〝へんな感じ〟、ある種の不安感〉（中田浩作「受賞作を読む」「Voice」96・10）といった主題が読み取られる中で明らかにされてもいるが、むしろ〈彼女の小説を、何らかの寓意が託されたファーブルとして読むのは誤りだ。蛇とはここで、何の象徴でもない〉（松浦寿輝「解説―分類学の遊園地」『蛇を踏む』文春文庫）のであり、〈この蛇、また蛇の世界に、たいして意味はあるまい。おもしろいお話をつくったから日常忘れのために気楽に愉（たの）しんでくれ、というのが、作者の才能であろう。〉（秋山駿「蛇がからむ日常風景 豊かな話作りの才能」「朝日新聞」96・9・29）とすべきかもしれない。また〈結婚にまつわる若い女性の意識を身体の収縮と膨張で表し〉（与那覇恵子）たとされる「消える」は、〈川上の本領を最大限に発揮した怪作〉（清水良典「ナラティヴの双方向性」「すばる」96・11）とまで評価されているが、「惜夜記」については、〈文学的想像力を理科的ロジックで組み敷こうとしているような力みが、生硬に表れている〉（清水良典）とされ、〈面白いお咄だなとは思いつつ、その世界が、あまりに独善的かつ狭すぎて、読み手として素直について行けない。〉（「週刊読売」96・10・20）といった否定的な評価も目立っている。しかし対談「面白さをきわめたい」（「文学界」96・10）の中で川上自身も肯なった、筒井康隆の〈今度の『惜夜記』の、エピソードの積み重ねという手法は、もしかしたらあなたに一番向いているかもしれませんね。〉という言葉に照らせば、（そして百間的だという意味でも）まさしく川上弘美の本領の部分である。

『いとしい』（幻冬舎、97・10・9。書き下ろし）

梗概　物語を語るのが好きであった姉のユリエと、11カ月下の妹マリエは、小さい頃ごっこ遊びに耽り、二番目の父が描いていた春画を真似して絡まっていたり、昼寝をしていて姉の長い髪に妹が絡まったりしたこともあった。二番目の父の死後、その弟子筋チダさんの手のモデルになっていた母だったが、チダさんは三番目の父にはならなかった。高校教師になったマリエは、教え子ミドリ子の兄である露天商の紅郎《こうろう》と恋仲になる。毎晩紅郎の部屋では、二番目の父の春画のモデルだったマキさんとアキラさんの幽霊が出現するが、その絡んだ二人はある種理想の愛の姿であった。ミドリ子は今チダさんと奇妙な愛人関係にあるが、チダさんの絵画塾で一緒だったころからストーカー的に熱愛されている鈴本鈴郎を、忌み嫌いつつ惹かれてもいる。ユリエにはオトヒコという名の恋人があるが、オトヒコは周囲との接触を物理的に断って繭のような半透明な膜の中で休眠し、外にはオトヒコの影が現れ、ぺらぺらとよく虚言を喋りまくる。ある日チダさんの部屋で行なわれた豆腐の食事会に招かれたマリエは、チダさんよりも鈴本鈴郎よりも実の兄紅郎を選び取るミドリ子、そしてあからさまに嫉妬する紅郎を見て、二人が好き合っていることを確認して失恋する。一方オトヒコは出芽し新たなものに生まれ変わったが、ユリエは好きでいようと決心する。目覚めた新たなものは、強く人を恋う姉と、恋うた人と別れる妹の、いずれもつらい夢を見ていたと話す。

評価　川上弘美にとっては初の長編小説であるが、インタビューに対して、〈「1ヶ月に1章ずつ（…）そんな書き方からも、エピソードの積み重ねみたいな物語になりました」〉（「LEE」98・3）と答え、〈場面場面をつなげていく。そして何か芯にあるものを表していくという形だった。これは、やり方として短篇を書くのとそんなにかわりないですね。〉（『彼女たちは小説を書く』メタローグ、01・3・30）と述べているとおり、本作も紛れもなく短編小説的であり、短編文学新人賞でデビューした川上弘美は本質的には短編小説作家なのである。文学賞の受賞には至らなかったものの、〈風変わりな登場人物たちが織りなすドラマは、暗示に満ちている。込み入った複雑な人間関係に、奇妙なリアリティーがある。〉（重里徹也「人物の〝行動〟を描きたかった」「毎日新聞」97・10・12）等、概ね好評ではあったが、赤坂真理は「偏愛という潔さ。」（「文学界」97・12）の中で〈端的さ〉の面白さを評価しつつ〈端的語分圧が高すぎて全体にすこし平たい印象がすること〉を指摘している。なお大塚英志（「文学界」99・10）は、物語の不成立を物語る川上作品の中で、『いとしい』は〈その最後で機能不全を起こした「物語」がかすかに回復する様を描いている〉ことでの異質性を論じている。

『椰子・椰子』（小学館、98・5・10。新潮文庫、01・5・1）

梗概　（「椰子・椰子＊春」「春の山本」「椰子・椰子＊夏」「中くらいの災難」「椰子・椰子＊秋」「オランダ水牛」「椰子・椰子＊冬」「夜

遊び」（文庫版で「ぺたぺたさん」を増補）の各章で）主婦の〈私〉は、妊娠中のもぐらと一緒に写真をとったり、一時乳房等の数が二倍になったり、奇想天外な出来事が次々と繰り出される日常を、ごく淡々と送り続ける。

評価　〈パソコン通信でやっている俳句の同人誌に連載をしている日記〉（「週刊宝石」97・11・27）に山口マオの絵が付された絵本だが、〈実際に見た夢をもとにつづ〉（「MORE」98・7）られている。こうしたつげ義春あるいは島尾敏雄的夢日記は、〈ストーリーは、最後まで荒唐無稽としか言いようがない。（…）目覚めたとたんに消え失せてしまうはずの夢を、川上さんは小説で再構成して見せてくれるのだ。それも夜ごとに読みたいほど魅力的に〉（「物語は、これから始まる」「太陽」97・1）と評価される夢日記的な川上世界の本質を表わしていると言える。〈豊かな季節感〉を評価し、〈家事を司る婦たちだけに見える、愉快な神々〉だとする北河知子「幻想の中の花鳥風月」（「週刊読書人」98・6・12）の書評等がある。

『神様』（中央公論社、98・9・20）

【神　様】（「GQ」94・7）。夏の日、三つ隣の部屋に越してきたくまに誘われ、川原に散歩に出かけた。雄の成熟したくまで、引越しの挨拶の仕方も喋り方も昔気質だった。わたしたちは弁当を食べ昼寝をした。散歩から帰ってきて、くまに礼を言うと、ウルルと本来の発声をした。親しい人と別れる時の習慣の抱擁をした。くまもわたしも楽しい一日だった。

【夏休み】（「マリ・クレール」97・11）。原田さんと畑で梨をもいでいると、白い毛が生えている小さい生き物が足もとを走りまわった。家に連れて帰った三匹と暮らし、内気な一匹に家出をされ寂しがったり、戻ってこられて喜んだりしていたが、夏が終わり、三匹とも死んでしまった。

【花　野】（「マリ・クレール」97・12）。秋の野原を歩いていると、5年前に交通事故死した叔父から声をかけられた。叔父は、娘の華子や妻の万理子の事などを熱心に聞いた。最後の三回目に出てきた時に、世話になったお礼にと願い事をかなえてくれた。おいしい肴をだして貰ったが、叔父はそら豆だけを口にし、満足そうに天国に帰っていった。

【河童玉】（「マリ・クレール」98・1）。ウテナさんと精進料理を食べに行ったら、池の中からまみどりの河童が一匹あらわれた。河童の世界に連れていかれたわたしたちは恋愛の指南をし河童たちを感心させ、部屋にもどってきた。ウテナさんは失恋からすっかり回復していた。

【クリスマス】（「マリ・クレール」98・2）。日曜日の青空市で買った壺をウテナさんがくれた。ある時、少しばかり曇っている部分があったので、布巾でごしごしこすった途端に、「ご主人さまあ」と煙が立ち、可愛らしい女性コスミスミコが出てきた。クリスマスイヴ、ウテナさん、コスミスミコと三人で長生きしろよと酒を飲み交わした。

【星の光は昔の光】（「マリ・クレール」98・3）。隣の隣の三〇四号室のえび男くんは、時折私を訪ね話をしてくれる。しばらく姿を見せなかったえび男くんと、1月の半ば散歩をしていて偶然出会った。両親のとりこみごとで来られなかったと話してくれた。焚き火を囲みながら、えび男くんは私に心を打ち開け、立ち直ったようであった。

【春立つ】（「マリ・クレール」98・4）。わたしが時々行く〈猫屋〉は、カナエさんというおばあさんが一人でやっている飲み屋で、その名の通り猫を何匹も飼っていた。ある時カナエさんは、雪の多い町に住んでいた時に、斜面を滑り落ち続ける神隠しにあい、出会った異形の男と連れ添い、別れた話をしてくれた。春になると店は閉じられており、カナエさんは男とやり直そうと雪国へ出かけたらしかった。

【離さない】（「マリ・クレール」98・5）。久し振りの誘いの電話でエノモトさんの部屋を訪ねると、浴槽に二ヵ月前南方から連れてきた人魚が泳いでいた。わたしが人魚を預かることになったが、エノモトさん同様、人魚に取り憑かれてしまった。それをエノモトさんは気づき、海に返す事にした。ずっと離さないでいるだけの強さが二人にはなかったのだ。

【草上の昼食】（「マリ・クレール」98・6）。くまに誘われて、久し振りに散歩に出た。草原の真ん中あたりで、わたしはワイン、くまは白湯を飲みながら食事をした。二ヵ月過ぎた夏の日、くまから手紙が届いた。時々草原に二人でいる夢を見ると書かれていた。わたしは何度も書き直した返事を机の奥にしまった。

評価 文壇デビュー作「神様」は、筒井康隆が「選評」（「GQ Japan」94・7）で〈まさかプロ作家の手すさびじゃ〉と疑うほどの〈完成度〉（筒井康隆『パスカルへの道』）が高く評価された。その一方で〈うまいのか下手なのかいまいちよく分からない文章〉（小林恭二「選評」「GQ Japan」）という評価もあったが、これも〈たいへんよくできた、ミューズが宿ったような作品〉（小林恭二『パスカルへの道』）という〈完成度〉に通ずる）言に照らせば、川上文学独特の語り口を指してのものとすべきで、「神様」はまさしく川上文学への神様の降臨を示す記念碑的な作品なのである。「神様」については〈あの小説は「私」と「くま」の交流をとおして、何気ない日常のあやふやな感覚を描こうとしたものです〉（「マリ・クレール」97・10）という、『神様』については、〈自分自身とは違う、自分にはない、「向こう側のもの」を書こうとした短篇集〉（「ドゥ マゴ通信」99・10・10）という自解がある。

「離さない」が彼女の代表作として中国語訳されているが、確かに、川上弘美世界に通有の、異物への執着が最も顕著に表われた作品が「離さない」だと言えよう。そうした物（異物）への偏愛はまさしくフェティシズム（物神化）というべきもので、〈くま〉や〈人魚〉や〈河童〉やといった異類・異物を〈神様〉としたこれら作品群は、紛れもなく川上弘美文学の典型となっており、紫式部文学賞とドゥ マゴ文学賞のトリプル受賞も故なしとは言えない。なお小谷野敦は、〈本来谷崎賞くらい取ってもいい短編集〉として、二年間時評をやっていて〈本当にスゴイ、と思った小説はこれ一作〉（『軟弱者の言い分』晶文社、01・3・10）だとまで絶賛している。他には堀江敏幸が〈刹那的にしかありえない命の手触り〉や〈押しの弱さの美質に対する無自覚〉（「今はもうないものの光」「文学界」98・12）を、小谷真理が〈はかなさに対する愛しさ〉や〈感触の錯乱〉（「さらば愛しき幻獣」「すばる」98・12）を評価している。

『溺レる』（文芸春秋、99・8・10）

【さやさや】（「文学界」97・8）。メザキさんに誘われ蝦蛄《しゃこ》を食いに行った。店を出た後、怖いと言って並んで歩くメザキさんを好きではないと思うのだが、段々曖昧になってきた。接吻され好きだと言われるが本当かは分からない。さやさや降る雨の中、我慢できず草むらでおしっこをしていて寂しくなる。暗い空が薄くなっていった。

【溺レる】（「文学界」98・1）。少し前から二人で逃げている。私（コマキさん）はモウリさんに言われてつい逃げ出してきたのだ。アイヨクにオボレた末のミチユキなのだが、逃げ続けるうちに何から逃げているのかは分からなくなっている。行き行きて辿り着いた海辺の部屋で、ここがどこか不思議に思いながら、モウリさんに身を寄せていた。

【亀が鳴く】（「文学界」98・4）。記憶の強いユキオ、さだかではないことが多い私。3年ほど前から暮らしていると思われるユキヲに別れたい、と言われた。悲しくすべきなのは私なのに、悲しそうな顔をするユキヲの横で亀がきゅうと鳴いた。3年の間ユキオは亀を気にしていた。ユキヲは出ていき、私はまださだかではないが、亀は時々鳴く。

【可哀相】（「文学界」98・7）。枇杷の汁をこぼしてナカザワさんに嘗めさせられた。ナカザワさんは肌をあわせる時にはたいがい私を痛くする。ナカザワさんとする時は物語のようなものはほとんど必要ない。遊園地でいつまでもしがみつきながら、可哀相みんな可哀相とナカザワさんの真似をして言ってみた。遊園地は夜になっても明るかった。

【七面鳥が】（「文学界」98・9）。幼い頃大きな七面鳥に乗られた話をハシバさんから聞いた。彼はいつもとりとめがない。わたし（トキコさん）は深い仲になりたいのだが、彼がさせてくれない。それから少しして巨大な七面鳥に乗られてしまった。少しだけ知っている男に蹂躙されたのだ。ハシバさんに慰められ、とりとめもなく、どこやらに向かって歩いていく。

【百　年】（「文学界」98・11）。サカキさんと情死するつもりで私だけ死んでからもう随分となる。同じ40歳の頃に知り合い逢瀬を重ねたが、サカキさんとの交歓は加減することができず、体も心も粘ってきて情死せざるをえなくなったのである。死んでからは幽霊のようになったりもしたが、今はただサカキさんを強く思うだけである。サカキさんは87歳で往生し、百年が過ぎたが何も変わらない。

【神《じん》　虫《ちゅう》】（「文学界」99・1）。わたしが虫に似ているからと青銅の虫を貰ったのが始まりだったウチダさんとの情交は、ねばり強かった。同僚のツバキさんと三人で飲むことになり、1日に何千匹も鬼を喰らう神虫の話をされた。ツバキさんに三人でしたいと耳打ちされたことを知ったウチダさんから本当の虫だと詰られ、一心不乱にウチダさんに施した。窓の外では神虫が一心不乱に鬼を喰らっている。

【無　明】（「文学界」99・3）。トウタさんと私が連れそってから五百年程になる。執念《しゅうね》き仲ゆえ不死になったのだ。休日に遊山に行った折り、湖畔でトウタさんに頼まれ自慰をして見せる。そうした行為は百年ぶりのことだった。車に戻ってから初めてトウタさんの鼻毛を切ってあげた。トウタさんが眠るなか車外を眺めるが、暗くて何も見えない。

評価　『神様』を絶賛した小谷野敦が〈『溺レる』などは、さほど感心しなかった。〉（『軟弱者の言い分』）としているものの、伊藤整文学賞と女流文学賞のダブル受賞に表われているように、総じて高い評価がなされている。女流文学賞選評では阿川弘之が〈言葉の選び方の慎重なのが佳かった。〉とし、田辺聖子も〈文章は殆んど完璧〉としているが、これは（しりあがり寿の称えた〈あいまいではかないモノ好き〉といった地味な美学〉（「川上さんのキレイなスタンス」「本の話」99・9）にしても同様の）本作品集に限らぬ川上文学全般に及ぶ評価であろう。本書に限れば、亀和田武の言う〈完成度の高い幻想小説が、それと同時に濃密な官能性をも、あわせもつというその不思議さ〉（「週刊宝石」99・11・4）や、〈恋愛のような、もとからどこかあやふやで、ドロドロしたものには異形は必要ない〉（嶋津靖人「feature」99・12）故に他作に比して異形の物神が出現しないこと等に注目すべきだろう。他に大塚英志は〈連作『溺レる』に於ては再び機能不全に陥り空転する死と再生の物語をゆらゆらと生きる男女を川上弘美は描く〉（「文学界」99・10）とし、与那覇恵子は〈この短篇集は自己と他者の一体化を希求する恋愛の枠組みを使って自他の入り交じる感覚を喚起させつつ、しかも決して自他の融合はありえないという表象を醸し出している。〉(「すばる」99・11)としている。

『おめでとう』(新潮社、00・11・20)

【いまだ覚めず】(「i feel」97・夏)。タマヨさんに会いに三島まで行った。引出しから写真が出てきて、わたしがまだ彼女を大好きだとわかったからである。彼女は最後に二人で会った時の海苔巻を覚えていた。わけもなく涙を流す癖が戻ってしまった。歌を一緒に歌い、彼女はわたしの手を握り、掌を何回か撫でた。その夜小田原で飲んで家に帰り、十二年前のアイロンで焦げた写真に見入っていた。

【どうにもこうにも】(「クロワッサン」98・7・5)。5年ごしの恋愛関係にあった妻子持ち、10歳年上の井上とささいな理由から別れた去年の7月、10年前に当時30歳で死亡したというモモイさんに取り憑かれた。モモイさんも5年間続いた関係を井上から終わりにされた揚げ句に自動車事故で命を落としていたのだ。気弱なモモイさんのことゆえ、井上に復讐せず、わたしに取り憑いている。

【春の虫】(「一冊の本」98・3)。10年来のつき合いのショウコさんと旅に出て、男の話をした。彼女は男から五十二万三千円だましとられ、今だ借用書だけが残っている。〈お金と時間〉はなくなってしまったが、〈目に見えないいろんなもの、目に見えないけどなんだかほかほかするもの〉をもらったことで彼女は満足していた。

【夜の子供】(「波」00・10)。5年以上も前に、朝子よりも好きな子ができたと言われ、「ばかやろう」と殴って別れた竹雄と再会した。竹雄の方からナイターに誘われ、うれしい気持ちを隠し平然として応じた。竹雄が背広のポケットから出して私の掌にのせたイチゴミルクを握りしめたまま、ゲームが終わった球場に二人は座ったままでいた。

【天上大風】(「サントリークォータリー」61号、99・8)。私は今、貧乏だ。2年前に同僚と不倫した夫と別れ、今は会社で働いている。私は職場で知り合った10歳年下の男と再び会社員的恋愛を始めたが、好きな子ができたという男に金を持ち逃げされる。必ず返しますと手紙があったが、確かに三日後、光熱費分が残された通帳と印鑑が送られてきた。

【冬一日】(「サントリークォータリー」59号、98・12)。共に家庭を持つ身のトキタさんとは昼間に一時間半の逢瀬を楽しむしかなかったが、暮れの一日、二人はスーパーで買い物をし、クリスマスをした。鴨鍋を作り、恋人同志のような会話をし過ごした。その時トキタさんは、今日のような日を毎日持つ為に百五十年生きることにした、と言った。

【ぽたん】(「朝日新聞」97・9・5)。茶色い雌鶏を連れて歩くミカミと知り合ってから二ヶ月ほどになる。

日曜日の夕刻になると公園に足が向くようになった。ある日雌鶏が飛び、ミカミに握手を求められた。その後、雌鶏が飛んでくれないかと密かに願ったが、二度と飛ばなかった。玉子を貰った時、「また来週」と初めて言ってみた。

【川】（「朝日新聞」97・9・26）。私たちはいつも一郎の住む駅の改札口で待ち合わせてから一郎の部屋に行く。一郎が私の部屋に来ることはほとんどなかった。部屋に行く前に河原に行って、お酒を飲み食事をした。一郎の目をじっと見ているうちに、じんわりと涙出てきた。一郎は掌でわたしの頬の涙をぬぐった。川はどこまでもゆっくり流れていく。

【冷たいのが好き】（書き下ろし）。シーツの間に滑り込んだ時にひんやりするのがすきだから、そう言いながら、熱すぎるくらいのシャワーを時間をかけて浴びる章子は、「田島さんは冷たいままの体でいて」と浴室に向かう僕に言う。僕が45歳、章子が35歳の時から始まった恋愛は6年間続いている。僕たちは人生の半ば過ぎを楽しんでいる。

【ばか】（「朝日新聞」97・9・12）。「このまま死んでしまいたい」と妻子ある男が時折切なげに言うようになった。夏の終わり、酒を飲んだ藍生は線路上を一人で歩く。通りかかった保線車輌の運転手は、藍生を気遣い優しかった。その暖かさで、会った時男を抱きしめようと思った。

【運命の恋人】（「朝日新聞」97・9・19）。庭の奥に立っている桜の木のうちに、恋人が住みついてしまった。やがて恋人ではない男と結婚して子供を三人生んだ。子孫が千人を越えたころ私は久し振りに庭の奥に恋人を訪ねてみた。長年色々なことを経てきたが、やはりこの人が運命の人だったのかもしれない。私たちは末永く幸せに暮らした。

【おめでとう】（「朝日新聞」00・1・3）。（西暦三千年元日の私たちへ向けてのメッセージとして）今日は新しい年なんだとあなたが言いました。今のこと、今までのこと、これからのこと、忘れないのは難しいけれど、忘れないようにしようと思いました。〈寒いです。おめでとう。あなたがすきです。つぎに会えるのは、いつでしょうか。〉

評価　〈ありふれた日常の中に、誰にでもあるけれど決して忘れることのできない切ない思いを書き出した恋愛模様12篇〉（「ダ・ヴィンチ」01・2）だが、松山巖が言う〈千年以上前に説話で聴いた、そんな懐かしさ〉（「波」00・11）を感じさせつつ、芳川泰久が〈物語と馴染んでいるように見えて、そのじつ既成の物語をひとつ脱皮させたあとの地平で物語に向き合おうとしているところに、川上弘美のソフトな強かさがある。〉（「文学界」01・3）と指摘するところに、作品集と川上文学の本質があろう。〈こんなにもシンプルな言葉の中に、こんなにも万感の思いが込められる。〉（「ダ・ヴィンチ」同上）

というのは、川上の文体の魅力だが、まさにそうした言葉の典型をタイトルにした作品を表題作にしている本作品集は、やはり川上文学の一つの代表作たりえている。

『センセイの鞄』（平凡社、01・6・25。「太陽」99・7〜00・12）

梗概 37歳で独身のOL私（大町月子）は、高校時代の国語の先生松本春綱先生と、20年振りに近所の一杯飲み屋で偶然に出会って以来、センセイとその店で出会い酒を汲みかわすことを楽しんでいた。今は現役を退いているセンセイは、奥さんに逃げられ、そして死なれてもいた。私は徐々にセンセイに惹かれていく。センセイに誘われて行った花見大会で同級生だった小島孝と再会し、彼から口説かれることで、センセイへの思いを確認できた私はセンセイにそれを告げるが、はぐらかされる。しかしその後センセイの方から〈恋愛を前提としたおつきあい〉を申し込まれる。その後三年間、センセイと過ごした日々は、あわあわと、そして色濃く流れた。私はセンセイを懐しく思うと、形見に貰った鞄を開けて中を覗いてみる。そこには儚々《ぼうぼう》とした空間ばかりが広がっている。

評価 広告文に〈恋愛小説の名手が描く、あわあわと、そして、切なく沁みる、大人のラブストーリー〉とあるように、六十を過ぎた男と四十近い女とのまさしく〈大人の〉、しかし（最後には体を重ねたかにも読めつつもそこを露わには描かないという意味で）セックスレスな〈あわあわと〉した関係を飄々と描いた佳作。「多生」の章に内田百閒の作品「素人掏摸」に触れて〈めちゃくちゃな理屈の話だ。（…）しかし筋は妙に通っている。そのあたりの筋の通り方が、センセイといくらか似ているのかもしれない。〉という記述があるが、川上弘美自身の百閒への〈あわあわ〉どころではない愛情の表現としても読める作品。長編小説とは言え、一話完結の短編連作で、舞台が酒場であるだけに、川上作品の魅力である美味しそうな酒と肴が毎話盛り込まれているところも作品の美味しい部分と言える。なお本作は第37回谷崎潤一郎賞を受賞した。

参考文献 日野啓三他「芥川賞選評」（「文芸春秋」96・9）、渡部直己「反動が、また始まる―上機嫌な新人「物語」作家のオ気と無邪気―川上弘美著『物語が、始まる』・川上弘美著『蛇を踏む』」（「図書新聞」96・10・26）、清水良典「川上弘美覚書―フツウの「私」の行方」（「文学界」97・7）、大塚英志「〈サブ・カルチャー文学論10〉「物語」と「私」の齟齬を「物語」るということ―川上弘美論」（「文学界」99・10）、カトリン・アマン「境目が消える日常―川上弘美『蛇を踏む』」（『歪む身体―現代女性作家の変身譚』専修大学出版局、00・4・20）、川上弘美「小説の書き方―私の場合」（「早稲田文学」00・11）、小谷野敦「〈文壇を遠く離れて3〉川上弘美における恋愛と幻想」（「文学界」01・4）

（原　善）

桐野夏生（きりの・なつお）

略歴　51年10月7日石川県金沢市生まれ。本名・橋岡まり子。父の転勤にともない仙台、札幌と移り住み、中学2年から東京で暮らす。小説や漫画に親しみ、アメリカのテレビドラマにも熱中する少女時代だった。桐朋女子高校から、成蹊大学法学部に進み卒業。女子就職難のなか何とか就職し会社勤めをするが、長続きしなかった。24歳で大学時代のボーイフレンドと結婚し、30歳で出産。そのころからシナリオライターを目指し勉強を始める。80年代、野原野枝実など別名でジュニア小説、ロマンス小説などを多数書く。93年『顔に降りかかる雨』で第39回江戸川乱歩賞を受賞。今までの日本になかった新たな女性ハードボイルドとして注目される。98年『ＯＵＴ』で第51回日本推理作家協会賞を受賞。これも新たなクライムノヴェルとして高く評価される。99年『柔らかな頬』で第121回直木賞を受賞し、その後はミステリーの枠に収まらないストーリーテラーとして活躍中である。

『顔に降りかかる雨』（講談社、93・9・15。講談社文庫、96・7・15）

梗概　ベルリンで日本人娼婦が殺された事件を追っていたノンフィクションライター宇佐川耀子が、愛人成瀬時男の預けた一億円とともに突然姿を消した。成瀬に金を融資した暴力団と絡む上杉から、耀子の親友である村野ミロは共犯ではないかと疑われ、成瀬と捜索を開始する。ミロは小説家の川添桂から自宅に呼ばれ行ってみると、川添は庭で縊死しており、耀子の死体写真が残されていた。一方、耀子のアシスタント小林ゆかりの盗癖に気づいたミロは、姿を消したゆかりを捜し出し金の所在を聞き出す。追いつめた共犯者藤村はボートレース場の運河に飛び込んでしまうが、金は戻り二人は上杉から解放された。しかし、耀子の死への疑問から、ミロは出国する成瀬を追って成田空港へ向う。

評価　第39回江戸川乱歩賞を受賞。選評では阿刀田高が〈登場人物が生きて立っている。個性的である〉とし、生島治郎は〈視点の設定や事件の推移に安定感がある〉と評しているが、五木寛之の〈細部にこだわるべし〉、西木正明の〈いまひとつ強烈なインパクトが欲しかった〉という指摘もあり、問題点もある。それは耀子の追っていた人種差別問題が結局核心部分には触れていないという点である。また関口苑生は日本では珍しい女性ハードボイルド作品であるなら〈『闘う女』の生と性を、男の性論理で支えるのではなく、女性の論理でもって貫き通してほしかった〉（『鳩よ！』99・4）と批判している。とはいえ川本三郎のいうように〈舞台背景からキャラクター、テーマに至るまで、実にコンパクトにその世界のありようを呈示」する歯切れのよさにより〈国産の三F小説―女探偵ハードボイルドものを新たに切り開いた記念すべき作品〉（講談社文庫解説）であることも間違いない。

『天使に見捨てられた夜』

（講談社、94・6・30。書き下ろし。講談社文庫、97・6・15）

梗概　失踪したAV女優一色リナの捜索依頼が、私立探偵村野ミロに持ち込まれた。依頼主はフェミニズム系出版社を経営する渡辺房江で、AV女優の人権を守る立場からレイプの告発を勧めるためだった。ミロはビデオの企画会社や制作会社を探るうち、リナが出演したもう一本のビデオの存在を知る。一方、リナ捜索の依頼元は料理研究家の八田牧子とわかるが、渡辺はミロに重大な事実を知らせようとした直後、何者かに殺されてしまう。ミロは牧子がリナに脅されていたことを知り、リナ出生の秘密を探っていく。ミロは入院中のリナのもとへ行くと、リナのほんとうの母親に出会う。

評価　ミロシリーズの第二作目である。松浦理英子は桐野夏生が真摯に取り組んでいるのが〈恋愛と性愛をめぐる主題〉であり、主人公ミロは〈「女は恋愛や性愛が人生の中心で、しばしば溺れて我を失う」というような女性にまつわる既成のイメージや、男根主義者たちが「どんなに鼻っ柱の強い女だって、一発やってしまえばそれまでさ」とうそぶく時に思い描く女性とは、全く違うタイプの女性なのである。過ちを犯しそれを認めもするが、過ちによって自分のすべてを否定してしまったりはせず、健全な精神力を保ち続ける〉そんな女性だと指摘している。松浦の言うように桐野夏生はどの作品においても既成のジェンダー観念にとらわれない女や男を書き込んでいるが、この作ではミロを助けるマンションの隣人でゲイバー店主の友部秋彦などもその一例であろう。

『ファイアーボール・ブルース』

（集英社、95・1・30。書き下ろし。文春文庫、98・5・10）

梗概　火渡抄子は女子プロ界きっての強者として人気を博していたが、付き人の近田はまだ一勝もできていなかった。所属するPWPは弱小新興団体で、女子プロ界の名門オール女子出身のアロウ望月が幅をきかせ、火渡に対立していた。他団体主催による男女変則タッグマッチの最中、火渡の対戦相手であるアメリカの強豪ストーミィ・ジェーンが突然退場し混乱する。その頃PWPでは新人へのリンチ事件などトラブルが続いたが、近田は外国人女性の死体が発見されたことを知り、火渡と雑誌記者松田の三人で調査を始める。するとジェーンの正体と失踪の謎が次々と明らかになっていく。

評価　作者は「文庫版のためのあとがき」で、〈従来の女性性も男性性をも超越した、新しいジェンダーとしての「火渡抄子」を描こうとした〉のであり、〈女子プロレスという世界が、いかに世間に根付こうとしているか、いかなる齟齬があるのか、そのバトルを書きたかった〉と書いている。本書で、ストーミィ・ジェーンの替え玉にされた空手家サリー・マッキャンは、胸を大きく露出した水着を着せられ、リング上で男子選手からセクハラまで受けて、誇りを傷つけられたため試合を放棄し退場したのである。ジェーンの失踪にこだわり彼女を捜す火渡も、同様の屈辱を味わされているゆえに〈女子プロレスラーにしかわからない問題なのだ〉と語る。〈女にも荒ぶる魂がある〉と「あとがき」で作者がいうように、〈荒ぶる魂〉を持ちジェンダーを超越したような存在によって、ジェンダーの問題が執拗に追求されていくところに、桐野夏生作品の特徴がうかがえよう。

『水の眠り灰の夢』

（文芸春秋、95・10・1。書き下ろし。文春文庫98・10・10）

梗概　一九六三年九月、トップ屋の仕事に生きがいを見出していた村野善三は、地下鉄乗車中に爆破事件に遭遇し、その連続爆弾事件の犯人である草加次郎を追って取材を進めるうちに女子高校生殺人事件の容疑者にされてしまう。その頃、村野が属していたトップ屋集団「遠山軍団」を率いる遠山良巳が突然作家へ転身、僚友後藤伸朗も大物総会屋がスポンサーになっている雑誌の編集長へ転職するという不可解な事態が起きていた。仕事も干された村野は事件を追いかけるうち、白樺派の老作家やその息子の売れっ子デザイナー、画家大竹緑風とその娘で後藤の子を産んだ早重、そして女子高校生の家族などが、これらの事件に複雑に絡み合っていることをつきとめる。

評価　井家上隆幸の講談社文庫解説によれば、戦後日本経済が高度成長期へ突入した頃、出版社系週刊誌が相次いで創刊され、社外記者として「トップ記事を作る傭兵」すなわちトップ屋というライターたちが出現したという。彼らは社会の巨悪を暴露したが、徐々に報道上のタブーの壁に突き当たり、各社は社内にライターを抱える方針に転換、トップ屋という存在はその後忘れられていった。本作品にはその最後のトップ屋の事件に対するすさまじい執念が鋭く描かれている。大津波悦子は「女が書いたミステリー・国内編」（「LEE」97・5）で、きれい事だけが通らない社会で〈精いっぱい背筋を伸ばして生きている潔さ―それが桐野作品の主人公たちの魅力なのだ〉と指摘している。また、池波志乃は「週刊朝日」（95・12・15）誌上で〈男性的でキレのよい文章〉の〈社会派小説〉と評したうえで、終盤がロマンチック過ぎて、ハードボイルド小説としては物足りないと評している。

『OUT』（講談社、97・7・15。書き下ろし）

梗概　それぞれに家庭の事情を抱える香取雅子、山本弥生、城之内邦子、吾妻ヨシエの四人は、東京郊外・武蔵村山市の弁当工場で、いつも一組になって深夜勤務の辛い労働に従事していた。ある夜、新宿で女遊びとギャンブルに狂っていた夫健司が帰宅したとき、出勤前の弥生は衝動的に夫を殺してしまう。弥生は死体の処理を冷静沈着な雅子に相談すると、彼女はすぐにも金を必要としているヨシエと邦子を誘い死体を解体し、ゴミ袋に分割して家庭用ゴミとして出した。しかし、邦子はK公園のゴミ箱に捨てたため、健司の体の一部であることが発覚、警察は健司が通いつめていたクラブとバカラ賭博場経営者、佐竹光義を勾留し追及した。佐竹には女を殺した前歴がある。雅子たちはこの意外な展開に一時安堵するが、やがて彼女らの身の回りで不審な人物が出入りするようになり、雅子はそれが佐竹の復讐の始まりだと確信する。

評価　第51回日本推理作家協会賞を受賞。直木賞候補にもなったが、〈絶望ばかりで希望がない〉との理由で受賞を逸した作品。追うものと追われるもの、犯人探しの物語ではない。高橋敏夫は「Ｂｏｏｋ　Ｒｅｖｉｅｗ」（「論座」98・9）で、この小説のテーマが、最も不幸で特権的で日常的には不可視の存在である主婦たちの破裂・破綻を描いていることにあるとし、キレる子供たちの破裂も、経済破綻からくる夫たちの破裂も、すべてを家庭で受容する主婦たちの重い日常に注目する。一方、中条省平も「Ｂｏｏｋ　Ｒｅｖｉｅｗ」（同97・12）において、〈驚くべき重量感のある犯罪小説〉と絶賛し、花村萬月や高村薫作品を引きながら、とくに弁当工場の労働描写の凄じさとリアルな主婦たちのキャラクターに注目し、〈新たプロレタリア文学の誕生〉ではないか、とまで言っている。

『錆びる心』（文芸春秋、97・11・20）

【虫卵の配列】（「オール読物」96・7・1）。森崎は偶然、内山瑞恵に出会い、彼女の失恋の話を聞く。瑞恵の相手は劇作家阿井蒼馬で、彼には女優の妻がいたが、二人の恋愛は瑞恵の書いた手紙の一部を作中に使うという形で進んだという。しかしその日、公演を見に行った森崎は、入場を拒否されている瑞恵を見つけ、阿井自身の口から真実を知らされる。

【羊歯の庭】（「オール読物」97・1・1）。書店主の池上順平に、学生時代交際していた西村秋子から突然電話があり、再会する。絵を描く順平は秋子の援助で個展も開き、二人の不倫の関係は深まっていく。田舎に家を見つけたから同居しようという秋子の提案に答が出せない順平に対し、秋子はかつて順平から去った理由を初めて明かす。

【ジェイソン】（「小説現代」96・10・1）。女子大の助教授岩佐明は泥酔して帰った翌朝、気づくと妻は実家に帰ってしまっていた。前日のことを友人らに聞いていくなかで、学生時代につけられた「ジェイソン」という渾名の意味を知る。そして妻を迎えに行った岩佐は、そこに痛々しい姿の妻を発見する。

【月下の楽園】（「小説すばる」94・1・1）。神崎家の庭に一目惚れし離れを借りた宮田だが、そこからは庭に入ることも見ることもできなかったので、秘密の通路を作り、毎夜、庭の散策を楽しんでいた。ある夜、追いかけてきた神崎家の犬を投げ飛ばし殺してしまう。二週間後の雪の夜、庭に立つ白い背広の男を見て逃げ帰った宮田は、その夜、男が枕元にいるのに驚き、心臓発作を起こして絶命する。

【ネオン】（「小説現代」97・8・1）。歌舞伎町の飲み屋や風俗店の用心棒として稼ぐ新興ヤクザ桜井組に、「仁義なき戦い」に感化された島尻が入りたいと頼み込む。桜井は他の組員とは違う輝きをもつ島尻を試し、手柄を立てたので入れるが、組の将来をかけた大仕事を任された島尻がとったのは、意外な行動だった。

【錆びる心】（「オール読物」97・7・1）。浮気相手の妻に怒鳴り込まれ友人の家に逃げ込んだ藤枝絹子は、夫が迎えに来て以来家に縛りつけられる生活を送るが、10年後に家出を決意し決行する。絹子は家政婦として打田家に住み込み、自分の居場所を見つけるが、重病の康夫は、妹のように看病する家政婦のミドリの中に「僕を失う悲しみを植えつけたい」と語る。その言葉から絹子は、自分の家出の意味に初めて気づく。

評価　日常の中で起こり得る些細な出来事、それが人間の心の闇を照らし出す、そんな作品を集めた短編集である。中条省平は〈恐るべき傑作『ＯＵＴ』によって長編作家、桐野夏生の力量はだれの目にも明らかになったが、『錆びる心』は、桐野夏生が短編作家としても松本清張に匹敵する腕の冴えを見せることを証明している〉（文春文庫解説）と書いている。また柴田よしきは書評で、これらの作品群が〈性までも人間の多様性の一部として捉え、女であることの異様、男であることの異様、人間であることの異様を描くことへと進んでいる〉（「本の話」98・1）と指摘し、その異様とは〈「病み」である〉といっている。「心の闇（＝病み）」が、犯罪のなかだけではなく、平凡な日常にも潜んでいることの怖さを切り取ってみせた作者の腕は見事である。これは翌年刊行された短篇集『ジオラマ』（新潮社、98・11・20）も同様であり、人間の心の闇をさぐろうとする『ＯＵＴ』『柔らかな頬』などへの、助走的意味を持つ作品群といえるかも知れない。

『柔らかな頬』（講談社、99・4・15。書き下ろし）

梗概　森脇カスミは、製版会社を営む夫道弘の大事な取引先の広告代理店に勤めるグラフィックデザイナー石山洋平と不倫関係にあった。石山は二人の逢瀬の場として買った北海道の別荘に森脇夫婦を招待し、家族の目を盗みながらカスミと抱き合っていた。数日後、娘有香が突然いなくなる。有香を発見できぬまま四年が過ぎ、テレビの尋ね人番組に出演すると、北海道から情報が寄せられ、協力を買ってでた末期ガンで余命の無い元道警の内海刑事とともに有香を探す旅が始まる。カスミは事業に失敗し失踪中の石山と再会し、一八年前に捨てた実家にも訪れるが、謎は深まるばかりだった。

評価　第121回直木賞を受賞。選評（「オール讀物」99・9）では平岩弓枝がこの作品を〈現代人の荒涼とした心象風景〉を描ききった力作とし、田辺聖子は文体について〈透明で明晰だが情感がうすく匂っているので、読者を快く酔わせ、それでいて緊張させる〉と評するなど、選者を感動させた作品である。吉村喜彦も「潮ライブラリー　ベストセラーを読む」（「潮」99・11）で〈意識下の情動のうごめきを丹念に描いた心理小説〉であり〈作者がちりばめた象徴的場面や言葉を読み解くことの方がはるかにおもしろい〉と述べている。確かに『OUT』以来の人間の心に潜む闇を見つめる作者の目は、一段と深化したといえよう。ただし結局犯人はわからず、直木賞選評で渡辺淳一が指摘したように〈ラストの閉じ方が不親切〉であるという点も否めない。

『ローズガーデン』（講談社、00・6・15）

【ローズガーデン】（書き下ろし）。単身海外赴任したミロの夫・河合博夫は、出張でジャカルタから八時間もかかる町へ向けて大河を遡りながらミロとの出会いを思い出す。二人は高校の同級で、出会ってすぐ性的関係を結んだ。それはミロから義父村野善三との妖しい関係を聞かされたからだった。博夫はミロを独占するため大学卒業後すぐ結婚する。しかし彼はやがてミロとの関係の破綻を自覚していく。

【漂う魂】（「小説現代」95・8・1）。探偵村野ミロ（私）の住むマンションでは、幽霊騒ぎが起きていて、ミロはその調査を依頼され、住民の部屋を訪ね歩く。3か月前に自殺したホステスの金子の幽霊で、彼女と諍いを起していたオカマたちのところへ出ているのだという噂も立つが、ミロは「男」対「女」の対立に潜む悪霊ならぬ悪意に注目する。

【独りにしないで】（「別冊小説現代」94・7・31）。浮気調査をしているミロは、歌舞伎町で不釣り合いなカップルを見かける。とびきりの美女「有美」と貧相なサラリーマン風の男宮下。ミロはある日偶然に宮下から上海クラブの中国人ホステス「有美」の自分への愛を確かめてほしいと依頼されるが、それを断る。しかしまもなく彼は殺され、哀れに思ったミロは彼女の周辺を調査すると、意外な事実が浮かび上がる。

【愛のトンネル】（「小説現代」93・10・1。「天使のような私の娘」を改題）。ホームで電車を待っていた若い女性（山神恵）が階段を転げ落ちてきた男の巻き添えで転落死した。恵はSMクラブに勤めそこの経営権を手に入れたばかりだった。上京してそれを知った父がミロに娘の部屋にあるその手の物の処分を依頼した。ミロは軽い仕事として考えたが、殺人事件の疑いを強め、二人の恵の客たちに行き当たる。

評価　99年直木賞受賞後の第一作であるが、四篇が収録されている短編集。探偵ミロシリーズの初の作品集でもある。池上冬樹は「現代ライブラリー」（「週刊現代」00・7・8）で、いずれも粒揃いだが中でも「ローズガーデン」を推している。それは『顔に降りかかる雨』の冒頭、ジャカルタで自殺したと紹介された博夫が主人公で、なぜ自殺したのか、ミロとどのように出会ったのかが語られ、〈まさにミロによって刻印された〝心惑わせる混沌とした官能〟〉が扱われているからだという。一方、篠崎絵里子は「SPA」（00・8・2）誌上で、〈傷つきやすくてもろく、かと思えば自由で奔放。ミロは不思議な女であ〉り〈一作ごとに新しい恋愛を求めるミロシリーズを恋愛小説としてとらえる読者が多い〉という。「村野ミロ」をより深く知る短編集だといえよう。

『光　源』（文芸春秋、00・9・20。書き下ろし）

梗概　プロデューサー玉置優子は私財をなげうって久々に本格的映画制作に乗り出す。それは大学映研出身の薮内三蔵という無名青年の脚本を採用したもので、彼に監督までやらせるという。代わりに彼女は、彼を補佐するベテラン撮影監督にかつての恋人有村を、妻を亡くし死に向って北海道をさまよう主演の男には有名俳優高見貴史を起用する。10月、撮影隊は北海道入りし、ロケが始まる。初体験の緊張で戸惑いながらも自分の世界に固執する三蔵、撮影は妥協だと三蔵に悟らせたい有村、相手女優へのプライドから降板すると言い出す高見、その間で奔走する優子など、一本のシナリオをめぐり様々な人物の愛憎、野心、嫉妬がうず巻いていく。

評価　99年直木賞受賞後の長篇第一作である。ただしこの作品は、ミステリー小説ではなく映画という魔力に囚われた人々をめぐる純然たる心理小説であり、桐野作品に多く見られる終盤のどんでん返しもない。村上貴史は「現代ライブラリー——今週のベスト・エンターテイメント」（「週刊現代」00・

10・14）において、〈映画製作という光源によって、人々の夢と現実の両面を鮮やかに照らし出し〉〈桐野夏生は新たな翼で鮮やかに羽ばたいて見せた〉と述べ、松浦理英子は「文春図書館」（「週刊文春」00・10・5）で、映画談議を通し作者の小説観が伺えるとして、〈この小説を成り立たせている〈光源〉は作中の世界の内部にあるのではなく、小説の外、即ち作者にある、と意識させられる〉と評し、ともに桐野の新生面に注目している。また北小路隆志は「プレイボーイ」（00・12）で、中心点が不在な映画製作とは〈私こそが中心なのだと主張する任意の点たちによる結合と離散、要するに恋愛＝関係の積み重ねに近い〉という視点から論じている。

『玉　蘭』（朝日新聞社、01・3・1。「小説トリッパー」99・春～00・夏）

梗概　恋人の松村行生もすべて捨て、広野有子は上海の大学に留学した。最初は宿舎で孤独に過ごしていたが、不眠症に悩む有子の部屋に上海で船乗りをしていた若き日の大伯父広野質の幽霊が現れる。70年前、質は年上の女性浪子を愛し、彼女を病気で死なせている。戦後日本に戻った質は、一九五四年に失踪、自殺したという噂もある。有子はやがて同宿の男たちとつきあう中で、確かな目的もなく上海に来たことを思い知り、自分が壊れていく実感を持つ。有子を思いきれない行生は上海に来るが、有子と一夜をともにしたのか、それが夢だったのか定かではない。ただ、部屋には一輪の玉蘭が落ちていた。

評価　桐野夏生はもうミステリーを書かないのだろうか。「柔らかい頬」「光源」につづくこの作品もミステリーではなく過去と現代の上海を舞台にした若い男女の恋愛小説である。ただこれら三作に共通する点として、川本三郎は「週刊朝日」（01・3・23）誌上で、前に向かう人間より、後ろ姿に引きつけられるような〈「行方不明」の人間の物語〉を桐野は最近描いていると指摘している。村上貴史は「現代ライブラリー」（「週刊現代」01・3・24）で、この作品を〈それぞれに深い孤独を抱え込んだ男女が、愛を探してあえぐ物語〉だとしたうえで、過去と現代の人物が夢という形で出会うという手法を、〈作品全体を瓦解させるのではなく、物語に力強いうねりを与え、作品に奥行きを生みだす効果を上げている〉と、高く評価している。

参考文献　川本三郎「単独者の悲しみ　桐野夏生『柔らかな頬』」（「新調査情報」97・7、8）、中条省平「Ｂｏｏｋ Ｒｅｖｅｉｅｗ仮性文芸時評2」（「論座」97・12）、桐野夏生「自伝エッセイ―ゆらゆらと生きてきた」（「オール読物」99・9）、川本三郎「書評『玉蘭』」（「週刊朝日」01・3・23）

（**岡野幸江**）

鷺沢　萠（さぎさわ・めぐむ）

略歴　68年6月20日東京都生まれ。本名松尾めぐみ。上智大学外国語学部ロシア語学科中退。都立雪谷高校3年生の時に書いた「川べりの道」で、87年第64回文学界新人賞を最年少で受賞。少年の視点から、家族の問題をさりげなく描いたこの作品が、18歳の女性の手になったことに、驚きの声があげられた。その後、芥川賞に四度ノミネート（89年「帰れぬ人びと」、91年「葉桜の日」、92年「ほんとうの夏」、97年「君はこの国を好きか」）される。また90年に「果実の舟を川に流して」、92年には「ほんとうの夏」が三島賞候補となり、同年に、『駆ける少年』で第20回泉鏡花文学賞を受賞した。さらに『ハング・ルース』が94年度野間文芸新人賞候補となるなど。新進気鋭の女性作家として注目を集めてきた。特に語り口の巧みさと、ストーリー展開の才は、衆目の認めるところである。

『少年たちの終わらない夜』（河出書房新社、89・9・29）や『スタイリッシュ・キッズ』など、若者の危うい心理と生活風俗をビビットに描く一方で、『帰れぬ人びと』、『葉桜の日』など、人生の機微に踏みこむ人情味溢れる物語をものしており、その才能の幅をうかがわせている。いずれの作品も、家族崩壊・居場所の喪失・自己存在の不明性など、重い問題を内包しているが、軽やかにさりげなく描く点に鷺沢萠の特質がある。

注目すべき一連の作品として、在日三世を主人公とした「葉桜の日」、「ほんとうの夏」、「君はこの国を好きか」がある。創作の背景には、20歳の時に、自身が韓国人のクォーターであることを知った事実があり、93年1月にはソウルの延世大学に語学留学し、その悪戦苦闘の体験記を『ケナリも花、サクラも花』（新潮社、94・2・15）として発表した。

その他、高等学校国語教科書に採録された「ほおずきの花束」、「卒業」、「指」、「ポケットの中」が収められた掌編小説集『海の鳥、空の魚』（角川書店、90・1・31）や、切なさを抱えた若者を描いた連作短編集『愛してる』（角川書店、91・11・30）、人生をうまく処せない女性達を主人公にした『F－落第生－』（角川書店、96・7・25）など、多数の著書がある。

さらに、『町へ出よ、キスをしよう』（廣済堂出版、91・10・13）を皮切りに、『私はそれを我慢できない』（大和書房、95・12・28）など、磊落な小気味よさが魅力のエッセイ集も多い。また、訳書『愛しのろくでなし』（講談社、94・5・31）、脚本『バラ色の人生』を手がけるなどその多才ぶりを発揮し、最近では、公式サイトを開設して日記を掲載するなど、表現の場を広げている。

『帰れぬ人びと』（文芸春秋、89・11・1。文春文庫、92・10・10）

【川べりの道】（「文学界」87・6）。15歳の吾郎は、毎月同じ日に、川べりの道を歩き、女と暮らす父の家に行く。母は、父が家を出た直後、交通事故で亡くなり、今、吾郎は異母姉と二人きりの生活である。父を怨む姉は、〈精一杯の嫌味〉として、吾郎を、父の家に養育費を受け取りにやらせている。ある日、父の家を訪れた吾郎は、父と女が諍う声を聞き、幸せであるはずの父も、やはり苦しんでいることを知る。吾郎は父の家から家族の思い出の品であるガラスの器を持ち出し、それを川原の上空に投げやる。

【かもめ家ものがたり】（「文学界」87・8）。〈かもめ家〉という店をまかされたコウは、鮎子という女と出会う。いつしか鮎子は、店に住みつきコウを手伝うようになった。そんなある日コウは、店に残されていた写真から、彼女が〈かもめ家〉の前の店主との思い出をもっていたことを知る。

【朽ちる町】（「文学界」88・11）。英明は、東京の東部にある町で、塾講師のアルバイトをしている。この町には、鍍金の融けるような独特な匂いが立ち込めていた。通ってくる塾生たちは、貧しく、それぞれの家の事情を背負っている。ふとしたことから、英明は昔ここが、遊女の町であったことを知る。

【帰れぬ人びと】（「文学界」89・5）。村井には、忘れられない過去がある。18歳の時、父が事業に失敗し、信頼していた男に家を奪われ、急死したのであった。この事件を契機に、姉は、愛していない金持ちの男と結婚し、村井も平穏だけを望んで生きるようになった。ある日、村井の会社に、かつて家を奪った男と同じ姓の女がやってくる。村井は徐々に彼女に惹かれていき、彼女がその男の娘であることを知った晩、結ばれる。

評価　第二作品集となる本書には、87年文学界新人賞を受賞したデビュー作「川べりの道」、89年芥川賞候補となった表題作「帰れぬ人びと」が収められている。奥野健男は、いずれの作品も〈古風なリアリズムの手法を駆使して、今日の都会の根無し草のわびしさをやさしく描〉（「文学界」90・1）いていると評している。

「川べりの道」に対し中上健次は、「文学界新人賞選評」で〈アクロバチックな技ひとつもみせず、感性一本で関係の絶対性の相対化という現代をつかみ出す才能と度胸〉（「文学界」87・6）を賛した。日野啓三が、同じく「選評」で、〈作品の構成も主人公の心情を直接に訴えるという普通の形ではなく、川べりの道という風景の形に客観化している〉と指摘しているが、見事に描出された実存する町の風景と、作品内部との融合は、「かもめ屋ものがたり」「朽ちる町」で、傑出している。小関智弘は、この点を評価し、鷺沢萠を〈町を底荷に積んだめずらしい女流作家〉（文庫本「解説」）と評した。

「帰れぬ人びと」をめぐっては、「創作合評」（「群像」89・6）において、語り口の冴えを認めつつも〈全体的に感傷的すぎ〉〈パターン通り〉のストーリー展開であるとの指摘もある。

『スタイリッシュ・キッズ』（河出書房新社、90・6・29、「文芸」90・夏。河出文庫、93・11・4）

梗概 大学生の鍵野久志は、1年前に偶然見かけ忘れられなかった窪田理恵と付き合うようになる。大学生活になじめないまま、高校の友人と過ごす日々の中、久志は理恵の過去を友人から聞かされる。その後も彼女への気持ちは変わらず、早く大人になりたいと思う久志だが、そんな矢先、突如彼女から別れを切り出される。

評価 初の長編小説である本書は、80年代後半の大学生の生態を、鷺沢萠ならではの映像感覚で鮮やかに描いてる。最後の理恵のセリフ―〈あのころって呼べる日が来たら、あー、あのころは良かったねって、チャコと話したいよ〉〈だから別れたい〉―には、泉麻人がいうように、〈先が見えない、見たくない時代のムードが集約されている〉（文庫本「解説」）といえるだろう。菅野昭正も〈創作合評〉（「群像」92・5）で、ほぼ同年代の作家が、リアルタイムで〈学生のあっけらかんとしたような日常、空虚な生活風俗をきっちり書いた点〉を評価する。と共に、菅野は〈問題は作者がそれをどういう視点でみているかということだ〉とも述べている。

『葉桜の日』（新潮社、90・11・10。新潮文庫、93・10・20）

【葉桜の日】（「新潮」90・8）。19歳のジョージは、現在は3つのレストランを経営する〈志賀さん〉に育てられた。ジョージの本名は〈賢佑《マサヒロ》〉というが、自分が本当は誰の子であるのか知らない。〈志賀さん〉は彼を本名で呼ぶことはせず、昔住んでいた町も嫌っている。ある時、ジョージは、自分が〈志賀さん〉の実の息子であり、彼女が〈在日朝鮮人〉であったために、実の子を養子にする手続きをとらなくてはならなかった事情を知らされる。

【果実の舟を川に流して】（「新潮」89・12）。健次は、一流大学を中退して、ぶらぶらしている時、女装のママに見込まれて〈パパイヤボート〉という店で働くようになった。ある日、ママは、成功を手中にしながら、精神を病んでしまった旧友のジロさんを引き取る。彼等は昔〈戦争の友だち〉であったという。母親を〈昔の内縁の夫〉によって殺害された過去をもつ健次は、自分を含め〈パパイヤボート〉に集う人々を〈欠けたグラス〉だと思う。

評価　90年三島賞候補となった「果実の舟を川に流して」と、91年芥川賞候補となった「葉桜の日」が収められている本書は、鷺沢の代表的な作品集といえるだろう。この二編はいずれも本当の自分探しという重い命題を負っているのだが、鷺沢独特の軽やかさを有している。ストーリーテラーの才と相俟って、導き出されるこの一種の軽やかさを、プラスにとらえるか、物足りなさと受け取るかで見解はわかれる。中上健次は、「果実の舟を川に流して」に対し〈通俗ではないが中間的なのである〉（「三島賞選評」「新潮」90・7）との評を下し、黒井千次は「葉桜の日」に対し「在日」の〈捉え方まで、軽やかに流されて行く点に疑問を抱いた〉、〈小説づくりを急ぐあまり、素材への取組みが薄手である〉（「芥川賞選評」「文芸春秋」91・3）と難じた。さらに川村湊は〈都会の少年たちの物語を、軽く、いかにも軽く掬いあげ〉〈それがまた別の「都会」と「少年」という風俗的な紋切り型の物語となってしまう危険性〉をはらんでいることを示唆している。

他方、横山紘一は、その書評（「中央公論」91・4）で〈解決不可能とでもいえる設問に、作家はあえて挑戦しているわけではない。フワリフワリの存在感をテコにして〉、〈たくみに視線を外界にむけ、都市や街路の情景のなかに解答を託そうとする〉と述べ、そこに独自な〈自己の不確定と、内・外界の不可思議な融和〉が生じることを認めている。また、和田逸夫は「「真実にいきる」こと―鷺沢萠を読んで」（「民主文学」92・10）において、〈在日朝鮮人として真実に生きていくことの「怖さ」難しさを正面から見据えて生きていこうとする在日三世の青年像が模索されていること〉を〈貴重な方向を切り拓くもの〉として高く評価した。

『駆ける少年』（文芸春秋、92・4・10。文春文庫、95・5・10）

【銀河の町】（「文学界」87・12、「青白い光」を改題）。タツオは、大手の商事会社に勤めていたが、友人にだまされて職を失い、未だ無気力な生活を続けている。そんなタツオの行きつけの飲み屋が〈小雪〉だった。さびれたこの店には、開店当初から、もう30年以上も通っている常連達がいる。タツオはすでに初老の彼等にも、輝かしい青春が存在していたことを知るが、そんな時、〈小雪〉は店をたたむことになる。

【駆ける少年】（「文学界」89・12）水面に浮かぶ板の上を全速力で走り続ける少年の夢をみた龍之は、事業に失敗して死んでいった父の人生をたどり始める。過去帳に記された見知らぬ名前から、父が実母から引き離されて、育ったことを知る。現在、事業の土壇場に立たされている龍之は、ひたすら駆け続けていたような父を思う。

【痩せた背中】（「文学界」91・12）。亮司は、父の訃報を受け、4年ぶりに郷里に戻り、過ぎし日を回想する。母は、物心つく前に父と別れており、彼は母の顔を知らない。父は、それから女遊びを始め、やがて町子という女と一緒に住むようになった。しかし、父の女遊びはおさまらず、町子はやがて精神を病んでいったのだった。

評価　第20回泉鏡花文学賞を受賞したこの作品集には、父と息子のモチーフが織り込まれている。この取組みを、川村湊は「今月の文芸書」（「文学界」92・7）で〈女性たちの複雑な緯糸が絡み、父と子の対立はむしろそうした女性たちとの関わりの中でなしくずし的に解消されていってしまうパターンが透けて見え〉〈男性作家が書けばこうはならない、と思わせる悲哀の抒情性が作品の底流として〉あると評した。

このような父と子の関わりを描く鷺沢萠の背景には、18歳で父を失った体験がある。「あとがき」には、表題作「駆ける少年」が、父をモデルとして描かれたものであり、また、自らの筆名を父のペンネームからとったことも明かされており、父親の存在の大きさを物語っているといえるだろう。

鷺沢萠の作品には、父が事業を失敗し、一家が貧窮に陥るエピソード、父を喪失するモチーフが度々あらわれるが、それは、鷺沢の実体験に由来するものである。娘の父へのイマージュが、父と息子を描いた作品の〈悲哀の抒情性〉の底流にあるといえそうである。

『ハング・ルース』（河出書房新社、92・11・30。河出文庫95・11・2）

【ユ　ニ】（「文芸」91・秋）。家出娘であるユニは、男と別れ、戻る場所がない。熱を出し、道で倒れたユニを家に連れ帰ったのは、フェイスという男だった。その時からユニはフェイスと暮らすことになる。やがてユニは妊娠するが、大麻の売人であったフェイスは、多額の借金を負ってしまう。

【フェイス】（書き下ろし）。ユニと出会う前のフェイスの物語。フェイスこと成田頼親は〈クラブ・ヌー〉で誓子という女子大生に出会い、半同棲をはじめ、彼女を思うゆえに、大麻の売人から足を洗う決意をする。その矢先、事件に巻き込まれて拘束され、やっと戻ってきたフェイスを待っていたのは、誓子からの別れの言葉だった。

【ユニとフェイスのクリスマス】（「literary Switch」91、原題“Dirty, Rotten, Holy Night”）。クリスマス・イヴの日、ユニは歯が痛くて堪らず、歯医者にいったものの、次回に保険証を持ってくるようにいわれる。しかたなくユニは、多額の借金を背負い、母と離婚した父の元を訪れる。小説を書いているという父とろうそくを灯し、しばしの時を過ごす。

評価　94年度野間文芸新人賞候補となった本書は、偶然に共棲することになったユニとフェイスの生活を、時間を往還して立体的に描き出してみせている。

特筆すべきは鷺沢萠がはじめて、女性を主人公にした作品を描いたことである。これまで鷺沢萠は、少年・青年を主人公にして作品を手がけてきた。その理由として、〈突き放した書き方が好きで、男の人が主人公だと、対象と自分が平行線を保てるような気がする〉（「文学界」90・5）とし、〈女性の汚いところとか気持ち悪いところまでまだ見きれないで、眼をそらしているところがあるから、遠いところに対象を求めている〉（「すばる」91・1）と述べていた。従って本書の試みは、避けてきた自らの性をまなざす、新たな挑戦を意味している。その成果は、宮内豊が、「創作合評」（「群像」91・9）で〈とくに女主人公の、生理と感情の動きが地続きになっている女性の微妙な感情の揺らめきをうまく書いている〉と評しているように、成功したといえるだろう。

〈スマートなテレビドラマに近い〉（「創作合評」前出）との苦言があるものの、田久保英夫は、「ハング・ルース」という題名に象徴されるように、〈小指と親指を立てておいて握り合いながら、だんだんと実質的な男女関係をつかみ取っていく〉〈プロセスはよく書けている〉（「創作合評」前出）と評価している。

『大統領のクリスマス・ツリー』

（講談社、94・2・1。「小説現代」93・12。講談社文庫、96・10・15）

梗概　治貴と香子は、留学したワシントンで出会い、一緒に暮らし始める。香子が経済を支え、苦学の末治貴は、難関の司法試験に合格し、弁護士となる。マイ・ホームも手に入れ、娘も生れ、夢を現実にした幸福もつかの間、二人に別れの時が訪れる。

評価　初の長編恋愛小説である。本書は、10年間にわたる恋愛の歴史を丹念につづり、『ハング・ルース』で女性を主人公にすえた鷺沢萠の、さらなる展開を目指している。

俵万智が述べるように、〈あなたはあたしのクリスマス・ツリーだったのよ〉というセリフを中心とする、〈ラストのほんの一言ふた言の会話を、いかにせつなく成立させるかということに〉〈すべての言葉は積み上げられ〉（文庫本「解説」）ており、恋愛の歴史を無にしないために選ばれる別れの美しさと強さを伝えている。ワシントンを舞台とした恋愛小説には、〈強張り〉と甘さがあるものの、〈不意と消滅する愛の極みを書いて余韻の残る作品〉（川西政明「書評」「サンデー毎日」94・3）として女性の共感を得、96年に映画化された。

『君はこの国を好きか』（新潮社、97・7・30。新潮文庫、00・4・1）

【ほんとうの夏】（「新潮」92・4）。大学生である新井俊之は、ガールフレンドの芳佳を学校に送る途中、追突事故を起してしまう。俊之は、助手席をおりようとしない彼女を怒鳴り、その場から立ち退かせる。その背後には、免許証の提示によって、自分が在日韓国人であることを知られることを、避ける心理が働いたのであった。この事件をきっかけに、今まで意識してこなかった「在日」の問題に、はじめて向き合う。

【君はこの国を好きか】（「新潮」97・6）。木山雅美は、在日韓国人三世である。留学したアメリカで、韓国人の留学生と出会い、〈ハングルに感電した〉雅美は、ソウルの延世大学付属の語学堂に留学する。そこで、日韓の感覚の齟齬に直面し、拒食症にまで陥る。同じ「在日」の留学生に支えられ、かろうじて持ちこたえた雅美は、その後K大の大学院への進学を果たす。

評価　本書は、「葉桜の日」からひき続いて、本格的に「在日」というテーマに取り組んだ成果である。

92年に芥川賞候補、三島賞候補となった「ほんとうの夏」に対しては、賛否両論が存在する。高橋源一郎は、「三島賞選評」（「新潮」92・7）において、〈重いテーマを軽い文章で書くこと〉を〈戦略〉として評価するものの、〈問題はその文章の質である〉と述べ、〈若い世代の口語をふんだんに入れた文章〉を〈文学として使いこなすこと〉の困難を指摘した。さらに、井口時男は、「創作合評」（「群像」92・5）で、在日の〈世代の問題〉〈歴史、政治の言説〉が抜け落ちていること、人物の掘り下げがなく、作家のスタンスが見えないことを難じた。それに対し、坂上弘は、同じく「創作合評」で、作者は意図的にそういう問題にふれなかったという見方を示し、〈「在日」という言葉が割合ぎすぎすしないで使われ〉、三世の姿が伸びやかに描かれたところに、今までにない新たな魅力を認めている。また、和田逸夫も「「真実に生きる」こと—鷺沢萠を読んで—」（「民主文学」92・10）で、「在日」であることから〈目をそらすのでなく、それもやはりほんとうの自分なのであり、前向きに向き合って生きていこうとする若ものの今後が予見される〉と評価している。

97年芥川賞候補となった「君はこの国を好きか」は、鷺沢の留学経験を土台としている。李孝徳は、この小説の新しさを〈ルサンチマンを持たない／持てない「在日」の若者が、にもかかわらず「世界」とのズレをどのように感じ、生きているのか〉を〈対象化した所〉（「論座」98・3）に見る。しかしながら、一方で〈現在の「在日」の心理をある部分表現できても、その心理が由来する「在日」の歴史性とその問題性は対象化されることがない〉ことを難じ、〈理念的な日本的価値を前提にした韓国文化論と教養小説の題材に「在日」という主題が縮減され〉る危惧を提示した。

鷺沢萠の「在日」へのベクトルは、〈三世の世代から何かが変えられるのではと思っていて、ブロックを積んでいく、そのブロックの一つにでもなれたらと思う〉（「文学界」93・9）という言葉にうかがえるように、あくまで開かれた未来をまなざしている。前向きなベクトルに支えられた作品は、あくまで三世の実感を軸に、「在日」の問題を個の単位として扱ったところに、新しい魅力があり、かつ同時に陥穽があるといえそうだが、鷺沢萠の創作の一つの軸となっており、今後の展開に注目される。

『過ぐる川、烟る橋』（新潮社、99・8・30。「新潮」99・4）

梗概　40歳を過ぎた元プロレスラー脇田篤志は、若い頃、中華料理店で働いていたことがあった。その時、脇田の面倒をみてくれたのが、先輩格の波多江で、プロレスへのきっかけを与えたのも彼だった。その後、波多江は借金に追われ、自分の女であるユキを脇田の元に置いたまま失踪してしまう。やがて、脇田はユキとの結婚を考えるようになるが、その矢先、波多江が舞い戻り、ユキは彼について去ってしまう。その後、プロレスラーとして成功を納めた脇田は、博多中洲の屋台で、酔いつぶれた波多江とユキに、再会する。

評価　この長編は、中年男性を初めて主人公にすえた試みである。その設定のせいか、〈作者による語り口の距離感が、同じ作者によって構築された異世界へ読者が入っていくのを妨げている〉〈昭和史グラフィティと呼べる作品〉（切通理作「新人小説月評」「文学界」99・5）との辛口の評が下された。また、千葉一幹は、〈浪花節的世界〉と表現し、〈人生の禍福に理由などないという救われなさを描いた〉点で、この小説は安吾のいう〈「文学のふるさと」を描いている〉とするものの、〈そんな所に止まることも肯定すべきでない〉（「新人小説月評」「文学界」99・5）と述べている。

少年・青年から女性へと主人公の幅を広げてきた鷺沢萠が、さらに中年男性の視点を獲得しようとした意欲作であるものの成功したとは言い難く、さらなる挑戦が期待される。

参考文献　対談「映像世代の新しい小説」（「新刊展望」89・10）、近藤裕子「鷺沢　萠―時の澱みの淵で―」（『〈解釈と鑑賞別冊〉女性作家の新流』91・5）白瀬浩司「意図せざる善意／意図せざる悪意」（「解釈」98・4）、櫻井秀勳「現代女流作家への招待」（「図書館の学校」00・7）

（**溝部優実子**）

佐藤亜紀（さとう・あき）

略歴　62年新潟県生まれ。成城大学卒業後、成城大学大学院修士課程修了。専攻は西洋美術史。88年ロータリー奨学金により、一年間フランスに留学。二年間の会社勤務を経て翻訳業につく。91年「バルタザールの遍歴」で第3回ファンタジーノベル大賞受賞。博覧強記と歴史研究者としてのキャリアで培った感性で壮大な歴史奇譚を構築する力量が評価された。以後、渡欧を繰り返しつつ、ヨーロッパを中心に、歴史・伝説に材を取った小説で活動を続ける。93年同じくファンタジーノベル大賞受賞の作家佐藤哲也と結婚。長篇単行本五冊、アンソロジーと雑誌掲載の短篇多数、内アンソロジー三冊、座談会等の記事も多い。歯切れのいいエッセイと評論集を六冊上梓し、趣味であるオペラや映画への蘊蓄とともに社会的な話題での過激な発言でも知られる。そのほかに福田和也、松原隆一郎との共同鼎談「皆殺しブック・レビュー」（四谷ラウンド、97・8・7）がある。早大講師。長篇二冊の出版を控えており、メッテルニヒの伝記が出版待ちの現在である。ホームページ「大蟻喰の生活と意見」のアドレスは、http://www.dccinet.co.jp/tamanoir/monk35 高野文緒等錚々たる〈党員〉を抱えるページである。

『バルタザールの遍歴』

（新潮社、91・12・10。「小説新潮」91・9。新潮文庫、94・12・25。文春文庫、01・6・10）

梗概　20世紀初頭のオーストリアでハプスブルグ家に連なる家系の長子として生まれたメルヒオール・フォン・ヴィスコフスキー＝エネスコは一人の体の中に二人の人格を持っており、互いをメルヒオールとバルタザールと呼んで育つ。彼らは影のない非物質的身体となって、身体を離れて出歩くことができた。長じてうら若い後妻のベルタルダと秘密の交渉をもつが、父公爵カスパールの死とともにベルタは去り、傷心を癒すための自伝的小説も出版人に評価されないまま勝手に処分される。自棄になった彼らは酒浸りの生活を送るが、従姉妹マグダレーナの母である叔母の術策で屋敷をとられて禁治産処分となる。マグダレーナの結婚式で狼藉をはたらいたメルヒオールは、マグダと叔父の協力で精神病院に入れようとする叔母を逃れウィーンを出る。放浪の果てに北アフリカ、ハーウィヤで管財人からの生活費が滞り、ジゴロの暮らしをしていたところへ叔母の追手のナチスの一行に捉えられる。メルヒオールは非物質的身体となって逆襲し、逃げ出したと思うまもなく、ベルタの兄アンドレアスにバルタザールの入った体を拉致され、放逐される。実はアンドレアスこそがベルタをヴィスコフスキー家に嫁がせ、小説を握り潰し、代理人のふりをして管財人から生活費を掠め取った黒幕だった。彼も非物質的身体となる術を持っており、アドルフ・ヒトラーに乗り移って情報を得、それを元に蓄財をしていた。それがばれて追われる身となった今は、バルタザールにアンドレアスの旅券を手配して殺し、自身はヴィスコフスキー公爵になりすまそうとしている。バルタザールと非物質的身体のメルヒオールの戦いによってアンドレアスは死ぬが、バルタザールが未だ心を寄せていたベルタは決定的に去る。二人は一九三九年、大戦前夜のヨーロッパを離れて南米へと旅に出る。

評価 第3回ファンタジーノベル大賞受賞作。文章の端正さと構成の緻密さで選考委員を驚かせ、全員一致の決定だったという。荒俣宏が二つの人格に東西ドイツを重ね合わせて読み〈てっきり、ドイツ統一記念にミュンヘンあたりの幻想作家が書きあげた海外作品の翻案であろう、と思いこんだ〉エピソードは有名であるが、矢川澄子の選評も〈昔から手を変え品を変え〉使われた〈ひとつの肉体に二つの人格〉という物語の、〈支えとなる時代背景や地理的状況の把握〉への〈該博な知識の裏付け〉に〈作者はどこかの老碩学ときいたって難なく受容れられた〉と驚いている。うるさがたの高橋源一郎さえ他の候補作を〈一歩も二歩もリードしている〉と誉め、〈クライマックスが不完全燃焼で終わったのは、この物語がじつはまだ完結していないからなのかもしれない〉と留保を入れているのだが、同じ箇所を荒俣宏は〈いかにも海外小説的な〝遍歴〟のスタイルを踏んでいる〉と認めているように、選考委員個々の物語の構造への嗜好が評価を分ける、非常に高いレベルでの受賞だったといえよう。佐藤は塩野七生に私淑しており、欧州歴史物語の系譜としては塩野の「緋色のヴェネツィア」から始まる三部作につながる作品とも言えようが、文章の緊張度は塩野の比ではなく、はるかに高度な文学性を持つ作品である。

『戦争の法』（新潮社、92・7・10。新潮文庫、96・7・1）

梗概 一九七十年代、東北N＊＊＊県が分離独立を宣言し、旧ソ連軍が進駐してきた。県境を米軍が封鎖して五年間、小競り合いを繰り返しつつもN＊＊＊人民共和国が維持されるが、ソ連軍の撤退と共にゲリラ連合軍がN＊＊＊市の傀儡政権を倒すと米軍と自衛隊が乗り込んできて、N＊＊県は日本に戻った。主人公〈私〉、酒々井（しすい）たかしは県境に近いS＊＊市で小学生時代に分離独立に遭う。ソ連軍の進駐と同時に父は出奔して武器密輸業者になり、母は工場を売春宿にする。14歳で〈私〉は親友の〈千秋〉と出奔し、ゲリラ軍に身を投じる。そこで〈伍長〉、保科憲之の部下となり、数年のゲリラ活動を続ける。〈国境〉の山中は武器密輸人だの、村を挙げて麻薬栽培にいそしむN＊＊＊＊人だのが行き来する無法地帯となっていた。〈千秋〉は優秀なスナイパーとなってN＊＊＊市陥落後もゲリラとして山にこもり、行方不明のままだが、〈私〉はN＊＊＊市攻防から収容所を経て進学し、就職のあてもないまま欧州あたりをぶらぶらした後、戦後十年の現在は地元の図書館で司書のような仕事をしている。当時の体験記を読みふけった挙句、思い立って自分の《体験記》を書いたものがこの話である。

評価 N＊＊＊県のモデルは佐藤の出身県である新潟県であろう。たびたび佐藤自身が述懐していることだが、〈新潟三区の住民は少々日本人離れしている（私はまじで国を憂えている）〉おかげで、修学旅行先の奈良に外国の風景を感じ、自分が日本人にはなれないと気づいたという。箱館戦争モノ・日本アパッチ族・吉里吉里人といった系譜につながる典型的なイフ・イベントものの衣を借りて、〈住人の性質もおよそ日本的穏健と中庸と怯懦からは程遠い（故郷への長い旅）〉新潟県人の〈日本人離れ〉したバイタリティと現実主義を語った作品とも言えようが、我々は偶々アメリカ合衆国が押し上げた境界線のこちら側にいるだけ、という国家観を持つ佐藤ならではの細部の発想に満ちており、舞台は雪国にも関らずベトナムやカンボジアを想起させる物語となっていて、アヤシイ人物群に現実性を持たせている。ついでに〈私〉が会ったこともない他人から酒々井さんの息子さんと声をかけられたり、〈伍長〉が二十までしか数を数えられないというエピソードに、作者自身が重ね合わされているのかもしれず、日本を舞台にした長篇というだけではない登場人物たちへの思い入れを窺わせる。

『鏡の影』（新潮社、93・10・15。ビレッジセンター、00・7・7）

梗概 宗教改革の波が中欧を覆う16世紀。レヴニッツのヨハネスは百姓の末息子だったが、生来の気質から叔父の元に預けられ学者の道をたどる。錬金術にのめりこんだ彼はローマでシモンという男の持つヘブライ語の写本にある図を《世界の姿を示す図表》と考える。エアフルトで教師をしていた時にゴーレムの創造に関わる書物で筆禍にあい、放浪の身となってから、どうやら悪魔らしいシュピーゲルグランツ（鏡の影、市に立つ芝居の悪魔の名前とされる）と魂を売る契約を結んでしまう。マルゲントハイム伯爵夫人に取りたてられるが、息子のアルブレヒト・フィヒテンガウアーとは対立し、その妹ベアトリクスへのちょっかいの故に、またもや追われて過激な修道士マールルテン師の支配する新教都市ボーレンメントに逃げ込む。乗りこんだフィヒテンガウアーに異端の告発を受け、宗教裁判にかけられそうになったヨハネスは、マールテンに論争を挑み、何日もの審問で時間を稼ぐ。その内にマールテンの過激さから都市の将来に不安を覚えていた参事会が彼を見放しはじめ、マールテンはシュピーゲルグランツと契約を交わしてしまう。《世界の姿を示す図表》の秘密と魂の交換である。既にヨハネスが解いたように、その真実は白紙だった。ヨハネスは間に合わず、マールテンは塵に帰る。ヨハネスのほうはシュピーゲルグランツの誘惑こそ躱したもののの、フィリッパ（これも人の世の存在ではない）の色香に迷い、彼女に魂を渡してしまう。フィヒテンガウアーは城に帰る。眠ったままだったベアトリクス姫は目覚めていたが、処女懐胎していた。

評価　ヨーロッパのファウスト伝説を中心に材を取った作品であるが、復刊本解説者の小谷真理はユルスナールの「黒の過程」やツヴァイクの「権力とたたかう良心」等への下敷きに言及しながら、〈現代的なパースペクティヴを持つアナール学派や新歴史主義批評を応用しつつ歴史小説を構築する〉佐藤の方法論を紹介している。99年平野啓一郎の「日蝕」が芥川賞候補となった直後に絶版となったが、佐藤は「日蝕」と本作との関連を認めており、絶版の理由を二者のテクストが並べて読めないようにするためと取った。「日蝕」との関連について佐藤自身は問題視していないが、新潮社の対応には怒り狂った。同時に進行中のメッテルニヒの伝記原稿の雑誌掲載を誌面に余裕がないと断られたが、やはりこれも平野啓一郎の史伝掲載のためと後に判明する。同時期「戦争の法」文庫版の絶版を同社から知らされておらず、編集側の対応に怒った佐藤は「バルタザールの遍歴」「戦争の法」「鏡の影」の版権を同社から引き上げた。たたかう作家佐藤亜紀の面目躍如たる所であるが、姿勢に賛同したビレッジ・センターより本作品は00年に復刊された。より詳細な経緯及び佐藤による「日蝕」との関連についての判断は、ホームページ「大蟻喰の生活と意見13」に掲示されているが禁転載故にここでは略述にとどめる。

『モンティニーの狼男爵』（朝日新聞社、95・8・1）

梗概　18世紀のフランス。〈わたし〉、マイイに近い村の男爵ラウール・ド・モンティニーは早くに両親を亡くし、狩り三昧の毎日だった。狼狩りではたいした腕前で、森を彷徨い歩くと狼に親近感さえ抱くほどだったが、パリで暮らす叔父の甘言に乗せられて持参金付きの娘ドニーズと結婚する羽目になる。性根の座ったドニーズと〈わたし〉は村での生活をおだやかに暮らしていたが、ある時モンティニー家の先祖ダゴベールの話（トルコ人との戦いに十年の留守をしたところ奥方クロードが婿を取ってしまい、報復に男を干し殺しにして毎晩狼に変身したという）をするうちに、このクロードにドニーズを重ね合わせて〈わたし〉は嫉妬にかられるという経験をする。冬になり、狼狩りの季節がやってくると、〈わたし〉は大きく見事な年経りた狼との一騎打ちをする。その死体をドニーズに見せて責められるというエピソードをはさみ、やがて彼女は娘と息子を出産するが、息子ルーが4歳で死んだ時には〈わたし〉の〈そんなに悲しむものじゃない。子供ならまた産める〉という言葉で彼女の態度は再び硬くなり、〈わたし〉はどこまでも彼女に対して自信を持てない。そんな折りにドニーズは近くの別荘に住むダニエル・ド・ブリザック夫人の若い愛人、美男子のギョーム・ルナルダン氏に熱を上げるようになるのだが、〈わたし〉が狼狩りでルナルダン氏に恥をかかせたことから彼は屋敷に居着き、ドニーズを誘惑するようになる。嫉妬で自分を失なった〈わたし〉は夜な夜な狼に変身して村に騒ぎを起こす。ルナルダン氏の姦計で変身中に囚われ、見世物に売り払われてしまうが、叔父の素早い行動と、ドニーズの〈わたし〉を択ぶという強い意志で無事連れ戻される。ルナルダン氏は追い出され、その後〈わたし〉とドニーズは長い人生を共に過ごした。めでたしめでたし。

評価　狼男伝説その他を下敷きにした佐藤お得意のヨーロッパ歴史小説である。全体は〈わたし〉とドニーズのラブ・ストーリイであり、大団円でめでたしめでたしとなる。とはいえ、登場人物たちは18世紀の行動様式と思考準拠枠で動くのであって、ある意味《歴史そのまま》の物語を試みたといえよう。例えば狼の姿で見せ物の檻の中で再会した〈わたし〉への叔父の第一声が〈この恥曝しめが〉だったり、〈わたし〉が攫われた時の村の有力者たちの判断が〈狼を一頭、放し飼いにするのと、どこの馬の骨ともしれん奴（ルナルダン氏）が屋敷に居坐ってでかい顔をするのと、どっちがいい〉だったりするユーモラスな展開にも、階級社会に暮らす人々の発想が通底しており大時代な回想録を模した駘蕩たる文体とも相俟って時代の風景の再現へのそうした姿勢は顔を見せている。

『1809』

（文芸春秋、97・5・20。「別冊文芸春秋」96・10・1、97・1・1。文春文庫、00・8・10）

梗概　仏軍占領下のオーストリア。フランス工兵隊のパスキ大佐は出入り業者殺害事件に遭遇することからオーストリアの不穏人物としてマークされているウストリツキ公爵の知遇を得るようになる。彼とその周辺に関わる内にパスキはナポレオン暗殺の陰謀に巻き込まれていくのだが、公爵に協力するのは実はフランス側の秘密警察やパスキの上司達であり、オーストリア警察はこれを阻止しようとする側にあることが判っていく。ナポレオンの外征をどこかで止めなければ、フランスは疲弊しきってしまうだろうからだ。片や、オーストリアは既に敗戦後の和平交渉段階にあり、ここでフランスが引けばドイツに内乱が起こってオーストリアは崩壊するだろう。今ナポレオンに死なれては困る立場である。ウストリッツキ公爵が全てを予見しながらも暗殺計画を立てたのは、ハプスブルグ的秩序が崩壊し去った後の真空的社会で自身を含めた万人の自由を夢見たからだった。陰謀を潰えさせた後にそれを知ったパスキにも、自身の内に同じアナーキイな衝動が潜んでいることに気づくのだった。

評価　大辛毒舌評論家福田和也が文庫解説を依頼されて《びびった》という程の、佐藤ならではの博覧強記に裏打ちされた最近作である。さて、佐藤のお気に入りの映画・芝居に「夜食」がある。ナポレオン没落直後、タレイランとフーシェがカレームの料理で会食をするという、設定だけでも食えない映画だが、倉多江美「静粛に、天才只今勉強中！」と並んで本作の発想の源泉には確実になっているであろう一作である。この作品のためにパリの国立図書館で資料調べをした時に、佐藤は戦争への視線に三種類の階層があると感じたと書いている。兵卒の回想は面白く、下士官から将校までの回想はナポレオン神話に毒されて〈まるで駄目〉で、軍幹部の証言にはナポレオン本人を知っていたせいで美化はない、と。「夜食」はその三番目の階層の話であった。国の舵取りに責任を持つ立場であればむしろナポレオンの没落を待たずに先を考えたろうし、先手を打ってナポレオン本人を排除しようとしたかもしれないとは、全くありえる設定と言えようが、それとは逆にウストリッツキ公爵の発想はきわめて現代であって、〈世界が轟然と音を立てて崩れ去った後に残された者が味わう自由〉とは戦争が総力戦となった20世紀を待ってはじめて社会が体験した状況と佐藤は捉えているだろうし、この時代の人物がこうした夢想で行動を起こすことはないと恐らく彼女は知っている。知りつつあえてウストリッツキ公爵を創造し、パスキにこの夢想を感染せしめたのは、ここのところ言及著しい〈終わってる連中〉の国、日本への佐藤の尖鋭な問題意識に源があるのではないか。無論佐藤にとって〈終わってる〉ことを引き受けられない弱さは罵倒の対象である。オウムや「新しい歴史教科書を作る会」はエッセイ集では殆ど白痴呼ばわりだったことだし。とはいえ、〈残された者が味わう自由〉への感性は最初期から佐藤が持つ特質の一つであり、はるか第一短篇「瀝青の底の不死」ですでにテーマの一つとされていたことを忘れる訳にはいかないだろう。

（星野久美子）

笙野頼子

（しょうの・よりこ）

略歴

56年3月16日三重県生まれ。本名・市川頼子。立命館大学法学部卒業。在学中より小説を書き始め、卒業後も就職せずに文芸誌の新人賞に投稿を続ける。卒業の翌81年「極楽」で群像新人賞受賞。選考委員の評価は〈形の具現性をそなえた純観念小説は現今稀である〉（藤枝静男）、〈大仰な観念的な説明やその長さは、ほとんど小説の文章とは思えない〉（田久保英夫）と分かれていた。その後90年までの10年間は、文学観を共有し得ない編集者に出会ったこともあり、引きこもりがちな生活を送りながら発表できたのは8編にすぎず、作品集もないままだった。この間、85年に学生時代から住んでいた京都を離れて東京に転居、本格的に夢日記をつけ始める。91年、初めての作品集『なにもしてない』で野間文芸新人賞を受賞。以後『レストレス・ドリーム』『母の発達』など、日常に依拠しつつ、あらゆる角度でねじれ、諧謔で味付けされた、夢と現を行き交う作品を次々に発表。92年、猫を飼い始める。94年7月「二百回忌」で三島由紀夫賞、「タイムスリップ・コンビナート」で芥川賞のダブル受賞となり、原稿依頼や取材が殺到、生活が激変し、耳鳴りなど体に変調をきたす。この年、デビュー後10年間の作品が2冊の作品集になる。96年、母の看病のために一時帰郷、約5か月後に母を看取る。95年1月から2年間、読売新聞書評委員、98年から2年間文芸新人賞選考委員を務め、00年から群像新人賞、野間文芸新人賞選考委員。98年に純文学を貶める勢力に論争を挑み、自らを〈ドン・キホーテ〉と称して一年にわたり論陣を張り続けた。『太陽の巫女』『東京妖怪浮遊』などで文章力、作家性を高く評価される一方で、その作品は〈新難解派〉とくくられて否定的にも論じられた。自ら〈アヴァンギャルドのリテラリーフィクション〉と呼ぶ作品群の読者は、〈筒井康隆さん以後のＳＦ的作品の成果の上にある〉（「文学界」94・10「新芥川賞作家対談　居場所は見つかったか」）と笙野は述べている。日本のＳＦ作品の読者だった笙野は、またマンガを読み、ジャズドラムを好む。エッセイ集に『言葉の冒険、脳内の闘い』（日本文芸社、95・7・5）『ドン・キホーテの「論争」』（講談社、99・11・27）、松浦理英子との対談集『おカルトお毒味定食』（河出書房新社、94・8・25）がある。このほか『女性作家シリーズ21　山田詠美・増田みず子・松浦理英子・笙野頼子』（角川書店、99・7・25）に「イセ市、ハルチ」「虚空人魚」、「下落合の向こう」、『文芸１９９５』（講談社、95・4・20）に「シビレル夢ノ水」、『文芸１９９７』（講談社、97・4・20）に「越乃寒梅泥棒」が収録。単行本未収録作品に、「Ｓ倉迷妄通信」（「すばる」01・3）など。

『なにもしてない』（講談社、91・9・27。講談社文庫、95・11・15）

【なにもしてない】（「群像」91・5）。小説を書いているが親の仕送りに頼る私は、手が痒く腫れ上がる症状を民間療法で悪化させる。世間から見ればナニモシテナイことの後ろめたさから医者に行かないが、即位の礼の連休が明け、医者で処方された薬を使い始めるとすぐによくなった。治療が終わって二日後に郷里の伊勢に帰る時、皇族と同じ列車に乗り合わせる。警備で混乱する伊勢で、以前に近所のおじさんに大陸で抑留された経験を書いてくれと言われたことを思い出す。

【イセ市、ハルチ】（「海燕」91・2）。キョートに住む私は郷里のイセ市ハルチに帰ろうとする途中で、記憶が抜け落ちていく。私はハルチを思い出せないが、それでもバスに乗って家にたどり着く。伯母たちも識別できない私は、子ども時代の記憶をたどり、馴染めないハルチの部分がよみがえり、母方の親族から受けた抑圧を思い出す。山の上にある祖母の墓に参っても、ハルチは見えてこず、遠い山や海しか見えなかった。

評価　デビュー10年後に出た最初の作品集。野間文芸新人賞選考委員の柄谷行人は〈「私小説」とは、世界の狭さ、貧しさと引き換えに、世界のリアルな構造をつかもうとすること〉（「選考委員の言葉」「群像」92・1）とし、また高橋源一郎は〈私小説は（中略）「私」を主人公にしてそこから世界のスケッチを開始する〉（「創作合評」「群像」91・6）という意味で〈私小説〉として評価。清水良典は「イセ市、ハルチ」は笙野が等身大の〈私〉を主人公として登場させた最初の作品であると指摘している（『極楽［笙野頼子初期作品集Ⅰ］』解題「地獄皇帝の逆襲」）。

『居場所もなかった』（講談社、93・1・14。講談社文庫、98・11・15）

【居場所もなかった】（「群像」92・7）。私は新しい部屋で、騒音と振動に苦しんでいる。前の部屋が学生専用になるので部屋捜しを始めたが、希望するオートロックのワンルームマンションは見つからない。部屋を捜す小説家の小説を書きながら、〈追い出される罪深い私〉という観念に追い詰められていく。部屋捜しが難渋したのは、どこにも住みたくないという病に取り憑かれていたからだと思う。騒音のひどい部屋から池のある建物に引っ越したが、結局、私に居場所はない。

【背中の穴】（「群像」91・10）。母方は代々、長女にだけ背中に穴があるが、私にはない。黄色の布を被ったンガクトゥが運転する引っ越しトラックで、私は背中の穴のことを考えていた。ンガクトゥはお祈りの時間に公園の池で水と戯れ、背中の穴「おおいっすねー」と言った。

評価　東京でバブルのさなかに部屋捜しを余儀なくされた〈私〉の、居場所のなさを描いた、姉妹編ともいえる作品。菅野昭正は〈ある日常的、現実的な事態との接触をきっかけとして、観念の現実性が起動する笙野ワールドの特質をもっとも鮮明に刻みつけた作品〉（講談社文庫解説「部屋探しの中心と周辺」）と評している。

『硝子生命論』（河出書房新社、93・7・15）

梗概　人形作家ヒヌマ・ユウヒはごく少数の女性依頼人の求めに応じて死体人形をつくっていた。その人形を〈硝子生命体〉と名付けていたユウヒは失踪する。それから何年も後、数人の人形の注文主が集まることになり、私はユウヒとの再会を予感する。ユウヒと分け合った幻想による新しい世界が生まれ、そこでユウヒは生きた硝子生命として姿を現す。

評価　「硝子生命論」（「文芸」92・冬）、「水中雛幻想」（「すばる」91・9、初出表題「アクアビデオ―夢の装置」）、「幻視建国序説」（ブックTHE文芸93・3）の連作に書き下ろしの「人形暦元年」を加えて再構成した作品。語り手である私がこの本の中に生きているという設定は、「作家は死んだ時その本の中に転生する」という笙野の考えを作品化したものといえよう。同時期に書かれた『レストレス・ドリーム』の躍動的闘争に対し、『硝子生命論』は観念による革命小説である。

『レストレス・ドリーム』（河出書房新社、94・2・25。河出文芸文庫、96・2・2）

梗概　私は毎日、悪夢を見て、目覚めては夢日記をつけ、また眠る。それは複数の人が見る共同夢で、舞台はスプラッタシティ、大寺院が支配する街だ。ここでゾンビとの戦いに敗れたら、現実の肉体も目覚められなくなる。夢の中で私は桃木跳蛇（ももきとびへび）という名の三十前後の女、スプラッタシティの悪者。男尊女卑、良妻賢母の化け物と戦い続ける跳蛇は、スプラッタシティ的言辞を解体することで生き延びる道を見いだす。跳蛇を弱体化させようとする王子と、その傍らに控える女ゾンビをかわし、母性を称揚する女ゾンビに勝ち、ワープロで規則通りに言葉を変換するゲームをクリアし、大寺院に乗り込む。サイボーグと化した跳蛇は、ドラムを叩いて言葉を飛ばし、バズーカ形ワープロで攻撃を続け、蛇になって王子をやっつけた。跳蛇の戦いを書き続けていた私は、ワープロの内側に存在していたことに気がつく。

評価　「レストレス・ドリーム」（「すばる」92・1）、「レストレス・ゲーム」（「すばる」92・10）、「レストレス・ワールド」（「すばる」93・3）、「レストレス・エンド」（「文芸」94・春）から成る連作長編。構想から八年かけ、笙野は三十代の代表作と位置づける。細部の描写、物語の構築力、磨き上げられた言葉のパワーは笙野の評価を確固たるものにした。清水良典は「言語国家と「私」の戦争」（河出文芸文庫解説）で、本作の〈比類ない特色〉として〈徹底して夢の世界を描〉いていること、〈既成の小説の文章感を戦闘的に覆す文〉、〈いわゆるフェミニズム思潮を、きわめてラジカルなレベルでくぐり抜けた〉点を挙げ、笙野にとって〈第二の誕生のような意味を持つ〉と同時に〈九〇年代の事件の一つに数えられる〉作品と高く評価している。

『二百回忌』（新潮社、94・5・25。新潮文庫、97・8・1）

【大地の黴】（「海燕」92・7）。駅から郷里ハルチへの近道の途中、コロシアムのような形の墓が見える。十歳くらいの頃に拾った壺には、魚の頭に似た灰色の骨が入っていて、振るとメロディーを生じた。骨を歌わせた力は、大地から生じた黴のような、何かと目に触れるものだった。郷里を離れてから帰郷したある日、駅に向かっていく私は墓の前で伝説の竜を見た。大地の黴は竜の肉や皮のように集まっていた。

【二百回忌】（「新潮」93・12）。私の父方の家では百年に一度ほど、二百回忌をやる。この時は死んだ身内だけでなくゆかりの人も蘇り、ありとあらゆる支離滅裂なことが起こるので、みんなが楽しみにしている。二百回忌に参加する準備を始めると、身の回りで時空に歪みが出ることがある。親族は特別な赤い喪服で本家に向かい、本家に着くとヨミガエリの死人と生きている人でごった返している座敷にあがる。二百回忌の後も、ちょっとした異変は起こった。

【アケボノノ帯】（「新潮」94・5）。同級生の龍子は授業中に粗相した後、自分は精霊に近い存在で、その排泄物は大地を肥やし実りをもたらし、自らは毎年生まれ代わり死なないと主張するようになる。そして、自分の排泄物を「アケボノノ帯」と呼んだ。龍子は十代で死んだ。夢の中で、カナシバリになった私の体は土にとろけ、そこから植物が生る。

評価　「二百回忌」の三島賞選評で筒井康隆は〈作者の方法意識が存分に発揮された傑作〉、高橋源一郎は〈奔放な外観とは異なって、作者のコントロールが行き届いた作品である〉（「新潮」94・7）と評した。川村二郎はここに収められた作品に笙野の出身地伊勢が反映されていることに言及し〈グロテスクな道具立ての数々を、突拍子もない人間たちの言動の数々を重ねながら、（中略）確実に外界としての郷土の顔を浮かび上がらせている〉（「群像」94・7）と述べている。また野谷文昭は〈時間を物質化あるいは人格化するという離れ業〉（「笙野頼子論」「文学界」97・6）を指摘している。このほか「ふるえるふるさと」（「海燕」93・1）を収録。

『タイムスリップ・コンビナート』（文芸春秋、94・9・20。文春文庫、98・2・10）

【タイムスリップ・コンビナート】（「文学界」94・6）。マグロと恋愛する夢を見て悩んでいた頃、私は海芝浦の駅へ行く。鶴見線に乗り換えると、景色は私が生まれた四日市に似てくる。そこに広がるのはコンビナートだ。海芝浦のホームは片側が海で、もう一方は東芝の工場の入り口になっている。母は40年前、半年だけ海芝浦の工場に出向していた。

【下落合の向こう】（「海燕」94・1）。ある日、電車の中で女子高校生の話し声を耳にするうちに、彼女たちが車窓から見えるマンションのベランダに並ぶマネキンの首を見ようとしていることが判る。女子高校生の「下落合の向こうが気になる」という言葉から電車を降りた私は、下落合の向こうにいた。

【シビレル夢ノ水】（「文学界」94・9）。迷い込んできた猫が残していった蚤が大繁殖した。掃除をして数の減った分だけ蚤は巨大化し、やがて人間に似てきた蚤は美しい口でぽぽぽうと叫んだ。その首を切り落とした私は、老女になって親しい男と二人きりになれる場所を探し続ける夢を見る。

評価　表題作の評価は、芥川賞選者の黒井千次が〈浮遊する感覚にリアリティーがあり、実在する固有名詞に幻想性が宿り、東京という土地のイメージが奇妙な風景画のように浮かび上がってくる〉（「選評」「文芸春秋」94・9）としながら、「二百回忌」のエネルギーが感じられないとした見解に代表される。〈シビレル夢ノ水〉について川村湊は表題作より笙野の〈個性的な作品世界の展開が見られる〉（「まえがき」『文学1995』講談社、95）と評価している。

『極楽　笙野頼子初期作品集I』（河出書房新社、94・11・30。『極楽・大祭・皇帝　笙野頼子初期作品集』講談社文芸文庫、01・3・10）

【極　楽】（「群像」81・6）。檜皮が百号の画布に描き続けてきた「地獄絵」は、灰紫がかったあらゆる色で構成され、一様にけばだっている。〈悪意の人間〉檜皮は憎悪を刻みつけるように、この絵を描いてきた。最終段階の作業をするうちに、檜皮は自分を幸福だと思い始める。そんなある晩、檜皮が見たのは自己満足に覆われた画面だった。

【大　祭】（「群像」81・11）。町から疎外された一家の中で、祖母に愛されて育った7歳の蚕（さん）は、両親と家から逃げることを願い、50年に一度の大祭にさえ行けば解放されると信じていた。しかし、大祭前日に父親が大祭に行かせないと言い出す。その夜、蚕は両親に殺意を抱く。

【皇　帝】（「群像」84・4）。〈皇帝〉と名乗る26歳の〈彼〉は、一人暮らしのアパートからほとんど出ない。両親と、町や学校という集団に対する憎しみを抱き、妄想の中で彼を死に追い込もうとする〈声〉と闘っている。外出する時は〈巫女〉に姿を変え、買ってきた酒で酩酊した彼は皇帝になった契機である老女殺しの解析を試みる。この世のすべてを否定する彼の祈りは誰にも届かないことを、彼は知っている。

評価　初期作品3編を収める。いずれも家庭、地域、さらにそれらを内包する社会に対する憎悪を抱えている男性主人公の物語であり、悪意を痛々しいまでに堆積させた個人の内面を克明に描く。これらの作品は、清水良典が「『地獄』を疾走する巫女」（講談社文芸文庫解説）で〈ほとんど理解されないまま、戸惑われつつ、避けられつつ、世に出された〉と述べるように、評価の対象として取りあげられることは稀だった。笙野は「皇帝」を二十代の代表作とする。

『夢の死体　笙野頼子初期作品集Ⅱ』（河出書房新社、94・11・30）

【海　獣】（「群像」84・8）。古都に暮らすYは、何日も雨が降り続く中、海のことばかり考えていた。何日か後に現れた、ひとつの風景には、ジュゴンにもラッコにも何にも似ていない、波打ち際に遊ぶ獣たちがいた。そして一瞬後には、また何も見いだせない大地の上にいるのだった。

【夢の死体】（「群像」90・6）。古都で雪が降ると心のバランスを失ってしまうYは、北方民族の伝説、人間と動物の区別というテーマに大切なメッセージを感じた。春は空からくる妙なものに考える力を奪われ、嫌なことばかりだった。首都に越す前の夜、Yは思春期からとらわれていた海という言葉から生まれる幻、夢が全部死んでいることに気づく。頭の中には新しい海が生まれていた。

【虚空人魚】（「群像」90・2）。75年に一度、彗星の尾に乗って来る光る細胞のいくらかが、雨に混じって地上に降る。この細胞を運ぶ虚空雨が降った地域では、あらゆる生物に厭世観と破壊衝動が蔓延する。光の細胞は雨の中で本来の個体が全滅し、その瞬間に彼らは同じ姿で地上に転生した。転生は偶然の重なりではあるが、奇蹟と呼べるものだった。

評価　このほか「冬眠」（「群像」85・4）、「呼ぶ植物」（「群像」89・5）を収録。「海獣」は初めて女性と思われる主人公によって語られる作品。「冬眠」までは手書きで、以後、ワープロで執筆するようになる。70歳になった〈私〉が語る「呼ぶ植物」、観念メルヘンともいうべき「虚空人魚」は、男性を主人公とする初期の三作からの転換期の中で生まれた作品であるだけでなく、存在や言葉に対する笙野の認識が語られている作品でもある。

『増殖商店街』（講談社、95・10・27）

【増殖商店街】（「群像」93・1）。小説を書いて暮らしている私は夢日記をつけている。私は野方に似た商店街にいるが、店先でトマトがはね、店が分裂して増殖し、道もわからなくなっていた。商店街をさらに進むと、道自体がじっとしていなくなる。増殖する商店街を歩くうちに、猫が歩いてくる。目を開けると、一緒に暮らす本物の猫キャトがいた。

【虎の襖を、ってはならなに】（「海燕」95・1）。今までで一番怖い夢は、三つの文が細長い体で振りをつけて歌う、言葉だけの夢だった。今また、虎が描かれた襖のある居間に、着物を着た言葉が座っている夢を見た。「虎の襖を、ってはならなに―」と言う声を聞いた私は、言葉に取り囲まれ、絡みつかれたが、負けずに言い返すと言葉は死んでしまう。

【柘榴の底】（「海燕」88・8）。両親との軋轢に苦しむT・Kは、ザクロを暴食する。やがて古都に移り住んだ彼女は、自殺の衝動に駆られた時に残った、目蓋の裏の想像上のしこりに意識や生命を感じる。そのしこりと一体化する時間を、底の世界と呼んだ。この世を支配しているものの象徴である、鏡餅の形をした強迫観念と戦い続け、そのモチが消える経験でT・Kは自由になる。

評価　このほか「こんな仕事はこれで終わりにする」（「群像」94・11）、「生きているのかでででのでんでん虫よ」（「群像」95・7）を収録。「柘榴の底」は初期作品集に収められなかった唯一の80年代の作品で、一人称による作品へ移行する最後の作品でもある。この作品も含め、外の世界の干渉によって心と体が乖離し、あるいは夢と現が入り交じってしまう主人公を描いている。

『母の発達』（河出書房新社、96・3・29。河出文庫、99・5・6）

【母の縮小】（「海燕」94・4）。大学受験を控えて軽い鬱状態にあった頃、母の縮小は始まった。私の体の状態によって母は様々に縮み、私はおかあさんという言葉が判らなくなった。縮んだ母を語り続け、話のたねがつきそうになった頃、ワープロを買った私は、母をディスプレイの中に押し込め、縮小キーを押し続けて家を出た。

【母の発達】（「文芸」95・秋）。ダキナミ・ヤツノは灰皿で母を殴った。母は血を流しながら二階の部屋にこもり、偽の母をやっつけるために発達すると言った。ヤツノは新種のお母さんのために名前と物語を作り続ける。できあがった物語のフロッピーを持って行くと、二階は天井も床も吹き飛んでいて、母はラップトップのワープロになって発光していた。

【母の大回転音頭】（「文芸」96・春）。家を出た母が唐突に帰るという。ヤツノが呼び出した世界中の新しい母たちが整列して「母の音頭」が何千回か繰り返された後、母はヤツノにもう伝えることはないと言い、回転してみせる。ヤツノは死期が来たことを悟る。

評価　現代社会の都合に合わせた「母」という概念を、娘の存在を借りて破壊する連作であり、ここに男は登場しない。斎藤美奈子がこれほど〈一気呵成に（とりわけことばのレベルで）母性を解体してみせた小説はなかった〉（河出文庫解説「母よ、ちゃぶ台をひっくり返せ」）と述べ、また清水良典が笙野との対談で〈純粋に抽象的な、非性的な「母」というイメージ〉（「父なる母、母という子供」「文芸」96・夏）は新鮮だと述べている通り、比類ない〈母〉ものである。

『パラダイス・フラッツ』（新潮社、97・6・20。「波」96・1〜97・1）

梗概　猫ルコラと一緒に暮らすようになってから、私の書いていた小説は急に高く評価されるようになり、おかしなことも起こるようになった。私が住んでいるのは月読町のパラダイス・フラッツ。五十代の大柄な女管理人は、猫を飼っているのではないかと責め、同時に私を侮辱し続け、プライバシーに踏み込んでくる。他人の不幸で生き、住民にまとわりつく悪夢の管理人を描いた小説を、私は書く。

評価　この作品は、言葉の変形が大きな特徴となっている。川村湊が〈生存の根底にかかわるような不快だということを強調するために、誇張と逸脱に満ち、ブレーキを故意に外して悪路を疾駆する車のような表現法が選ばれている〉（「読売新聞」97・6・29書評欄）というとおり、ストーカー行為から受ける恐怖、嫌悪が生の感触として伝えられる。また芳川泰久が〈同時に複数の作品を読んでいるような〉（「〝集め〟と〝群れ〟」「群像」97・8書評）感触と表現したように、主人公の二つのペンネーム、姿を変えるルコラ、作中で書かれる小説などが輻輳し、さまざまな位相を自在に往還する笙野ワールドが展開されている。

『太陽の巫女』（文芸春秋、97・12・20）

【太陽の巫女】（「文学界」95・10）。私、滝波八雲は長身でモデルのような〈耽美物〉の小説家である。

冬至の前夜、私は郷里ナギミヤで夢に嫁ぐ巫女となるための〈単身婚〉に臨む。古代、ナギミヤを支配していた蛇の神は、後からきた竜神によって臣下にされた。蛇は滝波の神で、竜神は母方の巽の神だ。夕食会の後、一人ホテルの特別な部屋で身を浄めた私は、白い布を張り渡した空間で竜のような若い男を見る。私は大蛇になり、冬至の日の出とともに太陽になった。

【竜女の葬送】（「文学界」97・11）。滝波八雲は母の看病のためにナギミヤに戻る。巽の血を強くひく母は竜女だ。滝波に嫁いだ竜女が産んだ娘は母の「使い女」になる。八雲は使い女として母の看病が務まるのか不安を抱いていた。母が死んだ時に、自分の中の竜も死んだと八雲は思った。

評価　斎藤美奈子が〈この主人公が（父系および母系の）神話に身を寄せるでもねじ伏せるでもなく、神話と格闘している〉（「文芸」98・春、BOOK REVIEW）と述べるように、ここでも笙野の主人公は外界に立ち向かう。随所にみられる幻想的な描写の美しさは、この〈神話系〉物語の評価を高いものにしている。清水良典は〈この小説は語る力によって神話を築くと同時に、差異を攪乱し壊していく異様な小説〉〈あらゆる「神話」構造に抗いながら、神話的以外の何物でもない異形の文学空間が築かれている〉（「「神話」の揺らぎと死」「群像」98・2）と評した。

『東京妖怪浮遊』（岩波書店、98・5・26）

【東京すらりぴょん】（「毎日新聞」日曜版、96・4・7〜6・23）。深夜に乗ったタクシーで、私は「お忘れもの」と言い募る声を聞き、美少年妖怪〈すらりぴょん〉に同行されて、東京で暮らした場所と〈妖怪の時間〉の記憶をめぐる。

【東京妖怪浮遊】（「へるめす」97・5、7。「世界」98・1〜4）。恋愛もせず、未婚で子どももいないまま東京で生きている女は、四十前後で〈ヨソメ〉という種族の妖怪になる。好きな文章を書いて仕事にしているヨソメは、ワープロを打つ妖怪猫〈スリコ〉だけを味方に、まとわりつく編集者に姿を借りた〈空母幻《そらぼげん》〉、テレパシーで女を追い詰める美男妖怪〈さとる〉など、次々にやってくる妖怪たちと戦いながら生きている。

評価　芳川泰久は、呪術あるいは技術や科学が動員される作品が多い現状で〈両者の希有な境界線を自らに刻んでいて、その意味で、笙野的「妖怪」は、20世紀末の東京を見る一つの視点となり得ている〉（「妖怪状リアル」「すばる」98・9）とする。また、本書には笙野が撮影した東京の写真が収められているが、これについて金井美恵子は〈見えるものに対する愛着の深さをひっそりと示しているのであり、（中略）これまでの作品のほとんどが、実は土地を絶間なく移動する視線によって書かれたいたことに、改めて気づかされる〉（「文芸」98・秋BOOK REVIEW）と述べている。

『説教師カニバットと百人の危ない美女』

（河出書房新社、99・1・20）

梗概　〈ブス物〉小説家八百木千本は41歳。ずっと独り身で、最近母を亡くしたけれど、猫との暮らしは失うものもない。そこへ〈巣鴨こばと会〉と名乗るお化けが出た。かつてマスコミにもてはやされた説教師カニバットの教え子、強烈な結婚願望を抱きつつも果たせず、齢を重ねてきた元乙女たちの標的となった八百木千本は、次々と送りつけられるファクシミリと悪戦苦闘する。

評価　「説教師カニバット」（「文芸」97・冬）、「百人の危ない美女」（「文芸」98・冬）から成るこの作品を、笙野は〈『レストレス・ドリーム』の後日談みたいな感じ〉（渡部直巳『現代文学の読み方、書かれ方』河出書房新社、98・3・25）と語っている。桃木跳蛇の闘いは八百木千本に継承され、さらなる言葉による攻防が奔流となって渦巻いている。作中には登場人物としての〈笙野頼子〉も出現し、鈴村和成のいうように〈多声空間〉に〈複数の声が縺れ合い、絡み合っている〉（「女サイボーグの声」「文学界」99・4）。また富岡幸一郎は〈言葉や情報がいたるところで他者を侵犯する、今日の現実そのものに似ている〉（「日本経済新聞」99・2・28）、斎藤美奈子は〈〈容姿や婚期をギャグのネタにするような〉低劣で稚拙な文化に対する挑戦状〉（「容貌差別への挑戦状」「新潮」99・4）と評した。

『笙野頼子窯変小説集　時ノアゲアシ取リ』

（朝日新聞社、99・2・1）

【時ノアゲアシ取リ】（「一冊の本」98・11）。小説家の私は、仕事が終わって何もトラブルがない時に、チーズを買いに行くが、そのチーズにトラブルがくっついてくる。それでも、チーズを味わう「平和」な朝がある。

【使い魔の日記】（「群像」97・1）。私は郷里の土着神蛇神に使い魔を命じられ、お供え関係の用事、そこら中に生える首の片づけなどに走り回る。意思も感情も捨てねばならず、多くの制約がある使い魔になって百五日目、お役ご免となり、郷里から神に追い出される。

【一九九六、段差のある一日】（「三田文学」96・夏）。5月1日の出来事を書くという依頼を受けた私は、5月1日を待っているが、何の連絡もないまま5月1日は来ない。時間が歪んだまま数日がすぎ、遅れてやってきた5月1日は、どこかおかしい。

【全ての遠足】（「群像」98・1）。ようやく仕事にあきができた3日間に、私はビデオを借りに行って道に迷い、近所を散歩する。3日目は、以前に行って気に入った巣鴨の写真を並べて、撮影した時のことなどを思い返す。

評価 ほかに「人形の正座」（「群像」95・11）、「壊れるところを見ていた」（「文学界」97・1）、「夜のグローブ座」（「一冊の本」97・3）、「魚の光」（「新潮」97・4）、「蓮の下の亀」（「すばる」98・1）、「一九九六・丙子、段差のある一年」（書き降ろし）を収録。「使い魔の日記」は「竜女の葬送」の裏バージョンともみられ、また「一九九六・丙子、段差のある一年」は『母の発達』からこぼれ出た短編。

『てんたまおや知らズどっぺるげんげる』（講談社、00・4・20）

梗概 猫と暮らす作家、沢野千本はドッペルゲンガーを見たことがある。親知らずが痛んで歯医者へ行った日、行っていない場所で姿を見られたという電話があった。論争が始まり、純文学叩きに立ち向かう沢野の脳内環境実況中継は、夢も、現実らしきことも、実際の文芸に関する記事も自在に行き来する。論争は終わり、芥川からヤカンをもらう夢をみる。

評価 「てんたまおや知らズどっぺるげんげる」（98・7）、「文士の森だよ、実況中継」（99・1）、「この難解過ぎ軽く流してねブスの諍い女よ」（99・7）、「リベンジ・オブ・ザ・キラー芥川」（00・1）と「群像」に掲載された連作。表題作について岡松和夫は「群像」（98・8）の創作合評で〈骨格がしっかりしているというか、こういう形で小説の骨格ができ上がっていくというのはおもしろい、感心した〉と述べている。作中の登場人物である笙野頼子と、彼女に呼び寄せられた沢野千本の躍動感あふれるやりとりで〈純文学〉が語られる。エッセイ集『ドン・キホーテの「論争」』で笙野は自身にとっての純文学を〈極私的言語の、戦闘的保持だ〉と表現しているが、その見本ともいうべき作品。小谷真理は〈フィクションとノンフィクション、私小説とエッセイの垣根をもつきやぶり、奇怪なまでに説得力に富む思弁的作品〉（「妄想立国日本」「すばる」00・8）と評する。

『渋谷色浅川』（新潮社、01・3・30）

梗概 東京の〈在〉で暮らしてきた作家、沢野千本が普段はまったく縁のない、世の中の最先端らしきところへ取材に出かけたドキュメント。渋谷のインターネットカフェ、西麻布の「クラ、ブー」、中目黒の「アヴァンポップクリスマス」パーティなどに潜入した沢野が切り取ってみせる、東京のさまざまな断面。

評価 「渋谷色浅川」（96・2）、「無国籍紫」（98・1）、「西

麻布黄色行」（99・1）、「中目黒前衛聖誕」（00・3）、「宇田川桃色邸宅」（01・1）と「新潮」に5年にわたって書かれたもの。「今まで見ていた東京と違う東京を意図的に歩こうとした」「意図的に馬鹿にされようという取材」（「どこにもない夢の都」「波」01・4）と笙野がいうように、従来の作品とは趣は違うが、その筆の勢いは変らない。島森路子は「激しい渦のような独特のスピード感がある文体で切り取られていく現代東京は、まるで高速回転する走馬灯を想わせる」（「もうひとつの東京案内」「毎日新聞」01・4・15書評）と評した。虚実の境が曖昧でありながら、そこには沢野が体感した東京がある。清水博子が言うように〈「異化」とはどういうものだったか忘れさせるほど精妙ですばやい〉（「「作家」のインプロヴィゼーション」「群像」01・6）のである。

『愛別外猫雑記』

（河出書房新社、01・3・30。「文芸」00・冬、01・春）

梗概　私が暮らす雑司ヶ谷で、外猫たちがいじめられる。私は家を買い、同居する友人猫ドーラと新たな家族猫たちを連れて引っ越した。近所の無責任餌やり女、猫虐待者に立ち向かい、猫を気遣う友を得て、子猫の里親を探し、おとな猫たちを救うまでの顚末。

評価　堀江敏幸が〈猫好きの人々に媚びるような書き物からは遥かに遠く、まがまがしい言葉の渦と、それゆえに愛に満ちた、迫真の文章〉（「朝日新聞」01・4・1書評）と述べているように、笙野の〈言葉の力〉がストレートに効果をあげるドキュメント小説。〈愛に満ちた〉写真を多数収録。

『幽界森娘異聞』

（講談社、01・7・10）

梗概　ある日、私の目の前を、森娘が横切って行った。文豪の娘にして、耽美悪魔主義者、私が二十代で読んで染まり続けた作家である。現実の彼女とは会ったことがないけれど、死んで本の中に転生した彼女、本物の森茉莉とは違う、私の森娘。著書の中の森娘と会話しつつ、彼女について書かれたもの、語られたことを織り交ぜてつづる、作家の肖像。

評価　「群像」00・3月号から10月号まで連載された、森茉莉の〈評伝もどき〉（笙野頼子「どこにもない夢の都」「波」01・4）。作品の中に〈転生〉した森娘、森番編集者の証言、森茉莉について書かれたものなどを操りあるいは批判しながら描く、森茉莉へのオマージュ。化粧箱入りの美しい装丁（笙野本を多く手がけるミルキィ・イソベによる）も、森茉莉に捧げられるにふさわしいものだ。縦横無尽に駆ける想念による、新しい形の評伝であり、また〈論争〉に続く笙野の文学論としても興味深い作品となっている。このほか〈幽界森娘異聞後日譚〉として、森茉莉の作品から名前をつけた猫たちが登場する「神様のくれる鮨」（「群像」01・1）を収録。

（**藤井久子**）

高樹のぶ子（たかぎ・のぶこ）

略歴　46年4月9日山口県防府市生まれ。本名鶴田信子。68年東京女子短期大学英文科卒業。在学中は文芸部に所属し、同人誌「文芸首都」の主宰者保高徳蔵を訪問するなど創作に興味をもつ。短大卒業後、出版社培風社に就職。この時の体験はさつきさん物語の『星夜に帆をあげて』（文芸春秋、86・7・20）と『花嵐の森深く』（文芸春秋、88・1・20）に結実する。〈恋人が司法試験を受験するのを見て〉自分もやってみたくなり、司法一次試験を受け合格する。71年に学生時代から交際していた男性と結婚。74年に福岡へ転居し、6月に男子を出産。8月に父が急死。『燃える塔』は第二次大戦で特攻隊の隊長だった父をモデルにした作品である。77年、息子を置いて別居。翌年〈子供との一切の接触を断つこと〉を条件に離婚が成立。〈このとき、子供へのメッセージとしては小説を書く以外にないと覚悟を決める〉。弁護士鶴田哲朗と同居後、80年に再婚。80年に「その細き道」が第84回の、81年には「遠すぎる友」が第86回の、83年には「追い風」が第89回の芥川賞候補となり、84年に「光抱く友よ」で第90回芥川賞を受賞。同時期に芥川賞候補となった島田雅彦や干刈あがたという新しい都市型感性を表現する作家たちを押さえて、その手堅い作風が評価された。初の戦後生まれ女性の受賞ということでマスコミでも話題となった。物語性のある作品で多くの読者を獲得。新聞連載小説に『虹の交響』（講談社、88・9・1）や、『銀河の雫』（文芸春秋、93・9・20）、『サザンスコール上下』（日本経済新聞社、91・6・11）、『百年の予言』がある。人間の不条理性を描いた短編集に『哀歌は流れる』（新潮社、91・1・25）や『湖底の森』（文芸春秋、93・2・1）、『彩月』（文芸春秋、97・8・30）、『蘭の影』（新潮社、98・6・30）など。人をある行動へと駆り立てる複雑で多層なエロスを解剖した長編小説に『氷炎』（講談社、93・5・20）、『熱』（文芸春秋、94・5・20）、『蔦燃』（講談社、94・9・20。第1回島清恋愛文学賞）、『花渦』（講談社、96・9・20）、『イスタンブールの闇』（中央公論社、98・2・7）などがある。95年『水脈』で女流文学賞を、99年『透光の樹』で谷崎潤一郎賞を受賞。エッセイ集は『熱い手紙』（文芸春秋、88・10・20）、『花弁を光に透かして』（朝日新聞社、95・2・1）、『葉桜の季節』（講談社、96・4・9）、『妖しい風景』（講談社、01・4・22）など。『サモア幻想』（NHK出版・98・8・25）はエッセイと小説と対談を収録した作品集である。全集収録に『角川女性作家シリーズ20　干刈あがた・高樹のぶ子・林真理子・高村薫』（角川書店、97・10・27）がある。

『その細き道』（文芸春秋、83・9・10。文春文庫、85・3・25）

【その細き道】（「文学界」80・12）。山口県の高校を出て東京の短大に通うようになった中野加世は、坪田精二と知り合い、彼より一つ年下の安部宏を紹介される。彼らは共に司法試験を目指し、兄弟のように仲が良かった。加世は二人の中で〈居心地の良い陽溜まりを見つけた鳥のような心境でいた〉。精二は次第に加世を結婚相手と意識するようになり母親にも会わせるが、試験まではと決心し、思いを打ち明けない。裕福な家に育った精二と違い、貧しい家に育った宏の話を聴いているうちに加世は宏に自分と似たものを感受し肉体関係に陥る。だが宏はその瞬間にも精二との友情を考えていた。試験の結果が分かるまではと、精二に事実を隠したままの鬱屈した半年間が続くが結局耐えきれずに宏が打ち明ける。精二は加世のアパートを訪れ〈俺は赦さない〉という言葉を残して去る。宏は試験に合格し精二は落ちる。その半年後、二人のアパートに二人を赦した精二が訪れる。加世は通りから現れた二人を見て〈遠景とともに、二人を空高く持ち上げたいと思〉う。

【遠すぎる友】（「文学界」81・11）。夫修一の女性関係が原因で二ヵ月前に離婚して郷里に戻っていた周子は同期会に出席し、そこで夕子の病気を知らされる。夕子とは同郷出身の東京での身近な友として彼女の恋人関口もともに会っていたが、彼女の妊娠を相談された時、即座に〈堕ろすよりほかない〉と断言し、その処置にも付き合った。夕子はその後、精神に変調を来したようだが、短大を卒業し仕事も忙しくなった周子は彼らと会わなくなった。だが自分が結婚し流産した体験を経た後では、良かれと思った夕子の処置が果たして妥当だったのか迷いが生じていた。10年ぶりに彼らのアパートを訪れた周子は、途中の公園で子供を遊ばせている関口を見て、うらぶれつつも〈身構えのないやすらかさ〉を示す関口の姿に、修一をそのように変えることのできなかった自分という者にたじろぐ。

【追い風】（「文学界」83・3）。庄子は山口県のある町から上京して短大に入ったが、半年同棲した男と別れた後は様々な男と付き合い様々な勤めを経験した。一年余り不動産会社の社長井村に囲われ月々の手当てを貰っていたが、彼から強引に一六二万を奪い、両親は既に亡いが祖母ハナエの住む郷里に戻る。故郷には妻真澄を連れた高校時代の恋人柴木静夫も戻っていた。いつしか肉体関係を持ち町の噂ともなりながら二人で旅行に出かける。静夫は旅館の少女に、災害に遭った人々に自分の血を与え、体を与え、心だけが残った小人の話をする。その話に庄子は感動し、それが真澄の創作だと知って、故郷を出る決心をする。

評価　『その細き道』のあとがきに作者は〈人間が人間に及ぼす影響のなかで、もっとも深い部分を揺り動かすものは何だろうと考えてみるとき、友情や信頼、無償無私の行為といった、人間の美質がもたらす抗いがたい力を、思わないではいられません〉〈そこから目を離しては書く意味もなくなる〉と、自身の書く姿勢を述べている。第84回の芥川賞の選評（「文芸春秋」81・3）で吉行淳之介は〈良い資質が感じられた〉と述べ、遠藤周作は〈「素直さ」〉を評価した。文庫本解説で饗庭孝男は高樹作品に流れる〈心身を分かつことのできない心と行為〉に〈人間の絆にたいする、開かれた鋭く深い認識〉を認め、〈「他者」にむかって開かれる相対的な感性が、「思想」のようにつねに作者の根底にある〉と、同じくその〈豊かな資質〉を評価している。自己の欲望に忠実であるがゆえに友を裏切ったり、周りの人間を悲しみに巻き込んだりする人間。愛欲と倫理性、肉体と精神、その齟齬をどこで折り合いをつけるのか。過剰なものを抱えた人間の意識を友情と三角関係の恋愛という構図で描く方法は、その後の高樹文学の基本となる。84年にテレビドラマ化された。

『光抱く友よ』（新潮社、84・2・10。新潮文庫、87・5・25）

【光抱く友よ】（「新潮」83・12）。大学教授を父に持つ高校二年の相馬涼子は穏やかな家庭に育った優等生である。涼子は、売春や堕胎の噂がある同じクラスの松尾勝美が、担任教員に理不尽に殴られるのを目撃して彼女と親しくなる。勝美の母はアル中で娘を殴ったりするが、本質は娘にしか頼れない弱い存在である。そんな母を外部から守ろうとする勝美は、殴られる原因となった母の手紙の件を、母に内緒にしてくれと涼子に頼む。松尾からカツアゲした腕時計を貰った涼子は〈なぜか火薬と引火装置のつまった時計を想像〉したり、松尾の部屋を訪れ、天井の天体画に〈映画でも見ているような浮遊感〉を覚えつつも小窓が開いているような気もして〈底無しの闇〉に吸い上げられそうな気持ちにもなる。だが次第に勝美はかけがえのない友となっていく。ところが桜見物の場所で娘を罵る勝美の母の言葉に耐えられず、涼子は手紙のことを口にしてしまう。松尾は涼子を赦しながらもきっぱりと別れを告げる微笑みの表情で、母と共に去っていく。

【揺れる髪】（「らんぷ」79・6号、「文学界」80・2転載）。夫は単身赴任の海外出張中で、時子は小学二年生の娘京子と二人暮らしである。潔癖な京子は髪型が気に入らないと、朝の忙しい時にも何度もやり直しをさせる。ある日、学校から帰って来た京子は石鹼で何度も手を洗うが、その理由を母に打ち明けない。手を洗っていたのはカエルの足を両手でもって引き裂いたからであったが、時子は娘の強情さ

〈母親の生理を逆撫で〉する行動に、〈存在していること自体が、避け難い不快なことだ〉と、今は亡き母に感じていた気分を甦させられ、娘を不可解な異星人のように思う。しかしカエルの足に似ている自分の髪を切りたいと言った娘に〈幼い傷口を、必死で押し隠している、勝気な少女の顔〉を見、かつての自分を発見する。それが自分の母から受け継いだ血と気づき、娘を愛しく思う。

評価　「光抱く友よ」は、現代的感覚と現代的な話し言葉を駆使し、マスコミで話題になっていた島田雅彦や干刈あがたの作品を押さえて芥川賞を受賞した。芥川賞の選評（「文芸春秋」84・3）で丹羽文雄は「光抱く友よ」は〈モラリスティックな小説である〉と指摘し、〈モラリスティックといへば、今日の作家のほとんどが忘れてゐるものである。忘れるといふよりは、ことさらそれにそっぽを向けることを、作家の心構へとでも思つてゐるやうである。が、高樹さんは、それを小説を書くときの支柱としてゐる。珍しい作家である。かういふ作家を珍しいと思はねばならないほど、私たちは大切な根本的なことを忘却してゐるやうである〉と語り、若者に迎合的な作品は〈あつさり否定された〉と述べている。文庫本解説で荒川洋治も高樹の〈感性や態度〉は〈古風な印象を与えるかもしれない〉が、〈世の人が怠慢と鈍感さのあまり見すごしやすい、かけがえのない人々の声と光がたちこめている〉と評価。物事と真摯に向き合う姿勢はまさに高樹のぶ子の〈美質〉であろう。若い男女の精神的な愛と肉体的な愛に逡巡する、後の『街角の法廷』につながる未発表の「春まだ浅く」を収録。

『寒雷のように』（文芸春秋、84・4・25。文春文庫、91・5・10）

【寒雷のように】（「文学界」84・3）。服部京子には面識はなかったが、戦前自分の家に下宿していた韓国人留学生崔将守が、20年振りに来日することになった。彼は祖父が教頭をしていた旧制中学の教え子で、戦後、韓国でエリートとなりプレゼントや出世していく自分の写真を送り続けてきた。京子の婚約者で新聞記者の村井鉄平は面白い記事が書けそうとはしゃいでいるが、祖父豪一郎と母雪乃の態度はどこか不自然である。婿養子に入った父が出た後の服部家の疲弊を気に病んでというわけでもない。皆が墓参りに出かけた後、京子は自分の知らない家の歴史に興味を持ち、17歳の母の日記を盗み読む。そこに崔と母と祖父の不可解な記述を見る。そして寺から帰った鉄平から崔の、母との結婚を祖父に拒否された過去を聞く。一泊の予定で崔と母はかつて世話になった馬淵先生のもとに二人で出かける。普段どおりに戻ってきた二人に京子は屹立したものを感じる。帰る日の朝、勲章が輝く軍服を着て講演に向かう崔。豪一郎の足下を庇いながら講演に向かう雪乃の目も澄んで落ち着いていた。

評価　高樹の対象を捉える表現の確かさには定評がある。青野聰は「対談時評」（「文学界」84・4）で、〈朝鮮のことと か、戦前のこととか、実感としてとらえにくいことを、短く強く書いていく力には感心しました〉と述べている。他に神を語る少女との奇妙な関係を描いた「残光」（「文学界」82・5）と、居心地の悪い家庭と友との友情に違和感をもつ少女を描いた未発表作「麦、さんざめく」を収録。

『波光きらめく果て』（文芸春秋、85・9・10。文春文庫、88・11・10）

【波光きらめく果て】（「文学界」84・10）。29歳の河村羽季子は妻子のいる年下の男との不倫に破れ、夫からも離婚を言い渡された。越後湯沢の旅館で自殺未遂をはかるが一命を取り止め、夫と死別し壱岐の伯父の家に世話になっている母富栄の元に身を寄せる。夫にお前の〈体がだらしない〉と言われたことが忘れられない。そして島でも従姉浩子の夫で高校教師である敦巳と関係を持ち密かに会う。小さな島に二人の噂が流れ、浩子も二人の仲を疑うようになる。故意か事故か、浩子が福岡の駅のホームから転落して大怪我を負い、二人の関係も表面化する。伯父と母は羽季子と口をきかなくなる。敦巳は息子を妻の実家に預け、一人家で暮らす。校長から羽季子との仲を問われた敦巳はその事実を認める。羽季子は家を出るように言った伯父に、〈私は、何度失敗しても出直しますから〉と答え、家を出る。港近くの旅館に一泊して、敦巳のもとを訪れる。敦巳は二人で暮らす努力をすると告げるが、羽季子は明け方に一人抜け出し二人の思い出の場所屏風岩に行く。自殺もできない女はどんな天罰が下っても〈すべてを引き受けるしかない〉と思う羽季子に、日の出の光がふりそそぐ。

【土の旅人】（「文学界」85・7）。3週間後にピアノ講師をしている内藤と結婚する予定の27歳の紀子は、16年前父と旅した宮島へ再び父と向かう。今は亡き母が入院していた病院の看護婦で、父と関係があった登美子さんと16年前に宮島で会っていた。紀子は自分の家族の〈カナメ〉に彼女がいたような気がして、父娘家庭の最後に登美子さんと会い自分達の関係の意味を確かめようとしたのだ。宿で父は登美子さんから借金していたことを明かすが、恋愛とそのこととは別問題だと毅然と話す。翌日三人一緒に山を散策しながら紀子は、母を含めての不思議な男女の関係を認める。

評価　津島佑子は「創作合評」（「群像」84・11）で、物語をつくることのうまさを認めた上で、羽季子と敦巳の結びつきの必然性を感じ取れないと語っている。羽季子の内面が見えないという指摘と羽季子の造型に対する不満は鈴木貞美と高井有一の「対談時評」（「文学界」84・11）でも述べられている。

おそらくこの小説は男と女の関係性で物語が展開していくのではなく、〈体がだらしない〉という存在自体が男の官能を誘う女としての設定が先にあり、その動かし難い存在によってストーリーが展開していく構造なのであろう。相対性か絶対性か、評価の分かれるところである。文庫本解説で饗庭孝男は高樹文学の特徴を〈人間のかかわりが時間のながれや場所との可視的かつ不可視的なつながりのなかで、息づき、交感し、「光」を帯び、影をつくり、内と外の微妙きわまる感覚的な部分によってその心の働きが変容し、それにつれて行為がうまれてくる部分にしなやかにフォローし、言語の世界にそれをおきかえる、感覚と表現の見事さ〉〈比喩の巧みさ〉にあると指摘。87年「波光きらめく果て」は映画化された。

『街角の法廷』（新潮社、85・10・25。「新潮」85・4。新潮文庫、89・4・5）

梗概　新米弁護士の安部輝一は、売春容疑の被告人大原カナ子の国選弁護士に選ばれるが、素人ぽいカナ子のやり方に違和感をもつ。カナ子と暮らす佐藤邦男は植木職人としてスーパー大黒屋の社長の家に出入りしていた。その妻山根恭子の媚態に惑わされ彼女を襲い怪我をさせた示談金として百万円を払わされていた。カナ子は情状酌量となるが、輝一は次第に弁護士の職務を越えて二人に関心を持つようになる。邦男もカナ子も自分の犯した行為の本質的な意味を掴めないまま苛立ち、邦男はカナ子を責める。恭子は輝一から首になった邦男のその後を聞かされ詫びのために輝一の婚約者であり弁護士でもある知子を伴い、二人のもとを訪れる。だがそこで悶着が起こり、知子は二人をクズと見做す。輝一は、人間の心の裏（闇）に思い至らない知子の一方的な断定に、彼女を愛し続ける気持が失せる。知子と別れた輝一は消えた二人を探し出し、彼らの元気な姿に自分の気持の決着をつける。

評価　高樹作品の特徴に謎解きの要素があるが、それは常識や法の規範からすべり落ちてしまう人間の心の謎に迫ろうとするからである。弁護士カップルが最後に破綻し、社会の落ちこぼれだとも見えた二人が強靱に生きている点に、川西政明が指摘するように作者の〈けなげに、ひたむきに生きている人間に対する共感〉（「創作合評」「群像」85・5）が流れている。

『陽ざかりの迷路』（新潮社、87・6・10。「新潮」87・3。新潮文庫、90・5・25）

梗概　誓子は、裕平とやよい夫婦の養女として育てられた。大学四年生の時、母が一人で秘密の旅に出かけた後、残された思いの誓子と裕平は近くの山に一泊旅行に行き、そこで結ばれてしまう。母に秘密を隠したまま誓子は一人暮らしを始める。しかしやすらかなままに臨終を迎えようとする母に、自分を強く刻印させたくて裕平との関係を告白する。やよいが死んで2ヶ月後、やよいが結婚前に立原明夫という男とつき合っていたことを知らされ、明夫の娘貴代子に会いに四国に赴く。そこでやよいが貴代子の父である明夫と実家に行き、そこで明子が生まれ、その結果、貴代子の母は自殺したと聞かされる。明夫はやよいに子供たちの面倒を見てくれと頼むが、やよいは明子も置いて家を出、そして裕平と結婚したという。さらに明夫の弟という老人に会い、後にやよいが明子、すなわち誓子を養女にしたと聞かされる。誓子と裕平は再びやよいに残されたようなショックを受け、再度肉体関係をもつ。しかし残されていたやよいが貴代子に送った手紙で、二人はやよいが自分達のことに気づいていたことを知る。

評価　この作品も謎解きの要素が比重を占めていてエンターテイメント性に溢れている。人間関係が錯綜している割には謎がすっきりと解明されすぎて、逆に物足りなさが残る。文庫本解説で島弘之は〈やよいも裕平も誓子も「法的」には犯罪者ではないが、「宗教的」には罪深い存在かもしれ〉ないと、この小説に人間存在そのものの〈迷路〉を見ている。

『ゆめぐに影法師』

（集英社、89・6・10。集英社文庫、93・10・25）

梗概　アメリカを車で旅する女流作家の〈私〉と通訳のヨーコ。ヨーコは交通事故で死亡。私は甲状腺未分化ガンでこの世を去る前にアメリカ政府から文化交流の一員として招待を受けて楽しみにしていた。その思いを実現するために生から死の世界へ移ってしまった影法師となってアメリカを自由に浮遊する。五話とも「小説すばる」に連載されたものである。「ジュライ・フォース」（87・冬）は独立記念日に参加するためヴァージニアに行くが、そこで自殺した日本人留学生の女性ユーレイに騙されてしまう話。「恐竜たちの夜」（88・夏）はニューヨークが舞台で盗難に遭う話。「アルバカーキの犬」（88・秋）はアルバカーキでアメリカの作家と出会う話。「乳色の霧」（88・冬）はニューイングランドで魔女の魂と遭遇する話。「いのちの水脈」（89・春）はデンバーの日系人たちとの交流を綴る。

評価　佐伯裕子は〈いわゆる「純愛物」なのだが、現実の肉体にあの世の人間の透明感を絡ませることによって純愛のかったるさをとり払っている〉（「怖わい濃密な愛の世界」「週刊読書人」89・8・7）と指摘している。高樹作品にはミステリアスな人間関係を描く方法の一つとして、残された者に対する死者の視線の導入があるが、ここでは文字通り死者が現実を動いて人の心の闇を明らかにする。

『時を青く染めて』

（新潮社、90・4・10・書き下ろし。新潮文庫、93・10・25）

梗概　宮内勇と島尾高秋と滝子は学生時代、親しい友人同士であり、勇と高秋は滝子を巡るライバルであり、司法試験の合格を目指す競争相手でもあった。高秋は試験に合格し、勇は落ちる。滝子は高秋に心を残しながら勇と結ばれ結婚する。今、勇は実業家として成功を収めている。高秋も結婚したが妻の病気で離婚。彼は那覇の裁判所から転勤になり勇、滝子夫婦の住む東京に戻ってきた。20年ぶりの再会となるが、それは学生時代の三人の関係の再発でもあった。滝子は勇を裏切らないと決心しつつも高秋への思いが募っていく。一方、勇の叔父の後妻になった千賀子も高秋に惹かれていく。滝子は高秋が千賀子と関係すれば彼を諦めきれると考えるが、肉体を拒否して気持で深く繋がっている二人の関係を察知した千賀子になじられる。勇が呼子にスキューバ・ダイビングに出かけた不在に、滝子は高秋を思い切るため彼のマンションに赴く。が、高秋は〈抱きたい〉と熱情を抑えることで滝子の中に自分への消えない思いを残そうと一晩中体を寄せたまま〈抱かない〉。体も心もすべてを高秋に委ねそうになった滝子は呼子に行き、すべてを勇に話す。勇は高秋を呼ぶが、滝子は顔を会わせないまま帰る。翌日、ダイビング中の勇の遭難を知らされる。勇の死が確認され、高秋にも嫌疑がかかる。死は自殺、他殺の両面から検証される。

評価　『その細き道』の続編にあたる小説である。裏切られた男がストイシズムを貫くことで、肉体の接触によらず女の官能を呼び覚まし、肉体的にも精神的にも自分を刻印しようとする実験小説の趣をもった小説である。安易な恋愛、お手軽な不倫とは異なる「愛」の形が模索されているともいえるが、つくられ過ぎた「禁欲」の感も否めない。もっとも千石英世は〈人物達の自他の心を読み合う三つ巴の計算合戦にその読みどころがある〉（「〈書評〉計算あるいは女冥利と男の真情。高樹のぶ子『時を青く染めて』」「群像」90・6）と述べている。川村湊はスキューバ・ダイビングという海の世界に注目し、この作品が地上の気圧とは異なる空気に住む人間たちの物語だと捉えている。彼らは強い欲望や衝動を抱えているが故に〈人間性〉や〈精神〉で〈タガをはめ〉（「〈本〉海の底でうたう歌」「新潮」90・6）るのだと。そしてプロローグの死にゆく男の語りに〈海中という環境が〉〈人間の生理や心理を変容させ、一種の枷としての個人や自己から解き放される夢〉が表現されていると評価した。

『ブラックノディが棲む樹』

（文芸春秋、90・10・10。文春文庫、94・12・10）

【ブラックノディが棲む樹】　（「文学界」88・7）。個人病院の婦長をしている36歳の「私」は、母の看病で疲れ果て、母の通夜の晩に異常な性的興奮に襲われる。自分が崩壊するような感覚から逃れるため西太平洋の小さな島に行く。そこでダイビングのコーチをしているボブと親しくなる。ボブは客のカレンとも付き合っている。島の濃密な自然に触れていくうちに自分が変わっていくのを感じる。ある夜、ボブとブラックノディが棲む森に出かけ、再び強い性的興奮に襲われる。そして青ウミガメの交尾に遭遇し、ボブ、カレンと濃密な時を過ごす。森の醸す〈特大級の愉楽の渦〉を受け入れたいと感じた時、ウミガメの産卵を耳にし身体に平穏が訪れる。

評価 川村湊は現代人の精神の奥に息づいている〈原初的な〝自然〟〉（「今月の文芸書」「文学界」90・12）を描いた作品と指摘している。他に「花標」（「文学界」86・12）、「海の神様」（「読売新聞」88・5）、「白隠」（「文学界」87・2）、「螢の挽歌」（「週間文春」89・7）を収録。

『霧の子午線』

（中央公論社、90・11・20。「婦人公論」89・1～12。中公文庫、95・11・18）

梗概 40歳の新聞記者鳥飼希代子には、高校3年生の息子光夫がいる。彼には父は死んだと語ってきたが、事実は父にあたる男にも黙って産んだのである。彼女の出産を助けたのは元アナウンサーの沢田八重。希代子と八重が出会ったのは1968年10月、互いに別の学生運動のグループに所属していたが、共に行動するようになった。光夫の父となる淡路新一郎もそのグループにいた。八重と新一郎には肉体関係があったが、所有の感覚は希薄で、希代子は自然に新一郎と関係を結ぶ。八重と希代子は新一郎を共有するような感覚で嫉妬はなかったが、新一郎の方が二人の関わりに気味悪さを覚えて去っていった。その後、妊娠が分かり生むことを主張したのは八重だった。母に反抗的な態度しかとれない光夫は、八重にすべてを聞いて、父を尋ねる。寝耳に水の新一郎を始め、それぞれの新しい関係が始まる。

評価 文庫本解説で長部日出雄は〈小気味よい快適なテンポで展開される短い描写と会話〉、〈曖昧さや韜晦、ごまかしやおもわせぶり〉がない〈明晰で、視覚的な描写〉を評価している。96年映画化された。

『白い光の午後』

（文芸春秋、92・2・25。「文学界」91・10。文春文庫、99・5・10）

梗概 鳥飼徹の妻砂子は、新聞社の記者だった遠見良輝と海で心中事件を起こし彼女だけが生き残った。遠見久信は良輝と同い年の従兄だが、徹に呼び出され、1年経ったら海岸で良輝と再会すると話している砂子に、良輝として会ってくれと頼まれる。砂子は精神に変調を来たしており、徹は再会を果たすことで彼女の変化を期待しているのだ。久信は砂子に会う。砂子は彼を〈ヨシさん〉と呼び、良輝と思っている。徹に内緒で二人はいつしかホテルにも行くようになるが、身代わりでいるのが嫌になった久信は自分は良輝ではないと告げる。砂子もその事実を納得したように振る舞う。再び心中の現場に行った久信は海の家の女主人から意外なことを聞かされる。心中する前に良輝が砂子から心中を誘われていると言っていたこと、その頃の良輝が幸せそうだったことを。その話を聞いた砂子は衝撃を受け、自らもまたその現場に行き〈さあ次は君の番だ。約束どおり早くここへ来ておくれ〉という良輝の声を聞く。そして砂子に更なる変化が起きる。

評価 川村湊は自分のしでかしたことに〈羞恥心〉をもたない砂子は〈世間的な道徳や周囲の人物への顧慮や倫理などを全く棄ててしまった〝不倫〟そのものの女性〉（「今月の文芸書」「文学界」92・4）だと、その魅力を語っている。作者は頭脳や精神性よりも〈肉体的感情〉によって行動する女性を造型しつつこの世を超えた愛を表現したのである。

『これは懺悔ではなく』（講談社、92・5・15。講談社文庫、95・4・15）

【これは懺悔ではなく】（「群像」92・2）。大学の助教授〈わたし〉は35歳の時に、偶然同級生の富田雅枝と20年ぶりに再会する。雅枝は〈わたし〉の家の元小作人の娘で両親が病気のため貧しく中学卒であった。高校生の時、彼女の堕胎に付き添ったが、それは〈わたし〉の父の子であったらしい。飲み屋で働く彼女は屈託ない。後で雅枝の夫だと分かるのだが、義兄と紹介されたヤクザ風の高見研三と〈わたし〉は肉体関係をもつようになる。夫との関係が煮詰まっていたせいもある。雅枝は研三と〈わたし〉のことを知りながら何も言わず、ある日突然消えてしまう。〈わたし〉も研三と別れる。4年後、研三は雅枝が死んだことを告げ、郷里に骨を送るための金をせびる。金を渡すためにホテルの部屋で〈わたし〉は研三を待っている。

評価 高樹作品は人間存在を精神と肉体、知性と無知といった二項対立で捉える傾向がある。女性の造型も理知的で勁い男をたじろがせる女性と、無知でお人好しで男を甘やかす女性のパターンがある。そこに金持と貧乏の要素も加わる。その意志はなくとも自己の存在が他者の加害者となる要素を、高樹は対立する二面性で明らかにしようとする。図式的と指摘されることもあるが、それは清水良典が文庫本解説で語っているように〈性質のまったく異なる異性あるいは同性の人間が出会って〉〈それまで変化もなく安定あるいは停滞していた夫婦や家庭生活という分子構造に「官能基」が生じて、結合と変容が引き起こされる現象〉を表現する装置なのである。さらに清水は高樹作品に〈どんなに恋愛や性のモチーフが繰り返されても、そこで行われているのは言葉をエロスと格闘させることなのであり、モラリスティックな言葉の実験なのだ〉と、恋愛小説ではなく実験小説だと指摘している。他に「トマトの木を焼く」（「群像」88・11）、「パラパラザザザー」（「すばる」91・1）、「風の白刃」（「すばる」90・1）、「月への翼」（「群像」87・2）を収録。

『彩雲の峰』（福武書店、92・9・10。「カルディエ」91・5〜92・4。新潮文庫、95・11・1）

梗概　30歳を迎えた静香は離婚後、絵本作家として自立し、祖父の残した八ヶ岳の別荘で暮らすようになって2年になる。彼女にはこの地で知り合い性関係をもつようになった堀田薫と、その家族との付き合いもある。薫の姪螢は身体に少し障害のある、しかし馬術は国体に出場するほどの腕を持つ17歳の少女である。早熟な彼女は静香と、八ヶ岳美術館の館長代理司桂三に強く惹かれている。40歳の桂三は妻子を東京に残し単身でやって来た。彼には脳に欠陥のある次男を自分の過失で死なせた過去があった。静香と螢と桂三の間には奇妙な三角関係が生まれ、やがて螢の挑発により桂三と静香は肉体的に結ばれる。しかしその事実を螢に隠したことが少女の心を傷つけ、彼女を死へと向かわせる。

評価　自然の動きに作用される人間の心を、自然の巧みな比喩によって表現する高樹のぶ子の手法には定評がある。「海」や「水」の描写は傑出しているといわれるが、この作品では「山」の作家としてその力量を示している。八ヶ岳の自然は、人間をある情念へとかりたてる過剰な存在として設定されており、人の賢しらはそこでは通用しない。人間はまさに四季の変化に翻弄される存在でしかない。自然の場と人間の場を交錯させながら「愛」をめぐる人間模様を紡ぐ言葉は秀逸だ。

『水　脈』（文芸春秋、95・5・20。文春文庫98・5・10）

梗概　澱み、浄化し、時には死へと誘う水の力を様々なイメージで表現したアクア・ファンタジーで、「文学界」に連載された。噴出する手前で止められた〈わたし〉と江沢の情念を〈水の底でうずうず〉と過ごす水草アワレモの息苦しさに例えた「浮揚」（93・5）。祖父の代に家に居候をしていた絵師の残した滝の山水画を眺めているうちに、絵の中に入った〈わたし〉が滝の裏側の洞窟で、親密な二人に邂逅する「裏側」（93・7）。外国で水あたりの下痢になった〈わたし〉の水圧による決壊の感覚を破水の経験と祖父の溺れた体験で描いた「月夜」（94・1）。浸透膜の作用を持つという不思議な木ヒルギダマシを人工透析を受ける澄子の脇腹の穴に挿入して、永遠の生命を与えようとする〈わたし〉の夢想「還流」（94・3）など。他に「傷口」（93・9）、「消失」（93・11）、「海霧」（94・5）、「節穴」（書き下ろし）、「青池」（94・9）「水卵」（94・11）を収録。

評価　清水良典は〈固体の日常生活のリアリティーが、ある時点から一挙にエロスの世界へ妖しく液状に流出する物語群〉で〈近代稀な美しい短編集〉（「〈本〉溶けることと　混じること」「新潮」95・8）と絶賛。女流文学賞の選考委員代表阿川弘之は〈確かな描写力が幻想的な作品にリアリティを与えている。情景が鮮やかに浮かんで〉（「婦人公論」96・1）上手いと評価。現実と幻想のあわいに浮かぶ自然（水）と人間のエロティックな関係性が見事に捉えられている。

『億　夜』（講談社、95・10・12。書き下ろし。講談社文庫、98・10・15）

梗概　単身赴任で福岡に来た久里布竹雄は槐屋という骨董店で蓋の上部に蜉蝣の螺鈿が細工された箱に魅せられ、売り物ではないという店主の相羽保を説得して強引に持ち帰る。それを知った妻沙織は25年前のことを思い出す。竹雄の婚約者であった沙織は、山の中の一軒屋で昆虫を相手に一人で暮らす竹雄の弟光也に出会う。兄は弟を愛しながらも社会生活から逃げ出した〈弱虫〉と見ていたが、弟は〈落ちこぼれ〉が種の分布を広げたり種の分化を進めたりすると考えていた。沙織と光也は〈体の沼底〉で触手がふれ合ったと感じ、激情のままに結ばれる。二人は竹雄に関係を隠して会い続ける。光也はマレーシアに行きたいと旅立ち、沙織に〈蜉蝣の箱〉を土産に帰る。しかし突然、光也は兄に手紙を残して自殺。光也の死後、沙織は故郷に戻り小学校の教員になり、腎臓透析を受けている保と結婚。竹雄も結婚し子供も生れ出世もしたが家庭生活はうまくいっていない。〈蜉蝣の箱〉の縁によって50歳と47歳になった竹雄と沙織は再び出会う。福岡のバーで働くマレーシア出身のポーリンと知り合った竹雄は蓋の裏に書かれていたマレー語が〈この中に言葉あり〉と知る。書かれていた言葉の意味と光也の死の謎を巡って4人はそれぞれに関わっていく。空に向かって飛んだらしい光也。そして空に向かうように逝こうとした保の死によって、沙織は循環する生と死の意味に思い至る。

評価　生身の人間の不在ゆえに、その者にとらわれた人の心や肉体が不在者に強く束縛される状況は、高樹のぶ子が好んで描いてきた世界である。この小説ではその呪縛にさらに〈言葉〉がつけ加えられている。清水良典は〈空しい虚構である側面と、真実を伝える側面〉（「言葉と死と老い」「波」95・12）をもつ言葉の葛藤を示しつつ〈エロスと言葉との深いつながり〉に足を踏み入れた高樹の小説への新しい模索だと見ている。文庫本解説で川西政明は、生身の人間の現実とは異なる〈言葉の世界〉ともいうべき死者の棲む異質な空間の創出が試みられているという。そこはまた生身の人間が耳をすませば声をきくことのできる世界でもある。

『透光の樹』（文芸春秋、99・1・20。「文学界」97・6〜10）

梗概　25年前に刀鍛冶山崎火峯の取材に関わった今井郷は、その時印象に残った樹齢百五十年ともいわれる〈森のように見えるが全体が〈一本の木〉である六郎杉に惹かれて金沢に近い鶴来町を訪れる。そこで火峯の娘千桐と再会する。子供を連れて離婚した千桐は42歳。妻子もあり東京のプロダクションの社長となった郷は47歳。二人は互いに心惹かれていくが、四十代の二人はその思いをストレートに表現できない。病床にある父のため金を必要としていた千桐は、父の入院費用という名目で郷から金を用立ててもらい、自身は体を提供するというような契約を結ぶ。二人は売春と買春という形で性愛のみの装置をつくり、恋愛感情を排除しようとする。だが肉体は過剰に反応し、東京と鶴来を往復する2年間余の逢瀬は二人に官能の極致をもたらす。六郎杉に二人の性交の図を刻み、確かな愛の標とする。郷が癌で死亡した後、六郎杉で千桐は確かに郷の身体と合体したという究極のエロスを感受する。千桐は徐々にアルツハイマーに冒されていくけれど、肉体の官能はますます鮮やかになっていく。

評価 三角関係の構図で恋愛を描いてきた高樹の、初めての一人の男と一人の女に絞っての究極のエロスの創出といえるだろう。99年度の谷崎潤一郎賞を受賞。河野多恵子は選評（「中央公論」99・11）でこの作品には〈真実が表現されている〉〈独創的な試みが成功している〉と高く評価した。とくに中年男女の恋愛に〈金〉を介在させたことで〈金〉が〈両者の意識と感覚にどのように機能してゆくか〉と、その設定に独創性を認めている。

『百年の予言 上・下』（朝日新聞社、00・3・1。「朝日新聞朝刊」98・7・27〜99・9・5）

梗概 ウィーン駐在の外交官真賀木奏は、子供の頃短期間バイオリンを一緒に習ったバイオリニスト相馬充子と30年余ぶりにオーストリアで出会う。そして情熱的な充子と現実的な奏との恋の駆け引きが始まる。そんな折ルーマニアから亡命してきたオーボエ奏者センデスとの出会いがあり、彼の家に代々伝わる19世紀の作曲家ポルンベスクの自筆の楽譜を充子は買うことになる。その楽譜にはチャウシェスク政権打倒を市民に呼び掛ける謎が隠されていて、充子は奏ともどもルーマニアの秘密警察グループと解放戦線グループとの争いに巻き込まれていく。楽譜に隠された暗号解読の進行とともに二人は官能的なセックスにのめり込んでいく。しかし革命が成就した後に奏は殺されてしまう。充子は〈死と同じように、熟すればやがて腐るしかないのが恋愛の運命だけど、私には音楽という浄化装置があるわ。あなたを私の中に、生かし続けてみます〉と、ポルンベスクの〈バラーダ〉を弾き、音楽家としての新たな決意をする。

評価 音楽小説、歴史小説、恋愛小説といった趣をもち、さらに作者が介入する語りの手法や作者の取材体験を織り込んだような紀行文の挿入など、意欲的な作品である。黒井千次は〈この作品は内容の規模における野心作であるにとどまらず、小説の方法においても物語という古い器を借りた新しい試みの冒険でもある〉（「物語の器」「波」00・4）と評価した。

『燃える塔』（新潮社、01・2・25）

【眠れる月】（「新潮」93・4）。父の死後、〈わたし〉は8月18日に特攻隊で出撃する予定だったところを終戦でいのち拾いした海軍時代の父のことが知りたくて、その頃父が下宿していた家の息子野川さんに会い、奥さんと娘二人のいる家に泊めてもらう。その夜、海軍航空兵だった頃の父の時代に遭遇し空襲に合う。翌朝全員で飛行場に行き、その後〈わたし〉と野川さんは父の生れたS川の家に向かうが辿りつけず旅館に泊まる。その夜は自分の体に父を感じる。

【海からの客】（「新潮」94・6）。〈わたし〉は瀬戸内のかつて父が勤めていたらしいカブトガニが上陸する海岸にある研究所に着く。研究所の瀬山先生はカブトガニが戦争で死んだ死者だと思っている。瀬山先生も父と同じように〈いのちが惜しかったから好きでもない女と結婚し〉特攻隊の出撃を免れ〈こっち〉に残ったらしい。いつかは〈あっち〉に行く瀬山先生に父の面影が重なる。

【鳥たちの島】（「新潮」95・10）。ダイビング中に〈わたし〉は強い重力に引かれ〈トッコウ、トッコウ〉と鳴く姿の見えない鳥の棲む島に着く。島には父の部下で戦死した特攻隊員沖田守の家族が住んでいた。彼らとの会話で死ぬ運命にあった父から生れた娘の生の意味を思う。

【燃える塔】（「新潮」98・8）。〈わたし〉はラジオで砂の聖堂の話を聞く。Tという男がそれを造ったらしい。〈わたし〉は聖堂の建物のある町に旅する。そこで30代の父と10歳の〈わたし〉が出会う。父が送った少年兵たちの記録が残るダイアリーという名の店に行く。〈わたし〉も何か書き続けるが〈終わったよ〉の言葉でほっとする。

評価　現実と夢と幻想が一つに溶け合った実験的な作品群でありながら強いリアリティーを感じさせる。清水良典は〈日本語の語りの方法そのものを妖しく崩してしまうような地点〉（『最後の文芸時評』四谷ラウンド、99・7・7）に立った新しい表現方法を高く評価。

参考文献　三井葉子「微光の遍在する解体と生成―光抱く友よ」（「日本読書新聞」84・4・23）、与那覇恵子「高樹のぶ子論―物語の作家」（『〈解釈と鑑賞別冊〉女性作家の新流』91・5）、清水良典「〈本〉〈距離〉を超えるもの」（「新潮」00・5）、井家上隆幸「エンターテインメント小説の現在」（「図書館の学校」00・6）

（与那覇恵子）

高村　薫（たかむら・かおる）

略歴　53年2月6日、大阪市に生まれる。本名林みどり。幼少の頃からピアノを習い、後に小説の中でも生かされる音楽的な素養を育む。同志社女子高校を経て、国際基督教大学教養学部を卒業。1年後に大阪に戻り外資系貿易商社に勤務。会社勤めをしながら小説を書き始め、89年「リヴィエラを撃て」で第2回日本推理サスペンス大賞佳作となる。約六百枚のこの作品は、4年後に千枚の大作として甦ることとなる。なお、この時の大賞は、宮部みゆきであった。翌90年に『黄金を抱いて翔べ』で第3回日本推理サスペンス大賞を受賞し、デビュー。91年『神の火』、92年『わが手に拳銃を』を発表し、小説家としての地位を不動のものにした。

93年に『リヴィエラを撃て』で第46回日本推理作家協会賞（長編部門）と日本冒険小説協会大賞、同年『マークスの山』で第109回直木賞を受賞。直木賞受賞第一作として同年12月に、短編集『地を這う虫』を出した。94年、警察小説の最高峰と言われる『照柿』を発表。95年6月から97年10月にかけて「サンデー毎日」に連載したものを大幅に書き直して、97年12月『レディ・ジョーカー』を出し、ベストセラーとなる。翌年、『レディ・ジョーカー』で第52回毎日出版文化賞を受賞。99年には、『わが手に拳銃を』をベースに別作品に仕立て直した文庫版書き下ろし『李歐』を発表。

00年にエッセイ集『半眼訥訥』を、また、対談集として、98年に、梁石日と『快楽と救済』（日本放送出版協会、98・12・14）を、00年に、佐高信と『いやな時代こそ想像力を』（『岩波ブックレット』No.504、00・4・20）を出版している。

この他、単行本化されていない重要な作品として、「警視庁捜査第一課第七係」シリーズ（「小説現代」93・4〜12）、短篇連作「ヨゼフ断章」（「オール読物」94・5〜95・3）「モグラ」全四話（「小説現代」94・6〜94・12）などがある。

その他、新聞・雑誌等での発表・対談・インタービューも多い。対談・インタービューにおいても、現代社会の機構そのものに巣くう制度的問題に対する批判的視点が一貫している。ミステリーというジャンルの枠組みを越えた新しい社会派全体小説の旗手として、現代日本の人気作家であり、インターネットでのファンページも多い。

野崎六助は、『世紀末ミステリ完全攻略』（ビレッジセンター出版局、97・5・3）において、海外ミステリー並の〈長大にしてディテール濃厚で迫る迫力もの〉の日本における代表作家として、高村薫の名を挙げている。高村作品の共通項として、〈作品世界は、男ばかりのそして多分にポリティカルな闘争〉であり、〈ヘヴィで長大で、情念の屈折がドラマの根幹〉になっているとする。野崎にとって高村作品に不足しているのは、〈ヒーロー集団をつきはなす視点〉であり、〈組織と犯罪を描いてその社会全体の腐敗を透視させてみせる遠近法〉である。

高村作品の主要登場人物には、共通していくつかの傾向がある。第一に、彼らは、体制内アウトサイダーであり、組織内アウトサイダーである。第二に、心の中に埋めることのできない、空洞を抱えており、社会に対して暗い情念をもっている。

池澤夏樹は、「文芸時評」（「朝日新聞」夕刊、97・12・22）において、『レディ・ジョーカー』を評して、〈人間を社会の一単位と見て、人間から社会を描こうとする小説〉であるとし、犯罪行為に向かう直接の動機は金ではなく、〈社会への不満が報復欲に変わり〉彼らを結束させると述べた。また、読書中は面白いと思っても読了して数日後には〈意外に印象が弱い〉ことを小説の欠点とし、その〈希薄な読後感〉の理由として、第一に一人一人の姿が〈全体の中に霞む〉群像の描き方を挙げ、第二に〈登場するのが普遍的な人物でないと社会は描けないという原理的な矛盾〉を指摘した。

以上のことは、高村作品のほとんどすべてに当てはまる。登場人物は、それぞれが特徴的な色合いをもっており、外見はきわめて個性的であるが、精神の力学という点からは、作品はことなっていてもほぼ同一パターンを繰り返すのである。それは、基本的にはエンターテインメントとしての作品世界にとって長所であるが、また、人間の心の暗部にまで深く掘り下げようとする時には短所にもなる。しかし、〈原理的な矛盾〉を抱え込みながら、圧倒的なリアリズムで描きあげようとする剛腕が高村薫の魅力でもあることは言うまでもない。

また、死にゆく弟分に対する主人公の慈愛（『黄金を抱いて翔べ』における幸田とモモ、『神の火』における島田と良）というパターンは、作品世界に一種のカノンを与えている。この点に関しては、作者高村の実人生における2歳年下の実弟の夭折ということも大きく作用しているであろう。

また、単行本『神の火』が文庫本に収録される際に全面改稿したことが話題になったように、自己の表現を追求する厳しさにおいて特徴的な作家として知られている。

『黄金を抱いて翔べ』（新潮社、90・12・10。書き下ろし。新潮文庫、94・1・25）

梗概　大阪を舞台に、金塊強奪を企てる男達を描くミステリー長編。銀行の地下金庫に、コンピューター制御で厳重に保管されている百億円の金塊6トンを奪うため、不可能を可能にする緻密な作戦が練られる。強奪計画の中心人物である北川、彼の友人である幸田、コンピューター保守会社に勤める伊達男の野田、北朝鮮の工作員チョ・リョファン（通称モモ）、元牧師で謎の過去を持つ岸口老人等、独特な人間群像が陰影に富んだ描写で丹念に書き込まれる。

評価 銀行襲撃のスリリングな場面も優れているが、読後の印象としては登場人物の情念の諸相の方が強く残る。

すでにこのデビュー作で、管理社会の暗部と人間の暗い情念を様々に交差させることで、現代社会の全体を象徴的に硬質な文体で描こうとする志向が顕著にみてとれる。それは、高村作品が、ミステリーというジャンルにおさまりきれない志向性を当初から持っていたことを意味する。

日本推理サスペンス大賞の選評で、連城三紀彦は、銀行強奪事件の〈序段だけがエンエンと続く話し方〉について〈実は大したものではない〉が、〈事件を離れて主人公の男達について語る時の声の繊細さには聞き惚れてしまった〉と述べ、〈暗さが美しさに繋がる独特の声の翳りとその余韻の響き〉を評価した。また、〈反権力の情念が渦巻き、やがてそれが友情と裏切りに分岐していくもの哀しさを、圧倒的に描ききった〉という野崎六助『世紀末ミステリ完全攻略』（前出）の評や、〈金塊強奪という〝人間回復の夢〟にかける男たちの暗い情念をみごとに生かしている〉一方で、〈計画実行者側の心理を描くことに力を入れすぎ、ミステリーとしての楽しさ、おもしろさでやや欠けた〉という林邦夫の評（「毎日新聞」91・1・14）もある。

『神の火』（新潮社、91・8・25。書き下ろし。新潮文庫、95・4・1、全面改稿。新潮社、96・8・20）

梗概 かつて原子力研究所技術者だった時に、ソヴィエト側のスパイ（暗号名ゼノン）として極秘情報を流していた島田は、母とロシア人宣教師との不倫の結果生まれたという心の傷を持つ。彼は、原研を退職し洋書輸入会社員として平穏な日常を送っていたが、島田をスパイとして育てた、米露の二重スパイ江口老人が2年ぶりに彼の前に現れて以後、幼馴染みの日野や、その日野と行動を共にする外国人、高塚良（本名パーヴェル・アレクセーイェヴィッチ・イェルギン）とともに、北朝鮮の核製造とも関わり合う謎の〈トロイ計画〉を巡ってCIA、KGB、北朝鮮情報部、公安警察等、様々な諜報機関がせめぎ合う渦の中に、巻き込まれることになる。苛烈な諜報戦のなかで、島田は〈トロイ計画〉の鍵を握るマイクロフィルムを手に入れる。誰が敵で誰が味方なのか、各国の諜報機関の入り乱れた駆け引きに振り回されながら、拉致された良を海上でのスパイ交換によって救い出すべく孤軍奮闘する島田は、ついに追いつめられていく。良を失い、すべてに失敗した島田は、日野とともに、音海の原子力発電所襲撃に向かう。

評価 91年の初版について、個々の場面の雰囲気や人物造形の方に関心が向かい、その結果として、筋が入り組みすぎてストーリー展開について欠点があるという趣旨の評もあった。高村が後に語るように、〈先に物語の枠を作って、主人公を当てはめてしまった〉、〈人物造形がなっていないから主人公の行動原理がはっきりせず、話が錯綜〉した（「読売新聞」夕刊、95・3・30）、あるいは、〈小説作法の点で主題と形式が一致せず、混乱していた〉（『半眼訥訥』）という反省を踏まえて、新潮文庫として刊行される際に、千枚あった91年刊の親本を絶版とし、全面改稿して千四百枚上下二分冊にした。また、96年、新潮文庫版をもとに、新潮ミステリー倶楽部の一冊として新しくハードカバーを出し直した。

冒険ミステリーのジャンルで、鮮明かつ印象的に描き分けられる登場人物の魅力も含めて、人間とは何か、国家とは何かという根本的問題に果敢に取り組んだ作品と言えよう。

『わが手に拳銃を』（講談社、92・3・28。書き下ろし）

梗概　7歳の頃に大阪の町工場で母を撃ち殺された吉田一彰は、犯人趙文礼が通うナイトクラブを探し当て、そこでボーイのアルバイトをしながら復讐の機会をねらっていた。しかし、趙は一彰の目の前で、絶世の美青年にして凄腕の殺し屋、リ・オウに射殺される。銃密造をめぐる闇社会の駆け引きのなかで、一彰とリ・オウは運命的なまでの友情を結んでいく。

評価　高村の長編にしては、珍しくストーリーが複雑ではなく、主要登場人物の数も少ない。勤勉な日常生活の反動のように頭をもたげてくる〈破壊願望〉を持つ一彰にしても、リ・オウとの友情というもう一つの旋律があるためか、暗く沈降する人物として造形されてはいない。

なお、この作品を下敷きにした講談社文庫の書き下ろしとして『李歐』がある。

『リヴィエラを撃て』（新潮社、92・10・20。書き下ろし。新潮文庫、97・7・1）

梗概　92年冬の東京。元ＩＲＡの勇敢なテロリスト、ジャック・モーガンが謎の死を遂げる。父の仇である白髪の東洋人スパイ〈リヴィエラ〉を追って東京まで来た彼を衝き動かしていたものは何か。その秘密を巡り、ＣＩＡ、イギリスのM15（保安部）、M16（情報部）、日本の外事警察が暗闘を繰り広げるなか、ＣＩＡの〈伝書鳩〉ケリー・マッカンとともに、〈リヴィエラ〉を追っていたジャックの過去が、乾いた文体で叙述されていく。誰が敵で誰が味方なのかが、二転三転していく複雑怪奇な諜報機関の合従連衡、二重・三重スパイの暗躍に躍らされる者たち。ジャック亡き後、全ての鍵を握るピアニスト、元M16エージェントである王立音楽院教授シンクレアは、万感の思いと、ある密かな復讐の意図を込めて演奏会を開く。運命の糸に操られるかのように、人々は〈リヴィエラ〉のいる東京に集結する。

評価 東京・ロンドン・ベルファストに繰り広げられる物語のスケールの大きさとともに、緻密な構成で国際諜報戦を活写し、評判になった。逢坂剛は「今週の本棚」（「毎日新聞」92・12・21）において、〈各国の情報部や治安機関が入り乱れて暗躍するこの小説は、通常はスパイ小説、冒険小説の範疇に組み入れられる〉が、〈作者の視点は、単なる謀略や暴力的対決ではなく、組織と個人、信義と裏切り、原罪と贖罪といった根源的なテーマに向けられ、そこから生まれる葛藤と対立に小説的基盤を求めている〉とし、この作品が、トリックや仕掛けを前提として、それにあわせて人間が動くのではなく、〈何よりも生身の人間がいて、その人間が行動を起こし、その行動から必然的に生まれる葛藤を記録するという文学的要請〉によって成り立っていると述べた。〈耳元で息遣いが聞こえるほどの生なましさで、存在感豊かに描き分けられる〉人物造形の力量は、この作品においても高く評価されている。

『マークスの山』（早川書房、93・3・31。書き下ろし）

梗概 東京の碑文谷で、特殊な凶器で頭に穴を穿たれた元ヤクザの死体が発見された。合田雄一郎ら警視庁捜査一課七係の面々が捜査を始めるが、犯人像がつかめず混乱しているうちに、王子で法務省の検事が同様の手口で惨殺される。一見無関係な被害者たちの身辺を調べていくうちにも、第三、第四の連続殺人事件がそれぞれ、高井戸、田園調布で起こり、その背後にひとつの忌まわしい事実が浮かび上がる。16年前の夜叉神峠で子ども一人を残して両親が死亡した一家心中事件、その数日後、甲府の山中で起きた登山者撲殺事件、松戸の精神病院で起きた看護士絞殺事件、そして3年前に甲府の山中で発見された白骨死体事件、マークスの謎——それらすべての点が線につながり、その全容が明らかになった時、合田たちは、連続殺人犯を追って南アルプス北岳に向かう。

評価 高村作品のなかで、最もサスペンスドラマらしい仕立てをもっている小説。冬の山荘での共謀殺人を隠し続けようとする名門N大学法学部卒のエリート集団、彼らを恐喝する狂気の連続殺人犯、互いに軋みあいながらも犯人を追い続ける刑事達という、三極構造を、精緻な筆使いでダイナミックに描きあげた作品。

警察という組織内におけるキャリアとノンキャリアとの確執、所轄の警察同士の縄張り争いをこれほどリアルに描写し得た小説は近年まれであろう。〈精神を病んだ殺人犯を追う刑事たちの捜査活動を、わが国の探偵小説史上まれに見る精度と迫力で描き出してわれわれを驚かせた〉という向井敏の評（「毎日新聞」94・1・31）がある。

本作品は、95年に崔洋一監督により映画化された。

『地を這う虫』（文芸春秋、93・12・1。文春文庫、99・5・1）

【愁訴の花】（「オール讀物」92・12）。警察退職後、六十を過ぎて警備保障会社に勤める田岡の元に、妻殺しの罪で服役していたかつての同僚小谷から電話があった。小谷の声を聞き、7年前の殺人現場に残されたリンドウの記憶がよみがえった田岡は、〈あてのない古い記憶のページをめくりはじめる。

【地を這う虫】（「オール讀物」93・3）。子供の頃に〈台帳〉とあだ名されるほど記録好きだった沢田省三は、〈事件の物証や目撃証人を求めてひたすら歩き回る〉地どり専門の刑事を、忸怩たる想いを抱え込みながら15年間勤め、6年前に退職した。その彼が、住宅地で起きた奇妙な空き巣事件の謎を、地どりの経験を発揮して解明する。

【巡り逢う人びと】（「オール讀物」93・7）。サラ金会社共栄金融の回収を業とする元刑事岡田俊郎は、〈暴力と紙一重の取り立ての世界〉に生きながらも〈自分が仕切っている以上、絶対に間違いは起こさせないという自負〉を持っている。しかし、高校の同窓生植村が経営する町工場の取り立てを契機に、〈警察の捜査や取調べや断罪の在り方にどうしても癒せない違和感を懐いて自ら退職〉した自分を無意識に裏切ってきた、もう一人の自分を意識し始める。

【父が来た道】（「オール讀物」93・11）。大物政治家佐多の運転手を勤める慎一郎は、佐多の後援会会長だった父が選挙違反で逮捕されたことが原因で、一家が崩壊し、警視庁も依願退職した過去を持つ。彼は、佐多の情報をメモし、それを警察に流すことで密かな復讐をしていたが、佐多はそれも承知で慎一郎を利用していた。清濁あわせもつ政治の磁場から決して逃れられない自己の位置を確認しつつ、〈人生の大きさは、悔しさの大きさで計る〉と言う父の出所の日をむかえる。

【去りゆく日に】（「別冊文芸春秋」93・10）。定年退職の日になって、初めて手応えのある殺人事件と取り組んだ老刑事和郎は、解決したはずの殺人事件を追い続け、ついにその真相を明らかにする。犯人が逮捕され、〈警察にとっては大失態であり〉〈和郎にとっても手柄ではなくなってしまった調書が読み上げられるのを聞きながら、〈和郎の心身は再び茫洋と脹らみ、ある種の満足感〉で静かに満たされる。

評価　粒ぞろいの小品といった趣であるが、作者の長編を読み慣れた読者からすると、長編のためのプロット集のような要素もあり、やや食い足りない感触を否めない。〈刑事という職業人のもつ特異な性癖と習性のクローズアップを目して書かれた〉という向井敏の評（「毎日新聞」94・1・31）は、この短編集全体の本質を的確に捉えている。
本書のなかで、「地を這う虫」・「巡り逢う人々」・「愁訴の花」は、脚色されて、NHK・BS衛星ドラマ劇場「高村薫サスペンス」として、99年9月に一話ずつ放映された。

『照　柿』（講談社、94・7・15。書き下ろし）

梗概　〈気が狂いそう〉に暑い8月のある日、JR青梅線での飛び込み事故現場に偶然居合わせた警視庁捜査一課の刑事合田雄一郎は、飛び込みをした女と愛人関係にあった男の妻美保子に電撃的に一目惚れをしてしまう。一方、その美保子と愛人関係を再開し始めたのが、彼女と18年ぶりに偶然再会した野田達夫であった。合田の中で幼馴染みの達夫に対する狂おしいまでの嫉妬心が理性を壊していく。また、心の中に言いしれぬ暗黒を抱えながら平凡な家庭生活を維持してきた達夫も、事件を契機とする美保子との再会で、人間性の根幹が壊れ始め、自己内部の突発的な凶暴性を抑えることができなくなり、画商殺しをしてしまう。〈俺……人殺してしもうた〉と合田に電話をかけてきた野田の脳裏には、〈灼熱の臙脂色を放って燃えている〉雨、〈照柿の雨〉が降り注いでいる。合田刑事シリーズ二作目。

評価　〈人生の道半ばにして／正道を踏み外したわたくしは／目が覚めると暗い森の中にいた〉という、ダンテ『神曲』地獄編を引用して始まる物語は、「人が人を殺すとはどういう精神の動きなのか」をテーマとして、美保子との再会から画廊経営者の殺人に至る達夫の心理の変化が克明に描かれた。『照柿』は、それまで、ミステリーに興味を示さなかった純文学愛好者のなかから新たな読者層を獲得したが、デビュー時からのミステリーファンの間では評価が分かれた。作者の人間造形の深さが、新しい段階に進んだことを再認識させる作品。
本作品は、脚色されて、95年にNHK「BS日曜ドラマ」（全6回）として放映された。

『レディ・ジョーカー』（毎日新聞社、97・1・25）

梗概　企業恐喝をテーマとしたサスペンス。47年に日之出麦酒社に一通の怪文書が届く。内容は、被差別部落出身であることが原因で不当解雇されたというものであった。それから40数年がたち、新卒採用試験において被差別部落出身の家系であることが原因で落ちた東大生が自殺する。この二つの事件には、偶然ではあるが、一人の人物が血のつながりという点で関係していた。うらぶれた薬局店主の物井清三である。物井は、日之出ビールへの復讐を決意し、計画を練る。

90年、日之出ビールの社長城山恭介が誘拐される事件が起きる。数日後、城山は無傷で解放されるが、〈人質は、三五〇万キロリットルのビール〉だとし、二十億円の裏取引に応じなければビールに毒物を入れると恐喝される。「レディ・ジョーカー」と名乗る犯行グループの仕業だった。この犯行グループは、物井の競馬仲間であった。指先を2本失ってはいるが、卓越した旋盤技術を持つ松戸陽吉（通称ヨウちゃん）、在日朝鮮人で信用金庫勤務の高克己、病気の奥さんと障害を持つ子供を抱えた蒸発願望のあるトラック運転手布川淳一（元自衛隊員）、警察機構に不満を持つ、所轄署の刑事半田修平――彼らは、物井の指示に従って自分の持つ能力を結集し、完璧なまでに計画を実行する。

その後、ビールに異物が混入される事件が起こり、日之出ビールは窮地に陥る。合田刑事は、事件の渦中にある社長の警護をしつつ、裏取引に応じようとする会社と捜査協力を要請する警察の軋轢のなかで、警察機構からはみ出してでも、犯人を逮捕しようとする。合田刑事シリーズ三作目。

評価　沼野充義は、「文芸季評」（「読売新聞」夕刊、98・1・13）において、犯行グループの属する〈市井〉と、藤井の属する日本一の大ビール会社とを両極として二つの社会があり、それらをつなぐもう一つの社会として、警察や新聞社があるとし、〈いずれの「社会」も緻密な調査と周到な心理的洞察に基づいて描き出され、全体として現代の壮大なパノラマを構成する〉と述べた。小説のモデルとなったのはグリコ・森永事件だが、そうしたモデルを越えて、作者の洞察は、日本経済の暗部を内側から描き出すことに成功している。現時点で、高村薫の最高傑作と言える。

『半眼訥訥』（文芸春秋、00・1・30）

梗概　初のエッセイ集。「読売新聞」、「日本経済新聞」、「毎日新聞」に寄稿したものを中心に収録し、各種文芸誌に発表したものや講演を加えて一冊にした。『神の火』全面改稿の諸事情について書いた「改稿について」、〈昭和三十年代の幼児期から今日まで、常にわたくしの視野の真ん中に咲いていた花々〉について書いた「折々の花」、作品内での大阪弁の使い方から風土の問題まで語った「小説の言葉―わたくしのなかの大阪」等、作品を理解するうえでも参考になる題材を述べて、含蓄ある文章が多い。

参考文献　長谷部史親『日本ミステリー進化論』（日本経済新聞社、93・8・25）、笠井潔『物語の世紀末　エンターテインメント批評宣言』（集英社、99・4・30）、権田萬治・新保博久監修『日本ミステリー事典』（新潮社、00・2・20）、浜田雄介「高村薫」（「国文学」99・2臨増）

（**奥山文幸**）

田口ランディ（たぐち・らんでぃ）

略歴　59年東京都生まれ。本名田口けい子。63年から78年に高校を卒業するまで茨城で過ごし、卒業後上京。広告代理店、編集プロダクションなどを経てフリーライターに。89年パソコン通信で「ランディ」を名乗る。90～91年頃からネットワーク上で短編小説を発表。97年、メールマガジンで時事エッセイなどの配信を始める。エッセイ『忘れないよ！ヴェトナム』（ダイヤモンド社、96・12・13）、『癒しの森　ひかりのあめふるしま屋久島』（ダイヤモンド社、97・11・21）、『スカートの中の秘密の生活』（洋泉社、99・3・12）、『もう消費すら快楽じゃない彼女へ』（晶文社、99・12・25）、『馬鹿な男ほど愛おしい』（晶文社、00・6・10）の後、00年、三部作の構想で書き始められた長編小説『コンセント』が直木賞候補となって注目される。『コンセント』『アンテナ』『モザイク』ともに「家族」「死」「喪失」などがテーマとして扱われている。自分が抱える不安の原因を解明しようと突き動かされる物語《ストーリー》は、精神を病んだ現代社会に押しつぶされそうな若者達の声を伝える「異能者」として、いわゆる「癒し」を求めるメルマガ（メールマガジン）読者を中心に圧倒的に支持されている。短編集に『ミッドナイト・コール』『縁切り神社』、エッセイに『できればムカつかずに生きたい』（晶文社、00・10・20）、寺門琢己と共著『からだのひみつ』（メディアファクトリー、00・12・11）、『ぐるぐる日記』（筑摩書房、01・2・25）がある。

『コンセント』（幻冬舎、00・6・10。書き下ろし）

梗概　朝倉ユキの、家に引きこもっていた兄は2ヶ月ほど前に行方不明になっていたが、借りていたアパートで腐乱死体で発見された。部屋に残されていた、コンセントに繋がれた掃除機。ユキは兄から聞かされていた、コンセントが入っているときだけ生きて動けるという映画の中の少年の話を思い出す。なぜ兄はコンセントを繋いだまま死んだのか、その疑問と、部屋で嗅いだ遺体の腐乱臭とにユキは捉えられ精神が揺らいでゆく。やがてシャーマニズムを研究している友人の言葉「彼女（宮古島の、ユタと呼ばれるシャーマン）たちは、共同体の中のコンセントみたいなもの」から、宮古島のユタへ会いに出かける。

評価　すでに6万人のメルマガ読者にエッセイを配信してきた田口ランディにとって初めての長編小説である。小説を書くきっかけとなったのは、メルマガを読んでいた編集者に勧められてということだが、時事的エッセイや短編小説で彼女に共感する多くの読者によって受け皿は整っていた。のみならず、「引きこもり」という時事的テーマが注目されたデビューとなった。村上龍は田口との対談「引きこもりと狂気」（「群像」00・5）の中で〈この十年ぐらいで読んだ小説のなかでももっとも上質なもののひとつ〉と述べ、笠井潔は「嗅覚と接続」（「鳩よ！」00・8）で、引きこもりに対する偏見への反論、抗議であると評価している。直木賞の選評（「オール読物」01・3）などでもその力量は評価されている。しかし、長編はこれが初めてということからも窺えるように、長編小説としての構成と結末の展開には不満をもつ指摘がほとんどである。作品の特徴である性描写について、渡辺淳一が直木賞選評（前出）で〈性への実感的な独白が面白かった〉と評価する一方、斎藤美奈子は朝日新聞書評（00・7・23）で〈個人的感想〉としながらも〈パンツを脱ぎすぎ〉と評している。田口は結末を批判されていることについて〈そんなことはやっても何もならない（略）というアンチテーゼとして書いた〉（「鳩よ！」01・4）と述べ、作者と主人公の架空対談（幻冬舎ホームページ）でも語っているがその意図は充分伝わらず、長編作家としての未熟さは否定できない。しかし、社会で関心を持たれているテーマについて、自ら体験したことを踏まえてかかれたこの作品には、田口の問題意識、感性が迫力を持って描き切れており、「謎解き」のおもしろさも併せ持つ田口の代表作と言えよう。田口の実体験については、第1回婦人公論文芸賞受賞作『できればムカつかずに生きたい』に詳しい。映画化も決定している。

『アンテナ』（幻冬舎、00・10・31。書き下ろし）

梗概　荻原祐一郎の妹真利江は15年前、6歳の時に突然失踪した。朝起きたら居なくなっていたという異常な状況は家族に大きな影を落とす。嫌疑をかけられた叔父は自殺し、翌年生まれた弟を母は密かに「真利江」と呼んで育て、8年後、真利江の記憶を封印することを家族に命じた父は病死した。祐一郎はそんな家族に耐えられずに家を出たが、「消失」してしまった妹や家族のことを自分のなかで整理できていない。弟の祐弥は昨年発狂し、入院した。ある日、祐一郎は束縛された姿の女性ばかりが撮られている写真展に目を引かれる。彼女たちは子供の頃に虐待された経験を持っていた。そこからSMに興味を持った祐一郎は、「女王様」ナオミと出会う。彼女は人間の妄想を感じ取る「アンテナ」を持っていた。そして、「真利江」として帰宅することを望んだ祐弥も。真利江を自分のアンテナで受信しているという祐弥は、妄想に囚われているのか。しかし、次第に祐一郎にも自分のアンテナが感じられるようになってゆく。

評価　中条省平は「仮性文芸時評」（「論座」01・1）で、前作『コンセント』との類似点を指摘している。そして、身近なものの失踪を残された者が「死」としてどうやって受け入れようとするかを表明した最終部の文章を挙げ、田口にとって〈「ひきこもりの心象風景」と同じ、深い場所から発せられている〉と評価する。

『ミッドナイト・コール』

（PHP研究所、00・12・21。書き下ろし）

【アカシヤの雨に打たれて】 久しぶりに会った男友達と飲み、部屋に戻ると感情のたがが外れ、昔付き合った男たちに電話をかけまくった。かつて婚約を解消された男との電話を荒々しく切った後、さっきまで飲んでいた友人から電話がかかる。彼も自分と同じ孤独を抱えていたのだった。

【それぞれの孤独に】 フリーのコピーライターのわたしの家に、昼日中から間男が訪ねてきた。レコードをかけてさてこれからというとき、ニューヨークに住んでいる幼なじみの美佐子から電話がかかってくる。子供は病気、夫はかまってくれないと愚痴る彼女、子供の話を聞いて泣く男。自分……。こんな男や女たちを乗せてレコード盤のように回る地球の上で、東京には夕暮れが訪れてきた。

【花嫁の男友達】 10年来、友達のような恋人のようなつきあいをしてきたKを自分の結婚式に呼んだ。Kの子供を堕胎したことがある、その秘密をKに言わないまま。Kは困りながらもやってきて、近々自分も結婚することをスピーチする。目の前が真っ暗になったあたしは、新婚旅行に出発する直前の新幹線から自分だけ飛び降り、悪友たちと飲みに行こうと思った。

【四月になると彼女は】 喧嘩して男の部屋を飛び出し、理恵は久しぶりに自分の部屋で壊れたように眠っていた。高校時代からの友人勢津子から電話で呼び出されて出かけると、彼女は翌日から青年海外協力隊でフィジーに派遣されることになっていて、やはり各地に派遣される仲間たちと花見をしていた。日本で最後の夜を過ごすために自分を呼んでくれた彼女と話し、部屋へ戻ると理恵は部屋を片づけてさっぱりさせた。部屋が自分に「おかえり」と言っているように思えた。

【海辺のピクニック】 そろそろ別れようかと考えていた不倫相手の男に誘われてピクニックに出かけた。友人の話をする。彼女は付き合っていた恋人の子供を流産したが、彼は同情するようでとても無神経に振る舞い、結局振られた、と。男は「自分ならば義理でも結婚してくれって申し込むだろう」と言った。自分はこの男と結婚したいわけでも愛していたわけでもなかったが、この言葉を待っていたのだと気づかされた。

【海辺のピクニック、その後】 ピクニックから帰ると、洋子から電話がかかってきていた。男との別れ話を気遣う彼女に、今日の顚末を話す。最低男に振られた〈友人〉は実は自分のことだったのだ。冷静な洋子の批判は全くその通りなのだけれど、自分には割り切れない。別れたいのか愛されたいのか混乱してる、でも好きになってもらいたい私に、夢の中でマリアさまが言った「たくさん、好きになればいいのよ」

評価 三好かやの「田口ランディができるまで」(「鳩よ!」00・4)によれば、田口が初めてメルマガに作品を発表したのは96年7月、深水英一郎が立ち上げた日本初のメルマガ「えふりぺ」誌上に「海辺のピクニック」を載せたのが始まりである。「ピクニック」は90~91年頃の作品で、深水はニフティサーブのフォーラム「創作の会議室」に参加していた田口に注目しており、メルマガを立ち上げたときにそこへの掲載も呼びかけた。声を掛けた中で、田口だけが諒解したという。その理由を田口は、自分は作家になりたいという明確な意志を持っていたわけではなく、〈書いたものを読んでもらいたい、何かを伝えたいという、なにかこう自分でも説明のできない強い思いに突き動かされて書いていました〉と説明している。活字になったものとしては〈書き下ろし〉ということになっているが、この短編集は田口が書きため、メルマガに発表してきたものを収録したものであると思われる。安原顯は「週刊図書館」(「週刊朝日」01・2・9)で、田口の小説を〈「現代」を描こうとの強い意志に貫かれており、プロット、文体ともに、それなりの創意工夫も見られ〉る、と評価している。短編を発表してきた時期の長さを考えれば、〈短編向きの作家ではないかと思った〉(同右)という評価は当然だし、田口の原点を探る上で重要な作品集であろう。他に「健康のため吸い過ぎに注意しましょう」「電話を待ちながら」

『縁切り神社』(幻冬舎、01・2・25)

【再　会】(ウェブマガジン幻冬舎、00・3・15)。1年ぶりに、振られた男に会った。二股をかけていた年上の女性ともう別れたという男は外見はいい男になっていたけれど、ベッドでは変わっていなかった。振られてから年上の男と付き合い、「この男のどこがあんなに好きだったんだろう」と思うほどに私の方が変わってしまっていた。

【悲しい夢】(ウェブマガジン幻冬舎、00・4・1)。9歳の少女が拉致されて九年間監禁されていたニュースを聞いてから、14歳のマキはイヤな夢を見るようになった。自分の体験をEメールで発信すると、たくさんの反響があった。みんなで会い、自分たちが悲しんだらあの子の悲しみも減るのかなと泣き合ったら、苦しみは消えた。こんどは保険金欲しさに子供を殺した女のニュースを見て、自分が悲しんだらその子の苦しみは減るのかなと思ったけれど、その悲しみの意味を誰も教えてはくれなかった。

【アイシテル】（ウェブマガジン幻冬舎、00・4・15）。死を迎えようとする病人の性欲を満たすためにあたしはボランティアをしている。妻子もいる男は今日、なぜかあたしの愛情を求め、「アイシテル……」と呟いて死んだ。その言葉だけを残そうとしたみたいに。

【夜　桜】（ウェブマガジン幻冬舎、00・5・1）。たまには顔を見せろと言う母親の愚痴をきいて、私は田舎の駅に到着した。午前3時。小学校の前を通ると見事な夜桜なのでしばらくはしゃいで見ていると、そこに幼なじみの節ちゃんがいた。思い出話をし、こんな時間に何故こんなところにいるのか聞くと、お見合い結婚した節ちゃんに好きな人ができて、これから駆け落ちするのだという。彼女は私に「一番好きな人に迎えに来てもらいなよ」と言ってテレフォンカードをくれた。

【夜と月と波】（ウェブマガジン幻冬舎、00・5・15）。気持ちを告白したことのない年上の女性から、妊娠して結婚するのだと聞かされて僕は狼狽える。僕はどこかの運河に浮かぶ船の上で三味線を持った男に声をかけられる。三味線が好きだから生きているんだという男が僕は羨ましい。夢から覚めると僕は船の上で眠っていた。僕は、彼女のおなかの中の赤ちゃんに「生まれておいで。僕は、君のことが心から大好きだよ」といった夢を見ていたのだ。

【縁切り神社】（ウェブマガジン幻冬舎、00・6・1）。京都で奇妙な神社に迷い込んだ。そこには「縁切り」を願う絵馬が満ちあふれていた。その中に、私と深田拓也が別れますように、という絵馬を見つけてぞっとする。盛り上がらない恋愛関係を切ったのは私の方だったのに、いったい誰がそんな願いを絵馬に託したのか。私は拓也に電話をかけた。

【島の思い出】（ウェブマガジン幻冬舎、00・7・1）。3年前に初めて屋久島へ来たときは、父が自殺し、医者に見放された癌の母を置いて来ていた。仕事も恋人も捨て、母の介護をする決心をして。翌年は小康状態の母を残して来た。次の年、母は亡くなっていた。すべてを母のために捨てたという行き場のない恨みだけが自分に降りかかっていた。その中で、ガイドの松川さんと縄文杉を見に山へ入った記憶だけが鮮やかに残っていた。毎年の自分を見てきた松川さんに命じられるまま、今年は一人で縄文杉に会いに来た。そして、一人で生きていくのだと、今年は顔を上げて夕暮れの空を見ていた。

【恋人たち】（ウェブマガジン幻冬舎、00・8・1）。酔ったはずみでできてしまった男とずるずる付き合っていて妊娠し、結婚することになった。なんて安っぽい人生なのか、憂鬱な気分でいると、自分を振った男から電話がかかってきた。ますます不機嫌になって結婚しない決意をしたところに何も知らない男が帰ってきた。

【エイプリルフールの女】（ウェブマガジン幻冬舎、00・9・1）。待ち合わせていた男から「女房が死んだ。今日は行けない」と電話がかかった。その日も、翌日も本当のような気がしない。男の体はよく知っていたが、気持ちがどうしてもわからない。奥さんの葬儀に行ってみることにした。

【真実の死】（ウェブマガジン幻冬舎、00・9・15）。姉が難産で大変だから実家に帰れと電話が来た。姉や両親に対して屈折した気持ちを抱えたまま私は戻る。夢で、自分がどんなに家族から愛されていたかを思い出したとき、真《ま》実《み》と名付けられた姉の子供は、3日間だけ生きて死んだ。

評価 短編集『ミッドナイト・コール』が、安原顯の指摘（前出）のように〈主人公はすべて女性、モチーフは「性欲」〉であるのに対し、本書では「家族」や、心象風景を見事に描いているものもある。田口の作家としての成長を感じ取れる作品集。他に「世界中の男の子をお守りください」「どぜう、泣く」

『モザイク』（幻冬舎、01・4・30。書き下ろし）

梗概 佐藤ミミは、問題行動を起こす人間を説得し、納得させた上でほとんどの場合精神病院へ移送する仕事をしている。14歳の正也をを移送中、姿をくらましてしまった。『渋谷の底が抜ける』と言うメモを残して。明日までに探し出さなければならない。『救世主救済委員会』へのアクセス記録を頼りにミミは渋谷を探し歩く。ミミが生まれた翌日に亡くなった精神科医だった父が、ミミに託したメッセージを知ることで、正也のような人間たちへ共鳴して行き、やがて正也の居場所を突きとめる。

評価 田口は永江朗のインタビュー（「鳩よ！」01・4）で、『コンセント』のユキは〈まだ自分の世界から出ていない〉、『アンテナ』のナオミも〈主人公を救うはずだったにもかかわらず、逆に彼のパワーで救われちゃう〉〈じゃあ、その先は何なんだっていうのを、いま『モザイク』で書いている〉と述べている。街中に溢れかえる携帯電話の電磁波、同じような表情をした若者たち、感応しあうように起きる少年犯罪、これらの要素は前二作にも増して読者には身近に読みとることができるであろう。しかし、平岩弓枝が『コンセント』直木賞選評（前出）で評した〈理論がなまのまま登場して、人間がふり廻されるという図式〉は今回も川島や柿崎の「解説」部分に見られる。

参考文献 「アエラ」（01・3・12）、「鳩よ！」（マガジンハウス、01・4）

（**鈴木和子**）

多和田葉子（たわだ・ようこ）

略歴

60年3月23日東京都生まれ。本名も同じ。82年3月、早稲田大学第一文学部（ロシア文学専攻）を卒業。5月、ハンブルク市に移住、書籍輸出会社に約5年間勤務する。87年、会社を退職、通訳・家庭教師・大学助手などをしながら小説を執筆、『Nur da bist da ist nichts　あなたのいるところだけなにもない』を多和田の日本語原文とPeter Pörtner氏のドイツ語訳とを一冊に併置して刊行。89年『Das Bad』をPeter Pörtner氏のドイツ語訳で刊行。90年1月、ハンブルク市文学奨励賞を受賞。91年6月、「かかとを失くして」で群像新人文学賞受賞。「三人関係」が三島賞と野間文芸新人賞の候補となる。92年、ハンブルク大学大学院修士課程修了。ドイツ語で執筆したエッセイ『Das Fremde auf der Dose』をオーストリアで刊行。3月、日本で『三人関係』（講談社）を刊行。「ペルソナ」が芥川賞候補となる。12月、「犬婿入り」を発表。ドイツにおいて、四年に一度若手作家・研究者に与えられるレッシング奨励賞を受賞。93年1月、「犬婿入り」で芥川賞を受賞。2月、『犬婿入り』（講談社）刊行。ドイツ語で執筆した戯曲『Die Kranichmaske, die bei Nacht strahlt』短篇小説集『Ein Gast』をドイツで刊行。前者は10月4日にオーストリアのグラーツで初演、11月にベルリンとハンブルクでも上演された。94年、ドイツでPeter Pörtner氏のドイツ語訳『Tintenfisch auf Reisen』を刊行。95年、「ゴットハルト鉄道」（「群像」11）が川端康成賞の候補となる。96年、ドイツにてドイツ語を母国語としない作家によるドイツ語著作に対して与えられるシャミッソー賞を日本人で初めて受賞。エッセイ集『Talisman』をドイツで刊行。5月、『ゴットハルト鉄道』（講談社）を刊行、女流文学賞の候補となる。97年10月、ドイツで散文詩集『Aber die Mandarinen mussen heute abend noch geraubt werden』と、戯曲『Wie der Wind im Ei』を刊行。劇団らせん館が「アルファベットの傷口」をスペイン（マドリード、バルセロナ）で上演。98年2月、『女性作家シリーズ22』（角川書店、98・2・25）に「かかとを失くして」「犬婿入り」が収録される。5月、満谷マーガレット氏の英訳により『The Bridegroom Was a Dog』（Kodansha International）を刊行。ドイツで『Orpheus oder Izanagi: Horspiel. Till: Theaterstuck』、『Verwandlungen: tubinger poetik-Vorlesung』を刊行。劇団らせん館が「テイル Till」を5月にドイツで、11月から12月にかけて日本（京都・愛知・東京）で上演。99年2月から一学期間、ボストンのマサチューセッツ工科大学でドイツ文学を教授。5月、エッセイ集『カタコトのうわごと』（青土社）を刊行。6

月、写真集『F THE GEISHA』をマリオ・Aとともに刊行。7月、劇団らせん館が「飛魂」を上演。00年、ドイツで、『Opium fur Ovid: ein Kopfkissebuch von 22 Frauen』を刊行。10月、戯曲「サンチョ・パンサ」（「すばる」）を発表、12月劇団らせん館が上演。

『三人関係』（講談社、92・3・12）

【かかとを失くして】（「群像」91・6）。私は列車を降り、見知らぬ町の、書類結婚をした夫の住む家にやって来た。気配はするが夫は姿を見せず、毎晩夢の中には違う夫が出てきた。私は着いた翌日から学校に通ったが習慣や価値観の違いに腹が立ち、二日目には家と反対の港に向かったが警官に家のベッドに連れ戻された。三日目は学校で離婚したばかりの女教師と結婚の話になり、私は自分の意志で決めた結婚だと主張した。四日目には病院で診察を受け、足の一部が欠けているのでプラスチックで補強する必要があると診断されたが拒否し、医者に紹介された婦長に手術拒否許可証を書いてもらうと、張りつめた気持ちが緩んで涙があふれた。五日目の夢には婦長が出てきて錠前屋の仕事を教えられ、翌朝町で錠前屋を捜し夫の部屋の鍵穴を壊して開けてもらったが、部屋の真ん中には死んだイカが横たわっており、自分が未亡人になったことを自覚したのだった。

【三人関係】（「群像」91・12）。私は複写機の前に立つとガラス板の中の世界を覗き込む。私は透明な壁をうまく避けて進めないので透明なものが嫌いだ。周囲は透明感のある肌の人ばかりなので話もしない。そんな私は〈三人関係〉という、誰が誰と結び付いているのかわからない、女性二人と男性一人或いは女性一人と男性二人でおしゃべりから成り立つ関係を望んでいる。ある日、会社に川村綾子という透明感のない肌のアルバイトの学生が入ってきた。綾子は私と同じ山野秋奈という作者が好きで、しかも綾子は秋奈の夫陵一郎の教え子、私は綾子と秋奈と稜一郎を巡る三人関係の話を夢中になって聞いた。やがて綾子はアルバイトをやめた。私は複写機の前に立ったまま、どこにもいない聞き手に向かって頭の中で話して聞かせているのだった。

評価　第34回群像新人文学賞の受賞作「かかとを失くして」の選評（「群像」91・6）は、何を評価されての受賞なのか曖昧で、作品そのものよりもむしろ将来性が期待されての受賞のようだった。川村湊が〈欠落の奇妙なリアリティーと現代的な悪夢とが同居した不思議な作品空間を作り上げている〉（「文学界」92・5）、井口時男が〈拘束のない場所で書くという行為が招き寄せてしまう快楽と不安が、こんな風に自覚的に描き出されたことに私は驚く〉（「新潮」92・6）と指摘するように、新しい小説空間の構築が魅力を湛えているのは確かだとして、渡辺直己が〈繊細さ〉と〈野蛮さ〉との共存により〈生きることの異和にみちたきらめきとでもいった主題が、不思議に現代的なリアリティをおびる〉と讃じつつも敢えて〈「夢」や「寓意」の扱い方をはじめ、統辞法や空間処理の所々にも、おそらくは若さゆえの気負いや不用意が窺われはする〉（「日本経済新聞」92・4・12）と評した部分こそが、評価の分かれ目になっていよう。

『犬婿入り』（講談社、93・2・5。講談社文庫、98・10・15）

【ペルソナ】（「群像」92・6）。精神病院でソーシャルワーカーをするセオンリョン・キムが、無表情な東アジア人という理由でレイプの嫌疑をかけられた。弟の和男と同居しながらドイツ留学している道子は、和男にセオンリョンの話をするが、東アジア人という言葉を嫌う和男は話を聞こうとしない。翌朝道子は避けて近づかなかった東ヨーロッパ人が生活するプレハブアパートに来てしまい、そして逃げるように帰った。アパートでシャワーを浴び、家庭教師をする佐田家に行った。壁のスペイン製の深井の面が目にとまり、能面には訴えかけてくる何かがあるが、和男の顔こそ無表情なのだと思った。自分もボーイフレンドに無表情で何を考えているかわからないと言われたことを思い出した。道子は、国柄に無神経に拘る婦人たちの会話に不快感を覚え、壁の深井の面をはずして自分の顔に被せて家を出た。道子はある一つの顔から開放されて胸がいっぱいになり、弟にも何でも話せそうな気がした。道子が一番日本人らしく見えたこの日に、人々は道子が日本人であることに気づかないのだった。

【犬婿入り】（「群像」92・12）。団地の近くに北村みつこが経営する〈キタムラ塾〉があり、子供たちに愛されはやっていた。みつこは、昔姫様が犬にお尻を舐めさせたという〈犬婿入り〉の話をした。8月のある日、キタムラ塾に太郎がやってきて家事を熱心にやり、みつこのお尻を舐めて交わり、住み着いてしまった。太郎は外見も生活のリズムも行動も動物的だった。ある母親により太郎が〈飯沼太郎〉であり、以前は会社員で妻がおり突然蒸発したことを知った。その妻に会うと、最近太郎は生徒の扶希子の父松原利夫と夜遊びしており、太郎が3年前に犬に襲われて変身したことを教えられた。夏休みが終わると太郎は夜まで帰ってこなくなり、みつこは扶希子を〈特別な気持ち〉で可愛がった。九月の末になると二人は姿を消し、まもなく家は壊された。

評価　芥川賞の候補になった「ペルソナ」と芥川賞受賞作「犬婿入り」は、それぞれ「群像」の創作合評に取り上げられ、芥川賞の選評もあるが、積極的には評価されていない。〈才能は、なかなかのもの〉〈非常に力のある人〉といった賛辞を得ながらも、合評者や選者の発言は非常に歯切れの悪いものであり、多くはメタファーの意味を探ることに終始していた。そのような中で、秋山駿は「犬婿入り」は作者が民話ふう異空間と日常的な空間の接続から生ずる〝ぶれ〟を愉しんで書いていると指摘し、「ペルソナ」は主人公の心理を描かずに〈心理という図を描くところの生の空間、その空間にそもそもの捩れがある〉ことを表現しようとした作品と読み取った（「週刊朝日」93・3・5）。「ペルソナ」は、社会的なモチーフを扱いながらも微妙な位置からのアプローチであることで感覚的な空間に作者独自の手法と思想が見出せるし、「犬婿入り」には民話と団地社会の合体によりデフォルメされた奇妙にリアルな現代社会が描出されている。既成の小説空間に揺さぶりをかけた新しい小説として評価できよう。カトリン・アマンの論文「窃視、検閲と現実の構築―多和田葉子『犬婿入り』」（『歪む身体』専修大学出版局、00・4・20）がある。

『アルファベットの傷口』

（河出書房新社、93・9・14。「ブックTHE文芸」93・3。『文字移植』河出文庫、99・7・2）

梗概 わたしは知り合いがカナリア諸島に所持する別荘に、翻訳の仕事をするためにやって来た。しかし、明朝わたしを追いかけてゲオルクが島に来る可能性があった。翻訳を嫌う彼が来る前に、わたしは2ページしかないこの〈小説〉の翻訳を終わらせなければならなかったが、はかどらない。言葉はどれも穴になり、作者はわたしなど必要としていないようだ。夜が明けるとわたしは原稿用紙を封筒に入れて郵便局へ届けようとしたが、途中、聖ゲオルクが少年や青年に姿を変えて邪魔をし、やっと郵便局に着くと水浸しで、しまいには封筒をなくしてしまった。わたしはどこへ逃げればよいのかもわからず、海に向かってどんどん坂を駆け降りていった。

評価 文庫化される際に『文字移植』と改題された。小説中に翻訳の文章が挿入される形で物語が展開するが、巻末に〈わたし〉が訳している作品はAnne Duden『Der Wunde-punkt im Alphabet』（1995 Hamburg）であるとの注意書きがある。文庫の「解説」で陣野俊史は、ベンヤミンの語る翻訳の逐語性を翻訳者の主人公〈わたし〉が小説の中で実践し、しかし物語はメタ・フィクションとして成り立っているのではなく、作者は両者の間で奇跡的なバランスをとっている、と指摘した。宇野邦一の〈外部の脅威と戦うために、どんな豊かな内部ももちえないことを徹底して言葉の変形においてつきつめ〉た〈ひとつの奇妙な戦いの書〉（「文芸」平5・11）という指摘もある。二つの言語のぶつかり合いを同じ日本語の中で展開させ、しかも一つの物語に構築するという、多和田ならではの新しい小説の試みである。

『聖女伝説』（太田出版、96・7・10。「批評空間」94・4〜96・4）

梗概　わたしの両親は信心深いキリスト教徒だった。教会の日曜学校に通い始め、言葉の力で意地の悪い人たちに対抗するやり方を学んだ。自分の肌に〈黙〉という字を削り込んでおかないと、授業中に精霊がわたしの口を使ってしゃべり出し、誤解を受けた。〈黙〉の字が消えると生理が始まった。孔雀先生からマリア様は罪を犯したのでイエスに血と肉を与えることで救われたという話を聞いた頃、夜尿症にかかった。孔雀先生に聖人を生みたくないと話すと〈誇大妄想〉だと言われ、女性が宗教界で権力への野心を抱くと大変なことが起こると言ってイザベルの名が出された。図書館でイザベルに関する本を探してくれた館員をイザベルの生まれ変わりだと思い込み関わると、狂信的な新興宗教に絡みつかれた。高校三年の一学期、勧誘員に追われ続け、学校に逃げ込んで大きな窓から外へ飛び降りると、落下し続けた。棺桶の中の自分の顔は〈聖女〉のようだが、美しい死体にはなりたくない。わたしの身体は地面すれすれのところで宙に浮いていた。

評価　陣野俊史は、頁数を示すノンブルが振られていないことを指摘し、宙に浮いたまま死体になれない少女を描く『聖女伝説』がノンブルを抹消しながら実践してみせたのは〈少女の少女性の凍結であり、その結晶作用〉であるとし、〈少女性の未完成〉というテーマを指摘（「図書新聞」96・8・3）。東浩紀は、この小説は〈女性の身体に課せられた諸々の抑圧〉を主題とするが〈女性の身体が抑圧／制御されねばならないのは〉〈増殖する身体であるから〉であり、聖女になるとは逆に〈身体各部が持つ増殖性・滲出性をそのまま肯定していくこと〉、そしてこれは多和田の主要なテーマの一つであると指摘した（「文芸」96・11）。三宅晶子は〈声と文字を極限にまで突き詰めていこうとする実験性と身体感覚のリアリティが拮抗しあう、勢いに満ちた峻烈な作品〉（「新潮」96・12）と評した。幻想的でありながらリアリティに富む独特のエクリチュールや優れたプロットの進行など、多和田の文学世界を提示する評価の高い作品である。

『ゴットハルト鉄道』（講談社、96・5・30）

【ゴットハルト鉄道】（「群像」95・11）。在独日本人作家の替え玉取材で、わたしは聖人のお腹の中を突き抜けて走ることを意味する〈ゴットハルト鉄道〉に乗ることを承知した。アルトゴルダウで案内役のベルクさんと合流、運転手の隣に座った。列車はゴットハルトの長いトンネルに入る前の回転トンネルに入り、少しずつ登っていく。スイスで一番醜い町というゲッシェネンの何かに魅惑されたわたしは、ＡＩＬＯＬＯに着くと列車を降り、ゲッシェネンにもどった。アンダーマット行きの山岳電車に乗って白い山に囲まれた雪原に行くと穴があり、下には水が流れていて川か湖の上だと分かり、奈落に引き込まれそうな思いをして宿にもどった。その夜、駅まで散歩をした。トンネルの入り口に視線を吸い寄せられ、内部はこの谷間の町の夜よりも更に暗い。自分は本当にゴットハルトのお腹に入ったのだろうか。

【無精卵】（「群像」95・1）。一階の男が死に、女は二階だけで生活をし、文字を書いてはファイルに綴じていた。男の義姉が月に一度掃除に来るが、義姉は女の肉体をも管理したがった。ある日、汚れた少女が来ると、女はどこにも届けず家で面倒を見たが、悪戯に悩まされた。少女はファイルの文字を写すことを覚えて毎日熱中した。ある晩、女は少女に体中を紐で縛られ酷い目にあわされた。その後、少女の存在が外部に知れ、様々な人間が訪ねて来た。女は白衣を着た男に車で連れ去られ、少女は自分のファイルだけを抱えて裏口から出て行った。翌日の新聞には、女が幼女誘拐、性的虐待等の罪で逮捕されたことが書いてあった。以前、女のファイルを読んで欲しがっていた従弟は、記事を見てファイルの内容を思い出そうとしたが全く思い出せなかった。

【隅田川の皺男】（「文学界」94・1）。マユコはハチが背中に入り込む感じと橋を渡る時の感覚が恐かった。マユコは空を飛ぶ夢の中で、上から見る東京の町は襞からできていて皺のある顔のようだと思い、その皺に入り込んでみようと生まれて初めて橋を渡って墨田区に来た。路地にはお金で身体を売る少年たちが立っており、マユコはその中の一人ウメワカと性交した。ウメワカは母親に対して不可解な思いと監視されているような恐怖感を持っていた。マユコは友人のカツミに世話してもらった会社を無断で止めてしまったという罪の意識にとらわれていた。ウメワカとマユコは心中を打ち明け合ったが、人は互いに考えていることはわからないということを確認し合って関係は終わった。マユコは隅田川を渡る理由がなくなったことだけが残念に思えた。

評価 表題作「ゴットハルト鉄道」は、スイスの雑誌にドイツ語で発表したものを日本語に訳しながら手を入れたもの。「ゴットハルト鉄道」、「無精卵」は「創作合評」（「群像」）で取り上げられた。笙野頼子（「読売新聞」96・6・23）、堀江敏幸（「図書新聞」96・7・13）、富岡幸一郎（「日本経済新聞」96・7・14）、小森陽一（「週刊読書人」96・7・26）等の多くの書評があり、評価も高い。特に「無精卵」に対して東浩紀は〈物語ること、小説を書くことが、ある女性的な身体感覚と切り離せないこと〉を明らかにした小説として〈今後の多和田の可能性を予告する作品〉と指摘した（「波」96・8）。三作品とも、身体感覚と言語感覚とを巧みに融合させた多和田の独特の魅力を放っている。

『きつね月』（新書館、98・2・25）

【たぶららさ】（「大航海」95・2）。夢の中にはわたしの言語はなく、わたしもいない。夜わたしは甲高い叫びを聞いて目を覚ましたが、叫びか音か自信がなくなった。それはふたつの声がぶつかりあって生まれる音だった。楽器には様々あるが、わたしは言語と音楽、どちらをより強く憎んでいるのだろう。裏庭に立って音に耳をすますが、音が生き物から出てくるのか楽器から出てくるのか、区別がつかなくなってきた。音がなくても人間はものを言うことができるのかもしれない。わたしは眠りの中では休息できないから、できるだけ目を覚ましていて、この本を書き続けたい。

【ねつきみ】（書き下ろし）。友人が兎の身体に触る時間を作ると生活が変わると言っていたのを思い出した。それは柵に囲まれた時間だ。タケルには、初恋の女の子の瞳が満月になりそこに兎を見たという恐ろしい記憶がある。月のことは考えたくなかった。タケルは時間に柵を作るために短歌を読み始めた。月はどんな歌の背後からでも這い上がってくる。下宿に帰って横たわり、歌を作らなければと思う心ばかり焦って言葉が浮かんでこない。月が上って自分は小船の底に横たわっていると感じ、吐きそうになるのを抑えて歌を作ろうとしている。月は閉じることのできない不眠の瞳。

【ギターをこする】（「大航海」95・12）。僕は親指と人差し指の爪で弦を挟んで擦る。こするというのは何となく嫌なことだと以前は思っていたので、弦をはじくギターを始めた。ところが、ヘルムート・ラッヘンマンのギター曲をコンサートで聞いて、撫でることと叩くことの間には無数の触り方があることを知り、翌日から僕はギターを弾くのをやめて弦を擦り始めた。擦って音のしないものはない。楽器がなくても肌を擦るだけで音楽を奏でることができる。僕は自分という人間がギターを弾くのだと思い込んでいたが、実際はギターが僕の肌をこすっているのではないのか。

評価　多和田自身の「あとがき」を付す。18の短篇を収録するが、これらは小原眞紀子が〈「文学」にしかあり得ない〉〈見事なまでに「不快」〉なテキストであり、多和田の〈屈折のありようが極めて端的に示されている〉（「図書新聞」98・4・18）と評するように、多和田作品の特色を象徴する短篇集である。既成の文学的枠組みを想定して読み進めれば苦痛を生ずるに違いない。言語で表現される文学の、新しいジャンルの提示とも言えようか。小説や詩を読むというよりは、多和田が奏でる言語で表現されたイメージを聞くといった感じに近い。演奏は、多岐のジャンルにわたり、様々な変奏に富み、また楽器も奏法も多彩である。加藤弘一は〈夢のスケッチ集とおぼしい連作〉と捉え、〈このスケッチ集が、言語をめぐる思弁を背景にしていることは間違いあるまい〉（「群像」98・3）と指摘する。しかし、曲の主題を〝言語〟に限定してしまっては、作者の世界の魅力は半減してしまいそうだ。〝言語〟の意味さえも、自由で無限である。

『飛　魂』（講談社、98・5・6。「群像」98・1）

梗概　森林の奥深くに寄宿学校があり、亀鏡という名前の女が書の師として名を響かせていた。入門を許されたわたし（梨水）は、音読に呪術的な優れた能力を発揮できて特別扱いを受けていたとうぬぼれていた。他の子妹たちは亀鏡の影響を受けて亀鏡に似たところを持つようになったが、わたしは自分だけが持つ特徴を強めて亀鏡との距離が離れるのを感じた。自信をなくしたわたしは陶酔薬に浸って脳が腐敗しそうになったが亀鏡に救われ、また「字霊」のいたずらからも救われた。しかし、わたしには亀鏡の思考の流れが感じ取れず亀鏡の態度にも恨みがつのり、亀鏡奇襲計画に関わったりもしたが、亀鏡には人の魂を呼び寄せたり人の心に入り込んだりする能力があるのを知り、わたしは文字の魔法が肉に浸透するまで学舎で暮らそうと決心した。亀鏡に接近できないわたしの妬みは消えず、わたしが声を出すことで得る力も誰にも理解してもらえなかったが、〈虎は声の中にもいる〉〈ものを云う鬼が魂〉だと発言したりした。〈鬼〉という字が亀鏡に潜り込んだらしく、亀鏡の笑い声の中にわたしは虎を見た。

評価　養老孟司が〈わけがわからないが、面白い〉〈小説にはことばの遊びという面があって〉〈その芸に感心する〉（「読売新聞」98・5・24）と評したが、まさに言葉の意味を探ることや、論理的な説明を求めることが無意味な、しかし不思議な魅力を持つ小説である。菅聡子が〈一貫して〈言葉〉の制度に揺さぶりをかけてきた多和田葉子の、もっともラディカルな実践〉（「週刊読書人」98・6・26）と指摘するように、〈意味〉や〈言葉〉の解体の中にこそ、この作品の存在価値は見出せる。生きた意味を伝えない形だけの文字や言葉を揺さぶり、音声やイメージによって新しい世界を広げようとした物語は、小説の新しい行方を暗示している。

『ふたくちおとこ』（河出書房新社、98・10・10）

【ふたくちおとこ】（「文芸」97・8）。

一三七一年ニーダーザクセン州の小さな村に緑色の髪の男の子が生まれたという看板があり、そこに観光客の一団が現れた。いのんどと隣の薬局の未亡人はニーダーザクセン中世の旅をしている。緑色の髪のティルは、鍛冶屋の作業場、宿、博物館、パン屋と、ツアー客の行く先々に必ず現れ、言葉で人をたぶらかし、逃げ足は素早く、とっさの場合には肛門からも言葉が飛び出す。いのんどはティルになりきる。いのんどが未亡人と踊っていると、ティルがやってきた。酔い続け踊り疲れた身体で、今日はどこへ連れて行かれるのだろう。

【かげおとこ】（「文芸」98・2）。18世紀黒人奴隷船の中で助けられたアモは、ヴォルフェンビュッテルのブラウンシュヴァイク公のもとで勉学に励み、ヨーロッパで黒人初の哲学の博士号を取得した。タマオはレッシングの研究のために奨学金を得て日本から留学してきたが、日本人だと思われることが嫌でたまらなかった。タマオはある男に「アモの跡継ぎか」と言われたことを契機にアモの歴史を知る。一方、自費留学でアルバイトをするナナもまたレッシングを研究していたが、アモの歴史を知ってテーマを変更する。アモは結局名家の長女に恋をして失敗、アフリカ大陸に帰った。その恋物語は人形劇小屋で面白おかしく語られた。

【ふえふきおとこ】（「文芸」98・5）。鼠の被害で困った役所は男を雇い報酬を払う約束をしたが、笛一本で簡単に退治したため支払わなかった。男は金が欲しかったわけではないが、憤慨して町の子供達を笛で連れ去った。子供に消えて欲しいと思った親もいたかもしれない。子供を憎んでいると思われた親は優しくなった。さらわれたいと思った子供もいるかもしれない。ある女の子は笛吹男に恋をした。病の本質は鼠であると言われた時代もあったが、病の本質は人間そのものだ。人間の身体の中は筒だらけ、この世は笛でできている。踊りながら人はこの世を去るらしい。

評価　初出では「ニーダーザクセン物語」と題されていた。ドイツの伝説に着想された三人の男に纏わる三つの物語が、過去と現在という二つの時空の交錯、ドイツと日本という二つの文化や言語の混在という手法をとりながら、作者独特のエクリチュールによって展開、言葉遊びを味わわせてくれる物語として、書評の殆どが高く評価する。また、三人の男たちが主役として立てられながらも、〈物語を読んでいくうちに濃密になってくるのは〈おんな〉たちのほう〉（三原弟平「文芸」98・11・1）、〈脇役の女の登場人物のほうがパワフルで〉〈奇跡の主人公（であるはず）の男たちはいつのまにか解体されてしまう〉（斎藤美奈子「朝日新聞」98・11・29）という男女の対立軸がおもしろく仕組まれた物語としても評価される。「ふえふきおとこ」では、親と子の心の問題、兄弟という関係、ジェンダー論など、伝説を飛び越えて現代の問題に巧みに転換され、しかもそれらが五十音順で43のテクストとして並べられ、違和感なく一つの物語として展開されている点などに、多和田の才能が窺える。

『ヒナギクのお茶の場合』（新潮社、00・3・30）

【枕　木】（「新潮」99・1）。小説家というのは、列車の窓から外の風景を無責任に眺めながら、あれこれ考えている人間かもしれない。わたしは長距離列車に乗ってこの文字をワープロに入力している。窓の外の樹木たちは全速力で過ぎ、景色は遠い。隣の人との距離も近いようで遠い。「兄の思い出」というタイトルで書き始める。いつも電車に乗っているわたしと違って兄は銀行に就職したが、体調を崩して首になり、家の中に籠もってしまった。ここまで書いてバッテリーがなくなった。枕木は夢から夢へと渡って行くためにあるらしい。トイレの穴から枕が流れていくのが見える。（「新潮」95・10）。

【雲を拾う女】

（わたし）は悪魔に騙されて身体を取られ、コウモリに似た女性に出会うと哺乳びんの乳首に変身してしまった。コウモリは〈ある存在の中で別の存在が出している音〉を捜し続ける有名なラジオドラマ作家だが、実は悪魔の娘だった。有名な音楽評論家でホモの夫は、悪魔に魂を売り飛ばされ結婚させられていた。コウモリは町でパンのかけらを拾っては引き出しに入れた。アルバイトに雇われたリリーがコウモリの正体を知って逃げようとすると、悪魔が訪ねてきた。（わたし）が悪魔に身体を返して欲しいと訴えると、コウモリは自分が捜していた音だと言って（わたし）の声を録音した。コウモリは山積みのパンが船形になった雲に身体を包み込まれ、上空に飛んでいって消えた。（わたし）は録音テープに変身していた。（「新潮」、96・11）。

【ヒナギクのお茶の場合】

ハンナのために、わたしは使用済みティーバックを集める。髪を緑色に染めて破れたジーパンをはくハンナは舞台美術家。稽古熱心でよく働き、年齢不詳。わたしの最新戯曲「地図を食べた人」の舞台もハンナが作る。舞台には、地図のように見えるお茶のしみのついた紙でできた壁が吊るされる。初演まであと3日という時に、演出家のクルトからハンナが自殺未遂で運ばれたという連絡が入った。ハンナは、舞台に必要な紙が足りなくなったのでティーバックを湯ですすぎながら二晩徹夜で紙を染めていた。死体のように横たわって熟睡していたハンナをクルトは発見したのだった。（「朝日新聞」99・9・4〜25）。

【目星の花ちろめいて　あやめびと／むかしびと／わたりびと／ほかひびと】

「あやめびと」わたしが本屋で店番をしていた時、おそろしげな男が突然飛び込んできて、ショーペンハウエルをレジに置いたまま姿を消した。1年後に、留置所にいる殺人犯のその男から手紙が届いた。今は留置所でショーペンハウエルを読んでいる、面会に来てほしいと書いてあり、わたしは会いに行くことにした。／「むかしびと」機械技師の通訳を頼まれたが、昔風のゲートル姿の男は無言で作業を続け、わたしはほとんど通訳することなく仕事が終わった。翌日の電話で昨日の男は偽物、今本物の技師が到着したが機械は修理されている、事情を説明するのに通訳が必要だから来てほしいと言われた。／「わたりびと」大学で学会の受け付けのアルバイトを引き受けた時、文学部の助手の知人の男と知り合った。1年ほどして助手に会うと、彼が自分にだけ話してくれたという経歴を語ってくれたが、後日彼が飛行機事故で死亡した記事が載ったのを見ると、全く違う経歴だった。彼の死も作り話であってほしい。／「ほかひびと」アルバイト先のホッカー氏に鰐の子供が欲しくないかと言われ、鰐になりたいわたしは彼と一緒にパンクの家に行ったが、ホッカー氏が鰐を連れて帰った。彼は会社を無断欠席し、姿を現さなくなった。数ヶ月後、彼は駅前の女乞食になって鰐の歌を歌っていた。

【所有者のパスワード】（「新潮」00・1）。恋愛小説を読むのが好きな高校生木肌姫子は、本を読むのが速いので月々の小遣い全てを本代に当てても間に合わない。クミントショカンで本を借りることにしたが、そこで知り合った男子校生徒との関係が気まずくなり、行けなくなった。級友がアルバイトを紹介してくれたが、援助交際だった。姫子は中年男にホテルに連れ込まれ、危ないところで断って帰ってきた。

評価 「枕木」は創作合評（「群像」99・2）で取り上げられ、評者たちに積極的に評価された数少ない作品。富岡幸一郎は〈言葉自体にほかの連想と移動が起こってきて、それが空想をつなげていく〉〈言葉からの移動〉がうまく書けていると指摘。小説を書くという行為を伴いながら、列車の移動の感覚とともに、言葉や人種、性別などを対象に流れ変化する自由な連想が独自の身体感覚を伴って描かれる。5作に共通するのは、多和田の視線を通して連想が自由に飛翔し、独特の身体感覚でデフォルメされ描かれていることだ。多和田の作家としての力量が発揮された作品集。

『光とゼラチンのライプチッヒ』（講談社、00・8・20）

【盗み読み】（「群像」96・10）。やっと辿り着いた土地で、わたしは様々な職業の男達に出会うたびに現代の女性らしい発言をして歩いた。しかし、雨宿りしようとすると男たちがわたしの前に壁を作って立ちふさがり、逃げ場を失いそうになったので、わたしは敢然と発言すると男たちは困惑した。動じなかった一人の男が日本男児的発言をしたので、わたしは捨てぜりふを吐いて雨の中へ飛び出した。我に返った男たちが追ってきたが、伝統的女性美を象徴する言葉を投げかけると、その言葉につまずいて転ぶ者もいた。

【裸足の拝観者】（「すばる」99・1）。最澄が椅子の上に足を引き上げて目を閉じている。腹の中に自分と同じ人間が六万体入っているという幻視体験をした人間が仏像を作り、同じ体験をした現代人が細胞や遺伝子を考え出したのかもしれない。本堂は暗くて仏像たちの顔がみえないが、こちらが光を当てて観るのではなく、あちらさまがわたしを照らしてくださるのを祈り待つものだ。うとうとと物を考えている時ひとつ何かを思いつくと球になり、それが何十個も頭の外側に貼り付いて仏像の頭のようになってしまう。本堂を出ようとすると靴がない。二艘の舟になってどこかへ流れていってしまったのか。枯山水の石庭を素足で歩いた。しかし舟がなければわたしは海を渡ったことにならない。靴は舟で足は旅人。杉の木が縄や白い紙飾りを腰に巻き、わたしの靴を履いて庭から本堂を見下ろしている。樹木を真似て身体から枝を生やしてみたがなれなかったと言って千手観音が溜め息をついた。

【光とゼラチンのライプチッヒ】

（「文学界」93・3）。わたしは自分の商品をあちらの国（東）で売るために税関を通過しようとしていたが、税関がいつ開くのか尋ねると税関も〈向う側〉も消え、ベルリンの使われなくなった地下鉄の駅の改札の前に立っていた。スパイのような男とバスに乗ると男はわたしをナイフで脅迫し、商品開発の秘密を聞き出そうとした。途中でバスの前方が炎上し、夢中で飛び出すと何もない野原にスパイと二人きりだった。私は商品を売ることに成功すればいいと思い、ゼラチンの特色が湿り方によって光を通す度合いが異なる事を話すとスパイは期待を大きくしたようだったが、商品が印刷した物ならつまらないと言って姿を消した。草原は広く、なかなか前進できない。歩行のリズムに合わせて色々な言葉が交替で湿っては光を通した。国境地帯を歩いている間しか存在しない物語を商品化するためにはあの印刷機が必要だと信じて遠い所まで来たが、ライプチッヒに着く前に私自身が印刷機に変わってしまうかもしれない。

評価　93年から00年までの短篇全10篇を収録する。「光とゼラチンのライプチッヒ」「盗み読み」「チャンティエン橋の手前で」は創作合評（「群像」93・4、96・11、97・3）で取り上げられた。戯曲「夜ヒカル鶴の仮面」については中島裕昭の研究論文「多和田葉子の戯曲作品『夜ヒカル鶴の仮面』について」（「東京学芸大学紀要　第2部門　人文科学　第49集」98・2・28）がある。「ちゅうりっひ」は最初ドイツ語で執筆したものを邦訳の際に全文ひらがなにしたもの。内容・文体ともに多彩で、様々な方向に多和田の問題意識が覗き見られる、種本のような作品集。

参考文献　高橋敏夫「嫌悪する小説―多和田葉子と小川洋子」（「早稲田文学」93・12）、和田忠彦「多和田葉子論―とける地図・まとう言葉」（「文学界」97・2）、芳川泰久「〈国境機械〉について」（「現代詩手帖」97・5）

（**福田淳子**）

茅野裕城子（ちの・ゆきこ）

略歴　55年7月6日東京都世田谷区上北沢生まれ。青山学院高等部を経て、同大学文学部仏文学科卒業。20歳のとき、初代ミス・青山学院に選ばれる。卒業後は映画女優に憧れ、ATG映画のプロダクションに所属して演技を学ぶ。国立小劇場では、高橋三千綱演出・三島由紀夫作『近代能楽集』の舞台で「葵の上」を演じたが、結局映画への夢は叶わず、2年程で断念する。この頃からニューヨーク・パリ・サンフランシスコなどを転々と旅するようになる。また、知人の紹介により中上健次に会い、小説を書くことを勧められる。その後も小説を書きたいと思いつつ、ブラジル、北極圏、カリブ、南太平洋の島々、ポルトガルの島など旅を続け、エッセイを旅行誌・女性誌に執筆する。87年に、はじめて書いた「有《う》髪《はつ》」が、第65回文学界新人賞の佳作となる。91年に初めて北京を訪れたことが機縁で、改革解放と急速な発展の進行する中国に魅せられ、92年からは中国に移住。その後、北京に住んでからの経験をもとにして書いた「韓素音の月」で第19回すばる文学賞を受賞。その後、中央民族学院（現・中央民族大学）・北京大学等で中国語と現代中国文学を学び、莫言、張承志、王朔、ザシダワなど作家たちとも交流を深める。

『韓素音の月』（集英社、96・1・10）

【韓素音の月】（「すばる」95・11）。毎年正月になると、〈私〉は年に一度帰国する友人園子の話を聴く。パリに住む園子は、韓国人の友人キムの住む北京を訪れた。現代中国にも簡体字にも全く知識のないまま、偶然出会った舞台演出家の男と〈言語不通〉なまま、筆談や電訳機を通じて関係を結ぶようになる。〈想像力と誤解〉に彩られた奇妙な関係を続けるうちに、中国語も学び始めた園子は、中国と日本との微妙な関係や中国での日本人の女としての見られ方をも理解してゆく。やがて、昔好きだったハリウッド映画「慕情」を観ているうちに、自分の視点が、アメリカ人ジャーナリストから、今では中国人との混血である女主人公韓素音《ハン・スーイン》に移っていることに気づく。そして男との関係によって自分が〈絶対的孤独〉の中に閉じ込められたと思う。園子は、この国と日本との誤解がなぜ生じたのかを知る責任を感じてもう少しこの国に留まる決意をしたと告げるが、〈私〉は、園子に新しい男が出来たのだろうと言う。

【淡　交】（「すばる」90・5）。カリフォルニア生まれの日系人の〈わたし〉が、恋人をつれた〈あのひと〉に出会ったのは、東京にある外国人専門の歯科医の待合室だった。〈あのひと〉は日本生まれの中国人。ボブと〈わたし〉、

〈あのひと〉と彼女4人の交流が始まり、〈わたし〉は〈あのひと〉へ恋をうち明けるが拒絶される。情熱に欠け男に依存して生きてきた〈わたし〉は、自分の生き方を振り返り、本当に好きな相手には甘えたり依存したりできないこと、自分が恋にすら身を浸すのがいやで甘えたふりをして生きてきた、と思う。自分だけが行く先が決まっていないと感じる〈わたし〉は〈あのひと〉への敗北感を胸に、ボブにも別れを告げ一人で生きる決意をする。

【蝙　蝠】（「すばる」89・9）。サンパウロからやってきたブラジル生まれの韓国人ジュスは、デザイン・スクールに通うためマンハッタンにやってきた。住居を探すうちに、書店で知り合ったコロンビア生まれの中国人レイシュのアパートに移り住む。そのアパートはレイシュのアメリカ人ボーイ・フレンドの修行僧（トラベリング・モンク）のものだった。レストランのバイトでジュスはボストン生まれの学者で韓国人のミスター・リーと出会い、誘われるままに関係を結ぶが、情熱を持たず成り行き任せに生きている自分に嫌悪感を持つ。その後、あのミスター・リーと友人レイシュとが恋愛関係にあることを知って傷ついたジュスは、レイシュの去った後、一人モンクの帰りを待つ。そして戻ってきたモンクの蝙蝠のような黒い僧衣に額を押し当て、涙を流すばかりだった。

評価　表題作「韓素音の月」は第19回すばる文学賞受賞作。受賞の際、作者は〈《越境》という言葉が好きだ〉と語っているが、この言葉に従って受賞前二作を見てゆくと、「淡交」はカリフォルニアの日系人、「蝙蝠」はニューヨークに生きるブラジル生れの韓国人といった、母国から遠く世界各地に散らばったアジア系移民の若い世代を主人公として描いているという特徴をあげることができる。それゆえ、その主人公たちは常に現実との違和感を感じ《私は〜人である》といった単一なアイデンティティーの揺らぎの中にいる。この二作には、異性との一過性的な関りの中で、社会的にも内面的にも帰属の場を持たず、いわば未決定状態にある《浮遊性》の中で自己を摸索しつつ生きてゆく彼女たちの〈無軌道〉で孤独な生が描かれているのである。だが、この延長線上にありながら《浮遊感覚》を《軽み》としてコミカルに定着させえたのが「韓素音の月」だったと言えよう。受賞のとき選者の多くがこの作品の長所として指摘するのが淀みなく読ませる《軽快なテンポ》であった。中でもとりわけ瀬戸内寂聴は最も好意的であったが、〈全篇ほとんど会話体のこの小説は軽快でおかしい。〉〈いつもはパリに住んでいて、正月だけ東京へ帰り、気がむけば世界中どこへでも気軽に旅行し、行く先々でその国々のお酒でも呑むように、男と性交する。こんな女なのに読後、不潔感がなく爽快さが残るのは、作者のお手がらである。〉として、作者の達者な筆遣いを誉め、その今後に期待を寄せていた。しかし一方で、やや辛口の批評もなかったわけではない。石原慎太郎は〈達者な筆で新しいある国際的な風俗を描いている〉ことを認めながらも、主題の不明確さと主人公の個性の稀薄さを指摘、主人公の〈個的な自我のようなものがもっと強く描かれていればもっと存在感のある作品になり得た〉〈彼女の話を友人が聞き取るというコンストラクションそのものが、じつはこの主人公の個性の稀薄さを明かしている。〉と評した。だが、この作品の成功は、《恋愛遊戯》に近い男女の性的一致との心理的すれ違いの関係や、漢字という共通基盤を持ちながら日本語と現代中国語という言語のずれから生じる見当違いなやりとりが生み出す滑稽さの中に、現代中国と日本が置かれている隔たりやすれ違い状態が投影され、何も知らない日本人の女主人公が、そのような両国の歴史的背景を自分の肉体を通して実感として知り、それまでの欧米偏重の世界観を反省し現代中国と関ってゆく、という過程を「白毛女」や、映画「慕情」のモデルでもあり実在の作家でもある韓素音などを効果的に用いながら描き出した点にあろう。つまり、女主人公に対する作者の距離が定まり、当世風な《浮遊感覚》を成功させえたがゆえに、微妙な問題に対して政治性やイデオロギー性からも自由で軽妙洒脱な批評性を付与しえたという点で評価できよう。異国での〈言語不通〉の男との快楽の中で主人公が突き当たる〈絶対的孤独〉という言葉は、確かにその内実は稀薄で作者の観念の幼さを指摘することもできるが、その壁の向こうに《日本人であること》が問われ、改革開放の進む現代中国の姿が〝他者性〟として浮上してくるとも言えるのである。なお、第一創作集には中国語訳『韓素音の月』（王中忱訳・作家出版社、98・12）がある。

『大陸游民』（集英社、98・1・30）

【ショートホープ　ショートピース】（「すばる」96・9）。チャイナ・タウンで〈ほくろに毛のはえた男〉との出会いが人生に意味を持っていると占われた〈鳩山ひさみ〉は運命に導かれるようにふらふらと中国大陸に渡ってくる。テレビ局の日本語番組キャスターの仕事をしながら、中国人画家の仇西方やブラジルから来た友人ベッチなどと交流するかたわら、20世紀末の中国大陸の急激な資本主義化の中の歪みや退廃を経験する。ある日ひさみは仇西方の耳にある大きなホクロに毛が生えているのに気づき、短い希望と不安を抱く。

【菠萝蜜《ポロミ》の味】（「すばる」97・1）。画家仇西方と喧嘩した鳩山ひさみはアジアのハワイと呼ばれる常夏の島〈海南島〉へ出張に出かける。少数民族の土地を買い上げ〈海南好　発展好〉という中央の呼び声に応えたレジャーランド開発のマスコミ宣伝というお先棒を担がされたひさみは、大陸から成功を求めてやってくる人々の姿を見、北京〈中央〉とは違ったもう一つの見えない中心を発見する。わけのわからぬ招待旅行を終えながら、ひさみは画家への恋心が自分をこの巨大な国の中央にとどめているのだと思う。

【天蓋のある寝台】（「すばる」97・10）。ある日、突然ひさみは画家の仇西方と思いがけない関係を結ぶ。しかしひさみは、この夜の体験が恋愛ではなく日常そのままの〈失礼なセックス〉だったと思い、日本人であるが故の〈二等国民〉としての扱いに自尊心が傷つけられる。だが、自分の今までの性も同様ではなかったかということに思いは及び、画家の行為に対する嫌悪感はそのまま自己嫌悪として跳ね返ってゆく。ひさみは、心の中で画家の名前の漢字三文字とハート・マークをバツ印と共に念じるのだった。

評価　表題〈大陸游民〉という言葉が、戦前の《大陸浪人》のパロディであり、ここに作者の批評性が現われていることは言うまでもないだろう。本書に収録された3篇は、初出はそれぞれ別だが、仕事にも情熱を持つわけでもなくただ占い師の言葉を信じて漠然と大陸を浮遊する〝游民〟である〈鳩山〉という、中国では日本帝国主義を代表する損な名前を担わされた女主人公の恋愛を中心にした連作短編である。

だが、自らの思い込みに一方的に翻弄される〈ひさみ〉の仇西方や中国への恋情や嫌悪感を突き放した眼でコミカルに描きながら、さりげなく織り込まれている作者の現代中国への観察は、したたかであるとさえ言えるかもしれない。海南島で北京という《中心》と異なるもう一つの《中心》を捉えた「菠萝蜜《ポロミ》の味」には、社会主義の行き着いた果ての腐敗や退廃さえ進む姿、中央政府の国策に利用されてゆく少数民族への両義的な眼差しがある。そこからは、自らが中国に暮らす日本人女性という《少数民族》であることを痛みと共に引き受けつつ、中国という《怪物》の変貌してゆく姿、その裏と表をあくまでも見届けようとする作者の心根が微妙に伝わってくると言えよう。

参考文献　新井満「文学の新人」（「すばる」95・11）、石原慎太郎「ともかく旅立ちを」（同）、瀬戸内寂聴「達者な新人たち」（同）、宮本輝「テンポと臨場感」（同）、「第19回すばる文学賞受賞者インタビュー　茅野裕城子（聞き手・構成・細貝さやか）」（同）、松浦理英子・茅野裕城子・広谷鏡子「小説を書く運命をめぐって」（「すばる」96・2）、工藤幸雄「インターナショナルに元気な本―茅野裕城子『韓素音の月』」（「すばる」96・3）、藤井省三・茅野裕城子「中国、そして游民たちの文学をめぐって」（「すばる」98・2）、野崎歓「北京の憂鬱 茅野裕城子『大陸游民』」（「すばる」98・4）

（**相馬由美子**）

津島佑子（つしま・ゆうこ）

略歴　本名、津島里子《さとこ》。47年3月30日、東京都北多摩郡三鷹町で父津島修治（太宰治）・母美知子の次女として生まれる。48年、里子が2歳に満たないうちに父修治が死亡、母によって育てられる。父不在という家庭環境は津島佑子作品の重要なモチーフとなり、様々なヴァリーションをとって作品に現れることとなる。東京学芸大学付属追分小学校、白百合学園中学校、白百合女子高を経て、白百合女子大学英文科に進学。この間60年に兄正樹が肺炎で死亡。以後、作品中の早死した兄というモチーフとなる。大学在学中に「文芸首都」の同人として小説を書き始め、新人女性作家として注目される。69年に大学卒業後、明治大学大学院英文学専攻に進学、渋谷区代々木で一人暮らしを始め、以降都内で転居を重ねる。70年財団法人放送番組センターに勤務、11月退職、〈大学院の演劇科の学生〉（「微笑」71・6・26）と結婚。72年駒込の母の家に移転し、長女香以を出産。12月再び本駒込に転居。76年8月に長男大夢を出産し、離婚。85年3月22日長男大夢が突然の死。以降津島は息子の死という事実に直面した衝撃を、夢という装置を使用した作品として書きつづることになる。91年10月、パリ大学国立東洋語文化研究所にて「日本の近代文学」を講義、92年6月までパリで暮らす。97年2月、母美知子死去。98年3月「作家と読者週間」でニュージーランド・ウェリントンに招待され、パトリシア・グレイスと対談。99年9月、ニューデリー、カイロ、ロンドンで日本文学の講演会を行なう。00年1月から朝日新聞「文芸時評」を担当する。

この間の文芸活動として、67年8月、安芸柚子の筆名で「ある誕生」、68年3月、芦佑子の筆名で「蟬を食う」、11月「硝子画の世界」（以上「文芸首都」）、69年1月、津島佑子の筆名で「レクイエム―犬と大人のために」（「三田文学」）を発表。「狐を孕む」（「文芸」72・5）、「壜のなかの子ども」（「群像」73・2）、「火屋」（「群像」73・12）がそれぞれ芥川賞候補作品となる。受賞作品だけを列挙しても『葎の母』で第16回田村俊子賞（76・4）、『草の臥所』で第5回泉鏡花賞（77・11）、『寵児』で第17回女流文学賞（78・11）、『光の領分』で第1回野間文芸新人賞（97・12）、「黙市」で第10回川端康成文学賞（83・6）、『夜の光に追われて』で第38回読売文学賞（98・2）、『真昼へ』で第17回平林たい子文学賞（新潮社、89・4）、『風よ、空駆ける風よ』で第6回伊藤整文学賞（95・5）、『火の山―山猿記』で第34回谷崎潤一郎賞・第51回野間文芸賞をダブル受賞した（98・11・12）。（（ ）内は受賞決定年次）。

津島佑子が作家として存在している以上、父太宰治の影は付きまとう。「父の名を拒んで生きる太宰治の娘たち」（「サンデー毎日」76・7・25）、「閨閥日本の100家族」（「週間読売」82・2・28）、「津島佑子さんが〝謝肉祭〟を書くまで」（「微笑」71・6・26）というゴシップ的なものから、〈不在の父〉の設定に注目した、与那覇恵子『現代女流作家論』（審美社、86・3）、〈亡父の〝光芒〟がひとつのファクターとして作用していたことは否めない〉とする、松崎晴夫「津島佑子の世界」（「民主文学」81・3）、〈津島家の家霊〉に太宰の魂をみる、瀬戸内晴美「鎮魂の呪文」（「海」73・8）がある。

　全体的な研究動向としては、津島佑子の女性主人公をフェミニズムの観点から、従来の《母性》にとらわれない《産む性》として規定し、作品群を、一、家族の関係に視点を置いたもの、二、《智恵遅れ》の人物に視点を置いたもの、三、自己の存在に違和を感じた外界に対して敵意を持つ少女に視点を置いたもの、四、母子家庭に視点を置いたものの四つに大別した、与那覇恵子『現代女流作家論』（審美社、86・3）、初期津島作品を網羅的に扱っている、橋詰静子「津島佑子」（「解釈と鑑賞」79・4）、津島佑子の描く女たちは育児によって他者と遭遇し、反作用により自身の客体化が行い得たとする、平岡篤頼「他者のいる風景―津島佑子の進境―」（「解釈と鑑賞」80・6）、《離婚》関連のものから《私生児とその母》へとテーマの移行を述べる、松崎晴夫「津島佑子の世界（上・下）―戦後生まれの作家たちその2」（「民主文学」81・6）、女主人公の自堕落さを《サボタージュ》とし、その再構築に注目した、高橋勇夫「サボタージュの思想―津島佑子の世界―」（「群像」90・3）、何度も移り住む家や部屋に孕み込まれる記憶と、窓を開けて解き放つ言葉の無限の連鎖を《憶い》とした、小森陽一「津島佑子論―孕み込む言葉―」（「国文学」88・8）、〈《私》が子として属した「家族」の固有の関係性のなかで生じた〈私〉のトラウマともいうべき強い情動にその基盤を置いている〉ことを津島佑子の本質とする、根岸泰子「〈母〉へのアンビヴァレンス―津島佑子論―」（「岐阜大学教育学部研究報告43―1」94・8）、《女》という全体の言語化の中に《母》の部分が立ち現れるのが津島作品の特徴であるという、柘植光彦「関係幻想の文学―中上健次・津島佑子の世界―」（「解釈と鑑賞」80・6）などがある。

『謝肉祭』（河出書房新社、71・11・25、河出文庫、81・6・4）

【レクイエム―犬と大人たちのために】（「三田文学」69・2）。午前・午後・夜と三章に分かれている、一日の物語。兄たかは知恵遅れで本来ならば来年中学に上がる年齢。ゆきはたかとともに死んだ飼い犬のしろを埋めるために穴を掘る。暑くて長い一日。たかとゆきの近親相姦的行為、おばの家での生活、母まあちゃんの死、不在の父などが語られる。ゆきの視点から見た世界である。

【青　空】（「文芸」69・2）。登場人物に固有名は与えられていない。暑い夏の間、高原の避暑地のホテル内の物語。母親たちのあわただしい行動。一方老人たちは終日まどろんでいる。子どもから親、親から老人という不可避な人間の成長を、世代別に集団として、それぞれの視点からエピソードを描くことによって表している。

【謝肉祭】（「文芸」71・5～7）。「メリー・ゴーラウンド」「空中ブランコ」「踊る大女」の三つの短編で構成された、迷子の少年、ブランコの少女、見せ物の大女が主人公の作品である。なんと言っても「踊る大女」が圧巻。流産という肉体の喪失感を味わった大女が一家と共に夜逃げを図り、肉体がやせ衰えていくのも時にまかせ、やがて海辺の漁村のポンプ小屋で口上の男と1ヶ月にわたる性交によってかつての肉体を回復する、というものである。

評価　津島佑子初の単行本。「踊る大女」は《見せ物小屋の大女》ということで、フェデリコ・フェリーニのサラギーナ、寺山修司の大山デブコを読者は想起するが、フリークス性ではなく、女《性》をテーマとしたものとなっている。「岡本かの子のイメージ」（「著者ノートにかえて」）らしい。「青空」での〈書くことの恐怖と快感が、幼年時代の夢を造型してしまった〉のでは、とする、三浦雅士「津島佑子・人と作品」（『昭和文学全集29』小学館、88・2）、大女を土俗的とする山田有策「現代小説事典」（「解釈と鑑賞」74・7臨増）、女主人公の内的世界、自意識の核を探る記述に注目する、八木恵子「自意識の構造―血と家族の問題―」（「解釈と鑑賞」81・2）、奥野健男『女流作家論』（第三文明社、74・6）などがある。

『童子の影』（河出書房新社、73・3。集英社文庫、79・8・25）

【狐を孕む】（「文芸」72・5）。サチ・ノボル・母アキと三人で、母子家庭として暮らしていた時期をサチの視点、母アキの視点から描いている。サチが少女らしい性的衝動や死を認識していく出来事が、大人との関係によって成立している世界の中で描かれる。

【揺　籃】（「すばる」71・6）。成人したサチとノボルが再び一緒に住み始める。既に母アキは亡くなっており、ノボルはかつて叔父の家や精薄児収容施設に預けられていた。ノボルがアコという少女を妊娠させていたことが、ノボルの記憶という形で明かされる。

【童子の影】（「文芸」72・11）。いままでサチが守ろうとしていた《家族》は崩壊している。既にノボルも死んでしまっている。そして、叔父一家とも縁を切るような形で「家族」は解体される。その変わりにサチは自分の子を産み、男と暮らすことで新たな《家》を形成している。しかし男との関係は上手くいっていない。サチは赤ん坊を失ったような意識の中で男に追われて物語は終わる。この三部連作は、死者の視線が絶えず存在している。「狐を孕む」では死んだ父親、「揺籃」では《死んだ母親》「童子の影」では母とノボルの視線によって、サチは見られている。生の困難、死の意識が身の回りに存在する状態を見事に描いた作品である。

評価 子・母・子という三部形式によって物語は進行する。サチは絵の先生との媚態によって性のめざめを経験する。「狐を孕む」というタイトルは、サチの性のめざめの懐妊ほどの意味であろうが、母アキのことも含んでいる。ノボルは読者にフォークナーのベンシーを想起させる。狐みたいな顔のイメージの頻出と童話的要素を指摘した、「対談時評」篠田一士・河野多恵子（「文学界」72・6）、姉と白痴の弟との共生関係を狐を孕むという妊娠感覚で表したと評する、与那覇恵子『現代女流作家論』、サチは常に父の存在の欠落を感じていたとする、渡部芳紀「「狐を孕む」津島佑子」（「国文学」76・7）、越次倶子「津島佑子「狐を孕む」のサチ」（「解釈と鑑賞」76・9）、寺田博「解説」（集英社文庫）がある。

『生き物の集まる家』（73・4・15、新潮社。書き下ろし）

梗概 主人公の留都は父を事故で失い、母とも生き別れている。少女時代に初めてあった、父の教え子である麿が留都の初めての男性だった。麿との子を妊娠し、堕胎した留都は、幼い記憶に残っている父の故郷である〈かいと〉に向かう。途中で出会った〈かいと〉の住人、くにお、その兄としお、二人の母親、〈かいと〉の住人たちと留都との関わりによって物語は進行する。昔〈かいと〉に嫁いで来、亡くなった同じ〈るつ〉という名を持つ女性の挿話、〈かいと〉の住人達に受ける留都への仕打ち。父の像を探ることが自らの出自を明らかにする探求であった。

評価 都会で育った人間が〈父、祖父、曾祖父と何人もの携ってきた一つの血の流れ〉を遡って出自を求めることは多くの共感を呼ぶ題材であろう。前作『童子の影』との比較により、批判的に評している篠田一士「出発のない旅」（「文学界」73・6）、岡本かの子の「家霊」との類似点を述べる、瀬戸内晴美「鎮魂の呪文」（「海」73・8）がある。

『我が父たち』（講談社、75・4・8、講談社文庫、80・5・15）

梗概 「壜のなかの子ども」（「群像」73・2）、「火屋」（「群像」73・12）、「我が父たち」（「群像」75・2）の3篇を収録。血の宿縁とでも言えるものを描く津島佑子の特質を表している。「壜のなかの子ども」では親と、賢いが小人症の息子、「火屋」では夫との性格不一致のゆえに狂気となって母の心境を、それに対する父親の構図にあてはめて描き、「我が父たち」では父親不在の母と三人の娘の母系家族を描く。娘を中心に

《家族》の世界が追求されることになる。〈不具者を童話的な雰囲気をただよわせながら包み込む形で書く〉と指摘する、古山高麗雄・田久保英夫「対談時評」（「文学界」73・3）、童話の形式、小説形式に言及する、丸谷才一・加賀乙彦「対談時評」（「文学界」74・1）がある。

『葎の母』（河出書房新社、75・11・28、河出文庫、82・12・4）

梗概　「葎の母」（「文芸」74・8）、「天幕」（「すばる」75・Vol 19）、「廻廊」（「文学界」75・7）、「静かな行進」（「文学界」73・5）、「人さらい」（「文芸」73・10）、「行方不明」（「季刊芸術」73・Vol 7）の六編を収録。幼児のような無垢な感覚だけでは現実世界は生きていけない、という認識は「葎の母」の私にも色濃く表れている。母の強さを意識しながらも母の薄汚さをどうしようもなく感じる私が鮮やかに描き出される。「火屋」との対比によって〈陣痛〉という語を読み解く「解説」（『筑摩現代文学大系97』78・3）、津島佑子の〈精神の原体験〉は精薄の兄・父親に裏切られ、生き残っている母が主調音となっている、と述べる、河盛好蔵・黒井千次・瀬戸内晴美「読書鼎談」（「文芸」76・3）がある。第16回田村俊子賞受賞作品。

『草の臥所』（講談社、77・7・30。講談社文庫、81・9・15）

【草の臥所】（「群像」77・2）。父も兄も死んでおり、私は母と二人暮らしをしている。それは子どもをも亡くしてしまい、同棲相手の貴とも別れたからである。私は貴の同性愛の相手であったスワンというタイ人とも仲がいい。スワンは久美とは肉体関係がある。スワンの会話力は私に知恵遅れであった兄を思い出させる。かつて兄と私は近親相姦の関係にあった。スワンの帰国に被害妄想に陥る久美は、私を誘って古池を見に行く。久美が置き去った娘、泣き叫ぶ娘に初めて私は愛情を覚える。

【花を撒く】（「群像」77・8）。母と祖母の二人の肉親の死がある。中心になるのは、母の愛人であった谷辺との心理的な関係である。母が亡くなって谷辺を訪ねる私は、13年間谷辺と暮らしたことが明らかになってくる。

【鬼　火】（「文芸」73・9）。寝たきりの母と二人暮らしのまゆは男・あきらと3年間同棲した体験を持っているが、あきらはあっけなく事故で死んでしまった。まゆはオートバイの練習を空き地で見物しながら、運転できないオートバイを闇雲に運転しようとすることで開放感を覚える。

評価　「踊る大女」（『謝肉祭』収録）の主人公と久美との類義に注目する、川村二郎「地中の至福」（「文学界」77・10）、同棲相手・夫が死ぬのは太宰の死・喪失があるのではと述べる、河野多恵子・佐伯彰一・森敦「読書鼎談」（「文芸」77・11）、海を見下ろす展望台を覆う一面の草原が風に吹かれ、そよぐ風景が印象的と言及する、菅野昭正「人生の光景」（「群像」77・10）、平岡篤頼「不透明で、底の知れない作品」（「サンデー毎日」77・9・11）など多くの評がある。第5回泉鏡花賞受賞作品。

『歓びの島』（中央公論社、78・3・25。中公文庫、81・10・10）

梗概　「射的」（「海」75・10）、「水槽」（「海」77・1）、「藤蔓」（「海」77・9）などに登場する人物は、男との対等な性を貫こうとして離婚し、母子家庭として暮らす境涯を迎えている。「歓びの島」（「海」78・1）では、別れた夫の影に怯え、新たな恋人を作り、その関係も遠のくと、施設の子ども達との純粋な喜び合いに憧れる。

評価　男との別れが、親子関係の記憶を喚起することになるのは、男女関係と親子関係は、相互影響があるためと述べる、千石英世「家族の夢―津島佑子の短篇の世界―」（「群像」84・9）がある。

「射的」を中心とした短編集の英訳が英国（ウィンズプレス、86）、米国（パンテオンブックス社、88）で出されている。

『寵　児』（河出書房新社、78・6・30。河出文庫、80・9・4。講談社文芸文庫、00・2・10）

梗概　高子はピアノ教室の講師をして生計を立てている。2年前、母が亡くなった時に姉・承子の夫と相談した結果、遺産相続分として現在住んでいるマンションの部屋を買った。娘の夏野子は中学受験勉強に集中したいと、姉承子の家に一人で居候をしており、毎週土曜日の夜だけ高子の部屋に戻る。

高子のまわりには、結婚していた畑中、結婚する前から関係のあった、土居、畑中の友人である長田という男性達がいる。夏野子は畑中との間に出来た娘である。畑中と離婚した後、夏野子が3歳から8歳になるまでの間、高子のもとに土居は通って来た。土居は結婚していて、二人目の娘が生まれてからは、高子のもとに通うことはなくなった。

高子が現在太りはじめたのは妊娠のせいとされる。36歳という年齢ではまわりのみんなはただの肥満と考えるが、その年齢にして痛切に子どもを産みたいと高子は思うようになる。長田との間の子であった。

高子より姉の承子は7歳、既に死んだ兄はダウン症で2歳年長だった。この兄の純粋さを妊娠している高子はよく考える。自分が生きてきた過去、男たちとの関係、娘・夏野子との思い出を振り返りながら、自立と出産を決意したとき、医師に〈想像妊娠〉と診断される。この診断は高子に深い衝撃と屈辱感を与えた。それからまわりの人たちとの接触は高子にとっては孤独であることを強いるかのように感じられ、娘・妹・母である高子に新たなる自己とでもいうものの確認を求めている。長田に呼び出され、元亭主の畑中との突然の邂逅の後、ネオンが立ち並ぶ路上で会った男の子に〈遠イ宇宙カラハルバル〉やって来た宇宙人、地球上の誰でもない宇宙人と告げる場面は、まさに高子の孤独感を表している。その男の子にも逃げ去られる高子は、薄赤い歩道で孤独を感じる。

評価　津島佑子の代表作と言って良い。それゆえ論文も多い。親子・夫・家族と《関係性》という語を無視して語ることは出来ない作品である。そして衝撃的な〈想像妊娠〉。想像上の子は兄の身代わりであり、守護神・童子神となる。この絶対的神の存在の危険性を指摘する、川西政明「『寵児』の『光の領分』『燃える風』」（「すばる」80・8）、津島のエッセイ（「『寵児』と自己暗示」）に触れ、妄想と過去の時間帯の多面性を評する狩野啓子「「寵児」論」（「国文学」88・8）、〈整理のゆきとどいた構成・文章〉と述べる、大江健三郎「文芸時評」（「朝日新聞」78・6）、高子と姉・承子、高子と元夫・夏野子の父・長田、高子と娘・夏野子との関係を詳細に分析している、松崎晴夫「津島佑子の世界」（前述）など多数ある。

G・ハーコートによる英訳（講談社インターナショナル、83・3）、仏訳（デ・ファム社、85）がある。

『氷　原』（作品社、79・7・25）

梗概　短編作品集。「聖地」「人ちがい」「南風」「林間学校」「透明な犬」「発情期」「森の動く日」「氷原」の八編を収録。人物・設定・性別・年齢などそれぞれ作品によって異なるが、《記憶》によって語られる、《記憶》を語る、《夢》によって物語が進行していく、という共通項がある。「森の動く日」は、記憶が他人によって秋声される恐怖が述べられている。《夢》とは、作者によって、睡眠中に持つ幻想、儚い頼みがたいものの例え、空想的な幻想、といった意味合いで使われている。「氷原」の主人公、千紗は無垢な氷原、誰の足跡も付いていない氷原を夢見る。現在千紗は、女として、母として病力の渦巻く社会に生きている。それは、何台もの文字の書き込まれていない〈黒い幌をかけた大型トラック〉に囲まれている状態で、そのトラックに発見されたなら、撃ち殺されるのである。夢から覚めた千紗は、現実的な用事を済まし、日々の生活に駆けだしていく。

評価　目にも止まらぬ早さで氷原を走り抜けるホッキョクギツネ。自分の願望と夢を、このイメージに託する女性の生が描かれている作品。「流動」（79・9）の「新刊紹介」では「森の動く日」を重点的に取り上げている。

『光の領分』（講談社、79・9・9。講談社文庫、84・3。講談社文芸文庫、93・9。「収録」小学館『昭和文学全集』88・2・1）

梗概　もうすぐ3歳になる娘と二人暮らしを始めるために私が選んだ部屋は、〈四方に窓のある〉〈四階建ての古いビルの最上階〉で、「昼間のどの時間も部屋のなかは光に充たされて」いるような、「光の領分」にある部屋であり、この部屋で娘とともに暮らした一年間の物語。

仲間を引き連れ、小劇場を作ろうとして借金だけを残した夫。若い頃に夫を亡くし、今は一人で暮らす母。私は彼らからも離れ、娘と二人で暮らすことを望んだのだ。1年の間に、夫との別居という形から正式に離婚、憤怒による娘の発作、河内という男性との情事、仕事場の元上司の死などの出来事を、私のまわりの多くの人間との関わりの中で経験する。

離婚に関する書類を区役所に提出し、私自身を世帯主とする新しい戸籍を作ったことを機に、私は〈昼間でも電灯を必要としなければならないよう〉な部屋に移ることを決める。〈娘を環境の変化から守る〉手助けをした〈光の領分〉にあった部屋から、現実の社会生活を表している薄暗い〈闇の領分〉とも言える場所への転居は、娘と二人での生活を曲がりなりにも通過した私にとっては当たり前でもある選択だった。

評価　津島佑子の基底にあるエレメントは水・風・火・光であるが、その一つ、〈光〉が存分に照り輝く作品である。川村湊はまさにそのエレメントに触れて、この作品を読み解いている（解説、「光・音・夢」講談社文芸文庫）。大岡信は野間文芸新人賞受賞選評で母と娘が作り出す、外的世界に対しての内的世界の解放と指摘する。都市の一角を舞台にすることに注目した、佐々木幹郎「仮装する舞台」（「解釈と鑑賞」81・2）、二人暮らしに借りたビルの名が夫と一緒の名だったことに注目し、関係性を読もうとした。黒井千次「〈私〉の住む場所」（「文芸」80・2）、仏訳（デ・ファム社、86）などがある。

『燃える風』（中央公論社、80・4・5）

梗概　小学五年生の石田有子は、学校生活を上手く送ることが出来ずにいる。それは同級生達に対しての、言葉にする事の出来ない感情を有しているためだった。そんなとき有子は学校の向かいにある病院の赤いガウンの女、橋口泉と知り合う。有子の父は、ある女と心中しており、母は有子とともに叔母の営む食堂に住んでいる。有子にとって年上の従兄弟にあたる孝一と恵美子、年下の一彦との生活は、有子には〈店〉にも居づらくさせるものでしかない。学校と〈店〉からの逃避のように有子は泉と親しくなるが、大晦日前の晴れた日、泉の恋人である小林方晶と三人で海岸に行ったとき、事故で泉はあっけなく死んでしまう。有子にとって〈死ぬのはいつも他人ばかり〉なのだ。一彦とともに、ラストシーンで踊るインディアンの真似はまるで死者への弔いのようだった。

評価 舞台を都市の一角に置き、そこを通り抜ける風。この「風」に作者は仮装して、自己の意識の世界を見るとする、佐々木幹郎「仮装する舞台」（「解釈と鑑賞」81・2）、有子を〈恐るべき子供達〉の一人とした、磯田光一『昭和作家論集成』（新潮社、85・6）、「新しいテーマに挑んだ〝野心作〟」（「週刊朝日」80・5・16）、作品内で行われる暴力を〈女が潜在的に〉持つ、その加虐性を〈生の不安〉という形で描いたと指摘する、神谷忠孝「活力とその物語化」（「国文学」80・12）などがある。

『山を走る女』（講談社、80・11・15）

梗概 脚の不自由な父親、身体の弱い母親に反対されながらも、ある夏の明け方、21歳の小高多喜子は、父親のいない、晶と名付けられる男の子を出産する。家を出て、晶と二人で生きていくことを望む多喜子だが、家賃どころか、晶の保育費を稼ぎ出すことすらままならない。そんな折り、アルバイト扱いだが、〈三沢ガーデン〉で働くことが決まる。そこで出会った神林は、蒙古症のために知能障害である10歳の息子の父親であった。三沢ガーデンの所有する〈山〉に神林と共に訪れた多喜子はその夜、神林と関係を持とうとするが、神林は自分の欲望を抑制する。神林はあくまで智恵遅れの息子の父親であったのだ。1年が経とうとする、ある暑い日に晶は陰嚢ヘルニヤの手術のために入院する。無事手術が終わったとき、晶な自分の足で立つ。多喜子もまた、〈深く息を吸いこんでから〉晶との生活に戻っていくのであった。

評価 「新連載小説「山を走る女」に取り組む津島佑子さん」（「毎日新聞」80・2・9）での〈未婚の母の問題と父性を探る意図がある〉というコメントを基にして、〈「父性」という神々との邂逅をはじめた〉とする、八木恵子「女性作家における「女」津島佑子」（「解釈と鑑賞」81・2）、父と娘が家庭の中で精一杯自分たちの感情を発露し、そのテンションの高さ故に協力の形を取り、世間に対していると指摘する、川村湊「風水のささやき—津島佑子と中上健次」（「海燕」84・2）、この作品の英訳の際の、津島佑子ワールドを壊さないための苦労、イメージ伝達のための訳に実例を挙げる、青山南「津島佑子の『山を走る女』」（「すばる」94・8）がある。

英訳（パンテオン・ブックス社、91）が出されている。

『水府』（河出書房新社、82・9・25）

梗概 「ボーア」「多島海」「番鳥森」「浦」「水府」（「文芸」81・3〜82・5に各々掲載）の五篇を収録。五篇に共通するキーワードは〈水〉である。人間の身体を維持する上で不可欠な水。日常生活に潤いを与える水。人間を一瞬にして呑み込み、溺れさせ、死に至らせる水。水への賛美と恐怖が描かれている。「ボーア」はアマゾン河の氾濫の名称で、その猛威は〈私〉の意識の隅に巣くっている。「多島海」の赤ん坊は、その土地の水で作ったミルクを勢いよく飲み、康男は高速船で海上を切り裂きながら空の広さ、海の広さを体感する。「水府」の〈私〉は父を溺死で失っており、母と東京郊外の新興住宅地で共同井戸から毎日井戸を汲み上げ、運んだ過去を持つ。〈私〉の子どもは小さな水槽に紫色のプラスチックの城をセットし、〈私〉に竜宮城を想起させ、その竜宮城で〈私〉はまだ若かりし母に出会う。

評価 圧倒的な水の質量を描いた、水の物語。津島佑子の作品に〈水〉への固定観念を見て取る評がいくつかあるが、この作品が基底にあると言ってよい。「ボーア」での、私の父が〈川の暗い急流〉で女性とともに呑み込まれ〈溺死体になり果てた〉という一文は読者に、実父の太宰治の玉川上水心中事件を想起させる。水という物質のたてる音を作品の底で呟かれる〈声〉と評した、川村湊「風水のささやき─津島佑子と中上健次」（「海燕」84・2）。作者自身が述べているのだが、『水府』中の作品は全て男女の関係が基底に置かれている。水への恐怖、男へのエロティシズムはそれらのすり変えを狙った、という（津島佑子「エロティシズムの矛盾」（「群像」83・2）。この男女の関係性を小島信夫『抱擁家族』との比較において〈妻は母ではなく他人でしかなかった衝撃を受け止める男の姿〉と『水府』の〈妻の母の要素を見出すことの不可能性を知り尽くしている〉違いとした、菊田均「水の私─津島佑子『水府』」（「文芸」83・2）、加賀乙彦・桶谷秀昭・三木卓「読書鼎談」（「文芸」82・12）、柄谷行人・中上健次・川村二郎「創作合評」（「群像」82・2）などがある。

『火の河のほとりで』

（講談社、83・10・25。書き下ろし。講談社文芸文庫、88・2・10）

梗概 姉・牧、妹・百合、百合の夫・慎一、牧と同居している瑠璃子が主要人物。東京の古い町に育った姉妹は、子ども時分の、近所の子どもを間接的に死に追いやった記憶を持ち続ける。姉・牧は父を追い、早くから北上川河口の街に移り住み、妹・百合は家に残り続ける。結果西陽を恐れ嫌うようになる。慎一は相続問題で牧を探し出し、惹かれていく。牧と慎一は同級生である。牧は元愛人の娘・瑠璃子と共に生活していたが、慎一を追って牧が上京すると、瑠璃子も後を追って来て、再び共同生活は始まる。牧と情事を重ねた慎一は、ある日全てを捨てて失踪する。数ヶ月後連絡をよこした慎一と瑠璃子は一夜を共にする。結局姉妹が入れ替わるように牧は東京の家、百合は霞ヶ関のアパートに息子と住み始める。牧の元には新たな男が通い始めている。

【評価】作品の内容、構成ともしっかりした作品。内容については、牧の父が死んだとき、牧が妊娠していたために立てられる噂についての言及がある。川村湊「書評『火の河のほとりで』」（「群像」83・12）、当時の作者の創作意識を聞く、柘植光彦「関係幻想の文学」（解釈と鑑賞」80・6）、フェミニズムの視点から男女の関係を中心に据えて分析する、長谷川啓「〈母〉に出会う旅」（『母と娘のフェミニズム』田畑書店）、東京の西陽があたる部屋に百合が吸い込まれ、後に牧も食い込まれてしまうとする、小森陽一「津島佑子論―孕み込む言葉」（「国文学」88・8）。構成の視点からは、特定のイメージへの還元を絶えず無効にしていく津島作品に〈小説的批評精神〉を見出し、固定的な主観的批評の在り方を批判する、絓秀実「「主題」と批評」（「文芸」84・1）、家族とは何かを問い直した小説であると読む、講談社文芸文庫版の三浦雅士の解説「心理的事実について」、守屋貴嗣「津島佑子『火の河のほとりで』―無化される装置」（「法政大学日本文学論叢」01・3）、根岸泰子「津島佑子『火の河のほとりで』」（「国文学」86・5）がある。

『黙　市』（新潮社、84・1・20。新潮文庫、90・4・25）

【梗概】11の短篇を収録。連作の形態ではないが〈私〉という語り手の叙述で、その位置、背景は大まかには共通と言える。父は不在、母に育てられる、男と結ばれて子を産む、別れて別の男と懇意になり二人目の子を産む、智恵遅れの兄の存在、《死》が身近に感じられる設定が共通する。

【評価】「彼方」「夢の道」「幻」「浴室」は夢の記述から始まる。津島自身が、田村隆一を思わせるような〈夢の垂直的な移行〉を意識していたというが、〈夢〉という装置はそれに都合が良いのであろう。「黙市」は駒込の六義園が舞台だが〈子供には気味の悪い場所でしかなく、ますます淋しい気持ちになった〉（「婦人公論」98・12・7）との思い出がそのような暗い風景描写を生んだ。仏訳（デ・ファム社、88）がある。

『逢魔物語』（講談社、84・6・20。講談社文芸文庫、89・2・10）

【伏　姫】（「群像」83・2）。30歳台半ばの葉子には二人の子どもがいるが、父親が異なる姉弟で母子家庭。子ども以外に自身の恋愛感情には諦めを付けたいと思っている。ふとしたことから葉子は明石と出会い、過去を懐かしむ。50歳になろうとしているこの男は葉子の憧れの人だった。恋愛の深みに葉子ははまっていき、少女時代に戻ったようにも多産・安産の犬に変身したように感じ始める。

【三ツ目】　朋子は父・兄を失い母子家庭で育った。姉は夫について海外生活をしている。朋子は週に何度か、アパートで妻子ある中年男と密会を続ける。姉夫婦が帰国し一時仮住まいすることになると義兄に変な電話がかかってきて、朋子は義兄が外に愛人を作っていることを知る。朋子の立場は、義兄の愛人と同じ立場なのだった。

【菊　虫】 昔ある屋敷の女中が主人の怒りを買い井戸に突き落とされた。「菊虫」はこの女中お菊に似ている虫である。主人公・泉が自身の三角関係検証のために語る昔話である。

【おろち】（「群像」84・1）。「私」は妻子ある男・栗原の子を産んだ未婚の母。友人の友子は男と別れ母子家庭である。お互いに育児を助け合ってきたのだが、栗原と友子は性的関係があったのでは、という疑念にとらわれる。

評価 ここに描かれる未婚の母や妻帯男性と独身女性の不倫、重婚といった一夫一婦制の逸脱世界が、男女関係の反映であり、親子関係はその男女関係の反映とすれば、一夫一婦制意識は母子関係・父子関係の一対一意識にも関連するだろう。小島信夫・三木卓・高橋英夫「創作合評」（「群像」84・2）、同じく佐田稲子・上田三四二・川村湊（「群像」83・2）、安岡章太郎・日野啓三「対談時評」（「文学界」84・2）に取り上げられている。津島作品を英訳した体験からその特徴を論じた、文芸文庫版のG・ハーコートの解説「仄めく底力ときらめく栄光」がある。

『夜の光に追われて』（講談社、86・10・24、講談社文芸文庫、89・9・10）

梗概 父を失い、兄を失い、9歳の子どもをも失う〈私〉は、人生とは何なのかを改めて思考していく上で、藤原孝標の女「夜の寝覚」に共感する。〈私〉から藤原孝標の女への手紙、側近・ことねの視点での珠姫・冴姫を中心とする物語、珠姫の視点での物語、によってこの作品は進行していく。照姫・まさことという〈不義〉の子の成長によって〈生きる〉ことの意味を見つけ出していく珠姫、父・兄・子どもの死によって〈生きる〉ことの意味を思考する〈私〉。平安後期の物語である、寝覚めては苦悩に沈む悲哀の物語を、現代に生きる〈私〉感性によって再編成した物語である。

評価 過去と現代が結び合わされ、そこに小説の頂点が形作られている。現代の生の死の問題に一瞥を与えるために、王朝物語はハンディな形になり効果的に再編成されている。

「夜の寝覚め」と私が書く三通の手紙との相乗効果を記した、菅野昭正「夜の寝覚たゆるなく…」（「文学界」87・1）、死・夢の信仰・宿世・物語について、と四つの分類から作品を分析する、安藤宏「津島佑子『夜の光に追われて』」、「物語」にとらわれる人間という視点から見た、川村湊の講談社文芸文庫版の解説「『物語』の光」、与那覇恵子「『夜の光に追われて』論」（国文学」88・8）がある。

『真昼へ』（新潮社、88・4。新潮文庫、97・1・1）

梗概 「泣き声」「春夜」「真昼へ」の3篇を収録。主人公の私は、父・ダウン症の兄・息子を失った人物。私と母、私と兄、私と息子、私と姉……、物語は私と周辺人物との関係によって進行する。家の建設・建て替え、母の変化、兄の死、息子の死、などの事件を夢、回想、会話といった手段を用い、息子とともに過ごした時間を辿り直す。

評価 「泣き声」「春夜」「真昼へ」の連作といっていい3作品が収録。亡くなった息子に対しての〈抑制とは正反対のもの、つよい求心的なもの、内部にむかってバクハツする力〉を感じたとする、坂上弘「意識と救い」（「群像」88・7）、主人公に彫刻、ピエタを見る、青野聡「貴金属の重み」（「文学界」89・1）、愛と死がセットで語られることの再発見と述べる、木崎さと子「双つの現実の交叉する場」（「新潮」88・6）。第17回平林たい子賞受賞作。

『夢の記録』（文芸春秋、88・12・20）

【犯　人】（「文芸」84・2）。かつては4年間夫婦であった幾子と愛田。幾子は、当時愛田から紹介された柏木さんが殺されたことをニュースで知る。柏木さんは50歳過ぎで、イタリア料理店を経営していた。〈犯人は愛田ではとの疑いが幾子にはすぐに浮かんだが、一週間後の新聞には犯人として知らない名前が記されていた。幾子の思いのなかで、元夫の愛田は気ままに知らない街を彷徨《うろつ》き出していた。

【不思議な少年】（「文芸」85・1）。〈不思議な少年〉という言葉によって路恵が想起するのは、シナトラの歌詞と一冊の本、そして自分の子どものことである。〈無限〉という概念、おばけ、死にこだわる子ども。その子どもの事を路恵は父親である、妻子ある〈風変わり〉な男に相談するが、不安は解消されない。父である男の事も子どもの事も、何より自らのことが路恵にはわからないのだ。

【抱　擁】（「新潮」85・1）。高校時代を共に過ごし合った広田めぐみの死を知らせてくれたのは、同じく仲間として過ごした澄子であった。めぐみの夫の広田と会うことによって〈私〉は高校時代を回想する。高校時代に母親を失った澄子。澄子に同情し抱擁を与えた女性英人教師。その抱擁に嫉妬した〈私〉。現在の広田との抱擁によって〈私〉は記憶とともに、そうした感情をも呼び起こしたのである。

【川　面】（「群像」85・3）。私には、年に数回泊まりに行かなければ気の済まない海と山の家が二軒ある。海の家は中学時代の女友達が住んでいる。山の家は子どもの保育園で知り合った友達の家。二人の子どもとともに山の家で陶器を焼き、近くの川で遊び、眠る。私は幼年期の夢を見たり、毎年この場所にやって来ては、日常生活の待つ都市の家に帰ることを繰り返すことで心地よい夢が破れる感覚と、子ども達の成長とを認めることが出来るのだった。

【夢の記録】（「文学界」86・10）。第一章は25のチャプターに分割された、私と息子ダアとの関わりを夢の形で記述したもの。裸のダアを抱きしめる私、首のない死体をダアと認識する私、智恵遅れのダア、既に死んでしまったダア、夢が新たなダアの像を形成していく。

第二章は娘の夢で始まる。日常に息子を取り戻す夢ばかりを見ている母親の私。娘は私にかまわずに生き、成長していく。しかし娘にも弟の死による傷は残っている。息子の好物だった蒲焼きと中華料理を口にしなくなっていたのだ。息子の死から立ち直ろうとする娘。春の光の中で、今の夢から別の夢へ移り変わることを願う親子の物語である。

【ジャッカ・ドフニ―夏の家】（「群像」87・5）。息子を失った私。中学生になった娘。私と母と娘と息子とで住んでいた家を新しく建て直す計画が持ち上がる。母は設計図を何十枚も描く。息子や母の建てたかった家。家に対する私の、娘のそれぞれの想い。結果としては新しい家は建つことはなかった。〈ジャッカ・ドフニ〉とは、大切なものをしまっておく場所という意味で、ツングース族の夏の家である。娘と二人で、息子を納骨した寺の近くの空き家を見に行き、そこでの生活を私は空想する。家を移り変えることは、生活を新たにすることだ。糸ミミズが郵便受けに入っていて、息子の帰宅を信じる私。私の息子への思いも、新たに変化していくことになるのである。

【夢の体】（「文学界」87・9）。息子の死から3年目、現実では息子の成長を辿ることの出来ない私は、夢の中で息子を何度も再現させる。中身のない体。痛みもない、男との触れ合いなどは意識によって行われることになる。

【悲しみについて】（「群像」87・11）。息子を失った私は、娘と二人で新たな生活を始めようと、知り合いの空き家に引っ越す。息子の死から三度目の冬を迎え、私の見る夢は息子の死の当時とは変化していることに気付く。息子の死によって私は、〈悲しみ〉という感情、〈悲しみ〉という概念規定への疑念を持つ。一般的に〈悲しみ〉とは、自分を哀れむ感情なのではないか、〈悲しみ〉は人間の本質の感情ではないのではないか。日常生活で私は息子の気配をあちこちに感じる事が出来る。悲しむ必要など、ない。私は喜びの光を与えられているのだ。

【光輝く一点を】（「新潮」88・5）。刺殺された女をほおっておいた夢から始まる作品。私は二人の子どもを連れて夜の森にムササビを見に行ったことがあった。夜の闇に赤く光るムササビの目。子ども達が見ることが出来たムササビの飛ぶ姿を、私ははっきりと見ることが出来ない。浴槽でにっこりと笑いながら仰向けに浮かんで死んでしまった息子。ムササビの姿を見ることが出来ないように、私は息子の姿をも知覚できなくなってしまった。

評価 生と死と文学との関わりの私的マニフェストとも受け取れる「人の声―あとがきにかえて」（「群像」86・10）がある。この作品群に共通するイメージは家と言える。バシュラールの言葉を借りるなら〈内部空間の内密の価値の現象学的研究にとっては、家が特権的存在であることは明らかである〉（『空間の詩学』）が想起できよう。〈家のおかげで保存される〉夢。これらのモンタージュとも見ることが出来る。「ジャッカ・ドフニ―夏の家」を分析する、三浦雅士「性の文体と死」（『死の視線』福武書店、88・3）、子どもの死を否定するために夢の世界を超現実として描き出すと指摘する、小島信夫・三木卓・川村湊「創作合評」（「群像」87・6）、何度も息子の夢を見た後、残された娘に〈私〉は自分の生を重ねているとする、竹田青嗣「光あふれる部屋へ」（「群像」89・3）、建物としてのイエと家庭としてのウチとの曖昧さを指摘する、川村湊「ワープした空間」（「文学界」89・1）、などがある。「夢の記録」を中心とした中国語訳（01・9）の作品集が刊行されている。

『溢れる春』（新潮社、90・8・20。「波」88・9〜90・2）

梗概 主な登場人物はカズミ・弟テルミのきょうだい、その母、テルミの娘のマキ子。四人は、母・カズミ・テルミが育った家で生活をしている。ノイローゼ気味だったテルミの妻は息子のヨウとともビルから飛び降り自殺している。幼い、輝く未来が待っていると思っていたヨウの死は、カズミに人は誰でも突然死ぬことはあるのだ、という恐怖を植え込んでしまう。ずっと暮らしてきた家での水仙の花の多さ、春という季節への怖れ、未知なるものへの恐怖と、カズミは暮らしていた。テルミとマキ子の親子には〈ヨウの死〉という共通事項があって、カズミは疎外感を感じ、母・カズミの親子、テルミ・マキ子の親子という〈対〉関係で物事を考えてしまう。マキ子との関係、テルミの友人達との接触、英語塾の生徒との会話、等を通して再び巡ってくるであろう春という季節は、未知なる恐怖を呼び起こすのではなく、生命力溢れる季節へと、カズミにとって変化しているのであった。

評価 津島佑子自身はこの作品に於いて、中年期にさしかかった女性の新たなる〈青春〉を描いた、と述べている（「クロワッサン」90・10・25）。ラストシーンの光にみちたカタストロフィーはその効果を得ていると思われる。書評としては三浦雅士「死の瞬間」（「海燕」90・11）、山田稔「生と死のポリフォニー」（「新潮」90・10）、上田理恵「時の地に咲く花」（「群像」90・11）、などがある。

『かがやく水の時代』（新潮社、94・5・25。「新潮」93・1、5、8、94・2）

梗概　ピアノを教えながらパリに住む朝子と、父・兄を亡くし、離婚後、息子までも亡くした美佐子とはいとこ同士である。息子が死んでパリで新生活を一時始めるが、再び美佐子は生まれ育った土地の東京に戻る。自らの人生を生きなおす決意を固めたのだった。パリから叔父、叔母を訪ねアメリカへと、異国での日常生活、異なる宗教・言語・習俗を経験することで自らの出自を見据え、存在理由を求める美佐子。マダムDとともに過ごした諸聖人の日は、すべての死者のための祈りを教会で捧げる日だった。美佐子にとってのこれらの体験は、予期せぬ喜びを感じた日々なのだった。

評価　この作品ですぐに気付かされることは人種・国籍・言語の問題を春夏秋冬の四つの連作にしたということだ（「クロワッサン」94・10・10）。『夜の光に追われて』で時空間を越えた投影で世界を普遍化しようとしたが、今回は世界の広がりの中でそれを行ったと比較する、川村湊「「母語」という神話を越えて」（「文学界」94・8）、沼野充義「言葉の渦に呑まれて」（「新潮」94・7）がある。

『風よ、空駆ける風よ』（文芸春秋、95・2・1、「文学界」91・1〜11、93・1〜94・7に連載された「砂の風」に加筆、改題）

梗概　母に「自分はもうすぐ死ぬ」と何十年も言われ続けながら育った〈私〉は、死を目前に、病院のベッドに横たわる母を見ながら、今までの自らの人生を省みる。それは母の存在を抜きにしては考えることの出来ないものだった。〈私〉は自らの人生を記憶から物語るために〈律子〉という人物を創造し物語を進行させていく。律子は、友人の史子と30年以上付き合いを保ち、人生を血の繋がりを中心に据えながら語り合う。〈私〉の視点で語られる〈私〉の記憶は、〈私〉が創出した律子の物語との錯綜によって一層明らかになる。中盤以降、律子・史子・ミナなどという三人称は、一人称で語られる。また、登場する男性に〈山形〉を除いて、固有名は与えられていず、〈くま氏〉〈ビッキ〉という渾名や、青年・男などですまされる。

評価　作者自身の考えは「インタビュー「母」という物語」（「文学界」95・4）に述べられている。高野庸一「普遍へ、死を再生を架橋する」（「すばる」95・4）、長谷川啓「〈母〉に出会う旅」（前出）などが評としてある。

『火の山―山猿記』（講談社、98・6・1。「群像」96・8〜97・8）

梗概 多様な声が響きあう中で中心となるのは有森勇太郎なる人物の回想録である。有森は子どもを亡くしてフランスに渡った姪と、アメリカで生まれ育って日本語を解さない娘のために、甲府を出自とする有森一族の歴史を辿り記す。そこに勇太郎の父で地質学者の源一郎が、格調高い文体で書いた「富士山調査記録」や美しい姉達の日記が差し挟まれ、その全体を数十年後にフランスに住むパトリス・勇平が読み解いていく、という設定。日本語・富士山という〈日本〉に取り組んだ作品なのである。幕末から20XX年までを駆け抜ける物語は、唄・昔話・幻想譚を織り交ぜつつ有森の人間達が戦争を挟んで、甲府や東京でどの様に生きどの様に死んだかを語る。時空をこえた声が21世紀に届くとき、未来へ向かう力がわき起こってくるようである。

評価 この作品を連載時点で書き終えた直後の講演（「なぜ、小説か」「早稲田文学」97・11）で津島佑子は〈毎日五枚のノルマ〉を決め、非常に単調な生活を繰り返したという。また、「津軽と甲州」という随筆（「中央公論」97・10）には母方の出自である想いがのべられている。足かけ4年、実際の連載が1年、原稿用紙千六百枚の大長編である。単行本には家系図が入っている程、人物像は入り組んでいるが、それさえキチンと理解したならば一気に読み進める求心力を持つ作品である。

『「私」』（新潮社、99・3・20）

梗概 〈私〉を語り手とする15編の短篇集であり、全体を貫くのは、〈私〉という一人称の物語であるということだ。アイヌのカムイ・ユーカラはそれぞれの動物神が「私は―」という形式で自らの神話を語る。津島佑子はフランス滞在中にフランスの日本文学研究者たちと協力してアイヌ・ユーカラのフランス語訳に取り組んだ。その体験が活かされて、このような〈私〉の一人称でありながら、〈私小説〉とはまったく異なった形式の短篇集が編まれたのだろう。なかにはアイヌ・ユーカラから素材を得た作品もあり、実験的、方法論的な作品集。少数民族の口承文芸への関心もうかがわれ、これからの津島佑子の文学世界の展開も暗示されるようで興味深い。

評価 右のような評を展開した川村湊「消滅し復活する『私』」（「文学界」99・6）がある。他、小森陽一「人称性の間《あいだ》と間《ま》」（「新潮」99・5）、坂上弘「『私の』自由自在」（「群像」99・5）などの書評がある。

『笑いオオカミ』（新潮社、00・11・30。「新潮」00・4〜9月号）

梗概 終戦直後、都内のある墓地で心中事件があった。墓地で父親と暮らしていた少年は、その男女の死を看取る。それから十数年後の昭和34年、17歳になった少年は「にしだみつお」と名乗り、その心中事件で父を亡くした少女ゆき子を訪ねる。二人は成り行きから、一緒に列車旅行にでることになる。家族と〈旅〉したことのないゆき子にとっては、これが初めての〈本物の旅行〉であった。

少年にとって12歳のゆき子は守るべき〈チビ〉であり、弟なのだった。〈ジャングル・ブック〉を愛する少年はオオカミの帝王〈アケーラ〉と名を変え、ゆき子には無力な人間の子供〈モーグリ〉と命名する。二人は〈ジャングルの掟〉を胸に、利己的な人間社会―サルどもの〈冷たい寝床〉を旅する。それは死と密着した不思議な旅路となるが、母を知らず父も亡くした少年にも、父を知らず兄を病気で亡くしたゆき子にも、生まれたときからずっと、死は身近なものだった。

見知らぬ少年と旅にでることにとまどっていたゆき子も、〈モーグリ〉となった今は、〈アケーラ〉とただ二人でいることに安心感を得るようになる。いつしかお互いをかけがえのないパートナーとみなすようになった二人は、別れを予感させる〈アケーラ〉〈モーグリ〉という名を捨てることにした。少年は〈家なき子〉〈レミ〉、ゆき子は〈レミ〉にどこまでもつき従う犬〈カピ〉となり、二人の旅は続く。

しかし上野から北を目指していたはずが、いつのまにかまた東京へと近づき、〈レミ〉は不安を感じ始めていた。熱や下痢にも耐えた〈レミ〉だが、「冷たい寝床」ではこの旅が〈誘拐事件〉とみなされるという、17歳の〈みつお〉の常識からは逃げられなかった。実際、母親から捜索願が出されていたゆき子の顔写真は、新聞で大きく扱われていた。

やがて、通報を受けた警察に取り囲まれた二人は、引き離され、それきり会えなくなる。ゆき子は少年の無罪を主張するが、刑事から少年の名前が〈みつお〉ではないことを聞かされ、それだけを恨みに思う。自分はこれから〈すぎゆき子〉という名前を引き受けさせられ生きていくのに、彼のことは〈アケーラ〉でも〈レミ〉でもなく〈みつお〉ですらない、〈あのひと〉としか呼べなくなってしまったからだった。

評価　「オオカミを求めて」(75・12)という津島佑子のエッセイを見ると、オオカミという動物にいかに作者が憑かれていたかがわかるだろう。「ジャングル・ブック」が発生させた思いも寄らぬ効果。絶滅した日本オオカミを読者は想起しながら時空と国内都市を駆け回ることになる。研究論文はまだない。書評として、中沢けい「童話から歴史への回路」(「群像」01・3)、小森陽一「生き抜く必死さ」(「すばる」01・1)、稲葉真弓「人間の「掟」を探す旅」(「新潮」01・1)、伊藤比呂美「「笑いオオカミ」津島佑子―よいかりを」(「文学界」01・3)、三浦雅士「書評」(「毎日新聞」01・2・11)、川村湊「書評」(「日本経済新聞」01・1・28)

(川村湊・守屋貴嗣)

中上　紀

（なかがみ・のり）

略歴　71年1月29日東京都生まれ。本名も同じ。ともに作家の故・中上健次、紀和鏡の長女。父親の意向で高校、短大をロサンゼルスで過ごす。92年に中上の病気の為に一時帰国するも、同年8月12日に中上は逝去。93年にハワイ州立大学芸術学部美術史科に留学、東洋美術を専攻し、アジア各地への旅行をくりかえす。98年に同大卒業後帰国。99年、紀行エッセイ集『イラワジの赤い花』（集英社、99・4・1）を出版。亡父・中上健次と向き合う旅を綴ったこのエッセイ集は、健次作品のモチーフを思い出させると共に、父や家族と過ごした「本当に楽しく、心地よい世界」が「もしかしたらミャンマーに、いやアジアのどこかにあるのかもしれないと思いながら、これからも終わらない旅をしていくような気がする」と作者が語るように、今後の作品を予感させ、〈中上紀のアジアへの旅が、いま始まったばかりであることを、強く印象づける〉（高澤秀次「亡父の思い辿るアジアの旅」東京新聞99・5・9）ものとなっている。同年11月、「彼女のプレンカ」で第23回すばる文学賞を受賞、注目されるようになる。00年1月に「八月のベーダ」、01年2月「銀色の魚」を「すばる」に発表。また01年4月には書き下ろしの初の長編小説『パラダイス』を出版している。

『彼女のプレンカ』（集英社、00・4・10）

【彼女のプレンカ】（「すばる」99・11）。日本人の父とタイ人の母との間に生まれた娘・咲はハワイにある州立大学卒業の年、同じ大学にいる日本人留学生・重田裕美子とタイへ卒業記念旅行に誘われる。咲は母の祖母がタイ北部のアカ族の出身であり、母がアカ族の少女が民族衣装をつけブランコに乗っている写真の絵葉書を大切にしていたことを思い出して、その旅行に同行することにする。裕美子はタイへ着くとひとりで行動をするようになり、咲もひとりで山岳民族博物館を訪ねる。その町でアビーという巧みな英語を操る博物館の管理人や、アビーを兄のように慕うレストランのボーイのアルサ、アビーの異母妹のミーシアたちと知り合う。咲はアビーからブランコは祭りのときにしか見られない祭事に使うものだということ、ブランコのことを〈プレンカ〉ということを教えられる。旅の間に裕美子やアビー、ミーシアの過去が少しずつ明らかになってゆく。咲はバンコクに発つ直前、やはりブランコが見たいとアビーに頼むが、アビーの反応は余所者を拒むような、芳しくないものだった。そこで咲は、祭りのある8月にアビーと再開すること約束をする。重田裕美子はその間に失踪する。8月、再び咲が博物館を訪れると、アビーもミーシアも姿を消していた。咲は別のガイドの案内で村の祭りを見に行く。祭りでは〈プレンカ〉が少女たちによって動かされていた。聖なる世界と俗世界を行き来する往復運動が繰り返され、咲は村の人々の中に、姿を消したアビーやミーシア、重田裕美子の姿を見たような気がした。

【八月のベーダ】（「すばる」01・1）。千秋は昆虫研究家である叔父のミャンマーへの採集旅行に同行する。版画家の父は外国で行方不明になり、妹の幸は恋人の生まれ故郷・ミャンマーを訪ねている最中に、船から落ちて死んだ。どちらも遺体は見つかっていない。千秋が妹の死を妹の恋人に伝えると、恋人は妹が死んだ日に紫色の蓮の花、ベーダが咲く中で水に浮かぶ幸の夢を見たという。叔父から黄金の蝶を捕まえれば願いが叶うという伝説を思い出しながら、千秋は飛行機に乗る。千秋を含めた一行は、ガイドのニイニイたちの案内でモゴックと呼ばれるルビーの採掘場へ出掛ける。千秋は採掘場の石灰石を地面に打ち付け、手から血を流しながら「ピジョン・プランはこの血よりも赤いの？」とニイニイに問う。ニイニイは千秋を抱きたいという衝動を覚える。その夜、千秋は星空の下でニイニイに妹がイラワジ川で死んだことを告げ夜を共に過ごす。翌日、千秋とニイニイはモゴックへ出掛ける。そこで雨に打たれた千秋は熱を出し、妹と黄金の蝶の大群の夢を見る。翌日、叔父たちと共に採集に出掛け、叔父が黄金の蝶を発見するが、それは千秋が夢に見たものと違うと泣く。叔父の一行と別れた千秋は、ニイニイと一緒に妹が死んだ川の船に乗り込む。船から見た中州の村が光って見え、そこに行きたいと思った瞬間、千秋は光に吸い込まれるような気がする。村は花に囲まれていて、父と妹がいた。２ヵ月後、ニイニイは千秋の叔父から手紙を受け取る。千秋は船から川に落ちた。中州の村で毎日穴を掘っては蝶を探している。ニイニイに「ここにもいないわ」と告げると、ベーダの咲く湿った土を掘り始めた。

評価　すばる文学賞受賞作「彼女のプレンカ」の選評（「すばる」99・11）は、あまり好評ということはできない。特に、重田裕美子の描き方について〈作者の努力にもかかわらず、日本人女性は、中心となる物語とはすれ違ったままに終わる。この失敗は致命的〉（奥泉光）、〈ヒロインの相棒になる日本人女性がひとつ描き切れていないとか、ほころびもないわけではない〉（三木卓）と意見が出されている。また、題材についても〈紀行文を小説仕立てにしたとしか思えない。農村と都市の落差を未だ抱えるタイやミャンマーの近代小説を日本語で書いてみたというもので、正攻法の描写に技術を見せるものの、習作の域を出ないと思う〉（島田雅彦）とされている。しかし、その文章力は選者が一致して認め、今後の中上の可能性を指摘しているといえるだろう。また、〈中上紀の新しさは、なにものにも「所属」しないポジティブな感性にある〉（高野庸一「無所属者、故郷探しの旅へ」「すばる」00・2）と、主人公の咲が混血であり、両親のルーツ以外のところで青春期を過ごしたという、現代ならではの〈世界の狭さ〉、言い換えれば国境や人種の枠を超えた新しい〈人間〉を描いていることに対し、高い評価を示している。「八月のベーダ」の主人公千秋は、妹と父の幻影に出会い、彼らを探しつづける。高野庸一は〈千秋は恋人という「所属」からも自由であるゆえに、黄金蝶というアイデンティティーを求める旅に出て、不幸な結末をむかえなければならなかったのだ〉（同前）とする。千秋は血のつながる肉親を次々に亡くしたことで、居場所を失っており、何かを見つけなければ自分が確認できないという衝動に駆られ、「永遠の旅」に出たといえるだろう。ミャンマー人のガイドの兄の死や、父の故郷で聞いた蟬の声などは、今後解釈が待たれる部分である。

『パラダイス』（恒文社21、01・4・20。書き下ろし）

梗概　ハワイの州立大学の教授、王教授は、以前は精力的に学生の為のプログラム旅行を主催していたが、高齢になり、この年の旅行は学生や王教授に親しみを持つ少人数だけで、観光客の少ない、アジアの湖のホテルで過ごす。そこに集まる日本人留学生の良は、兄の妻と肉体関係を持ち、なにかを断ち切るようにしてハワイにきた。小説を書いているという彩はカリフォルニアにある檻の中のようなミッションスクールで高校時代を過ごし、ハワイの大学に留学したが、常に家族に悩まされる。教授はシンガポールの出身だが華僑の血をひいており、なぜ日本語が話せるのかはわからない。それぞれに過去を抱えているが、互いの過去を明かすことはない。そんな中、良と彩は肉体関係を持つ。学生たちは先にハワイに向かうが、王教授は湖で死亡する。彩は学生時代の友人でパラダイス島に行くといったまま行方不明になったカイをさがさなければ、と思うようになる。良と彩、そして彩の学生時代の友人、アナベルと優子は、パラダイス島へカヤックで向かう。蠍や害虫、毒性の強い草が茂るパラダイス島の避難小屋にカイがいるかもしれないと思うが、彩は避難小屋を開けることに反対する。その間にアナベルは小屋の閂を外す。

評価　恒文社21から文芸出版のシリーズ第1作として書き下ろされた作品。各章ごとに「湖」「絵」「鍵」「海」などといった、漢字一文字のタイトルがつけられており、小作品の連結を見るような印象がある、読者は最初こそこの構成に戸惑うが、登場人物の存在を認識するにつれて内部へ少しずつひきずりこまれていく。〈どんな場所でもそこそこうまく振る舞うが、霧に包まれた心の状態のまま、どこにも心底適応できない。主人公の彩も友人の良も20世紀後半の日本に生まれ育ち、厳しい飢えはない代わりに、そんな空虚を胸に宿している〉（「東京新聞」01・5・20朝刊）、そのような登場人物たちによってそれぞれの楽園探しが、登場人物も気が付かずに行われている。作者もインタビューで〈楽園はやはり人の想像の中にだけある不在の、けれども大きな中心を占める場所だと思います〉（同前）と語るように、この物語は楽園探しの様々な形態を示していると捉えられるだろう。この小説の各章につけられたタイトルと、主人公とそのパートナーが皆、漢字一文字で表わされていることや、カイというやや唐突に登場するものの、物語のタイトルとなる「パラダイス」という言葉を引きだす人物の存在など、解釈が様々に成り立つだろう。

前作と比較して人物がかなり現実味をもって描かれており、特に良という若者の存在感は、読者に迫ってくるものがある。

「銀色の魚」（「すばる」01・4・1）

梗概　取材でハワイに行ったライターの南美は、妊娠中のジャスミンからK島の〈寺〉のことを聞き、K島行き。僧とは思えない住職や多くの居候達を見て驚き、不快感を覚える。その居候の中に海中出産をしたいという妊婦がいた。数日後、妊婦に陣痛が始まる。南美は出産をビデオに収めてほしいという妊婦のためにライトを持つ。周囲には銀色の魚が泳いでおり、そこで生まれた赤ん坊に南美は「お帰りなさい」と呟く。それは南美の祖母が〈いいとこ〉と死後の世界を表しており、その〈いいとこ〉から現実世界に帰ってきたという意味だった。翌日、ジャスミンに海中出産を話すと、ジャスミンは新しい故郷を得た声ではっきり否定する。南美は故郷に捕らわれている自分のことを考える。

評価　津島祐子は「お帰りなさい」という言葉に対して〈この作品が平板にならずにすんでいるのは、この言葉ひとつの働きによっている〉（「朝日新聞」01・1・26）と述べている。この〈お帰りなさい〉という言葉は、作品全体を引き締めている。『彼女のプレンカ』に見られた紀行文的な所は少なくなり、〈お帰りなさい〉という言葉に対する感性の鋭さに、読者ははっとさせられる。

参考文献　後藤繁『彼女たちは小説を書く』（メタローグ、01・3・30）、「特集　いま言葉を書く」（「広告批評」01・4）、「父の中上健次が生きていたら小説は書かなかった」（「婦人公論」00・12・7）

（**川村英代**）

中沢けい
（なかざわ・けい）

略歴 59年10月6日、神奈川県横浜市に父・武、母・綾子の長女として生まれる。本名本田恵美子。66年3月、父・武が釣船屋を開業することになり千葉県館山市に転居したが、彼は70年に心臓麻痺で急逝してしまう。78年3月、県立安房高校を卒業、明治大学政経学部（二部）に入学のため上京した。昼は書籍関係の運送会社に勤務し、夜は大学に通いながら、暇をみつけては、小説を執筆し続けていた。78年6月、最初の小説「海を感じる時」が、第21回群像新人賞を受賞。18歳の少女の作家デビューということもあって注目を集め、同月に刊行された単行本は60万部のベストセラーとなった。同年7月、会社を退職し、職業作家として生きてゆく決意を固める。かといって乱作するわけでもなく、81年、短編集『野ぶどうを摘む』、同年長編『女ともだち』、83年に短編集『ひとりでいるよ 一羽の鳥が』と、自己のペースを守りながら、作品を発表していった。81年に編集者と結婚、82年に長男を、83年には長女を出産した（86年に離婚）。83年3月、明治大学を卒業。85年1月、母・綾子が死去。そして、同年4月に刊行した『水平線上にて』によって、第7回野間文芸新人賞を受賞する。『海を感じる時』発表以来、反復的に書き続けてきた題材の集大成とも言える成果が、評価されたのである。同時に、この作品は中沢けいの作風の一つの転換点ともなった。たとえば、86年に刊行された短編集『静謐の日』は、濃密な文体と実験的方法によって、独特の「雰囲気」を表現することに成功するのであるが、以降、その作品世界は高い評価を受けつづけ現在にいたっている。なお刊行された小説集には、以下で項目としてとりあげるもの以外に、87年『喫水』（集英社のち集英社文庫）、『曇り日を』（福武書店）、91年『首都圏』（集英社のち集英社文庫）、94年『楽譜帳 女ともだちそれから』（集英社）、96年『占術家入門報告』（朝日新聞社）がある。またエッセイ集として『風のことば海の記憶』（83・冬樹社）、『往きがけの空』（86・河出書房新社）、『遊覧街道』（89・リクルート出版）、『男の背中』（93・日本文芸社）、『時の修飾法』（99・青土社）などがある。

『海を感じる時』

（講談社、78・6・20。「群像」78・6。講談社文庫、84・6・15。講談社文芸文庫『海を感じる時・水平線上にて』95・3・10）

梗概 〈私〉山内恵美子は、18歳の女子高校生である。父親を亡くし母と海辺の町で暮らしている。学生運動後の〈シラケた〉高校生活と母との口論が絶えない家庭。いずれにも居場所が無い〈私〉は、高校一年の秋、同じ新聞部で二年先輩の高野に口づけをされる。その後〈君じゃなくともよかったんだ〉と恵美子を避けようとする高野に対し、〈私〉は積極的に近づき肉体関係を結ぶ。互いにわだかまりを持ちながらも彼らの関係は、高野の卒業後も続いていく。未亡人として過度の潔癖を生きてきた母は、〈私〉を〈淫ら〉な〈売春婦〉だと半狂乱になって叱責し続ける。自分がどうしようもなく〈女〉であることに翻弄されながらも、そのなかに自己の生を見定めようとする〈私〉、その内部には海が広がる。それは眼前に広がる故郷の海でもある。

評価　群像新人賞受賞作である本作は、その選評で若さゆえの稚拙さを指摘されながらも、吉行淳之介の〈十八歳の少女である作者が、その年齢の子宮感覚を描くとき、それは見事である〉（「群像」78・6）という評に代表されるように、逆にその新鮮な生理感覚が高く評価された。秋山駿は、「創作合評」（「群像」78・7）の冒頭で、中上健次・村上龍ら新世代作家の〈新しい文学の波〉の中に中沢を位置づけ、題材はありきたりな恋愛小説でありながら、〈大人になる一歩手前の女の精神とか、生理といったものの成長と深化の一種の正確な記録〉が〈告白〉という形ではなく、あやうく成立していると語っている。堀江敏幸は「中沢けいの悪意は美しい」というエッセイで、本作を中心にすえた中沢文学を〈中沢けいはいつだってこのうえなく平凡な主題を、このうえなく懐かしい生理に照らし合わせて処理する〉とし、その一見の平凡さこそが、実は中沢の〈独特の醒め具合〉なのだと指摘している（『現代文学であそぶ本』ＪＩＣＣ出版、89・2）。またともすれば生理感覚を中心に論じられることが多い本作を風景という観点から考えたものとして奥出健の「中沢けい論―「性」から文体まで」（『〈解釈と鑑賞別冊〉女性作家の新流』91・5）がある。奥出は本作に頻出する〈光り輝くような風景〉が視点人物の感情移入の少ない透明な風景描写であると指摘し、中沢文学における「風景」の重要さを強調するとともに再考を促している。中沢けいの出発点としてだけでなく、80年代女性文学を予兆させる作品としても思考されなければならない作品だろう。

『野ぶどうを摘む』（講談社、81・6・2。講談社文庫、84・10・15）

【余白の部分】（「群像」79・4）。〈私〉は夜間大学に通いながら会社に勤める20歳前の女性である。高校時代からつきあっていた洋と、今も関係を持ち続けているものの、なぜ彼に執着するのか掴みきれないでもいる。そんなある日、母が上京し洋と気まずい対面をしてしまう。

【海上の家】（「群像」80・7）。小学生の史恵は弟の和也と海辺に暮らしている。入り江にある祖父母の釣船屋の床下には、床下に海が迫る物置があり、そこは幼い姉弟にとって特別の遊び場である。そして入院していた母久子が父に連れられて帰ってくる。死産してしまった名も無い弟の骨の入った白い箱と一緒にである。しばらくして、今度は父徹治が突然亡くなってしまう。

【野ぶどうを摘む】（「群像」81・1）。事務所で働く久枝には、高校時代からの高志という恋人がいるにもかかわらず、ある日、別の男性と関係を持ってしまう。一方、亡父を新しい墓に移すため、弟の秀裕とともに墓を見に行く。弟とは幼い時、裏庭の黒い実を摘み、その赤紫の汁を瓶に詰めたことがあった。そんな記憶が不意によみがえってくる。高志との関係に疑問を持つ彼女の身体は、記憶の果汁でみたされてゆく。

評価　第二作品集である本作は、『海を感じる時』同様、作者中沢自身とおぼしき女性の物語群でもあると言えようが、女性主人公は三人称で記され始めている。藤枝静男は「書評」で〈この小説の無装飾な書き方には敬服したと云わざるを得ない〉（「群像」81・8）として、「海上の家」の文体を評価し、佐木隆三もまた「創作合評」（「群像」80・8）において「海上の家」を〈物を見る目が非常に確かだろうと思われますし、きちんと見詰めていて、たかぶったところもわりに抑える〉と、同様の評価を与えている。

『女ともだち』

（河出書房新社、81・11・2。「文芸」81・6。河出文庫、84・9・4）

梗概　夜間部の大学に通う〈私〉は昼間はある事務所に勤めているが、書いた小説が受賞した途端あっさりと会社をやめてしまう。〈私〉の屈折した心をいやしていくのが高校時代の下級生、谷里隆子との再会であった。隆子は高校教師の娘で、高校時代は〈私〉と授業をさぼったりしていたが、今は大学に入り地質学を専攻している。隆子の無鉄砲な行動に苛立ちながらも、〈私〉のことを「おねいさん」と慕う彼女を受け入れていた。そして、〈私〉はもう一人の人物中村とき子と知り合う。とき子は夜間高校に通い、昼間は映画館でアルバイトをするかたわら、女優を目指している。物語は、三人の「女ともだち」が悩みをぶつけ合い、その一人一人の表情や身振りが〈私〉の視点を通して描かれる。〈私〉は高校時代での異性との関係をひきずり、その相手、高志のことを思い出しては苦しむ。高志との記憶は、〈私〉が小学生の時に受けたつらい仕打ちまでも呼び起こす。物語は〈私〉の回想を織りまぜながら結末へと向かっていく。ある夜、三人は行くあてもなく館山に出掛け、母が出ていって誰もいない〈私〉の実家に泊まる。そこで、とき子は仕事を得るために体を売り物にしてしまったという苦い体験を打ち明ける。そのの横で隆子はひたすらピアノを弾き続ける。翌日、晴れ渡った青い海に反射する光の中、三人は下着姿のまま浜辺で不思議な踊りを繰り返し作品は締めくくられる。

評価　川村二郎が「文芸時評（七）」（「文芸」81・7）の中で〈平凡な当り前な若い女が、おのれの生の条件の中で、この条件を内側から、最大限充実させようと〉し、〈その構えのなさが、成長した眼と結びついて、人間のたしかな内実と輪郭を、作品に定着している〉と評価している。

『ひとりでいるよ　一羽の鳥が』

（講談社、83・6・20。講談社文庫、86・10・15）

【ひとりでいるよ　一羽の鳥が】（「群像」82・8）。亡くなった〈私〉の父は鳥が好きだった。メジロ、九官鳥、いつも家には鳥が飼われていた。大学生になった〈私〉は、押し入れの中に父が大切にしていたノートの束を発見する。そこには、ツバメ、ヒヨドリ、カナリア、フクロウ、オナガ、オオルリ、父が集めたおびただしい鳥の羽がビニール袋に入れられて貼り付けてあった。鳥の思い出が父の記憶と重なり合い、現在と過去が交錯する。

【手のひらの桃】（「群像」82・12）。大学の図書館に勤めている瑞枝は、自分が妊娠しているのではないかと思い当たる。相手はひと月前に別れた泰だった。中絶の同意書に署名させるため瑞枝は、桃を二個買って彼のアパートへ向かう。同意書は桃の汁で汚れてしまう。そして中絶手術の後、瑞枝は自分の身体が解き放たれるような感覚で満たされる。

【うすべにの季節】（「海」83・3）。祖父の法事で実家に帰った君枝は、母の達子から化粧品を買ったことをなじられる。初めての東京暮らしで行き場のない彼女がデパートに迷い込んで買ってしまったものだ。次の日入り江でボートに乗った彼女は浅瀬に入ってしまい立ち往生する。その様子を縁側に座った達子と祖母加津が眺めている。彼女達は、それぞれの人生の不満を口にするものの、感情は食い違っている。加津の甘えを達子は腹立たしく聞き、達子の苦労を加津は理解しようとしない。

評価　本作品集は右の三編の他、「雪のはら」（「群像」81・10）、「入江を越えて」（「群像」83・4）の二編が収められている。上田三四二は「書評」（「群像」83・8）で各短篇を身体感覚の観点から比較し、川村湊は「創作合評」（「群像」83・1）のなかで「手のひらの桃」のメタファーとしての桃の卓抜さを高く評価した。また古井由吉は「文芸時評〈下〉」（「朝日新聞・夕刊」83・8・26）で、〈娘から母親へ、さらに祖母へと、厭いながらもおのずと反復の、太い存在感が踏まえられている〉と指摘している。本作品集は、これまで若い男女の関係のなかで展開されてきた感覚世界が、より押し広げられた形をとりつつあるとも言えるだろう。

『水平線上にて』（講談社、85・4・20。「群像」85・1。講談社文芸文庫『海を感じる時・水平線上にて』95・3・10）

梗概　高校一年生の和泉晶子と同じ新聞部の先輩である植松恒広は肉体関係を持つが、その後、彼は彼女を避けるようになりぎくしゃくした関係が続く。このような二人の間を新聞部の部長である森川が取りなす。かつて和泉は植松に「キスしたい」と率直に言われ、「好きだ」という感情は持たないままそれに応じる。和泉は植松の率直さに〈欲求の透明感〉を感じ、それを大切に受けとめようと考える。しかし和泉は、自分に似ていると感じる先輩の雨宮とも関係を持つ。やがて植松は卒業し、東京の郵便局に就職をしてしまう。彼との関係に執着する和泉は上京するたび、植松と会っている。春になって私大の夜間部に合格し上京すると、植松は和泉のアパートに入り浸るようになってしまう。しかし、植松にはかつての率直な〈欲求の透明感〉はなく、苛立ちを覚える和泉は喧嘩を繰り返し、その挙句路上で殴られる。彼女は別れを決意し、最後の旅行と考えて彼と瀬戸内海の島へと向かう。旅行後、電話での連絡はするものの和泉と植松との関係は薄れていく。和泉は植松に会えない空白感から、ふいに雨宮に電話をかけ誘い出す。雨宮との関係も続いていたのである。待ち合わせ場所には森川も一緒にあらわれ、三人であてもなく横浜に向かう。だが、途中で雨宮は姿を消してしまい、残された二人は箱根に向かう。その車中で和泉は森川に「一緒に眠りたい」ともちかける。しかし、拒否されてしまう。翌朝別れ、和泉は下田からバスに乗り、水平線を見ながら修善寺を目指す。

評価　秋山駿は野間文芸新人賞選評（「群像」86・1）において〈自分が自分の生き方に体当たりしている、といった気味のもので、ごつごつした文章の間に、恋愛＝性への、女の新しい視点を切り拓こうとする意欲が閃く〉と評している。また、海老原由香は「二十一世紀を拓く現代の作家・ガイド」（「国文学」99・2）の「中沢けい」の項目で〈それまで繰り返し描いてきたモチーフに決着を付け、私小説からの脱皮を目指す新たな展開がみられる〉と述べている。この作品は、単なる類似した素材の反復ではなく、これまでのモチーフを再構築し集大成した点が高く評された。

『静謐の日』（福武書店、86・9・12）

【アジアンタム】（「海」84・1）。浪人生塩野浩一は、父親の転勤で両親が引っ越ししたために、岬の中腹にある家に一人で住んでいる。高校時代の同級生、高木俊子と関係を持ってはいるが、浩一の関心は坂の下に住んでいた年上の女、江木にあった。江木は月に一度アジアンタムを抱え、空になった家の掃除にやって来る。江木を見つめる浩一の感覚と江木の動きが一体となって記述される。

【宮の森】（「文芸」85・1）。祭りの日、江木妙子は中学時代の同級生の集まりに出掛けたが、その道すがら村井和子から同じクラスであった高司典子が死んだことを聞く。同級生らは、旧担任の家で、高司と中学時代、噂のあった桜井正人をはやし立てた。江木と桜井は帰り道、高司について話すが、江木は昔自分と関係を結んだ桜井が高司を思い出すことに嫉妬する。中学の時、校舎が火事になったという回想と桜井との対話が交互に描かれる。

【眉は哀し】（「別冊婦人公論」85・7）。美容室で洗髪をしてもらいながら房子は爾宜となる学生の実習の話を聞き、それを感覚的にとらえる。その夜、房子は寝つかれない夫の物音を耳にしながら仕事をし、寝床に入った房子は求められるまま夫の体を暖める。次の日の朝、夫はつまづいて骨に罅が入る。夫婦の日常生活が淡々と描かれる。

【静謐の日】（「海燕」86・7）。〈私〉と〈私〉の視点から描かれる〈房子〉を軸にして物語が展開する。〈私〉は夫と二人の子供を持つ。夫婦の日常生活の中で夜中に聞こえた突拍子のない声や、商店街の様子などの出来事を並べられただけの記述がなされる。一方で深夜、〈房子〉に電話をかけてくる見知らぬ男との会話から〈房子〉と男が会うまでの過程を描き出す。〈私〉と〈房子〉を交互に記述していく実験的な作品。

評価 如月小春が「朝日新聞」（86・10・27）において〈「生活」を形成していくさまは、物語の中の時空間のみならず、読み手の記憶の中まで浸食する〉として評価する。また、鈴木貞美は「中沢けい論―ブンガクすること」（「文芸」86・12）で、古井由吉の影響を指摘し、〈ふたりの女をそれぞれ中心におく断片の並列の構成は〉、〈奇妙な歪みとズレを作品にもたら〉すと評価している。さらに千石英世「小説の不倫―中沢けい「顔の燈り」をめぐって」（「群像」88・4）は、中沢けいがこれまで使用してきた作中人物のフルネームが、本作品で消失することを指摘しつつ、本作での関係性の変容を分析している。いずれにせよ、文体・モチーフの双方において中沢けいの転換点を示す重要な作品であることは間違いない。なお本作品集には右記の作品以外に「萱の月」（「譚」84・創刊号）、「顔の燈り」（「群像」85・7）、「アカシアの」（「海燕」85・8）、「下草」（「海燕」86・1）が収められている。

『仮　寝』（講談社、93・6・25。「群像」92・1〜12）

【夜汽車】（「群像」92・1）。桜井君子は、結婚をしていて小さな会社で働いている。彼女は姉の夫の篠原融と不倫関係にあるのだ。二人の間に別れ話が出るが、ずるずると会い続けている。君子は夜行列車で出張する日に融を昼食に誘うが、自分から約束をすっぽかしてしまう。彼女はなぜか夜行列車に乗る事が嫌で仕方がない。だが列車に乗ると意外に心地よく、深い眠りにつくのである。

【座　敷】（「群像」92・2）。君子一家は新年の挨拶に姉夫婦宅に行き、家の改築工事の話を聞く。またそこで融がふいに出掛けたまま、夜遅くに帰ってきた出来事が話題になる。融は自分の不機嫌な気持ちを持て余し、なんとなく出掛けたのである。彼は会社で君子との別れ話の会話を思い出し、また不機嫌になる。

【眠れる舌】（「群像」92・3）。君子と融は昼食を一緒にとるなど会い続けているのだが、別れ話が持ち上がってからというもの二人の会話はよそよそしい。また融は自分が味覚障害であることに気が付き、味気のない食事をとることに虚しさを感じている。決着のつかない二人とは対照的に、融の家の改築工事は着々と進行する。

【雨　夜】（「群像」92・11）。ある雨の朝、君子は訳の分からない夢をみて融との混沌とした関係を表したものだろうかと考える。また別の雨の夜、二人は都心のホテルのバーで別れ話をするが、会話は無駄に繰り返される。そこに披露宴の二次会に集まった人々が通りすぎ、二人の目を奪う。

【フライング】（「群像」92・12）。融の家の改築工事が完了し、そこへ戻ることになる。その引越しの手伝いに君子が行くと、姉が働きに出ることを宣言する。家は改築され姉にも変化が見られるが、二人の関係は変わらず中途半端なままである。

評価　「群像」に毎月一編ずつ、一年かけて発表された本作は、12の短編集でもあり、桜井君子を軸とした長編だとも言える。右の作品の他に「雪の春」「ポニーテール」「バックシート」「空室」「卯花月夜」「炎天」「風の病」がある。「文芸時評」（「朝日新聞」93・8・26）で大江健三郎は〈「物語」の期待されるかたちを打ちこわすこと、それがつねに新しい小説のめざすところだが、つまり小説形式の「異化」としてのそれを、中沢けいはフェミニズムの方法でなしとげているのである。ここで女性は在来の女らしさをテコとして用いることに一切同意しないし、男性はまたその男としての特権をはぎとられている〉と新たなかたちのフェミニズムを追求した小説であると評価している。

『夜　程』（日本文芸社、95・3・15）

【夜　程】（「switch」90・7）。〈女〉は、線路ぎわの自分の家で終電車の音を聞きながら、これまで聞いた終電車の音と不眠の夜に思いをはせる。〈女〉は〈男〉をこの家に誘った。物の見え方が一定しないという〈男〉、過去において一度だけ男に金を要求したかったことがあるという女。二人の男女の会話が、過去と現在、こことあそこの区別も曖昧なまま綴られてゆく。

【小春日】（「すばる」90・1）。最近〈自分〉は、よく午睡をするようになった。家のどこででも、ごろりと横になって寝てしまう。その夢が、夢だという断りもなく断片的に並べられる。〈自分〉としか名指されない夢の主体は誰なのか、最近よく午睡をするというその人自体も夢の存在なのか。読後には「小春日」というタイトルの暖かさだけが残る奇妙な作品である。

【月　夜】（「すばる」90・9）。〈女〉は寝不足だった。生活の中で〈女〉の身体に薄く降り積もったような寝不足だった。明け方〈男〉が訪ねてくる。彼の恋人の家からの帰り道であった。ある夜のことである。〈女〉の不眠は続き、睡眠について思いをめぐらせる。

【夜　着】（「すばる」92・1）。同じような夢をよく見る。深夜家の中に他人が侵入する夢である。暮れに妹が転がり込んできた。家庭がうまくいかないのか、夜着まで持ち込んでいる。大晦日、妹は知人を招いてパーティーを開く。そして姉は二階から妹と男が接吻しているのを見つけてしまう。

評価　右記以外に「日程」（書き下ろし）、「水着」（「すばる」91・11）、「川岸」（「海燕」91・2）、「真夜中」（「文学界」89・4）の八つの短篇からなる本作品集は、方法的野心に満ちた、それゆえ難解な作品集である。夢と現実の境界が曖昧であり、いくつもの異なる時間の層が並置される。それゆえ読者は、今読み進めている箇所が、いつのどこのことなのか、方向感覚を失うのである。しかも作中人物は固有名詞を欠き、〈女〉と〈男〉でしかなく、時には主体を示す語さえ用いられることはない。言い換えれば読者が受け取るのは、明瞭な顔立ちの個々の物語ではなく、夜を濃密に含み込んだ「気配」であり、それを立ちのぼらせる独特の文の動きである。その難解さに関して、芳川泰久は『豆畑の夜』の「書評」（『群像』95・8）のなかで〈『夜程』で生起しているのは、まさに新たな書法を試行しようとする苛立ちのようなもので〉あるとしている。

『豆畑の夜』（講談社、95・6・30）

【易者の顔】（「文学界」93・4）。天皇崩御の日、〈彼女〉は取材で熱海へ向かう。そこで乞食を見かけたことを契機に過去が立ち現れる。かつて身の上に厄介な問題を抱えていた頃のことだ。街角で若い女の易者に声をかけられた。自分の鬱屈が顔に出ているのか、彼女は逆に易者になぜ自分に声をかけたかを質問し、易者を絶句させる。その後いろいろな経緯を経て、今彼女は子ども達と暮らしている。雨が降り続く正月、春の予感のなかで、彼女は入浴中に解放感をおぼえ、自分の顔があの時の易者の表情をしていると感じる。

【箱の蓋】（「中央公論・文芸特集」93・秋）。〈男〉はある夜、枕元を七、八センチの舎人や武人が歩いているのを見てしまう。それから一年、〈男〉は同じ会社に勤める女友達とデートをしたり、大学時代の友人の離婚話の相談にのってやったりしていた。梅雨明けのある夜、不意に目覚めた彼は、再び男を見てしまう。烏帽子を被った白髪まじりの小男は、必死の形相をしていたが、やがて隣家にも聞こえるほどの大声で泣き始める。昼過ぎに目覚めた〈男〉は、小男がいた床に丸い小さな血の跡を見つける。

【犬を焼く】（「群像」93・11）。田舎の老夫婦に預けていたボルゾイが人を噛むようになってしまった。高熱を出してから飼い主である彼女や老夫婦にも牙を向けるようになったのである。処分を勧める老人の依頼に応じて、彼女は海辺の田舎に出かけ砂浜で犬を焼くための火をおこす。あたりには犬の匂いが立ちこめ、彼女の身体にこびりつく。というのは夢である。小説家の〈私〉が、現在書いている作品の女主人公見る夢である。ただ〈私〉も昔犬を飼っていたことがあるのだ。女主人公の夢は男からの電話で破られる。豆畑の屋敷に住む男からの誘いの電話である。主人公は夢の中の犬の匂いを身体に残したまま男の許へ行き男と寝る。作品の中にもうひとつの作品が嵌め込まれた体裁をとる。

【豆畑の夜】（「群像」94・10）。黒い帽子の〈女〉と倉島智子が「竿」という楽器の音楽会に来ている。音楽を聴きながら〈女〉は「あなたの身体にも音色がある」と言った男の言葉を思い出す。男は瀬戸睦という中学教師である。瀬戸は岬の豆畑にある屋敷に住んでいる。〈女〉や瀬戸や倉島智子は高校の同級生であり、〈女〉と瀬戸の関係はその時から続いている。倉島家の姉美子の再婚披露宴の夜、〈女〉は智子から話を聞かされる。妻子ある男性との関係をどう決着させたかという話である。その後、〈女〉の泊まるホテルの部屋に瀬戸が訪ねてき、二人は愛し合う。次作「豆畑の昼」に連続してゆく壮大な物語の発端となる作品である。

評価　右の四作品の他、「夢の相」（「すばる」93・8）、「ほんの表紙」（「すばる」93・6）からなる。前作品集『夜程』とほぼ同時期に書かれた『豆畑の夜』は、『夜程』同様、複雑な時間と複雑な語りによる難解な作品集である。その事態を芳川泰久は「書評」（「群像」95・8）のなかで〈言葉の免疫〉という概念で説明する。彼の言う〈免疫〉とは、小説家が〈まったく異質な言説に触れることで、これまでの自己の書法が失効してしまうような事態〉を経て、新たな書法の模索を始めることとなのだが、本作品集は、その新たな〈免疫〉が発揮されたものだと芳川は言う。〈作家が自らの書法と小説言語に絶えず異和を抱くように促し、それを過去へと送り込むような厄介な趨勢〉ではあるものの、それはすぐれた小説家に不可避の事態であると評価する。そして作中人物のレベルにおいても既成の言葉を無効化しようという運動が見られること、また作品すべてが何らかの形で〈過去〉を主題としていることをも指摘している。

『豆畑の昼』（講談社、99・4・20。「群像」99・2）

梗概　房総半島の岬に豆畑で囲まれた瀬戸家の別荘がある。かつては東京からの避暑客で賑わったそんな土地である。物語は、かつてそこで成長した秋代和子と、別荘に高校の時から一人で住んでいる瀬戸睦との、長い恋愛の歴史を中心にすえる。東京で行政職に就く和子には、夫と子どもがいたが、現在は離婚しているようである。しかし彼女は高校時代からずっと睦と肉体関係をもっている。彼らは半ば公然と、しかし密かに睦は、今も独身でいる。一方中学校教師として働く睦は、豆畑の家で愛し合う。彼らの周囲には、倉島楽器店の美子と智子姉妹、その母親である地元の名士倉島婦人、倉島家に仕える〈おしの〉という老婦人らが配置され、若い世代と古い世代のそれぞれの関係、時代とともに変貌してゆく土地の問題、〈おしの〉が目撃する死んだ郵便配達員の幽霊に象徴される土俗的ともいえる死者達の世界、これらの多様な素材を並べながら、物語は光あふれる房総の豆畑の現在と過去を舞台にゆっくり展開してゆく。それは和子達の高校時代といった近しい過去だけではない、語り手は半島の歴史をたどるために、徳田秋声や上林暁から夏目漱石の「こころ」にいたるまで、房州を描いた小説作品を引用しながら、分厚い時間の蓄積に言及する。物語は次のように終わる。あるパーティーで睦は教育委員会の主事を殴ってしまう。そのためか彼はバンコクの日本人学校へ派遣されることになる。とりたてて引き留めることもせず、事実を受け入れる和子。そして主のいなくなる豆畑の家は、畳まれてしまうことになる。

評価　佐藤洋二郎は「書評」（「すばる」99・8）のなかで

〈普通書き手は読者の心象や形象形成を望むために、より具体的な題名を求める。それは主題にも通じる。しかしこの作者はそうはせずに「豆畑」とし、構えを大きくしようと試みる。「豆」じたいをはっきりと書かない〉とし、このタイトルに見られる〈広がり〉が、作品全体にも関与しており、〈言葉が氾濫し外へ外へと広がりを見せている〉と指摘する。それは一見〈読者に忍耐を強いる作品〉とも言えるが、〈むしろ自ら読者の思いを断ち切り、書き手の世界へといざなおうとする腕力と思惑〉だとする。増田みず子は「書評」（「波」99・7）で、〈この小説に使われている言葉は、光学レンズのような性質をもっている。言葉をうまく組み合わせることによって、望遠鏡のように遠くのものをくっきりと大きく浮かび上がらせている。遠景であっても、睦の家の庭にある小さな石ころのとがった角や、寝不足で荒れた和子の肌まで、手に取るように近くに見える〉とし、描写の特徴を指摘する。また高井有一は「書評」（「毎日新聞」99・6・6）において、この作品が愛の物語としての濃密さを評価しながらも、むしろ〈作者がしばしば物語の枠を超えて乗り出し〉〈地声で語り出す〉ことに着目し、その理由を〈睦や和子と同じ生き難さを作者も現代に感じていて、人物に托してすべてを語るという物語の常道に安住してはいられなかった〉からだと結論する。いずれも現代における男女の恋愛譚が実験的方法なしには成立しがたい事実を指摘するものであろう。本作は主要新聞の書評欄がこぞってとりあげたことからも分かるように、世評も注目度も高く、今後中沢けいの代表作になるであろうことは充分予想できる。ある土地をトポスとして重層的に描き出すこと、破格とも言える語りを採用すること、複雑な入れ子のような時間を操ること、そのなかで男と女を描き出すこと、これらは90年代の中沢文学の集積であり、以降の方向を示唆するものでもあるだろう。この作品で中沢は豊穣で可能性に満ちた長大な「物語」をもたらしてくれたのだ。

『さくらささくれ』（講談社、99・11・30）

【大楠の樹屋敷】（「一冊の本」97・9）。児童相談所のカウンセラーである桐生小夜子は、大楠の樹屋敷と呼ばれていた家に一人で住んでいた伯母のことで忘れられない光景がある。小夜子の兄は高校になって家で暴れるようになった。ある日、父が激しく兄と争うのを見て、大楠の樹屋敷へ駆け込む。伯母は小夜子に〈お父さんは、お兄ちゃんを生かしておけないと言ったんでしょ〉とその光景を見ていたかのような冷たい一言を吐く。その夜伯母の家に泊めてもらった小夜子は、伯母が黒髪をほどいて梳くところを初めて眼にする。小夜子が忘れられないのはその光景である。子どもと夫を次々に失った伯母、冷たく怖がられていた伯母。しかし、そのような伯母の姿が小夜子の回想を通して暖かく描かれてゆく。

【宵の春】（「新潮」95・1）。松川高子は大学卒業後東京で働いていたが、5年前郷里の兄に呼び戻され、兄の事業の手伝いをしている。なぜ自分が兄の依頼にすんなり答えたのか判然としないものの、今の仕事に不満はなく、口うるさく結婚を勧める者もおらず、平穏な毎日を送っている。ある日、大学時代の男友達の電話で、不意に仕事を休んで東京行きの列車に乗ってしまう。これを契機に独立しようかという漠然とした予感がある。東京で友人と再会し喫茶店に入った彼女は、そこに居合わせた客の背中に、見覚えある男の後ろ姿を見つける。あの人ではないのに、あまりにも似ている。彼女の視線は男の背中にくぎづけになる。

【夜の椅子】（「群像」98・10）。〈私〉は山間の温泉地へ調査旅行に来ている。客もほとんどいない宿屋で、入浴しようとした〈私〉は、入り口で盲目の女と男に出会う。男は女に浴室の内部を詳しく教えてやっていたのだ。一緒に入浴した〈私〉は、女の口から、揉みほぐす際の人の身体のいろいろ、彼女の過去、場所によって異なる東京の匂い、現在の男との生活などのあれこれを聞かされる。

【母の鼻孔】（「波」97・2）。朝子の母は同じ話をよくする。結婚する前のこと、父と母は月夜の入り江でボートに乗っていた。母の〈泳いでみたいような夜だ〉という言葉に、父は〈泳ごう〉と答えたかと思うとすぐさま水に飛び込んでしまった。母は父を置き去りにして岸に帰ってしまったという話である。朝子はその話を聞くたびに、光景というより、匂いに近い何かがあると思ってしまう。その時の母の鼻孔はどんな匂いで満たされていたのか。朝子もこれまでいろいろな匂いを嗅いできた。そして今、朝子の娘も、雨の匂いを嗅ぎとることができるようになってきた。〈この世間に満ちる多様な匂いを鼻が改めて感じ分ける時、身体は世界との関係を結び直す〉。娘も女として成長し始めたのである。

【うらの小さなばら】（「海燕」95・11）。東京郊外のかつての宿場町も道路がとおり、町も住人もすっかり変わってしまった。しかし昔を残す路地があり、その路地奥に〈ばらの庭〉と呼ばれる家があったのだが、それも今となっては人々の記憶から消えてしまった。かつて西宮夫妻が、この崖下の土地に家を建てた。夫の洋二は役所の福祉関係に勤め、妻の寛子も女性の地位向上を目的とした民間団体で働いていた。真面目な夫婦だったが子どもはできなかった。ある時から寛子は庭に薔薇を植え始め、いつしか庭は薔薇でうめつくされるようになった。だが洋二が仕事先で突然倒れ帰らぬ人となってしまう。その後も寛子は薔薇を作り続けたが、その〈ばらの庭〉も今ではなくなってしまった。

【さくらささくれ】（「海燕」95・7）。一度も満開の桜というものを見たことがない〈私〉は、不意に桜を見たいと思い立つ。夏の終わりの季節はずれな願望である。〈私〉は冬に咲く桜を思い出す。1年前群馬で車を走らせているとき、道に迷い桜山温泉にたどり着いた。その桜山は日露戦争戦勝記念に植えられた冬桜で有名なのである。〈私〉は知人の渡海夫妻とともに冬に咲く桜を見に出かける。その後も〈私〉の日常を交えながらさまざまな桜が描かれてゆくが、物語の最後、桜の季節も終わった頃、〈私〉は薔薇ばかりが植えられた庭があったことを思いだし、神社の裏のその家を見に出かける。しかし探しても探しても、その家はどこにも見あたらなかった。

評価　本作品集は以上の六作品の他、「橋の下物語」（「群像」96・10）、「まつりばやし」（「海燕」96・11）、「カラオケ流刑地」（「文学界」97・1）、「砂と蟻」（「海燕」96・3）の計十作品がおさめられている。「夜の椅子」を取り上げた「創作合評」（「群像」98・11）のなかで清水良典は、作品の構成に疑問を示しつつも、盲人の語りが聴覚や嗅覚の世界を開くことを目的とするだけでなく〈自分とは全く言葉遣いの違う人になり切って、話し言葉を一種の口寄せのようにしてよみがえらせる〉試みではないかと指摘している。また芹沢俊介の「書評」（「群像」00・1）では、この作品集が〈人間の内部に幾層にも重ねられている時間〉へ〈主人公たちは嗅覚や視覚や聴覚といった五感を通路に出入りする〉ものであるとし、その時間を他者と共に形成してかない、つまり〈私性の時間〉であることが特徴だと指摘する。芹沢俊介は作品集中で「母の鼻孔」を第一と述べるのだが、城戸朱理も「書評」（「すばる」00・3）で同様に「母の鼻孔」における〈鮮烈な匂いの叙述〉に注目している。さらに城戸は〈どの一篇も、これといった事件が起こるわけではない。それなのに肉体のくすみや時間の流れがあちこちにわだかまっていて、奇妙な恐さも覚える。日常とはこうしたささくれとともにしかありえない〉とする。いずれも本作における身体―時間―感覚の重要性に言及したものである。

『楽隊のうさぎ』（新潮社、00・6・30、「北海道新聞」「東京新聞」「中日新聞」「西日本新聞」「河北新報」「神戸新聞」99・8〜00・2連載）

梗概　花の木中学入学を控えた奥田克久は、家の近くの花の木公園で、そんなところにいるはずのないうさぎの姿を見かける。うさぎの姿を見つめていると、なぜか心が穏やかになるのである。克久の父は名古屋に単身赴任、母は陶芸の店を開く準備に追われている。実は彼は小学校の時友達がいなかった。というより周囲から無視され、自分でもできるだけ接触をさけるため、自分の中にいる〈左官屋〉によって心を固く塗り込めることに専心していた。そんな彼が、全国大会にも出場する花の木中学で一番ハードだと言われている吹奏楽部に入部してしまう。パートは打楽器部門。そこで彼は、音楽の権化のような顧問教官の森勉、同級生の祥子をはじめとする強烈な個性と出会い、ティンパニにのめり込み、交響する音の世界に次第に引き込まれてゆくことになる。自己の意志を他者に伝えはじめる克久。そんな克久を、彼の内部にすみついたうさぎが応援する。わが子が少年から青年へと変貌してゆくことにとまどう母との応対、学校でのいじめ、克久を取り巻くさまざまな人間関係をも描きながら、作品は花の木中学吹奏楽部の全国大会での演奏というクライマックスを迎える。

評価　本作の成立事情については、中沢けいとオーボエ奏者茂木大輔との対談「伸び盛りの輝き」（「波」00・7）が詳しい。それによれば、中沢は、「いじめ」を描くという当初の意図が、〈技芸を通して、人間の生活には豊穣な精神の世界があることを発見している〉、そのような子どもたちを描くことに変化していったと述べ、さらに〈この小説の場合は音楽をテーマにしているので「音」を「聴く」という目に見えない感覚を中学生の視点で描きことに、とても興味を感じ〉たと語っている。それに対し茂木は〈それを文章にしてお書きになっているところが素晴らしい〉〈演奏の表現にしてもすごく成功されている〉と評価している。同様に、音楽を全面に取り上げたことに関して、津島佑子は「文芸時評」（「朝日新聞」00・7・27）のなかで、まず〈音楽というフィクションの手ごたえを伸び伸びと楽しく描いている〉と評価したうえで、〈言葉とは色も音も匂いも光も風もそのなかに含む、人間の発明した最も抽象的な、不思議な道具なのだ〉として、音楽をモチーフとした小説の可能性に言及している。また、青木千恵は「書評」（「産経新聞」00・9・4）において〈思春期という伸び盛りの心の中には思い思いに奏でることができる音が無限に存在していることを克明に描いた長編である〉としている。本作は、新聞連載小説であることや、中学生の男の子を主人公にすえたことなど、いくつかの点で、中沢けいの新たな側面を切り開いた作品である。先に挙げたように各新聞の書評や文芸時評で取り上げられただけでなく、現在でも口コミを含めて音楽関係のサークルに属する中学生高校生といった、若年の読者層を獲得しつつあることをも付言しておく。

（武田信明）

長野まゆみ（ながの・まゆみ）

略歴　59年8月13日東京都生まれ。女子美術大学付属高校在籍中漫画研究会に所属し、女子美術大学芸術学部入学後も漫画を同人誌などに執筆。卒業後百貨店勤務を経て装飾工芸家となる。その間小説への関心が高まり、88年『少年アリス』で第25回文芸賞受賞。少年を主人公とする作品を圧倒的に多く手がけ、主に若い世代からの共感を得る。また漢字を多用した煌びやかな文体、数多の色彩に満ちた幻想的な作品世界などに特徴が見られ、宮澤賢治などからの影響も指摘される。著者の多彩な才能が活かされた企画として、グリーティングカードやポストカードを含んだ本も出版されている。かつて著者の小説やイラスト、写真などをモチーフにしたグッズの専門店が存在し、現在も小説からヒントを得た食事を出してくれる店があり、著者公認のファンクラブ三月うさぎのお茶会には約六千人の会員が所属するなど、読者からの熱狂的かつ根強い支持をうかがわせる。鉱石集めが趣味で、『鉱石倶楽部』（白泉社、94・2・26）といった著書もある。他『天体議会』『テレヴィジョン・シティ（上・下）』『カンパネルラ』『猫耳風信社』『八月六日上々天気』『賢治先生』『ぼくはこうして大人になる』『千年王子』等著作多数。

『少年アリス』（河出書房新社、89・1・25。河出文庫、92・7・4。「文芸」88・12・1）

梗概　友人蜜蜂が学校に忘れた色鉛筆を、アリスも一緒に取りに行くと、夜だというのに少年たちが理科室で授業を受けている。中を覗いたアリスは教師に見つかるが、ポケットの中の石膏の卵を見せたところ、仲間と間違えられた。少年たちの影には翼が映っている。図工室へ移ると、彼等は天幕に縫い付ける月と星を作り始めた。しかも天幕の修理に行くのだと、夜空に向かって飛び立っていく。教師に強いられ、アリスもまた宙を飛び、作業に加わるのだった。理科室に戻ると、少年たちは自分の持っている卵の中へ消え、一人残るアリスの卵が偽物だと知った教師は彼の姿を黒鶫に変える。翌晩アリスは蜜蜂に助けられ、人間に戻る。

評価　第25回文芸賞受賞作品。著者は「受賞のことば」に、〈ことばを印象に置き換える方法〉で文章を組み立てることにより、子供の創造力を解き放ち、かつ大人の創造力を掻き立てることが今後の目標だと記している。選後評で、江藤淳はこの小説を〈日夏耿之介の語彙で宮沢賢治の世界を仮構したような作品〉と喩えた。文体については野間宏が〈文章の行と行との間の間隔を測り、漢字と漢字の形が呼応し、その音が響き合い、しかもそれを読者に意識させないようにする感覚手が、作者に備わっていない〉と述べるのに対し、河野多恵子は〈この作品を支配している空想力は作者の内部と何がしか結びついている気がしてならない。頻出する凝った漢字にしても、その都度きっかり極まっていた〉と評価し、選者の間で意見が分かれている。作風については小島信夫が〈メルヘンふうの作品〉と位置付け、〈この五年から十年ぐらい前から世界的に読まれた一流のメルヘン作品〉との関連を示唆した。文庫版解説「マニエリストの出発点」で高山宏は、『少年アリス』は長野まゆみのその後をすべて胚として持つすばらしい「卵」〉とし、繊細な人工言語で繰り展げられる形式の美と実験性について述べる。ことばを意味という重力から解き放ち、字面や響きの面白さへと読者を誘う文体を〈ポップ擬古体〉と称し、〈同時代の（ことに女流の）漫画文化の新しい実験性〉と関連付ける。またその形式は、日常的なアイデンティティから解き放たれる主人公たちのさまに重なると指摘し、これらを含む〈幾つものレベルでの解放〉について、キャロルのアリス作品と類似する点を挙げる。また長野の幻想作家としての側面に触れ、〈ポーやアルジャノン・ブラックウッド、鏡花に繋がる血統を感じる〉と記している。なお、この小説はＣＤも発売された（『少年アリス』マーキュリー・ミュージックエンタテイメント、96・3・5）。

『野ばら』（河出書房新社、89・7・15。河出文庫、92・10・2）

梗概　月彦は講堂で目を覚ました。学校を囲む野ばらの垣から、白い花びらが吹き込んでくる。講堂では夜の観劇会が始まろうとしていた。そこで黒蜜糖と銀色という少年に出会う。劇が始まろうとするとき、月彦は再び眠りから覚め、庭を囲む野ばらの垣が雪白の花びらを散らすさまを部屋から眺めた。何処からかミシンを踏む音が聞こえる。枕もとには季節はずれの柘榴の実が転がっていた。硬く、飲みこむことも出来ぬそれを、とめどなく吐き出し続けたところでまた目覚めた。夢か現か、目覚めるたびに学校と家を行き来し、やがてどちらの庭も同じ光景であることを黒蜜糖に知らされる。

評価　文庫版解説「夜行性動物の夢」で、島田雅彦は〈月彦…夜行性の王子の名前〉とし、〈夜行性の動物は例外なく目が大きい。顔の半分以上が目というあたり、一昔前の少女漫画を思わせる。あの目は何でもお見通しのようでいて、実は何も見てはいない〉〈夜行性の少年の意識は夢と現をいっしょくたにし、そこで無限を発見する〉と記している。また、〈『野ばら』は夢の言語で書かれている。宮沢賢治の詩や散文がそうであるように〉として、宮沢賢治との類縁関係を指摘した。前掲高山宏による『少年アリス』の解説では、『野ばら』で〈夢み、夢みられという夢文学の不思議な構造〉が存分に展開されているとの言及がある。『少年アリス』で高山が提示した円環構造その他の諸特徴は、本作品にも見出せる。また野間宏が前掲文藝賞選後評で述べた〈不思議なということの出来る小説〉としても、この作品は更に深まりを見せたといえよう。

『夜間飛行』（作品社、91・7・25。書き下ろし。河出文庫、95・1・2）

梗概　時計塔の鐘が午前零時をつげる。カン・パニュラ、カン・パネラ、カン・パネルラ…カン・パニア。プラチナは鐘の音と共にとびおきて、ミシェルに電話した。これから二人でハルシオン旅行社の特別遊覧飛行に参加するのだ。この企画は毎年夏至と冬至のあとの最初の土曜日に行われ、参加は三回目。切符はアンテナビルにある発売所の零番窓口で、雷卵石を見せるだけで手に入れた。初めは夜の動物園、二回目はカララ劇場の上空へ行ったが、今回は一泊二日の旅。二人の乗るカスピート号は離陸した。プラチナの隣には大きな鞄を膝にのせた太めの老紳士が座る。彼は口をきかないが、かわりに鞄の中から鸚鵡らしき声が答える。中を見せてもらうと、光あふれた劇場から青い鳥が逃げ出すように見えた。一方ミシェルは隣に座った背の高いセールスマンから古い航海誌とルーペを買った。読むと航海の目的は、透明な碧い卵を生み、人の言葉をよく喋る伝説の鳥を探すこととあった。もしや老紳士のつれた鸚鵡のことでは？　二人で老紳士を追いかけ、共に旅から帰ってみると、不思議なことに終っているはずの夏至祭りが続いている。祭りの進行役はあのセールスマンだ。彼は議会の最高指導者ガブリエル氏に《PRESSE-BOUTON》と刻印された〈銀の釦〉を贈ろうとしていた。ガブリエルおじいちゃんにボタンを渡すな。子どもたちは一斉に走る。ミシェルが釦を手にし、老紳士へ向け投げる。釦は鞄に受けとめられた。やがて時計塔の鐘が午前零時をつげた。

評価　著者による文庫版あとがき「目に見えないもの」に、題名はサンテグジュペリ『夜間飛行』のタイトルを拝借したとある。本文中の《PRESSE-BOUTON》につき、〈今年は、スミソニアン博物館での原爆資料の展示をめぐる騒動にはじまり、終戦から半世紀という節目を経て、秋にはフランスの核実験が再開されようとしている。これほどの状況があれば、《PRESSE-BOUTON》の刻印が意味するものは説明するまでもない。くわえて、本文中の議長ガブリエル氏は、まるっきりフランス大統領を模した人物であるのだから、今となっては、面白くもない冗談になってしまった。〉と述べ、『八月六日上々天氣』（河出書房新社、95・4・25）でも〈意味深な釦の描写をしてある。〉と記す。さらにフランスの子どもが馴染む〈小さな船が航海に〉の歌で、〈可哀そうな子ども、いったいどんなふうに料理されるのだろう」の部分を強調したのは、書いた当時はあてこすりでも何でもなかった。〉とある。本作品を読む上で鍵となる記述といえよう。

『星降る夜のクリスマス』

（河出書房新社、91・11・20。書き下ろし。河出文庫『聖月夜』94・11・4に収録）

梗概 静かに星の降る聖夜、ミランは百貨店の玄関で、買い物に入っていったママを待っている。周りには同じように待ちくたびれた様子の子供たちが何人もいた。ミランの隣でさっきからしゃがんでいた少年フラノは、伯父を待っているという。待ちくたびれて、二人は近くのルナ・パァクへ観覧車に乗りに行った。すでに閉ざされて誰もいないはずのパァクで、観覧車には係がいた。フラノの知り合いらしい。ゴンドラが夜天の高みへ近づくと、フラノは天使が降りてくると言った。降誕祭の夜、天使たちはバラの砂糖菓子を教会の庭に埋めるのだと教えてくれた。家に帰り、ミランはフラノから貰ったバラの砂糖菓子を、アパルトマンの中庭に埋めた。真夜中、中庭に一本の紅いバラが咲いていた。天使の落とした紅玉（ルビイ）かもしれない。

評価 三月うさぎのグリーティングコレクションシリーズ第一作。このシリーズは前半が著者によるイラストカード、後半が書き下ろし短編という構成で、発売当初前半のイラストを用いたメールオーダーグッズが作成されるなど、美大卒の著者の多彩振りが窺える。同シリーズには『仔犬の気持ち』（91・12・20）、『少年アリス三月うさぎのお茶会へ行く』（92・1・31）、『クリスマスの朝に』（92・11・30）、『ことばのブリキ罐』（92・3・31）があり、前者三作は河出文庫『聖月夜』に、残り一作は河出文庫『宇宙百貨活劇ペンシルロケット・オペラ』（95・2・3）に収録された。

『夏至南風
カーチィベイ』

（河出書房新社、93・6・30。河出文庫、99・9・3。「ブックthe文芸・1」93・3・20）

梗概 6月なかば、今年もまた海藍地（ハイランディ）に夏至南風が吹いてきた。この街の空気はほんの一時期だけ湿り気をおび、不快な熱気に蔽われる。夏のまえぶれの腐敗した季節が、はじまろうとしていた。黒鞄をさげた黒い服の男が一人、ぼくの家である《海岸ホテル》を訪れた。しかし父は追い返したようだ。ぼくは誰の言葉も聞かず、何も話さないが、弟とは手を触れ合うことで意思を伝え合えた。一週間後の日曜、ぼくたちは礼拝堂裏手の茂みで黒服の男を見かけた。礼拝からの帰りに再びそこを通ると、新しく土盛りしてある。掘りかえすと少年の腐乱死体が出た。次にぼくが少年連れの黒服の男を見つけたとき、岷浮（ミンフー）の港まで追った。そこで偶然友人の碧夏（ピーシア）に出くわし、さらに先程まで男と一緒にいた少年白柚（バイユー）にも行き会う。碧夏と白柚は顔見知りだった。碧夏の知る店に白柚を残し、二人埠頭へ向かうと、そこで黒服の男が碧夏を待っていた。碧夏は男に白柚の居場所を教える。その後白柚は行方不明に。そして碧夏と親しい洒旒（サリュー）も。やがて岷浮で何者かの死体があがり、洒旒の死体はホテルの冷凍室で見つかった。続いてプールからは弟の死体が。ぼくは碧夏に疑惑を抱くが、彼もまた二人連れの男に連れ去られ、姿を消す。秋になり、ぼくは変り果てた姿の碧夏に再開した。

評価　文庫版あとがき「聖なる樹」によれば、〈植物を作中へ取りこむ場合に、暗示や示唆を考えずにはすまない。〉

〈本書における無花果は、むろん「季節感をあらわす果実として採用した」わけではない。わざわざ説く必要もないほど饒舌なこの植物を少し黙らせるために、ドライ・フィッグと書いて、紛らわしく（如何わしく）してある。〉とある。日本で育つイチジクが単為生殖の品種であること、また西洋でイチジクの果が男性の喉仏や生殖器を示し、死をも暗示することなど、著者は無花果の饒舌さについてしっかり説いてみせながら、作中の少年たちにおける〈再生〉の拒否、〈死〉への不安などを解説している。一方、肌へ吸いつき手脚を萎えさせる湿気と、不快な熱気を運ぶ風が吹き、腐臭に満ちる街海藍地（ハイランデイ）とは、まさに少年たちに拒まれた〈再生〉を促す〝排卵日〟を暗示する場といえようか。

『雨更紗』（河出書房新社、94・4・20。河出文庫、99・10・4。「文芸」94・2・1）

梗概　丘沢哉は従兄児島玲が住む児手山の家へ向かっていた。学校を欠席している玲に筆記帳を渡すよう、彼の担任越知に頼まれたのだ。しかし玲や伯母、祖母が苦手な哉は、門口で早々に辞することばかり気にして筆記帳を渡すのを忘れ、帰りがけ道に落として汚してしまう。新しい筆記帳を買いに寄った文具店で、玲の家に出入りする山口安という女に出会う。その後越知に筆記帳を返し、その足で絵を習う弟を迎えに行った。しかし、哉に弟などいないことを、越知は知っていた。のみならず、丘沢哉とは児島玲のもう一つの姿に他ならないことも。哉はそれに気付いておらず、画家暮林や安が彼を玲と見て話しかけても、自分が故意に玲になり代わって返答したつもりになっている。暮林も安も、玲と肉体関係にあるようであった。一方児手山の家では、発作的に意識が十七、八の娘時代に戻ってしまう祖母を抱え、伯母すなわち母が哉の帰りを待っていた。というより、彼女は哉が正気に戻り、玲としての意識を取り戻すときを待っているのだ。しかし彼女もまた分裂した人格を持っており、それが山口安なのである。ある日哉は、安から玲の子を宿したと告げられた。

評価　通常タブーとされる近親、同性、未成年、教師と生徒などの性は長野の作品にくりかえし現れるが、本作品においても殊に重要なはたらきを担う。交錯する性により登場人物達は個としての枠組をゆるがされ、安定した家族を形成することもままならない。不安と目まいの中から産み出されようとする玲と安の子は、あらゆる束縛を解かれた何者でもない何者かになり得るだろうか。

『上海少年』（集英社、95・11・30。集英社文庫、99・3・25）

【雪鹿子】（「小説すばる」94・12）。三沢は従妹の逸子と共に、彼女の亡夫倉田の墓参を済ませた。倉田は三沢の友人でもある。5年前、三沢は逸子を知り抜いているつもりだったが、彼女は自分ではなく倉田を結婚相手に選んだのであった。今さら出る幕ではない。しかし三沢はかつて出来なかった結婚の申し込みをした。だが逸子は拒み、猫に対するかのように気まぐれに家へ挙げていた少年と共に暮らしていくという。

【上海少年】（「小説すばる」95・3）。敗戦から四度目の春。上海からの引揚船が港に着き、睦は下船する人々の中に兄の姿を探す。港町の一角には華人の市場ができ、彼は上海生まれだという黒眼鏡の商人から煙草を買い、身の上話などしていた。兄の姿はない。睦は黒眼鏡の男から水晶糖の包みをもらい、別れて帰りを急いだ。後で包みを開いてみると、中には阿媽（アマ）が持っているはずの黄水晶（シトリン）の指輪が入っていた。商人は睦の兄だったのだ。

【満天星】（「小説すばる」95・6）。仕事も暮らしも成り行きまかせの父の下では最低限必要なものすらそろわない。自然恩は人を騙して小遣い稼ぎするようになった。皇太子の成婚パレードを一目見ようという人々でごった返す京橋付近で、恩は騙すに手頃な相手を探す。具合のよさそうな女に声をかけ、如何わしい身の上話を始めると、女は哀れんでか彼をフルウツパーラーへ連れて行った。しかし一向に彼を離そうとしない。女はそのまま恩を家まで連れ帰り、貴方は私の息子だと告げる。

【幕　間】（「小説すばる」95・8）。女優を目指す橙子は、演出家として著名な義父の芝居に初めて起用された。短い場面ではあるが、母は大喜びする。数日後稽古場に赴いた橙子は、自身の恋人役を務めるのが生き別れになっていたふたつ違いの弟、暁だと知る。舞台と現実の狭間で揺れながら、橙子は次第に暁へ惹かれていった。

【白昼堂々】（書き下ろし）。凛一は発熱し、高等部への進級の合否を定める試験を欠席した。華道家元の直系の孫である彼に、親族は留年や退学を赦さない。顔立ちや背格好の似通った従姉の省子が、代わって試験を受けた。しかし、自慢の長い髪をきらされ、男子校に潜入させられたことの交換条件として、彼女は自分の代わりに美術館の監視係をしてほしいという。凛一は省子の服をまとい、マスクして美術館に向かった。そこで省子の交際相手氷川と出会い、正体を知られぬまま一日を共に過ごす。後日氷川は誤解に気付き、憤るのだが、省子は〈あんたが泥棒だってこと、ようく覚えておくわ。〉と思わせぶりにささやくのだった。

評価　表題作「上海少年」に関連し、文庫版あとがき「或る日の上海」には、著者が上海へ旅行した際のエピソードが載せられている。旅行の動機は〈横光利一の『上海』や某マンガの影響〉とある。なお、本書所収の「白昼堂々」は、後に同じ題名を掲げた『白昼堂々』(集英社、97・9・30。書き下ろし)や『碧空』(集英社、98・11・10。書き下ろし)、『彼等』(集英社、00・5・30。書き下ろし)といった続編群を生んでいく作品となった。性差による肉体的特徴が未だ顕著でない少年少女が入れ替わることで、男女間の恋愛関係が違和感なく同性同士のそれへと地続きに描かれるあたり、長野まゆみの小説に立ち現れるさまざまな男女の在り方と深く関わっている。

『鳩の栖』(集英社、96・11・30。集英社文庫、00・11・25)

【鳩の栖】(「小説すばる」95・12)。父の赴任に伴い転居を繰り返す操は、これまで同様の緊張と気詰まりを抱えて新たな学校へ向かう。内気で小声の操だったが、機知に富み明朗で麗しい少年樺島と知り合い、くりかえした転校の中ではじめて友のありがたみをかみしめた。しかし樺島は長く病を患っており、冬休み明けには姿を見せなかった。操は級友たちと共に彼を見舞い、玄関の飾りや床をとった部屋の軸に鳩を見つける。鳩を見ると気持ちが安らぐと語る樺島の言葉に、一同心打たれる。庭の水琴窟を操が試すと、樺島は誰のよりも彼の鳴らす音を誉め、その後も訪問するたび希むのだった。鳩の絵や水琴窟の音に辛うじて病床の不安や憂鬱を紛らす樺島の思いや、彼が与えてくれた豊かなものに対し、手を？　み肩を引き寄せることしかできぬ自分を、操はもどかしく思う。〈ありがとう〉という言葉を残し、樺島は春を待たずに逝った。

【夏緑蔭】(「小説すばる」96・5)。継母とふたり暮しになってから4年、寧はもうじき十五になる。火照る躰をごまかし夏期講習へ向かう途中、寒気と眩暈におそわれ意識を失う。気づくと、見覚えのない部屋に寝かされていた。通りがかりの学生が助けて自室に運び、一晩付き添ってくれたのだ。継母は連絡を受け駆けつけたにもかかわらず、寧を預けたまま勤めに出ていた。学生は体力をつけるようにと、婦人にヨーグルトを用意してくれる。寧には、子どもの頃見知らぬ婦人にヨーグルトをご馳走してもらった思い出があった。やがて継母が迎えに来、家へ着くと、先程の学生は寧の兄だと告げた。その後兄に見知らぬ婦人の思い出を語ると、それは亡き母だったのかもしれないと言った。

【栗樹　カスタネチア】（「小説すばる」96・7）。甲彦、端、乙彦は実の兄弟だが、端は子どものない伯父夫婦の養子として幼いうちにひきとられ、離れて暮らしていた。9月半ば、突然端が姿を見せた。商社員の伯父が海外赴任するために、端は乙彦らと同居するらしいが、大人たちは乙彦に何の相談もしてくれない。そして自分より甲彦に打解けて見える端への嫉妬を募らせていった。だが2日後、端は伯父のもとへ発ち、後日病室から手紙を寄越した。彼らが海外へ発った理由は、端の入院のためだったのだ。

【紺　碧】（「小説すばる」96・3）。義兄来島を慕う亨は、姉亡き後も彼とふたりで暮らしている。来島には縁談があり、亨にも伯父が引き取りたいと申し出ていたが、ふたりはこれまでどおりの生活を望んでいた。しかし来島は勤める学校を変わることになり、亨は伯父の世話になることにする。しかし、亨をよく理解する友人真木に勇気付けられ、再び来島と暮らす決意をした。

【紺一点】（書き下ろし）。義兄来島と新たな暮らしを始めていた亨は高校に入学し、再び真木と同窓になる。真木は瀬川という上級生を慕っていた。瀬川は黒縁眼鏡をかけているせいか、長身で容貌や頭脳、運動神経、人柄も秀でているにかかわらず目立たない。真木に曳かれるようにして、亨は彼らと同じ郷土研究部に入った。部の顧問小田と来島は同じ大学の出身で、その縁故により瀬川と来島も知り合い同士だった。5月のある日、真木の下宿先の長女が妊娠していることがわかった。相手はその人と縁談話のあった来島だという噂が立つ。しかし真木は瀬川が相手だと告げ、動揺する亨を安心させた。そして、共に東京の大学へ入ろうと誘った。

評価　表題作「鳩の栖」に関連し、文庫版あとがき「空を飛ぶ」には、北宋皇帝徽宗の「桃鳩図」を眺めると気持ちが和んだという、著者の高校時代のエピソードが載せられている。そして鳥が飛ぶことは自由とは無縁で、ひたすら生きるための手段なのだと述べる。更に、〈『鳩の栖』に収録した短篇はいずれも、中学生の少年を主人公にした物語とその続篇である。騒がしい思いに駆られがちな年齢の彼らの、静かな部分を描いてみようとした作品群だ。ここでの少年たちは、自由を求めているわけではない。その年齢で持ち得るかぎり精一杯の理性と機知とで、生きているだけだ。〉とし、鳥と少年たちとを重ね合わせている。『少年アリス』における羽を持つ少年たちの姿を想起させる。

参考文献　「文芸」（88・12）、既出河出文庫、集英社文庫収載の各解説。

（和田季絵）

乃南アサ（のなみ・あさ）

略歴 60年8月19日東京都練馬区江古田生まれ。本名矢澤朝子。2歳で川崎市多摩区生田に転居。高校までミッション系の一貫校に通う。早稲田大学社会科学部を2年で中退し、広告代理店に3年勤務。その後、手打ちうどん店を共同経営しつつ、深夜まで小説の構想を練る日々が続く。88年、初の小説『幸福な朝食』で第1回日本推理サスペンス大賞優秀賞を受賞し、デビュー。94年、大作『風紋』が作家としての転機となり、96年、『凍える牙』で第115回直木賞を受賞。〈人間の多様性を描く〉という一貫した信条のもと、推理小説にこだわらぬ幅広いジャンルで活躍している。その作品では、人間心理の深淵が濃密に描かれるが、それは、乃南が自身の内面を剔抉し、自己愛を切り出していく真摯で厳しい眼の所有者であることの証と言える。『風紋』の真裕子、『凍える牙』の貴子はシリーズとして書き継がれており、二人のこれからの成長が楽しみだ。エッセイ集に『好きだけど嫌い』（幻冬舎、00・4・10）、『チカラビトの国』（毎日新聞社、01・6・20）。

『幸福な朝食』

（新潮社、88・11・15。新潮文庫、96・10・1。「小説新潮」88・11）

梗概 沼田志穂子は34歳になるフリーの人形使い。歌手・女優を目指していたが、瓜二つのスター女優柳沢マリの存在に夢を砕かれた。劇団時代にマリの「そっくりショー」に出演させられた屈辱が心の深淵でくすぶり続ける。マリへの復讐に恋人良助と彼女の仕組んだ罠は。そして、徐々に狂気が彼女の中で育っていく。マリオネットのミカに絶えず語りかける志穂子。彼女の言動は非日常の世界に埋没していく。

評価 当人には当然の行為が、他人の目には恐怖そのものに映る場合があることを、日常生活の中に描き出した。〈何よりも、人間のドラマを書こうとしている態度に好感を持った。〉〈動きが少なく小事件なのに、濃密な心理描写だけでじゅうぶん劇的であり、〝事件〟を感じさせる。〉（佐野洋・連城三紀彦　選評）赤い血の海のイメージが、小説の非日常的様相を暗示し、陰影に富んだ心理描写が、日常と非日常を巧みに融合させることに成功している。日本テレビ「火曜サスペンス劇場」でドラマ化、88年12月27日、放映（主演・浅野ゆう子）。

『6月19日の花嫁』

（新潮社、91・2・25。新潮文庫、97・2・1。書き下ろし）

梗概 交通事故で記憶を喪失した池野千尋。救助してくれた前田一行の部屋で思い出せるのは、一週間後の6月19日が結婚式だということ。会場となるホテルを訪ねあててみると、結婚式は1年前のその日だった。自分は何者なのか、結婚の相手は。過去を尋ねる千尋に、次々と明かされる意外な事実。

何度記憶を喪失したのだろうか。彷徨う千尋を見守る一行。

評価　〈著者が描こうとしているのは、過酷な家庭環境から何とかはい上がろうと悪戦苦闘する千尋の姿〉であり、〈紆余曲折を経た後、見事に幸せをつかむことになる。そうしたモチーフは警察という男社会の中で孤軍奮闘する『凍える牙』のヒロインまで見事に一貫しているといっていい。〉（香山二三郎　文庫解説）フジテレビ・松竹より『ジューンブライド』として映画化、98年6月13日公開（主演・富田靖子）。

『鍵』（講談社、92・1・5。講談社文庫、96・12・15。書き下ろし）

梗概　高校生麻里子のカバンに見知らぬ鍵が。住宅街ではカバンを奪う通り魔事件が続発する。犯人の狙いは何か。鍵の謎を調べだした難聴の障害を持つ麻里子。姉秀子の勤務する中学を訪ねると、そこには贈収賄にからむ意外な人物が。

評価　同じ主人公麻里子の活躍する『窓』（講談社、96・12・10）と連作をなす。最後に新聞記事で、事件の背景を説明してしまう点に疑問が残るが、〈ただ障害があるというだけで社会的な制限を受けがちな人々のことをもっとわかって欲しい、と思ったのが、これらの作品を書く原動力でした。〉（「週刊現代」01・4・7）と言う乃南の意図は成功している。

『トゥインクル・ボーイ』（実業之日本社、92・1・10。新潮文庫、97・9・1）

【青　空】（「週刊小説」89・10・13）。早苗は新米の幼稚園保母。9月、杉森巧太がやって来た。〈ブッ殺してやる。〉〈ぶすのくせに。〉小さな巧太の言葉に早苗は愕然とする。相談のため巧太の団地を訪れ、手摺りにもたれる早苗の背中に、彼は全身の力を込めてぶつかって来る。身をかわそうとした早苗は。

評価　〈子どもを善の象徴と考えて、その思いが裏切られたと怒ったり怯えたりするのは、おとなのひとり芝居にしかすぎないのではないのか。〉（香山リカ・文庫解説）「トゥインクル・ボーイ」・「三つ編み」・「坂の上の家」他全7篇。

『家族趣味』（廣済堂出版、93・9・15。新潮文庫、97・5・1）

【デジ・ボウイ】（書き下ろし）。中学三年の直樹は、同年の従兄弟彰文の、ロボットのような感情を表出しない性格に苛立つ。彼の妹結季がいじめにあい怪我をする。直樹は一人で相手に挑むが、反対に大怪我を負わされる。それを聞いた彰文は、直樹に一通の手紙を認める。「魅惑の輝き」・「彫刻する人」・「忘れ物」・「家族趣味」の全5篇。

『再生の朝』（勁文社、94・3・10。新潮文庫、98・2・1。書き下ろし）

梗概　萩行きの夜行高速バスが品川を出発した。乗客・乗務員12人。深夜コカイン中毒の女が運転手を殺害する。バスは山中に迷い、岩肌に激突する。台風が近づくなか、見知らぬ土地の暗闇の中に置かれた乗客たちの恐怖。

評価 人物紹介を一渡りした後は、各節一人物の視点から、全体として多視点から恐怖の一夜の人間模様が描き出される。

『風紋』（双葉社、94・10・5。双葉文庫 上下、96・9・15。「小説推理」93・8～94・4）

梗概 主婦高浜則子が殺害された。高校2年の娘真裕子は外見上平静を装うものの、心中の〈涙壺〉は徐々に満ち、〈凍った月のような瞳〉を持つようになる。新聞記者建部は、彼女の危機を感じ取り、取材を独自に続行しつつ見守る。容疑者として真裕子の通う高校教師松永が逮捕された。その妻香織の生活も激変する。平安な日常を奪われ、実家に子どもを預けてホテルを転々とし、バーに勤める。そんな中、公判が開始される。状況は二転三転し、そのたびに二人は翻弄される。自殺を図る真裕子。1年3ヶ月後、判決が下る。〈人間に関わりたくない〉真裕子は農学部の大学生になった。そして、真裕子と香織は亡き則子の墓前で出会う。

評価 殺人事件の当事者ではなく、被害・加害を問わず、身内の内面心理・行動を克明に描き出し、非日常的出来事に巻き込まれ運命を狂わされた人々の生を追求している。それは、〈事件の加害者となった人間以外は全て、被害者になってしまうのではないかと、私はそんなふうに考えている。〉（元版「著者あとがき」）故である。また、各々の家族を見守る新聞記者建部の心理描写が、社会的視点を代弁する。自らの作家生活において〈長さという点でも内容・テーマという点でも技量という点でも。そして、集中力という点でも〉転機となった作品だと述懐する（「ダ・ヴィンチ」01・4）。「人間の多様な生のあり方を描く」ことを信条とする乃南の代表作。

『凍える牙』（新潮社、96・4・20。新潮文庫、00・2・1。書き下ろし）

梗概 深夜のファミリーレストランで、突如男の身体が炎上する。そして大型の獣に無残に咬殺される事件が続発する。捜査を開始した警視庁機動捜査隊の音道貴子《おとみちたかこ》巡査と立川中央署の中年刑事滝沢保。ふたつの事件の関連を追う二人の前に次第に正体を現したのは、威厳と知性を兼ね備え、強烈な存在感を持つオオカミ犬疾風《はやて》だった。愛用のバイクCB400に跨った貴子は、深夜の首都高速を駆け抜ける疾風を追う。

評価 第115回直木賞受賞作品。著者のねらいはあくまで人間を描くことにある。〈貴子の中にある渇きや孤独とかが、オオカミ犬の持つそれと呼応できればと思って。〉（「ダ・ヴィンチ」96・10）その疾風の存在については、賛否両論。が、このような異界の絶対者を登場させ、そこから日常性を照射することにより、私たちが暗黙の内に希求する「生」のありようを明確に定着し得ている点は評価したい。一方、貴子と滝沢のコンビについては、〈主役と狂言回しとをかねた二人組の警官の人間創出に、高い水準でみごとに成功している。〉（井上ひさし・選評）など概ね好評。ＮＨＫ「ハイビジョンサスペンス」でドラマ化、01年6月23日放映（主演・天海祐希）。

『殺意』

（双葉社、96・6・15。新訂版、97・4・15。双葉文庫『殺意・鬼哭』00・5・20。「小説推理」96・2・3「わけ」改題）

梗概 〈殺したいからだ。一人でも多く。〉出所を控えた真垣徹の独白で、的場直弘殺害の状況が語られる。人間の殺戮の歴史を背負った彼の本能を目覚めさせた的場。真垣に罪悪感はない。〈私は生涯をかけて、殺人者として生きるのだ。〉

『鬼哭』

（双葉社、96・10・20。双葉文庫『殺意・鬼哭』00・5・20。「小説推理」96・10）

梗概 真垣に襲われた的場の、息絶えるまでの3分間の意識の流れが綴られる。家族団欒の光景、真垣との出会いから現在までが回想され、そして最後に、〈高さも深さも分からない闇の中で、意識は、ひっそりとうずくまる。〉

評価 『殺意』・『鬼哭』で連作をなす。加害者の独白・被害者の意識の流れを用いて連作とした点を、木田元は〈ミステリー史上、かつてない試みであろう。いや、これをミステリーと言ってよいかどうか。〉〈エンターテインメントの域をはるかに越え出た力業である。〉（文庫解説）と高く評価する。

『氷雨心中』

（幻冬舎、96・11・7。幻冬舎文庫、99・11・25）

【鈍色《にびいろ》の春】（「小説王」94・2）。塚原染色工房に、有子は30年通い続ける。未亡人となっても、新しい恋人が出来るたびに和服の意匠変えにやってくる。しかし、今回の相手には妻子と愛人がいた。しばらくして現れた有子は、苦悩にやつれていた。ほのかに思いを寄せる店主塚原は、自らの意志を伝える意匠を創作する。それは、〈縄目模様と握り鋏の図柄〉が染め抜かれた、鈍色の地の小紋だった。

評価 〈最初に、日常の中の居心地の悪さみたいなものを書いていこうって思ったんです。〉（「LEE」97・2）現実（素材）と交渉するプロである職人が、その心の中に非現実的思念を育てあげている気味の悪さが良く出ている傑作集。「青い手」・「氷雨心中」・「泥眼」・「おし津提灯」他全6篇。

『引金の履歴』

（文芸春秋、98・4・30。文春文庫、01・4・10改題『冷たい誘惑』）

【塵　箒】（「オール読物」97・9）。60代の森井勲は退職警察官。園芸農園を始めるが挫折し、妻とは別居中。一人住み始めたアパートの押し入れ箪笥の中に、一丁のコルト拳銃を見つける。組織は嫌だが、なつかしい拳銃の感触。ある日近所で若い男女の諍いの声を聞き、駆けつける勲。

評価 老年の入り口に立つ男の心理描写を通して、彼の矜持と哀感が巧みに表現されている。「野良猫」他全5篇。

『ボクの町』
（毎日新聞社、98・9・25。「毎日新聞」97・9・24〜98・6・22）

梗概　高木聖大《せいだい》、巡査見習。ツッパリ気味の23歳。要領よく楽することしか考えず、絶えず先輩から叱られる。ある日、連続放火で死者のでる大事件が起こる。同期の三浦が捜査の途中で交通事故に。霞台の町と同僚の危機に立ち向かう聖大。

評価　著者初めての新聞小説。〈特定の個人ではなく、一つの町なり、そこに生きているいろんな人たちの、生き様というほどおおげさなものではない断片のようなものが切り取れたらいいかなと思いました。〉（「ダ・ヴィンチ」98・11）。

『花散る頃の殺人』
（新潮社、99・1・15。新潮文庫、01・8・1）

【花散る頃の殺人】（「小説新潮」97・4）。窪谷恭造と妻睦子の死体がホテルで発見された。自殺か他殺か。追う貴子。一枚の写真から間下秀次（「喜久乃家」の息子）を訪ねると、彼は元「喜久乃家」の使用人夫妻（窪谷夫妻）に、請われるまま青酸カリを手渡したと告白する。

評価　ヒロイン音道貴子の活躍する連作集。派手な犯罪よりは、日常の身近な事件に視点を置く。「冬の軋み」他全6篇。

『ピリオド』
（双葉社、99・5・25。「小説推理」98・5〜98・12に加筆、訂正）

梗概　フリーカメラマンの宇津木葉子は、雑誌の情報ページを撮って生活する離婚経験者。妻子持ちの編集者杉浦とは愛人関係。長野にいる兄は末期癌で入院中。兄嫁志乃の希望で大学受験生彰彦を引き受けた後、その妹理菜が家出してくる。そんな時、杉浦の妻が刺殺され、杉浦は行方不明に。

評価　〈家郷を捨てて、東京で生きている者の気軽さと、孤独と、生活の大変さ、人間関係などを、葉子の行動と思索に象徴させて、物語を展開させる。〉（「週刊読売」99・7・25）。冒頭の、東北の寂れた町のたたずまいの描写が、葉子の心象風景を適切に表現している。

『鎖』
（新潮社、00・10・25。書き下ろし）

梗概　占い師と信者夫妻が殺害された。音道巡査長と捜査一課の星野警部補は、家宅捜査で銀行の粗品を見つけ、架空口座の存在を知る。星野と仲たがいして単独で元行員の若松を探す貴子の前に、以前担当した事件の被害者加恵子が現れる。誘われるまま、油断して薬入りジュースを飲まされた貴子は意識を失い、監禁状態に。貴子は徐々に、自身のそして人間の弱さを痛感し、組織への不信が募る。一方、人質貴子救出のために中年刑事滝沢のいる特殊班が、架空口座から二億円を引き出した人物を特定し、貴子の監禁場所を絞り込む。

評価　〈〈鎖というタイトルは〉広い意味で言えば、貴子の職場、男性社会ニッポンを三回くらい重ね塗りしたような警察という巨大組織も「鎖」ですし、今回、貴子の置かれた状況も「鎖」、犯人の一人にどうしようもなく惹かれ縛られている女性についてもそうですね。〉（「波」00・10）『凍える牙』の狼犬疾風《はやて》のような異界の存在を使わず、エゴイスチックな組織人間と、男に唆されるまま犯罪に手を染める女の有様を、主人公貴子とからめて描くことにより、自ら鎖を求めずにいられぬ人間の宿命を、緻密に描き出している力作である。

『涙』（幻冬舎、00・12・10。「静岡新聞」99・4・1〜00・3・31に加筆、訂正）

梗概 藤島萄子は、平凡な五十代後半の主婦。35年前、東京オリンピックの頃、萄子は刑事の奥田勝と婚約した。ところが、挙式直前に勝は〈もう会えない。忘れたほうがいい。〉と電話してきたまま、消息を絶つ。同じ日に勝の上司韮山の娘のぶ子の惨殺死体が発見されるが、遺体の傍らには、勝の定期券が。韮山は勝を追い始める。萄子もまた、単身勝を追いかけて川崎・熱海・焼津・筑豊・飛田と訪ねるが、勝を捕えられない。希望と絶望。ついに、萄子は復帰前の沖縄宮古島で、猛烈な台風に遭遇し、自然と格闘する勝と出会う。

評価 高度経済成長期の日本社会を背景として、一つの恋愛の様相が描かれる。〈まず、資料を見ながら自分が子供の頃見ていた景色、感じた空気、大人たちはどんなだったかを思い出す作業をしました。〉（webマガジン幻冬舎、01・1・15）、〈よいとまけの歌、ベトナム戦争、ビートルズ来日、赤軍派…。当時の風物や事件があの頃を懐かしく浮かびあがらせる。〉（敷村良子「産経新聞」00・12・16）いかに平凡に見えても、人は多くの過去を、歴史を背負って生きている。『涙』では、萄子の心理と時代状況との融合という点で課題が残るという評もあるが、運命・自然との対決を含んだ人間の全体像を描こうとした野心的な作品として評価したい。

参考文献 本格的な研究は出ていない。「評価」で触れた以外の乃南のエッセイ・談話を挙げる。「正体不明の渦の中で」（「波」88・11）、「自伝エッセイ　笑う門には」（「オール読物」96・9）、「『家』の履歴書」（「週刊文春」96・12・12）、「作家の履歴書」（「婦人公論」00・12・7）。立項以外の全著書（刊行順）、『パソコン通信殺人事件』（改題『ライン』）・『今夜もベルが鳴る』・『微笑みがえし』・『ヴァンサンカンまでに』・『紫蘭の花嫁』・『5年目の魔女』・『水の中のふたつの月』・『パラダイスサーティー』・『暗鬼』・『団欒』・『死んでも忘れない』・『ドラマチックチルドレン』・『幸せになりたい』・『結婚詐欺師』・『悪魔の羽根』・『来なけりゃいいのに』・『花盗人』・『夜離れ』・『不発弾』・『躯』・『ダメージ』・『行きつ戻りつ』・『未練』（01・8・18）

（三坂　剛）

林真理子（はやし・まりこ）

略歴　54年4月1日山梨県生まれ。本名、東郷真理子。日本大学芸術学部文芸学科卒業。大学卒業後、コピーライターとして活躍し、81年にはTCC賞新人賞を受賞した。その後作家としては無名に近い彼女が、82年に処女出版した『ルンルンを買っておうちに帰ろう』が一躍ベストセラーとなり話題を呼んだ。このエッセイは、林自身が自伝的小説『ワンス・ア・イヤー』の中で書いているように女性心理の〈種明かしの本〉であり、当時鮮烈な印象を与えて女性読者の心を掴んだが、そのスタイルは林真理子という作家のポジションを既に決定づけるものであったと言ってよい。その後は人気エッセイストとして、テレビ等にも出演していたが、84年に発表した「星影のステラ」で第91回直木賞候補となってから、第92回候補作「葡萄が目にしみる」、第93回候補作「胡桃の家」と3回連続候補の後、85年に「最終便に間に合えば」「京都まで」で第94回直木賞を受賞して、作家としての地位を揺るぎないものとした。また88年にはアグネス・チャンとの子育て論争でマスコミの注目を浴びた「いいかげんにしてよアグネス」で第50回文芸春秋読者賞を受賞するなど、常に話題の人であり続けたが、94年には『白蓮れんれん』で、第8回柴田錬三郎賞を受賞し、98年には『みんなの秘密』で第32回吉川英治文学賞を受賞している。更には、96年に発表された『不機嫌な果実』が97年に映画化されたのを初め、多くの作品がテレビドラマ化されている。その他、小説として『星に願いを』（講談社、84・1・25）、『戦争特派員』（文芸春秋、90・11・10）、『トーキョー国盗り物語』（集英社、92・7・25）、『ワンス・ア・イヤー』（角川書店、92・9・30）、『天鵞絨物語』（光文社、94・3・30）、『素晴らしき家族旅行』（毎日新聞社、94・11・5）、『東京デザート物語』（集英社、96・2・28）、『不機嫌な果実』（文芸春秋、96・10・30）、『花探し』（新潮社、00・4・25）等多数がある他、エッセイに『今夜も思い出し笑い』（文芸春秋、85・4・40）、『ウフフのお話』（文芸春秋、90・6・15）、『原宿日記』（朝日新聞社、92・5・1）、『そう悪くない』（文芸春秋、94・11・30）、『皆勤賞』（文芸春秋、96・2・25）、『みんな誰かの愛しい女』（文芸春秋00・1・10）等多数がある。

『葡萄が目にしみる』（角川書店、84・11・5。書き下ろし）

梗概　葡萄農家に生まれ育った乃里子は、目立たない、地味な自分を変えたいと思っていた。友達がみな地元の女子高校へと進学する中、乃里子は共学の進学校へと進んだ。放送部の先輩に寄せる淡い恋、不器用ではあったが、乃里子は自分らしさを探していた。ラグビー部の花形選手である岩永に反感を抱きながらも、自信に満ち、自由奔放に生きる岩永に、乃里子はどこか惹かれていた。10年後、乃里子は東京の大学を卒業してフリーのアナウンサーになっていた。そんなある日、すっかり有名人になっていた岩永と再会する。久しぶりに会った岩永は、昔と少しも変わらず傲慢だった。でもその時なぜか、涙があふれてきた。乃里子は岩永と、自分の成功を祝福したいと思った。

評価 この作品は第92回直木賞候補となっている。直木賞の選評（「オール読物」85・4）の中で山口瞳はこの作品を〈劣等感と自己愛の世界にとどまっているかぎり、少女小説と言われても仕方がないのではあるまいか〉と評しているが、これは林真理子の作品を否定する共通した感想と言えなくもない。しかし、一方で同選評の渡辺淳一のように〈林真理子そのものが小説ににじんでいるところ〉が〈この人のいいところ〉だとする見方もあるわけで、山口の言う〈劣等感と自己愛〉というテーマがあるからこそ、林真理子が同時代の多くの女性に受け入れられたのだということは認めておかねばなるまい。選評ではラストについての評価が分かれているが、自分の実力しか信じない岩永のような生き方を、一人の女性がやがて是とするこの作品は、林真理子自身にとっては、己の覚悟が文学的に表現された記念碑的な小説であると思う。

『星影のステラ』（角川書店、85・2・28。角川文庫、86・1・25）

【星影のステラ】（「野性時代」84・1）。彗星のように目の前に現れたステラ。一流の世界に憧れながら小さなデザイン会社に勤めている田舎娘の冨美子は、服はイッセイしか着ないというステラに一目惚れしてしまう。何となく冨美子の部屋に住み着くようになった文無しのステラは、一向に働こうとしない。ある日、ステラが自分の嫌いな同僚を褒めたことが冨美子にはショックだった。ステラのために自分を犠牲にしていたことが馬鹿馬鹿しくなる。たった一つの玉子を惜しいと思うくらい冨美子の気持ちは冷めていた。そしてステラは出て行き、二度と帰らなかった。

【だいだい色の海】（「月刊カドカワ」84・12）。利彦は俗物で女出入りの絶えない父親の言いなりになって暮らしているが、心の中ではそれを恥じていた。一方利彦には腹違いの兄昭彦がいたが、昭彦は父を嫌って家を飛び出し、苦学して医者になっていた。利彦はそんな兄を尊敬していたのだが、ヤチオミの別荘を訪れたある日、医者の妻になりたいがために昭彦に近づいた兄の恋人の本性、そして開業資金欲しさに、父が恋人に加えた暴行をも黙認しようとする兄の正体を知って利彦は失望する。

評価 林真理子の処女小説「星影のステラ」はいきなり第

91回直木賞候補となった。しかし、選評（「オール讀物」59・10）の多くは辛口であり、〈感性と素質という点で抜群に秀れている〉と言った山口瞳でさえ〈女主人公は幼稚の一語に尽きる〉とまで言っている。その中で渡辺淳一の〈いままで書かれなかったところであり、単なる少女趣味とはまったく違う。ステラは実在してもしなくてもいい、いわば若い女性が抱く夢で、それなりのリアリティーがある。〉という講評は、林真理子がその後投げかけようとしている問題を的確に指摘する。そもそも直木賞は、優れた大衆文学に与えられる賞であるが、人の心の著しく変遷する時代に、それぞれの時代の中から生まれてくる作品を、如何に評価するかということは、実は大変に難しい問題に違いないのである。五木寛之の〈この作家もまごうかたなき時代の子なのだ。〉という選評も、新しい世代の裸像を前に、大衆文学がどうあるべきなのかという大きな問題を敏感に感じ取っているわけである。林真理子という作家は、こうして冒頭から時代という難問を投げかけているのである。

『最終便に間に合えば』（文芸春秋、85・11・20。文春文庫、88・11・10）

【最終便に間に合えば】（「オール讀物」84・7）。有名フラワーアレンジャーの美登里は講演先の札幌で、7年前に別れた恋人長原とフランス料理を食べている。長原の執拗な誘いに揺れ動きながら、恋人と言うには余りにも打算的で冷めていた昔の関係を回想する。空港へと向かうタクシーの中で、最終便にもし間に合わなければ、との賭をしておきながら、結局何もなかったかのように別れれる自分と相手を、「なんと意地汚い存在なのだろうか」と美登里は思う。

【エンジェルのペン】（「オール讀物」84・12）。才能の乏しい新人作家浩子は流行作家を育てる野心に燃える編集者に促されて新作に取り組む事になる。しかし、題材が見あたらない浩子は、母の情事を描いた小説を書き、母の心を深く傷つけてしまう。更に次作の執筆のために同じマンションに住む阪倉と情事を演じた上で、小説の筋書きを作るために阪倉を捨てる。

【てるてる坊主】（「別冊文芸春秋」85・172号）。夫の邦夫は最近しきりと脱毛剤を買い込んでいる。妻の礼子はそれを見て苦笑した。ある日娘が幼稚園で作ってきたてるてる坊主に、礼子は大した悪気もなく夫の似顔絵を描いてしまう。それを見た邦夫は激怒する。礼子は結婚前に勤めていた植毛クリニックに来ていた男達のことなどを思い出しながら、男という生き物の意外な脆さを知る。

【京都まで】（「オール讀物」84・10）。三十過ぎのフリー編集者である久仁子は年下の恋人高志に夢中だった。週末に恋人と京都で過ごす時間は、東京での色褪せた現実を忘れさせてくれた。ある日、久仁子が京都で一緒に暮らしたいと告げたとき、高志は困惑の表情を見せる。恋の魔法が消え、つまらない平凡な男がそこにいた。久仁子は京都での恋物語が終わったことを知る。

評価 林真理子はこの「最終便に間に合えば」と「京都まで」で、第94回直木賞を射止める。四回連続の候補となり、選考委員たちも根負けした一面がある。と言うのは、山口瞳の選評に〈男と女の卑しさとイヤラシサを描くのが実に上手だが、その分後味が悪い〉とあり、また井上ひさしにも同じく〈女主人公は世故くて薄汚い〉とまで言わせているように、林真理子の書くものは少なくとも男にとっては、頗る不愉快な何かを感じさせることは確かなのだが、同時に林真理子は、小説という磁場の中に、全面否定するには大層骨の折れる仕掛けを埋め込んで置き、評者達を一種の心理劇のただ中に引きずり込んでしまっているのである。林真理子という作家は実にしたたかである。この作家は概して他人の評価を当てにしていないかのようである。直木賞が懸かっているこんな時でも、パワーゲームを楽しんでいるようなところがあり、人間心理という機械仕掛けを軽蔑し、それを利用している。他収録作品「ワイン」。

『胡桃の家』（新潮社、86・8・20。新潮文庫、89・11・25）

【玉呑み人形】（「小説新潮」85・6）。槙子は父源吉のことを疎ましく思った。それは、母も、祖母も、源吉のことを嫌っていたからだ。母たちは戦争の後、源吉がエリートサラリーマンの道を捨てて、地元の商工会議所などに勤めて薄給に甘んじていることが我慢ならなかった。もっとも、源吉はと言えば、発明家肌の人間で玩具を作って特許を取ったり、商工会のイベントを企画するなど、創意工夫に長けたタイプの人間だったのだ。しかし、家族の女たちは生活力のない源吉を認めることは出来なかったのである。叔母の良江の結婚間近になったある日、父がなにやら忙しそうに作っている。玉呑み人形である。人形がピンポン玉を自動的に繰り返し呑み込む。結婚の祝いにそんな奇怪な人形を送ろうと考える父を槙子は許せなかった。

【女ともだち】（「小説新潮」86・6）。友人の結婚式で、暁子と会うことになった淳子は、内心穏やかではない。大学時代に、長崎から東京に出てきたばかりだった淳子は、サークルで知り合った暁子の華やかさに魅了されてしまう。都会育ちの暁子に憧れて友達になったが、夏休みに一緒に訪れた山中湖で起きた事故で、ひたすら嘘をつき通す暁子を見て嫌気がさす。都会で暮らす人間の正体を見たような気がした。お互いに子育て中の現在、レストラン経営者の妻として都内で暮らす淳子は、サラリーマンの妻として仙台で暮らしているという暁子に、密かな優越感を感じていた。ところが、友人の知美から暁子が東京に帰ってくる、しかも暁子の息子は有名私立小学校に入学が決まっている、という話を聞き、女ともだちのライバル意識の根深さに苦笑する。

【胡桃の家】（「小説新潮」85・3）。3年前に離婚した槙子は慰謝料を頭金にして買った都内のマンションに暮らしていた。ある日母とく子から電話があり、本家の家が取り壊されることになり、離れに住んでいる自分も引っ越さねばならなくなったという。正月に実家に帰った槙子は、本家の家財の整理をするうちに、祖母きぬと、母とく子二世代の女たちの苦労を知ることに。夫を早くに亡くし、女手一つで旧家を切り盛りしていた祖母きぬ。そして甲斐性なしの夫に苦労続きだった母とく子。屋敷の黒光りする大黒柱を眺めているうちに、槙子は胡桃油で柱を丹念に磨いてきた女たちの繋がりを、絶やしてはならないと思う。

評価　「胡桃の家」は第93回直木賞の候補になった。選評（「オール讀物」、60・10）の大勢は、前作の「葡萄が目にしみる」よりもオリジナリティーが希薄だという意見である。黒岩重吾は〈いわば優等生的な作品である。私が感動を受けなかったのは、実家をテーマとした作品に存在する野心を感じなかったせいだ。〉と述べ、また渡辺淳一も〈家に根ざす女という難しいテーマに挑み、それなりに描かれているが、地味になった分だけ、前作のヴィヴィッドさが失われてしまった。〉としている。その中で井上ひさしだけが〈作者の素顔が、今回はひそやかに作品のかげに隠れていたのは、作者の進歩である。〉という感想を語っているが、私は井上の意見に賛成である。基本的に林真理子の多くの小説は、林真理子自身の心理投影に他ならないのであり、その単調さが強みであると同時に、欠点でもある。だから、この「胡桃の家」のごとき作品は、古典的ではあろうが、同じ心理を展開させようとする林真理子にとって、やがて試みられる伝記的小説への方向性を暗示するものだったと言えよう。他収録作品「シガレット・ライフ」

『ミカドの淑女《おんな》』（新潮社、90・9・25。新潮文庫、93・7・25。「新潮45」89・5～90・5）

梗概　士族の娘であった下田歌子は、女官として宮中に仕えるようになるや、その優れた学才の故に皇后の寵愛をうけて、異例の出世を遂げる。学習院女学部長となり、日本の女子教育の最高峰に立つ下田であったが、平民新聞が「妖婦下田歌子」と題する記事を連載したことで、下田をめぐる男達を巻きこんで騒動が持ち上がる。物語は下田の門下生だった睦子、下田と関係を持った伊藤博文、乃木希典、下田の情夫だった飯野吉三郎、そして明治天皇などの視点から、下田歌子という女性の半生が映し出されるという形式で語られる。日露戦争後、学習院院長となっていた乃木希典は、人間としての下田に好意を寄せつつも、女としての下田に脅威を感じる。男性社会の陰で多くを堪え忍んできた女たちは、いつかきっと男達に〈復讐〉しようと考えるに違いない。そう思ったとき、乃木はこの不吉な芽を摘んでしまおうと考えた。そして下田歌子は学習院女学部長の職を解かれることになる。

評価　林真理子が伝記小説という新分野に取り組んだ野心作である。主人公である下田歌子には敢えて多くを語らせずに、周辺的人物によって下田歌子像を炙り出してゆこうという構成も凝っている。この作品でも林真理子のテーマが、男と女の対立であることは明らかであるが、深田祐介が書評の中で〈ここで作者が描きたかったのは、下田歌子そのひとではあるまい。（中略）天皇制国家を完成させつつある、明治という時代の息づかいを描きたかったのだろう。〉（「文芸春秋」90・12）と述べているように、タイプの違う男性の目を通して一時代を映し出してゆくことで、物語が単調になることが回避されている。深田はまた〈主題、素材ともに刺激的なこの作品を書いて、構成力と描写力に力量を示し、新境地を開いたかに見える。〉とも語っているが、この作品は確かに林真理子にとって一つの大きな転機をもたらしたと、言うことが出来よう。

『白蓮れんれん』（中央公論社、94・10・20。中公文庫、98・10・18。「婦人公論」93・1〜94・8）

梗概　華族の血を引く燁子は幼妻として嫁した北小路家を辞して後に、筑紫の炭坑王である伊藤伝右衛門に乞われて再婚する。半分金で買われたに等しい結婚であったが、伝右衛門が持っているという女学校の校長になることを夢見て承知した。ところが実際にはそんな女学校がないばかりか、伝右衛門は屋敷うちに養子やら、妾やらを置き、燁子を悩ませる。燁子は大学教授のサロンに集まる人々と、無教養な夫とを比べ、我が身の不運を嘆くことに。そんな時、燁子が書いた戯曲を芝居にする話を持ち込んできた帝大生の宮崎龍介と知り合う。宮崎はこれまでの二人の夫とは異なる知的な男性であった。長い逡巡の末に、二人は駆け落ちを決意する。それが世の中では、〈白蓮事件〉としてスキャンダラスに取り上げられ、社会問題へと発展する。だが、二人は数々の苦難を経て、関東大震災の騒擾のさなかに入籍を果たす。

評価　この作品で林真理子は第8回柴田錬三郎賞を受賞している。柳原白蓮の生涯を描く伝記的小説第二作目は、作品としての完成度は頗る高い。しかし、これだけの力作をして、読後溜飲が下がらぬのはなぜだろうか。千石英世が書評で（「文学界」95・1）〈作者の主人公に対する尊敬のかたちが今ひとつ読みとれなかった。〉と言っているように、林真理子が柳原白蓮という数奇な境遇の下に生まれた女主人公に、どんな魅力を感じているのかが見えてこないのである。あるいは林真理子は「ミカドの淑女」のようにここでも同じ事を、つまり一人の女を巡る男性群を描こうとしたのであろうか。それでは、題材を換えた意味があるまい。伝右衛門の個性に比して、ラフにしか描かれていない宮崎龍介の印象は薄い。だとすると、またしても林真理子は愚かな男のエゴを描いただけに過ぎなかったのではあるまいか。作家の文筆家としての力量は完成域に近づいている。しかし、モチーフ自体にある種の停滞を感じてしまうのは致し方ない。

『女文士』（新潮社、95・10・5。新潮文庫、98・11・1。「新潮45」94・1〜95・5）

梗概　書生だった洋子は、眞杉静枝の伝記に取り組んでいる。本編は洋子のものした伝記による。静枝は夫の藤井熊左衛門の下から逃げ出した。女遊びの絶えない夫に性病を移され、最早耐えることは出来なかった。新聞記者になった静枝は取材を通して知り合った武者小路実篤に請われるがままに、武者小路の愛人となる。そのお陰で文壇との接点ができ、女流作家の端くれとして短編小説を発表するようになる。武者小路との関係はやがて破綻し、静枝には新しい恋人が出来ていた。静枝は結婚を迫ったが、恋人の中村地平にはその気はなかった。やがて、静枝は芥川賞作家の中山義秀に接近してゆき結婚。しかし、義秀との結婚生活も上手く行かず別れる。突然ペンクラブの一行に加わって渡欧してしまう静枝であったが、以前よりヒロポン中毒に罹っていた彼女は常軌を逸した行動で醜聞を引き起こし、帰国後静枝はついに代表作を書き上げることなく他界する。洋子は伝記を書き上げたが、作家としての静枝の二の舞を踏むまいと発表を断念する。

評価　この作品は「白蓮れんれん」に続く伝記小説である。女流作家の眞杉静枝の生涯を辿りながら、小説家としての苦悩、結婚と女の幸せ、子供といったテーマに取り組んでいる。子供という問題意識が加わっている点は、この作品の大きな特徴と言えよう。猪瀬直樹は書評（「読売新聞」95・12・3）で〈著者は自分のなかの女の部分に愛着以上に辟易とするものを感じているようであり、極端に誇張されたモデルを通してそれを描きたかったのだ〉と述べているが、この作品の中に描かれる眞杉静枝は、正に自己顕示欲の固まりのような女性であり、愚かさと、哀しさが相半ばする女性の心理を良く捕えている。描かれる男性作家像は魅力に乏しいが、幸せな結婚を望んでいた眞杉像には、「白蓮れんれん」にはない、暖かな視点が加わっている。

『みんなの秘密』

（講談社、97・12・5。講談社文庫、01・1・15。「小説現代」96・9〜97・8）

【爪を塗る女】（「小説現代」96・9）。子供を産み、プロポーションに自身のない主婦の倉田涼子は、付き合い始めた田崎とキス以上の関係に踏みきることが出来ない。それでも、田崎の心を繋ぎ止めて置きたい涼子は、せめて田崎が目にするであろう指に入念にマニキュアを塗る。ところが次に会ったとき、二人は火がついたように燃え上がり、一線を超えてしまう。田崎は最早指のマニキュアなど見てはいなかった。

【悔いる男】（「小説現代」96・10）。倉田紘一（涼子の夫）は大学時代の恋人篠田博子のことを考えていた。友人から最近博子が離婚したことを聞いていたからだ。こういう話は妙に男心をくすぐるものである。紘一は付き合っていたとき、博子が二度も中絶していたことを思い出していた。紘一は無性に博子に会いたくなり電話を掛ける。博子は紘一の下心を見透かして冷たく、二度目は紘一の子供ではなかったと告げる。紘一は甘い幻想を抱いたことを後悔した。

【花を枯らす】（「小説現代」96・11）。博子は離婚して職探しをする。勤め始めるや直ぐに上司の日下部に言い寄られてあっさり関係してしまう。昔父親に「お前は男好きがするから気をつけろ」と言われたことを思い出す。ある日、通りすがりの男に誘われてホテルへ。金を渡されて不愉快になるかと思ったが満更でもなかった。博子は「やっぱり」と思う。

評価　林真理子はこの「みんなの秘密」で第32回吉川英治文学賞を受賞している。この作品は前作の脇役が、次作では主人公になるように、リレー式に展開するという凝った構成になっている。この連作小説は全編を通して、破綻のない流れが演出されているばかりではなく、一編一編の物語もそれぞれに独立した短編として完結したものとなっている。着想が非常にユニークでありながら、完成度も高い。受賞時の選評（「群像」98・5）でも、選者たちの評価は頗る高く、五木寛之などは〈心理描写の巧みさに、舌を捲かない読者はいないだろう。〉とまで言い切っている。本人が受賞のことばで語っているとおり、〈継っ子、として小説の世界に入ってきた〉林真理子ではあるが、こつこつと続けられて来た作家修行の一つの道標と言ってよい作品であろう。前掲の他九編。

参考文献　小倉千加子「林真理子論―長距離ランナーの栄光と孤独　忘れられた「要領の悪い女たち」とのつながり」（「月刊Asahi」91・3）、山梨県立文学館編「やまなし・女性の文学―樋口一葉・李良枝・津島佑子・林真理子を軸に」（99・4・11）、菅聡子「【作家ガイド】林真理子」（「女性作家シリーズ」角川書店、97・10・27）

（上田　薫）

坂東眞砂子（ばんどう・まさこ）

略歴　58年3月30日、高知県高岡郡佐川町生まれ。土佐高校を経て奈良女子大学家政学部（現、生活環境学部）住居学科を卒業後、インテリアデザインの勉強のため、ミラノ工科大学建築学部に留学、ついでブレラ美術学院で舞台美術を学ぶ。帰国後、フリーライターとして活動しつつ、寺村輝夫主宰の童話雑誌「のんの」に童話を発表、『クリーニング屋のお月さま』（理論社、87・10）、『メトロ・ゴーラウンド』（偕成社、92・12）、『はじまりの卵の物語』（理論社、89・12）などを刊行する。しかし童話のもつ制約に飽き足らなくなり、93年に『死国』と『狗神』を発表。翌94年には『蛇鏡』（マガジンハウス、94・2・24。文春文庫、97・6・10）が第111回直木賞候補に、また『桃色浄土』が第112回直木賞候補となり、日本人の土俗的感性を喚起する伝奇ロマン小説の書き手として、一躍注目を集める。96年、『桜雨』（集英社、95・10・30。集英社文庫、98・10・25）で第3回島清恋愛文学賞受賞。97年、『山妣』で第116回直木賞受賞。サイコ・ホラーの隆盛と日本的土俗性の浮上を主な特徴とする90年代のホラー小説シーンにあって、篠田節子、小野不由美、恩田睦らとともに土俗的ホラー小説ブームの一翼を担った。日本的なホラーがエンターテインメントとして成立する土壌を作り上げたという点で坂東の功績はきわめて大きいが、最近はホラー小説の枠を越えた、さらに多様な物語を編みつづけている。他に『ミラノの風とシニョーナ　イタリア紀行』（あかね書房、86・7）、『蟲』（角川ホラー文庫、94・4・25）、『屍の聲』（集英社、96・10・30。集英社文庫、99・9・25）、『満月の夜古池で』（偕成社、97・10）、『旅涯ての地』（角川書店、98・10・31。角川文庫　上下、01・6・25）、『葛橋』（角川書店、99・1・31。角川文庫、01・1・25）、『道祖土家の猿嫁』（講談社、00・1・17）、『神祭』（岩波書店、00・5・18）、『愛を笑いとばす女たち―Letters from Tahiti』（新潮社、00・6・20）、『13のエロチカ』（角川書店、00・8・31）、『イタリア・奇蹟と神秘の旅』（角川書店、00・12・25）などの著書がある。98年3月より、タヒチ在住。

『死国』（マガジンハウス、93・3・23。角川文庫、96・8・25）

梗概　東京での生活に疲れ、20年ぶりに生まれ故郷の高知県矢狗村に戻った明神比奈子は、幼なじみの日浦莎代里が、中学三年の夏に事故死していたことを知る。さらに日浦家を訪問した比奈子は、莎代里の母、照子から、四国八十八ケ所の霊場を逆回りする「逆打ち」を15回行なったと聞かされる。死者の年令の数だけ「逆打ち」を行なえば、死者が甦るというのだ。このの ち比奈子は、幼なじみの秋沢文也と想いを通いあわせる。だがそのころ、村の周辺では少しずつ、怪しい出来事がおきはじめていた。神の谷から、死霊が徘徊しはじめたのだ。一方、ひとりの男が四国を巡っていた。それは某村の男たちが代々続けてきたお勤めだった。四国を巡りつづける人々の祈りを正しい方向に向けること、石鎚山を聖山として保つこと、それが彼らの勤めだった。しかし今、石鎚山は、比奈子と文也によって汚されようとしていた……。

評価　『はじまりの卵の物語』で〈現代社会にひそむ不可解さ、怪奇性、神秘性に興味をもち、それらに光をあてた作品を、ジャンルを超えて書いていきたいと意欲を燃やす〉と紹介されていた坂東による、土俗的ホラー小説の第一弾。執筆時期としては『蟲』のほうが早かったようだが、そこで取り入れた民俗学的、古代神話的な要素を『死国』では積極的に導入したと坂東は言う。また高知を舞台にした子供向けの本で失敗したモチーフを、異なる角度から書き上げたのが『死国』であり〈もともと民俗学には興味があって、少しは読んでいたんですけど、本格的に読み始めると非常に面白くて、こうなれば今はもう失われてしまった民間伝承とか民俗学的なものを、とことん詰め込んでやろうと思って書いたんです〉と、その執筆動機について語っている。一方、小説の方法論については〈日本人が日本の伝承なり何なりをピックアップして怪奇的なものをやるというのは、壺の中で壺を捏ねてるというか、感情的になりすぎる気がするんですよね。日本の土壌自体が感情的で、粘性の強いものですから。だから一度、外から、乾いた土地からそれを見て、もう一回造形をきちんとするようなことを渡来人の視点からしたのがハーンじゃないかと思うんです〉といった発言が示唆的だろう。（以上「美学のある恐怖」）。与那覇恵子は〈坂東眞砂子の作品は愛する者と生き続けたいと願う意識をモチーフに、生者と死者が時空を超えて出会う方法がミステリーとして提示されている。そこに登場する死者は、無念の死を遂げた者、未練を残して死んだ者など、成仏できずに霊界をさ迷っている者たちである。坂東は、この成仏できない霊があるという日本人の死生観を巧みに物語の核に据える〉と述べているが（「坂東眞砂子」）、『死国』はこうした要素をベースに人間の心の闇を土地の呪力とからめながら描いていく、のちの一連の作品の先駆けとなった。99年に長崎俊一監督、夏川結衣、筒井道隆、栗山千秋、根岸季衣、大杉漣、佐藤充ほか出演で映画化。同時上映は「リング」。この二作の上映は、新たなホラーの世界を開拓したということで大きな話題になった。同年には、コミックス版も刊行されている（牛島慶子画、角川書店、99・7・1）。

『狗　神』（角川書店、93・11・30。カドカワノベルズ、96・1・25。角川文庫、96・12・25）

梗概　坊之宮美希は41歳の今日まで、高知県の山岳地帯にある尾峰という小さな集落で、家族とともに暮らしていた。彼女の一日は、和紙漉きの作業にほぼ費やされる。高校時代の不幸な恋愛以来、彼女は結婚生活をあきらめてきた。そんな彼女の前に、地元の中学に赴任した若者、奴田原晃が現われた。やがて彼女は、晃と結ばれる。しかし晃が尾峰に来て以来、集落の人々は悪夢に悩まされるようになる。深い闇が、村落を包みはじめる。時を同じくして、坊之宮家の狗神が、動きはじめていた。集落に、徐々に狗神の被害者がではじめた。村人たちのなかには、徐々に狗神への畏怖感、恐怖感が蘇ってきた。そして美希は、妊娠する。世界は、崩壊へ進みはじめた……。

評価　『死国』『狗神』の刊行された93年は、角川ホラー文庫が創刊され、第1回日本ホラー小説大賞の募集が開始された年である。世紀末的不安が徐々に広がるなか、日本のホラー・シーンが決定的に変容した年だった。『狗神』が山本周五郎賞にノミネートされたのは、こうした時代の雰囲気と連動した結果とも考えられる。また『狗神』に対する注目の高まりは、ほぼ黙殺されていた『死国』の再評価につながった。坂東眞砂子の存在を広く知らしめたという意味でも、『狗神』のもつ意味は大きい。坂東自身はこの作品について、たとえば高知弁が「結界」として機能してしまうような日本人の田舎に対する差別意識こそが、読者にリアリティーを提供しているのではないかと語っている（「美学のある恐怖」）。また、無感覚、無感動におちいった現代人に対して〈無感動という分厚いコンクリートをうち破るのには、殺意や憎しみといったマイナスの力以外に、もうひとつセックスという力があるんです。そのセックスを憎しみにプラスして書いた物語が『狗神』なんです〉と、『狗神』映画上映に先立つインタビューで述べてもいる（「恐怖、そして恋と哀しみ。『狗神』を観る！読む！」、「ダ・ヴィンチ」8巻2号、01・2・6）。川村湊は〈現代のホラー小説の書き手たちが、現代社会にふさわしい「新しい恐怖」を描き出し、作り出そうとしていたのに対し、坂東眞砂子はむしろ古びたもの、とっくの前に廃れ、棄てられてしまったもの、忘却されてしまったものを再び拾い上げ、再構築しようとした〉と指摘しているが（「坂東眞砂子論」）、〈表テーマである〈狗神憑き〉と裏テーマ〈鵺〉の意表を突く合体の奇想といい、あまりに過激なクライマックスといい、随所にみなぎる過剰さの魅力は作者ならでは。夢野久作や横溝正史のそれとは微妙に異なる、乾いた持ち味で土俗ホラーの新生面を拓いた力作〉（諸星翔編「日本のモダンホラーベスト100データファイル」、「幻想文学」41、94・7・31、アトリエOCTA）

と言えよう。01年、映画化。原田眞人監督。天海祐希、渡部篤郎、山路和弘、藤村志保ほか出演。同時上映は「弟切草」。またコミックス版が岸田あつ子画で刊行されている（角川書店、01・1・18）。

『桃色浄土』（講談社、94・10・30。新潮文庫、97・11・1）

梗概　大正9年（一九二〇）の夏、千藤健士郎は高知市の高等学校から月灘村の実家に帰ってきた。ちょうどそのとき、村の沖合には洋式船が現われていた。イタリア人エンゾを中心とする船員たちは、桃色珊瑚を探していたのだ。乱獲によってすでに消滅したと思われていたが、エンゾは海に潜り続けていた。そんななか、健士郎が秘かに憧れる海女のりんは、溺れかけたところをエンゾに救われる。りんに人工呼吸を施すエンゾを見た健士郎は、りんが襲われたと勘違いし、若者頭の多久馬に知らせる。激昂した多久馬は、仲間とともに洋式船を襲い、乗組員を殺戮、エンゾの発見した珊瑚を奪う。かろうじて生き延びたエンゾはりんにかくまわれ、手当てを受ける。やがて二人の間には愛情が芽生える。一方珊瑚の存在は、新たな殺人を次々に呼び起こしていく。

評価　第112回直木賞選評で、藤沢周平が〈漁村の現実である欲望の物語に宗教的な遺習である補陀落渡海がからみ、さらに海に何か不気味なものがいるという緊張感が、低奏音でつねに物語の底を流れるといった複雑で長い物語を〉余裕をもってまとめていると言うように、緊張感のある文体で人間の欲望の終末を描く。特に文体という点では、与那覇恵子が指摘する多様なオノマトペによる映像的な効果、方言や土地にまつわる古謡、民謡の挿入による物語空間の拡大といった技法に注目できるだろう（「坂東眞砂子」）。また、直木賞の選評で黒岩重吾が〈海の小説に新境地を開いた〉と述べているごとく、『桃色浄土』を海洋小説の系譜に位置づけることも可能である。坂東の特徴ともいえる物語の民俗学的な要素については、川村湊が〈典型的な「因果応報」の物語〉であり〈「異人殺し」という民俗学的、文化人類学的なテーマをその物語の構成の骨子として〉いながら、それらはあくまで意匠にとどまっていると述べている（「坂東眞砂子論」）。従来のホラー小説的なフレームを生かしつつ、さらに新たな展開へと歩みを進めつつある坂東の軌跡が明瞭に示された作品である。

『山妣』（新潮社、96・11・20。新潮文庫　上下、00・1・1）

梗概　明治35年（一九〇二）の越後。明夜村の大地主、阿部長兵衛宅を二人の男が訪れた。東京、花富座座主の市川扇水とその弟子、市川涼之助である。彼らは神社への奉納芝居の振り付け師として呼ばれたのだった。涼之助は、半陰陽だった。それゆえに、養子となった扇水の愛人となり、同時に扇水の妾であるお時の慰み者にもなった。彼は自らの存立基盤に悩み苦しむ。だが、長兵衛の息子、鍵蔵の妻のてると関係をもち、徐々に自らの生きる意味について思いを深めていった。奉納芝居の当日、涼之助は突然芝居を放棄する。また、涼之助に捨てられたと思いこんだてるが、彼に犯されそうになったと皆に訴えたため、あやうく鍵蔵に殺されかかる。彼は狼吠山の奥へと逃げ込み、そこで山妣と化した母、いさと出会う。いさは、今は消失した狼吠山に近い鉱山町の遊女だった。町から逃亡したいさは、渡り又鬼の重太郎に救われ、やがて彼の子供を妊む。生まれた子供は、半陰陽だった。山の神の祟りと信じた重太郎は、子供とともに彼女の下を去った。しかし彼女は山にとどまり、重太郎を待ち続けたのだ。涼之助は彼女とともに、山での穴居生活を送る。やがて、てるも同じ穴に現われる。彼女は、涼之助の異父姉だった。そんななか、村では久しぶりに、狼吠山で熊狩りが行なわれることになった。てる、鍵蔵、いさ、涼之助らが一同に山に会し、彼らの運命は急激に動きだす。

評価 第116回直木賞受賞作。坂東自身は「直木賞受賞のことば」で〈ここ数年の仕事の集大成のような作品〉と位置づけている。直木賞の選評では、第一章、二章の濃密な迫力に比して三章の破綻を指摘する意見が多かったものの、ほぼ全員一致での受賞となった。笠井潔は、文明における中心と周縁の二項対立的構図という、八十年代に全盛期を迎えた伝奇小説のコードが『山妣』ではきわめて忠実に踏襲されているとしつつも、その主要な登場人物たちがみな、個人性と社会性の近代的分裂に苦悩している点を指摘し〈伝奇小説のパラダイムを過剰に継承しつつ、核心で異化する作品〉と『山妣』を位置付けている（「近代と自然」）。この笠井の指摘を受けて、川村湊は〈山と里、定住民と漂泊民、ハレとケといった民俗学を出自とする二項対立的な概念が、この小説の基本的な構造を規定しており、中心と周縁、トリックスターとしての「ふたなり」の涼之助（あるいは道化役としての扇水）など、文化人類学的な要素もちりばめられ、まさに「民俗学」というおもちゃ箱をひっくりかえしたような「民俗学」的小説なのだが、物語世界の論理的前提として「因果応報」を採用しながら、結果的にそれを否定する物語になっていると言う（「坂東眞砂子論」）。坂東独自の民俗的素材と他の物語要素が有機的に組み合わされ、結果的に土俗的世界を超えていく個の自立の物語を立体的に描きだすことに成功している。

『道祖土家《さいど》の猿嫁』

（第一章 火振合戦「小説現代」97・2。第二章 猿猴ヶ淵、書下ろし。第三章 七夕女房「小説現代」97・7。第四章 女の家、書下ろし。第五章 どぶろく日和「小説現代」98・8。第六章 玄道踊り「小説現代」99・7。終章、書下ろし。講談社、00・1・17）

梗概 明治24年（一八九一）、道祖土蕗は、本家にあたる高知県火振村上之瀬、峰入部落の道祖土家長男、清重のもとに嫁いだ。道祖土家は平家の流れを汲む村一番の名家である。嫁いで早々、蕗は「猿の顔した蕗の薹」と子供たちに歌われ、おちこむ。夫の清重は自由民権運動にのめりこんでいる。同じく運動に熱心な義姉の蔦だったが、私生児を生む。蕗は自ら、その子を育てると言う。翌25年（一八九二）1月21日、道祖土家で自由党政談大演説会が開かれた。ところがその会場に50人あまりの国民党の壮士が乱入し、自由党員との間で乱闘となる。さらに30人ほどの警官隊が加わり、抗議する清重をめった突きにした。混乱のなか、作男の啓助が糞尿をばらまき、さらに蕗が納屋の牛馬を解き放ったことで、国民党と警官隊は退散する。清重は、かろうじて一命をとりとめた。のちに火振合戦と呼ばれたこの事件以来、蕗は村の中で自分の居場所を見つけたと感じる（火振合戦）。以後、道祖土家とともに歩んだ蕗の、昭和39年の死に至るまでの足跡を、道祖土家の他の家族の姿とともに描いた一～六章と、蕗の曾孫である十緒子が蕗の三十三回忌に里帰りする終章から構成されている。

評価　『桃色浄土』『山妣』に内在していた「女の物語」が前景化され、明治から平成に至る壮大な女の一大記が展開される。滅ぶしかない家制度と、近代以降「家」を支えてきた女のありようが、たとえば土地の伝承、童歌、祖先にまつわる神話などとともに語られていく。坂東になじみの高知土佐の風土色が存分に生かされながら、土地と家に自らの存立基盤を預けざるをえなかった女性たちの姿がリアルに描出されるとともに、啓助、蔦、また蕗の孫である辰巳らが、そうした家の姿を相対化し、歴史的な重さを担いつつ、生彩を放っている。与那覇恵子は、坂東の小説の主人公が常に「一人で生きていく女性」「自立して生きる女性」として描かれており、かなり現代的なフェミニズム思想を感じると言う（「坂東眞砂子」）。こうした観点を背景にして、地方の、しかも山間の辺鄙な村で一生を終えた女性の姿から、近代日本のある一面を鋭く抉りだしている。

参考文献　坂東眞砂子「美学のある恐怖」（「幻想文学」41、94・7・31、アトリエOCTA）、坂東眞砂子「幻のニースご招待」（「オール読物」97・3）、笠井潔「近代と自然―坂東眞砂子『山妣』」（「すばる」97・4）、川村湊「坂東眞砂子論―「因果」の軛」（「文学界」97・5）、坂東眞砂子／イッセー尾形「私が小説を書き始めた頃」（「小説TRIPPER」99・夏期号）、与那覇恵子「坂東眞砂子」（女性文学会編『すごいっ！ミステリーはこんなふうにして書く　傑作ミステリーを作り上げる作家たちの創作術』所収、99・1・6、同文書院）

（**一柳廣孝**）

増田みず子（ますだ・みずこ）

略歴　48年11月13日東京生まれ。都立白鳳高等学校に入学するも中退し、都立上野高校定時制に編入。69年子供の時からの生命現象への関心から東京農工大学農学部植物防疫学科に入学。73年日本医科大学第二生化学教室に助手として勤務。77年、在職中に書いた「死後の関係」が第9回新潮新人賞候補となり、続いて78年の「個室の鍵」「桜寮」、79年の「ふたつの春」「慰霊祭まで」が芥川賞候補となる。いずれも他者との同調を拒んで孤立する女主人公を描き、その生のスタイルと強靭な生理感覚が注目された。80年に退職して創作に専念。81年精神薄弱者の施設を舞台にした『麦笛』では、生物的生命観において人間を捉えるメタフィジカルな思考実験を披瀝して存在感を示す。84年の『自由時間』では、放浪の果てに自分ひとりの生に充足するまでを描き、第7回野間文芸新人賞を受賞。86年には、人間を孤細胞へと還元し、男女の関係を細胞同士の融合離反として照射しようと試みた『シングル・セル』で第14回泉鏡花文学賞を受賞。以後〈シングル・セル〉という言葉は、単独者の生の論理として、増田文学の代名詞のようになる。86年結婚。88年の『禁止空間』では、壁に映る女との奇妙な交感のうちに、幻像としての他者との共生の可能性をさぐり、一つの転換点を示す。一方で、自己の内的空虚を見つめるまなざしは、単独者としての生命から遺伝と血の宿命に向けられるようになり、孤絶する親子関係の物語はルーツ探しの物語へと転換されることになる。83年の「人の影」に始まる野本（山本）家の歴史をたどる小説群は、85年『家の匂い』、87年『降水確率』を経て、89年の『鬼の木』に結実し、自分が負わされた〈影〉からの飛翔と、他者という居場所の発見が語られる。91年の『夢虫』では、夢をめぐる新しい連作形式を試み、幻想と現実のないまぜになった世界に各人の孤独を顕現させて、第42回芸術選奨文部大臣新人賞を受賞。また、四十を過ぎて〈土地の記録〉の方が面白くなったと述懐する増田の、地縁血縁の物語の集大成となったのが、98年の『火夜』である。増田瑞子を主人公に、増田家にまつわる物語を綴ったこの小説は、自己のこれまでの作家的営為にも触れ、文学的自伝という性格をも担う。さらに01年『月夜見』では、メタ小説風の新しい語りのスタイルの中に、書けない小説家と義母との心的軋みを軽妙かつ幻想的に描き、第12回伊藤整文学賞を受賞。エッセイ集に『女からの逃走』（花曜社、86・5・31）、『シングル・ノート』（日本文芸社、90・8・1）、『わたしの東京物語』（丸善、95・5・30）があり、小説の方法について考察した『〈孤体〉の生命感―小説と生命の論理』（岩波書店、87・12・15）がある。

『ふたつの春』（新潮社、79・9・5。福武文庫、86・7・15）

【死後の関係】（「新潮」77・6）。会田元夫は恵子との数か月の同棲の後、あらかじめ服毒して恵子を呼び出し、彼女の腕にナイフの刃を当てて死んでいった。心中の生き残りとして、恵子は会田の仲間たちからは敵意をむき出しにされ、伯父には送金を絶たれる。恵子はアルバイト先の喫茶店のマスターに体を提供することで学資と生活費を確保する。会田の恋人だったというみえ子は、平然とし過ぎる恵子の態度を批判し、温厚な佐山も彼女の薄暗い観念に会田が引きずり込まれたと非難する。自殺の理由を知りたがり、生前の関係を死後に強調して持ち越す人々の執着を疎ましく感じつつも、恵子は佐山とみえ子が結婚するという噂に動揺するのだった。

【桜　寮】（「新潮」78・8）。桜寮に暮らす矢田協子にとって、他人は皆自分を苛立たせる存在でしかない。恋愛の相談をもちかける同室の浅田や、仕送りが無理になって中退するかもしれないという幸子。他人のためには動きたくもなければ動かされたくもないという協子が、唯一やすらぎを得られるのは、家庭教師をしている康二という知恵遅れに近い中学生に対してであったが、彼女がデモに参加していたのを見た親が家庭教師を断わってくる。そのデモで寮長が逮捕されたとして臨時寮生大会が開かれ、その最中ストームをかけてきた男子寮の学生たちに、協子は盾となって向き合う。そこへ寮長が帰ってきて、当分忙しくなると寮長改選を求め、「やってもらうよ」と協子に呟く。

【ふたつの春】（「新潮」79・4）。治子は達男に抱かれた後、後味の悪い口論をして部屋を出る。忘れ物に気づき戻るが、ドアを開け間違い、そこに倒れていた女性を達男と二人で病院に運ぶ。彼女は内村なか子といい、生まれつき腎臓が悪かった。命が危ないなか子は、寝ながらにして幾人もの人間を引きずり回し、彼女の周囲に奇妙な磁場ができあがる。唯一の身寄りである双生児の妹・谷山たか子。留年までしてなか子の病気にかかりきりになる達男。思い込みから達男の自殺を心配して治子をなじる達男の友人の村松。治子は奇妙な冷淡さをもって彼等をながめる。やがて村松は自動車事故で死に、達男は退学して谷山の会社を手伝うことになる。置き去りにされた治子は、自分の部屋で動けずに死んでしまうような気がするが、人が間違って飛び込んでくる気配はなかった。

評価　ここには、情動的な同調を求めてくる他者を嫌悪し、共同体から孤立する女性という、初期増田文学における主人公のプロトタイプが明瞭に打ち出されている。饗庭孝男は「対談時評」（「文学界」79・5）において、主人公が他者と絶えず距離を測ってしまうのは根本的に自分は病んでいるという認識があるからだと指摘し、高桑法子も「増田みず子論」（「解釈と鑑賞」91・5）で、徹底した外界拒否の姿勢は自己の輪郭の不確かさに由来するものと見なす。〈孤体〉として生きることの空虚を内に抱え込みつつ、どのようにして生命の充足を得るか、その課題に沿っての試行錯誤が、以後の文学的道筋を形成することになる。『ふたつの春』には、ほかに「個室の鍵」「誘う声」が収められている。

『麦　笛』（福武書店、81・10・25、書き下ろし。福武文庫、86・3・15）

梗概　岡野さと子は大学を中退後、行き所のないまま精神薄弱者更生施設に転がり込み、無資格の保母として居座って七年になる。学園は〈時間だまり〉のような居心地の良さを提供してくれる場所であったが、このままとどまるために資格が問題となってきた。さと子はもう一度自分がそこに住めるか試すつもりで東京に行き、偶然にかつての全共闘の闘士、今は進学塾の教師となっている山脇と再会する。昔の自分が既に実在をなくしていることを確認して戻ってきたさと子は、山脇から汲み取れなかったやすらぎを、自分の担当である二十歳になるユタカに感じ、ユタカの前でなら女の情感を取り戻せると思うのだった。切迫流産で入院した主任の木下ふさえは、ユタカに夢中になっているさと子を危惧して、お腹の子供の父親はふさえが担当するノブユキであり、ノブユキを養子にして学園を出て行くつもりだと打ち明ける。さと子はノブユキとユタカを、自分たちの〈生きる時間を測るための、針のない時計に似た何か〉なのだと思う。

評価　佐伯影一は「読書鼎談」（「文芸」82・1）において、〈自分の曖昧な位置にあくまで固執する主人公〉を設定した面白さのほかに、精神薄弱の子供たちの発生を自然の定率として捉える〈自然科学的認識〉と、その子供たちに教師が持ってしまう権力関係という〈社会科学的認識〉とを作中に持ち込んだ手際を高く評価する。桶谷秀昭（福武文庫「解説」）や、松下千里「冬の惑星として」（「群像」87・12）も、佐伯同様、ヒューマニズム的思考に対する積極的な否定の姿勢を読み取り、帰属する場所を持ち得ぬがゆえの〈個体〉としての生命認識に、メタフィジカルで特異な思考実験を見出している。山内由紀人「コンクリートの上の植物群」（「群像」92・9）は、この小説を「個室の鍵」の主人公の、不定形な生き物としての〈私〉という曖昧な感覚を一つの主題にまで発展させたものと捉え、〈モラトリアム願望〉において『シングル・セル』に接続し、結末の〈針のない時計〉を受けて『自由時間』が書かれたと位置づける。この小説に〈僕らの常識的な感覚をひどく不安にさせる〉ところの〈悪意〉を感じとった日野啓三の指摘（前出「読書鼎談」）もまた傾聴に値しよう。

『内気な夜景』（文芸春秋、83・10・10）

【慰霊祭まで】

（「文学界」79・12）。毒物研究室の室長として、逸子は二人の研究員とともに夥しい数のラットを殺してきた。もうすぐそれら実験用動物たちの慰霊祭が行われる。元室長の相原は5年前に研究室を辞め、和美と結婚した。逸子は相原の求婚を拒否し、和美を紹介したのだった。その相原の転居通知を機に、彼が19歳の時に発病して10年の寿命と宣告されていたこと、それが再発して今は植物状態になっていることを知る。見舞いに行った逸子は和美から、馴染もうとしなかった夫も、あなたも許さない、という言葉を浴びせられる。逸子は相原の存在の中に吸い込まれたいという思いを抱きながらも、私は和美のようにはならない、相原がいなくなっても大丈夫、と思う。慰霊祭当日、逸子は喪服を相原のためにとっておこうと、地味な服で出席した。

【内気な夜景】

（「文学界」83・4）。晴代はF高の二年の時、カンニングを疑ってポケットを探ろうとした菊井教諭を、はずみで階段から突き落としてしまった。菊井は自分で足を踏み違えたことにしてくれたが、晴代は菊井に軽蔑しか感じられない。成績を競うことへの疑問もふくらみ、学校に行かなくなる。両親は狼狽し、父と母の間の軋みもあらわになってくる。晴代はしばらく図書館通いをしたあと、定時制高校に行くことにする。変化の情報交換のみで過ぎるような定時制に身を置いて、晴代は取り返しのつかない変化というものはないのだと思うようになる。もう一人の編入生・朝子は、芸能プロダクションに属していたが、やがて学校に来る度に境遇も、髪形から体つきまでも別人のように変わり、教師や友人たちにさんざん借金したあげく突然いなくなる。晴代はそのやめっぷりのみごとさに、自分のやめ方のみっともなさを思い合わせる。

評価　「慰霊祭まで」については、「創作月評」（「群像」80・1）において、磯田光一が川端の「禽獣」を連想させる作品としつつもそのニヒリズムの不徹底を惜しんだのに対し、秋山駿は人間化と非人間化の中間領域的なところに現代性を汲み取っている。「内気な夜景」は、学校体制や受験競争、親と子、両親同士の関係といった、さまざまな社会的テーマにつながる問題をはらんだ小説であるが、菅野昭正は「創作月評」（「群像」83・5）で、〈社会問題を自分の内部に引きずり込んで、人間の本質的なところで考えてみよう〉という意欲を買いつつも、少女の内面に焦点が合いすぎて逆に小説の可能性をせばめたのではないかという。石崎等「増田みず子」（「国文学」90・5）は、〈過酷な受験戦争〉を〈他人への悪意に満ちた自我〉の醸成に関連づけたが、むしろ注目すべきは、他者との了解の方途をあらかじめ断念してしまっているような、その内閉性の方にあろう。『内気な夜景』には、ほかに「手毬の芯」「沈む部屋」を収める。

『自由時間』（新潮社、84・10・30。書き下ろし）

梗概　晴代は、中学一年の春に迷い込んでしまった駅の地下道で、自分に向けられた浮浪者たちの視線から〈自分がそこにはいない〉という感覚を経験した。その麻薬めいた魅力が、現在へとつながる時の流れの始まりだった。都内有数の進学校に進んだ晴代は、16歳の時に家を飛び出す。最初の5年間は女店員の職を転々とし、その後の15年間は安本食堂の住み込み店員〈フクちゃん〉として過ごす。だが、テレビの討論番組に兄が大学助教授として出ていたのを見て、わけのわからない焦燥感にかられ、二度目の〈家出〉をし、山の中の廃墟めいたリゾートマンションに住み着く。〈フクちゃん〉という架空の人間は存在しなくなったが、今度は自分が何者になるのか、わからなかった。血縁を断ち、自分を変えようと焦っていた少女は、36歳となった今、変わりたいと思う自分がいなかった。一人でいる今の暮らしを気に入っているし、山を出て行く口実もない。

評価　野間文芸新人賞の講評（「群像」86・1）では、〈自分の生理の促しに従って〉〈自分一人の生に充足しようとする女〉を描いて男の着想を根元から揺り動かす力を評価する（川村二郎）一方で、〈自由〉や〈不在〉の追及の不徹底さを指摘する声（高橋英夫）もあった。笠井潔「増田みず子論」（「文芸」86・12）は、晴代の家出を〈何ものでもない私〉への自己還元の行為と捉え、二十年間にわたる彼女の漂泊を、タイトルの〈自由時間〉にいたる道程であったと見なす。それは、自我の挫折や未貫徹性を肯定性に転化しようとするような私小説とは違い、社会的前提が欠落した内的な〈力〉による自己還元の旅なのだという。松下千里「冬の惑星として」（前出）は、〈自分であることに凍りついてしまった人間〉が山間の自然に初めて自分の場所を見出だすという結構に、志賀直哉『暗夜行路』を連想しつつも、女が自分を〈生物界の一個体として確認〉するところに、謙作とは全く逆のベクトルが働いていると見る。不在の自己から内閉的な自己へ、増田文学が追求する〈孤〉のありようの最もラジカルなかたちをここに見ることができる。

『シングル・セル』（福武書店、86・7・15。「海燕」86・6。福武文庫88・7・15）

梗概　生物学を専攻する大学院生の椎葉幹央は、修士論文を書くという口実で山の宿にやって来た。5歳で母を、16歳の時に父を亡くし、以来独りで生きてきた彼は、大学という空間に居続けることを願っていたが、博士課程進学の決定権を持つT教授から就職を勧められ、混乱した頭のまま山に来たのだった。論文を書き上げて帰る日、山の宿で知り合った竹沢稜子が帰路を共にし、そのまま東京の彼のアパートに居着いてしまう。稜子は何も喋らず、そこにただ居るだけの存在だったが、幹央は居ることに安堵を覚えていた。ところが、彼女は突然黙っていなくなる。思ったほどの未練も感じず、受験生の家庭教師として奔走していた時、稜子が戻ってきて、女子寮を引上げ、大学に休学届も出してきたという。再び奇妙な同棲生活が始まったが、まもなく別離が訪れる。稜子にとって、彼の存在は家族と家から逃げる口実だったのかもしれない。二つのシングル・セル（孤細胞）は孤細胞のまま互いに溶け合わせることができなかった。

評価　増田みず子は『〈孤体〉の生命感』でこの小説の方法について言及し、〈細胞培養実験の方法〉の流用と語っている。それを踏まえて富岡幸一郎（福武文庫「解説」）は、この小説は男と女の関係の物語ではなく、細胞と細胞の接触と融合、すなわち死滅して誕生する生命のうねりとしての出会いと別離を描き止めようとしたのだとして、〈〝生命〟への積極的な共感、共鳴〉を見すえている。高桑法子「増田みず子論」（前出）もまた〈あきらかに生の方向への一つのイメージのえがき方なのである〉とするが、一方、山内由紀人「コンクリートの上の植物群」（前出）は、稜子が〈生活する女〉として現れ、シングル・セルとしての存在意味を失った時に二人の関係が結末を迎えるという小説構造から、増田みず子はシングル・セルを生きることが生の不可能性を生きることだと気がついたのだとしている。〈シングル・セル〉という言葉に向日性を見るか、関係性の矛盾において見据えるか、その分かれ目は〈植物的なもの〉に何をイメージするかにかかっていよう。富岡は〈植物的なもの〉とはきわめてポジティブな生命にたいする深い信頼のうえに結ばれるイメージであるとし、反対に山内は、人間であることからの逃避、すなわち血縁の絆から断ち切られた存在を象徴するものと受け止め、松下千里「冬の惑星として」（前出）の場合は、植物とは〈より大きな決定権に身を委ねている〉ものの謂とする。だが、幹央の植物への憧れとは、〈親も子も〉なく、〈メスもオスも〉なく、〈自分から出かけて行ったり、攻撃したり喋ったりしない〉側面にあり、とするならば、孤細胞への還元と細胞同士の撹拌とは、対幻想の解体にかかわる思考実験だったと言えるのではなかろうか。

『降水確率』（福武書店、87・3・16）

【水の中の似顔絵】（「文学界」84・5）。道世は職場に溶け込みきれずに辞表を出して失業中の身である。叔父の急死を契機に、父に先行した亡者たちの一生について知りたいと思うようになり、謄本を取り寄せて調べることを始めた。父に反発した昔と違って、この頃は似ている部分を捜す自分がいる。そうした折、父から「調査依頼」の手紙が来る。十五、六歳で駆落ちし、十九歳で死んだ父の姉・山本里瀬の墓のありかを訊ねてほしいというものであった。S谷に老人を訪ねて話を聞き、墓参りをした道世は、山本道世とは誰のことだ、とふと問い質したい衝動にかられる。

【生まれた場所】（「海燕」85・5）。昭和5年、大戸の長延寺の貸家に野本家の人々が越してきた。野本周蔵とその妻・美濃の間には三人の子供、里瀬と皙と国男がいた。〈私〉は当時十四、五歳の女学生だった美しい里瀬に心惹かれた。彼女はいつも大勢の崇拝者に囲まれて堂々としていた。村人たちは野本家の人々をいろいろに噂した。そのうちに里瀬はN町の男と駆落ちし、美濃が病死すると一家は大戸から姿を消した。野本家の人々のことは、いまだに不可解というしかない。

評価　これら短編に先行する「子供の家」（「文芸」84・1、のち『家の匂い』河出書房新社、85・4）にも、叔父国男の死を契機に〈滅びの血統〉として先祖たちのことを空想し謄本を調べるという、ほぼ重なる話が書かれており、以後同じ設定のルーツ探しが繰り返されることになる。高桑法子「増田みず子論」（前出）は、これら〈野本家サイクルの小説〉を〈親の影を背負うことがそのまま《成長》として容認され、年齢を重ねた女の内省的家族小説〉と要約している。小浜逸郎は「孤独さの理由について」（「群像」90・7）で、こうした家族や血にむかっての遡行を、〈自分が実存的に抱えてしまっている「さびしみ」の出所〉を相対化しようとする営みと捉える。これら野本（山本）道世の血縁をめぐる話に対し、里瀬にまつわる話は、「生まれた場所」がそうであったように、土地に息づく物語として別個な展開を見せ、『水魚《みずうお》』（日本文芸社、90・3）では、佐知という血のつながらぬ〈もらい子〉を主人公に立てることになる。『降水確率』には、他に「降水確率」「ぐる」「コーン・フィールドの雉」を収める。

『禁止空間』（河出書房新社、88・10・25。書き下ろし）

梗概　川嶋静生はすでに両親を亡くし、近い肉親は姉だけになったが、姉にはうっとうしさのほうが先に立つ。母は頸動脈破裂で血の海のなかに死んでいった。ある時物置を片付けていて、母が父の11年分の髭の剃りカスを茶封筒の束に取っておいたのを見つけ、母の不可解さに突き当たるとともに古家を売り払う決心をし、新しいマンションに引っ越してきた。そのマンションの一室の壁に異変が起こる。見知らぬ女の部屋が映っているのだ。自分の部屋の映像も向こうに映っているらしく、女との間に不思議な交感が始まる。やがて静生は女を現実のものとして触れたいという欲求を持つ。彼女の存在の証しが欲しいと思った時、母親の不可解さが解けていく。だが壁はしだいに白濁し、女の部屋はついに壁から消えてしまった。

評価 竹田青嗣「エロスの『闇』」（「文学界」89・1）が指摘するように、『シングル・セル』におけるシングルどうしの共生という実験を引継ぎつつも、女を現実の人間でなく幻像として設定したことの意味が問題になろう。竹田は、エロス的関係の裂け目にふとやってくる闇——他人という幻像の背後に口を開けている闇、あるいは自分自身がそれであるかもしれない闇の気配に、〈人間の存在の原質そのもの〉を伝えようとした作品と受け止め、小浜逸郎「孤独さの理由について」（前出）は、〈他者の孤独さの異様な相貌〉にでくわすことで〈新しい了解関係がはらまれてゆく〉了解変容のドラマと見なす。高桑法子「増田みず子論」（前出）は、この閉鎖的空間を〈生のイメージ・トレーニング〉の場所と呼び、仮構の生を生きることで、闇に漂ういのちを感じとり外界（他者）の容認という新しい姿勢がもたらされたこと、また女の存在を求める静生の悲痛な思いにこめられた自己存在への渇きに着目し、そこに〈生命の再生〉を見出している。密室の孤独と背中合わせのエロスが、他者との一体化の欲望をけしかける。『シングル・セル』がそうであったように、消える女の幻像は、幻像そのものとしての他者のありようを物語ろうとしているのかもしれない。

『鬼の木』（新潮社、89・8・10。「新潮」89・4）

梗概 短大講師の野本道世は、高槻秀夫に会いに行くことが生活のなかで一番大事なことに感じはじめている。ある時、叔父の国男が独身のまま亡くなり、その相続問題から、父・皙の姉・里瀬の娘である典子と一緒に、里瀬のもう一人の娘・知子の消息を求めて、里瀬が嫁いだ山の中の平田家を訪ねることになる。親に似ることを拒んだ娘である道代は、人間がどんなふうに自分の知りもしない過去の大勢の影を背負わされるのかを知ろうと、先祖探しを始める。やがて秀夫からもらった槐（＝鬼の木）の種が芽を出し、時間の種子が発芽するように新しい時間が流れる。自分も種子のひとつだという認識を得て、道世は父を嫌ってきた自分を詫びたくなるのだった。道世の体から誰の影も遠ざかって、体がどんどん軽くなっていく。植物のタネのように空に飛んだ道世を、新しい土地へ根づかせるのは、たぶん秀夫だろう。

評価 島弘之「出自から脱自への飛躍」（「新潮」89・10）は、「鬼の木」を〈新しい教養小説の試み〉と呼べるかもしれないという。一応の精神形成を終えたはずの30代の女性が異性を〈好き〉になれた自分自身を再発見して驚く、とその教養小説たるゆえんを要約したが、小森陽一「『鬼の木』増田みず子」（「国文学」91・1）もまた、野本道世が高槻秀夫を〈好きな人〉として選び取っていく物語だと概括する。島はこの作者における植物のイメージが〈吾性を持たぬ生き物として定義し直されたかに見える〉と語るが、親の影からの解放を〈時間の種子の発芽〉に、秀夫のもとへの飛翔を〈よその土地〉にタネが飛んでいくことになぞらえ、男女の関係を空間的な飛翔と捉えている点も注目されよう。

『カム・ホーム』（福武書店、90・12・15。「海燕」89・6、9、12、90・3、6、9、12）

梗概 40年ぶりの里帰りを思いついた75歳のサヨに、孫娘のユリが付き添うことになった。実家の咲田家で歓待を受けながら、老いのために正気がとぎれがちになるサヨは、心細くなると家に帰りたいと言い出す。ユリは、サヨが自分の帰りたかった家がどこにもないことを知っていたのではないだろうかと思う。帰ってからのサヨはボケが進み徘徊癖を見せた後、老衰で亡くなってしまう。ユリの家もまた病んでいた。姉の泉が失踪して以来、ユリは一人娘としてひたすら泉の欠落を埋め、親子三人で幸福な家庭を演じてきた。その姉が両親に捜し出されて十年ぶりに戻ってきたが、ユリは受け入れがたい思いでいた。泉は3日目に帰っていき、三人は三様にふっきれたようだった。その半年後、泉は赤ん坊を生んだという。

評価 サヨと泉の二つの〈カム・ホーム〉をめぐって、家のさまざまなかたちが露呈されていく。家が人間を所有しているように見える旧家の咲田家。サヨが帰ろうとした幻の家。姉娘の欠落を隠蔽しつつ演じられたユリの虚構の家。そして泉の新しい家。川村湊は「今月の文芸書」（「文学界」91・3）で、きわめて不定形たらざるをえない〈「家（ホーム）」の現在形〉を描き出していると述べ、三浦雅士「魂と所有」（「海燕」91・2）は、この作に、〈リーヴ・ホーム〉から〈カム・ホーム〉への増田みず子の方向転換を見ようとした。田口律男「増田みず子『カム・ホーム』」（「国文学」92・9）は逆に、自分の〈家〉からの離脱の時を待つユリを結末に読み取り、〈むしろ「家」の既成概念を漂白し、その空疎さを確認する作業がここにはあった〉として、三浦論に異議を申し立てている。

『夢《ゆめん》虫《むし》』（講談社、91・5・30。「群像」89・1、4、7、10、90・1、4、7、10、91・1）

梗概 有稀は人とうまく同調することができず、人間に怯え、息をひそめるようにして生きていた。唯一安らぐことができた相手は、有稀を雇ってくれた喫茶店のマスター・有賀であったが、彼は彼女の部屋で急死してしまう。夢虫に食い尽くされたかのようなこの有賀と有稀に関わる人々の、それぞれ孤独な思いが別個の物語として描かれる。有稀に心惹かれる有賀の甥の秀夫、秀夫と付き合っていたミドリ、有稀がその後勤めた会社の同僚たち、有稀のアパートの家主・タマヱ、タマヱの息子の晴光と阿佐子の夫婦。〈夢虫〉を自分の中に育くむ人々の連鎖が、孤独で夢幻的な世界を構成し、第九話では秀夫と有稀の夢が隅田川の桜橋の上で交錯する。

評価　増田みず子には同じ「夢虫」（「SWITCH」90・8、のち『童神』中央公論社、90・10）という題名の短編がある。夢の中に入って夢虫を退治する少年少女を童話風に描いたものである。〈夢虫〉とは人間の悪夢を食べるという伝説上の虫で、全部を食い尽くすと、その人は二度と夢を見ることができなくなるという。『夢虫』には、川村湊が「今月の文芸書」（「文学界」91・8）に言うように、〈人は夢の中でこそ生きている〉と思わしめるような現実と夢との逆転が見られる。千石英世「夢の声　夢の力」（「群像」91・12）はこの小説の特質として、一つのエピソードの主人公が別のエピソードでは脇役に回るというループ式の連作の仕方、恋愛の主題を独特の夢の手法で扱ったこと、夢と眠りを遍歴する遍歴の小説になっていること、隅田川の物語であること、を指摘している。連作方式は、それぞれの境遇と思いを抱え込んで個々に存在している人間たちを、共時的俯瞰的にとらえる方法であり、夢は、その彼らを関係性の網の目にすくいあげる働きをし、孤独な個の内なる声を交響させることに成功している。なお『空から来るもの』（河出書房新社、92・9）における美絵と相原は、『夢虫』の晴光・阿佐子夫婦のその後と読める展開になっている。

『風《ふう》道《どう》』（筑摩書房、93・11・15。「ちくま」91・1〜93・3、全27回）

梗概　小海見千子は某大学医学部の研究室に勤めて12年になる。ボスの井戸教授がもうすぐ引退するため、身の振りかたを考えなければならない。見千子が生命の研究を志したのは、〈死にたくなるほど好き〉だった中学からの親友・西田紀伊子の21歳の死という衝撃からであったが、今は研究の成果をあげるでもなく、道を見失ったような焦りと無力感にとらわれるばかりであった。同じ職場の山路華織は有能な研究者として嘱望され、周囲に媚びないのに人望もあった。紀伊子が見千子の命の水のようなものとするなら、華織からは命の芯が刺激されるような覚醒感を感じる。彼女を抱き締めたいという衝動にかられながらも、これは恋ではないのではないかと思う。井戸教授に見限られた見千子は、空虚な心を抱きつつ、研究室を辞める。

評価　千石英世（「文学界」94・2）は、この作品を〈増田の摩擦衝突ものと孤独症ものを結合しようとした新しい試み〉とみなし、とりわけ〈レズビアンの世界へ関心を向け始めた〉ことに興味を示している。確かに見千子は、男女の愛に生き物の〈本能的な打算〉を見出しているが、見千子のエロス的衝動の根底にあるのは、いつも誰かを嫌い誰かをうらやんでばかりいる自分を根本的に変えたいという、うずくような願望である。結末の〈誰かを抱き締めるのはむずかしい。誰かを抱き締めているつもりでいて、いつの間にか自分を抱いている〉という言葉が示唆するように、〈性を取り違えた恋〉のような熱は、抱き締める相手を取り違えた〈健康な命を欲求する熱意〉へとスライドさせられているのである。作者は「あとがき」に〈私はこの作品で自分にとって何かとても大切なことを書いたのではないかという気がしている〉と記したが、増田文学の模索してきた生命の再生が、〈孤〉として生きるが故の生命感の枯渇を凝視した果ての、率直な自己変革への希求として表白されたことは注目されてよい。

『火《ひ》夜《や》』（新潮社、98・10・30。「新潮」98・9）

梗概　〈私〉＝増田瑞子《みずこ》は五十を間近にして、若い頃の悩みの種だった自分の性格よりも増田家の人間のほうが気になる。祖父兼司郎や父晴士のように、この世と折り合いの悪い男たち。美夏叔母や多佳子伯母のように、飛び出して自分の好きな場所で死にたい女たち。私もまた16歳で家出をした。しかし今、私には〈ここにいろよ〉と言ってくれる夫がいる。若い時は特別な人間でありたいと思い、女主人公に誰とも違う個性を与えたいと四苦八苦した。日本医科大に勤めていたその頃、自分と妹・月江の血液が世界に二つとない特別な因子を持っていることが判明した。自分と月江のそれぞれ固有の生―それがこの小説を書き始めた動機でもある。月江は血液の検査をした佐野に恋をしたが実らず、結局見合い結婚をする。二人の子供をもうけたものの結婚生活は破綻し、ある夜、火事で月江一家は焼死する。私は月江が火をつけたのではないかと疑っている。晴士が多佳子の遺体を焼いた炎、火葬場をやっていた兼司郎が見つめた炎、因縁が月江に集まって燃えつきてしまったようだ。父は既に亡く、母も脳が萎縮して沈黙のうちに暮らしている。

評価　不幸にもならず破滅もせず生きている〈私〉と、自分をつかまえてくれる男を持ち得なかった女たちの悲劇を対照させることで、血の宿命への自己のとらわれからの解放を告げている。同時に増田家の終焉を描いて野本家サイクルの小説を集大成し、かつ文学的自伝としてこれまでの増田文学の総括をも行なったものである。「群像」（98・10）の「創作合評」では、先輩作家のテキストを引用する評伝の発想についての是非が論じられてはいるものの、ルーツを土地に求めるやり方や、事実と創作の〈虚実被膜の間〉の面白さについての評価は一致している。増田家の系図を付し、あえて作者本人をさらけ出すような書き方のうちに、一族の歴史と宿命をたどる行為が、〈私〉の文学的軌跡と深くきり結んでいることを明らかにしたという意味で、増田文学の精神的構図を表象するもの。

『月夜見《つくよみ》』（講談社、01・1・25。「群像」00・10）

梗概 私＝岩崎百々子は五十に近い小説家である。このところ小説が書けずに焦っていた。マンションのローンも残っている。入院中の千代に代わってアパートの管理人の仕事をしながら、千代が長年守ってきたこの家を乗っ取ってやろうと思っている。千代は母の失踪後に父と結婚したが、私が十四の時に父が死んだために、千代を嫌いながらも彼女の世話になってきた。私の大学合格を期に、千代は賄いつき下宿をアパートに建て直し、私は一人暮しを始めたのだった。今度の小説の材料を千代と決め、自分のマンションと病院とアパートとを行き来する日を続けているが、三味線の音が聞こえたはずの八号室の住人のスズさんだけはいつ訪ねても不在である。千代の意識が戻らなくなったその夜、アパートに戻ると、千代そっくりの女が三味線を抱えて入っていくのを見る。月が高くのぼるなか、三味線の音を聞いて立ちつくしていたが、朝になり慌てて自分のマンションに逃げ帰った。

評価 百々子の日記体と独白体、そして外側からの客観描写とが綯交ぜになった独特のスタイルをとり、したたかな千代と〈私〉の、刺のある、それでいてとぼけたようなやりとりが軽妙でリアルな味わいを醸し出す。小説の書けない小説家の小説、フィクションの上で書いている日記——加藤典洋は「創作合評」（「群像」00・11）で、私小説のテイストに近いメタ小説とし、〈孤絶〉を主題とした〈大人の小説〉と評す。ここに物語作家としての増田みず子の新たな達成を見てとることができよう。

参考文献 笠井潔「増田みず子論―自己還元と孤細胞」（「文芸」86・12）、松下千里「冬の惑星として―増田みず子論」（「群像」87・12）、古谷鏡子「不在の場所に自分を探す物語―増田みず子の場合」（「新日本文学」89・4）、千石英世「開かれた密室―増田みず子論」（「群像」89・9）、石崎等「増田みず子」（「国文学」90・5臨増〈現代作家便覧〉）、小浜逸郎「孤独さの理由について―増田みず子を中心に」（「群像」90・7）、「増田みず子」（村松定孝・渡辺澄子編『現代女性文学辞典』東京堂出版、90・9）、小森陽一「『鬼の木』増田みず子―槐のメタファー」（「国文学」91・1）、高桑法子「増田みず子論―生のイメージ・トレーニング」（「〈解釈と鑑賞別冊〉女性作家の新流」91・5）、田口律男「増田みず子『カム・ホーム』」（「国文学」92・9臨増〈現代の小説101篇の読み方〉）、山内由紀人「コンクリートの上の植物群―増田みず子論」（「群像」92・9）

（**渥美孝子**）

松浦理英子

（まつうら・りえこ）

略歴　58年8月7日、愛媛県松山市生まれ。11歳まで松山で過ごすが、旧電電公社職員であった父親の仕事の関係で徳島、香川など四国各地に移り住む。高校時代は倉橋由美子、河野多恵子の他、サド、バタイユ、パヴェーゼ、ボールドウィンなどの小説を濫読。ジュネを原語で読むため、77年に青山学院大学文学部フランス文学科に入学する。78年、「葬儀の日」で第47回文学界新人賞を受賞、同作で第80回芥川賞候補に挙げられた。79年、「乾く夏」が再び第82回芥川賞の候補となり、翌年最初の作品集『葬儀の日』を刊行。81年、大学を卒業。同年に初の長編小説『セバスチャン』を刊行し、他者との関係性をSMという装置の中で発展させた。80年代には、後に『優しい去勢のために』（筑摩書房、94・9・25。ちくま文庫、97・12・4）に集大成される〈性器結合中心主義的性愛観〉からの逸脱あるいは解放をテーマとしたエッセイを発表したが、不遇な時期が続いた。87年に女性同士の性愛を緊張感に充ちた清澄な文体で描いた『ナチュラル・ウーマン』を刊行、中上健次の特別推薦により第1回三島由紀夫賞の候補となる。93年、右足の親指が突然ペニスになった女子大生の物語という設定が話題を呼んだ『親指Pの修業時代』が30万部を越えるベストセラーとなり、再び第7回三島賞の候補となるが受賞には至らず、第33回女流文学賞を受賞した。00年には7年ぶりの長編小説『裏ヴァージョン』を上梓し、性を介在しない濃密な関係への探究が始まっている。小説以外の領域では、『セリ・シャンブル6　大原まり子・松浦理英子の部屋』（旺文社、86・1・30）、笙野頼子との対談『おカルトお毒味定食』（河出書房新社、94・8・25。河出文庫、97・4・4）、『現代語訳樋口一葉☆たけくらべ』（河出書房新社、96・11・15）、『おぼれる人生相談』（角川書店、98・12・25。角川文庫、01・4・25）などがある。その興味の範囲は絵画、写真から少女漫画、女子プロレスなどのサブカルチャーに及び、図版と組み合わせた文章を収録した『ポケット・フェティッシュ』（白水社、94・5・31。白水uブックス、00・7・10）がある。また共同監修を務めた『クラウス・ゲーハート写真集―抱擁する男たち』（河出書房新社、94・5・20）では、非性器的な皮膚感覚に基づく優しい感性を見出している。このようにさまざまな表現メディアを通して、性器に還元されない多様なエロスのありようを称揚する松浦の視点は一貫している。性という領域を正面から問い直すことで、生物学的性差（セックス）や社会的・文化的性差（ジェンダー）の規範から自由な一対一の個の関係性を極限まで追求するという真摯な姿勢を貫いている。また『女性作家シリーズ21　山田詠美／増田みず子／

松浦理英子／笙野頼子』（角川書店、99・7・25）には「葬儀の日」「ナチュラル・ウーマン」が収録されている。

『葬儀の日』（文芸春秋、80・8・15。河出文庫、93・1・7）

【葬儀の日】（「文学界」78・12）。葬式を盛り上げるために悲嘆の仕種を演じてみせる職業〈泣き屋〉である〈私〉は、喪主が皮肉な演出として時折呼ぶ〈笑い屋〉と強く結ばれている。〈私〉は〈インタヴューアー〉に答えて、右岸と左岸が一体化すれば、もはや川ではなくなると語るが、〈結合〉それ自体は、二人の存在の消滅を意味する。密着し合った関係に仲間たちは羨望を込めた批判、揶揄、反発を示し、〈私〉と少年との性愛が二人を疎遠にさせることを期待する。少年は純粋で誠実な愛情を示すが、男女の性交を契機とした絆は、〈私〉の中の空虚を満たすことはなく、少年は去ってしまう。そして今日は〈彼女〉の葬式であり、〈泣き屋〉の仕事もこれが最後になる。

【乾く夏】（「文学界」79・10）。いつも冷ややかであり、衝動のままに行動する女子大生の甲津彩子は体を剃刀で傷つける自傷行為の中毒になっていた。彼女は俗物の江守健彦と専ら性を介在するだけの関係を結んでいる。かつて彩子と恋人同士であった縦原悠志は彼女に対して今だに反発も憧れも渾然とした感情を抱きながら、牧村幾子と付き合っている。幾子は彩子からナイフを突き付けられたりするが、お互いに真剣で緊密な瞬間を忘れられない。幾子は男性と性交不能であり、悠志との試みにも失敗して絶望する。二人の関係を知った彩子は顔色を変えて姿を消し、不安になった幾子は彩子を探し回り、彼女以外の人間は眼中になくなる。彩子は幾子のアパートの前で手頸を切っていた。彩子は幾子を偶像化していたことを告げ、幾子は安らかな気持ちで彩子とずっとやっていけると思った。

【肥満体恐怖症】（「文学界」80・6）。大学一年の志吹唯子は、梶本、水木、岡井という上級生のルームメイトと女子大の寮に住んでいる。三人は嘲弄的に唯子をあしらい、何かと雑用を言いつける。大柄で太った彼女たちの肉体の存在感に圧倒され、小柄で痩せている唯子は逆らえない。子供の頃、唯子は母親の肥満した体格への嫌悪を募らせていったが、母親が乳ガンで死んでしまう。そのため、唯子は罪悪感に苛まれ、肥満体恐怖症という病理を患うことになったと感じている。彼女は鬱屈した気持ちを盗癖で解消するようになり、それが水木に発覚する。水木は肥満体であるという理由で自分たちを嫌悪する唯子を非難し、全体重で覆い被さる。唯子は心地良さに酔い、加えられる力を全面的に信頼した。

評価　「葬儀の日」について、松浦は観念と官能を相反するものとする考えに対する違和感から、〈観念的であると同時に官能的な小説を書きたい〉（「歩みの遅い新人」「新刊ニュース」99・2）という創作の動機について述懐している。二十歳という極めて早いデビュー当時から、松浦が自作に対して明確なビジョンを抱いていたことがうかがえる。観念と強固に結び付いた性愛を描くという姿勢は、その後の作品においても一貫している。このような作者の言葉通り、「葬儀の日」に松浦の作品の基本的モチーフを見出す見解は多い。例えば吉田文憲は「松浦理英子論―擬態としてのナルシス」（「文芸」86・12）において、〈笑い屋〉と〈泣き屋〉という〈自己愛と自己嫌悪のない交ぜになった対なる存在のヴァリエーション〉がその後の作品にも反復されていると指摘している。また四方田犬彦は「解説」（『ナチュラル・ウーマン』河出文庫）において、〈この逆説的な向い合いの構造〉を小説家としての出発点ととらえている。第47回文学界新人賞の「選評」（「文学界」78・12）において、古井由吉はカフカを連想させる観念小説であると位置付けているが、田久保英夫も〈泣き屋〉と〈笑い屋〉という設定に着目している。相互が〈まったく反対の役割を担う一つの批評的な存在、むかい合う意識をもつもう一人の自分〉であるような〈相対対立するものの自己同一という主題〉は、二つの岸が互いに不可欠でありながら、一体化すれば自分自身の存在を喪失するという矛盾を抱えたエピソードに集約されている。高橋たか子は両者の関係を〈ドッペルゲンガー〉（川村二郎・高橋たか子・大橋健三郎「創作合評」「群像」79・1）と位置付けているが、与那覇恵子は「作家ガイド」（『女性作家シリーズ21』）において、ジル・ドゥルーズが提唱する〈差異〉の論理に通じる、〈統一化された中心を放棄した位置〉を小説空間に現出させようとする試みであると論じている。二項対立的な概念を使いながら、その対立概念を突き崩し並列（差異）として表す発想は、男・女、同性愛・異性愛といった区分を無効化する方法につながっていく。「乾く夏」においても、執着し合う二人の女性の関係は性的な欲望を介在せず、それぞれが男性との交渉も持っているという、いわば名付けられない関係である。また「肥満体恐怖症」で描かれた気孔から相手の肥満を自分の中に取り込んでしまうような性器中心主義ではない遭遇について、蓮實重彦は渡部直己のインタビュー「羞いのセクシュアリティー―松浦理英子、笙野頼子、多和田葉子、そして吉本ばなな」（「文芸」93・冬）において、〈性器なき性交〉という表層的な交わりの表出として論じている。このような肥満体恐怖の構造の背景には、母―娘関係の葛藤を基底にした妊娠・出産という女性に固有の身体への嫌悪が内包されている。与那覇恵子は「松浦理英子―越境する性」（「国文学」92・11）において、最終的に唯子が肥満体を受け入れることで母との一体感を取り戻し、

〈癒着する身体〉が形成されたと述べている。この最初の作品集において、その後の作品に展開されていくさまざまなテーマの萌芽を見出すことができる。

『セバスチャン』（文芸春秋、81・8・10。河出文庫、92・7・4。「文学界」81・2）

梗概 21歳の浅淵麻希子は大学を中退してマイナー雑誌にイラストを描き、佐久間背理という女友達との間に〈主人と奴隷〉という特殊な主従関係を結んでいる。麻希子は背理から海に突き落とされたりして屈辱を感じながら、深い満足も覚える。背理は穏健で折り目正しいインテリである開業医の父に溺愛されながら、その俗人ぶりに対して軽蔑を隠さない。麻希子は政本工也という19歳の足に障害のあるミュージシャンに出会い、ひかれていく。画集を出すよう誘いを受けた彼女は、将来のことを考える時期に来ていると思う。そんな折、背理が望まぬ妊娠をしたことを知らされた上に、借金を頼まれる。打撃を受けた麻希子は工也への好意を確認し、マゾヒストの工也に懇願されて鞭打とうとするが、純粋な嫌悪感から彼を突き飛ばしてしまう。金を持って行ったとき、かつてなかった優しい態度で謝る背理の前で、麻希子は泣いた。

評価 河野多恵子・佐伯彰一の対談「女流新人の現在」（「文学界」81・3）において、佐伯は〈若さが匂うような作品〉と評価しながら、SM的関係や同性愛という設定について〈近ごろ流行の性的風景〉として素材の風俗的なレベルで論じている。しかし麻希子について、松浦自身は富岡幸一郎との対談において〈性的に未分化な、混沌とした状態の人物〉（「〈畸型〉からのまなざし」『セバスチャン』河出文庫）であると規定している。彼女は自分自身を男でも女でもなく〈単に世界にこぼれ落ちた無防備で無装飾の一個の肉体〉と考え、ジェンダーの規範からも自由である。そのような彼女にとって、自分の生殖器は特権化されない〈物〉に過ぎない。彼女は〈体中が金属のように錆びて行ったりする類の妄想〉に陶然とする、いわば〈多形倒錯的〉（「『いつまで、ペニス対ヴァギナ……』を渡部直己と読む」「週刊ポスト」93・1・29）なセクシュアリテの持ち主でもある。このような彼女のありようは、伝統的な女性像への同化を強いる既成の制度の側からは、〈発育不全〉という一種の欠落として批判される。しかし彼女は成長ということが、男・女としてのジェンダーやセクシュアリティを内面化することを暗黙の前提とするような制度への疑いを体現している。それは同時に、異性愛を通じて人間が成長していくという物語に拠った近代小説の制度を揺るがそうとする試みでもあったと言える。松浦は子供の形のまま成熟する〈幼態成熟〉（「〈畸型〉からのまなざし」）の女性を表現することで、新たな小説の方向性を打ち出したと言える。このような小説の制度への疑いは、教養小説というジャンルをパロディ化した『親指Pの修業時代』へと結実していく。

『ナチュラル・ウーマン』

（トレヴィル、87・2・25。河出書房新社、94・10・20。河出文庫、91・10・4）

【いちばん長い午後】（「文芸」85・5）。25歳の〈私〉（村田容子）は、メジャー誌に連載するようになった漫画家である。国際線スチュワーデスの夕記子との間でゲームのような肉体交渉を持つが、交際は末期症状を呈している。〈私〉は過去の諸凪花世との肛門性愛に未だにこだわっており、夕記子に対しては激しい行為はあっても熱情はない。夕記子は〈私〉に対して暴力的に振る舞うが、彼女はむしろマゾヒスティックな傾向を持つ〈私〉に支配されていると言い、非難する。〈私〉は花世に2年ぶりに偶然再会し、昔話をする。森沢由梨子と出会ってひかれていくが、それに気付いた夕記子は〈私〉が由梨子と会いにいくのを妨げて戯れる。

【微熱休暇】（「文芸」85・11）。〈私〉は由梨子と海岸に旅行に行く。由梨子の微笑を見るだけで満ち足りた〈私〉は、花世との未練だけを拠りどころとする憂鬱で不毛な情交や、夕記子との愛情も快楽も希薄な性的関係を思い出す。かつて花世がもたらした昂奮を由梨子が与えてくれることに気付き、全身の細胞が一挙に新しくなったような活力や充実を感じる。思いを遂げたい一方で、由梨子に対する生臭い欲望が現在の良好な関係を壊すことも恐れていた。〈私〉が〈あなたとやりたい〉と告げると〈いいわよ〉と由梨子は答えるが、結局最後の一線を越えられない。夜、旅館の調理師に蛸をもらって二人で食べる。

【ナチュラル・ウーマン】（書き下ろし）。同人漫画雑誌のサークルで知り合った19歳の〈私〉は、花世に熱烈な恋情を抱く。花世は男性経験も豊富であったが、自分の性器に触れることを禁じ、二人は後方の〈深い沼〉の快楽に夢中になる。マイナーな漫画雑誌の世界で次第に二人の名前は浸透し、共同で本を出版してサイン会を行うようになった。しかし関係は次第に嗜虐・被虐的な色彩を帯び、二人は訣別する。〈私〉は神経を切り取られるような苦痛を感じ、辛いまま生きていくことを覚悟する。

評価 語り手村田容子の三人の女性との関わりを描いた連作短編集。「いちばん長い午後」は容子25歳の初夏の夕記子との陰惨なSM的性愛関係の物語であり、「微熱休暇」ではその後の、性行為に踏み切れずにいる由梨子との真夏の旅行が描かれている。そして連作のタイトルにもなっている「ナチュラル・ウーマン」では、先の二つの作品の中で繰り返し回想される、容子の十九歳から22歳までの花世との激しいレズビアン・SM的関係が描かれるという円環構造になっている。三作品の関係について、四方田犬彦は「解説」（『ナチュラル・ウーマン』河出文庫）において〈移行と回想→予感→訣別と問題提示〉と整理し、遭遇と訣別の物語の三度にわたる反復ではないと述べている。いわば三人の女性は〈私〉の分身であり、〈鏡にむきあう女性のソロリキウム（一人で行なう対話）〉という見解が示されている。また社会的な規範意識から離脱したレズビアンが〈可か否か、倒錯か否かなどの制度的な言説はもはや全く存在しない〉（中村三春「レズビアン―谷崎潤一郎『卍』松浦理英子『ナチュラル・ウーマン』」「国文学」01・2）という指摘の通り、作品の中に同性愛を異端視する外部の社会のまなざしは存在しない。容子は〈たまたま女に生まれてついでに女をやってるだけ〉であり、ジェンダーやセクシュアリティの束縛からも自由な〈一般的な性別には属さない〉人物として周囲から見なされている。このように自己の性欲と感覚に忠実な容子との関係の中で、花世は〈生まれて初めて自分が女だと感じた〉歓びを味わう。そして彼女たちが性愛の器官として選んだのは妊娠や出産などの到達点に通じる役割を担わされた性器ではなく、〈深い沼〉と表現される肛門である。作者は〈性器なき性愛〉（インタビュー「性の境界線を越えて」「早稲田文学」89・5）を描くという意図について語っているが、レズビアンという設定を通して、非性器的なエロスの称揚が抽象度の高い文章で表象されている。さらに「微熱休暇」では、拒食症気味の由梨子が蛸を荒々しく引き裂いて〈私〉に与え、共に食べる行為が、新しい関係への予感として描かれている。〈小さな咀嚼音を耳のそばで聞いていると彼女の食欲と歓びが乗りうつって来る〉というときめきには、食欲を介した聴覚の快感が込められている。ここではもはや性器だけでなく肛門も特権化されることはなく、特定の部位を越えた自由な官能が身体に偏在する感覚が描かれている。また94年12月、映画『ナチュラル・ウーマン』が公開され、松浦自身が脚本（シナリオ作家協会編『'94年鑑代表シナリオ集』映人社、95・5・29）を共同執筆した。

『親指Pの修業時代』

（上下巻とも河出書房新社、93・11・15。上下巻とも河出文庫、95・9・4。「文芸」91・夏～93・冬）

梗概　〈LOVERSHIP〉という恋愛供給会社を経営していた親友の彩沢遥子が自殺し、その四十九日が済んだ翌日、22歳の女子大生真野一実の右足の親指がP＝ペニスに変貌する。彼女が自らの親指Pを巡る性の遍歴を、「プロローグ」と「エピローグ」の語り手でもある小説家Mに語る枠物語の構成になっている。一実の婚約者小宮正夫は親指Pに不快感を抱き、親指Pを去勢しようとする。一実は19歳の盲目の音楽家犬堂春志に助けられるが、彼は男女を問わず性行為を通じて〈仲よく〉することで関係を築く。一実は春志とのスキンシップの延長であるような静かな遊戯に似た性行為に安らぎを覚える。一実は春志と共に、性にまつわる器官に通常とは違った特徴を持つ人々の集まるフラワー・ショーの一座の巡業に同行する。メンバーの一人である児玉保は、シャム双生児の弟槙のペニスを使ってしか性行為ができない。性器同士の結合にこだわり続ける保は、パートナーの水尾映子が槙と結び付くことに苛立ち、彼女に対して残酷に振る舞う。春志はかつての同性愛の相手である生沼に言葉巧みに連れ去られる。彼に見捨てられたと感じた一実は、繊細で優しく心身を共に満たす映子との性行為に幸福感を感じ、彼女と〈駆け落ち〉をする。春志は一実に復縁を望むが、映子との関係を選んだ一実から拒絶される。また今までの映子への態度を悔いた保は、彼女を取り戻すため自分を変える努力をする。このように旧来の関係に落ち着くことを望む男たちと、一実、映子のお互いを求める心が入り交じり、奇妙な四角関係が続く。結局映子は相手に深く執着しない一実の性質に失望し、別れを告げる。映子を失った喪失感に苛まれながら、一実は春志のもとに帰る。フラワー・ショー一座が演劇に客演することになるが、劇団の座長である宇多川謹也は〈男根奪還〉をスローガンとし、メンバーは彼の抱く紋切り型の性的イメージを強制的に演じさせられる。一座の解散公演となる舞台で、保は槙を去勢する予定であったが、一実は咄嗟の行動で、槙の代わりに歯のある幸江のヴァギナに親指Pを挿入し、宇多川の芝居を攪乱する。勝手に芝居の脚本を変えられ、支配意識と自惚れを傷つけられた宇多川は激怒して一実と春志を殴るが、突然春志の目が見えるようになる。理想的な性行為とは何かという問いを残した一実の親指Pとの遍歴の旅は、ひとまず終わる。

評価　親指Pについて、単なる男性器の複製ではなく、性的な側面のみを賦与された〈通念に染まらない無垢な器官〉（「親指ペニスとは何か」『親指Pの修業時代下巻』河出文庫）として設定したと作者は述べている。それは性行為の内実とそこから生じる人間関係のありようを問う装置と考えられる。例えば無垢で受容性のある一実は、親指Pの出現によって、時代や社会によって内面化されていた性の通念を初めて疑うようになる。また親指Pは正夫という気楽な〈好青年〉の深層に隠された男根主義、男性優位主義を露わにする。一方で春志は異性愛と同性愛の区別がなく、性への固定観念を持たない。しかし、聴覚や皮膚感覚を通して形成され、性器という一点に集中しない感性のために、彼は性行為において特定の相手に執着することはない。親指Pをレイプするチサトは、性交において性器を中心化することで男根主義を反復する。保もまた非現実的なポルノグラフィーに描かれる女のイメージに支配されている。一実自身も映子との同性愛を通して、マスメディアなどから受け取った情報を総合して作り上げた一般的な性のイメージに照らし合わせて現実の性行為を実践してきたことに気付く。保との共依存的な関係に絡め取られている映子について、笙野頼子は、〈友としては対等であっても性のあり方で映子は一実を相手に疑似母親になり、Pを幼児化する〉（「夢の中の体」「文芸」93・冬）と述べ、映子に見られる不毛な母性を、自立的な関係を築く上での障害として批判している。このように親指Pは性をめぐる現実の権力システムを次々と可視化していく。また小谷真理はフラワー・ショーのメンバーたちの逸脱した身体性がもたらす思索を、アンジェラ・カーターやキャサリン・ダンらの欧米のフリーク小説の系譜に位置付けて論じ、〈「正常」や「自然」と思われている現実世界がいかに虚構性に満ち溢れているか、いかに人工的に構築されているかを逆照射〉（「松浦理英子論―サイボーグ・ファロスの修業時代（煉獄篇）」「文学界」97・8）すると指摘している。またフェミニズム、ジェンダー、セクシュアリティをめぐる九十年代の言説から作品を論じた黒澤亜里子の「親指Pとの対話―『優しい去勢』をめぐって」（「群像」97・5）は、フラワー・ショーのメンバーたちが担う性器の脱中心化というテーマが〈子供たちの多型倒錯的なセクシュアリティ〉に近いと指摘し、〈男／女、異性愛／同性愛という二項対立の構図こそがフィクション〉という認識を明らかにしたと述べている。このような認識の背景にあるのは、〈器官なき身体〉というジル・ドゥルーズの観念であり、それはn個の性が存在するという性器中心主義を越える性の多様性を示唆する。与那覇恵子は松浦について、〈全方位性愛《ボーダレスセックス》ともいうべき実験をもっとも過激に展開している女性作家〉（「松浦理英子―越境する性」）と高く評価している。しかしこのような積極的な評価の一方で、第7回三島由紀夫賞の「選評」（「新潮」94・7）において江藤淳が述べたように、〈成熟の拒否と生殖の拒否を謳歌するものだとすれば、この小説は、結局幼児性《インファンティリズム》の屈折した表現に過ぎない〉という批判もあった。同じ「選評」において、高橋源一郎は教養小説の形式を厳密に踏襲したことが、同時にその不可能性を立証したと擁護している。先に挙げたような江藤の評言の背景にあるのは、教養小説というジャンルも含め、異性愛を前提とした恋愛・性愛を通して、主人公が成熟し、成長していくという物語を描いてきた近代小説の制度への強い規範意識であろう。松浦自身も「親指ペニスとは何か」において、〈成長小説＝ビルドゥングス・ロマンという体裁〉を借りたことを認めている。しかし最後に親指Pが消滅せず残り続けることからもわかるように、最終的な成長の物語が完結するわけではない。この作品は性器中心主義的な、型通りの通念に則った性のありように疑問を投げかけていく。それと同時に、主人公が成長を遂げて物語が一点に収束していくということを正統とする既成の文学の制度そのものも相対化されている。以上挙げた論考の他にも、渡部直己の作者へのインタビュー「親指Pの『真実』」（「文芸」94・春）、小説家Mの語りによって統合された小説の構造に着目した絓秀実「小説家Mとは誰か」（「早稲田文学」94・3）、教養小説というジャンルから論じた野谷文昭「パラレル・ワールドの旅」（「新潮」94・2）などの論がある。

『裏ヴァージョン』（筑摩書房、00・10・5。「ちくま」99・2〜00・7）

梗概　作品は十五の短編小説と、それに付された短いコメントから成る。その間に読み手が書き手を問い詰める〈質問状〉〈詰問状〉〈果たし状〉の章が挿入されている。初めは読み切りの短編集と見えたものが、次第に書き手と読み手が古くからの友人同士で、居候と家主でもあるという関係を描いた長編小説という仕掛けが見えてくる。昌子と鈴子は四十代初めの独身女性で、高校時代から二十代半ばまで親密な友人同士であったが、その後疎遠になっていた。昌子は20代のときに小説で新人賞を受賞するが、その後文学業界で認められず、現在は無職。公務員として堅実な生活を営み実家で一人住まいをしている鈴子のもとに、家賃代わりに毎月20枚の短編小説を書くことを条件に居候をしている。しかしフロッピー・ディスクの中で交わされる対話は次第にいらだちに充ちた応酬に変化する。昌子は黙って失踪し、鈴子は〈帰って来い、アホ〉と呼びかける。

評価　『裏ヴァージョン』というトリッキーなタイトルの通り、作品の中に複数のコンテキストが重層的に共存している。〈仮想アメリカ〉を舞台としてレズビアニズムとSMを描いた小説、現代日本の女性のホモセクシュアル・ファンタジーへの偏愛を描いた小説、作家と大家をモデルにした半私小説などが、どれが〈表〉とも〈裏〉ともつかない形で相互に浸透し合っていく。この作品の構成の巧緻な仕掛けについて、小谷真理は「もうひとりの、優しいミザリー」（「すばる」01・1）において、虚構が次第に〈私小説的な領域〉に踏み込み始めると指摘している。同様の見解として高橋源一郎の「これは書評ではない」（「新潮」01・1）がある。高橋はさまざまなフィクションが織りなす〈表〉と〈裏〉のヴァージョンについて、〈相互に依存しあう関係とも一つの主題をもとにした変奏〉でもあると述べている。例えば昌子の小説に対する鈴子の手厳しい批評は、メタテキストとして機能しているが、各章が先行する章とそれに対するコメントを意識して書かれているため、全ての部分が他のテキストに対してメタレベルで影響を与え合っていると言える。このように読者と作者は、相互に対抗しつつ依存し合い共作共演の作業を続けていく。従来の松浦の小説では、一対一の濃密な関係性の中に、セクシュアリテイの問題が入ってきていたが、昌子と鈴子の間には性関係はない。彼女たちは互いを厳しく批評し合うが、その戦いは昌子の小説に表出されたSM的な嗜虐を込めた親愛のゲームのように、愛情や信頼を内に秘めている。それを支えるのはSM、同性愛、少女漫画など70年代の少女文化が偏愛したイメージに対する共通の記憶である。それは男性中心主義的文学史から見れば、幼稚な退行に過ぎず、いずれ手放して成長に至るべきものととらえられるが、昌子は自己を形成した少女文化に執着し続けている。松浦はインタビュー「性愛から友愛へ」（「文学界」00・12）において、作品のメインテーマを〈友情と、現代日本のオタクの女性〉であると述べている。倉数茂は「アドレッサンスに固着すること」（「早稲田文学」01・1）において、複数のフィクションを同時に操作する昌子の〈オタク〉性について、〈フィクションである複数のコンテクストを同時に許容し、かつそれを自在に往還できる人間〉として定義している。主人公のアイデンティティが固定したまま物語が進行し、何らかの結論にいたる小説を正統＝〈表〉とするならば、ヴァーチャル・スペースにおけるように重層的に並存するフィクションを通して自己を定位していく昌子を描いた本作は、成長、成熟といった中心化に向かわない〈裏〉の文学史を形成すると言ってよい。ところで稲葉真弓は「フロッピー・ディスクの中の密室」（「群像」01・1）において、一人の人物が昌子と鈴子に分かれ、〈短編小説に登場するすべての人物にその分身をちりばめて逃走する物語〉という解釈の可能性について言及している。このように〈表〉と〈裏〉が対立するかのように見えて相互に浸透していくという構造は、単なる知的なメタフィクションではない。「葬儀の日」以来継承された、性とそれを表象する文学という制度に対峙する松浦の脱中心化への欲望がここにも反映されている。それは〈表〉〈裏〉という序列にひそむ権力構造を明らかにすると同時に、そこに表れた差異のひとつひとつを慈しむ感性に根ざしている。

参考文献

芳川泰久「親指Pはいかに〝距離〟を埋めるか」（「早稲田文学」94・10）、『松浦理英子とPセンスな愛の美学　トーキングヘッズ叢書№8』（書苑新社、95・12・1）、川村湊「メンタリティ＝松浦理英子」（「国文学」96・8）、山﨑眞紀子「松浦理英子」（『大江からばななまで―現代文学研究案内』日外アソシエーツ、97・4・21）、市村孝子「ジュディス・バトラーと松浦理英子―視線の交差1、2」（「アルテス　リベラレス」〈岩手大学人文社会科学部紀要〉98・6、00・6）、与那覇恵子「松浦理英子」（「国文学」99・2臨増）、カトリン・アマン『歪む身体―現代女性作家の変身譚』（専修大学出版局、00・4・20）

（**久保田裕子**）

松本侑子（まつもと・ゆうこ）

略歴　63年6月17日島根県出雲市生まれ。出雲高校から筑波大学へ進む。専攻は政治学。85年テレビ朝日入社。報道制作部勤務。88年までの2年半の間、看板番組「ニューステーション」で天気予報とリポーターをつとめる。その間87年にデビュー作『巨食症の明けない夜明け』が、第11回すばる文学賞を受賞し、作家生活に入る。92年から95年1月まで大阪に転居。その後東京に戻ってから現在まで、小説・エッセイ・翻訳・詩などで幅広く執筆。執筆以外でも、講演、シンポジウム、テレビ出演などを積極的にこなし、マルチな〈作家活動〉をしている。パソコン時代の現代女性作家のひとつの典型であるといえよう。趣味も料理、着物、陶芸等と多彩で、それが雑誌の記事やインタビューの話題になることも多い。

取り上げた作品以外、小説として、『偽りのマリリン・モンロー』（集英社、90・5・25）、『美しい雲の国』（小学館、93・12・20）、『別れの手紙』共著（角川書店、95・3・10）、『罪深い姫のおとぎ話』（角川書店、96・6・10。角川文庫で『グリム、アンデルセンの罪深い姫の物語』99・5・25と改題）、『光と祈りのメビウス』（筑摩書房、99・7・8）、「男の厄年」（「小説新潮」01・4）などがある。評論・エッセイとしては、『別れの美学』（角川書店、91・1・7）、『作家以前』（集英社、91・2・10）、『読書の時間』（講談社、91・5・30）、『ブドウ酒とバラの日々』（角川書店、93・2・20。角川文庫で『私が好き』97・1・25と改題）、『私の本棚』（講談社、93・6・3）、『性の美学』（角川書店、95・3・31。角川文庫で『愛と性の美学』98・10・25と改題）、『ロマンティックな旅へイギリス編』（幻冬社、97・2・14）、『ロマンティックな旅へアメリカ編』（幻冬社、97・6・11）、『ヴァカンスの季節』（新潮社、97・3・15）、『赤毛のアンの翻訳物語』（集英社、98・8・30）、『作家になるパソコン術』（筑摩書房、98・12・10）、『誰も知らない「赤毛のアン」』（集英社、00・6・30）、『赤毛のアンに隠されたシェイクスピア』（集英社、01・1・30）などがある。翻訳としては、『赤毛のアン』（集英社、93・4・25）、『吹雪の道』（河出書房新社、95・10・5）などがある。他に詩集として『ヴァニラの記憶』（白泉社、94・4・25）がある。ホームページ上で、「お出かけ着物日記」（97・10〜現在）という「日記」を公開している。またメールマガジンで「幸せになる『赤毛のアン』の言葉」（00・9・3〜現在）を配信している。

『巨食症の明けない夜明け』（集英社、88・1・11。集英社文庫、91・1・25）

梗概　21歳の女子大生時子は、巨食症（時子は「過食症」という一般的な表現を嫌い、「巨食症」と呼ぶ）に悩んでいた。心理療法による治療を望み時子は初めて精神科に通うことにした。医者は〈思春期の女性によくある摂食障害です。〉とありきたりの診断をし、佐々木というカウンセラーにかかるように指示した。一回目のカウンセリングでは、佐々木は時子の語る過食歴をただ黙々とノートにメモするだけだったが、不思議なことに時子の気分は快適になっていった。二回目は佐々木の方が時子に質問をした。ダイエット体験、生理の状態、恋愛体験などを聴かれるうちに時子は、自分が〈このままでいたい〉と思っていることを自覚する。後悔と自己嫌悪の朝を迎えることはわかっているのに、時子はわけも分からず、機械的に食べ続けた。

六か月前、母なるものとの決別を決意した時子は、無理なダイエットをした。響あきらという恋人の心も掴みたかった。しかし、あきらには他に恋人がいた。それを打ち明けられた時、時子は、自分に俊彦という恋人のいることを隠してあきらに近づいたことの不誠実さで、自己嫌悪に陥った。その時から巨食が始まった。大学にも行かなくなり、ひたすら食べ続けた。自分が拒食症になった原因に自覚的でありながら、それを認めたくないという思いに突き動かされて、時子はまたスナック菓子に手を伸ばした。その原因とは母である。時子が赤ん坊の時に家を捨てた母である。20歳を過ぎた今でも母に捨てられ、一人押し入れの暗闇の中で泣いている夢を見る。その暗闇は〈いつまでたっても、明けそうで明けない、夜明けのような気がして……。〉

とうとう時子は離別した母に会うことを決意する。そして母へつたない手紙を書く。

（最終章は、実はこれまでの物語が時子の書いた小説であり、それを今も同居している母文絵が盗み読みしているというどんでん返しのような展開になる。原稿用紙を読んでいる母を見つけて時子は母を罵るが、部屋を出て行く母に向かって〈いかないで〉と心の中でくり返す。小説は未完成のまま放り出され、現実の時子はまた大量の食べ物を買いにコンビニに直進する。）

評価　第11回すばる文学賞受賞作品である。選考委員（水上勉・日野啓三・青野總）の評価（「すばる」87・12）は、最終章をめぐってわかれた。〈最期の十九章でぶちこわしになっている。〉と水上は言い、青野も〈最期の思いがけぬ転換が論議のまとになり、小説にたいいする考え方が露呈されていて、今後に不安をもった。〉と言う。これに対して日野は〈真の主題は母親との回路切断である。〉と最終章の必要性を述べる。受賞はそこまでの文章と内容のリアリティが評価された結果だが、松本自身は「本人自身による全作品解説」（「月刊カドカワ」91・7。のち『ブドウ酒とバラの日々』）で〈しかし今は、摂食障害の原因は、母子関係ではなく、女性差別社会に関連するのではないかと考えている。〉と言っている。これはフロイトやユングからフェミニズムへ作家自身の思考原理が微妙に変化していることを示しているが、いずれにしろ最終章の必然性には疑問が残る。木股知史は〈成熟を拒んで閉ざされた場所にとどまり、家族から切り離された単体として植物のような生をいとなむというダフネ・コンプレックスの崩壊を母との関係で描いてみせた〉（「解釈と鑑賞・別冊」91・5）とまとめ、〈閉ざされた課題を描くとき、小説自体が閉ざされてしまうという危機に出会っている。〉と、その物語構造の閉鎖性に言及している。

作者自身が「文庫本のためのあとがき」で〈稚拙さには赤面する〉と認めているように、小説の文章としてはこなれてはいない。取り入れた知識を消化不良のまま書いてしまっているところも多い。構成も一見複雑だが、構成力という面から見ると斬新さに欠ける。しかし、一つの文章、一つの場面単位ではしばしば驚くほどのリアリティがあって、はっとする。川西正明が「文庫本解説」で指摘している一章の最後の〈私は生まれたくなかったのです。〉という一行や、三章の『人間失格』のパロディ、水上が選評で褒めた、友達として育てたカイワレを食べるはめになってしまう第九章などは、確かに印象として新鮮である。その意味で、この作品はいまだにこの作者の代表作であり続けている。

『植物性恋愛』（集英社、88・10・15。集英社文庫、91・10・25）

梗概　10歳の春、沙江子が友達の夏美と校舎の陰で「人形遊び（一方が人形のように体を横たえ、なにをされても動いてはいけないというもの。）」をしている時、ナイフを持った見知らぬ男に強姦される。しかし、沙江子はそのことを母親から詰問されると、〈その人は私を殴って逃げた〉だけと嘘をつく。その時の沙江子には強姦されたという正しい認識はなかったが、そのことは確実に沙江子を少女から大人へと変えてしまった。中学に入学した沙江子に、幼なじみの清彦というボーイフレンドができた。清彦の部屋で二人は初めての接吻をする。人並みに性知識を身に付けた沙江子は、10歳の時の男の乱暴が強姦であったということを確信する。16歳になった沙江子の性に関する興味はますます高まり、自分が性暴力の被害者であるという現実を見つめようとする。肉体的に美しく成長した沙江子は同級生の男の子たちの熱い視線を受けながら、彼らの幼さを嫌悪し、街であった行きずりの男に体をひらく。男に愛撫されながら沙江子は〈人の形をした植物になる。〉それは昔、夏美とした秘密の「人形遊び」を思い出させた。男は不能者だった。大学生になった沙江子は、シンという青年に恋をする。シンに抱かれたいと思いながらも、同時に男に支配されたくないという思いが沙江子の中で交錯する。シンを思い浮かべて自慰をする沙江子は「単性生殖の植物」に過ぎず、身動きが取れない。その後シンに導かれて関係を持とうとするが、シンが果ててうまくいかなかった。

ゲイバーのアンビバレント（店名）で沙江子の横にすわった「女」は、隣に住む光という青年だった。光は、子供の頃隣家のお姉さんに悪戯された過去を抱えていた。沙江子と同じように異性への愛と憎しみの交錯する感情に苦しんでいた。苦悩の中で光は、小学生を強姦した過去を告白する。性暴力の被害者が加害者になってしまった現実を前に、沙江子は〈奇妙な爽快感〉を感じた。

評価 「本人自身による全作品解説」で、〈性暴力と性差別がテーマ〉といい、〈女の性がおとしめられる世の中で、少女が性や愛に目覚め、大人になっていくとき、彼女が何を感じるか、何をあきらめ、何を納得して生きるのか。それを、私自身の問題として考えながら書いた。〉と言っている。ストーリー展開に関して、文庫本解説で上野千鶴子は〈光という女装ゲイ、不能者で強姦の被害者、そして自身幼女強姦の加害体験を持つ男と主人公との「友愛」を「解」に持ってきた作者の仕掛けは、いささか見えすぎる。そしてここにこの作品が知的アレゴリー小説であることの、よさも悪さもひそんでいる。〉と評する。また「夜」と名づけられた猫が〈混沌を吸い込むブラックホールのような存在として、象徴的に機能している。〉という。木股知史は（前掲）、〈〈女性〉性の肯定と否定の両極の間の揺れをうまく本音の部分で表現している。〉といい、全体として好意的な評価をしているが、〈レイプされたことによって、〈女〉というアイデンティティを失ってしまっている沙江子の苦しみを、同じような体験を経た異性である光の苦しみによって中和し、救済しようというのが、作者の設計図である。ただ、沙江子と光の交流は、家族のなまなましさを回避した場所で可能なのであり、ダフネコンプレックスの閉じた部屋から、沙江子が脱出することはないのではないかという懸念が残る。〉と、上野同様そのストーリー展開に疑問を呈している。すばる文学賞受賞後第一作であるこの作品は、文章としては必死で小説を書いているという迫力はあるものの、過剰な描写と固くこなれない言葉づかいが随所に目立ち、「狙い」とはいえあまり読みやすいとはいえない。図式的な人間関係や沙江子の成長にともなう複雑な心理描写が、生身の人間としての統一感を感じさせるまでにはなっていない。「若書き」であることは否めない。しかし、小説を書くことへの意気込みとひたむきな努力が、この作家の資質の中核をなすものであることは、よく理解できる。

『花の寝床』（集英社、96・1・30。集英社文庫、99・8・25）

【花の寝床】 私は2年前に夫と別れ、東京から神戸に移ってきた。結婚生活の〈倦怠と暗鬱〉には疲れていた。そんな私が、同じ建物の真上に住む美しい少年と、年賀状の誤配で偶然口をきくようになる。半年後、友人の結婚式の帰り、また少年と出会う。大胆にも自室にお茶に誘って話しているうち、少年のことをいとおしく思うようになった。気さくなご近所付き合いをしているうちに、少年への想いは募っていった。二人で行った須磨の海辺で初めてのキスをした。そして自室に戻って初めて少年を抱いた。あくる朝の少年の寝姿は、〈まるで青白い茎の若い草が、花びらを閉じて寝床で休んでいるようだった。〉少年との関係に罪悪感を持った私は、別れ話を切り出した。二人は紀伊半島に最期の旅行に行く。旅をする私の脳裏に、いくつかの過去の恋愛の場面が映った。私は少年を抱きながら、薄目を開けて海を見やる。〈海の空気は濃紺にかげり、曇った空に月がのぼっていた。〉

【幸福な妊婦】 雑誌記者高崎がアナウンサーの私（恵子）にインタビューに来た。自分が女であることで不当に差別され、組織の外れ者と思い込んでいる私は、同じように会社社会からのはみ出し者で、シャイな中年男の高崎に恋をした。高崎は避妊具を使ってセックスをしたが、実は不妊症だった。私は高崎に子供のように甘えた。しかし、高崎にとって私は恋愛の対象ではなかった。その後、私は多くの若く美しい男たちを自慢の嘘と演技力で弄んだ。高崎のことが忘れられなかった。私は妊娠をした。相手が誰だかわからない。高崎に相談すると、自分が〈父親〉になることに決め、優しく接してくれた。2ヵ月後私は流産した。高崎との〈幸福な妊婦〉の日々が終わった。

【防波堤】 私（葉子）は付き合っている浩の求婚に答えられないでいた。私は学生時代からの親友美佳のことを思った。自分が同性愛者だと自覚してから、美佳への性的な欲望がますます募っていく。しかし、美佳には男の婚約者がいた。ある日美佳から電話があり、婚約を破棄したという。そして〈私、葉子さんを愛しているわ。〉と告白される。私は、今すぐ美佳を〈荒々しく抱きしめたかった。ただ切実に抱きたかった〉。

【行き場】 私には秋川という親子ほど年の離れた恋人がいた。二人はよく〈半月〉という日本料理店へ行った。しかし、秋川とは一年前に別れていた。離婚した妻と切れない秋川の煮え切らなさに、嫌気がさしたからだ。その秋川から1年ぶりに電話があった。〈半月〉が閉店するということと、私の婚約を聞いたことを告げた。その夜、昔「半月」で出会った初老の男が酔っぱらって屈み込んでいるのを見かけた。この男のように行き場をなくした〈秋川は、今頃どうしているのだろう。〉と思った。

【オールド・ボーイ】 祐一との結婚を前に、式場探しに出かけようとしている私。しかし、私には過去に本当に愛した人があった。それは19歳の頃、母と父の離婚話に動揺した私が交通事故を起こし、その入院先で知り合った六十過ぎの老紳士、池上潤吉であった。潤吉は離婚暦のある画家であった。その姿が家を出て他の女と暮らす父と重なった。私は直情的な愛で潤吉に迫るが、彼は「友達」の関係を越えず、〈女友達〉という題の絵を残してスペインに旅立ってしまう。その絵には〈オールドボーイより〉というカードが添えられていた。5年後、祐一と二人で潤吉の墓参りに行った私の脳裏に、潤吉の優しい笑顔が浮かび、その向こうに父の真剣な人生が垣間見えた。

評価 「本人による全作品解説」で、「花の寝床」が一番好きだと言っている。確かに五編の中では最も出来がいいと思う。文章もわかりやすく、描写も適度にバランスの取れたものになっている。作家としての無理のない自然な成長が伺える。それはほかの4編の作品にも共通している。過食症やレイプ体験という奇を衒うような態度は影を潜め、「恋愛小説」をさらっとした文体で書き上げている。松本侑子という作家の力が過不足なく感じられる好短編集である。

『性遍歴』（幻冬社、01・5・10）

【性遍歴】（『蜜の眠り』アテール文庫 廣済堂出版、00・4・1）。卒業まじかの中学三年生の冬、私は初めてキスをした。相手は俊子という親友だった。それは、別れ別れになる親友へのいとおしさとキスへの性的な興味からだった。高校生のとき、文芸部の先輩の政志とセックスをする。しかし、政志は〈押し込もうと突いているうち〉に果ててしまった。大学生になった。徳明という恋人ができた。激しく求め合うセックスをくり返した。私は性の喜びを知り、初めて絶頂感を感じる。終わったあとシーツが大きく濡れた。〈潮ふきじゃないの〉徳明が恥ずかしそうに言った。今は一回り近く年長の春彦と結婚している。セックスは性的快楽のための行為というより、子供を作るための儀式のようなものに変わった。春彦とのセックスでは徳明のときほどの性的な満足感は得られなかったが、それなりに満足している。夫と交わるという安らぎが、私に幸福感を与えてくれる。子供を産んで育てるという女としての〈原始の歓び〉こそ、私の〈性遍歴〉の行き着く果てなのだろう。

【女装夢変化】（「小説新潮」99・5）。〈生まれてこの方、こんなに男の人を心底愛し抜いたのは、あの人が初めてでした。〉と告白する私（山田健二）は、妻子持ちの編集者だった。女装趣味に耽り、清瀬マミという女性名で八王子の呉服屋の若旦那Kとの不倫愛に燃えていた。仕事を終え、女装部屋と呼ぶアパートの一室で完全な女に化け、Kとの逢瀬を楽しんでいた。Kも女装者だとわかっていながら、私の女としての魅力に惹かれていった。しかし、突然の別れが来た。Kの奥さんに関係がばれてしまったのだ。奥さんは相手は女だと思い込んでいた。二人は仕方なく別れた。私は女としての別れを、女として受け入れ、女として泣き明かした。そして、女装したマミこそが、本当の私だと思うようになる。

【初　恋】（『ハンサムウーマン』ビレッジセンター、98・11・30）。近未来（21世紀後半か）、世の中はトランスジェンダーの世の中となっている。男と女を区別することはいけないこととされ、服装や言葉遣いで性別を表現することはタブーであった。思春期を迎えたわたし（カラン11歳）は、マハナという友達とルチカというきれいな子を追いかけまわしている。わたしとマハナ（わたしはマハナのことを男だと思っているが本当のところはわからない。）は、もしルチカが男だったらどうしようと真剣に悩んでいる。ルチカと一緒に下校したくてマハナと連名で手紙を渡した。二人して放課後校門で待っていると、ルチカはマハナと帰りたいという。わたしはふられてしまった。マハナが言うには、ルチカは男だった。わたしは〈そう、ぼくは男には興味ないから〉とつよがりを言った。〈ぼく〉という人称語はサベツ的だと言われていたが、今のわたしにはもうどうでもよかった。わたしはこれからますますひとりになり、孤独な夜の時間にたえなくてはならなくなる。〈そしてわたしのなかの化けものがさらに暴れてのたうち、白い液を吐き続け、秘密はもっと濃くなっていくだろう。〉と思う。

【ナツメの実】（「小説新潮」99・11）。大学二年の初夏、わたしはドマと知り合った。ドマは他を圧するほど〈凛とした美しいひと〉だった。最初は女として憧れていたが、ドマに映画に誘われたり、食事をしたりするうちに憧れは微妙に恋愛感情に変化していった。ドマの家に泊まりに行った夜、一緒に風呂に入り、ドマの胸の横に〈ナツメの実〉のようなアザを見つけた。ドマは〈アザをなめて〉と言う。言われたとおりにしたわたしは、〈陶酔めいた喜びすら感じていた。〉その後ドマは学校に来なくなった。摂食障害になったという。退学し、25歳で栄養失調から衰弱死したことを知ったのは後になってからだった。卒業して二十年がたった今でも私がひとりでいるのは、それからの人生の中で

〈あんなに切なくひとを好きになったことがない〉からにちがいない。

【新しい扉】（『カサブランカ帝国』イースト・プレス、00・7・12）。マッサージ師として女性むけサロン（店名ラビリンス）で働くアタシ（マサ）の前に編集者の敬子が客として現れた。マサは敬子のなめらかで透き通るような肌にさわるうちすっかり魅了されてしまう。敬子もマサに揉まれているうちにすっかりリラックスし、眠り込んでしまった。敬子はマサに毎週部屋に来て揉んでほしいと頼む。マサは快く受け入れ、二人だけの楽しい時間が過ぎていく。それはもはや客とマッサージ師という関係を超越していた。マサは敬子に好きだと言う。敬子も好きだと答え、ルームメイトとして家で一緒に暮らそうと持ちかける。直後にマサは、自分がレズビアンとして敬子のことを好きだということを告白する。敬子は驚きはしたが、レズビアンということを理解しようと努めた。敬子は自分が昔から女に関心を持ちながらも、新しい〈扉を開ける勇気が〉なかったことを悔いる。二人の同棲が始まった。濃密な快楽が二人を包んだ。互いに自分を欺いてきた苦い過去を忘れ、レズビアンとしての二人の時間をこころゆくまで楽しもうとしていた。

評価　全体として、トランスジェンダーの問題を中心に据えた恋愛短編集である。ホモセクシャルやレズビアンの世界を描くことによって、人間にとって本当に解放された愛とはどういうものなのかということを考えさせてくれる。物語は、背後に鷗外・太宰・谷崎などの近代作家の影響を匂わせながら、一人称の短く軽ろやかな文体で綴られていく。相変わらずフェミニズム理論や料理・着物の説明が、解説風で野暮ったいところもあるが、全体としては、初期の作品より、断然読みやすく、わかりやすくなっている。しかし、その分テーマの掘り下げ方が不十分であるということもいえる。この作家の今の力量から、両方を求めることにはまだ無理がある。しかし、作家としての成長の方向としてはこれでいいと思う。どれが傑出しているという評価は下しにくいが、どれも構成や語り口を変化させ、飽きのこないように工夫しようとした努力の跡がみえる。テーマの統一感を出すために内容的に似通ってしまいがちなものを、目先を変えることで飽きさせず読ませたことは評価したい。

参考文献　木股知史「松本郁子〈女〉というアイデンティティ」（長谷川泉編『女性作家の新流』解釈と鑑賞別冊、91・5）、自作解説として「本人自身による全作品解説」（月刊カドカワ、91・7。のち『ブドウ酒とバラの日々』、『私が好き』に再録）がある。また、インターネット上で「松本侑子ホームページ」を公開し、〔作家活動〕の詳細な記録や日記などが紹介されている。

（上田　渡）

宮部みゆき

（みやべ・みゆき）

略歴　60年12月23日東京都生まれ。本名も同じ。推理作家協会会員。79年都立墨田川高校卒業。速記士の資格を取得し法律事務所に勤務、傍ら創作活動を開始。84年、小説教室「講談社フェーマススクール」に入り、南原幹雄らに師事。87年「我らが隣人の犯罪」で第26回オール読物推理小説新人賞受賞。『かまいたち』で第12回歴史文学賞佳作入選。89年『魔術はささやく』で第2回日本推理サスペンス大賞受賞。92年『龍は眠る』で第45回日本推理作家協会賞、『本所深川ふしぎ草紙』で第13回吉川英治文学新人賞受賞。93年『火車』で第6回山本周五郎賞を受賞。97年『蒲生邸事件』で日本SF大賞を受賞。99年『理由』で第120回直木賞受賞。01年『模倣犯』を発表、5月下旬現在60万部の大増刷となる。紀行エッセイ集に『平成お徒歩日記』。映画化された作品に『クロスファイア』（金子修介監督、00年6月東宝系公開）がある。

ミステリ作家といえるがその作風は社会派の現代物（『我らが隣人の犯罪』『魔術はささやく』『レベル7』『火車』『理由』など）・時代小説（『本所深川ふしぎ草紙』『幻色江戸ごよみ』『初ものがたり』など）にとどまらずいわゆる超能力を材とした作品（『蒲生邸事件』、『クロスファイア』など）、さらに時代物でありかつ霊験探偵を登場させた作品（お初―「迷い鳩」（新人物往来社、92・1。新潮文庫、96・10『かまいたち』所収））等、多岐に亙る。こうした宮部作品の魅力は、現代ミステリなどにみられる卓越した構想力や時代物などの滋味深いストーリーとともに、後述もするように、その新鮮な直喩を効果的に用いた文章にもあるといってよく、これらが読者を定着させ拡大させ続けているといえよう。さらに、そうした作品群のなかで宮部自身が生育した下町風景は、『東京下町殺人暮色』や『理由』などの現代ミステリだけでなく、『本所深川ふしぎ草紙』や『幻色江戸ごよみ』など時代物にも十二分に生かされて作品に欠かせないリアリティをもたらしている。宮部自身、生育地を重点的に描いてきたことについて〈慣れ親しんだ町内会活動が基本〉と冗談めかしつつも強調している（宮城谷昌光との直木賞受賞記念対談「「ミヤベ・ワールド」扉をひらく四つの鍵」、「オール読物」99・3）。また大都市で一人で生きる女性あるいはシングルマザーを主軸にし、彼女たちに着目した作品群が、『火車』（彰子および彼女を騙った喬子）や『本所深川ふしぎ草紙』の「送り提灯」（おりん）、「おいてけ堀」（おしず）、「消えずの行灯」（おゆう）など、前記した時代物や社会派ミステリといったジャンルを超えて存在している点も注目してよいだろう。時代を超えて女性のありように注視した描出という点では、たとえば〈足入れ婚〉について。『本所深川ふしぎ草紙』「落葉なしの椎」ではヒロインお袖の小原屋奉公が〈足入れ〉婚的なものであるとして茂七に否定的に語らせているが、『理由』で被疑者だった石田直澄の祖母は〈足入れ婚〉で直澄の父を産んだ後、実家に戻されていることが記されており、直澄一族のいわば不運が強調されるかたちとなっている。なお宮部はスティーヴン・キングの作品を〈バイブル〉と言う（佐々木譲との対談、「波」98・3）。『龍は眠る』等の解読に参考となろう。宮部は先述の宮城谷との対談で今後もミステリを主軸に執筆すると述べている。すべての推理小説作家に言えることながら、読者に解答を隠蔽し続けて最後に明かすこの形式に宮部が執着する理由を、追究すべきか、あるいは読者はただ小説に身を委ねているべきか、は読者各人に委ねられている。ところで、いしいひさいちの「朝日新聞」朝刊連載中の四コマ漫画「ののちゃん」に00年初頭より時折登場する、ののの子と同学年の推理好き「ミヤベ」は、少年ではあるが、各種メディアが読者に伝える宮部みゆきの風貌を髣髴させる髪型や眼の特徴などから、宮部を想定したものと思われる。同紙当該漫画読者数を考えれば、広範な読者がパロディであると確認し得るキャラクターの源とされたことは、このベストセラー作家の認知度が直木賞作家というにとどまらないきわめて高いものであることを示していよう。もと大沢在昌の個人事務所で京極夏彦をも擁する大沢オフィスに所属。同オフィス公式ホームページ「大極宮」がある。

『我らが隣人の犯罪』（文芸春秋、90・1・30。文春文庫、93・1・10）

【我らが隣人の犯罪】（「オール読物」87・12）。〈僕〉誠は中学一年生。半年ほど前から郊外のタウンハウスに家族四人で暮らしている。右隣の住人で不動産業者の〈特殊関係人〉美沙子の飼犬の騒音が甚だしい。叔父と一計を案じた〈僕〉らは屋根裏を探るうちに隠し資産を発見、それは左隣の田所夫妻とも関わる犯罪だった。

【この子誰の子】（「週刊小説」89・9・29）。嵐の夜、ひとり留守番をする14歳のサトシに見知らぬ来訪者が現れた。乳児・葉月を連れた恵美は、この子の父親はサトシの父だと言う。サトシは両親が語らない秘密を知っていたため恵美の騙りはわかったが、調べるうちに葉月とは兄妹であると知る。

【サボテンの花】（「小説現代」89・3）。六年一組の卒業研究はサボテンの超能力の実証だという。各方面からの猛反対で担任もお手上げ。定年退職間近の権藤教頭が責任をとることになったが、いよいよ発表会、研究の成果は如何に――。紺野美沙子主演でTVドラマ化（KTV、91年）。

評価　表題作はタウンハウスという現代建築の構造からく

る近隣トラブルを発端に、乱歩の「屋根裏の散歩者」さながらの〝探険〟が駆使される。焦点は右隣の隣人→左隣の隣人→右隣の飼犬と移るが、こうした二重三重の転換が短編で手際よくまとめられた軽妙な作である。美沙子たちと誠たちとの駆け引きが、互いの後ろめたさやこういう場合の常套的朧化表現から双方の勘違いを誘発したユーモアも無理なく表現されており、デビュー作にしてきわめて完成度が高い。現代住宅事情といった社会的な問題を発端に据えながら、誠らの密やかな計画に加わることで妹の様態が改善するというサブストーリーを含め、殺人もなく、いわばほっとする後味の当該作は、社会派ミステリとともに人情味豊かな時代物などを手がけることになる宮部において、月並みな物言いながら第一作として象徴的であるといえよう。「この子誰の子」は人工授精を扱う。しかし作者は医学の発達によって生じた出生の問題にストーリーとしてのミステリを存在させながらも、これをけっして弄ばない。当のサトシの人物造型には説得力がある。恵美来訪の突発事によって、両親の秘密を知ってしまいながら状況を受容しようとしてきた経緯が語られ、それが慈しんでくれた両親に自然に応えるのものとなっており、ラストの恵美との対話を含め、家族のありようを問う、重くかつ希望を籠めた作品に形象化し得ている。「サボテンの花」は植物とのテレパシー交信の研究とテキーラとを結びつけながら、自分達を〈剪定〉しなかった教頭への感謝が示されるほのぼのとした小品。〈誰にも剪定されない〉サボテンに自分の生き方を託す生徒や教頭という設定自体の象徴性は次のステップへ移行する卒業のテーマにふさわしく、きわめて印象的である。表現面でも一組の卒業研究への異論の騒動が〈嵐〉では過小評価だということを示す〈チョモランマをさして高尾山と呼ぶようなもの〉というユニークな直喩など、読者に卒業研究達成の困難を登攀の難事で連想させる有効な表現といえよう。北村薫は当該作を新潮文庫版「解説」で現代本格推理の代表作と絶讃。この短篇集は他に2作を併録。

『魔術はささやく』(新潮社、89・12・10。新潮文庫、93・1・25)

梗概 守の叔父が運転するタクシーに女性が身を投げて不審死を遂げた。雑誌の座談会に出席していた四女性のうち三人が不審な〝自殺〟を遂げていたが、彼女はその一人だった。残る一人、和子は逃げる。

評価 日本推理サスペンス大賞受賞作。北上次郎は文庫版「解説」で、女性の自殺・脅えという〈メインの謎〉だけでなく〈裁く側にまわった少年〉の心の揺れに〈真のクライマックス〉がある点を評価、説明に堕さない描写力を特筆している。山口智子主演でTVドラマ化(NTV、90年)。

『龍は眠る』（出版芸術社、91・2・22。新潮文庫、95・2・1）

梗概　嵐の夜、雑誌記者・高坂は車で走行中、自転車のパンクで難儀していた高校生・慎司を同乗させた。直後、ずらされたマンホールの蓋が見つかる。男児が落ちていた。慎司は、ふたりの大学生の仕業だ、自分は超常能力者（サイキック）だという。慎司の従兄と言う直也が現れ、謎を探る高坂に脅迫が始まる。

評価　日本推理作家協会賞受賞作。野崎六助『宮部みゆきの謎』は、宮部作品では一貫して超能力者は自己損傷者であり〈力を持つことは哀しい〉という嘆きがききとれるという。石黒賢主演でTVドラマ化（94年、CX）。

『本所深川ふしぎ草紙』（新人物往来社、91・4・5。新潮文庫、95・9・1）

【片葉の芦】（「別冊歴史読本特別増刊」88・夏）。一代で寿司の大店を築き上げた藤兵衛が殺された。五六八蕎麦の奉公人・彦次は十二の春、生活困窮の中、藤兵衛の一人娘・お美津に助けられていた。父に内緒で店の残飯を与えてくれていたのである。合図は勝手口の窓の〈駒止橋の片葉の芦〉。しかし発覚、藤兵衛に〈犬〉と追返されていた。一方、下駄職人の妹・お園は藤兵衛に自力で生きる必要を教えられ彼を恩人と思っていた。やがて茂七は下手人を捕捉。彦次は五六八蕎麦への奉公の世話人が他ならぬ藤兵衛だったことを知る。

【送り提灯】（「別冊歴史読本特別増刊」88・冬）。大店の煙草問屋大野屋奉公人おりんはお嬢さんの恋の願掛けで、回向院の小石を丑三つ時に拾いに行くことを命じられている。帰路〈送り提灯〉がついてくるようだ。おりんはそれが自分を心配してくれる最年少の手代・清助ではないかと思う。やがて大野屋に強盗が入り茂七が捕える。おりんの回向院参りは終わり、お嬢さんを助けた清助は大野屋を去る。

【置いてけ堀】（「別冊歴史読本特別増刊」89・秋）。棒手振りの魚屋だった夫・庄太を殺した下手人があがらないまま一月、幼い息子を抱えたおしずが働く麦飯屋で、茂七が岸涯小僧―錦糸堀の噂をする。傍らには常磐津師匠・富士春がいた。富士春の弟子に小間物問屋川越屋主人吉兵衛がいたが、妻のお光は嫉妬していた。〈噂〉が奏効し茂七は下手人を捕える。

【落葉なしの椎】（「別冊歴史読本特別増刊」89・冬）。煮豆屋の養女お袖が奉公する雑穀問屋小原屋には、〈落葉なしの椎〉で有名な松浦豊後守上屋敷に匹敵するような椎の庭木がある。小原屋の後継・千太郎は、小原屋裏手で殺人があった後、許嫁のお袖が夜中の落葉掃除に余念がないのに困窮し茂七を頼る。茂七は下っ引き文次と千太郎を付添わせる。御赦免船が着いた直後だった。ある男の加勢もあり下手人を捕まえた茂七は、お袖婚礼の夜、陰で見守るその男に声を掛けた。

【馬鹿囃子】（「別冊歴史読本特別増刊」90・夏）。湯屋の跡取り娘・お吉は破談後失調、〈「男なんてみんな馬鹿囃子だ」〉などと言う。許嫁の宗吉が変心したと思った茂七の姪・おとしは最近出没する〈顔切り〉に遭遇するもお吉に助けられ、下手人は茂七に捕まり宗吉の疑惑も晴らされる。

【足洗い屋敷】（「別冊歴史読本特別増刊」91・春）。料理屋大野屋の一人娘・おみよは美しい義母・お静を誇っていたが女中頭お勝は不審を隠さない。お静は幼少時、旅籠で客の足洗いをするなど苦労したという。おみよの父・長兵衛の様態が急変する。大事なかったが、同じ頃、おみよのもとに不幸の予兆を告げる娘があらわれる。恩人美濃屋主人殺害の下手人を追うお新だった。茂七の機転であった。事件は解決する。

【消えずの行灯】（書き下ろし）。身寄りのないおゆうの働く桜屋で食事をする小平次が、ある日おゆうに、足袋屋市毛屋の娘で永代橋落下以来十年行方不明のお鈴になりすませと依頼に来る。不承不承奉公のつもりでと引き受けたおゆうは火事の日、市毛屋主人夫婦の心理的な〈凄絶な争い〉を看破、お鈴は夫婦の〈行灯〉が希望ではなく、〈憎しみの油で燃えている〉と覚る。市毛屋を馘首されたおゆうは次の仕事を探す。

評価　深川七不思議を材に七編の短編で綴ったミステリ仕立ての時代小説—捕物。この作品でも、おりんが想像する清助の恋を〈捕らえられた鯨が海を恋うように〉と表現したり（「送り提灯」）、20歳のおゆうの〈男を見る目を厳しくしている〉さまを自ら要塞ならぬ〈お城の石垣〉と準えさせている（「消えずの行灯」）など、独特の直喩や隠喩がいきいきと用いられている。ところで舞台回し役でもある岡っ引きの回向院の茂七の登場の仕方をみてみよう。たとえば平岡正明『江戸前』（ビレッジセンター出版局、00・3）は、岡本綺堂『半七捕物帳』の半七の登場が、野村胡堂『銭形平次捕物控』で平次が冒頭すぐに登場するのと異なり〈出てくるまでに手間がかかる〉のを〈江戸の遠慮〉であり〈けっしてべらんめえ調ではなかった江戸の奥床しさを残す意図〉（p.45）によるものと考察している。この伝によれば、この小説は〈江戸前〉といえようか。すなわち「第一話　片葉の芦」で茂七の登場は、全二章中、後半の「二」に入ってからである。茂七の登場はストーリーが展開し彼を必要とし始めた後なのである。どのストーリーでも若い女性が中心に据えられているが、第三話の、茂七に〈勇気〉を称えられるおしずや、最終話の〈一人〉〈生き抜いてゆこう〉と決意しているおゆうが波乱ののちも前向きに進む姿などには、宮部の、向日的な女性を提示しようとする強い志向がよく表われている。高橋英樹主演でTVドラマ化（NHK、01年）。

『火　車』（双葉社、92・7・15。「小説推理」92・3〜6。新潮文庫、98・2・1）

梗概 負傷で休職中の刑事・本間のもとに亡妻の親戚・和也が訪れ、本間は和也から失踪した婚約者探しを依頼される。その名は関根彰子。彰子はカード破産者だった。彰子の幼馴染の保も加わった失踪人探しは、やがて和也が探した人物が彰子ではなかったという事実に直面する。和也が探していた女性は彰子を騙って会社勤めさえしていた別人・新城喬子だった。喬子はローン破産者の娘だった。

評価 山本周五郎賞受賞作。作者は探していた人物が彰子を名乗った喬子だったといういわば二人のヒロインを設定したのだが、野崎六助『宮部みゆきの謎』は、この〈ヒロインの二重化〉を足枷にせずに描ききった宮部の力量を認め、社会的存在としての破滅する個人の役割を、彰子から喬子へ〈バトンタッチ〉させたものとみている。作中で彰子の弁護士が指摘するように、決して特殊な人間がカード破産に陥るのではないことも、説得力をもって描かれている。佐高信は『戦後を読む』（岩波新書）で五十冊のノンフィクションの一冊に掲げて評価していたが、新潮文庫版「解説」においても〈推理小説であると同時に、見事な経済小説〉として絶讃、さらに転落していくヒロインたちを高みからでも憐憫からでもなく〈同じ地平に立って〉描いているところに〈庶民派作家〉として藤沢周平の系譜をみている。宮部は彰子や喬子を孤立した存在として設定し、また、いわば生の単独突破を試み自ら孤立化を深めるキャラクターとして描いている。そしてひとりでなんとか生き抜こうとする意志にエールを送っている感さえある。これは前述の、時代物のなかで単身生きる女性たちへのあたたかいまなざしに通じるものがあるであろう。宮部の視線は主に本間の眼を通して、犯罪者の喬子に対してさえ、酷ではない。むろん問題がないわけではない。犯罪は犯罪であり、作者は喬子へのスタンスをどうするのか、という課題は残されよう。社会派ミステリであり経済小説であっても、当然ながら、単に〝時代社会のせい〟に収斂してしまう小説では、単なるカード地獄社会を説明する時代史料になってしまう。しかし宮部は社会問題に回収させない小説にすべき方策を、作品の末部で試みているようである。すなわち、探索者の〈バトンタッチ〉である。作者は、刑事として喬子に感情移入した本間から、幼馴染の彰子を捜し求めて彰子に成り代わった喬子に対面する保という彰子との人間関係の当事者に、喬子の追究を委ねようとする。むろんこの小説の中ではそれは行われない。それは読者自身が問いかけられている問題かもしれない。いずれにせよこの作は人間不在の社会投影小説に陥ることなく、推理小説と人間心理を描く小説とをぎりぎりの線で成立させた力作といえよう。三田村邦彦主演でTVドラマ化（94年、ANB）。

『蒲生邸事件』（「サンデー毎日」94・5・1〜95・6・4。毎日新聞社、96・10・10。光文社カッパノベルス、99・1・30。文春文庫、00・10・10）

梗概 孝史が予備校受験で投宿したホテルは二・二六事件当日自決した陸軍大将蒲生憲之邸跡地だった。2月26日未明火災が発生、孝史は56年前の事件当日に時間旅行する。

評価 タイムトラベラー。超能力が時間軸に用いられたこの作品は、超能力物かつ歴史物である。関川夏央の文庫版「解説」は真の主人公は「歴史」だという。日本SF大賞受賞作。いしだ壱成主演でTVドラマ化（98年、NHKBS9）。

『理　由』（朝日新聞社、98・6・1。「朝日新聞（夕刊）」96・9・2〜97・9・20）

梗概 ヴァンダール千住北ニューシティウエストタワー二〇階二〇二五号室で一家四人殺害事件が起こった。ところが住民台帳に記載されている小糸信治・静子夫妻と長男・孝弘は静子の実家で生きていた。家のローン返済に窮した信治は家を競売にかけられることになったが、占有屋を頼んでいわば夜逃げをすることにしたのだった。この競売物件を購入したのは石田直澄一家だったが物件には占有者がいた。砂川信夫一家である。この〝一家〟――実は信夫以外は戸籍上の人物ではない〝他人〟家族だったのだが――が殺害されたため、直澄には容疑がかかり、彼は逃亡生活に陥ってしまっていた。大雨の降った事件当夜、乳児を連れてずぶ濡れで宝食堂を営む自宅に帰宅したのが、宝井家の長女で若い母親の綾子だった。小糸・石田・砂川・宝井という四家族――、持ち家や家族をめぐって、そこには各々の〈理由〉があった。

評価 直木三十五賞最終投票満票の受賞作。直木賞選評で井上ひさしは、現代社会小説生成に漠然と向かわずに〈記録文学の方法〉を採用したことが奏効していると称えた。また井上・田辺聖子が少年少女の造型のいつもながらのすばらしさを特筆。ただし評価した上での注文として渡辺淳一や黒岩重吾は、現代社会の描出力に比して人物の奥行き・こだわりがやや劣ると述べ、平岩弓枝は、母によって父を殺された乳児をどう考えるかのスタンスが明示されていない、小説はこの現実に立ち向かっていく家族を描くところから始まると評す。新聞連載小説では、すでに「天狗風　霊験お初捕物控二」（「東奥日報」他94・4・5〜95・4・15）の経験があったものの、全国紙では初めてであった。宮部はこの作品の手法として〈「NHK特集」をやろうと思っ〉た、〈テレビのクルーが一つの事件を検証していくような〉構造を目指したと述べ（既出の宮城谷昌光との対談）、〈記述者〉を複数化したと言う。

ところで砂川一家は四人のうち戸籍上の〝正しい〟人物は信夫ひとりであった。家を明渡した小糸家の孝弘は、最後に語り手に、砂川家に間借りしようと思ったころは〈うちの両親よりも、おじさんやおばさんの方がずっと暮らしやすいって思った〉と話す。血縁だけが家族ではないこと、砂川一家のような戸籍と一致しない〝架空〟の集団がむしろ〝家族〟の様相をしめすこともありうることを語っている。同時代状況をきわめて丹念にとりこんだぶん、人物造型に前記の当然とも言える不満がきかれもするが、いまや〝失われた十年〟と呼ばれている一九九〇年代の半ばのバブル経済崩壊後の同時代を背景に、マイホームという〝箱〟を求めることが何の疑問もなく家族の主目的と化していくことの危うさを、家族とは何かを、切実に問うた作品であるといえよう。

『模倣犯』（加筆改稿後、小学館（上）（下）とも01・4・20。初出「週刊ポスト」95・11・10〜99・10・15）

梗概　両親と妹を殺害された高校生の塚田真一は父の友人宅に身を寄せていた。事件の1年後、1996年9月、真一は切断された腕を公園で発見してしまう。失踪した古川鞠子の家族とりわけ祖父の義男は奔走、しかし犯人を名乗るボイスチェンジャーを使った電話の声に翻弄され、警察も困難に直面する。11月、栗橋浩美と高井和明が自動車事故死。トランクに他殺体があり両者は一連の殺人事件の犯人とされる。フリーライター前畑滋子は事件のルポを連載し始め話題になる。そこに和明の無罪を主張する和明らの幼なじみ網川浩一が登場。不審感を抱く滋子は、浩一とのTV討論に出演する。

評価　滋子はライターとしての〈オリジナル〉を考えざるを得ない存在である。この設定のうちに、真犯人が殺人などによって〈独創〉性を主張することへの滋子の憤りと、滋子がこの〈独創〉の優越感を〈模倣〉だと覆すことで彼の歪んだ自尊心を撃ち、激昂させ、自白に追い込むという展開のリアリティがある。さらに末尾近く、義男が、世間を〈大衆〉と一絡げしてはばからない浩一に対し、その借りものの思考と個々人を見ないさまを痛烈に批判する場面にも、小説の連続殺人を安直な社会批判にすまいとする著者の気迫が伺える。安易な社会批判の〈模倣〉を自戒する社会派ミステリという『火車』などにも伺える志向が充溢している。なお久世光彦「書評」（「朝日新聞」01・4・29）は主犯に対する評価があいまいだと述べた。野崎六助「ミステリー評判記」（「東京新聞（夕刊）」01・5・25）はこれを〈ある書評〉として引き合いに出しつつ反論、代表作とみている。著者のスタンスは、真一・義男・滋子を視点人物とした三章で先ずはじめたこと、真犯人への滋子らの対応などに明らかである。

参考文献　野崎六助『宮部みゆきの謎』（情報センター出版局、99・6・3）

（**花﨑育代**）

村田喜代子（むらた・きよこ）

略歴　45年4月12日、福岡県八幡市（現・北九州市）八幡に生まれる。貴田（旧姓）喜代子。母方の祖母の意に添わず、両親は離婚し、離婚後の出生のため、母方の祖父貴田久次郎を父、祖母スギを母として届けられる。実母の名は重子。実父の名は不明。51年八幡市立前田小学校に入学し、10歳の時、弟が母の再々婚先に引き取られる。この体験が「鋼索電車」（『白い山』）に描かれる。57年小学校を卒業し、八幡市立花尾中学校に入学。夏休みに、60枚と80枚の小説（習作）を書き、同人誌に送る。シナリオライターを志す。

58年祖父死去。祖母との二人暮らしが始まる。作中に数多く描かれる老婆の姿には、祖母の影が色濃い。60年中学校を卒業し、鉄工所に就職、新聞配達等職を転々とし、独学で映画シナリオの勉強をはじめる。67年機械設計技師村田雅省と結婚、68年長女五都子が誕生する。二軒を打ち抜いた奇妙な間取りの家は、「ふたーつ」（『十二のトイレ』）に描かれる。72年次女景子を老婆ばかりの助産院で出産。「花蔭助産院」（『ルームメイト』）にこの体験が描かれる。

75年シナリオ執筆を断念し、60枚の短編小説「水中の声」が第7回九州芸術祭文学賞を受賞し、「文学界」（77・3）に転載される。77年地元の同人誌「文芸四季」「海峡派」に参加する。85年自らタイプライターで印刷、製本した個人誌「発表」を創刊し、「発表」第二号に「熱愛」を掲載する。翌86年、「熱愛」が「文学界」（86・4）に同人誌推薦作品として転載され、第95回芥川賞候補となる。「盟友」（「文学界」86・9）が第96回芥川賞候補となる。祖母スギが死去する。

87年、「鍋の中」（「文学界」87・5）で第97回芥川賞を受賞。祖母の死をきっかけに書いた小説。短編集『鍋の中』（文芸春秋、87・8・30）を刊行。89年、アメリカ政府の招待で、インターナショナル・ビジターとしてアメリカ各地を旅し、「『目玉の散歩』アメリカ編」を「西日本新聞」に掲載し、後に『目玉の散歩』（文芸春秋、91・4・20）に収録される。この年の秋、石灰岩の山、平尾台で、行く手を阻む老婆の姿を幾度も目撃し、「白い山」（「文学界」90・5）を書く原体験となる。短編集『ルームメイト』（文芸春秋、89・9・30）を刊行。

90年、短編集『白い山』（文芸春秋、90・6・15）を刊行し、女流文学賞を受賞する。91年、短編集『耳納山交歓』（講談社、91・6・10）を刊行。夏、「鍋の中」原作の黒沢明監督「八月の狂詩曲《ラプソディ》」（松竹、主演：村瀬幸子）が公開される。短編集『真夜中の自転車』（文芸春秋、91・10・25）刊行。92年、『真夜中の自転車』で平林たい子賞を受賞。歴史小説『慶応わっふる日記』（潮出版社、92・4・10）を刊行。93年、初めての書き下ろし長編小説『花野』（講談社、93・6・10）を刊行。随筆集『台所半球より』（講談社、93・9・22）を刊行。

94年、阿蘇山と硫黄谷（久住高原）に取材旅行に行く。書き下ろし長編小説『蕨野行』（文芸春秋、94・4・20）を刊行。

95年、連作短編集『十二のトイレ』（新潮社、95・3・30）を刊行。『花野』が、「ドラマ新銀河　母の出発」と題して、8月から9月にかけてNHKでドラマ化される。この年、次女景子結婚。96年、短編集『蟹女』（文芸春秋、96・6・1）刊行。長編小説『硫黄谷心中』（講談社、96・11・8）を刊行。97年、怪談集『お化けだぞう』（潮出版社、97・6・25）を刊行。『蟹女』で紫式部文学賞を受賞。「望潮」（「文学界」97・1）で、第25回川端康成文学賞を受賞。

98年、随筆集『異界飛行』（講談社、98・1・20）を刊行。歴史小説『龍秘御天歌』（文芸春秋、98・5・20）を刊行し、芸術選奨文部大臣賞を受賞する。短編集『望潮』（文芸春秋、98・12・20）を刊行。『女性作家シリーズ19　津島佑子・金井美恵子・村田喜代子』（角川書店、98・5・25）に「鍋の中」「真夜中の自転車」「耳の塔」が収録される。99年、夏樹静子・村田喜代子・杉本章子・高樹のぶ子の鼎談集『ハートフルトーク　ふくおか発信！』（NECクリエイティブ、99・4・8）を刊行。短編集『X電車に乗って』（葦書房、99・6・28）を刊行。特別指導　村田喜代子・女性文学会編『美味い！　エッセイはこんなふうにして書く』（大和出版、99・7・31）を刊行。短編集『ワニを抱く夜』（葦書房、99・12・8）を刊行。00年、『名文を書かない文章講座』（葦書房、00・7・19）を刊行。短編集『夜のヴィーナス』（新潮社、00・8・25）を刊行。

『鍋の中』（文芸春秋、87・8・30。文春文庫、90・8・10）

【鍋の中】（「文学界」87・5）。夏休みの終わりに、孫四人が田舎のおばあさんの家にやって来た。たみ子と弟の信次郎、いとこのみな子と縦男だ。おばあさんには、ハワイに弟の春野錫二郎と息子クラークがいる事がわかり、孫達が集まったのだ。おばあさんには十三人の兄弟がいた。一番下の弟軸郎が、気違いで座敷牢で静かに字を書いていた。七番目の弟の鉄郎は靴職人になり親方の女房と駆落ち、その後、若い弟子と格闘し殺される。麦子は、この夏休み食事を作っているたみ子の実の母で、生んですぐ亡くなる。軸郎が池で溺れた時、青い顔した変な子供が助けた話をし、軸郎が中学の校長になったと言うので遂に皆がおばあさんの〈記憶〉のでたらめに気付く。黒い鉄鍋の中には、おばあさんの舟、鉄郎の首と手、靴を打つ金槌、心中の杉の木が浮かび、山・田などが沈んでいる。最後、洪水の田の中で体だけが踊るおばあさんを見て助けに走る。

【水中の声】（「文学界」77・3）。吉川勝子の娘まり子は4歳で、貯水池で溺死する。勝子は、子供を事故によって失った親の会に入り、団地で自転車を乗り回す少年を見つけ、けんかをしている所を尻を叩く。親から抗議が来て勝子は会から除名される。まり子の声を録音したテープを夫の啓三と聞くと、水の中で歌うように歌声が震え出した。

【熱　愛】（「発表」85・12。「文学界」86・4）。ぼくは、新田を誘って、バイクでツーリングに出る。海沿いを走り、途中新田とはぐれてしまう。ぼくは、胃の痛みを感じ、一種の極限状況に追い込まれる。

【盟　友】（「文学界」86・9）。塚原広道は、女子のスカートめくりの懲罰で、一階の一年用男子便所の清掃を命じられ、僕と四人の友人は、喫煙の懲罰で同じく便所の清掃を命じられ、校舎内のすべての便所の清掃が完了する事になった。塚原は便所掃除が好きになり、小便器に塩酸液をかけて磨き上げた。〈「懲罰」〉という文字が気にかかり、次いで〈「盟友」〉という言葉が頭を占領した。僕と塚原は学校中の便器を磨き上げ得意の様子だったが、オートバイに乗った不良に追いかけられ、殴られる。

評価　「鍋の中」は、〈記憶〉とは何かを問う作品であろうと思われる。それは、また、様々な物や人に結びつき、一種独特の世界を紡ぎ上げている。川村湊は「解説」（『鍋の中』（文春文庫））で、〈本質的にはおばあさんの頭の中にある、幻想的で、時には怪奇な「物語」の興趣を中心とするもので〉〈典型的な日本の〝フォークロア〟的な物語〉ではあるが〈「モノ」の手触り、その存在色そのもの〉が〈フォークロアの再生〉から〈一歩隔て〉る結果になったと的確に述べている。「熱愛」のオートバイ、「盟友」の便器も〈「モノ」〉への強い執着を表わしている。「水中の声」の〈声〉も、時空を超えた〈「モノ」〉として最後に立ち現れ、内田百閒「ツイゴイネルワイゼン」を思わせる。

『ルームメイト』（文芸春秋、89・9・30）

【ルームメイト】（「文学界」89・7）。ルームメイトは、わたしの勤める家政系大学の食物栄養学科の繊維科に新しく入ってきた助手だった。わたしは食物栄養学科の助手で、東麗子教授が上司だ。ルームメイトは、無精な性格で、家事はわたしが引き受けた。アパートは、学生がほとんどで、階下に大学院生が住んでいた。裏の庭に作った鶏小舎の卵を盗んだ疑いで大学院生と交流が始まる。ルームメイトは、年下の大学生と恋に落ち妊娠して、アパートを去り、結婚する事になった。

【花蔭助産院】（「文学界」88・4）。助産院には、六人の年老いた助産婦が勤めていた。私は、10日間いたが、最初に生まれてくる赤ん坊の事を忘れ、二番目に夫が脳裏から消えてしまった。助産婦の分娩室でのかけ声や、満潮時に出産までの時間をセットしたりと興味深い事が多かった。私の出産は、早朝で、赤ん坊は〈凄い力〉で引き上げられた。助産院の30年を迎える功労が地方版に載る事になり、桜の木を背景に写真を撮った。

【木渡り木の宿】（「文学界」88・8）。〈あたし〉は、僧都郡山中の栂の村という集落で生まれた。この村では、〈むすめ講〉といって月経が始まると参加して、多くの村に行き、多くの男達と寝て亭主になる男を探しに行く旅をする。宿泊先の村も決まっていて、庄屋の屋敷に寝泊まりする。その村の男達は皆、後家さんの指南を受け、夜、娘の元を訪ね事を済ませるのだ。違う村の男が、忍び込み抱き寄せ、初めて恋を感じる。村に帰ると、立小便が以前よりうまくなっていた。

評価　結婚（「ルームメイト」）・出産（「花蔭助産院」）・性（「木渡り木の宿」）と女性の重要事を描いた作品集である。二人のルームメイト、老婆と妊婦、夜這いの男と娘、といった対の登場人物を鮮やかに描き出し、女性の心理を鋭く表現している。

『白い山』（文芸春秋、90・6・15）

【鋼索電車】（原題「鋼索区系界」。「文学界」87・9）。わたしは、高校一年生、弟は、中学一年生、祖母との四人暮らしだった。近くのU山にケーブルカーが通り、弟は、それに非常に興味を示す。祖母は、幼い頃、弟の姿が見えなくなると〈「汽車に轢かれたとやないか」〉と外に見に行った。その弟は、夏休み最後の日、見知らぬ男と出て行ったきり、二度と帰って来なかった。

【空中区】（「読売新聞」（西部本社版）89・6・4）。夫の喜一とわたしが市営アパートの十階に引っ越して間もなく、若夫婦と女の子が隣の部屋に移って来た。父親は、近くの独身寮に女の子を連れて行くが、ある日、その妻が飛降り自殺をする。

【昼の夢】（「別冊文芸春秋」89・夏）。わたしは、友人の山野彰子の所に遊びに行く。彰子は、妊娠7ヶ月であるが、わたしは、子供のことはあきらめた。遊園地に行き、微笑する友人の眼を無言で見た。

【寒い日】（「別冊文芸春秋」90・春）。以前ミシン店に勤めていた足立安枝に久しぶりに会う。安枝は閉経し体が暖かくなったが、わたしは冷え性で冷たい手をしている。外には雪が降っていた。

【百のトイレ】（「文学界」89・3）。従姉の2歳の女の子由美子には、道路でおしっこをする悪癖がある。従姉は悩んでいたが、わたしと共に丘の向こうに行くと、旧式便器がうず高く積まれていた。由美子は、おしっこをし、わたしは何ともいえぬ開放感にひたる。

【山頂公園】（「文芸四季」82・盛夏）。マタニティドレスの女は、山頂にケーブルカーで行くが、小さな女の児を見失ってしまう。捜索するが、見つからず、地面に〈みえないもの〉がひしめき合う。

【白い山】（「文学界」90・5）。老婆が団地の空地に種をまき呪文を唱える。また、高台の町に住んでいた時、斜めに傾いた部屋の底で寝る老婆を見舞う。自分の祖母は〈「もう死ぬよ」〉が口癖で元気だったが、死が近付くと言わなくなった。ある日、姉とドライブに行くと、無数の山肌が年寄りの喉・顎・額・頬・鼻に見えてくる。行商の老婆、幼稚園の運動会に出る老人の姿が描かれる。秋、娘のトモコとわたしと姉で祖母傾に行くと、車の前を歩く老婆が奇妙なのろさで止まったように見えた。

評価　「あとがき」（『X電車にのって』）には〈生まれ育った北九州の街から〉〈ケーブルカーの行く山が見え〉〈現実から異界へ〉〈休みなく往復する電車〉に見えたと記す。「白い山」は、老婆達の住む〈異界〉を描き、「鋼索電車」は、実際の風景を基にしている。何気ない日常の中に〈異界〉を描くという村田の執筆姿勢は一貫している。

『耳納山交歓』（講談社、91・6・10）

【耳納山交歓】（「群像」90・9）。山奥の廃村に宅地業者が入り、セカンドハウスとして売り出した。新しい住人達は、〈キクラゲ村〉と呼び始めた。自治会を作り、結束は固まるが、その村の奥に〈「ヒラタケ村」〉という文盲率98％強の村がある事がわかり、交流を深める。大雨で洪水になり、ヒラタケ村のケンゴを先導に山を降りたが、人里に近づくと消えてしまう。

【職安へ行った日】（「群像」91・2）。わたしは、義母と職安に行き、パートの仕事を捜すが見つからないので、商店街を歩き、住宅街に入った。夕飯の仕度もあるので、収穫のない分ツクシを摘んで家路を急いだ。

【潜水夫】（「群像」88・5）。夏の蒸し暑い日、害虫駆除会社の若い男がやって来た。畳を剥ぎ、〈地底湖〉のような底に降りて行った。若い男は、床下から蛇を持って出て来た。

評価　「耳納山交歓」の〈ヒラタケ村〉は〈異界〉であり、「職安へ行った日」「潜水夫」は主婦の日常生活に変化を求める心理が描かれている。それは、後に「花野」に結晶する。

『真夜中の自転車』（文芸春秋、91・10・25）

【トムとメアリーの丘】（「文学界」90・10）。わたしは、医療看護の現場から、看護学校で教える事になった。実習用の人形にトムとメアリーと名を付けて、生徒達は、一人前の看護婦になって行く。

【真夜中の自転車】（「文学界」90・11）。姉のカオルは、自転車を1ヶ月以上かかって乗れるようになったが乗りこなす前に止め、妹のミチルも自転車を習い出す。わたしは、賢一に自転車屋の天井の自転車に乗りたいと話してまたがる。

【耳の塔】（「文学界」90・12）。父は、騒音のひどい製鉄所に勤め、難聴になる。デパートの補聴器売場の階段を下りるにつれ機械音の洪水に包まれた。

【電信柱】（「文学界」91・1）。原大造は酔うと電信柱に抱きつく癖があり、下宿業兼高利貸の武田虎男も酒乱で物を壊す癖があった。貯水池から泥酔して死んだ虎男が引き上げられた。

【南　瓜】（「文学界」91・2）。大学生の光は、フランス料理店でアルバイトをしていて、お化け南瓜を貰い剝製にする。光は、病気で痩せこけて死に、机上の南瓜も水がしみ出て褐色になった。

【龍の首】（「文学界」91・3）。アパートの目前の湾には巨大なクレーンがあった。わたしは、マサルに、童話を読み聞かせ、ドラゴンがお姫様を助ける所で終えるが、クレーンを見ている内に体が大きくなりドラゴンに助けを求める。

【贈　物】（「文学界」91・4）。喫茶「モカ通り」で働いているユミコは、赤座時計店の親父からピアスを貰う。商店街は潰れる店が多かったが、ユミコの耳は熱かった。

【春の蛇】（「文学界」91・5）。庭の草むしりをしていると蛇が出て来る。娘の聡子の声を聞いているうちに、自分が蛇に変身していく。

【天昇り】（「文学界」91・6）。製鉄所の脇には擂鉢状の斜面があり中々登れなかった。夢の中で、祖父・父母・おじ達と山に登り、高い所まで来てゴザを敷き、食事をし、水桶の風呂に入った。

【山頂区】（「文学界」91・8）。ケーブルカーで山頂に登り、キャンプをし、ヤマメを釣り、食事をする。夕陽に包まれて夫・犬・父・次男が燃える。

【海の地図】（「文学界」91・9）。父の会社の海の寮で、浩一の拾った鳥の卵を誰かが焼いて食べた。浩一と健太郎は海に入り後を母親の真澄が追った。

【蟹　杉】（書き下ろし）。正夫と靖子はキャンプ場に行く。正夫は、そこで出会った男とヤマメを釣りに行く。夜帰って来て食べ終えて寝ると、消防自動車が集まり赤く染まるが、実は蟹の群れであった。

評価　夏目漱石の「夢十夜」や泉鏡花の作品を思わせる幻想的な短編集である。「トムとメアリーの丘」は、次女景子の看護学校での体験を基にする。

『慶応わっふる日記』（潮出版社、92・4・10。「潮」91・1〜12）

梗概　元治元年4月、わたしは、築地から鉄砲洲の屋敷へ引っ越した。父は、桂川家の当主で奥医、弟の甫策は二階に住み、化学の研究に没頭している。屋敷の中には、父の友人の宇都宮三郎の西洋館があり、その隣には、小笠原邸があり調練場になっている。わたしは、屋敷の中で、女中のつるじやかめじと遊び回る。わたしの母は男優りの人物で、父の医学上の仕事を手伝ったが、早逝し、香月おば（父の妹）が母代りだった。祖父母は御浜御殿に住み、祖母が来る時は仰々しく迎えた。ある日、木村摂津守が西洋から持ち帰ったワッフルを皆で作って食べた。大変おいしく匂いが良かった。閉門になって邸内はひっそりしたが、わたしは外を覗き見た。柳川春三、宇都宮三郎は、書生達と共に火薬製造を庭で始めたが原料の悪臭がひどかった。将軍家茂が亡くなり、宗家を慶喜が継いだ。幕府は瓦解し、わたしは用人の十六右衛門と夜道を去って行った。

評価　村田は、少女時代から「名ごりの夢」は愛読書のひとつと記す。『名ごりの夢』（東洋文庫）は、蘭医の桂川家の娘今泉みねの描いた回想記で、幕末期の蘭学者や成島柳北ら幕臣の様子が描かれている。少女の眼から平穏な日常生活や動乱を生き生きと描き出し、原本とは趣が異なる。

『花　野』（講談社、93・6・10。書き下ろし）

梗概　遠山暁子は、54歳の主婦、28歳になる娘の頼子は看護婦、夫は元警察官であった。暁子は、向かいに住む半田谷子、47歳と親しくなり、ドライブに行く。暁子は、静かだが時々強さと鋭さを見せる女性であった。遠山暁子は、パート・バンクに行き、まず団地の窓をすべて開ける仕事をする。動作はのろいが、同じパート仲間と打ち解けて黙々と仕事をする。次にバーのお手伝いさんになり、昼の食事を作り丹念に洗濯をする。暁子は半白毛であったが、店に出る事になり白髪染めをする。ホステスの仕事も危なげなくこなし、嫌な客の頬をつねる。歌唱力もあり、〈得体の知れない女〉と言われる。店を続けるよう言われるが断わる。次に、わがままな淑江と注文建築を磨く仕事をし、タウン誌配布の仕事をし、長く勤めてほしいという要望を断わる。暁子は、若い頃、男と駆落ちした過去を持ち、娘と実家に法事に行った時、母が小屋を建てて自由な生活を送っていたと話す。娘は、代々、さすらいたい気持ちが強い家系で、自分にもその血が流れていると思う。半田谷子と久し振りに会うが、谷子は更年期の自律神経失調症で気が塞いでいる。谷子は〈女の体の中で繁栄していた都市〉が〈停まった〉事と閉経を説明する。暁子は谷子と共に、魚の行商を始めるため、早朝の魚市場に下見に行く。

評価　本作は、「狼煙」「万緑」「稲妻」「行く蟻」「花野」「春潮」の六章で構成され、自解の「花野への旅」を付す。自解では、〈閉経期を迎えるとどんな気持になるだろうか、という疑問〉が本作を書く契機になったと述べている。〈「花野」は秋の季語〉で、予想もつかない秋の花に事寄せて、閉経期の女性の繊細かつ大胆な心理を的確に描いている。

『蕨野行』（文芸春秋、94・4・20。書き下ろし。文春文庫、98・11・10）

梗概　60歳になると、ワラビ野に行って生活をし、晴れの日も雨の日も一日も欠かさず村に下りて仕事を手伝い、その日の飯の恵みを受ける。ジジ三人、ババ六人で生活する。姑のレンとヌイが心を通じ合わせ応答する形式をとる。レンの夫武右衛門との間に団右衛門が生まれたが乳を吐き、瀕死の状態の時、二人の男児、一人の女児が枕元に現れる。家作の間引きした赤子だったが仲間に加えろと言う。レンは乳を死児に飲ませ、目が覚めると団右衛門の病気は治るが、乳は出なくなる。レンの妹にハルがいて、大凶作の年に家を出され行方不明となる。十何年か後に出会ったハルは、山に入り子を生むがすぐ亡くなり山の中で暮らしていた。ワラビの衆は、月日が経つにつれ姿かたちが変り、人間の気分が薄れていく。村は凶作で家を出された嫁が群れをなして流れて行く。ヌイの夢に、団右衛門の先妻の亡児と生むべき女の子が現われ、女児を生めと言う。ある夜、レンの前に亡き孫の長太郎が現れて、嫁のヌイの腹に宿るように言う。長太郎とレンの魂は、ヌイの腹に宿るべく屋敷に向かう。

評価　辺見庸は「解説」（『蕨野行』文春文庫）で、〈韻文劇のリズム〉〈映像美〉を高く評価し、深沢七郎の『楢山節考』とは全く異なり〈生と死と転生を縦横に語らせることにより〉〈この物語を霊妙で身体的なもの〉にする事が〈眼目〉と述べる。この作品は、フォークロアの世界を描いており、柳田國男「遠野物語」に登場する山に入った女や、生まれ変わりの子供の話を取り入れ、〈転生〉のテーマを強く打ち出した。

『12のトイレ』（新潮社、95・3・30。「新潮」93・10〜94・11）

【鶏　冠】　ヨウコは、便所の節穴から鶏小屋を覗く。ムネノリは外で、ヨウコは便器にまたがり鶏の絵を描くが、覗き見されてしまう。

【森の鍋】　近くのU山に子供達がキャンプに行く。飯盒炊飯をした後、男の子の作ったトイレにミドリが行き、下に鍋があるので驚く。

【O】　小学校の運動会は、町全体の一大イベントで、町の人だけでなく親類縁者が集まった。校庭には巨大な仮設トイレが三つ作られた。そこで私は、母と父親らしい男に出会う。

【雷蔵の闇】　中学に入って間もなく金子トモエが転校して来た。トモエの祖母の経営する映画館で、市川雷蔵の映画を見る。祖母は急死し、わたしは奥の便所に入った。

【オリオン】　友人のヨシダヤスエの家に行くと最新式の水洗便所だった。ヤスエの母は家出し、父親と二人暮らしだった。

【強盗山】　初潮が中学三年の夏に来た。クラスの子と一緒に強盗山に登るが、途中で生理になり便所に駆け込む。

【膨らむ花】　中学三年生の時のこと、友人のエミコは2歳年上で、体育の時、生理で休んで編み物に余念がない。二人で、開かずのトイレに入ると蜘蛛の巣がかかっている。エミコは妊娠している事が分かり転校する。

【流れる火】　生徒会長のタクオのかばんをわたしは持ってあげる。タクオ達と螢狩りに行き、トイレに入ると螢の火が目の前で光った。

【店の奥】　中学を卒業し、被服科専門の学校に入学し、「ウィーン」という喫茶店でアルバイトを始めた。喫茶店のトイレの浄化槽に新しい薬を入れたが、悪臭は消えなかった。

【ふたーつ】　いとこのユリコの奇妙な家に行った。二軒長屋だが、ドアが二つある。トイレも二つあった。コウジは仕事で忙しく実家で泊まる事が多く〈朝だけの妻〉だった。コウジは交通事故で死に、ユリコは家を出て母親の所に帰って来た。

【恋　人】　学校を出て縫製会社に就職し、マツナミモトキという青年の恋人になる。無口な変わった男で、カニを食べた後、トイレに行った。

【誕生歌】　成人式を迎えた雪の日、祖母がトイレで吐き気管支ガンとわかる。マツナミは強引に車に乗せようとしたが断わった。

【月下サーカス】　わたしは、ブティックを営み、仕事の帰りに、ショーウィンドウの模様変えをしている弟に出会った。祖母の十七回忌で、わたしか、弟のシゲルかどちらが便所に落ちたのか話題になる。

評価 トイレを題材にした自伝的な連作集である。北九州市の製鉄の町八幡を舞台にして小学校から40歳位迄の記憶が綴られる。トイレは、「盟友」「百のトイレ」にも描かれる様々な記憶の込められた重要な空間である。

『蟹　女』（文芸春秋、96・6・1）

【蟹　女】（「文学界」94・1）。精神病院の女性患者有沢は、医師の安西に様々な話をする。安西はいつも食事をしている。キューピーの人形ごっこをして百個の茶碗・百枚の皿から朝御飯に使うものを出す〈凄い人形ごっこ〉、洪水伝説に賛同して物置に動物達を入れ大洪水が終わる日を待つ、御来光を拝むために大量の人が登山をする、母・祖母が子沢山だった事、と話が続き、最後に自分が〈柔らかい袋〉になり何でも取り出せるように思う。廊下に〈子供達〉がやって来る。

【春夜漂流】（「文学界」88・1）。工業都市のベッドタウンに引っ越して来た夫婦。見知らぬ町を散歩していると父母に会い、手伝いをした弟夫婦に会う。自分の家がわからず、迷子になり、夜が更ける。工事現場の小屋に寝る。小屋は〈闇の海〉に滑り出す。

【ポアンカレの馬車】（「文学界」91・7）。天井に吊られた自転車に乗れるかという疑問が小説を書く真知子の脳裏に浮かんだ。妻は、夫に聞き、天井の自転車に乗るというストーリーにした。

【耳の叔母】（「文学界」93・1）。叔父の川野龍麿のいる村の神社に、耳が遊ぶ絵が奉納されていた。息子のヒカルは、実の母に貰われる。近くの耳田工務店が火事で全焼する。

【ワニの微笑】（「婦人公論」94・2）。八木田聡子と二人の小さな子供のいる部屋で、ワニが電気ごたつに入って休んでいる。八木田は仕事で不在がちだったが、能勢の妻はその事実を信じる。

評価 「蟹女」は、洪水伝説を元にして〈多産〉を描き、「ワニの微笑」「ポアンカレの馬車」は、不在の〈ワニ〉〈自転車〉を描く。「春夜漂流」では、あるはずの家が見つからない。〈モノ〉の存在の不確かさがこの短編集の主題であろう。

『硫黄谷心中』（講談社、96・11・8。「群像」96・8）

梗概 澤田篤子は、四十代で独身、硫黄谷の澤田屋旅館を経営している。父徳三は、魚釣りなどをしているが、かつては、赤嶺嶽で心中した男女の遺体を拾い上げ、手をつないで客に火口を覗き見せるという屈強な男であった。高校の美術教師安井、趣味で写真を撮りに来た西丸、若い卯乃と女友達、足の悪い榊原耕造と姉の類子と六人の客が泊まり合わせ、旅館の手伝いをしているシゲの口から昔は心中が多かった事、徳三の妻のイネの事が語られる。六人は、縄でつながり火口を歩くが、昔心中した男女の幻を濃霧の中で見る。

評価　映画的手法を駆使した作品である。94年に村田は、阿蘇山と硫黄谷（久住高原）に取材旅行をし、それがこの作品に結晶した。「天昇り」「山頂区」と共通し、山中の〈幻〉を描く。

『お化けだぞう』（潮出版社、97・6・25。「潮」94・11〜96・9）

梗概　江戸日本橋の呉服商浜田屋の藤兵衛は、本草学の講に入っており旗本本田羊斎の教えを受けていた。藤兵衛は、手代の佐七を連れ、諸国に奇妙な草木を見るため旅に出る。立ち上る松を見たり、女の黒髪のような草を捜しに行ったり、草原を転がる草の球を見たり、杉の窪みに酒が溜まり、飲むと叫び声をあげたり、と珍妙な旅を続ける。妻のタキも興味を持ち、同行する。海中の樹林を舟から見る、巨大な南瓜が肥料を食い潰し、他の作物が育たなくなる、馬を吸い込む木を見つけた所に奇妙な男女、実は馬の化身がやってくる、と不思議な事に出くわす。羊斎の死後、葬式を草木の怪が取り仕切り、最後タキはオランダ船で異国に旅立つ。

評価　「立ちあがる木」「生え出ずる黒髪」「さすらう草」「叫喚する杉」「菊の力」「竜宮樹林」「おおいなる豊竹《とよたけ》の村」「馬の樹」「天くだる五穀」「弔いの木」「海を渡る蘭」の十一章からなる。日野巌『植物怪異伝説新考』（有明書店）を参照する。江戸期に隆盛した本草学を基にした怪談集である。

『龍秘御天歌』（文芸春秋、98・5・20。「文学界」98・2）

梗概　龍窯で知られた辛島家の十兵衛が急死し、葬式をどのようにするかで揉める。実は、十兵衛は、朝鮮からの移民で、苦労の末、黒川藩抱えの陶士になり名字帯刀を許された。妻の百婆は、朝鮮式の葬式をやると言ってきかず、哭を行い斬哀服《チャムスエ》を着る。お経は僧に頼み、朝鮮の春歌を誦ませた。が、十兵衛の遺骸を火葬にしたように見せかける参段が整うが、息子十蔵の判断で火葬にされてしまう。

評価　「あとがき」で、〈モノ〉の〈消滅〉とは何かを若い頃から考えて来た。〈葬式は譲ることのできない民族の死生観が形を成したものだ。ここに命があるとはどんなことか。ここから命が消滅するとはどういうことか。このことばかり考えながら小説を書き進めた。〉と記す。百婆は〈このわたし自身〉で、〈はからずも朝鮮半島の古い葬式の美しさに魂が震えた。〉と記すが、朝鮮の葬式を主張して譲らぬ姿が渾身の筆で描けた所以である。

『望　潮』（文芸春秋、98・12・20）

【望　潮】（「文学界」97・1）。喜寿の祝いの会で、旧師の古海は、吟行の旅で蓑島で保険金目当ての当たり屋の老婆に出会った事を話す。教え子の増川と大場は、実地で確かめるがその事実はなく、ただシオマネキが砂浜一杯に動き回っていた。

【浮かぶ女】（「新潮」96・9）。姉の住むマンションで、飛び降り自殺があった。秘書室勤務のキャリアウーマンで育児ノイローゼが原因らしい。窓から空中に重い球が浮かんでいるのを見る。

【白鳥便所】（「小説新潮」98・8）。父は映画館を経営していて羽振りがよかったが、強制捜査が入り、羽毛の浮かぶ便所の中もさらわれたが、証拠の書類は見つからない。富山フクという見知らぬ老婆がお手伝いとして住み込み、子供の世話など諸事万端取り仕切る。ある日、裏庭から白い着物を着た男達が荷物を運び出した。最後尾にフクがついていたが、その日からフクの姿が見えなくなり、映画館はつぶれ、家は差し押えられる。わたしは、〈神サンの引越〉と思う。

【屋根を葺く】（「季刊文科」）。屋根屋が天井の雨漏りの修理をする。屋根屋は夢をよく見て、日記をつけており、帰ってみると家の中がもぬけのカラという夢を見た、と話す。わたしも夫が竜巻をよじ登る夢を見る。

【水をくれえ】（「小説新潮」97・8）。福岡から京都行きの高速バスが事故を起こし、数人が集まり、人間が昇天するのを見る。最初負傷しているのに気付かなかったが、左腕がちぎれ、顔の右半分が血まみれ、と変わり果てた姿になっていた。車のフロントガラスに張り付き、〈「水をくれえ」〉と叫ぶが気付いてくれない。

【闇のウサギ】（「文学界」98・11）。叔母とその友人と添田美佳が、湧山の出石キャンプ場のバンガローに泊まり、折り返し帰る予定のコースを組んだが、白い霧に包まれて道に迷い、美佳ははぐれてしまう。安岡と共に、穴に入るが、ウサギのように耳を立てると〈シュルーシュルー〉と音が聞え、異臭がする。

評価　「白鳥便所」は「お化けの小説特集」は「幽霊小説特集」に掲載された。「浮かぶ女」は、「空中区」と同じく飛び降り自殺を扱い、「屋根を葺く」は「潜水夫」と同じく出入りの業者との交流を扱い、主婦の視点から描く。

参考文献　近藤裕子「作家ガイド＝村田喜代子」「村田喜代子略年譜」（『〈女性作家シリーズ19〉津島佑子・金井美恵子・村田喜代子』角川書店、98・5・25）、出原隆俊「村田喜代子」（『21世紀を拓く　現代の作家・ガイド100』学燈社、99・6・10）

（**野末　明**）

山田詠美（やまだ・えいみ）

略歴　59年2月8日東京都板橋区生まれ。本名双葉、三人姉妹の長女。帝国繊維勤務の父親の転勤に伴い幼少より札幌、石川県加賀市、静岡県磐田市、栃木県鹿沼市などに住む。栃木県立鹿沼高校に入学、文芸部に参加しボリス・ヴィアンやボールドウィンを愛読。一浪後明治大学文学部日本文学科に入学し漫画研究会に所属。在学中から主に成人向け漫画誌に本名で漫画作品を寄稿し、異色の女性劇画家として一部で注目される。81年4月に大学中退。22歳で漫画単行本『シュガー・バー』（けいせい出版、81・11）刊行。漫画執筆の傍らクラブホステス、ヌードモデル、アダルトビデオ出演、SMクラブ勤めなども経験。84年秋に福生市で米軍横田基地勤務の八歳年長の子連れ軍曹キャビン・ウィルスンと同棲。翌年その生活をモデルにした小説「ベッドタイムアイズ」で第22回文芸賞に応募し受賞。同作の大胆な性愛描写が話題になり作者の前歴がマスコミでスキャンダラスに取り沙汰された。その後『ジェシーの背骨』（86）や『蝶々の纏足』（87）で性愛以外の濃密な関係を描くことにも成功。上記三作で三期連続芥川賞候補となるが受賞に至らず。87年、短編集『ソウル・ミュージック・ラバーズ・オンリー』で第97回直木賞を受賞。受賞の直前、ウィルスン軍曹が婦女暴行致傷罪で起訴されるというスキャンダルにも見舞われた。10月、新しい文化の発展に寄与したことでベスト・フットワーカーズ賞受賞。89年『風葬の教室』（88）で平林たい子文学賞受賞。横田基地に勤務する7歳年下のクレイグ・ダグラスと恋仲になり、89年1月ニューヨークブロンクスのダグラスの実家で婚約。90年2月に入籍し4月にニューヨークの教会で挙式。90年から文学界新人賞、小説現代新人賞の選考委員。91年『トラッシュ』で女流文学賞、96年『アニマル・ロジック』で泉鏡花賞、01年『A2Z』（00）で読売文学賞受賞。エッセイ集に『私は変温動物』（講談社、88・3・3）、『セイフティボックス』（講談社、89・6・10）、『メイク・ミー・シック』（集英社、91・4・25）、『エイミー・セッズ』（新潮社、99・8・30）、『エイミー・ショウズ』（新潮社、99・8・30）及び90年から刊行されている「熱血ポンちゃんシリーズ」、対談集に『ファンダメンタルなふたり』（文芸春秋、91・12・20）、『内面のノンフィクション』（福武書店、92・4・15）、『メンアットワーク』（幻冬舎、98・8・10）がある。

『ベッドタイムアイズ』

（河出書房新社、85・11・30。「文芸」85・12。河出文庫、87・8・4。新潮文庫「指の戯れ」「ジェシーの背骨」と合併収録、96・11・1）

梗概　ナイトクラブの歌手〈私〉キムは、幸福な生まれの喩えである銀の匙を持ち歩く、通称スプーンという横須賀基地から脱走したハーレム育ちの黒人米兵と同棲する。スプーンは〈私〉にドラッグスや床の上での愛し方を教え、一方酔いや怒りにまかせ暴力を振るう。〈私〉はこれまで憧れのストリッパーマリア姉さんに自分の男と寝てもらい安心感を得てきたが、スプーンがマリア姉さんに惹かれると初めて強烈に嫉妬する。マリア姉さんは〈私〉に黙ってスプーンと寝るが、実はキムを愛しているからスプーンに嫉妬したと告白する。やがてスプーンは軍から持ち出した機密書類を某国大使館に売ろうとして警察に連行される。スプーンを失った〈私〉は獣のように泣き、自分に染み込んだ彼を感じ続ける。

評価　文芸賞受賞の際に選考委員の江藤淳は〈単に新人の作品として傑出しているだけではない、今年日本で書かれたすべての小説のなかでも、やはり傑出している〉とし、河野多惠子も〈感性や知性を認識手段とするだけでは捉えきれない未踏の真実を的確に生みだし、本当の新しさを示す〉と絶賛した。若い娘と米軍脱走黒人兵の性愛という題材の衝撃性に加え、卓抜な比喩や官能的文章が高く評価されたのである。ストーリーの起伏はほとんどなく、社会的背景を断ち切って、竹田青嗣が指摘するように〈主人公の目に映る以上のものを、決して描〉かないスタンスから〈鮮やかに染め上げられた二人の生活の肉感的な色彩を見〉せる（河出文庫版「解説」）。ただしそれは〈〝精神的〟なものを欠き、肉体的な歓びの描写に埋めつくされている〉（竹田）というよりは、むしろ〈体〉の関係から〈心〉の繋がりに至りたいという古風な性愛倫理に貫かれ、〈心〉への飢餓感が肉体の快楽を高めていると認められよう。また鮮烈な官能描写に見逃されがちだが、キムは〈汚ない物に私が犯される事によって私自身が澄んだ物だと気づかされ〉たり、男をマリア姉さんに委ねて〈自分を劣等生のように感じ安息を得〉たりする。自虐的ナルシズムとでも呼べそうなこの屈折した自意識にも、作者の拘りはあったのではないか。とはいえ被虐の悦楽を黒人との関係性上で描くことは、渡部直己が言うように〈人種差別すれすれ〉（『それでも作家になりたい人のためのブックガイド』太田出版、93・11・27）の問題を呼び込む可能性があり、中心化するのは難しかったかもしれない。候補で終わった第94回芥川賞の選評（「文芸春秋」86・3）では吉行淳之介の〈新鮮なディテールとへんに理に落ちてつまらなくなるディテールとが混在し〉〈脱走兵が逮捕されてカタがつくのは、安直にすぎる〉水上勉の〈うまさでは抜群の思いがし、ひきこまれたが、つくりも劇画風で、心をうつものが残らぬのは結末の安易さだろうか〉田久保英夫の〈もし黒人兵とのかかわりに、時代的な大きな意味をつければ、強引にすぎようし、むしろこれが通俗に流れるのを危ぶむ〉三浦哲郎の〈新鮮さと古風さとの不思議な混交ぶりには首をかしげざるを得なかった〉等の評が並んだ。受賞作が米谷ふみ子「過越しの祭」であったことも「ベッドタイムアイズ」の〈劇画風〉を際立せた面があったろうが、これだけ当初から〈安直〉な結末や〈通俗に流れる〉危険性が指摘されながら、その後作者が必ずしも積極的にそうした部分を改めようとしなかったようにみえるのは興味深い。神代辰巳監督、樋口可南子主演で87年映画化（日本ヘラルド）。

『指の戯れ』（河出書房新社、86・4・30。「文芸」86・春。河出文庫、87・8・20。新潮文庫「ベッドタイムアイズ」「ジェシーの背骨」と合併収録、96・11・1）

梗概 〈私〉ルイ子が捨てた黒人GIリロイは除隊後ピアニストになり、再会した〈私〉をじらし、嗜虐的に振るまう。〈私〉は去ろうとするリロイを弾みのように殺すが、レイプの正当防衛とみなされ罪にはならなかった。

評価 河出文庫版「解説」で渡部直己が述べるように〈支配から服従へ。所有から隷属へ〉という〈関係の逆転と、そこに伴う心理的な葛藤〉が激しい性愛の中で展開する。〈リロイの指たちは、それ程私を支配していた。雪の草原を流れる川で鮭を待ち受ける熊のように、私は囓っただけで彼の手か、そうでないかがよく解る。リロイの手の中には赤く光る卵が列を成して隠されている〉といった感覚的比喩と支配／服従の逆転の鮮やかさに、やはり〈劇画風〉の印象も強い。

『ジェシーの背骨』（河出書房新社、86・7・20。「文芸」86・夏。河出文庫、87・8・20。角川文庫、93・3・25。新潮文庫「ベッドタイムアイズ」「指の戯れ」と合併収録、96・11・1）

梗概 日本人女性ココは黒人の恋人リックが父の見舞いにサンフランシスコに帰る間、リックの前妻との息子ジェシーを世話する。まだ実母を慕う11歳のジェシーは当初ココに反抗的だったが、徐々に心を開いていく。

評価 少年と父の恋人との間の、関係性や感情の深化を追う。ジェシーがココを火傷させる場面に川村湊は〈愛と憎しみ〉が一つになった〈皮膚的な接触によるコミュニケーションの世界〉を見る（河出文庫版解説）。芥川賞候補（第95回該当作なし）の選評（「文芸春秋」86・9）では吉行淳之介の〈才能があることはたしかだが、その質について判断がつきかねる〉開高健の〈ハッピー・エンドだからいけないのではなく、いけないハッピー・エンドだからいけないのである〉三浦哲郎の〈なみなみならぬ力量を感じた。けれども、前半では主人公の平凡で幼い発見の解説が煩わしく、後半では結末の和解がやはり唐突に感じられた〉水上勉の〈名品を生むためには、もう一つの文芸上の深彫りが〉等、完成度への不満が示された。この作品中の設定は後に長編『トラッシュ』へ発展する。

『蝶々の纏足』

（河出書房新社、87・1・20。「文芸」86・文芸賞特別号。河出文庫、87・8・20。新潮文庫「風葬の教室」と併録、97・3・1）

梗概 〈私〉瞳美は5歳から隣家のえり子の引き立て役だったが、16歳でクラスメートの麦生と寝て、えり子という花を追う蝶々には戻れないと自覚し、えり子に別れを告げる。

評価 少女間の嗜虐／被虐関係という新境地を開拓し三度目の芥川賞候補となる（第96回該当作なし）が、選評（「文芸春秋」87・3）は吉行淳之介の〈弛緩してたよりない部分がある〉水上勉の〈一作目の緊張感がなく、話がまともで通俗的〉〈バイタリティがうすれた〉三浦哲郎の〈力作だが、新しい発見も驚きもなかった〉田久保英夫の〈肝心なところに肉づけが足りない〉等、却って厳しかった。設定が斬新でない分、〈通俗〉性や弱点が目立ったものと思われる。

『ハーレムワールド』

（講談社、87・2・8。書き下ろし。講談社文庫、90・4・15）

梗概 父がアメリカ黒人であるサユリは複数の男達と華やかに関係するが、彼等は各々の事情でサユリと別れる。サユリは以前に捨てた男の亡霊に悩まされ病気になるが、看病する留学生のティエンはサユリから離れないことを決意する。

評価 奔放なサユリがハーレムのように男達を従え恋のレッスンを施すさまが、時に辛辣な男性批判を交えて描かれる。サユリ像に女性のナルシズムを全開させつつバブル期東京風俗の一面を捉えた。書評で、田辺聖子は〈管理されぬ性の歓楽を、凱歌のように歌いあげ〉た（「新潮」87・5）と褒めたが、斎藤英治は山田作品が〈主人＝奴隷という黒人文学的なテーマ〉や〈性行為の中に潜む人間の支配関係を見事に描く〉ことを称えながら〈性関係ばかりをじっと見すえる彼女のテーマの選び方にやや物足りなさを感じ〉〈セックスのことしか頭にないかのような日本の社会に対するのと同じようないらだちを覚えてしまう〉〈サユリというヒロインは、女性の虫のいい性的幻想にしか見えない時がある〉と書評した（「文芸」87・夏）。サユリを取り巻く男達が日本人会社員・アジア人留学生・白人外交官・黒人GIといったカテゴリーキャラクター的に登場し、カテゴライズを超える相貌を見せぬまま終わることも〈物足りなさ〉に通じよう。

『ソウル・ミュージック・ラバーズ・オンリー』

（角川書店、87・5・6。角川文庫、87・11・10。幻冬舎文庫、97・6・25）

【WHAT'S GOING ON】（「月刊カドカワ」86・4）。アイダは昔の恋人ロドニーとクラブで再会するが、今の夫との静かな幸福を思い誘いに乗らない。

【ME AND MRS. JONES】（「月刊カドカワ」86・5）。17歳の〈僕〉ウィリーは夫が軍隊にいる尻軽なミセス・ジョーンズの情夫になり、お菓子を持って通い詰めるが、やがて一方的に別れを告げられる。

【黒い夜】（「月刊カドカワ」86・6）。〈私〉ティナは婚約者と結婚し、密かな恋人のジョニーは事故死する。

【PRECIOUS PRECIOUS】（「月刊カドカワ」86・9）。高校生のバリーはクラスのジャニールウに二年半片想いし、卒業パーティでついに話す。

【MAMA USED TO SAY】（「月刊カドカワ」86・10）。若い継母と寝てしまった17歳のブルースは東部の大学に行く。卒業後帰宅した時に迎えた継母の泣き笑いを見て、彼女も不幸だったと知る。

【GROOVE TONIGHT】（「月刊カドカワ」87・1）。DJのカーティスは、夫がいる昔の恋人デニスに再会し、彼女の求めに節度を保って応じ、女を傷つけまいとすることは男を傷つけると感じる。

【FEEL THE FIRE】（「月刊カドカワ」87・2）。ルーファスは自動車事故死した親友ソニーの恋人イヴァンを慰め、愛していく。

【男が女を愛する時】（「月刊カドカワ」87・3）。ニューヨークの画家〈私〉を訪ねた青年ウイリー・ロイは、一度しか寝ずに、仕事をするよう勧める。

評価 黒人達《ブラザー》の切ない恋が翻訳小説風に小粋に語られる。

第97回直木賞受賞の際の選評（「オール読物」87・9）では藤沢周平の〈天性の才能と肯定的で力のある文章〉黒岩重吾の〈夾雑物を排した新鮮な筆致〉田辺聖子の〈華麗な軟体動物のような文体〉等、文章面では絶賛されたが、井上ひさしの〈物語の部分のコード進行はびっくりするほど古風で正統的〉渡辺淳一の〈頭で作りすぎで、男もいささかリアリティに欠ける〉等、ストーリーや人物造形への課題が示された。

『熱帯安楽椅子』（集英社、87・6・10。「すばる」87・4。集英社文庫、90・6・25）

梗概 小説を書く〈私〉は男のことで悩み、友達に勧められたバリ島に行き、心地よいホテルや熱帯の自然、思いやりある男達とのセックスなどに安楽椅子のように労られる。

評価 経済格差も民族間の差異も棚上げにして、夢のように美しいバリで贅沢で甘やかな時間を過ごす快楽。植民地時代のフランス小説のようだが、これを日本の若い女性が書いた点で、記念碑的なコロニアル小説と呼べよう。川村二郎は〈外界の社会的位相といったことに対する何の認識への欲求も反省もな〉い、と手厳しく批判したが（「文芸時評」「文芸」87・夏）、真継伸彦は〈女性の見事な自己解放の小説〉（「文芸時評」「読売新聞」大阪版87・3・24）という方向で賞賛した。

『カンヴァスの柩』（新潮社、87・8・10。新潮文庫、90・8・25）

【オニオンブレス】（「文学界」86・4）。シドニーはクラブのトイレに〈あの人の臭い息《オニオンブレス》には我慢が出来ない。誰か私を助けて〉という落書きを見つけ、返事を書いて愛を募らせるが、相手は妻のネットだった。

【BAD MAMA JAMA】（書き下ろし）。基地の黒人が夫であるマユコは知り合った若いキースと寝たが、結局それはスパイスに過ぎない恋だった。

【カンヴァスの柩】（「新潮」87・6）。南の島で日本人旅行者ススは、鳥や花ばかり描く絵描きのジャカと恋仲になる。ススはジャカに、私の死体をあんたの指は何度も生き返らせるからお弔いもできない、と言う。

評価 収録三作はいずれも再生の物語といえよう。特に「カンヴァスの柩」は『熱帯安楽椅子』のリゾート性を排し、小村を舞台にすることで、原色の自然の中での死と再生という構図をより鮮明化した。なお、エッセイ「私は変温動物」（「読売新聞」87・4・13。のち同名エッセイ集収録）にこの小説に関するバリ島での体験が少し述べられている。「オニオンブレス」については竹田青嗣が〈他人との関係が暗礁に乗り上げ〉た時に現れる〈原質としての人間の「よしあし」のかたちをありありと浮かばせ〉たと評した（「文芸時評」「共同通信」86・3・25）。

『風葬の教室』（河出書房新社、88・3・25。河出文庫、91・7・4。新潮文庫「蝶々の纏足」と併録97・3・1）

【風葬の教室】（「文芸」88・春）。転校した五年生の〈私〉本宮杏《あん》は体育の若い男の先生に好かれたため、クラスの女子に苛められる。遺書まで書くが、高校生の姉が以前苛められた時にクラス全員を心の中で殺した、と母に話しているのを聞いて立ち直る。

【こぎつねこん】（「新潮」88・1）。5歳の〈私〉は母の「こぎつねこん」の子守歌で恐怖に襲われた。今も愛情の暖かさに包まれると孤独への恐怖を感じる。

評価 「風葬の教室」は小学生が陰湿な苛めを乗り越える話だが、〈私〉は〈可愛い〉〈お洒落〉な女の子としてクラスの男子アッコや吉沢先生に見守られ、男性に好意を寄せられる自分に自信をもっているので、昨今の絶望的に孤立し自己の価値を見出せなくなる苛めの中の子供達に救いを示す物語とは言い難いだろう。平林たい子文学賞受賞の際には、（「群像」89・8）奥野健男〈こんなすぐれた作家が今日存在していたのか〉竹西寛子〈平明ではあっても単純ならざる文章〉河野多恵子〈感受性の特質が確実に極められ〉た、といった賛辞と、佐伯彰一の〈切れ味鮮かな割に手ごたえは淡い〉という批評があった。「こぎつねこん」は、幸福すぎると不安になる幼児の心を成人後も持ち続けた女性が、自らの弱さやいたいけのなさを知的に振り返る趣向になっている。「風葬の教室」と同じく、これも〈家族の愛とそれにつつまれている自己を見出〉していく（十重田裕一「山田詠美」「国文学臨時増刊号」90・5）物語の一つといえよう。

『ぼくはビート』（角川書店、88・8・20。角川文庫、91・5・25。幻冬舎文庫、97・6・25）

梗概　去った恋人の帽子をなくして探し回るうちに、帽子と恋人が共に帰ってくる表題作「ぼくはビート」（「オール読物」87・9）を始め、都会の洒落た恋物語10編が並ぶ。

評価　口紅やシャンペンやドレスや香水等の小道具が効果的に使われ、ハッピーエンドが多く、安心して楽しめる。

『ひざまずいて足をお舐め』（新潮社、88・8・25。「新潮45」87・3～88・5。新潮文庫、91・11・25）

梗概　SMクラブの女王様である〈私〉忍は、6年前にストリップ小屋で知り合った妹分のちかを店に紹介する。子連れ黒人と暮らすちかは数ヶ月後新人文学賞を受賞し作家になる。その恋人が婦女暴行で留置されマスコミを賑わすが、ちかは有名な文学賞を受賞しパーティに〈私〉を呼ぶ。

評価　作者の体験を生かした半自伝的作品。様々な水商売や体を売ることまで取り上げて〈女はいつだってやさしい女王様でいなくっちゃ。私は銀座で気取ってた時も、場末の劇場で踊ってた時もいつもしていいこととといけないことをわきまえていたつもり〉〈男たちは若い女の体を買うことで、自分の価値を買ってる〉〈SMクラブだって売春だって、必要があるからこそ存在してるんだものね。もし、こういうものなかったら、きっと、すごく犯罪が増えちゃうよね〉等、風俗産業の実態を見てきた側からの倫理信条が語られる。富岡多恵子は〈今の若い女の子の〉〈話し言葉〉ですすめられた語りに〈作者の語感の良さとそれを聞く楽しさを味わうことができる〉と評しつつ、〈「半自伝的」規制〉や〈言葉の先端に付着していた毒物が彼女の「文学賞受賞」とやらで一挙に解毒されてしまう〉結末を惜しんだ（「文芸時評」「朝日新聞」88・9・27。のち『こういう時代の小説』筑摩書房、89・4・15）。恐らくこの痛快な作品の最大の問題は、婦女暴行事件に対しちかが〈その被害者のおばさんが言うことがすべてじゃないと思うけど、でも、彼が、うんと酔ってたら、気に入らない女に怪我させるぐらいのことは、すると思う〉と述べたことであり、自らを正当化する言辞を繰り延べるちかが、沈黙する被害者をあたかも嘘つきで無価値な女であるかのようにほのめかすことは、言説による二重の暴力と見なしうる事態だったのではないだろうか。

『フリーク・ショウ』（角川書店、89・4・30。「月刊カドカワ」87・8〜88・8。角川文庫、93・1・25。幻冬舎文庫、97・6・25）

梗概　黒人客が多い赤坂と六本木のクラブに通う日本人女性達が、恋愛上手な黒人達と愛したり傷付け合ったりする。

評価　各編の脇役が次の編の主人公になるという8編の連作構成。作者の青春時代をふまえ、恋の諸相が示される中、日本人の持つ偏見や人種差別意識への批判も織り込まれる。

『放課後の音符《キイノート》』（新潮社、89・10・10。「オリーブ」88・2〜89・6。角川文庫、91・11・10。新潮文庫、95・3・1）

梗概　両親が離婚した高校生の〈私〉は、恋をして大人になった女友達の話を聞き、自らも幼馴じみの純一と結ばれる。

評価　恋愛の世界に入る直前の女子高校生のときめきと不安を瑞々しく描く。大人になる条件がともかくも恋愛であったり、大人の女のモデルがホステスだったりする偏差はあるが、性愛に開き直らない少女達が清新な印象をもたらす。

『チューイングガム』（角川書店、90・12・25。「野性時代」90・3〜11。角川文庫、93・5・10。幻冬舎文庫、97・6・25）

梗概　〈私〉ココと〈ぼく〉ルーファスの交互の一人称で語られる。二人はクラブで出会い、ココは妻持ちの男、ルーファスは従順な日本人の女の子と別れて愛を深め、南の島に旅行し、ニューヨークでルーファスの両親に会い結婚する。

評価　作者の実際の結婚をモデルにしたと思われる小説。ココとルーファスの〈ぼくは、鏡をのぞくように、きみの顔を見る〉〈この人ったら、こんなにも私なんだもの〉〈自分の皮膚の一部のような他人の皮膚の心地良さ〉等の台詞から、二人が合わせ鏡のように自己像を交換して愛し合っていることが分かる。予想外の他者の相貌を相手に見ることは好まない、自己愛投影型の愛の形がよく捉えられている。

『トラッシュ』（文芸春秋、91・2・15。「文学界」89・5〜90・12。文春文庫、94・2・10）

梗概　ギャラリーで働く日本人ココは黒人の恋人リックと彼の13歳の息子ジェシーと暮らす。リックが毎晩のように外出し泥酔するうち、ココは黒人学生ランディと恋仲になる。リックは部屋を出るココを手錠をかけて愛したあと、黒人好きの白人の人妻アイリーンと付き合う。ココはジェシーにスーツを買う時リックにも会い、二人は穏やかに別れるがクリスマスの晩リックは自動車事故死する。ジェシーは実の母と暮らすが余り上手くいかない。ココはジェシーに愛していると告げ、リックがいたからランディを愛せると語る。

評価　『ジェシーの背骨』を長編化し、ココとリックの関係の終わりを描き切った。特にココの愛情に応えることができないリックの弱さの描出は秀逸である。二人の葛藤は、若いジェシーを間に挟むことで和らげられ、リックの死後もジェシーが成長して悲劇が慰撫される。また束縛的な愛情の象徴として手錠に関する表現が巧みに使われている。池内紀は書評で〈美しい現代の聖女伝〉（「文学界」91・4）と称えた。女流文学賞受賞の際には瀬戸内寂聴が〈全作品の総決算のような意気込みと情熱〉田辺聖子が〈質量ともにすぐれた恋愛小説の圧巻〉と強く推す一方、佐伯彰一の〈異人種間の愛のややこしさのリアリティがやや薄弱、ひたすらパセチックな愛の歌に流れすぎている〉という評もあった（「婦人公論」91・11）。

『色彩の息子』（新潮社、91・4・20。新潮文庫、94・6・1）

梗概　高校生の〈おれ〉が、友人健一の美しい婚約者を誘い身体に紫の痣をつける「高貴なしみ」（「シュプール」89・4）等、主人公達の欲望や憎悪が色彩感豊かに描かれる12の短編集。各作毎にふさわしい色の紙が挟まれている。

評価　山田詠美の小説では善意の人物達のハッピーエンディングが多いが、この短編集では悪意や情念が正面から扱われている。ただし12色の色紙を挟む造本によって、色見本的な趣向も感じられ、深刻な余韻はそれほど残らない。

『晩年の子供』（講談社、91・10・7。講談社文庫、94・12・15）

【晩年の子供】（「新潮」90・1）。10歳の夏休みに伯母の家で飼い犬に噛まれた〈私〉は、狂犬病で死ぬと思い込み、石で自分の墓を作ったりした。

【堤　防】（「小説現代」90・6）。小学生の夏休みに堤防から海に落ちた〈私〉は運命論者となるが、高校生の時、妻子持ちと付き合い自殺未遂した友人の京子に、運命はちょっとばかりのエネルギーで方向をずらせると言われる。

【花　火】（「小説現代」89・8）。両親に頼まれ東京の姉の様子を見に行った〈私〉に、ホステス兼愛人の姉は男女が体も心も結び付くのは花火のように一瞬だと語る。帰郷した〈私〉は花火大会の夜に恋人と結ばれる。

【桔　梗】（「小説現代」89・10）。7歳の〈私〉は隣家の出戻りで桔梗のような美代さんが妻子持ちの男と庭で抱き合うのを見るが、別れ話が出て美代さんは首を吊る。

【海の方の子】（「小説現代」89・12）。静岡の田舎の小学校に転校した〈私〉は、片眼が義眼で意固地な哲夫に近付く。一緒に下校して、哲夫は〈私〉にとって可哀想な人ではなくなるが、〈私〉はまた転校することになった。

【迷　子】（「小説現代」90・2）。〈私〉の隣家の末娘ひろ子は、おじさんがよその女性とつくった子だった。

隣家のおばさんに〈よその子〉と言われ続けた幼いひろ子は、大人になっても食べ物に困らないようにと隣町までお菓子を埋めに行く。皆が心配し、ひろ子が見つかるとおばさんは〈あんたのうち〉にはいくらでも食べ物があると叱り、泣く。

【蝉】（「小説現代」90・8）。小学四年生の夏、〈私〉の母が弟を生んだ。登校日に男子からどうやったら子供が生まれるかを聞いた〈私〉は、蝉の死骸をちぎり中が空っぽなのを見る。弟が来ていじけた〈私〉は弟を罵って母に叱られ、自分こそがお腹を空っぽにして鳴き続ける蝉だと気付く。

【ひよこの眼】（「小説現代」90・10）。中学三年の〈私〉は転校生の幹生を好きになるが、彼の瞳が、昔飼って死んだひよこと同じく死を見詰めていることに気付く。幹生は病苦の父の自殺の道連れにされ、〈私〉は泣く。

評価　運命に直面した子供達の戸惑いを哀切に表現した連作。物語展開は壺井栄や芥川龍之介を想起させ、安定している。川村湊は〈名作の一種のパロディー世界〉（「文学界」91・12）と書評した。

『ラビット病』
（新潮社、91・12・5。「小説新潮」89・1～90・11断続連載。新潮文庫、94・11・1）

梗概　親の遺産で暮らす日本人ゆりと横田基地の黒人軍人ロバートは互いをロバちゃんゆりちゃんと呼び、いつも一緒なのでウサギみたいとか双子だとか言われながら結婚する。

評価　恋する二人は幼児化しがちなことを証言した小説。

『24・7（トウェンティフォー・セブン）』
（角川書店、92・3・30。幻冬舎文庫、97・4・25）

梗概　表題作「24・7」（「月刊カドカワ」91・10）では〈ぼく〉が太ったリサに一日24時間、一週間に7日間まとわりつかれる。都会や南島や砂漠での切ない恋の物語集。

評価　夫婦間の強い愛情で却って互いが息苦しくなる話等、多様な九つの恋模様が世界各地を舞台に自在に語られる。

『ぼくは勉強ができない』
（新潮社、93・3・25。「新潮」91・5～92・12断続連載、最終章「眠れる分度器」のみ「文芸」91・秋～冬。新潮文庫、96・3・1）

梗概　母と祖父と暮らす〈ぼく〉時田秀美は、成績は悪いがバイト先の店の桃子さんと恋をし、担任の桜井先生やクラス副委員長の礼子やあばずれ風の真理とも仲が良い。

評価　『放課後の音符』の男子版。勉強ができなくても何事も上手くいってしまう人気者の主人公であるが、最後に進学し勉強を選ぶことで、彼の〈特権意識〉が中和されている。千石英世は書評で〈この小説では主人公＝語り手だけが成長を許されている〉と指摘した（「文学界」93・6）。山本泰彦監督、鳥羽潤主演で96年に映画化（東宝）。

『快楽の動詞』

（ベネッセコーポレーション、93・12・15。「海燕」92・3～93・10に断続連載。文春文庫、97・4・10）

梗概　文体や言葉や作家や文学観に関する考察を、皮肉とユーモアたっぷりに軽妙な小説に仕立てた8編の短編集。

評価　作者の小説観が窺われ参考になる。苦笑を誘う中に、やや生真面目な主張や攻撃も含まれている。

『120％ COOOL』

（幻冬舎、94・3・27。幻冬舎文庫、97・6・25）

【昼から蝶】（「群像」93・1）。結婚した妻は昼が青虫だったが、〈ぼく〉を糧として虫は蝶になり飛び立つ。

【彼女の等式】（「小説現代」93・2）。売れない漫画家と暮らす春美は、彼の原稿を売り込んだ先の編集長に、男と女のやりとりは計算できないと語られる。

【待ち伏せ】（「文学界」93・1）。クラブのヘルプの真利子に従業員のケンは居場所に責任を持てと言う。

【ガリレオの餌】（「小説現代」93・7）。亀をガリレオと名付け飼っているハードボイルド作家木島は、桃という生命力のある娘に恋し新境地を書く。

【NEWSPAPER】（「野性時代」93・6）。夫との仲が破綻している〈私〉はニュースを知るようにして学生Jと関係し、彼の部屋に口紅を見つけて別れた。

【雨の化石】（『贅沢な恋愛』角川書店、90・9・6）。〈ぼく〉は雨宿りで出会った、夫と上手くいかない彼女を愛した。彼女は〈自分を取り戻したかった〉と語る。

【DIET COKE】（『贅沢な失恋』角川書店、93・4・30）。〈私〉はダイエットコーク、良樹は白い粉が必要だった。女のいる良樹と別れた〈私〉は、彼と出会ったハンバーガーショップでチーズバーガーを食べながら泣く。

【R】（「文学界」94・3）。コークはクラブ勤めでペプシとの生活を支えている。二人は浮気しても許し合う。

【120％ COOOL】（書き下ろし）。ニューヨークに滞在した作家の〈私〉は、日本人、フランス人、黒人の三人の青年と知り合い、中の二人と寝たりした。

評価　幻想的な「昼から蝶」、男性作家の奇妙な嗜好を描く「ガリレオの餌」、人妻の不倫を扱う「NEWSPAPER」「雨の化石」等、新しい素材への挑戦が感じられる。

『アニマルロジック』

（新潮社、96・4・20。書き下ろし。新潮文庫、99・11・1）

梗概　ニューヨークマンハッタンの黒人女性ヤスミンは気に入った相手とは人種性別を問わずに寝る。彼女の血液中に住む寄生生物ブラッドは自由な宿主を愛していた。ヤスミンの周囲には人種や性に関する様々な事件が起き、やがて彼女は自由への欲望を食べる醜い寄生生物のため急死する。

評価　越川芳明の書評題「異文化理解のための「政治的に正しいおとぎ話」」（「文学界」96・7）が、この長編の意義を端的に物語る。越川は〈この小説はマンハッタンを舞台にした人種混交の絵図、というより、たぶんに寓話的な味つけがほどこされたメルヘンと呼ぶべきだろうか〉と述べた。執筆に一年半かけたという力作で、人種・性・階級問題の諸相を知る恰好の入門書であるが、差別に囚われない自由人ヤスミンはどんな事態に遭っても終始変容せず、その血液中の異生物ブラッド（『ハーレムワールド』のティエンを想起させる）がヤスミンを守りながら超越的に人間を批判するという物語の構造が、〝今ここにある〟はずの差別問題を非日常化してしまう。また登場人物達は作中で30回以上も〈吹き出し〉、それは〈笑いでしか乗り切れない〉状況に対する〈努力〉らしいのだが、差別社会の中で十数人も死んでいく物語の真剣味はやはり削がれるといえよう。作中では、混血を進めて人種問題を解消しようという魅力的な提言もなされるが、近代社会の差別はむしろ〈混血〉を前提に構築され細分化されてきたのではなかったか。さらにブラッドのパートナーがヤスミンをレイプしようとする酔っぱらいに対し〈こんな男の体液には、絶対、エイズウィルスが、いっぱいいる〉と断言する箇所にも、新たな差別の発生は見出せよう。

『4 U』（幻冬舎、97・8・15。幻冬舎文庫、00・8・25）

【4 U】（「群像」97・1）。桐子の恋人マルは長野のお土産の包装紙に、4Ｕ＝FOR YOU と書いてくれた。

【眠りの材料】（「新潮」97・5）。15年前の賢一の恋人で、自殺未遂を重ねた史子が、白紙の遺書を残して自殺した。〈私〉と賢一は史子について思いを巡らす。

【ファミリー・アフェア】（「新潮」97・1）。〈私〉はサウス・キャロライナへ移住した夫の両親を、夫や義弟と訪ねて行き、浜辺やポーチでくつろぐ。

【血止め草式】（「文学界」97・5）。〈私〉はマンションの隣家の夫である浩と関係し指にバンドエイドを巻いてもらうが、隣家が越す時、自分は巻いてあげなかったことに気付く。

【男に向かない職業】（「小説現代」97・1）。ＳＭクラブ女王様のあつ子は、客から恋人になった〈ぼく〉が、一度浮気したら去った。

【天国の右の手】（『贅沢な恋人たち』幻冬舎、94・4・25）。右手のない〈私〉は姉の夫をタイまで追って抱かれ、自分の右手は天国で彼を待っている、と思う。

【高貴な腐食】（「新潮」96・9）。貴腐ワインを教えてくれた友人幹生は、待ち望む気分になるマスターベーションに価値を置いていたが、強姦致傷で逮捕される。

【紅差し指】（「文学界」97・1）。妻子ある刑事の明彦は、夫と子供を亡くして、自殺未遂した登美と関係する。登美は薬指で紅を塗り、明彦と別れた数日後に首を吊る。

【メサイアのレシピ】（「新潮」97・8）。ニューヨークのアーティスト崩れが集うアパートに住んだタイラは、管理人メサイアの人生のレシピを聞く。

評価　恋愛物語以外の「ファミリー・アフェア」「メサイアのレシピ」を含み、小説世界の広がりを感じさせる。荒川洋治は書評で〈夢見心地の言葉が、ひとつの流れをつくっている〉（「群像」97・10）と文章面を評価したが、芳川泰久は〈すでに獲得したスキルとメチエ〉を使って〈恋愛小説を書くのは楽しいことなのだろうか〉と疑問を示した（「すばる」97・10）。「高貴な腐食」「眠りの材料」には創作合評がある（「群像」96・10、97・6）。

『マグネット』（幻冬舎、99・4・10）

【熱いジャズの焼き菓子】（「新潮」98・1）。〈私〉は恋人の泰蔵が、借金のため殺した定食屋のおばさんを名前で呼んだので、交番に告げに行く。

【解　凍】（「文学界」98・9）。母を火事で亡くした早川の恋人は焼身自殺し、早川は連続放火で逮捕される。

【YO-YO】（「文学界」98・1）。美加と門田は寝る度に紙幣をやりとりし、互いを全部買おうとする。

【瞳の致死量】（「新潮」98・8）。覗きが趣味のダンケとメルシーは、熱中しすぎて窓から落下する。

【LIPS】（「文学界」98・5）。〈ぼく〉は結婚詐欺師と呼ばれるが、相手の女性は〈結婚したい男を目の前においた結婚したくない自分〉が気持よくて金を払ったのだ。

【マグネット】（「オール讀物」98・1）。中学教師山本が女子生徒への強制猥褻で逮捕され、〈私〉由美子は、二十年前中学で山本を誘惑した日々を思い出す。

【COX】（「新潮」99・1）。〈ぼく〉の妹ルルはパリのゲイバー「COX」で働き、ゲイたちに感謝されていた。

【アイロン】（「群像」98・11）。〈私〉は痴漢に悩むＯＬだが、満員電車の中で好みの男に接近できた。

【最後の資料】（「文学界」99・1）。刑事だった〈私〉の妹の夫が心筋症で33歳で亡くなる。いつも資料を送ってくれた彼の入院生活ノートが最後に残された。

評価　犯罪とみなされる行為は本当に罪なのか、と問う作品群。特に「YO-YO」や「LIPS」では、男女の仲において は罪が罪にならないという機微が上手く物語られている。義弟の病死に哀悼を捧げた「最後の資料」は「群像」の創作合評（99・2）で、〈私〉の夫の描き方も評価された。

『A2Z』（講談社、00・1・11。「小説現代」99・11）

梗概 35歳の編集者の〈私〉夏美は10歳下の郵便局員と、夫の一浩は女子大生と付き合うが、結局夫婦は元に戻る。

評価 AからZまでの26の英単語が散りばめられたダブル不倫小説。最終的に、夫が妻を殴ることで夫婦の愛が確認される。山田詠美の小説世界にドメスティックバイオレンスという概念は存在しない。読売文学賞受賞の際には丸谷才一の〈じつにあっけらかんと、しかし優美に、今日の結婚の実体を描いた。（中略）小説が理想を書いて悪いという法はない〉という、〈実体〉なのか〈理想〉なのかよく分からない選評がなされた（「読売新聞」01・2・1）。

『姫君』（文芸春秋、01・6・30）

梗概 ホームレスの姫子が売れないギター弾き青年摩周に献身的に愛され、頑なな心を開くが駅のホームから転落死してしまう表題作（「文学界」01・5）等、5編の中短編集。

評価 小谷野敦に〈マンガの原作に見える〉と評された（「ベストセラー快読」「朝日新聞」01・8・5）「姫君」の、三人称と一人称の書き分けや〈はて、摩周とは、また面妖な〉〈摩周、そなたも衆愚の真似をしようというのか〉といった文章は、昨今のポップな文学に対抗した表現なのかもしれない。その一方で、作者が描き続けてきた女性像は健在である。山田詠美作品のヒロインは常に男性達から渇望され賛美され、時に惨めな状況に陥っても〝高貴な私がこんなに身を貶めている〟という意識で陶酔する。〈ホームレス〉であっても〈姫君〉、という設定には、そうしたナルシズムのシステムがよく示されている。なお「MENU」（「新潮」00・9）には行き届いた創作合評がある（「群像」00・10）。

参考文献
セオドア・グーセン「檻の中の野獣―現代日本文学にあらわれた黒人たち」（平川祐弘・鶴田欣也編『内なる壁』TBSブリタニカ、90・7・5）、池澤夏樹「倫理と人工言語―山田詠美試論」（「文学界」92・2）、テッド・グーセン「他者の世界に入るとき―山田詠美と村上龍の外人物語をめぐって」（鶴田欣也編『日本文学における〈他者〉』新曜社、94・11・18）、柴田勝二「日常の成立―『ジェシーの背骨』」（「国文学」97・10）、Richard Okada「主体をグローバルに位置づける：山田詠美を読む」（「日米女性ジャーナル」21号、97・12）、大塚英志「〈サブ・カルチャー文学論8〉移行対象文学論、あるいは山田詠美と銀の匙」（「文学界」99・6）、松田良一『山田詠美　愛の世界』（東京書籍、99・11・9）、町田志朗「山田詠美研究序説―その足跡、並びに年譜・作品年表」（「成蹊國文」33号、00・3）

（**久米依子**）

山本文緒 （やまもと・ふみお）

略歴 62年11月13日横浜市生まれ。神奈川大学卒業後、OL生活を経て、作家となる。この間多数の少女小説を執筆。小説の技法を少女小説を通して学んだという珍しい経歴を持つ。99年『恋愛中毒』（角川書店）によって吉川英治文学新人賞を受賞。00年短編集『プラナリア』（文芸春秋）で第124回直木三十五賞受賞。代表作には前記二作の他、『パイナップルの彼方』（宙出版、92・01・30。角川文庫、95・12・25長編）、『ブルーもしくはブルー』（宙出版、92・9。角川文庫、96・05長編）、『きっと君は泣く』（光文社、93・7。角川文庫、97・7長編）、『かなえられない恋のために』（大和書房、93・12。幻冬舎文庫、97・6エッセイ）、『あなたには帰る家がある』（集英社、94・8・10。集英社文庫、98・1長編）、『眠れるラプンツェル』（ベネッセ、95・2。幻冬舎文庫、98・4長編）、『ブラック・ティー』（角川書店、95・3。角川文庫、97・12短編集）、『絶対泣かない』（大和書房、95・5。角川文庫、98・11短編集）、『群青の夜の羽毛布』（幻冬舎、55・11。幻冬舎文庫、99・4長編）、『みんないってしまう』（角川書店、97・1。角川文庫、99・6短編集）、『シュガーレス・ラヴ』（集英社、97・5。集英社文庫、00・6短編集）、『そして私は一人になった』（KKベストセラーズ、97・5。幻冬舎文庫、00・0エッセイ）、『紙婚式』（徳間書店、98・10・31。角川文庫、01・2短編集）、『結婚願望』（三笠書房、00・5）等。現代女性の生活と心理をリアルに描いて大衆小説に新境地を拓いた作家として、女性のみならず男性にも多くの読者を得ている。

『恋愛中毒』 （角川書店、98・11・25）

梗概 学生時代の友人であった藤田との結婚生活に破れたあと、東京の郊外に住む水無月美雨は、定職を持たずに、弁当屋でアルバイトをしながら、翻訳の仕事をしていた。いたって平凡な生活であったが、ある日、創路《いつじ》功二郎という作家でもあり文化人タレントでもある男と知り合い、その男の魅力に抑えていたはずの恋愛感情がうずきだし、誘われるままに秘書となる。藤田との離婚届を出した日に、「他人を愛しすぎないように、愛しすぎて、相手も自分もがんじがらめにしないように」と誓ったはずなのに、また水無月美雨は愛に踏み迷ってしまう。秘書とは実は愛人のことで、創路功二郎の肉体の欲望に奉仕するのが主たる仕事だったのに、その〈仕事〉を通して創路功二郎に溺れていったからである。創路功二郎には妻がいたばかりか、水無月美雨の外にも三人もの愛人がいた。しかし、水無月美雨はそうした男の露骨な生き方にむしろ刺激を感じた。藤田との結婚生活の破綻によって一度は決別したはずの恋愛中毒体質がまた頭をもたげてきていた。再び、そうした感情に囚われると、水無月美雨は自分でも制御することができなくなった。その結果、水無月美雨の創路功二郎への思いが高じて、他の愛人たちの排除を企てるようになる。

評価　山本の出世作として一九九九年度の吉川英治文学新人賞を受賞した作品である。愛のロジックの不合理さを描いた作品として成功を収めた。人間には男女を問わず、愛の過剰と過少の問題があるが、この作品ではその過剰によって人間的な常道を逸脱してしまう姿を描いている。創路功二郎の愛人秘書になる水無月美雨も愛の過剰に悩む女なら、創路功二郎自体が妻と複数の愛人という愛の過剰を生き甲斐としている男。そんな女と男の出会いが人間的な仮面の下の悪意や狡猾を越えて殺意にまで発展していくさまをミステリー風に描いているが、そのミステリーの要素を、物語の展開というより、愛に溺れる男女の精神の領域に求めたところに、この作品の独自性がある。「薬師丸ひろ子主演でTVドラマ化もされ、とうとうブレイク！　ミステリーやホラーがブームの今、あえて濃密な愛を描き続ける彼女。一度味わえば、きっとあなたも文緒中毒になる。」（「コスモポリタン」、00・3）

『絶対泣かない』（大和書房、95・5・31。角川文庫、98・6・25）

【絶対、泣かない】　女社長の秘書となった私が、その社長から邪険に扱われることに不信を抱いていると、ある時、彼女がかつての小学校の同級生で、その時は私の方が彼女のいじめ役であったことがわかる。そんなことがわかって辞めようと思うが、辞めると仕事がなくなるし、給与も悪くないのでぐずぐずしていると、彼女にも男関係で何か弱みがあるのか会いに行っては泣いたりしている。かつてはブタのような太った少女であったが、いまでは結構美人であり、複数のマンションをもって、ジャガーを秘書に運転させる身分であるが、そんな女社長にも弱みがあることを知り、しかも彼女がそうしたことに負けないで生きていることを見て、私もまた絶対に泣かない人生を送ることを決意する。

【天使をなめるな】　看護婦の私は、何度も恋人に振られて落ち込んでいる25歳になる私は、これまで幾度も男との恋愛に失敗するが、それがどこに原因があるのかわからない。それは看護婦のせいかも知れないと思うが、しかし看護婦であるのは患者の前だけだ。美人・不美人ということからいえば、みな美人看護婦と言ってくれる。それなのにうまく行かない。ある夜、そんなみじめな生活を思いながら夜道を歩いていると涙が出てきて、歯を食いしばって耐えなければならなかった。そこに、通りすがりの男から不意に誘われて腰に手を掛けられたが、その時、私は無意識のうちに男を殴りつけてしまった。しばらくはそこから逃げ出すのに懸命だったが、電車に乗ってから、私はその爽快さに我を取り戻した。

【真面目であればあるほど】　銀行に勤めて、ボーナス預金のノルマを迫られる女性が、もう知り合いが種切れになって大学時代の恋人・滝本に預金を頼む。彼は外車販売の営業をしていた。その彼は預金には応じてくれたが、「僕にもノルマがある」ということで、外車の購入を勧められる。真面目な彼女は、ボーナス預金を引き受けてくれた彼のために本気で外車のことを考える。考えてみれば、部屋にある羽根布団も化粧品もネックレスもクーラーもみな預金を引き受けてくれた友人や知人からその見返りに買ったものだった。しかし、外車となれば簡単には買えない。そんな悩みにくよくよしていると、滝本から電話があり、外車の話は冗談だと言い、それを本気に考えていた彼女に「ばっかでい」と言う。その一言で、彼女も自分の馬鹿さ加減に気づき、百回でも千回でも彼から「馬鹿」と言ってもらいたいと思う。

評価　いずれも、どっこい、女はそう弱くはないぞという15篇のエピソードである。作者自身が〈元気の出る小説〉と言うのがよくわかる小説である。女性の多様な生き方と、その人生のそれぞれのなかにある喜怒哀楽が一筆のスケッチによって単純明快に描かれている。現代女性が〈働いて生きる〉なかには実にさまざまな苦労や悩みがあるが、この十五人の主人公たちは最低自分の生き方に納得を求めて模索するのである。そこに活写された現代女性の生態の一面に読者としても納得がいく。

『プラナリア』（文芸春秋、00・10・30）

【プラナリア】（「小説現代」99・7）。仲間との酒の席で、春香が「プラナリア」という小さな扁形動物のことを話して、自分もその小動物に生まれ変わりたいというと、同席していた年下の彼氏・豹介は咎めるような眼差しをした。春香がそう言うのは乳ガンで片胸を失ったからで、プラナリアのように再生可能な動物なら、失った胸も回復するという思いがあるからだ。豹介はそんな後遺症のことは気にかけないで春香と交際し、現在恋人の関係にある。会えばセックスもする。だから、豹介は春香がそんな話に託して〈自分で自分の病気のこと〉を言うのを喜ばない。しかし、風呂場で春香の体を丁寧に洗ってくれる豹介には感謝をしながらも、「なんでこの男はこうも懸命に他人の体を洗うのだろうか」という疑問もある。

いまの春香は無職だ。最近までは、そろそろ自立をしなければということで、入院中に知り合った永瀬という美人が店長をしている甘納豆屋でアルバイトをしていた。デパートの一角にあるテナントの店だったから、隣りの店の従業員のおばちゃんは暇があると話しかけてくる。そんな折りに春香は、豹介から露悪趣味だと言われている乳ガンで片胸をなくしたことを話してしまう。その話はすぐに店長の永瀬にも伝わった。永瀬に食事に誘われたとき、彼女にも乳ガンとプラナリアの話をした。するとある日、その永瀬からダンボール一杯のガン関係の本とプラナリアの拡大写真が送られてきた。それは彼女の好意からには違いないと判りつつも、春香は激情に襲われた。ようやく感情を抑えて一人で泣き寝入りをしたのだったが、それから永瀬の店にアルバイトに行く気にはなれなかった。無断欠勤を永瀬は怒ったが、春香は辞めてしまった。そんな春香を仲間たちは「何で働かないのか」と言う。すると、春香はまた「私、乳がんだから」と言ってしまう。豹介からはそれを二度と言うなら「絶対別れる」と言われていたが、それでも春香はそう言って席を離れた。

【ネイキッド】（「小説新潮」00・3）。私・泉水涼子は36歳、無職である。2年前に、夫から一方的に離婚を言い渡された。初めは怒ったり泣いたりしたが、結局は慰謝料をもらって身を引いた。それ以来、慰謝料を食いつぶして暮らしている。することがないので、縫いぐるみを編んでいたが、さすがに飽きて今ではパソコンのメールをやりとりして暇を潰している。たまには友人の明日香と食事をしたりすることもあるが、特別の人間関係がなくなった。ある日、漫画喫茶に行って暇を潰していると、かつての部下だった小原と会う。それほど親しくもなかったが、ラーメンを食べて送られるままに、部屋に上げてしまい、セックスをする羽目になった。さえない男だが、裸になると背広を着ている彼よりはいい。小原の方も、かつてのようなキャリア・ウーマン風の涼子よりはだらけたような彼女の方がいいと言う。その後、小原とは一種恋人の関係になって、風邪を引いたときには世話になったりした。

そうした涼子にオープンする店を手伝わないかという話が夫のライバル関係の同業者からあった。店を仕切るマーチャンダイザーとして雇いたいと言う。それは涼子には〈立ち直って、前に進んで行く〉ことを意味した。その仕事について小原に相談すると、彼ははじめ喜んだが、涼子が仕事に就くと忙しくなって会えなくなると言うと、何だ今は暇だからオレに会っているのかという話になり、小原は怒って出て行ってしまう。また孤独になり、友人の明日香だけになった。その子たちに紙粘土細工を教えに行き、泊まった夜にその娘を抱いて寝ると急に涙がこみ上げてきて止まらないのだった。そこには、何かを得て何かを失うという関係から容易に抜け出せない女がいた。

【どこかではないここ】（「オール讀物」00・8）。私は一男一女の子を持つ典型的な核家族の主婦である。製薬会社をリストラされて下請けに移った夫は2時間かけて都心の会社に通う。高校生の娘・日菜が母の私から見れば〈問題児〉である。泊まり歩いて家に帰らない日もしばしば。私は安売り量販店で夜間のアルバイトをしている。父が交通事故で死んだあとの実家には母がいるので、3日に一度は実家にも行く。夫の父もまた入院しているので、そちらにも5日に一度は行かなければならない。ある日、アルバイト先で通勤の自転車を盗まれた。店の浜崎という男が送ってくれるというので、その車に乗るとラブホテルに連れて行かれる。しかし、部屋の前で私は防犯ベルを鳴らして、浜崎を土下座させた。そんなことがあったあと、娘の日菜は家を出て看護婦と同居したいと言い出す。自転車を盗まれた私は、息子のマウンテンバイクを使うことを宣言すると、大学生の息子は「ふざけんなよ」と言う。その息子を私は思いきり殴ってしまう。そんな元気で私は夜間のアルバイトをし、朝は五時半に起きて夫を会社に送り出すのである。

【囚われ人のジレンマ】（「オール讀物」00・8）。私・美都は25歳のOL。恋人に院生の朝丘がいた。その彼から、「そろそろ結婚してもいいよ」と言われた。その〈そろそろ〉という言い方が私には気になった。彼とは大学時代に恋愛関係になったが、それは彼から〈囚人のジレンマ〉という心理学的なテーマの話を聞いて、その自信溢れる態度に惹かれたからだった。朝丘とはときどき会い、彼の部屋に泊まったりするが、セックスはしない。〈そろそろ〉という話があったあと、朝丘からラブリングのプレゼントがあったが、嬉しくはなかった。まだ彼の両親とも会っていないのに、結婚という気にもならない。会社のデザイナーの大石の情事の誘いに乗ったりした。仕事のミスも犯した。上司には結婚して辞めたらとも言われた。そんなとき、朝丘は無理に私を母親に会わせようとした。そんな朝丘と母親を振りきって私は逃げ出してしまう。

【あいあるあした】（「オール讀物」00・10）。居酒屋を営む離婚経験者の青島。店に来て手相観をして客をよろこばせていたすみ江が、公園に寝泊りしているホームレスだと知って、自分の部屋を提供した。その結果、当然の成り行きとして二人は男女の関係になるが、すみ江は決して青島の拘束を受けずに自由奔放に生きる。しかし、ある日、青島の11歳の娘が、美容師なみの技術を持つ父親のもとに髪の手入れ水に来たところに鉢合わせ、そんな父娘の光景に感じるところがあったのか、すみ江は青島の部屋を出て行く。しばらく姿を現さなかったすみ江がアルバイトをしていることを来聞いて、青島はその現場に駆けつけ、いきなり結婚を申し込む。青島はいつの間にか、それほどすみ江に惚れていたのだ。すみ江は「仕事」とか「結婚」とかいう人生の定番を嫌いながらも、青島の誠意にほだされて、また店へ現われた。

評価　山本文緒は、さまざまな女性たちを描いて現代女性の生態と心理の一面を鋭く開示している。その生態と心理の特徴は、登場する女性たちの〈労働〉と〈無職〉をベースにした人間関係によって示される。ここには、山本自身が経験した多種の〈アルバイト労働〉の経験も反映されていよう。〈無職〉もまた現代社会のなかで余儀なくされた人間的な状況であり、生きるためのたたかいが含まれている。第124回直木賞となった「プラナリア」は、その〈労働〉と〈無職〉の間にあって、乳ガンの後遺症という自分の肉体的なハンディキャップから、人間関係に揺れる若い女性の〈生きる〉ことへの問いかけによって山本の作品の頂点を示したといえる。彼女の作品に登場する女性たちは、みな何らかのトラブルを持っているが、「ネイキッド」の主人公も離婚後の生き方に悩みながらも、前向きに生きる女の簡単には屈服しそうにない孤独を味わっている。傷つきながらも、あるいは他人からの誤解や厄介な善意に晒されながらも、したたかに生きようとすることによって、それぞれの道を見出して行く女たちの一人である。「囚われ人のジレンマ」の美都も、結婚にだけ逃げ込まない強さを持っている。もしかすると、それは〈結婚のジレンマ〉に迷うことによって損をすることになるかもしれないが、しかしその〈結婚〉という選択をしないところにも明確な生き方を求める女のしたたかさがある。「あいあるあした」のすみ江も結婚というような人生の定番よりは人間としての誠実さを求める女性である。いわば、その女たちの何れもが、〈切っても切っても死なない〉というプラナリアのしぶとい性格を共有しているのである。その新しい女性像の創造によって、エンターテイメント作家としての新境地が開けたといえる。若い女性ばかりか男性にも幅広く読まれている秘密もそこにあろう。

参考文献　山本文緒「本人自身による全作品解説」（「月刊カドカワ」97・3）、亀山早苗「柔らかな声が聞こえてくる」（「本の話」00・12）、橋本記子「山本文緒氏」（「週刊ポスト」01・2・3）

（林　祁）

柳 美里（ゆう・みり）

略歴　68年6月22日、在日韓国人二世として神奈川県横浜に生まれた（しかし、「ああ、故郷」（「ベスト・パートナー」97・12）では〈私は横浜生まれではない〉〈私だけが他県で出生した事情についてはややこしくなるので省略〉とされている）。本名も同じ。1歳から3歳までは伯母に預けられ、父母の確執をはじめ複雑な家庭環境に育った。小学校の頃はいじめに遭い、文章を綴ることでかろうじて自他の破滅を回避していた。こうした幼児からの家族や社会という他者との関係へのまなざしが、柳文学の基底には常に横たわっている。横浜共立学園高等部を一年で中退。後に柳の人生に多大な影響を及ぼすことになる東由多加の主宰する劇団「東京キッドブラザース」（愛組）に入団。その後、劇団「パンとサーカス」を経て、88年、劇団名を壇一雄の『小説太宰治』から採った「青春五月党」を自ら結成し、処女作「水の中の友へ」を書き上げ4、5月に上演し好表を博す（演出名は、偏愛する作家太宰治の実兄津島圭治の名を借用）。以後「棘を失くした時計」（88年12月、89年4月上演。以下期日は上演年月）、「石に泳ぐ魚」（89年7、8、11月）、「静物画」（90年5月）、「月の斑点」（90年7月）、「春の消息」（91年2月）、「向日葵の柩」（91年6、12月）と書き続け、93年「魚の祭」（92年10、11月、93年7、10月）で第37回岸田國士戯曲賞を最年少で受賞。「SWEET HOME」（94年5月）に続く「Green Bench」（95年6月）が第7回三島由紀夫賞に戯曲での初候補作品となった。94年に初めての小説「石に泳ぐ魚」を発表。モデルとなった女性との間でプライバシー侵害を巡って裁判となった（01年現在、係争中）。95年「フルハウス」を発表、第113回芥川賞候補に挙げられた。エッセイ集『家族の標本』（朝日新聞社、95・5）、『柳美里の「自殺」』（河出書房新社、95・6）刊行。96年、最初の小説集『フルハウス』で第24回泉鏡花文学賞、第18回野間文芸新人賞を受賞。「もやし」が第114回芥川賞候補になる。その後、「家族シネマ」で第116回芥川賞を受賞。エッセイ集『私語辞典』（朝日新聞社、96・5）、『窓のある書斎から』（角川春樹事務所、96・12）刊行。97年『家族シネマ』を刊行。『水辺のゆりかご』（角川書店、97・2。原題「夕影草」）と共に話題となるが、この二冊のサイン会が、脅迫騒ぎで中止された事件を発端に、表現の自由を巡って言論人と論争を展開、併せて多様な社会問題にも取り組み、98年に社会時評集『仮面の国』（新潮社、98・4）として纏めた。97年には他に、自作解説エッセイ『NOW and THEN 柳美里』（角川書店、97・7 以下、『NOW～』と略記）や『タイル』の刊行があった。98年『ゴールドラッシュ』刊行。「少年A」の「心の闇」への共感を『仮面の国』で明らかにしたことなどもあり、大きな反響を呼ぶ。『言葉のレッスン』（朝日新聞社、98・7）を刊行。99年『女学生の友』刊行。この年の12月から「週刊ポスト」に『命』の連載を始め、センセーショナルな話題を呼ぶ。00年〈初の性小説〉を惹句とした『男』を刊行。1月17日、男児を出産。4月20日、東由多加死去。『命』刊行（翌年、雑誌ジャーナリズム賞を受賞）。エッセイ集『魚が見た夢』（新潮社、00・10）刊行。01年『命』の続編『魂』刊行。小説『ルージュ』、エッセイ『言葉は静かに踊る』（新潮社、01・3）刊行。『命』〈第三部〉連載開始。他に、対談やテレビ出演などがある。

『魚の祭』（角川文庫、97・12・25）

【魚の祭】（白水社、96・1・30）。孝には、妻貞子との間に四人の子ども（長女結里、長男冬樹、次女留里、次男冬逢）がいた。ある夏の日、12年前父孝と共に家を出たきりだった冬逢が墜落死し、葬儀に再会した一家は互いの愛憎を再認識する。留里は、かつての結里の恋人とつき合い妊娠していた。冬逢には恋人がおり、彼女は夏逢という子を生んでいた。一家を再会させ、そこで全員を殺害する計画が綴られる冬逢の日記に、結里は〈家族への捩じれた愛情を感じる〉。

【静物画】（而立書房、91・11・25）。女子校の教室。文芸部の紙透魚子、岩尾冬美、望月千春、小泉夏子、秋葉香らが集まる。魚子は、以前に自殺した女生徒の幽霊と遊ぶが、他の四人には幽霊は見えない。女生徒たちは授業の真似をし、様々に学校への不満を洩らす。やがて静物画を描きながら〈詩的な会話〉を交わし、魚子が教師役となって授業ゴッコが再開され、皆が「遺書」を書く。その後、魚子だけが皆と別れ校内に戻る。翌日、シスターがやって来て、魚子が林檎の樹の下の池で昨夕亡くなったことを告げる。

評価　柳自身、「魚の祭」は〈戯曲としては、わたしの代表作〉（『NOW〜』）としている。岸田賞の選考委員別役実は〈うねりを形作るような本格的なせりふ作りに感心した〉と述べ（「朝日新聞」93・3・2）、「悲劇喜劇」（93・11）の宮下展夫と宮岸泰治との「演劇時評」では〈柳美里のセリフは、一つ一つが非常に重みと悲しみをもっている〉〈非常にいい舞台〉（宮下）という評価が与えられた。〈この作品には、その後わたしの小説に現れる「家族」の原型がある〉（『NOW〜』）と自ら認める通り、離散した家族を自らの死によって再会させようとする冬逢に、柳文学の《核》の原初の姿を見出だすこともできよう。「静物画」は〈20歳のときに書いた戯曲で、はじめて本になった作品〉（『NOW〜』）。思春期の少女たちの感性と肉体の相剋を静謐に描く。文庫の「解説」で斉藤由貴は、〈なんと美しいト書きだろう〉と述べ、柳の〈ワガママな悲しみ〉に共感を寄せている。

『グリーンベンチ』（角川文庫、98・12・25）

【グリーンベンチ】（河出書房新社、94・3・25）。〈シーン1〉春山泰子（50）が陽子（21）と明（17）の二人の子どもにテニスをさせている。グリーンベンチに座った泰子は、次々に妙な指示を出し、姉弟は母の言いなりになっている。泰子は、長く別れている夫の土地に家を新築し、再び家族一緒に暮らすことを夢想している。〈シーン2〉泰子の恋人谷口正彦（25）登場。泰子は谷口への愛情と嫉妬を示し、唐突に陽子と見合いするよう命じる。谷口は泰子の病いを指摘し、自分の亡母にそっくりだという。帰ろうとした谷口の頭を泰子は笑いながらラケットで小突き、陽子も同じようにする。次第に二人は力をこめて、谷口の頭にラケットを振り下ろし続け、明はその様子を見ている。〈シーン3〉泰子と陽子は、同じ動作で幻想の庭の花壇に、谷口の死体を埋める。明が明るい声で通報するなか、母娘はテニスを再開する。

【向日葵の柩】（而立書房、93・1・25）。母が家出し、李栄貴と兄栄敏は父と暮らしている。様々な葛藤の日々のなか、在日韓国人の集まりに出た栄敏は、朴永玉という女性に出会い惹かれるが、友人金宮は、永玉とつきあうなと忠告する。高校から下校途中の栄貴は、小学校の同級生田中と再会し、失われた時間を感じる。田中と別れたところに金宮が現れ、栄貴は犯される。一方栄敏は、永玉が夜の商売をしていたことを知り、傷つく。栄貴は栄敏に思い出話をした夜、〈私を殺して！〉と縋りつき、栄敏は栄貴を殺す。その後外に飛び出し、かつて飼っていた犬の鎖で永玉の首を締めてしまう。

評価　「グリーンベンチ」は、第7回三島由紀夫賞の「選評」（「新潮」95・7）で石原慎太郎、江藤淳、宮本輝らに否定されたが、〈好感を持って読んだ〉（高橋源一郎）〈味わい深い作品〉〈少ない言葉を大切にしたナイーブな佳品〉（筒井康隆）という好評も得た。泰子の〈役はわたしの母をモデルとしたもの〉（『NOW～』）だが、徐々に狂気に陥る母と、その存在を持て余しつつも最後は共犯者となっていく娘陽子との、母子一体の形こそ作者が描こうと試みたある〈モデル〉に他ならない。「向日葵の柩」は、「〈憎悪〉を超えた言葉」（『魚が見た夢』）によれば〈〈分断〉され壁を乗り越えようとして果たせないでいる家族の崩壊を描いたもの〉。在日韓国人の物語だが、柳は〈書くという行為の根底に、在日韓国人があるのではなく、あくまでわたしという個が存在してる〉（『NOW～』）と述べている。切通理作は「柳美里論―「本当の話」をしたいのです」（「文学界」96・9）で、『向日葵の柩』の「あとがき」に触れ、〈本当の話〉を希求する意思を軸に柳文学の解明に向かっている。

『石に泳ぐ魚』（「新潮」94・9）

梗概 劇作家の私（梁秀香）は、演出家の風元と愛人関係にあったが、私の新作をめぐってその関係はぎくしゃくとしていた。そんな折、私の戯曲を韓国で上演したいという金智《キムチ》海《ヘ》がやってくる。女優の小原ゆきのは私と韓国に行くことを望み、韓国の友人朴里花《ペクリファ》のところに泊めてもらうことを提案する。私は、韓国に連なる、崩壊している自分の家族のことを思う。私にとって不思議な安らぎの場は、柿の木の男の家だった。ゆきのと韓国に渡った私は、大学で陶芸を学んでいる里花と初めて出会い、その顔にある腫瘍にたじろぐ。上演の話は縺《もつ》れ、私は一人雨の町中へ飛び出す。そこへ、柿の木の男を思わせる人が現れ、窮状を救う。帰国すると純晶はファミコンの競馬に異常に熱中していた。ある日、里花が受験のために来日する。再会した私は、劇中人物として、里花の顔の腫瘍についてひどい言葉を吐き付けてしまう。それは、庇護を必要とする全ての存在を憎悪しないではいられない、私自身の内面の痛みに向けて叩き付けられた言葉に他ならなかった。新作は、私の反対を無視して風元が勝手に書き改めた台本のおかげで好評だった。傷ついた私は、辻という男と愛人関係になる。そんな時、家を新築し、もう一度みんなで暮らそうという父の連絡があり、母は不動産屋のビルにするつもりで乗り気になる。精神を病んだ純晶は入院し、私も三回めの堕胎手術を受け、辻との関係も終焉を迎える。里花は、新興宗教に入った友人を救うため帰国したが、それきり音信は途絶える。里花もその宗教に入信したらしい。渡韓を決めた私は、その前に柿の木の男の家に立ち寄ってみたが、彼は死んでいた。宗教団体の本部で再会した里花は、既に変容していた。その時、柿の木の男が現れ、里花と笑いながら向こうに行ってしまう。私は憎しみでこの世界と繋がってきた自己を知り、唯一、憎悪なしに触れ合うことができたのがこの二人であったことに気付くが、二人はいなくなっていく。

評価 小説の処女作を生む苦しみについては、「未完のドラマ」「処女創作集のふるえ」「愛人の子を身籠もったように」（以上『魚の見た夢』）などに詳しい。蓮實重彦は「文芸時評」（「朝日新聞」94・8・29）で〈小説のイメージに対してあまりに無防備すぎはしまいか〉と苦言を呈したが、川村湊は、〈妥協も孤立もしない梁の行動のスタイルが魅力的だ〉（「新人小説月評」「文学界」94・10）と評価した。「創作合評」（「群像」94・10）では、金井美恵子と高橋源一郎が比喩の陳腐さを批判したが、柳の戯曲を評価する高橋は〈非常によくできた劇に近い〉と言い、三枝和子は〈この作者が、この時期にしか書けない、ある意味で、同時進行で書かれる青春小説〉として、感情的な金井の否定に対抗してみせた。田中康夫は「新文芸時評―読まずに語る」（「文芸」94・11）で否定しつつも、〈新しい在日文学を切り開く可能性〉への期待を表明した。茂田真理子は「〈私〉は空洞であるが故に「敵」を仮想する」（「新潮」98・8）で〈「見られる」存在である〈里花〉に対する〈私〉の羨望〉を読み取り、柳文学における主体が客体に反転する独自性の問題を指摘した。裁判に関わる言説は多岐に亙り、ここでは割愛せざるを得ないが、「文学界」（01・5）の柳と福田和也の対談は、併載された「「石に泳ぐ裁判」―私はこう考える」の4本の論考と相対化させて読むことが必要だろう。〈この作品の場合、少なくとも主題は文学的であると同時にヒューマンなものであった〉という辻井喬の言（「「石に泳ぐ魚」問題の憂鬱」「新潮」99・9）を改めて確認しておきたい。加藤典洋「「石に泳ぐ魚」の語るもの―柳美里裁判の問題点」（「群像」01・8）は、現在までのところ、最も適切かつ優れた裁判批判と作品理解を示している。この作品は、処女作にして《小説とは何か》という大きな課題を柳に与え、「表現のエチカ」（『窓のある書店から』）にあるように、作家としての根源的な問題への思索に向かわせる結果を生んだ。その意味では、大変な試練であると同時に、貴重な体験でもあると言える。ことは表現の自由に関わり、重大な問題を孕むが、それ故にこそ読者はまず自らこの作品に触れ、何が問題の根拠にあるかを各自が考えるべきだろう。（なお、この作品は現在係争中であり、単行本化されておらず、これを取り扱うのは本事典の趣旨に反するかもしれないが、処女作という意味を超えた重要作品であることを勘案し、敢えて一項を設けた。）

『フルハウス』（文芸春秋社、96、6、25。文春文庫、99・5・10）

【フルハウス】（「文学界」95・5）。私（林素美《はやしもとみ》）の父（正兒《まさる》）は、16年前に家を捨てた妻とよりを戻し、家族が再び一緒に暮らすことを願って家を新築し、私と妹（羊子）を呼ぶが、二人は困惑する。幼児期に性的虐待を受け、深い内面の歪みを自覚して生きる私も、成人映画の女優となっている妹も、家族のしがらみに傷ついていた。やがて父は、偶然出会った奇妙なホームレスの一家を同居させる。事態をどうにも出来ない私は、その一家の娘で自閉気味の少女に惹かれていく。花火をした夜、吉春という子どもが消防署に嘘の通報をする。激怒して吉春を殴りつけるその父に、カーテンに火を放って少女が叫ぶ。その声は私の内面の叫びでもあった。

【もやし】（「群像」95・12）。27歳のイラストレーターの私（高樹鏡子）は、仕事仲間の広瀬という中年男と不倫の関係にあった。広瀬の妻清野《せいの》は、二人の関係を知り、家中にもやしを植え始める。そんな中、私は母の勧めでゆきとという知恵遅れの中年男と見合いをする。私は、ゆきとの不思議なやさしさに癒され結婚を決めるが、広瀬の母や清野との確執があり、結婚を断られる。私は、最後は自分のところに戻ってくる、と別れる時に言った阿川に電話するが、誰も出ない。

評価　「フルハウス」は、離散した家族を再生させようとする思いが空転する父と、それを嫌悪しつつ否定しきれない娘（私）の思いとが見知らぬ他人の一家に投影され、少女と私とが叫びを共有する中に《家族》を問おうとする。「創作合評」（「群像」95・6）で日野啓三は〈読んでいて新鮮だった〉と述べ、山本道子は表現が〈ステレオタイプになってしまっている〉ことを惜しみ、千石英世は〈不条理劇に出てくるようなもの〉との類縁を指摘した。第113回芥川賞の「選評」（「文芸春秋」95・9）には、黒井千次の〈所々に隙間のあいた作品〉他、大江健三郎、田久保英夫らに否定的意見があるが、〈なかなかの小説の才能を思わせる〉（河野多恵子）〈ぶつかり合う若い生命力が伝わってくる〉（大庭みな子）などの肯定的な評もあった。高井有一は「哀しい父が建てた家」（「群像」96・9）で的確に〈父に対する〈私〉の愛情〉を読み取った上で〈この作品がどうして芥川賞の選に洩れたのか、不思議でならない〉と述べた。第18回野間文芸新人賞の「選考委員の言葉」（「群像」97・1）には〈いわゆる現実感というものがあった〉（秋山駿）〈読むものをまきこんでいく力〉（富岡多恵子）、〈文体もじつにしたたか〉（三浦雅士）といった意見が寄せられ、芥川賞とはうって変わった黒井千次の〈作者の力業と熱量は、他に擢んでていた〉という賛意もあった。柳は〈あの家はまさに父の作品〉と述べている（『NOW～』）。「もやし」は、〈疵〉を抱えた人間の再生への希望が主題である。「創作合評」（「群像」96・1）で富岡幸一郎は〈紋切り型の描写〉を問題とし、江藤淳は〈社会性の欠如〉を批判したが、田久保英夫は〈自由な可能性を持つタッチ〉を評価した。第114回芥川賞の「選評」（「文芸春秋」96・3）には〈思いつきの火花を寄せ集めたという感じ〉（河野多恵子）、〈書きたいことの発露が見られない〉（宮本輝）、〈現代の不幸はこういう濃密でホットなものではなく、もっと索莫としたものだと思う〉（池澤夏樹）、〈文章が投げやりとなり、人間観にもヒズミがある〉（大江健三郎）といった否定論が並んだ。山本直樹は文庫「解説」で、〈微笑みと恐怖と愛〉を感得したと述べた。辻章「家という謎」（「新潮」96・10）は二作に触れ、〈ある怯えと痛苦の感覚〉とともに〈不思議な姿をした「希望」のような光景〉を読み取って示唆的である。

『家族シネマ』（講談社、97・1・31。講談社文庫、99・9・15）

【家族シネマ】（「群像」96・12）。企画プロデュースの仕事をしている私（林素美）は29歳。離れている家族が20年ぶりに再会する映画を、自分たち家族四人の出演で撮ることが決まったと女優をしている妹の羊子が、一方的に告げてくる。撮影は強制的に開始され、久し振りに顔を合わせた父母は昔通りにいがみあい、その姿をカメラの前に晒していく。私は、ある企画のために彫刻家の深見清一に作品の依頼に行き、現実感を喪失したようなその魅力に惹かれていく。映画の撮影は続き、家族の崩壊が明らかになる中、私は、別な女といる深見に衝撃を受ける。

【真　夏】（「リテレール」96・春）。女は妻子ある中年男と3年間同棲していたが、その日常に苦しくなり、ある日、見知らぬ初老の男の家に外泊する。女の両親は離婚していた。父の愛人と女とは、仲良くしていたが、女の胸の奥底には憎悪があった。やがて愛人はいなくなる。女は、同棲しているマンションに戻ろうとし、緊張感に包まれる。だが、男は週末は妻子の所に帰ることを思い出し、異様な笑い声を上げる。

【潮合い】（「小説トリッパー」96・冬）。麻由美は小学六年生。喧嘩の絶えない両親を疎んじ、クラスの女子たちの中ではリーダー的存在だった。そこに里奈という美少女が転校してくる。二人はともに影のない世界を実感して生きていたが、その相似ぶりが麻由美には気にくわず、里奈をいじめる。里奈は怪我をし、誰もがその事実を知っていたが、担任教師の田中は、クラスに向かっていじめはなかった、と宣言する。里奈の意識は縮み、麻由美は孤独な世界に浸っていく。

評価　「家族シネマ」について「家族というフィクションの悲喜劇」「書くことは恐ろしい日常」（以上『魚が見た夢』）などにコメントがある。「創作合評」（「群像」97・1）で畑山博は〈虚数と虚数を足しているような小説〉と述べ、秋山駿は〈普通の状態を破るようなベクトルの方にいい表現がある〉とした。田久保英夫は〈文章に瞬発力がある〉と評価、この作品は第116回芥川賞を受賞したが、その「選評」（「文芸春秋」97・3）でも田久保は〈表現の瞬発力〉を指摘した。他に〈虚と実の展開してゆく様相に引き込まれた〉（河野多恵子）、〈テーマは結晶した〉（古井由吉）、〈力量のある新人〉（黒井千次）などと称賛されたが、主に作品の設定について丸谷才一、石原慎太郎、池澤夏樹らが否定的見解を述べた。柳は、同期受賞の辻仁成との対談「書くしかない」（「文学界」97・3）で〈拒絶をキーワードにして読者と綱引きしたい〉と発言。竹田青嗣は「異物としての生」（「群像」97・4）で〈この小説が

「家族」ということをテーマ（問題）としているのではないことに注意すべき〉とし、〈主人公の特異な嫌悪感や反感〉に注目した。今村忠純は「『家族シネマ』」（「国文学」97・10）で〈小説のメタフィクション〉の構造を指摘。鈴木光司は文庫の「解説」で、〈実像と虚像、そのズレに光を当て〉ようとする柳にエールを送った。この作品は、朴哲洙《パクチュルス》が監督し、柳の実妹柳愛里も出演し、映画化された（98年、日活）。「潮合い」の麻由美と里奈は、ともに影を喪失した表裏一体の存在として語られ、〈いじめ〉の奥底にある主体性崩壊の姿が描き出されている。山田詠美『風葬の教室』（河出書房・88・3）と読みくらべてみたい。

『タイル』（文芸春秋社、97・11・10。文春文庫、00・10・10。「文学界」97・9）

梗概　デザイナーの男（川原）は40歳。性的不能が原因で妻と離婚し、あるマンションへ引っ越す。その浴室のタイルに不思議な感応を覚えた男は、自室の内部にタイルを張詰め「イッソスの戦い」のモザイクを作ろうとする。自分の所有する部屋に盗聴器や隠しカメラを仕掛けるマンションのオーナー、62歳の柄本は男に興味を持つ。男は、偶然知り合った彩子という19歳の女とタイルを張っていく。男は愛読する夏海かおりという作家の連載小説に自分を投影し、夏海に会いたいと願う。やがて「イッソスの戦い」は完成した。柄本は男と共謀し、夏海を策略に陥れ男の部屋へ監禁する。男は夏海に「やすらぎ」を求めるが叶えられず、夏海を殺害してしまう。事件に立ち会った柄本は、退屈そうなあくびをする。末尾、男は彩子とタイルの上で寝転んでいる。

評価　柳は「世界のひびわれと魂の告白を」（『魚が見た夢』）で〈世界のひびわれと魂の告白を表出したいと願って〉この作品を書いたと述べた。「創作合評」（「群像」97・10）で高橋勇夫は男の性的不能の問題について〈世界との関係がきちんと構築できないという負の関係性〉を読み、高井有一は〈風俗を描こうとしている〉とし、三浦雅士は〈文体は非常にエネルギーがある〉とした。高橋の〈まなざしの暴力〉という指摘は、茂田真理子の評（前掲）にある《見る／見られる》関係と通底し、柳文学の本質を射ていよう。諏訪敦彦は「飼い慣らされたリアリテイを超えて」（「文学界」98・1）で男が夏海を殺すのは〈自殺に近い殺人だ〉とし、〈タイルの部屋は作者自身としてある〉と述べた。他者との関係を巡る問題意識を、物語として提示しようと試みたこの作品の果敢な取り組みについて藤沢周は、「妄想の一片」（「群像」98・1）で〈読者が嵌め込もうとしていた最後のピースの輪郭が合わない交わりの部分＝後味の悪さにこそ、小説は宿る〉とこの作品を評価してみせた。文庫の「解説」で三國連太郎は、〈常識に浸された意識とか願望とかを超越した、虚無と闘っている〉存在としての柳に称賛を贈った。

『ゴールドラッシュ』（新潮社、98・11・25。新潮文庫、01・5・1。「新潮」98・11）

梗概 少年（弓長かずき）は14歳。横浜黄金町で父英和（張英彰《チャンヨンチャン》）に溺愛されて育つ。兄の幸樹は18歳。「妖精顔貌症候群」（ウイリアムズ病）という病に罹っている。母は幸樹の病気を治そうと奔走するが無駄に終わり、金儲けばかりの夫にも愛想を尽かし家を出て一人で暮らしていた。16歳の姉美歩は、学校へも行かず援助交際をし、父の叱責を浴びる。一家は崩壊していた。少年は中学校へ行かずに不良らと付き合い、輪姦やドラッグなどに耽っていた。ラーメン屋の老夫婦や、金本というやくざまがいの老人、幼馴染みで3歳年上の安田響子などには心を開き、兄にも優しい少年だったが、その内面には凄まじい暴力への渇望が渦巻いていた。ある日、少年は父を殺す。死体を地下室に隠した少年は、響子を家政婦に呼び、金本の助力を受けつつ父の会社を取り仕切ろうとするが、金目当ての大人たちに翻弄される。やがて少年は、響子に父殺しを告白し、自首を勧められそれに従おうとするが、その前に幸樹と響子の三人で動物園に行く。そこで巨大地震の悪夢に襲われた後、少年は手をつなぐ幸樹と響子と一緒に写真を撮る。〈少年の頭のなかのすべてが感光された〉。

評価 「ゴールドラッシュ」執筆当時、いかに柳が現実と虚構の間で心身を磨り減らしてこの作品を書いたか、その様子の一端は「異界からの使者」「安息の時間」「孤島に取り残されて」「短い夏の逃避」「飛び込んできた「ポーポ」」（以上『魚の見た夢』）などのエッセイに詳しい。「創作合評」（「群像」98・12）で清水良典は〈現在の精神状況というものを観念的に盛った作品〉と読後感を纏め、三枝和子は〈すごくアクチュアリティーのある作品〉とし、川村二郎は〈一種の貴種流離譚みたいなもの〉と述べた。三浦雅士は「家族という悲哀」（「群像」99・2）で〈柳美里が見事に感光させてみせたのは〉〈三島由紀夫の悲哀に他ならなかった〉という私見を述べた。吉岡忍は「少年の自由な妄想は破れる」（「文学界」99・2）で「酒鬼薔薇事件」と関連させつつ〈思考実験〉の小説として優れていると指摘した。福田和也は『喧嘩の火だね』（新潮社、99・10）で、現代の作家の苦悩に触れつつ〈「信じる」ことが出来ない事のもたらす軋み〉をこの作品から聞き取っている。川村二郎は文庫「解説」で、〈幻覚のうちで捉えられたらしい動物たちの狂乱は、世界の根底が砕け散った終末的な無秩序のイメージを醸し出す〉と指摘する。小谷野敦は「虚構は「事実」に勝てるか」（「文学界」01・6）で〈現実に取材し、大団円を備え、かつ純文学であろうとした、現代にあっては稀な試み〉と評価。柳は後藤繁雄のインタビューに答えて、「少年A」の〈心の闇〉への共感を率直に表明した（『彼女たちは小説を書く』メタローグ、01・3）が、「酒鬼薔薇事件」を〈この国のひとびとの深部を痛撃している〉（『仮面の国』）と捉える柳は、〈心の闇〉という現代を浸食する病魔に向き合う意志を持続させることで、作品の強度を高めたと言えよう。

『女学生の友』（文芸春秋社、99・9・20）

【女学生の友】（「別冊文芸春秋」99・6）。退職し、妻を失い、同居する息子夫婦ともうまく行かない弦一郎は自殺願望を抱いているが、孫娘の高校一年生の梓とは唯一気が合った。ある日弦一郎は、未菜という少女と知り合う。未菜は遊んでいたが、それは内面の不安を隠すためでもあった。家庭が崩壊しかかっていた中で、援助交際に踏み切るかどうかに迷っていた未菜は、弦一郎に相談する。同情した弦一郎は、自分をないがしろにする息子を脅迫して金を取り、未菜を「援交」することを思いつく。金を手にした未菜だが、その金をそのまま受け取ることの怖さを話す。未菜は、弦一郎と自分とが似たような生を生きていると感じる。

【少年倶楽部】（「文学界」96・5）。野本駿、木村直輝、高梨裕治、式部純一の四人は私立中学の受験を控えていた。駿の父には愛人がおり、母との諍いが絶えない。直輝は〈チョウセンジン〉であることを理由に脅される。裕治の父親は理由なく暴力を振るう。少年たちの心には憤りと不満が鬱積していく。幼馴染みの田川亜美に誘惑され、結局は馬鹿にされた後、駿は仲間で女性を強姦する計画を実行するが、それは未遂に終わった。駿は夏が閉じられたことを実感する。

評価　援助交際や少年犯罪というアクチュアルな題材を持つ二作だが、清水良典が「ゲリラとしてのガキと老人」（「群像」99・11）で〈柳美里の小説を揺さぶりつづける地殻エネルギー〉としての〈〈父〉への憎悪〉を読み、「ゴールドラッシュ」と併せ〈著者は一つのステージを踏破した〉とした通り、これはある結節点を示した作品集である。香山リカは「「時代」への距離」（「新潮」99・12）で〈描く対象を壊さず遠ざかりすぎず、至近距離で伴走し続けながら描くという著者の抜群の距離感〉を評価している。切通理作は「「女学生の友」」（「文学界」99・12）で〈これは平成の「眠れる美女」かもしれない〉というユニークな見解を披露した。小谷野敦は、作品の欠点を挙げつつも作者の〈真摯な倫理観〉を評価した（『軟弱者の言い分』晶文社、01・3）。

『男』（メディアファクトリー、00・2・18。「ダ・ヴィンチ」98・3〜00・3）

梗概　文芸誌の副編集長の高梨から、ポルノ小説を書くことを要請されたわたし（美里）は、〈男のからだをめぐる冒険物語〉を書こうとし、身体の部位に基づく小説の断片が生み出されていくが、同時にそれは、物語を紡ぎ出すわたし自身の、様々な性体験を呼び起こすことにもなった。わたしの幼少期からの、身体的な関係を結んだ男たちとの出会いと別れが、構想メモと並列して展開されていく。だが結局、わたしは〈すべてが徒労だった〉ように感じる。

評価　『水辺のゆりかご』に付載された家の系図は〈フィクションであることを強調するためにつけ〉た（前掲、後藤『彼女たちは小説を書く』）という柳であってみれば、事実に即して語られたようなこの作品においても、主人公〈わたし（美里）〉が虚構化された存在であることは、当然といえよう。作中に象嵌されるメタ小説に、生々しい作者の肉声が響いている。虚実を交差させる方法によって、エロスをリアルに浮き彫りにしようと試みられた、これは実験小説である。

『命』（小学館、00・7・20。「週刊ポスト」99・12・27号〜00・6・9号に断続連載）

梗概　作家のわたし（柳美里）は、妻のいる35歳の男性と付き合っている。妊娠に気づいたわたしは、未婚の母として子どもを産む決心をする。一方、かつて同棲していた東由多加が、末期癌に冒されていることを知る。子どもの認知や養育のことで、男と不毛ともいえる諍いを繰り返しながら、わたしは、東に最高の治療を施すよう様々に手段を講じる。だが、病状は深刻さを増していく。再びわたしと同居した東は、生まれてくる赤ん坊のために〈丈陽〉という名を考えたりした。00年1月17日、丈陽は無事誕生する。東は、丈陽が2歳になるまでは〈生きていたい〉と話す。

評価　「あとがき」にある通り、事実に基づきながら編まれた、これは、生と死と愛をめぐる希有な〈物語〉である。柳は切通理作のインタビューに〈手記のルールとして、会話や出来事は一切ねじ曲げていないのですが、心象の部分というのは、かなり小説に近いんじゃないかなと思います〉（「〈柳美里〉を演じられなくなったら、死ぬしかない」「文学界」00・9）と述べている。これを〈ワイドショー的「真実」〉とし、そこに潜む恥ずかしさを表明することで作品を否定したのは高橋源一郎（『もっとも危険な読書』朝日新聞社、01・4）だが、『命』は『男』に続いて、事実を基本に、作家が虚構と現実の狭間を極限まで探求してみせた作品である。手記の書き手＝作中人物という劇化作用によって、現実を〈物語〉として生き、〈物語〉を綴ることが現実を生きることに反転していくという、ここでの柳の作家としての生の形に、柳文学の達成を見ることができる。

『魂』（小学館、01・2・10。「週刊ポスト」00・8・18・25号〜00・12・8号に断続連載）

梗概　丈陽の成長と反比例するように、東由多加の病状は悪化していく。丈陽の父親から何も連絡のない中でわたしは、介護と育児に必死の努力を続ける。そしてわたしは、丈陽を友人の町田康夫婦に託し、余命幾許もない東に付き添う。東と手を握り合ったまま、わたしはベッドに添い寝する。

評価　『命』の続編だが、東亡き後のことではなく、『命』執筆の頃の、東の最期を見取るまでの日々が語られる。柳は東の死去に際し「東由多加さんを悼む」（『魚が見た夢』）を発表し〈遺影と遺骨を前にして、生きること自体を迷っている〉とその痛哭の思いを吐露した。「あとがき」に、〈書きつづけることしか残されていない〉自己が確認されている。

『ルージュ』（角川書店、01・3・5。「月刊feature」98・6〜00・2）

梗概　20歳の谷川里彩は、大手化粧品会社「クリスティーナ」の新入社員。父母は不仲で別居しており、祖母文乃と二人で暮らしていた。里彩は、偶然に「クリスティーナ」の新商品のイメージ・キャラクターとなってしまうが、普通の生活に憧れる彼女は、それを社の命令として嫌々受け入れる。喜ぶはずのスターへの道を拒む里彩の扱いに、後宮ら「クリスティーナ」のスタッフは苦慮する。後宮のかつての夫、秋葉季之は里彩に惹かれていくが、里彩は、アートディレクターの黒川と知り合い、秋葉を苦しめる。里彩は、黒川の同棲相手の義足の美青年孝之と三人で奇妙な愛情関係を持つようになる。やがて孝之は、三人の関係精算のためニューヨークへ行くと言って姿を消し、鬱病を患っていた黒川は自殺する。半年後、女優になった里彩は、フリーライターの金森のインタビューに応えて「わたしは死ねません」と言う。

評価　〈著者初の、恋愛小説《シンデレラストーリー》〉という謳い文句が帯に記されているが、この作品は、深い陰影を刻むこれまでの柳の小説とは趣を異にする。例えば、『男』でも語られた恋人との沖縄旅行が、里彩と秋葉の物語として用いられているが、ここでは暗い情念の炎は消え、明るく鮮やかに語られる点などに一種の転機を見て取れよう。今井絵里子主演のＮＨＫ連続ドラマとして8月28日から放送予定。

参考文献　島弘之・富岡幸一郎・福田和也・大杉重男「新鋭作家九人の可能性」（「新潮」95・2）、川村湊「「恨《ハン》」＝柳美里」（「国文学」96・8）、切通理作「柳美里論―「本当の話」をしたいのです」（前掲）、茂田真理子「〈私〉は空洞であるが故に「敵」を仮想する」（前掲）、島村輝「柳美里」（「国文学臨時増刊号」99・2）、絓秀美・清水良典・千葉一幹・山田潤治「「リアル」は取り戻せたか」（「文学界」99・12）、西田リカ「〈宙吊り〉のアイデンティティー柳美里試論」（「社会文学　第15号」01・6）

（**馬場重行**）

吉本ばなな（よしもと・ばなな）

略歴 64年7月24日生まれ。本名・吉本真秀子。評論家で詩人の吉本隆明を父に、母・和子の次女として東京都文京区に生まれる。7歳離れた姉は漫画家のハルノ宵子。姉の愛読していたマンガを3歳頃から手に取り、特に藤子不二雄『怪物くん』『オバQ』に惹き付けられる。姉は絵が上手だから、自分は小説で、と作家を目指す。病弱な母の代わりに家事や育児もこなした父だが、仕事の関係上、家には始終多くの来訪者が集まり、それが死ぬほど嫌だったという。日本大学芸術学部文芸学科卒業製作で書いた「ムーンライト・シャドウ」で、日大芸術学部長賞を受賞。87年卒業。同年11月に「キッチン」で海燕新人賞受賞。88年10月『キッチン』で第十六回泉鏡花賞受賞、12月、アルバイト先の喫茶店が閉店し、作家専業となる。89年2月『キッチン』『うたかた／サンクチュアリ』の両作品で88年度第39回芸術選奨文部大臣賞受賞。5月、『TUGUMI』は第2回山本周五郎賞受賞。91年1月イタリアで『キッチン』刊行、評判を呼び、92年には世界各国で翻訳、海外でもばななブームが起こる。93年6月イタリアでベストセラーとなった『N・P』ではスカンノ賞受賞。95年8月『アムリタ』で第5回紫式部文学賞受賞。96年、イタリア・フェンディッシメ文学賞第1回アンダー35賞受賞。8月、父・隆明が西伊豆の海で溺れ、一時危篤状態に陥る。この《事件》の顚末は初の父娘対談集『吉本隆明×吉本ばなな』（ロッキング・オン、97・2・15）に記されている。99年8月、イタリアで音楽、演劇、ファッション、映画、文学などの分野で優れた活躍をした芸術家に与えられるマスケラダルジェント賞（銀のマスク賞）受賞。00年9月『不倫と南米』で第10回ドゥ マゴ文学賞受賞。各巻に書き下ろし短編が付された『吉本ばなな自選選集』（新潮社、00・11〜01・2）全4巻がある。

『キッチン』（福武書店、88・1・30。福武文庫、91・10・17。角川文庫98・6・25）

【キッチン】（「海燕」87・11）。両親を幼いときに亡くし、唯一残された祖母をも失った女子大生・桜井みかげが、祖母と親交のあった同じ大学の田辺雄一の家に居候する。雄一もまた幼時に母を亡くしていた。彼の父親は、愛妻亡き後に性転換して女性（えり子）となり、幼い雄一を育ててきた。三人の奇妙な疑似家族の中で、みかげは徐々に癒されていく。

【満月―キッチン2】（「海燕」88・2）。キッチンの続編。えり子が殺害され、みかげ同様に天涯孤独となった雄一。みかげは料理研究家を目指し、すでに田辺家を出てていた。失意の底にある雄一をみかげは、手作り料理を饗したり、旅先で味わった飛びきり美味なカツ丼を彼のもとに運んで励ます。かけがえのない人の死の前に打ちのめされながらも、二人は静かに恋愛感情を育てていく。

【ムーンライト・シャドウ】（日大芸術学部卒業制作作品）。高校二年から4年間交際していた恋人・等を交通事故で失ったさつき。等には柊という、同じ事故で恋人を失った弟がいた。柊は恋人の形見であるセーラー服を着て、心の平衡を保っていた。さつきは悲しみを浄化させるかのようにジョギングをしていたのだが、ある早朝に橋の欄干でうららという不思議な女性に出逢う。彼女はこの川で百年に一度、死者に会える現象が起こると教えてくれた。その日がやってきた。川が二人を隔ててはいたが、一瞬のうちに等はさつきの目の前に現れた。この日を境にさつきは悲しみから回復していく。

評価 何よりも新しさが評価された「キッチン」は海燕新人賞選評でも、〈文章のすすみ具合が、昔の人から見れば頼りなげにうつるとすれば、それは吉本さんにとっての文学が昔の人のレシピでは料理できなかったからであろう〉（富岡多恵子）や〈私のような旧世代の人間には想像もつかないような感覚と思考を、伝統的文学教養を全く無視して、奔放に描いた作品〉（中村真一郎）とある。単行本刊行後は、文学で表現されてきた言葉と自分たちの感覚の間に齟齬感を抱いていたばななと同世代の若い読者に支持され、『キッチン』以降刊行された六冊の単行本が全てベストセラーとなり「ばなな現象」として新聞で報じられた（「毎日新聞」89・10・29夕刊）。ばななな作品の中でも評論や研究論文は「キッチン」が圧倒的に多い。《死》《孤独》がいかに《身体》と結びついて表現されているかを抽出した近藤裕子「夢の食欲　拒食する身体―吉本ばなな『キッチン』試論（上）」（「蟹行」90・5）は、若い女性の摂食障害を視野に入れて論じている。竹田青嗣は、生活の中のさまざまな思いを会話のちいさなエロスのやりとりに封じながら、他人と心を行き交わせる点を評価した（「朝日ジャーナル」88・4・8）。「ムーンライト・シャドウ」は文壇デビュー前に書かれたものだが、完成度は高い。幼い頃から将来なりたいものは〈作家！〉と言っていた吉本ばななの子供時代を知る安原顯は、この作品に〈圧倒的に感動させられた〉（『TUGUMI』中公文庫解説）と述べ、また、父・吉本隆明に見せたときは、〈けっこう誉められました〉（『ばなな』メタローグ、94・1・25）という。三浦雅士は大江健三郎、中上健次、村上龍、村上春樹、ばななに見られる数十年の文学の流れをラテン・アメリカ文学に代表される物語世界から、少女マンガ的な物語世界への移行と位置づけた（「サンデー毎日」88・3・13）。

『うたかた／サンクチュアリ』（福武書店、88・8・5。福武文庫、91・11・15。角川文庫、97・12・25）

【うたかた】（「海燕」88・5）。両親が内縁関係にある女子大生・鳥海人魚は、19年間母と二人で暮らし、父とは三度しか会ったことがなく、人魚にとって父は単なる邪魔者にすぎなかった。ネパールに行くという父に母が同行し、初めてひとりで生活することになった人魚は、父の家の庭に9歳頃に捨てられ、以降父と同居している高田嵐と偶然街で出逢う。異母兄妹の疑いを抱きながらも、家族愛に欠けていた二人は心を惹かれ合っていく。

【サンクチュアリ】（「海燕」88・8）。時田智明が高校時代に親しくしていた同級生・友子に偶然会ったのは、昨年の夏祭りの日だった。彼女は早々と結婚したのだが、結婚生活は破綻しており、再会して以来友子は智明の心を頼るようになる。〈時期を見よう〉という智明の言葉を聞かずに、自殺してしまった。友子の死に打ちのめされた智明は、気を静めるために海辺のホテルに宿泊していたが、夜の浜辺で4日間続けて大泣きしている年上の女性・浜野馨が泣いている場面に出くわす。ある夏の日、自宅近くを散歩していた智明は馨と再会する。馨が浜辺で泣いていたのは夫を亡くし、続いて子どもをも病で亡くした悲しみのためであった。心に深い傷を負っている二人は、次第に心を寄せ合っていく。

評価 吉本ばななは、自作の中で最も嫌いな登場人物に「サンクチュアリ」の馨をあげている。あまりにも自分と異質なものを描こうとしたため〈うまく書けなくていらだちました〉と述べている（前出『ばなのばなな』）。この著書には単行本、福武文庫、角川文庫のそれぞれに異なる〈あとがき〉が付されているが、どれも否定的で作者にとっては評価の低い作品のようだ。このあとがきも含めて〈才気〉を感じたと評価した西尾幹二は、気分から気分への言葉が屋根伝いに跳んで行く転調の速さに2篇の魅力をみている（「海燕」88・10）。「うたかた」に関しては、〈「うたかた」はアンデルセン「人魚姫」の積極的書き換えである〉と論じた福島志江『「うたかた」の方法―ハンス・クリスチャン・アンデルセンから吉本ばななへ―』（井上謙編『近代文学の多様性』翰林書房、98・12）がある。確かに「人魚姫」と「うたかた」は題名や登場人物の名など呼応する点があり、比較して読むと「うたかた」に描かれている家族がいかに不安定であやういものなのかが明確に浮上してくる。

『哀しい予感』（角川書店、88・12・15。「野生時代」88・12。角川文庫、91・9・25）

梗概 子供の頃に霊能力があった弥生は、幼い日の記憶が消えていた。19歳の初夏、現在の家族とは別の家族に囲まれた幼い自分の姿が弥生の記憶の断片によみがえる。混乱した弥生は、古く広い家に一人で住む高校の音楽教師のおば・ゆきのの家に身を寄せるが、ゆきのは数日後行方をくらます。弥生は弟・哲生とともに、ゆきのを探しに軽井沢に行く。哲生は初めから弥生が実の姉ではないことを知っていた。軽井沢までの道のりが、二人を姉弟から恋人へと変えていく。ゆきのは見つからなかったが、帰宅後、弥生は恐山にゆきのがいることを直感する。弥生の両親は恐山への家族旅行の途上で事故にあって亡くなり、幼かった弥生は両親の友人の養女となって成長していたが、ゆきのは両親の思い出から自由になれずに単身で暮らしていたのだった。

評価 「キッチン」「うたかた」から引き続き、現代《家族》を描いた作品として読むことができるが、この視点からは浅田彰の辛口批判がある。特に本作品を名指しているわけではないが、発言時期から「哀しい予感」までを総括的に評した言葉として受けとめられる。浅田は〈彼女の作品は、『バナナブレッドのプディング』という名作を書いた大島弓子とか岩館真理子とか、一連の少女マンガの作品をタテに直して、それに甘ったるい落ちをつけただけのものだと思うんです。／少女マンガはそれでも、家族への統合に対する否定をちょっとは含んでいたんですね。同性愛の話を使ったり、精神異常の話を使ったりしながら、それまでの母ものや結婚ものを解体していくような動きが出てきた。ところが、吉本ばななまで行っちゃうと、家族は解体しているものの、最後にバラバラに生きていた人たちが温かい疑似家族を発見して終わっちゃうでしょう。〉〈甘ったるい人情話〉と批判する（「朝日ジャーナル」89・2・3）。確かに家族を解体した少女マンガのラディカルさは私たちを魅了した。だが、解体後には何が見えてきたのだろうか？　一人一人の絶望的な孤独感や荒涼感を引き受けることを余儀なくされたのではなかったか。癒しの場としての家族の機能はもはやない。この現実を《疑似家族》という装置を使って表出したばなな作品は、ポスト少女マンガと位置づけられるし、竹田青嗣のいう〈芯の部分ではいつも全く一人の状態であることに対しての覚悟〉がもたらす〈生きるエネルギー〉（「ダイアモンド・ボックス」89・1）が私たちを励ますのではないか。

『ＨＯＬＹ』（角川書店、88・12・1）

梗概 徹夜でイラスト書きのアルバイトをした学生の〈私〉は、クリスマスの日、夕方近くに目を覚ました。磨いた赤い車に乗り込み、イラストを届けに行った帰りに恋人とデートする予定だ。途中、タクシーを拾えずに困惑している男性を見かけ、車に同乗させる。男性は赤ちゃんが生まれたばかりで、病院へ急いでいると言う。嬉しさのあまり非常に大きな熊のぬいぐるみを買ってしまったという男性の話を聞き、〈私〉はほのぼのとした気持ちになる。

評価 クリスマスのグリーティング用に作られたミニブック。発売時には贈り物用に封筒が付いていた。ばななと同世代の北島淳一の挿画が、ほとんどの見開きページにあり、絵本の趣がある。奈良美智とのコラボレーション作品『ひな菊の人生』（ロッキング・オン、00・11・1）の先蹤ともいえる。

『TUGUMIつぐみ』

（中央公論社、89・3・20。「マリー・クレール」88・4～89・3。中公文庫、92・3・10）

梗概 内縁関係にあった両親をもつ白河まりあは、母の姉の家である〈山本屋旅館〉を手伝う母と二人で、海辺の町で少女時代を過ごしてきた。そこには病弱で、美しいが意地悪で粗野でわがままな1歳年下の従妹であるつぐみと、妹に振り回されているお人好しの1歳年上の従姉・陽子がいた。4月に父の離婚が成立し、同時にまりあは東京の大学に進学。海辺の町を去り、家族三人の東京の生活が始まった。そんな矢先、まりあは〈来年の春で山本屋旅館を閉める〉ことをつぐみから告げられ、最後のひと夏を過ごすために帰省する。建設予定のホテルの支配人の息子である恭一との間に恋が生まれたつぐみは、嫌がらせのために恭一の愛犬が殺されてから怒りが爆発し、人ひとり埋められるほどの大きな穴を掘って復讐する。この作業のためつぐみは衰弱し、一時は意識不明の危篤状態に陥るが、奇跡のように回復に向かった。東京に戻ったまりあの家には、一時は死を覚悟したつぐみからの遺書めいた手紙が届くのだった。

評価 「毎日新聞」89・10・28夕刊では、本作を〈同社創業以来の大ベストセラー〉と報道。〈子供時代、ただお友だちと一緒に楽しくすごして、まだ現実のきつさに出会わないころのこと、その感じをどうしても書きたかったの〉（「文芸春秋」89・11）とばなな自身は発言している。作品のモデルとなった土肥温泉は吉本家が夏期休暇には必ず家族で訪れていた地である。同世代の女子大生の座談会を掲載した「朝日ジャーナル」（89・6・30）では、〈何かを訴えるからベストセラーというだけではなくて、話題だから読むという人が結構多い。『ノルウェイの森』でも、表紙がオシャレだから。『TUGUMI』でも表紙、オシャレですよね。〉と一般読者の声を伝えている。井坂洋子は、根底で同じ血が流れている暗黙の合一感の上に、他人的要素がうまい具合にブレンドしている《いとこ》という親しみの距離感に注目して評価している（「サンデー毎日」89・9・10）。

『白河夜船』（福武書店、89・7・15。福武文庫、92・2・15。角川文庫、98・4・25）

【白河夜船】（「海燕」88・12）。いつの頃からか眠ってばかりいるようになった寺子は、1年半交際を続けている恋人・岩永に、心の重荷を分けあっていた友人・しおりを亡くしたことを言いそびれていた。自殺したしおりは淋しい人の添い寝をする仕事をしていた。岩永には植物人間となった妻がいたが、ある日その妻の幻が現れ、寺子に何でもよいから働くようにと言う。一週間アルバイトをした寺子は岩永とうなぎを食べ花火を見た夜、いつの間にか健やかな気持ちを元気を取り戻していることに気づくのだった。

【夜と夜の旅人】（「海燕」89・4）。交通事故で兄を亡くした芝美が、兄の過去の三角関係的な恋愛の淋しさを感じとる。

【ある体験】（「海燕」89・7）。かつて一人の男性を奪い合った女性の霊と交わす心の交流を描く。

評価　秋山駿は〈端的に、直接に、人の心だけを見て、心についての話をしようとする〉この作品にばなな人気を見た（「週刊朝日」89・9・1）。木股知史は〈身体とは別に、心も疲れ弱ることがある。心の衰弱と死ということが『白河夜船』の重要なモチーフ〉（『吉本ばななイエローページ』荒地出版、99・7）。加藤典洋は〈白河夜船〉までの主人公たちを、〈「絶望する」代わりに「眠る」、この「絶望する」ところを描いてきたのがこれまでの近代文学というもので、その代わりに、「ことんと眠る」不安な女の子を描くのが彼女の小説である〉と述べている（「京都新聞」90・1・8夕刊）。精神科医・町沢静男は、対談でばななが高校時代の3年間はひたすら寝ていたという言葉を受けて〈魂の死だ〉と発言している（「FRaU」93・11・23）。以上のように、〈眠り〉は〈絶望〉や〈死〉と結びつけてとらえられている。彼女の絶望は意志を表明できない植物人間の妻をもつ恋人との不倫関係、その停滞がもたらす絶望感である。だが、絶望感を眠ることで癒そうとする試みは、〈死〉に向かうのではなく、むしろ〈生〉に向かっていくのだ。ラストの花火やうなぎも生命力のメタファーと読めるだろうし、竹田青嗣も〈〝健全〟な生の力に引き返そうとする〉点を評価した（「海燕」89・9）。「夜と夜の旅人」は、中野孝次が〈小説を本当にうまくつくる〉と創作合評で賛辞を送っている（「群像」89・5）。

『N・P』（角川書店、90・12・25。角川文庫、92・11・10）

梗概（「野生時代」91・1）。アメリカでヒットした日本人作家・高瀬皿男の97の短編集「N・P」を巡って繰り広げられる物語。高瀬には咲、乙彦という双子のこどもがいた。高校生の頃、恋人の翻訳家・戸田庄司に同伴したパーティーでこの双子を見かけたことのある加納風美は、9歳の時に両親が離婚、一時的に声が出なくなる経験をもつ。戸田は「N・P」未収録の98話目を翻訳している最中に自殺。それから五年後、大学の英米文学研究室に勤める風美は双子と再会する。98話目には父娘の近親相姦が描かれていた。この小説は事実がベースにあり、その娘とは箕輪萃。咲、乙彦の異母兄妹であった。萃は乙彦とも性的関係を結んでいた。萃は乙彦の子を妊娠し、風美を道連れに自殺を図ろうとするが、未遂に終わる。その後行方をくらました萃から、風美に手紙が届き、スナックで知り合った男性と結婚して子どもを生む決意をしたことと、彼女自身を縛っていた呪いについて書かれていた。

評価　単行本あとがきには〈レスビアン、近親者との愛、テレパシーとシンパシー、オカルト、宗教〉などの〈今までの私の小説のテーマのすべて〉が集約されているとある。この言を受けて武田信明は〈作者の関心の有りようの特殊性ではなく、逆に若い世代の好奇心を集約したかに見える一種の典型性でしかない〉（「国文学」92・9臨増）と見る。青海健はインセスト・タブーに果敢に挑戦した点を〈家族の混沌のテーマも、ついに、人類の禁忌の侵犯へとたどりついた〉と、現代の解体した家族の崩壊と終焉に注目、〈現代の病める内奥を忠実に写し得た物語〉と評価した（「群像」91・3）。

『とかげ』（新潮社、93・4・20。新潮文庫、96・6・1）

【新婚さん】（東京地区JR電車内中吊りポスター「連載　中吊り小説」91・1〜3。新潮社、『中吊り小説』91・12・10）。28歳の新婚1ヶ月の男性が帰宅するべき駅を通り越した時に、隣の席の浮浪者が話しかけてきた。その浮浪者は美女に変身する。

【とかげ】（「小説新潮」92・8）。ともに幼児期に傷を受けたことのあるとかげに似た無心の目を持つ女性と、自閉症児専門医師の男性が、その傷を持ち続けたまま出会い、お互いのなかに癒しの部分を見つける。

【らせん】（原マスミ著『トロイの月』角川文庫、90・12・25）。男女間はいつの時代も太古のアダムとイブの記憶を引き継いでいることを、自己啓発セミナーを絡めて描く。

【キムチの夢】（「LITERARY Switch」92・9）。長い不倫の末に結婚した二人。2年たっても不倫時代の記憶から抜け出せずにいる妻。夫がキムチを持ち帰った晩、元妻の再婚連絡が入り、二人は心安らぐ。その後彼女は発熱、キムチの強烈な匂いの中で夫と同じ夢を見る。

【血と水】（「小説新潮」91・7）。両親の入信に伴って6歳から宗教集団の中で育った千佳子が、12年後にそこから飛び出し、OL生活を始める。2年後、昭というある種の超能力を生かしてお守りを作っている青年と同棲し始め、本当の意味での自立を知る。

【大川端奇譚】（「野生時代」92・2）。あらゆる種類のセックス経験をもつ明美は、すでにその世界から足を洗っていた。結婚を前にして、実は乳児期に、ノイローゼに陥っていた母親から川に落とされたことがあることを知る。かつての同性愛の相手からは、明美の魅力には川と共通のものがあると指摘される。

評価　自作を語っている「波」（93・4）によれば、一冊にまとめることを意識して短編作品を書く課題を自ら課した短編集という。「血と水」では、父・吉本隆明に〈まるで主人公が怒っているか、苛立っているかしているみたいだ〉と批評され、短編の難しさを実感したらしい。当時、体力向上をはかり、エアロビクスや気効に通っていたという言葉も頷けるほど全編に渡って体との関わりを通して描かれている。

『アムリタ』上・下

（福武書店、94・1・12。角川文庫、97・1・25）

【メランコリア】（「海燕」90・4）。朔には女優をしていた妹がいた。妹は芸能生活でノイローゼになり、睡眠薬と飲酒運転で亡くなった。妹の恋人で作家の竜一郎が、旅先から品物を送ってくるが、品物ではなく妹の死を埋める手紙を送ってくれることを朔は期待する。

【アムリタ】（「海燕」92・1～93・10）。若林朔美は母親、小学四年生の義父弟・由男、従姉妹、母親の女友達との五人で暮らしている。9月23日（お彼岸）、朔美は階段から落ちて頭を強打し、28年間の記憶を失う。記憶は蘇ったが、それまでの自分とずれた感覚を抱く。一致した感覚を与えてくれたのが、小説・笠井潔『哲学者の密室』だった。芸能界にいた妹・真由は5年前に大量の睡眠薬と飲酒運転により死亡し、真由と同棲していた小説家・山崎竜一郎は、彼女の死後に各国を放浪。自宅療養している朔美のもとに彼から帰国報告の連絡が入り、二人は一晩一緒に過ごす。ある日由男は、頭の中で何かが起こり、その世界を書き記すために小説家になりたいと言う。混乱した弟を癒すために朔美は高知へ連れていく。そこに竜一郎が訪れ、朔美をサイパン旅行に誘う。サイパンには竜一朗の友人で霊能力を持つコズミくんと、歌で霊を慰めるコズミくんの妻・させ子がいた。この地で朔美も不思議な現象に出会う。朔美は生霊として表れた由男をサイパンに呼び寄せた。帰国後由男は、メスマという超能力をもつ男性と知り合う。由男はメスマから逃れるために私立の児童院に入って生活することを決める。竜一郎は、めまぐるしく起こった出来事を箇条書きにした朔美のメモを見て、朔美をモデルとした小説を書く決意をする。その小説には〈神様の水〉という意味を持つ〈アムリタ〉というタイトルをつけるという。

評価　「アムリタ」の序章ともいえる「メランコリア」では、竜一郎が真由を失ったことを埋める言葉をいつか書くだろうという予兆を示して作品を締めくくっている。「アムリタ」は、竜一郎が書いた小説という解釈も成り立つかもしれない。与那覇恵子は〈心の闇、無意識の世界というユング心理学の世界を、オカルトや少女マンガの方法で表現した作品〉（「国文学」94・2）と位置づけ、川崎賢子は作中の氾濫する金色のイメージ群に注目し、〈黄金の表徴のそれぞれに、うつろな沈黙が宿っている。そのうつろな場所をとおってつかのま現れる、グロテスクな哄笑や、嘔吐のような慟哭や、悪意や欺瞞こそが、吉本ばななの新しい地平になるだろう〉（「週刊読書人」94・1・28）と指摘している。

『マリカの永い夜／バリ夢日記』

（幻冬舎、94・3・27。幻冬舎文庫『マリカのソファー／バリ夢日記』と改題、内容も一部改作、97・4・25）

梗概　イラストや写真も満載、旅行記＆小説で構成された旅シリーズ第一弾。以降、『ＳＬＹ』（幻冬舎、96・4・9）、ドゥマゴ文学賞受賞作品『不倫と南米』（幻冬舎、00・3・10）と継続している。『マリカの永い夜／バリ夢日記』は、幼児虐待、少女売春など幼い時から悲惨な境遇にいたマリカが主人公。彼女は多重人格として精神科で治療を受けることになる。マリカと10年を共にした精神科医が、医者をやめて彼女とともにバリに赴く。南の島は二人を徐々に癒していく。

『ＳＬＹ』は、エジプトを舞台にした作品。ジュエリーデザイナーの清瀬は、以前つき合っていた喬がＨＩＶポジティブだと知らされる。喬の現在の恋人・日出雄と共にエイズ検査を受けに行く。検査の結果を聞く前に、清瀬と喬と日出雄の3人はエジプトへ向かう。三人で行く最後の旅になるかもしれない道程は、一瞬一瞬の光景が心に染みいるのだった。

『不倫と南米』は、南米を舞台に不倫をテーマにした短編集。「電話」（「星星峡」98・8）は、30歳のデザイン会社に勤務している〈私〉が、出張で訪れたブエノスアイレスのホテルで、不倫相手の妻から彼の死を告げられ、ルハンのマリア像の前で彼のために祈るが、帰室後、妻からの電話は嘘だったとわかる。「最後の日」（「星星峡」98・12）は、誕生したときに祖母から死ぬ日を予告された〈私〉、その日をアルゼンチンで過ごすが無事に日付が変更された時の意識の流れを描いた。父とブエノスアイレスを訪れた〈私〉は母を3年前になくしたが、その母は8歳の時にある特殊な二週間を過ごした経験があった「小さな闇」（「星星峡」92・2）。夫が不倫をし、離婚を考えながらブエノスアイレスの友人を訪れた〈私〉が、五月広場で軍事政権によって息子を失った老婆たちの行進をみて、自分の悲しみがひ弱な者であることを感じとる「ハチハニー」(「星星峡」99・7)など全7編が収められている。

評価 『マリカの永い夜/バリ夢日記』書評で、沼野充義は〈どうしようもなく暗くおぞましく病的なものを奥に秘めながらも、それをえげつなく表に出すことはなく、むしろ治癒への願望を前面に押し出していく。〉〈いわば地獄と天国の間に宙づりになったままの曖昧(あいまい)な現実を受け入れ、肯定しようとする〉(「朝日新聞」94・5・22)点を評価し、第二期ばななの始動を予感する作品として捉えた。『SLY』を柘植光彦は、一つの旅行にかかわる三つの異なるジャンル(絵・写真・小説)からの表現の集成と位置づけ、榎本正樹はエジプトの〈完璧な光景〉との対話を通して、死後の世界との和解を果たすのだと指摘(「週刊読書人」96・5・10)。これらの評価は旅シリーズを肯定的に見ている。『不倫と南米』は、ばななは〈南米を旅して、生命の根源としかいいようのない圧倒的な自然に接すると、都会での不倫とかが薄く見えた。現代では、なんか、生命エネルギーが薄くなっているなと思う。〉(「読売新聞」夕刊、00・4・13)と発言しているが、確かにここで描かれている〈不倫〉は、〈南米〉とはミスマッチな男女間の弱々しい愛の諸相である。南米という〈圧倒的な〉地を背景に、現代日本の弱体性をうつし出したとすれば、日本の病み方の深さを改めて感ぜざるを得ないだろう。

『ハネムーン』(中央公論社、97・12・7。書き下ろし。中公文庫、00・7・25)

梗概 まなかは18歳の時に隣家に住む同年齢の裕志と結婚した。裕志の両親は、信仰のために彼を祖父のところに預けたまま外国に渡った。裕志を守り、大切に育ててくれた祖父が亡くなり、まなかと一緒に飼っていた愛犬も失った悲しみを癒すために、二人はまなかの母親が離婚後に暮らしているオーストラリアのブリスベンにハネムーンに行く。海で泳いでいる雄大なイルカの群を見て、徐々に回復していく気配を感じる二人だった。

評価 画家・MAYA MAXとのコラボレーション作品。「キッチン」以来、ばなな作品を評価し続けてきた中条省平は、〈『ハネムーン』という小説の言葉にほとんど共感できなかった〉〈『キッチン』、あの未知の小説世界に触れるひりひりするような感動からちょうど10年経って、同じ吉本ばななの書く物語が私に伝えるものは空虚さだ。素晴らしい風景だと思って見入っていたものが、近づいてよく見たら、書き割りだったと知らされたような索漠とした読後感なのである〉と批判(「文学界」98・3)。3年かけて書いたという本作は、当初アメリカのカルト集団に取材しどろどろとした物語を書くプランが、地下鉄サリン事件がおこり〈この現実のほうがよっぽど大きなこと〉と書き方を変えた〈練りに練った作品〉で、〈私が死んだあとにまで誰かに読んで欲しい、とまで思うような感覚というのは、95年より前にはなかった〉と、自らはこの作品を大きな変換点とみている。(「本日の、吉本ばなな。」新潮社ムック、01・7・30)。

『体は全部知っている』(文芸春秋、00・9・30)

梗概 「ボート」「田所さん」「おやじの味」(「文藝春秋」00・2、一挙掲載)の他は書き下ろし。催眠療法で生き別れた母親との封じ込めていた記憶を蘇らす「ボート」。ぼけた老人の田所さんはかつて社長のこども時代に身を削って世話をした恩人であるが、会社にいても仕事ができない。だが、心の闇を処理する、実は必要な人であることを描いた「田所さん」など全13編の短編集。

評価 何かを常に切り捨てていかねばならない多忙な生活の中で、実はその《何か》の中につらい現実を生きていく上で欠かせない大切なものがあるのだ、ということを吉本ばななはデビュー以来一貫して描いてきたが、それは〈体〉と連動しているということに改めて注目して構築した世界が繰り広げられている。臭覚、味覚、触覚、場所が呼び起こす封じ込められた記憶や、病気や妊娠など身体を改めて見つめ直す必要にかられる事象をテーマに描く。初出誌の性格を読んで〈これまでは、私だけの世界があって気に入った人は遊んでいけばいいという創作態度でした。心の襞を文章で細かくなぞってゆくので、考え方が特殊でも、開放感・閉そく感などのベーシックな感覚に敏感な人や、気に病むような人の共感を得られたと思うんです。でも、『文春』は年配の方も読むので、一般性や多面性も凝らし、多少をうまくいったと思っています〉という著者自身の発言もある(「朝日新聞」00・10・3)。

参考文献 加藤典洋「日本風景論(6)」(「群像」、89・6)、大塚英志「吉本ばなな論—カツ丼を抱いて走る少女」(「すばる」89・11)、マーク・ピーターセン「世界の中の日本文学90 吉本ばなな—キッチンでつかまえて」(「新潮」90・1)「特集・吉本ばなな」(「イミタチオ」90・2)、川崎賢子『少女日和』(青弓社、90・4)、青海健「紋切り型と死と—吉本ばなな論のために」(「群像」90・11)、「特集・吉本ばななの世界」(「季刊・フェミナ」91・1)、「小特集・ばなな現象への視覚」(『〈解釈と鑑賞別冊〉女性作家の新流』91・5)、「特集・世界の吉本ばなな」(「海燕」94・2)、「特集・『吉本ばなな』を演出する ばなはお好き?」(「季刊 リテレール」95・6)、『来るべき作家たち 海外作家の仕事場1998』(新潮ムック、98・5)、山崎眞紀子「吉本ばなな作品年譜・著作目録」(『B級BANANA』角川文庫、99・5)、髙根沢紀子「吉本ばなな参考文献目録」(「作新国文」01・3)、山崎眞紀子「吉本ばなな研究動向」(「昭和文学研究」01・3)

(**山崎眞紀子**)

作家別作品詳細目次

現代女性作家研究事典

発　行――二〇〇一年九月一五日
編　者――川村　湊・原　善
発行者――加曽利達孝
発行所――鼎　書　房
〒132-0031 東京都江戸川区松島二-一七-二
TEL・FAX 〇三-三六五四-一〇六四
印刷所――太平印刷社
製本所――エイワ

ISBN4-907846-08-8　C1593